당대 칠언율시 연구

당대 칠언율시 연구

김 준 연

도서출판 역락

▌머리말

　이 책은 3년 전에 나온 필자의 박사학위논문에 약간의 수정을 가한 것이다. 그간 눈에 띄었던 오자를 바로잡는 한편, 일반 독자들도 보다 쉽게 접할 수 있도록 가급적 한자(漢字)의 노출을 줄였다. 본래 학위논문의 부제(副題)가 <형성과 발전과정을 중심으로>였던 바와 같이 이 책은 당대(唐代) 칠언율시(七言律詩)의 형성과 발전과정을 논한 것이다.

　칠언율시는 중국시의 대표적인 시형(詩型)이다. 그러나 그것이 어느 한 순간 새롭게 생겨나지는 않았다. 칠언시라는 모태에서 칠언율시가 탄생하는 데는 장장 700년의 세월이 필요했던 것이다. 인고(忍苦)의 세월을 땅 속에서 보낸 칠언율시의 씨앗은 마침내 당대에 들어서면서 싹을 틔운다. 그리고 마침내 그 꽃을 피웠다. 이 꽃을 이백(李白)이나 한유(韓愈) 같은 이는 흘낏 보고 지나치기도 했고, 두보(杜甫)나 이상은(李商隱) 같은 이는 정성스럽게 물을 주며 가꾸기도 했다. 꽃에 대한 취향이 저마다 달랐던 때문이었으리라. 그렇지만 대다수의 사람들은 탐스런 그 꽃의 향기를 좋아했고, 필자도 그 중의 한 사람이다.

　중국의 미학자 이택후(李澤厚)는 칠언율시가 사랑받은 이유를 이렇게 분석한다. "칠언율시가 규범이 있으면서도 자유롭고, 법도를 중시하면서도 여전히 탄력성이 있으며, 엄정한 대장(對仗)으로 심미적 요소를 증가시키고, 확정된 구형으로 여러 가지 풍격의 발전과 변화를 포함할 수 있었기 때문이다." 이 책에서는 칠언율시를 생장(生長)하는 유기체로 보고, 그것이 당대라는 토양 위에서 어떤 발전과 변화를 보였는지 살피려고 하였다. 그리고 청대(淸代) 관세명(管世銘)이 비유한 바, 칠언고시(七言古詩)가 '북 소리'이고 칠언절구(七言絶句)가 '피리 소리'라 할 때, '종 소리'와 같다는 칠언율시의 음색(音色)을 들어보고자 했다. 이렇게 필자의 능력에 걸맞지 않는 커다란 주제에 덤벼들었으니, 이 책의 내용이 허술하고 빈약하다는 비판은 당연히 감수해야 할 것으로 생각한다. 강호제현의 질정(叱正)을 바랄 뿐이다.

이 책을 내면서 감사드려야 할 분들이 많다. 중국시에 대한 관심을 일깨우셨던 이헌수 선생님, 부족한 제자를 이끌어주신 이영주 선생님, 학위논문의 심사위원장으로 출판까지 주선해주신 송용준 선생님, 판로가 희미한 학술서적을 마다하지 않은 도서출판 역락의 이대현 사장님, 책을 예쁘게 꾸며준 권분옥님에게 감사를 표한다. 마지막으로 사랑하는 아내와 두 딸에게도.

2004년 6월 신어산 자락에서

김 준 연

■ 차 례

Ⅰ. 서 론:

1. 연구의 목적

　명(明) 허학이(許學夷)는 "시의 체재(體裁)가 지향하는 것은 시의 취향이니 그 체재를 구별하면 바로 그 취향을 얻게 되는 것"1)이라 하였다. 그의 말은 시는 체재에 따라 그 취향을 달리 하므로 중국의 고전시(古典詩)를 깊이 있게 감상하기 위해서는 먼저 체재에 대한 이해가 선행되어야 한다는 뜻으로 여겨진다. 당대(唐代) 이후로 근체시(近體詩)가 등장하면서 중국의 고전시는 크게 고체시(古體詩)와 근체시로 체재를 달리 하였다. 근체시는 다시 한 구의 글자수에 따라 오언(五言)과 칠언(七言)으로 나뉘고,2) 한 수의 시가 몇 구로 이루어지느냐에 따라 절구(絶句), 율시(律詩), 배율(排律) 등으로 세분된다. 역대 여러 시인들을 살펴보면 그 시인의 시적 역량이 최대 한도로 발휘된 체재가 어떤 것인지 확연히 드러나는 경우가 적지 않다. 고대 중국의 일반적인 시집 또는 주석서에서도 시인의 창작역정을 알 수 있는 편년형(編年型)과 함께 작품의 체재별 특징을 파악하기에 용이한 시체분류형(詩體分類型)을 흔히 찾아 볼 수 있다.3) 이렇게 체재가 중국 고전시를 구성하는 중요한 요소임에도 불

---

1) 許學夷, ≪詩源辯體≫ 卷36, 「詩體所詣, 詩之趣也, 別其體, 斯得其趣矣.」
2) 간혹 육언(六言) 근체시도 찾아볼 수 있으나 그 수는 극히 미미하다.
3) 두보시의 경우 대표적인 주석서인 구조오(仇兆鰲)의 ≪두시상주(杜詩詳注)≫는 창작연도순으로 묶은 '편년형'이고, 포기룡(浦起龍)의 ≪독두심해(讀杜心解)≫는

구하고, 그간 국내외에서 진행된 중국 고전시에 대한 연구는 대체로 개별 시인의 시적 성취를 파악하는 데 집중되어 체재에 대한 고찰은 충분하게 이루어지지 않았던 것이 사실이다.4) 따라서 중국 고전시에 대한 이해의 폭을 보다 넓히기 위해서는 체재에 대한 연구가 보완되어야 할 것으로 판단된다.

근체시 중에서도 여덟 구로 이루어지는 율시는 중국의 시인들이 시에서 구현하고자 애썼던 정제성(整齊性), 음악성(音樂性), 대칭성(對稱性) 등을 고루 갖춘 최고의 형태로 사랑받아왔다. 그래서 청(淸) 초순(焦循) 같은 이는 "당인(唐人)의 시를 논할 때 칠언율시(七言律詩)와 오언율시(五言律詩)를 앞세우고, 칠언고시(七言古詩)와 칠언절구(七言絶句)를 그 다음으로 하니, 시의 경지가 여기서 다하게 되는 것"5)이라 했고, 문일다(聞一多)는 "율시는 서양의 문학에서는 찾아볼 수 없는 '중국적'인 아름다움을 갖추고 있고, 최고의 수준에 도달한 중국 순수예술의 대표이므로 율시를 연구하면 중국 시가의 진정한 정신을 탐색할 수 있다."고 말하기도 했다.6)

칠언율시와 오언율시는 모두 당대(唐代)에 들어와 그 형태가 제대로 갖추어진 시체이다. 그런데 시가의 발전과정을 거슬러 올라가보면, 오언율시의

같은 체재의 작품끼리 따로 모은 '시체분류형'이다.

4) 국내의 중국문학계에서 중국 고전시의 체재와 관련된 논문은 석사학위논문 몇 종이 주류를 이룬다. 먼저 고체시를 다룬 논문으로 지세화의 ≪黃山谷 七言古詩 硏究≫(한국외국어대, 1986)와 손진희의 ≪蘇舜欽 古體詩 연구≫(한국외국어대, 1992)가 있고, 근체시 방면으로는 절구를 중심으로 왕안석(王安石)의 시를 연구한 류영표의 ≪王安石詩硏究 – 그의 絶句詩를 중심으로≫(서울대, 1983), 오언절구를 다룬 박라화의 ≪楊萬里의 五言絶句 연구≫(충남대, 1990), 칠언절구를 다룬 이지운의 ≪李商隱 七言絶句 연구≫(이화여대, 1995), 강민호의 ≪王昌齡 七言絶句 硏究≫(서울대, 1998), 장형원의 ≪王安石 七言絶句 硏究≫(한국외국어대, 2000) 등이 나왔다. 이들 논문은 대체로 개별 시인의 작품을 해당 시체(詩體)에 한정해서 다루는 데 주안점을 둔 것이어서 각각의 시체에 대한 논구는 충분치 않은 편이다.

5) 焦循, <易餘籥錄>, 「論唐人詩以七律、五律爲先, 七古、七絶次之, 詩之境至是盡矣.」

6) 聞一多, ≪聞一多全集≫ 제3권, p.415(沈祥源, ≪文藝音韻學≫, p.18에서 재인용)

모태가 되는 오언시는 동한(東漢) 이후로 시가 창작의 주류를 이루면서 비약적인 발전을 거듭하여 당대 이전에 세련된 모습을 선보였다. 이와 달리 순전히 당대에 완성되고 발전되었다는 점에서, 당시를 총체적으로 고찰하고자 할 때 칠언율시는 특히 면밀히 다루어야 할 필요가 있다.

당대 시인의 작품 48,900여 수를 수록하고 있는 ≪전당시(全唐詩)≫에 한 권 이상의 시를 남기고 있는 시인의 작품을 가지고 살펴볼 때, 칠언율시는 모두 5,903수로서 오언율시와 칠언절구에 이어 세 번째에 해당한다.[7] 또 당대 여러 시인들에 의해 당시, 나아가 중국 고전시를 대표할 만한 우수한 칠언율시 작품들이 쏟아져나와 청(淸) 송락(宋犖)이 "세간에서 시를 일컫는 사람들은 쉽게 율시를 말하고, 더 쉽게 칠언율시를 말하여 남에게 보낸 시들을 볼 때마다 칠언율시가 반수를 차지한다."[8]고 말하고 있을 정도로 시인들이 애호하는 체재로 굳건히 자리잡게 되었다.[9]

---

7) ≪전당시(全唐詩)≫에 한 권 이상의 시를 남기고 있는 시인의 시체별(詩體別) 작품수(총 33,932수)를 집계한 시자유(施子愉)의 연구결과에 따르면, 당대에는 오언율시(9,571수), 칠언절구(7,070수), 칠언율시(5,903수), 오언고시(5,466수), 오언절구(2,140수) 등의 시체가 애용되었음을 알 수 있다(<唐代科擧制度與五言詩的關係>, ≪東方雜誌≫ 第40卷 第8號).

8) 宋犖, ≪漫堂說詩≫, 「世之稱詩者, 易言律, 尤易言七言律. 每見投贈行卷, 七律居半.」

9) 역대로 당대 칠언율시 선본이 28종이나 되었다는 사실도 당대 칠언율시에 대한 후대의 지대한 관심을 의미한다. 참고로 이들 서목을 알아보면 다음과 같다. ① 元代 : ≪唐詩鼓吹≫(元好問) ② 明代 : ≪凝眞軒增唐詩鼓吹續編≫(慶靖王), ≪唐詩品彙七言律詩≫(王伯辰), ≪博選唐七言律詩≫(方介), ≪唐七言律選≫(田藝蘅), ≪初唐七言律詩≫(熊維寬), ≪唐詩七言律選≫(劉生和), ≪七言律準≫(張玉成), ≪唐七言律式≫(阮旻錫), ≪初盛七律≫(佚名) ③ 淸代 : ≪貫華堂選批唐才子詩≫(金聖歎), ≪唐詩榮華≫(顧有孝), ≪唐七律選≫(毛奇齡・王錫), ≪唐人七律神韻集≫(王士禎), ≪唐律多師集≫(鄭鉽), ≪唐七律選≫(王熹儒), ≪唐詩貫珠≫(胡以梅), ≪山滿樓箋注唐詩七言律≫(趙臣瑗), ≪唐體膚詮≫(毛張健), ≪中晚唐詩主客圖七律≫(王寧烆), ≪唐七律雋≫(張世煒), ≪唐詩七言律選≫(曹錫辰), ≪唐七律詩鈔≫(曹毓德), ≪道光御選唐詩全函≫(旻寧), ≪全唐七言律注≫(曹巖), ≪才調集七律詩選≫(天闕山人), ≪笻巢溫李詩抄≫(笻巢), ≪唐七律抄≫(佚名)

본서에서는 형성과 발전과정을 중심으로 당대 칠언율시를 고찰함으로써 중국 고전시의 체재를 살펴보는 기회를 갖고자 한다. 특히 당대 칠언율시가 변모되어가는 토양으로 작용했던 사회적 요인과 실제로 작품을 창작하면서 당대 칠언율시에 끊임없이 자양분을 공급했던 주요 시인들의 성과를 알아볼 것이다.

2. 기존 연구의 성과

당대 칠언율시에 대한 기존의 연구는 그다지 만족할 만한 수준은 못된다. 대만(臺灣)과 중국에서는 그래도 몇몇 눈에 띄는 연구성과를 찾아볼 수 있으나, 국내에서는 아직 이렇다할 논문이 나오지 않고 있는 형편이다.[10] 기존의 연구는 크게 두 갈래로 구분된다. 첫째는 개별 시인의 칠언율시 작품에 대한 탐색이고, 둘째는 당대 칠언율시를 전면적으로 고찰한 것인데, 대체로 전자의 연구가 후자에 비해 활발하게 이루어졌다.

먼저 개별 시인의 칠언율시를 연구한 논문들을 살펴보자. 당대에서 칠언율시의 성취도가 가장 높은 시인으로는 단연 두보(杜甫)와 이상은(李商隱)이 꼽히며, 따라서 이들의 칠언율시를 논한 연구물이 주종을 이룬다. 두보의 칠언율시에 대한 연구로는 섭가영(葉嘉瑩)이 자신의 논저인 ≪두보추흥팔수집설(杜甫秋興八首集說)≫에 서문을 대신하여 쓴 <두보 칠언율시의 발전과정과

---

10) 당대 칠언율시를 다룬 국내의 논문으로는 두보 칠언율시의 평측과 요구(拗救) 등 격률을 논한 진갑곤(陳甲坤)의 <杜甫 律詩의 形式 硏究>(慶北語文學會, ≪語文論叢≫ 31호, 1997)와 이상은 칠언율시의 장법에 보이는 특성을 논한 졸고 <李商隱 七言律詩 章法特性 試論>(韓國中國語文學會, ≪中國文學≫ 33집, 2000) 정도를 찾아볼 수 있다. 필자가 과문한 탓에 일본과 미국에서의 연구상황에 대해서는 자세히 고찰하지 못하였으나, 두드러진 성과를 발견할 수 없었다.

전후계승의 성취를 논함[論杜甫七律之演進及其承先繼後之成就]>과 마무원(馬茂元)의 ≪설당시(說唐詩)≫에 수록된 <두보와 당대의 칠언율시를 논함[論杜甫和唐代的七言律詩]>이 정채롭다고 생각된다. 이 두 논문은 공히 두보 칠언율시의 성과를 정리하면서 당대 칠언율시의 대략도 언급하여 전후 맥락과 계승 관계를 파악하는 데 도움을 준다. 이처럼 두보의 칠언율시를 개론적으로 소개한 논문으로는 소위군(蘇爲群)의 <두보 칠언율시의 예술적 성취를 논함[論杜甫七律的藝術成就]>,[11] 허세영(許世榮)의 <두보와 칠언율시[杜甫與七言律詩]>,[12] 만운준(萬雲駿)의 <두보 칠언율시 시론[試論杜甫的七律]>[13] 등이 더 있다. 두보 칠언율시의 형식적 특징의 하나라 할 수 있는 연작시(連作詩)에 대해서는 마승오(馬承五)가 <두보 연작 칠언율시 장법 시론[試論杜甫七律組詩的連章法]>[14]이라는 논문에서 10제(題) 37수의 작품을 대상으로 장법(章法)을 고찰하였다. 이 밖에 윤점화(尹占華)의 <두보 칠언율시 대장의 창조성[杜甫七律對仗的創新性]>,[15] 장몽기(張夢機)의 <두보 칠언율시에서 우연히 상미(上尾)를 범한 것에 대한 고찰[杜甫七律偶犯上尾考]>,[16] 위정봉(魏靖峰)의 <두보 칠언율시 첩자에 대한 시론적 분석[試析杜甫七律的疊字]>[17]과 같은 논문들에서 두보 칠언율시의 대장(對仗), 운율(韻律), 용자(用字) 등이 연구되었다. 두보의 칠언율시를 연구한 학위논문도 몇 편이 나왔으니, 황소아(黃素娥)의 ≪기주 이후 두보 칠언율시론[論杜甫入夔以後的七律]≫[18]을 비롯하여 주매소(朱梅韶)의 ≪두보 칠언율시에서의 허사 운용 탐구[杜甫七律詩句中虛詞運用之探究]≫[19]와 오매분(吳梅芬)의 ≪두보 만년 칠언율시 작품의 언어풍격 연구[杜甫晚年七律作

---

11) ≪北京大學學報≫ 1991년 제3기
12) ≪杜甫硏究學刊≫ 1994년 제3기
13) ≪杜甫硏究學刊≫ 1992년 제1기
14) ≪草堂≫ 1985년 제2기
15) ≪杜甫硏究學刊≫ 1993년 제3기
16) ≪國立中央大學人文學報≫ 1994년 12기
17) ≪人文及社會學科敎學通迅≫ 9권 6기, 1999
18) 中國文化大學 碩士學位論文, 1986
19) 淡江大學 碩士學位論文, 1993

品語言風格硏究]≫[20) 등이 있다.

이상은의 칠언율시에 대한 연구도 비교적 활발했다. 소애(蕭艾)가 1957년 ≪광명일보(光明日報)≫에 발표한 <이상은 칠언율시 시론[試論李商隱的七言律詩]>[21]은 중국 건국 후 당대 칠언율시를 주제로 한 것으로는 선구적인 연구이며, 비교적 이른 시점에 이상은 칠언율시의 성과에 주목했다는 점이 이채롭다. 그후로는 이상은의 '무제(無題) 칠언율시'가 논의의 핵심이 되어 다수의 논문이 나왔다. 이외에 이상은 칠언율시에 사용된 전고(典故)의 풍부한 상징성을 논한 유완(劉婉)의 <이상은 칠언율시의 전고 사용의 의의[論李商隱七律詩用典意義]>[22]와 이상은과 온정균(溫庭筠)의 칠언율시를 비교한 방일석(房日晰)의 <이상은과 온정균의 칠언율시 비교[李商隱溫庭筠之七律比較]>[23] 등이 눈에 띄며, 황성웅(黃盛雄)의 <이상은 칠언율시 미련의 강화와 심화[李商隱七律末聯的強化與深化]>[24]와 황소매(黃韶梅)의 <이상은 칠언율시의 용운 현상을 통해 본 정감의 특징[從李商隱七言律詩的用韻現象看其情感特質]>[25] 등은 이상은 칠언율시의 형식적인 기법을 논한 연구물이다. 이상은이 두보의 칠언율시를 계승한 측면에 주목한 연구도 적잖이 나왔는데, 방일석의 <두보와 이상은의 칠언율시 비교[杜甫李商隱七言律詩之比較]>[26]는 그 시초이며, 부강년(富康年)의 <칠언율시로부터 살펴본 이상은의 두보에 대한 창조적 학습[從七律看李商隱對杜甫的創造性學習]>[27]과 장경굉(張經宏)의 석사학위논문인 ≪두보와 이상은의 칠언율시 비교 연구[杜甫七律與李商隱七律之比較硏究]≫[28]

---

20) 成功大學 碩士學位論文, 1994
21) 이 논문은 후에 ≪唐詩硏究論文集≫(北京 : 人民文學出版社, 1959)에 다시 수록되었다.
22) 廣西師範大學出版社, ≪唐代文學硏究≫ 제7집, 1998
23) ≪西北大學學報≫ 1993년 제2기
24) ≪中外文學≫ 1989년 제6기
25) ≪中國文化月刊≫ 149기, 1992
26) ≪杜甫硏究學刊≫ 1991년 제2기
27) ≪社科縱橫≫ 1996년 제1기
28) 臺灣大學 碩士學位論文, 1996

등이 그것이다.

위의 두 시인을 제외한 나머지 작가들의 칠언율시에 대한 연구는 매우 저조했다. 왕유(王維)의 칠언율시를 연구한 논문으로 장전봉(張傳峰)의 <왕유 칠언율시론[論王維的七律]>29)과 구서상(邱瑞祥)의 <왕유 칠언율시론[論王維的七言律詩]>30) 두 편이 있는 것 말고는 송심창(宋心昌)의 <이백 칠언율시 고평[李白七律考評]>,31) 등사량(鄧仕梁)의 <당대 칠언율시 발전에서 유장경의 위치[劉長卿對唐代七律發展的地位]>,32) 강석미(江惜美)의 <허혼 칠언율시의 특색[許渾七律的特色]>,33) 구양후(寇養厚)의 <두목 칠언율시의 예술적 풍격과 형성 요인[杜牧七言律詩的藝術風格及其成因]>34) 등 작가별로 한 편씩에 불과하다. 특히 당대 시인으로서는 가장 많은 600여 수의 칠언율시 작품을 남긴 백거이(白居易)나 유우석(劉禹錫), 나은(羅隱), 위장(韋莊)과 같이 비중 있는 칠언율시 작가들에 대한 연구물이 한 편도 나오지 않았다는 점은 기존 당대 칠언율시 연구의 편향성을 보여주는 예라 할 것이다.

개별 작가의 칠언율시에 한정하지 않고 당대 칠언율시 전체를 다룬 연구 성과는 더욱 미미했다. 정천범(程千帆)과 장굉생(張宏生)의 <칠언율시 속의 정치적 의미 — 두보로부터 이상은, 한악까지[七言律詩中的政治內涵 — 從杜甫到李商隱、韓偓]>35)과 한성무(韓成武)의 <칠언율시의 정형과 성숙 시론[試論七律的定型與成熟]>36) 정도를 찾아볼 수 있을 뿐이다. 전자는 두보에서 이상은과 한악(韓偓)으로 이어지는 정치 제재 칠언율시의 계승관계를 고찰한 것이고, 후자는 칠언율시의 격률적 요소인 점대법(黏對法)에 대한 면밀한 조사를 통해 칠언율시의 실질적인 완성자는 심전기(沈佺期)·송지문(宋之問) 또는 왕유가

---

29) ≪湖州師傳學報≫ 1994년 제3기
30) ≪貴州大學學報≫ 1996년 제4기
31) ≪上海敎育學院學報≫ 1992년 제2기
32) 廣西師範大學出版社, ≪唐代文學硏究≫ 제5집, 1994
33) ≪中華文化復興月刊≫ 1988년 제9기
34) ≪文史哲≫ 1985년 제1기
35) ≪文藝理論硏究≫ 1988년 제2기
36) ≪河北大學學報≫ 1997년 제1기

아니라 두보라는 점을 고증한 것이다.

이상에서 거론된 연구자들은 대개 개별 시인에 대한 탐구의 일환으로 칠언율시에 대한 논문을 발표한 것이라 할 수 있다. 이와는 달리 당대 칠언율시 전반에 관심을 가지고 이를 중점적으로 연구한 이로 조겸(趙謙)과 손금안(孫琴安)이 있다. 조겸은 <중당 후기 칠언율시론[中唐後期七律論]>,[37] <초당 칠언율시 음운풍격 재고찰[初唐七律音韻風格的再考察]>,[38] <이상은 칠언율시 내재구조효과론[論李商隱七律的內在結構效應]>[39] 등 당대 칠언율시에 관한 일련의 논문을 꾸준히 발표하면서 이러한 연구결과를 종합하여 1992년에 ≪당칠율예술사(唐七律藝術史)≫를 내놓았다. 이 책은 모두 7장으로 이루어져 있는데, 각 장의 내용을 살펴보면 제1장은 초당(初唐), 제2장은 성당(盛唐)을 다루었으며, 제3장에서는 두보를 전문적으로 논했다. 제4장과 제5장은 중당(中唐), 제6장과 제7장은 만당(晩唐)의 여러 시인들을 각각 고찰하고 있다. 당대 칠언율시를 체계적으로 연구한 저술로는 유일무이한데다 종래 연구자들의 관심에서 벗어나 있었던 중·만당의 칠언율시를 세심하게 살펴보고 있다는 점에서 큰 의의가 있다. 그러나 몇 가지 아쉬운 점도 지적된다. 첫째로, 당대의 칠언율시를 초·성·중·만의 4기로 나누어 살펴보면서도 개별 시인의 성과를 논하는 데 치우쳐, 각 시기의 시대적 배경이나 시단의 흐름이 칠언율시 창작에 미친 영향에 대해서는 소홀히 하고 있다. 둘째로, 논의의 대상으로 삼은 시인의 선별에 다소 문제점이 있다. 예컨대 제5장에서 거론한 시인 중에서 원진(元稹), 가도(賈島), 유종원(柳宗元) 등은 칠언율시에서 남다른 성과를 거두었거나 후대에 많은 영향을 준 작가는 아니라는 것이 객관적인 평가다. 셋째로, 전체적인 관점에서 볼 때 논의의 초점이 명쾌하지 못하다. 이것은 기본적인 접근방법이 풍격론(風格論)이기 때문으로 여겨지는데, 이를테면 초당 칠언율시는 '다원적'인 풍격을 갖추고 있었다거

---

37) ≪華中師範大學學報≫ 1990년 제2기
38) ≪文學遺産≫ 1990년 제3기
39) ≪華中師範大學學報≫ 1991년 제4기

나, 두목(杜牧)의 칠언율시는 '정합성(整合性)'의 풍격을 특징으로 한다는 등
의 논의는 풍격 용어 자체의 모호함 때문에 선뜻 이해하기 어렵다. 이와 같
은 결점이 눈에 띄기는 하지만 이 책이 당대 칠언율시 연구에 큰 업적을
남긴 것은 틀림없는 사실이다.

　손금안 역시 당대 칠언율시에 관한 논문을 잇달아 발표한 연구자다.
1986년에 <당대 칠언율시에서 이기의 위치에 대한 간략한 논의[簡論李頎在
唐七律詩中的地位]>[40]를 발표한 데 이어 1988년에는 <두보가 열어준 세 유
파의 칠언율시와 그 영향에 대한 간략한 논의[簡論杜甫所開的三派七律及其影
響]>,[41] <당대 칠언율시의 몇 개 주요 유파[唐代七律詩的幾個主要派別]>,[42]
<당대 칠언율시의 최초 선집 - 당시고취[唐人七律的最早選本 - 唐詩鼓吹]>[43]
등의 연구결과를 내놓았다. 특히 <당대 칠언율시의 몇 개 주요 유파>라는
논문은 당대 칠언율시의 다양한 풍격을 '침울웅장(沈鬱雄壯)', '통속천근(通俗
淺近)' 등의 다섯 가지로 정리한 역작이다. 손금안의 당대 칠언율시 연구성과
는 이들 논문보다 당시(唐詩) 선본(選本) 300여 종을 검토하여 그 중에서 74가
(家) 210수의 칠언율시를 뽑은 ≪당칠율시정품(唐七律詩精品)≫이 더욱 돋보인
다. 두보(33수)와 이상은(26수)에 많은 비중을 두면서도 양거원(楊巨源, 4수), 설
봉(薛逢, 5수), 오융(吳融, 4수) 등 익히 알려지지 않은 시인들의 작품이라도 우
수하다고 평가할 만한 것은 과감하게 선록하고, 제가의 평을 두루 인용한 점
이 뛰어나다고 여겨진다.

---

40) ≪唐代文學論叢≫ 제7집
41) ≪杜甫研究學刊≫ 1988년 제1기
42) ≪上海社會科學院學術季刊≫ 1988년 제2기
43) ≪古典文學知識≫ 1988년 제5기

3. 연구의 대상과 방법

《전당시》에 수록된 당대의 칠언율시는 대략 568인의 작품 7,419수로 집계된다.[44] 이처럼 방대한 분량의 작품을 상세히 고찰하는 것은 어려운 일이므로, 본서에서는 우선 당대 칠언율시의 문학사적 맥락을 통시적으로 살펴보는 데 주안점을 둘 것이다. 문학사적인 접근을 위해서는 칠언율시라는 체재의 형성과 발전, 칠언율시 작품이 창작된 시대적 배경과 작가의 환경, 개별 작가 또는 작품이 칠언율시사(七言律詩史)에서 가지는 의미와 영향관계 등이 두루 규명되어야 한다. 본서에서 이와 같은 요소가 모두 구비된다면, 기존의 연구가 대체로 어느 한쪽에 편중되어 당대 칠언율시의 전모를 개괄하기에는 부족했던 점이 상당 부분 보완되리라 생각한다. 필자는 위에서 설정한 기본적인 연구 방향에 따라 다음과 같이 논의를 진행해나갈 것이다.

제2장에서는 한대(漢代)의 칠언시(七言詩)로부터 당대의 칠언율시가 나오기까지의 과정을 다룰 것이다. 칠언시의 형성과 발전과정에 대한 고찰은 칠언율시의 제반 특성을 이해하는 데도 많은 도움을 줄 것으로 여겨지기 때문이다.

제3장에서는 압운(押韻)과 평측격식(平仄格式), 구식(句式)과 장법(章法), 대장(對仗) 등 칠언율시의 격률을 논할 것이다. 칠언율시라는 것은 시의 체재를

---

44) 《전당시》에 수록된 칠언율시를 집계하면서 칠언율시에 대한 인식이 없었던 것으로 보이는 초당 전기의 칠언 8구체와 고시의 영향을 받은 측성운 칠언 8구체는 제외하였다. 7,419수 가운데 110수는 같은 작품이 각기 다른 두 시인의 작품으로, 2수는 세 시인의 작품으로 중복 수록되었으므로, 이들 중복된 작품 114수를 제외하면 엄밀한 의미에서 《전당시》에 수록된 당대 칠언율시의 총 수는 7,305수가 된다. 조겸(趙謙), 손금안(孫琴安) 등은 자신의 저서에서 당대의 칠언율시가 모두 9천여 수에 달한다고 보고 있는데, 근인 진상군(陳尙君)이 집교(輯校)한 《전당시보편(全唐詩補編)》(北京 : 中華書局, 1992)에 모아져 있는 칠언율시도 500여 수에 불과하므로 당대의 칠언율시는 8천 수 가량으로 추산하는 것이 실제에 가까울 듯하다.

일컫는 말이므로 그러한 체재를 이루고 있는 격률에 대한 분석은 칠언율시 작품을 파악하는 데 필수 불가결한 요소다. 칠언율시의 격률에 대한 귀납적 이론과 당대 칠언율시 창작의 실제를 비교·검토하기 위해 통계적인 처리에 필요한 표본을 일부에 국한시키지 않고 당대 칠언율시 전체에 근접하는 7,000여 수를 대상으로 하여 좀 더 완벽을 기하고자 한다.[45]

제4장은 본서에서 가장 핵심적인 부분으로서 당대 칠언율시의 발전과정을 살펴볼 것이다. 이를 위해 필자는 당대를 초당, 성당, 중당, 만당의 시기별로 구분해 시대적 배경과 칠언율시 창작의 상관관계를 고찰하고자 한다. 또 칠언율시의 역사에서 객관적 위상을 고려하여 각 시기별로 대표적 칠언율시 작가 몇 사람씩을 다루되, 칠언율시 방면에서 뛰어난 성취를 이룬 것으로 평가되는 두보와 이상은에 대해서는 따로 절(節)을 할애하여 자세히 논의할 것이다. 논의에 필요한 작품은 가급적 각 시인의 대표작을 소개하여 당대 칠언율시의 성과를 조망함과 동시에 칠언율시의 발전과정에서 꼭 짚고 넘어가야 할 만한 작품은 잘 알려지지 않은 것이라도 소개하고자 한다. 그리고 당대의 주요 시인들에 대해서는 여러 연구자들에 의해 편년(編年) 작업이 상당 부분 이루어져 있는 상황이므로 이 방면의 연구결과를 최대한 반영하여, 시인마다 수십 년에 걸친 창작역정 속에 각각의 작품이 어떤 위치를 차지하고 있는지도 눈여겨볼 것이다.

제5장에서는 당대 칠언율시가 후대에 미친 영향을 알아볼 것이다. 여기서는 이상은을 추종했던 서곤파(西昆派)와 두보를 추종했던 강서시파(江西詩派)

---

45) 필자는 통계에 필요한 자료를 얻기 위하여 중국인에게 ≪전당시≫(中州古籍出版社, 1996년판)에 수록된 칠언율시 전체의 전산입력을 의뢰하였는데, 입력 과정에서의 부주의로 부득이하게 7,419수에서 80수가 누락된 7,339수의 데이터만 확보되었다. 또 통계 처리할 사항에 따라 표본 수를 조정하여 작품의 정확한 창작시기가 중요한 경우에는 시기 구분이 모호한 일부 작품을 제외하여 7,110수만을 대상으로 하였고, 평기식(平起式)과 측기식(仄起式)의 구분에서처럼 특정 위치에 있는 시어의 신빙성이 요구되는 경우에는 판본에 따라 시어가 다른 작품을 제외하여 7,092수만을 대상으로 삼았다.

등 당대 칠언율시와의 영향관계를 명확히 알 수 있는 송원대(宋元代)와, 뚜렷하게 당대 칠언율시를 표방하지는 않았으나 몇몇 작가에서 당대 칠언율시와의 관계를 살펴볼 수 있는 명청대(明淸代)로 나누어 고찰해보도록 하겠다. 이 장의 논의를 통해 중국고전시사(中國古典詩史)에서 당대 칠언율시가 차지하는 위치와 비중이 더 확연해질 것으로 판단된다.

마지막으로 제6장에서는 당대 칠언율시에 관한 후대의 논쟁 중에서 '조조(早朝) 창화시(唱和詩) 우열론'과 '당대 칠언율시 압권론'이라는 두 가지 문제를 심도 있게 다룰 것이다. 비교적 많은 논자들이 참여해 저마다의 의견을 개진했던 이 두 논쟁은 당대 칠언율시 고유의 특성, 기원 그리고 발전과정 등과 연관되는 것이어서 이에 대한 검토가 당대 칠언율시를 종합적으로 고찰하는 데 일조할 것으로 생각하기 때문이다.

Ⅱ. 칠언시의 발전과 칠언율시의 형성

　중국시의 시작이라고 할 수 있는 ≪시경(詩經)≫을 보면 구식(句式)은 이언 (二言)부터 팔언(八言)까지 다양하고, 압운의 방법도 무려 27종이나 된다.[1] 한 편의 시에서 여러 구식이 섞여 쓰이기도 하고, 구수(句數)도 일정하지 않았다. 그러던 것이 후대로 내려오면서 몇 가지 격률의 조합으로 이루어진 고유의 체재가 등장하게 되는데, 당대 이후의 근체시는 바로 그러한 과정의 최종 결 과물이다.

　격률이란 일반적으로는 구식, 압운, 그리고 편장형식(篇章形式) 세 가지를 일컫는 말이다. 칠언율시는 한 구가 일곱 자로 일정하고(구식), 평성운(平聲韻) 을 써서 격구(隔句)로 압운하며, 전편(全篇)이 여덟 구(편장형식)로 이루어진다. 여기에 부가적으로 요구되는 격률이 더 있다. 각 구에서는 2・4・6째 자의 평측(平仄)을 엇갈리게 써야 하고, 구와 구 사이에는 평측이 대(對) 또는 점(黏) 을 이루어야 하며, 중간의 두 연 즉 함련(頷聯)과 경련(頸聯)에는 대장(對仗)을 써야 한다. 이 장에서는 본격적인 칠언시가 창작되기 시작한 한대를 기점으 로 하여 여러 격률을 모두 갖춘 최초의 칠언율시가 등장한 초당까지 대략 700년 동안 진행된 격률화 과정을 검토할 것이다.

---

1) 支菊生, <古代詩體演變的基本傾向 - 格律化>, ≪中國古代近代文學研究≫ 1988 년 제8기, p.15.

1. 칠언시의 형성과 발전

(1) 칠언시의 기원에 대한 제설

칠언시의 기원에 대해서 문학사가의 입장은 대체로 셋으로 나뉜다. 하나는 초사(楚辭)로부터 유래했다는 「초사설(楚辭說)」이고 다른 하나는 민간가요로부터 발전했다는 「가요설(歌謠說)」이며, 마지막 하나는 위의 두 가지 설을 다 인정하는 「절충설」이다. 이러한 세 가지 주장을 간단히 요약해보면 다음과 같다.

첫째로, 「초사설」은 유협(劉勰)을 필두로 하여 호응린(胡應麟), 고염무(顧炎武) 등이 주장한 전통적인 학설이다.[2] 한대 문인의 칠언시에 '혜(兮)'자가 쓰이고 있는 것으로 보아 이는 <이소(離騷)>의 대표적 형식인 「□□□○□□□兮」형[3]이나 <구가(九歌)>의 「□□□兮□□□」형과 「□□□□兮□□」형 등에서 '혜(兮)'자의 위치에 실사(實辭)가 대치되어 칠언으로 탈바꿈했다는 것이다. '칠언'이라는 용어를 가장 먼저 볼 수 있는 문헌은 《한서(漢書)》로서, <동방삭전(東方朔傳)>에 "동방삭의 글로는 …<팔언(八言)>과 <칠언(七言)> 상하편이 있다."[4]는 기록이 보인다. 《문선(文選)》의 이선주(李善注)에 인용된 <칠언>의 한 구절을 보면 「折羽翼兮摩蒼天」으로 되어 있어 초사의 형태임에 틀림없으니,[5] 이는 「초사설」을 지탱해주는 유력한 방증이다. 그러나 필자는 《초사》 이전의 작품집인 《시경》에 이미 칠언구가 보이고 있으므로, 칠언체의 기원을 초사에서만 찾는 것은 타당하지 않다고 생각한다.

---

2) 劉勰, 《文心雕龍·章句》; 胡應麟, 《詩藪》內篇 卷三; 顧炎武, 《日知錄》卷二十.
3) ○표시는 '之', '而', '其'와 같은 조사를 말한다.
4) 《漢書·東方朔傳》, 「朔之文辭, …八言、七言上下.」
5) 《文選》卷22, 魏文帝, <芙蓉池作>注, 「東方朔七言曰 : 折羽翼兮摩蒼天.」

둘째로, 「가요설」은 여관영(余冠英) 등이 새롭게 내놓은 것이다.6) 그는 초사의 완정하지 않은 칠언시는 칠언시의 먼 조상에 불과하므로 보다 직접적이고 가까운 선대(先代)를 찾아야 하며, 계통적으로 칠언시와 비교적 가까운 상고(上古)의 시가는 일종의 노동요(勞動謠)인 ≪순자(荀子)≫의 <성상사(成相辭)>라고 주장했다. 진대(晉代)의 부현(傅玄)은 <의사수시서(擬四愁詩序)>에서 말하기를 "장형(張衡)의 <사수시(四愁詩)>는 체제가 작고 속되니 칠언의 종류이다."7)라 했는데, 그가 '체제가 작고 속되다'라고 한 것은 칠언시의 기원이 된 민간가요를 가리킨다는 것이다.8) 그렇지만 <사수시>에 엄연히 초사의 흔적이 보이고 있는 것까지 모두 민간가요로 설명하기는 어려워 보인다.

마지막으로 「절충설」은 두 가지의 연원설을 모두 수용하는 입장을 취한다. 이것은 나근택(羅根澤), 이가언(李嘉言), 녹흠립(逯欽立), 광건행(鄺健行) 등이 내놓은 학설로서, 세부적인 내용은 조금씩 차이를 보인다. 나근택은 서한(西漢) 원제(元帝)에서 평제(平帝)에 이르는 시기(B.C. 48~A.D. 5)에 「소체시(騷體詩)」가 변화하여 칠언 가요가 생겨나면서 칠언시가 등장했다고 주장했고,9) 이가언은 조비(曹丕)의 <연가행(燕歌行)>을 기준으로 하여 그 이전의 칠언시는 초사 계통으로, 이후의 작품은 민간가요 계통으로 보았다.10) 또 녹흠립은 한무제(漢武帝) 무렵부터 '칠언'이라는 문체가 생겨나 여기에 '혜(兮)'자를 쓰는 초사체 칠언과 민간가요가 섞이면서 함께 '칠언'으로 불린 것이라 했다.11) 이에 비해 광건행은 초사와 민간가요를 아우를 수 있는 범주를 「초가(楚歌)」로 보고, 선진(先秦) 시기에 초(楚)나라 지역을 중심으로 불렸던 질박한 민간가요인 「초가」 중 일부는 굴원(屈原) 등에 의해 초사로 발전하고, 일부는 가요의 형태로 전승되어 한대에 「칠언」이라는 문체가 생겨나는데 기여했다는

---

6) 余冠英, <七言詩起源新論>, p.128.
7) 「張平子四愁詩, 體小而俗, 七言類也.」
8) 北京大學中文系編, ≪中國文學史≫ 上卷, p.199.
9) 羅根澤, <七言詩之起源及其成熟>, pp.167-209.
10) 李嘉言, <與余冠英先生論七言詩起源書>, pp.148-154.
11) 逯欽立, <明體第二>, pp.69-83.

것이다.[12)]

　이상의 제설을 종합해보면, 칠언시는 초사의 영향을 가장 많이 받았음이 분명하다. 다만, 한대에 초사를 직접적으로 계승한 부(賦)가 널리 유행한 것과 대조적으로 칠언시의 창작이 극히 미미했던 것은 칠언시에 투박한 민간가요의 성분도 얼마간 있었기 때문으로 보인다.[13)] 그런 까닭에 한대 이후 오언시가 본격적으로 창작되는 과정에서 칠언시는 상대적으로 문인들의 주목을 크게 끌지 못하고 시체(詩體)로서의 주도권을 오언시에 넘겨준 것이 아닌가 한다.

(2) 칠언시의 형성 : 한대의 칠언시

　《문선》의 이선주에 의하면 서한의 칠언시로 동중서(董仲舒 : B.C. 179?~93?)의 <금가이수(琴歌二首)>가 있었다고 하나, 지금은 전해지지 않는다.[14)] 오늘날 남아 있는 가장 오래된 작품으로는 한무제(B.C. 140~87 재위)와 군신(群臣)들의 연구(聯句)인 <백량대시(柏梁臺詩)>[15)]를 꼽는데, 고염무(顧炎武)가 위

---

12) 鄺健行, <七言詩的淵源和發展>, pp.31-60.

13) 김상호(金庠澔)는 근대부터 부상한 민간문학 가운데 가창을 위한 운문 부분들, 예컨대 제궁조(諸宮調)·탄사(彈詞)·고사(鼓詞) 등의 형식이 대부분 칠언이고, 고대에 시기적으로 가장 근접한 당 변문(變文)을 보더라도 칠언의 운문이 어렵지 않게 발견된다는 점 등을 들어 칠언이 민간의 구두전통과 서사기록에 적용된 대표적 형식이라고 했다(韓國中國語文學會, 《中國文學》 제29집, 1998, <古代 中國詩歌의 창작 과정에 관한 연구>, p.36).

14) 《文選》 卷43 孔稚珪, <北山移文>注引《董仲舒集》, 「七言琴歌二首.」

15) 「日月星辰和四時. 驂駕四馬從梁來. 郡國士馬羽林材. 總領天下誠難治. 和撫四夷不易哉! 刀筆之吏臣執之. 撞鐘伐鼓聲中詩. 宗室廣大日益滋. 周衛交戟禁不時. 總領從宗柏梁臺. 平理清讞決嫌疑. 修飾輿馬待駕來. 郡國吏功差次之. 陳栗萬石揚以箕. 徼道宮下隨討治. 三輔盜賊天下危. 盜阻南山爲民災. 外家公主不可治. 椒房率更領其材. 蠻夷朝賀常舍其. 柱枅欂櫨相枝持. 枇杷橘栗桃李梅. 走狗逐兎張罘罳. 齧妃女脣甘如飴. 迫窘詰屈幾窮哉!」

작임을 주장한 이후로 후인의 가탁(假託)이라는 것이 정설이다.16) 그러나 왕력(王力)은 <백량대시>가 위작일 가능성을 인정하면서도, '之'와 '哈'가 동부(同部)의 압운으로 쓰인 것은 선진(先秦)의 고운(古韻)이라는 점을 들어 무제 시기에서 그리 멀지는 않을 것이라고 주장했다.17) 이 시는 한 사람이 한 구절씩 다양한 소재를 언급한 것을 모아놓은 형태로서, 내용에 일관성이 없고 시어와 압운에 많은 중복현상을 보인다. 다만 이 시가 등한 이후로 칠언시에서 매구에 압운하는 것을 정격으로 삼는 지표가 된 작품이라는 점에서 의미를 찾을 수 있겠다.18)

그밖에 왕가(王嘉)의 ≪습유기(拾遺記)≫에 한소제(漢昭帝 : B.C. 86~74 재위) 때 궁인(宮人)이 불렀다고 전해지는 <임지가(淋池歌)>19)와 심덕잠(沈德潛)의 ≪고시원(古詩源)≫에 공자(孔子)가 오왕(吳王) 합려(闔閭)에게 전술(傳述)했다는 내용과 함께 수록된 <영보요(靈寶謠)>20)도 모두 진위를 의심받고 있어 자세히 논하지 않기로 한다.

이 무렵의 칠언시로는 ≪문선≫주(注) 도처에 흩어져 있는 유향(劉向 : B.C. 77~6)의 칠언시 잔구(殘句)도 주목의 대상이 된다. 원래의 시는 전편이 전해지고 있지 않아 본모습을 알 길이 없다. 편의상 ≪문선≫에 인용된 순서대로 나열해보면 아래와 같다.

---

16) 고염무(顧炎武)는 ≪일지록(日知錄)≫ 권21에서 이 시가 원봉(元封) 3년(B.C. 108)에 지어졌다는 ≪삼진기(三秦記)≫의 기록을 사적과 대조하여 둘째 구를 지었다는 양효왕(梁孝王)이 원봉 3년 이전에 죽었으며, 다른 신하들의 관직명도 원봉 3년의 제도와 다르다는 점 등을 지적했다.

17) 王力, ≪漢語詩律學≫, p.14.

18) 이른바 「백량체」라 함은 칠언시에서 일운도저로 매구 압운하는 것을 가리킨다. 그러나 <백량대시>는 완전한 일운도저는 아니다. 이 시에 쓰인 운 가운데 '위(危)'는 고대에는 '支部' 또는 '脂部'에 속했다(王力, 위의 책, p.14 참조).

19) 王嘉, ≪拾遺記≫ 卷6, 「昭帝始元元年, 穿淋池, …使宮人歌曰 : 秋素景兮泛洪波, 揮纖手兮折芝荷, 涼風凄凄揚棹歌, 雲光開曙月低河, 萬歲爲樂豈云多.」

20) 沈德潛, ≪古詩源≫ 卷1, 「吳王出遊觀震湖, 龍威丈人山隱居. 北上包山入靈墟, 乃入洞庭竊禹書. 天地大文不可舒, 此文長傳百六初, 若强取出喪國廬.」

博學多識與凡殊,[21]　　박학다식하여 뭇 사람들과는 다르고
時將昏暮白日午.[22]　　때는 장차 어두워지려 하나 흰 해는 자오선에 있다
遏來歸耕永自疏,[23]　　떠나가자 돌아가 밭 갈며 영원히 스스로 소원해지리니
山鳥群鳴我心懷.[24]　　산새들 무리지어 지저귀니 내 마음이로다
結構野草起室廬,[25]　　들풀을 엮어 집을 짓고
讌處從容觀詩書.[26]　　편안한 곳에서 차분하게 시서(詩書)를 보리라

이 잔구들은 일운도저(一韻到底)의 압운과 일관된 내용으로 볼 때 원래 한 편의 시에서 나온 것으로 추정된다. 2-2-3으로 이루어지는 음조가 매우 자연스러워 유향의 작품이 확실하다면 서한의 칠언시는 이미 상당한 수준에 있었다고 할 수 있을 것이다. 그러나 전편이 전해지지 않는 데다, 작자에 대한 고증도 전혀 이루어지지 않아 서한 칠언시의 성과로 인정받지는 못하고 있다. 양계초(梁啓超)는 칠언시의 기원과 관련하여 전국시대부터 서한 중엽까지 칠언 또는 칠언과 유사한 작품을 일곱 가지로 정리한 바 있는데, 여기에는 앞서 소개한 ≪초사≫, ≪순자·성상≫ 편, <백량대시> 외에 진시황(秦始皇) 때 사유(史游)가 지었다는 <급취장(急就章)>, <역수가(易水歌)>·<해하가(垓下歌)>·<대풍가(大風歌)> 등의 초가(楚歌), 한 고조 때의 <방중가(房中歌)>, 무제 때의 교사가(郊祀歌) 가운데 <천문(天門)>장과 <경성(景星)>장 등이 포함된다.[27] 그러나 <급취장>은 일종의 한자교본에 불과하고,[28] 여러

---

21) ≪文選≫李善注 卷2, 張衡, <西京賦>注
22) ≪文選≫李善注 卷13, 謝惠連, <雪賦>注
23) ≪文選≫李善注 卷15, 張衡, <思賢賦>注 ; 卷21 顔延之, <秋胡詩>注 ; 卷29 張協, <雜詩十首>)注
24) ≪文選≫李善注 卷25, 嵇康, <贈秀才入軍五首>注
25) ≪文選≫李善注 卷37, 諸葛亮, <出師表>注
26) ≪文選≫李善注 卷40, 謝朓, <拜中軍記室辭隋王牋>注
27) 梁啓超, ≪中國之美文及其歷史≫, pp.119-121.
28) 현재 전해지고 있는 <급취장>의 판본은 34장으로 구성되어 2,144자를 소개하고 있으며, 성명, 의복, 음식 등의 순서에 따라 3·4·7언 등의 운어(韻語)를 쓰고 있다. 「急就奇觚與衆異, 羅列諸物名姓字, 分別部居不雜厠, 用日約少殊快意.…」로 시작된다.

초가에는 모두 '혜(兮)'자가 쓰이고 있으며, <방중가>와 교사가 두 장의 칠언은 전편의 일부일 뿐이어서, 서한의 칠언시는 이렇다 할 작품이 없었다고 말할 수 있을 것이다.

동한대에 들어와 시가는 오언을 중심으로 비약적인 발전을 보였다. 최초의 문인 오언시로 평가받는 반고(班固 : 32~92)의 <영사(詠史)>를 비롯하여 장형(張衡 : 78~139)의 <동성가(同聲歌)>, 채옹(蔡邕 : 133~192)의 <취조(翠鳥)>, 진가(秦嘉 : 157 전후)의 <증부시(贈婦詩)> 등 본격적으로 문인들의 오언시가 나오기 시작했다.29) ≪문선≫ 권29에 실려 있는 <고시십구수(古詩十九首)>가 나온 것도 이 무렵으로 보인다. 이렇게 오언시의 작가로 여러 문인들이 거명되는데 비해 칠언시는 장형(張衡) 정도가 언급될 뿐이다. ≪후한서≫ 열전을 보면 동평왕(東平王) 창(蒼), 두독(杜篤), 최원(崔瑗), 최기(崔琦), 최실(崔實) 등에게 모두 칠언 작품이 있었다고 하나, 이들의 작품 가운데 오늘날까지 남아 있는 것이 없어서 당시 칠언시의 창작 상황을 정확히 가늠하기가 어렵다.30) 비교적 완정한 칠언시라고 할 수 있는 장형의 <사수시(四愁詩)> 중에서 첫째 수를 보도록 하자.31)

我所思兮在太山,　　내가 그리워하는 이는 태산(太山)에 있으나
欲往從之梁父艱.　　가서 그를 따르려 해도 양보산(梁父山)이 험하여
側身東望涙霑翰.　　몸 기울여 동쪽으로 바라보면 눈물이 옷깃을 적시네
美人贈我金錯刀,　　아름다운 사람이 나에게 금물 입힌 패도(佩刀)를 주었으니
何以報之英瓊瑤.　　무엇으로 보답할까? 옥 같이 예쁜 돌로 해야지
路遠莫致倚逍遙,　　길이 멀어 보낼 수 없기에 기대어 서성이니
何爲懷憂心煩勞.　　무엇 때문에 근심을 품고 마음 괴로워하나?

---

29) 金學主, ≪中國文學史≫, p.153.

30) ≪後漢書≫ <光武十王傳>, <崔駰傳>, <張衡傳>, <馬融傳> 등.

31) ≪後漢書·張衡傳≫에 「永和初, 出爲河間相.」이라 하였으므로, 이 시는 장형이 하간국(河間國)의 국상(國相)으로 나갔던 순제(順帝) 영화(永和) 연간(136~141)의 작품으로 추정된다.

　모두 네 수로 구성된 이 시는 한 수의 일부 내용이 바뀌어 다음 수가 이루어지는 ≪시경≫의 수법을 원용하고 있다. 따라서 네 수의 내용은 한결같이 '미인'에게 다가가고픈 심정을 노래한 것으로 볼 수 있다. 첫 구에만 '혜(兮)'자가 쓰여 초사의 흔적을 보여줄 뿐, 그 외의 구는 완정한 4·3의 구식을 이루어 칠언시의 발전 가능성을 충분히 엿볼 수 있게 한다. 매구에 압운하는 「백량체」이며 앞의 3구와 뒤의 4구에서 각기 다른 운을 써서 환운한 점이 눈에 띈다.

　장형의 <사수시>는 초사의 형식이 쓰인 첫 구뿐만 아니라 '미인'으로 군자를 비유하고 '진귀한 보배'로 인의(仁義)를 비유하고, '태산'으로 현명한 군주를 비유하는 등의 수법이 굴원의 여러 초사 작품과 맥이 닿아 있어 본격적인 칠언시의 시초라기보다는 초사의 여향(餘響)으로 인식되는 경향이 있다. 또 내용에 있어서도 명(明)의 허학이(許學夷 : 1564~1638)가 "체재와 격식이 자연스럽고 시어가 함축적이어서 천부적인 오묘함이 있으니 마땅히 칠언체의 비조다."[32]라고 좋게 평가한 반면, 청(淸)의 모원상(牟願相)은 "인쇄하듯 산수를 찍어냈을 뿐이니 잇달아 백 권을 찍어낸들 좋고 나쁨이 없다."[33]라고 부정적으로 평가하고 있어서 모범적인 칠언시로서의 입지를 굳히지는 못했다. 이러한 이유로 일부 연구자들은 동한에서 정형적인 칠언시를 찾고자 노력하였는데, 그 결과로 대두된 것이 장형의 <사현부(思玄賦)> 말미에 쓰인 <계사(繫辭)>이다. 먼저 그 내용을 보기로 하자.

天長地久歲不留,　　천지는 장구하고 세월은 머무르지 않는데
俟河之淸秖懷憂.　　황하가 맑아지길 기다려봐도 그저 근심만 품게 된다
願得遠渡以自娛,　　바라건대 멀리 노닐어 스스로를 위로하고자
上下無常窮六區.　　위아래 정해진 곳 없이 세상 끝까지 가기를
超踰騰躍絶世俗,　　뛰어넘고 날아올라 세속과 단절되어

---

32) 許學夷, ≪詩源辯體≫ 卷3, 「其體渾淪, 其語隱約, 有天成之妙, 當爲七言之祖.」
33) 牟願相, ≪小澥草堂雜論詩≫, 「印板山水耳, 接掇百本, 都無姸媸.」(≪淸詩話續編≫, p.921)

飄遙神擧逞所欲.　　　나부끼는 정신의 노닒으로 하고자하는 바를 이루리
天不可階仙夫稀,　　　하늘은 오를 수 없고 신선은 드물어
柏舟悄悄吝不飛.　　　잣나무 배에서 근심하니 날지 못함이 한이로다
松喬高峙孰能離,　　　적송자(赤松子)와 왕교(王喬)는 우뚝 솟아 있으니 누가
　　　　　　　　　　　가까이 하랴
結精遠遊使心携.　　　정신을 집중하여 멀리 노니니 마음을 끌리게 한다
迴志揭來從玄謀,　　　뜻을 바꾸고 돌아와 선현의 가르침을 따르니
獲我所求夫何思!　　　내가 구하던 것을 얻었거늘 무엇을 생각하랴

　　이 부분은 옛 성현의 가르침을 받들어 도덕적 수양을 해나간다는 <사현
부>의 내용을 축약한 것이다. 《후한서·장형전》을 보면, <사현부>는
<사수시>의 창작시기로 알려진 순제(順帝) 영화(永和) 연간(136~141)보다 이
른 양가(陽嘉) 연간(132~135)의 작품이다.[34] 유안정(劉岸挺)은 이러한 창작시기
를 고려하여 이 <계사>를 중국 최초의 완정한 칠언시로 지목하고 있다.[35]
마융(馬融 : 79~166)의 <장적부(長笛賦)>도 끝의 '난(亂)' 부분이 칠언으로 되어
있는데,[36] 이러한 형태는 초사에서 끝부분에 '난왈(亂曰)' 또는 '왈(曰)'이라
하여 전편의 대의를 설명한 데서 기원하는 것으로 보인다.[37] 그렇지만 이 작
품은 칠언으로 이루어졌다고는 하나, 엄밀히 말하면 부의 일부분일 뿐이지
독립된 작품은 아니므로 최초의 완정한 칠언시로 인정할 수는 없을 것이다.
　　그러나 이 <계사>에는 몇 가지 주목할 만한 점들이 있다. 첫째는 구의
형태인데, <사현부> 본문의 구식은 「□□□□□□兮, □□□□□□」로서

---

34) 《後漢書·張衡傳》, 「後遷侍中, …… 閹豎恐終爲其患, 遂共讒之. 衡常思圖身
　　之事, 以爲吉凶倚伏, 幽微難明, 乃作思玄賦, 以宣寄情志.」 장형은 양가(陽嘉)
　　연간에 시중(侍中)을 지냈다.
35) 劉岸挺, <我國第一首完整的七言詩辨>, p.74.
36) 「近世雙笛從羌起, 羌人伐竹未及已. 龍鳴水中不見己, 截竹吹之聲相似. 剡其上
　　孔通洞之, 裁以當適便易持. 易京君明識音律, 故本四孔加以一. 君明所加孔後
　　出, 是謂商聲五音畢.」
37) 부(賦)의 선성이라 할 《순자(荀子)》 권26의 <부편(賦篇)>에도 '其小歌曰'이
　　라 하여 전편의 대의를 서술한 부분이 있다.

초사에서 흔히 볼 수 있는 모습을 가지고 있으나, <계사>의 구식은 전체가 '혜(兮)'자 없는 칠언으로 이루어져 있다는 점이다. 이는 초사의 '난'에 항상 '혜(兮)'자가 쓰였다는 사실과 비교해볼 때 칠언시의 발전에 기여한 바가 있다고 할 것이다. 둘째는 매구 압운하는 '백량체'이면서 평성운 – 측성운 – 평성운으로 두 번 환운하여, 칠언고시 전운(轉韻)의 단초를 보여주었다는 점이다.38) 마지막으로 칠언구를 만드는 기교의 측면에서도 <사수시>의 질박함을 앞선 감이 있다. 예컨대 제2구에서는 ≪좌전(左傳)·양공8년(襄公八年)≫에 인용된 주시(周詩) "황하가 맑아지기를 기다리지만 사람의 목숨이 그 얼마나 되겠는가(俟河之淸, 人壽幾何?)"의 앞 구를 인용하여 "그저 근심만 품게 된다(祗懷憂)"로 이어지는 칠언구를 만들어 근심의 깊이를 형상화했고, 제8구 "잣나무 배에서 근심하니 날지 못함이 한이로다(柏舟悄悄吝不飛)"에서는 ≪시경·패풍(邶風)·백주(柏舟)≫에서 「汎彼柏舟, …憂心悄悄, …不能奮飛」의 구절들을 교묘히 개괄하여 선계(仙界)에 도달할 수 없는 상황을 적절히 묘사했다.39) 이상을 놓고 볼 때, <사현부·계사>가 완정한 칠언시는 아니라고 하나 칠언시의 형성과정에 있어서 중요한 역할을 했다고 평가할 수 있다.

동한 문인의 칠언시로는 이우(李尤 : 89 전후)의 <구곡가(九曲歌)>40)와 왕일(王逸 : 89?~158?)의 <금사초가(琴思楚歌)>41) 등이 더 있으나 <구곡가>는 단지 두 구가 전해질 뿐이고, <금사초가>도 장형의 작품을 뛰어넘지는 못했다.42) 동한 문인들의 칠언 작품은 많이 남아있지 않은 반면, 정중호(丁仲祜 :

---

38) 梁章鉅, ≪退庵隨筆≫, 「汪韓門曰 : 七言古詩轉韻, 漢張平子思玄賦系詞, 其肇端矣.」(≪淸詩話續編≫, p.1984)

39) 鄺健行, 앞의 글, p.46. 제1구의 「天長地久」와 제4구의 「上下無常」도 각각 ≪노자(老子)≫ 제7장과 ≪역(易)·계사하(繫辭下)≫의 표현을 빌어 만고불변의 가르침을 바라는 작자의 심태를 반영했다.

40) <九曲歌>, 「年歲晩暮時已斜, 安得力士翻日車.」

41) <琴思楚歌>, 「盛陰脩夜何難曉. 思念糾戾腸摧繞. 時節晩莫年齒老. 冬夏更運去若頹. 寒來暑往難逐追. 形容減少顔色虧. 時忽晻晻若鶩馳. 意中私喜施用爲. 內無所恃失本義. 志願不得心肝沸. 憂懷感結重歎噫. 歲月已盡去奄忽. 亡官失祿去家室. 思想君命幸復位. 久處無成卒放棄.」

1874~1952)의 ≪전한시(全漢詩)≫에 집록된 칠언체 요언(謠諺)이 약 30조로 오언을 능가하고 있다는 사실에서 알 수 있듯이, 민간에서는 칠언체가 상당히 성행했던 것으로 보인다.43) 그러나 이러한 요언은 흔히 한두 구, 많아야 네 구로 이루어진 것이 보통이어서 시와 대등한 위치에 두고 논하기는 어렵다.

한대의 칠언시를 논함에 있어서 매우 중요한 위치에 있으면서도 중국시사나 문학사에서 자세히 다루어지지 않는 작품들로 ≪오월춘추(吳越春秋)≫에 실려 있는 칠언시 몇 수가 있다. ≪오월춘추≫는 동한 조엽(趙曄 : 40?~130?)의 저술이므로,44) 여기에 보이는 시는 후인의 가탁이라 하더라도 동한대인의 작품일 것이 분명하다. 모두 세 수가 전해지고 있는데, 초(楚)의 악사(樂士)가 지었다는 <궁겁지곡(窮劫之曲)>,45) 월(越)의 칡 캐는 아낙네가 지었다는 <고지시(苦之詩)>,46) 오월(吳越)의 군사들이 지었다는 <하량지시(河梁之詩)>47)가 그것이다. 세 수는 모두 일운도저(一韻到底)로 매구 압운한 형태를

---

42) 김학주(金學主)는 왕일의 <금사초가>를 두고 작자 자신이나 후인이 초가체(楚歌體)에서 '혜(兮)'자를 제거한 가능성이 많다고 지적하였고(김학주, 앞의 책, p.159), 섭경병(葉慶炳)은 이 작품에 시가로서의 운미(韻味)가 부족하다고 하였다(≪中國文學講話≫魏晉南北朝卷, p.4).

43) 鄺健行, 앞의 글, p.46.

44) ≪後漢書・儒林傳≫, 「趙曄, 字長君, …曄著吳越春秋.」

45) ≪吳越春秋≫ 卷4, <闔閭內傳>, 「樂師扈子非荊王信讒佞, …乃援琴爲楚作窮劫之曲, 以暢君之迫厄之暢達也. 其詞曰：王耶王耶何乖烈, 不顧宗廟聽讒孽, 任用無忌多所殺, 誅夷白氏族幾滅. 二子東奔適吳越, 吳王哀痛助切怛, 垂涕擧兵將西伐, 伍胥白喜孫武決. 三戰破郢王奔發, 留兵縱騎虜荊闕, 楚荊骸骨遭發掘, 鞭辱腐屍恥難雪! 幾危宗廟社稷滅, 嚴王何罪國幾絶. 卿士悽愴民惻恨, 吳軍雖去怖不歇. 願王更隱撫忠節, 勿爲讒口能謗藝.」

46) ≪吳越春秋≫ 卷8, <勾踐歸國外傳>, 「采葛之婦, 傷越王用心之苦, 乃作苦之詩, 曰：葛不連蔓棻台台, 我君心苦命更之. 嘗膽不苦甘如飴, 令我采葛以作絲. 饑不遑食四體疲, 女工織兮不敢遲. 弱於羅兮輕霏霏, 號絺素兮將獻之. 越王悅兮忘罪除, 吳王歡兮飛尺書. 增封益地賜羽奇, 机杖茵褥諸侯儀. 群臣拜舞天顔舒, 我王何憂能不移?」

47) ≪吳越春秋≫ 卷10, <勾踐伐吳外傳>, 「勾踐乃選吳越將士西渡河以攻秦. 軍士苦之, 會秦怖懼, 逆自引咎, 越乃還軍. 軍人悅樂, 遂作河梁之詩, 曰：渡河梁兮

취하고 있다. <고지시>와 <하량지시>는 각각 다섯 구와 두 구에 「□□□ 兮□□□」식의 형태를 사용하여 초사와의 연관성을 보여주고 있는 데 비해, <궁겁지곡>은 '兮'자가 없는 칠언구로만 이루어져 있어 주목된다. ≪오월 춘추≫가 정사는 아니지만 이제까지 살펴본 한대 칠언시의 발전단계와 정 확히 일치하는 작품들을 기록하고 있다는 점에서 중요한 사료로 평가된다.

칠언시의 형성과정에서 한대는 초사체가 칠언으로 정형화된 시기라 하겠 다. 이 시기의 대표적 작품이라 할 장형의 <사수시>에서 알 수 있듯이, 초 사의 흔적이 일부 잔존한 가운데 칠언체가 자리를 잡아갔으며, 압운에서는 매구 압운이 정격으로 인식되었다. 칠언의 격률화를 기준으로 보면 이 두 가 지 특징은 서로 상반되는 의미를 내포하고 있다. 이 장의 모두에서 언급했듯 이, 가장 단순한 의미에서의 격률의 하나인 구식은 칠언으로 일정해져 큰 진 전을 보인 반면, 압운에서는 칠언율시의 압운법인 격구(隔句) 압운과 배치되 는 양상을 보였던 것이다.

(3) 칠언시의 확립 : 위진(魏晉)의 칠언시

조조(曹操 : 155~220) 3부자를 중심으로 전개된 위(魏)의 문단은 본격적인 문 학활동을 펼친 최초의 집단으로 평가된다.[48] 그러나 이들이 중점을 둔 것은 주로 악부(樂府)와 오언시였고, 칠언시를 즐겨 지은 시인은 아직 나타나지 않 았다. 90여 수의 작품을 남겨 건안(建安 : 196~219) 문단의 으뜸으로 평가받 는 조식(曹植 : 192~232)에게 초사체의 <이우시(離友詩)> 두 수를 제외하고 이렇다 할 칠언시가 없다는 것은 단적인 예다.[49] 다만, 조비(曹丕 : 187~226)

渡河梁, 擧兵所伐攻秦王. 孟冬十月多雪霜, 隆寒道路誠難當. 陣兵未濟秦師降, 諸侯怖懼皆恐惶. 聲傳海內威遠邦, 稱霸穆桓齊楚莊, 天下安寧壽考長. 悲去歸 兮河無梁.」
48) 김학주, 앞의 책, p.167.
49) 양계초(梁啓超)는 건안칠자의 시가 성행한 뒤로 칠언은 거의 명맥이 끊겼다가

의 <연가행(燕歌行)> 두 수가 나와 형태상으로 초사의 흔적이 사라진 칠언시가 최초로 등장한 것은 획기적인 일임에 틀림없다. 그러면 <연가행> 두 수 가운데 첫째 수의 내용을 살펴보기로 하자.

秋風蕭瑟天氣涼,	가을 바람 스산하고 날씨 서늘한데
草木搖落露爲霜,	초목은 흔들려 떨어지고 이슬은 서리가 되었고
衆燕辭歸雁南翔.	뭇 제비 돌아가고 기러기 남쪽으로 날아가네
念君客遊多思腸,	님이 나그네로 돌아다닐 생각에 근심이 많네
慊慊思歸戀故鄕,	간절히 돌아가고파 고향을 그리워할 터인데
君何淹留寄他方.	님은 어째서 그대로 타향에 머무르시는가?
賤妾煢煢守空房,	이 몸이 외로이 빈 방을 지키려니
憂來思君不敢忘,	근심이 밀려와 님 생각에 오매불망하여
不覺淚下沾衣裳.	나도 모르게 눈물이 흘러 옷을 적시네
援琴鳴絃發淸商,	금을 끌어다 줄을 울려 청상 가락을 타며
短歌微吟不能長.	짧은 노래로 가늘게 읊조리나 오래가지 못하네
明月皎皎照我床,	밝은 달이 휘영청 내 침상을 비추고
星漢西流夜未央.	은하수는 서쪽으로 흐르고 밤은 다하지 않았네
牽牛織女遙相望,	견우와 직녀는 멀리 서로 바라보는데
爾獨何辜限河梁.	그대들은 무슨 죄로 은하수 다리에 가로막혔소?

이 시는 악부시로서 ≪악부시집(樂府詩集)≫ 권32의 <상화가사(相和歌辭)‧평조곡(平調曲)>에 실려 있다. 전편의 내용은 한 여인이 가을밤에 객지에 있는 남편을 그리워하는 안타까운 심정을 표현한 것이다. 서한대의 작품이라

포조, 유신에 이르러서야 비로소 장단구의 가행으로 부흥하였다고 하였다(앞의 책, p.121). 유협(劉勰)이 ≪문심조룡(文心雕龍)‧명시(明詩)≫에서 「건안 초기에 이르러 오언시가 대량으로 나왔다(曁建安之初, 五言騰涌).」고 했듯이 조조 삼부자와 건안칠자의 시가 창작은 주로 오언시를 중심으로 이루어졌다. 손명군(孫明君)의 연구에 따르면 조조 삼부자는 그들이 지은 시 140수 중에서 87수가 오언시였고, 건안칠자 가운데 유정(劉楨), 서간(徐幹), 완우(阮瑀) 등은 오언시만을 지었다고 한다(손명군, ≪三曹與中國詩史≫, p.27).

는 <백량대시>는 진위가 의심스럽고, 동한대의 <사수시>는 '혜(兮)'자가 쓰인 초사체 구절이 있기 때문에, 대부분의 연구자들은 조비의 이 <연가행>을 완정한 칠언시의 시초로 여긴다.[50] 그러나 시의 내용을 자세히 보면 이 작품도 초사의 영향에서 완전히 벗어나지 못하고 있음을 알 수 있다. 왜냐하면 이 시는 의경(意境)과 주제는 물론, 구체적인 표현방법 등에서도 송옥(宋玉)의 <구변(九辯)>에 많이 의존하고 있기 때문이다.[51] 다음의 몇 구절은 그러한 점을 잘 보여줄 것으로 생각한다.

<구변>   <연가행>

① 悲哉秋之爲氣也! 蕭瑟兮,   → 秋風蕭瑟天氣涼,

② 草木搖落而變衰.   → 草木搖落露爲霜,

③ 燕翩翩其辭歸兮, …鴈廱廱而南遊兮, → 衆燕辭歸雁南翔,

그런데 위의 세 가지 예가 단지 <구변>과 <연가행>의 유사성만 보여주는 것은 아니다. 그보다는 조비가 <구변>의 각 구절을 어떻게 칠언구로 단련하고 있는지에 주목할 필요가 있다. 칠언구의 일반적인 리듬은 4-3이고, 더 세분한다면 2-2-3(2-1, 또는 1-2)이 된다. <구변>의 칠언구는 글자수만 일곱일 뿐이지 이와 같은 리듬을 가지고 있지 않다. 4-3의 리듬으로 이루어진 칠언구는 하나의 소재를 부연하여 다룰 수도 있고, 두 개의 소재를 병렬시키기에도 충분한 폭을 가지고 있는데, <구변>의 칠언구가 전자에 머물러 있다면 <연가행>의 칠언구는 후자로의 이행(移行)을 보여준다.

①의 예를 보면 <구변>의 구절은 '쓸쓸한 가을의 기운이 슬프다'는 내용을 가진 단문(短文)으로 대치할 수 있다. 그에 비해 <연가행>의 구절은 '가을바람'과 '날씨'라는 두 가지 소재를 다루고 있고, 여기에 각각 '스산하다'

---

50) 劉大杰, 《中國文學發展史》 上卷, p.255, 「到了曹丕的燕歌行, 七言詩體才正式成立.」

51) 木齋, 《中國古代詩歌流變》, p.178.

와 '서늘하다'라는 서술어를 맞추어, 번역문에서 보듯이 중문(重文)의 형태를 취하고 있다. ②의 예도 마찬가지로서 <구변>의 구절이 주어인 '초목'에 술어가 둘 딸린 형태를 취하고 있는데 비해, <연가행>의 구절은 분명하게 '초목'과 '이슬'을 병렬시켜 말하고 있다. 이상의 ①과 ②의 예는 조비가 <구변>의 구절에 없는 시어를 추가해 병렬시킨 경우이고, ③은 두 개의 다른 구를 한 개의 구에 흡수시킨 것이다. <구변>의 구절은 각각 '제비'와 '기러기'를 소재로 첩자 수식어를 넣어 표현한 것인데, <연가행>의 구절은 그러한 수식어를 없애면서 한 개 구로 통합했다.52) 장형의 <사수시>에서는 <연가행>이 보여주는 병렬형 구조를 전혀 발견할 수 없다.53) 따라서 <연가행>의 성과를 두고 단지 '혜(兮)'자가 사라진 완정한 칠언시라고만 평가하는 것은 피상적인 견해에 가깝다고 할 것이다.

이 시의 압운법을 보면 <백량대시>를 그대로 따르고 있으니, 즉 하나의 운으로 매구에 압운하는 식이다.54) 왕력(王力)이 말한 바와 같이 운문의 동기(動機 : motive)55)를 나누는 요소는 구(句)가 아니라 운(韻)이므로, 매구에 운을

---

52) 섭가영(葉嘉瑩)은 <中國詩體之演進>이라는 글에서 <연가행>의 체식을 두고 「간략하게 응축된 소체(騷體)와 확장인신된 오언시가 합성된 중간 산물」이라고 말한 바 있다(≪迦陵論詩叢稿(修訂本)≫, p.5).

53) 허학이(許學夷)는 ≪시원변체(詩源辯體)≫ 권4에서 「조비의 악부 칠언시 <연가행>은 ……<사수시>와 비교해보면 체재와 격식이 점점 부연 서술하는 쪽이고, 시어도 바로 드러나는 것이 많아 의식적인 행위의 흔적이 드러나기 시작했다. 이는 칠언시의 첫 번째 변화다(子桓樂府七言燕歌行, ……較之四愁, 則體漸敷敍, 語多顯直, 始見作用之跡. 此七言之初變也).」라고 했다. 그가 말한 '의식적인 행위[作用]'란 바로 칠언구의 단련을 뜻하는 것으로 보인다.

54) <연가행> 둘째 수의 제10구는 「披衣出戶步東西」로 되어 있어 '難, 漫, 言…'으로 진행된 운에서 벗어난다. 그런데 이 구의 '西'자는 '偏'으로 된 판본도 있으므로 운을 쓰지 않았다고 단정짓기는 어려울 듯하다(傅承洲·慈山等 注, ≪玉臺新詠≫, p.447 참조).

55) 동기(動機)는 본래 음악에서 사용하는 용어로서, 악곡 형성에 있어서 가장 작은 독립단위를 가리킨다. 단성부(單聲部)의 음악에서는 2마디로 하나의 동기를 구성하는 일이 많다. 중국 시가에서는 운의 사용을 통해 음악에서의 동기와 같은 의미단락이 형성된다.

쓰면 각각의 구가 하나의 동기로서 자족의 조건을 갖춘다.[56] 오언시는 본래
격구로 운을 써서 실제로는 10개의 글자가 하나의 동기가 되고, 그만큼 두
개의 구가 의미 또는 구조에 있어서 상호 긴밀해질 필요성이 증대되는 것이
다. <고시십구수(古詩十九首)>의 첫째 수(行行重行行)에는 다음과 같은 구절이
있다.

胡馬依北風,   오랑캐 말은 북녘 바람에 의지하고
越鳥巢南枝.   월땅의 새는 남쪽 가지에 깃든다네

흔히 이 두 구를 <고시십구수> 중에서 가장 정교한 대장(對仗)의 예로
꼽는데, 병렬의 구조만 가지고 보면 <연가행>의 한 구와 대등하다고 할
것이다. 그러나 병렬의 구조에서 칠언시의 4-3 리듬이 아무리 정교해진다고
해도 글자수의 차이로 인해 오언시의 5-5 리듬을 따라가기는 어려울 것이
자명하다. <연가행>의 첫 구「秋風/蕭瑟(4) － 天氣/涼(3)」을 보더라도「胡馬
/依/北風(5) － 越鳥/巢/南枝(5)」의 예와는 달리 '蕭瑟'과 '涼'에서 일대일 대
응이 깨질 수밖에 없다. 결국 칠언구 하나를 독립적인 동기로 만드는 매구
압운의 방식이 칠언시에서 대장 방면의 격률화를 둔화시킨 매우 큰 요소였
음을 알게 된다.

그러나 당시에 칠언시가 매구 압운한 것은 거의 불가피한 상황의 결과라
고 여겨진다. 마쓰우라 토모히사(松浦友久)는 운이란 일정한 지점에서 공통성
을 가진 요소가 등장함으로써 청중이나 독자에게 안정감과 충족감을 주는
역할을 하는 것이라고 그 기능을 설명했는데,[57] 칠언시가 2-2-2-1의 네 박자
를 갖추어 일곱 자까지 온 구절이 하나의 동기로 일단락되지 않고 계속 진
행되어 여덟 박자 열네 자까지 이어진다는 것은 상당히 부자연스럽게 느껴
졌을 것이다.[58] 물론 열 자로 이루어지는 오언시의 동기가 칠언시보다 긴 것

---

56) 王力, 앞의 책, p.16.
57) 松浦友久, ≪中國詩歌原論≫, p.165.
58) 심지어 한대의 일부 칠언구는 한 구에 두 번 운을 사용하기도 했는데, 오건(吳

이 사실이다. 그렇지만 자연스런 리듬에 의지한 상태에서는 오언시의 동기보다 긴 형식이 필요하지 않았다. 격률화에는 어느 정도 인위적인 요소가 가미되는 것이 상례인데, 격률화의 요구가 크지 않았던 위대(魏代)에 칠언의 격구 압운과 구간(句間) 병렬은 시기상조였다고 생각된다.

조비도 <연가행> 두 수를 제외하고는 다른 칠언시를 남기지 않았다. 진림(陳琳 : ?~217)의 <음마장성굴행(飮馬長城窟行)>은 28구중 아홉 구만 칠언이어서 완정하지 않았고, 위명제(魏明帝)의 <연가행>은 칠언 5구에 불과했다. 따라서 위대에는 조비의 <연가행> 외에 이렇다 할 칠언시가 없었다. 진대(晉代)에 들어서도 도연명(陶淵明 : 372~427)과 같이 백 수가 넘는 시를 창작한 시인조차 칠언시는 한 수도 남기지 않았으며, 부현(傅玄)과 장재(張載 : 289 전후)의 <의사수시(擬四愁詩)>와 육기(陸機 : 261~303)의 <연가행>은 각각 장형의 <사수시>와 조비의 <연가행>을 모방하는 데 그쳤다. 무명씨의 <진백저무가시(晉白紵舞歌詩)> 세 수는 서정에 치우치지 않고 무희의 아름다운 자태와 성대한 연석을 묘사하여 후대 칠언가행에 많은 영향을 준 것으로 평가받고 있으나, 칠언시의 격률화 단계에서의 위상은 조비의 <연가행>과 크게 다르지 않다.59)

이렇듯 위진대에는 완정한 칠언시가 등장하기는 했지만 활발한 창작이 이

驀)의 ≪배경루시화(拜經樓詩話)≫ 권4에는 한에서 당에 이르기까지 각종 문헌에 보이는 예 40여 조가 집록되어 있다. 이러한 구중 압운은 ≪시경≫의 <왕풍(王風)·군자양양(君子陽陽)> 편에 보이는 「君子陽陽, 左執簧(밑줄이 운자)」구처럼 사언구와 삼언구에 잇달아 운자를 쓰는 수법이 칠언에 응용되면서 생겨난 듯하다. 대개는 「關東大豪戴子高」(≪後漢書≫ 卷113, <戴良傳>)처럼 한두 구에 불과해 시와 더불어 논하기는 어려우나, 칠언에서 '1구 2운'까지 있었다는 점을 감안한다면 매구 압운이 전혀 이상한 일은 아니었음을 알 수 있다.
59) 허학이는 ≪시원변체≫ 권5에서 「체식에 산만한 곳이 많고 시어도 화미(華靡)한 것이 많으나 성조는 오히려 순정하니, 이는 칠언시의 두 번째 변화다(體多浮蕩, 語多華靡, 然聲調猶純, 此七言之再變也).」라 하여 이 시가 칠언시사의 한 페이지를 장식할 위치에 있다고 했지만, 필자가 보기에는 그런 평가를 내릴 만한 뚜렷한 특징은 없는 듯하다.

루어지지 않았음을 알 수 있다. 다만 육기가 <국가행(鞠歌行)>[60]이라는 악부시의 「서(序)」에서 "삼언과 칠언이 비록 진기한 보배이고 이로운 도구이기는 하나, 알아주는 이를 만나지 못해 끝내 중시되지 않았다. 알아주는 이를 만나 이것에 뜻을 기탁하게 되기를 바란다."[61]고 하여 삼언과 함께 칠언의 가치를 강조한 점은 특기할 만하다.

(4) 칠언시의 발전 : 제량(齊梁) 이후의 칠언시

위진대까지 창작의 양과 질 모두에서 부진을 면치 못하던 칠언시는 포조가 등장하면서 전기가 마련되었고,[62] 양대(梁代)에 이르러서는 심약(沈約 : 441~513), 양무제(梁武帝 소연(蕭衍) : 464~549), 소명태자(昭明太子 소통(蕭統)), 간문제(簡文帝 소강(蕭綱) : 503~551), 원제(元帝 소역(蕭繹) : 508~555), 소자현(蕭子顯 : 487~533), 오균(吳均 : 469~520), 왕균(王筠 : 481~549) 등 일군의 시인들이 비교적 많은 칠언시를 지었다. 양무제가 <하중지수가(河中之水歌)>, <동비백로가(東飛伯勞歌)>, <백저사(白紵辭)> 두 수 등 민가풍의 악부체 칠언시[63]를 지어 칠언시 창작의 기풍을 열자 간문제와 원제가 이에 뒤이어 적지 않은 악부체 칠언시를 지었는데, 그 가운데 간문제의 8구체 <오야제(烏夜啼)>는 칠언율시의 발전과정에서 빼놓을 수 없는 위치에 있는 작품이며,[64] 평성과 측성을 섞어 네 번 환운(換韻)한 원제의 22구체 <연가행>은 민가의 풍모가 퇴색하고 문인시의 색채가 짙어졌음을 엿볼 수 있는 작품이다. 이렇듯 양무제 부자가 칠언시를 적극 창작하면서 주변의 문인들도 여기에 동참하여 이로부터 칠언

---

60) 이 시는 삼언구 10개와 칠언구 5개로 이루어져 있다.
61) 郭茂倩, ≪樂府詩集≫ 卷33, <相和歌辭·鞠歌行序>, 「三言七言, 雖奇寶名器, 不遇知己, 終不見重. 願逢知己, 以託意焉.」
62) 포조의 칠언시에 대해서는 제2절 칠언시의 격률화를 참고.
63) <河中之水歌>는 郭茂倩의 ≪樂府詩集≫ 卷85 雜歌謠辭, <東飛伯勞歌>는 卷68 雜曲歌辭, <白紵辭 二首>는 卷55 舞曲歌辭에 각각 실려있다.
64) 여기에 대해서는 제2절 칠언시의 격률화에서 상세히 다룬다.

시가 크게 활성화되었다. 소자현의 <춘별(春別)> 네 수와 여기에 각기 화답한 간문제와 원제의 <춘별응령(春別應令)> 네 수, 그리고 오균의 <행로난(行路難)> 두 수, 장솔(張率)의 <백저가(白紵歌)> 아홉 수, 유견오(庾肩吾)의 <삼일시연영곡수중촉영(三日侍宴詠曲水中燭影)>, 왕균의 <행로난>, 비창(費昶)의 <행로난> 두 수 등이 이 무렵에 나온 대표적인 칠언시이다. 이 가운데 왕균의 <행로난>을 보자.

千門皆閉夜何央,	수많은 문 모두 닫혔는데 밤은 언제나 다할까
百憂俱集斷人腸.	백 가지 근심이 모두 모여들어 애간장을 끊는구나
探揣箱中取刀尺,	상자를 더듬어 칼과 자를 꺼내고
拂拭機上斷流黃.	베틀 위를 떨어내고 노란 명주를 재단한다
情人逐情雖可恨,	정 많은 사람은 그이를 그리워하는 것 한탄하면서도
復畏邊遠乏衣裳.	다시 변방 먼 곳에서 옷이 없을까 걱정한다
已繰一繭催衣縷,	벌써 한 고치를 켜 옷 지을 실을 뽑고
復擣百和裛衣香.	다시 백화향(百和香)을 빻아 옷에 뿌려 향기를 낸다
猶憶去時腰大小,	떠날 때 허리 크기는 아직 기억하고 있지만
不知今日身短長.	지금은 몸이 어느 정도일지 모르겠네
裲襠雙心共一袱,	조끼의 가슴과 등은 모두 한 조각이고
袙複兩邊作八撮.	조끼의 양쪽에는 여덟 개의 주름을 잡았네
襻帶雖安不忍縫,	옷끈을 재단해놓고도 차마 꿰매지 못하고
開孔裁穿猶未達.	터놓을 구멍을 뚫어놓고도 아직 완성하지 못했네
胸前卻月兩相連,	가슴에 반달장식을 두 개 서로 이어놓았는데
本照君心不照天.	본시 그대의 마음을 비추는 것이지 하늘을 비추는 것이 아니라오
願君分明得此意,	원컨대 그대가 이런 마음을 똑똑히 알아서
勿復流蕩不如先.	다시 옮겨다니며 이전만 못하게 되지는 말아주오
含悲含怨判不死,	슬픔을 머금고 원망을 머금고 헤어져도 죽지 말고
封情忍思待明年.	마음을 다지고 사념을 참으며 내년을 기다립시다

이 시는 악부시로서 곽무천(郭茂倩)의 ≪악부시집(樂府詩集)≫ 권70 <잡곡

가사(雜曲歌辭)>와 서릉(徐陵)의 ≪옥대신영(玉臺新詠)≫ 권9에 실려있다. 모두 20구로 이루어져 있으며, 앞 10구까지는 하평성(下平聲) '양(陽)'운을 쓰다가 환운하여 14구까지는 입성(入聲) '갈(曷)'운을 쓰고 나머지 부분에서는 하평성 '선(先)'운을 썼다. 남편의 안위를 걱정하는 여주인공의 심리와 옷을 짓는 세밀한 과정이 반복되어 묘사되면서 서정과 서사가 잘 어우러진 것을 이 시의 특징으로 꼽을 수 있겠다.65)

진대(陳代)에 들어서면서 칠언시의 표현 범위는 날로 확대되었으며, 시어의 사용이 정밀해지고 운율도 한층 정비된 모습을 보이기 시작했다. 이 시기에 칠언시를 창작한 대표적 시인으로는 4구마다 환운한 20구체의 <잡곡(雜曲)>을 지은 서릉(507~583), 14구체 <부득가기경불귀(賦得佳期竟不歸)>와 6구체 <부득계전눈죽(賦得階前嫩竹)> 등 악부시에서 벗어난 시풍의 칠언시를 창작한 장정견(張正見 : ?~582前), 10구체의 <규원(閨怨)>과 같이 칠언율시에 근접한 형태의 작품을 선보인 강총(江總 : 519~594), <옥수후정화(玉樹後庭花)>, <오서곡(烏棲曲)> 세 수, <동비백로가(東飛伯勞歌)> 등을 남긴 후주(後主 진숙보(陳叔寶) : 553~604) 등이 있다. 특히 강총은 포조 이후로 칠언시 창작에 가장 힘을 쏟았던 시인으로서,66) 38구 266자에 달하는 <완전가(宛轉歌)>는 이전에 찾아볼 수 없었던 장편의 칠언시다.67) 북조(北朝)에서 활약한 몇몇 시인들도 칠언시를 전하고 있다. 후위(後魏) 온자승(溫子升 : 495~547)의 <도의(擣衣)>는 오언 두 구가 섞인 잡언 8구체이기는 하나 칠언시의 격률화 과정을 고찰하는 데 좋은 자료가 된다. 북주(北周)의 유신(庾信 : 513~581)은 완정한 8구체 작품 <오야제(烏夜啼)>를 비롯하여 <연가행>, <양류가(楊柳歌)> 등을 지었으며, 원제를 비롯해 여러 문인들이 모두 화답시를 지었다는 왕포(王襃 : 513~576)의 <연가행>68)도 널리 알려져 있다. 그리고 <강도궁락가(江

---

65) 趙光勇, ≪漢魏六朝樂府觀止≫, p.431.

66) 강총의 칠언시는 모두 20수로 전체 시작의 5분의 1을 차지한다(曹道衡・沈玉成, ≪南北朝文學史≫, p.290 참조).

67) 張亞新, ≪漢魏六朝詩≫, p.92.

68) ≪北史≫ 卷83, <文苑傳>, 「襃曾作燕歌, 妙盡塞北寒苦之狀, 元帝及諸文士並

都宮樂歌)>, <범용주(泛龍舟)>, <사시백저가(四時白紵歌)> 두 수 등 8구체의
칠언시를 네 수나 전하고 있는 수양제(隋煬帝 양광(楊廣) : 569~618)도 당대 이
전의 주요한 칠언시 작가라 하겠다.

2. 칠언시의 격률화

일반적으로 육조 시기의 시사(詩史)는 도연명을 분수령으로 하여 위(魏)에
서 동진(東晉)까지를 전기, 「원가삼대가(元嘉三大家)」로 일컬어지는 사령운(謝靈
運 : 385~433), 안연지(顔延之 : 384~456), 포조(414~466)가 문단을 장식한 송(宋)
에서 진(陳)까지를 후기로 구분한다.[69] 이러한 시대 구분은 문학작품의 창작
에서 중요한 요소의 하나인 '무엇을 묘사할 것인가'라는 점에서 전기의 현언
시(玄言詩)가 퇴조하고 후기의 전원시(田園詩)와 산수시(山水詩)가 등장했다는
사실 외에, 창작에서 또 하나의 중요한 요소, 즉 '어떻게 묘사할 것인가'라는
문제가 대두되면서 성률설(聲律說)이 유행하고 대장(對仗)의 사용이 활발해진
것을 기준으로 한다.

성률에 대한 관심은 음성의 교체가 색깔의 조화에 상당한다는 '음성교체
론(音聲交替論)'을 주장한 서진의 육기(陸機)로부터 구체화되었다.[70] 그 뒤 영
명(永明) 연간(제(齊) 483~493)에 하후영(夏侯詠), 왕빈(王斌), 주옹(周顒) 등이 인도
(印度) 범음학(梵音學)의 영향을 받아 한자의 음에는 평상거입이 있다는 '사성
설'을 제기했으며, 왕원장(王元長)과 심약(沈約) 등은 이러한 성률론에 기반을
두고 시작(詩作)에서의 금기사항을 여덟 가지로 정리한 '팔병설(八病說)'을 제
창했다. 이후로 이러한 '사성팔병설'에 입각해 새로운 시를 짓는 풍조가 급

    和之, 而競爲悽切之辭.」
69) 許世旭, ≪中國古代文學史≫, p.184.
70) 陸機. <文賦>, 「曁音聲之迭代, 若五色之相宣.」 ≪文選≫李善注, 「言音聲迭代
    而成文章, 若五色相宣而爲繡也.」

속도로 퍼져 육조 시기 전체에 걸쳐 이른바 '신체시(新體詩)'가 500수 가까이 나왔다.71)

또한 이 시기의 시인들은 성률에 대한 관심 못지 않게 정교하게 대장을 꾸미는 데도 심혈을 기울이기 시작했다. 제량(齊梁) 시기에 비교적 대장을 많이 사용하는 변려문(騈儷文)이 유행하면서 시도 자연히 그 영향을 받게 되었던 것이다.72) 심지어 양원제는 "시를 지으면서 대장을 갖추지 않으면 본디 외치기만 하는 글이지 시라고 이름 붙일 수 없다."73)고까지 말했다.

성률과 대장에 대한 관심은 주로 오언시의 창작에 반영되었기 때문에 칠언시의 발전과정에 그대로 적용시키는 것은 무리지만, 오언시의 격률화가 칠언시에도 영향을 미쳤을 것이 분명하므로 이 시기를 칠언시의 분기점으로 보아도 무방하리라 생각한다. 즉 육조의 전기를 칠언시가 초사체의 영향권에서 벗어나 정형화된 시기라 한다면, 후기는 본격적으로 칠언시의 격률화가 진행된 시기라 하겠다. 이 절에서는 육조 후기 칠언시의 격률화 과정을 격률의 각 요소별로 살펴볼 것이다.

(1) 압운법의 변화

우리는 앞 절에서 칠언시가 매구에 압운하는 것을 원칙으로 발전되어 왔음을 살펴보았다. 칠언은 정형시구로서는 상당히 긴 것이어서 매구에 운이 있다는 것이 전혀 번거롭다는 느낌을 주지 않았기 때문에, 칠언시에서의 매구 압운은 상당히 오랫동안 유지되었다. 그런데 송대(宋代)에 접어들면서 이러한 매구 압운법도 서서히 변화에 직면하게 되었다. 그러한 변화를 주도한

---

71) 許世旭, 앞의 책, pp.196-197.
72) 변려문의 특징으로는 정교한 대장, 조화로운 운율, 화려한 어휘, 번다한 전고 등을 꼽는데, 그 중에서도 특히 대장이 중시된다. 일례로 顔延之의 <三月三日曲水詩序>라는 변려문은 전체 142구 중 대장을 쓴 구가 120개에 달한다(鍾濤, ≪六朝騈文形式及其文化意蘊≫, p.81 참조).
73) ≪文鏡秘府論≫南卷, <論文章>引<詩評>語, 「作詩不對, 本是吼文, 不名爲詩.」

인물은 포조였다. 그는 제언체(齊言體)와 잡언체(雜言體)를 포함하여 32수나 되는 많은 칠언시를 지으면서 몇 가지 작시기법을 시도하였는데, 그 중에서도 격구 압운은 전혀 새로운 것이었다.[74] 그러나 그가 칠언시에서 격구로 압운하는 법을 처음 창안해낸 것은 아니다. 격구 압운의 원형을 찾아보면 한대의 악부시까지 거슬러 올라가게 된다. <염교의 이슬[薤露]>을 보도록 하자.[75]

薤上露,	염교 위의 이슬은
何易晞.	어찌 쉽게 마르는가?
露晞明朝更復落,	이슬이 마르면 내일 아침 또 다시 떨어지련만
人死一去何時歸.	사람은 죽어 한 번 가면 언제나 돌아오나?

이 시의 압운자를 보면 평성 '미(微)'운인 '희(晞)'와 '귀(歸)'를 써서 격구로 압운하고 있다. 이 시가 비록 잡언체이기는 하지만 칠언시에서 격구로 압운한 선례를 남겼다는 점에서 주목된다. 최표(崔豹)의 《고금주(古今注)》에 함께 소개된 <호리(蒿里)>[76]도 오언구가 섞인 잡언체인데, 역시 격구로 압운하고 있다. 그런데 같은 잡언체인 진림(陳琳)의 <음마장성굴행(飮馬長城窟行)>에서는 특이한 현상이 발견된다.

---

74) 高木正一은 칠언시에서의 격구 압운 양상을 분석하여 모두 세 가지 종류가 있음을 밝혔다. 첫째 우수구(偶數句)만 압운하거나, 둘째 제1구 및 우수구에 압운하거나, 셋째 두 번째 유형을 반복하는 종류로 나뉘어진다는 것이다(高木正一, <七言詩押韻法の變遷について>(《立命館大學》 第131號, 1956)(松浦友久, 앞의 책, p.117 注 19)에서 재인용). 포조의 칠언시에서 격구 압운한 작품을 보면 이 세 가지 종류를 모두 발견할 수 있다. 이는 그만큼 포조가 격구 압운을 다양하게 시도했다는 방증이다.

75) 郭茂倩, 《樂府詩集》 卷27 <相和歌辭>, p.323, 崔豹, 《古今注》, 「한 무제 때에 이르러 이연년이 (이전의 상가(喪歌)를) 두 곡으로 나누어 <해로>로는 왕공과 귀인들을 떠나보내고, <호리>로는 사대부와 서인을 떠나보냈다(至漢武帝時, 李延年分爲二曲, 薤露送王公貴人, 蒿里送士大夫庶人).」

76) 위의 책, p.325, 「蒿里誰家地, 聚斂魂魄無賢愚. 鬼伯一何相催促, 人命不得少踟躕.」

官作自有程,　　　"관청의 공사는 본시 기한이 있으니
舉築諧汝聲.　　　공이를 들고 네 메김 소리를 맞춰라."
男兒寧當格鬪死,　　사내대장부라면 차라리 싸우다 죽는 게 마땅하거늘
何能怫鬱築長城.　　어찌 근심에 싸여 장성을 쌓을 수 있겠는가?

……

生男愼莫擧,　　　아들을 낳으면 삼가 키우지 말고
生女哺用脯.　　　딸을 낳으면 말린 고기로 먹일 일이다.
君獨不見長城下,　　그대 혼자 장성의 밑을 보지 않았는가?
死人骸骨相撐拄.　　죽은 자의 해골이 서로 떠받치고 있는 것을.

통상 오언시는 격구로 압운하고 칠언시는 매구에 압운하는데, 이 시는 이와 반대의 형태로 압운했다. 즉 오언 부분인 '관작(官作)'구, '거축(舉築)'구, '생남(生男)'구, '생녀(生女)'구는 매구에 압운하고, 칠언 부분인 '남아(男兒)'구와 '군독(君獨)'구에 운자를 쓰지 않아 오히려 칠언 부분을 격구로 압운한 형식이 된 것이다. 아마도 이것은 오언시의 압운법과 칠언시의 압운법이 상호 영향을 주어 나타난 현상이 아닌가 한다. 제언체 칠언시에서는 이 무렵 전혀 격구 압운의 예가 발견되지 않는 점으로 미루어 볼 때, 결국 칠언시의 격구 압운은 삼언이나 오언의 영향을 받아 잡언체에서만 제한적으로 쓰였던 것 같다.

제언체 칠언시에서 최초로 격구 압운을 시도한 인물로 흔히 포조를 거론하는데, 마쯔우라 토모히사는 송초 왕소지(王韶之 : 390~445)의 <영설(詠雪)>이 그보다 앞선다고 보고 있다.[77] 왕소지가 시작 활동을 펼친 시점이 포조에 비해 20여 년 빠르므로 그럴 가능성은 충분하나, 결정적인 단서가 있는 것은 아니다.

霰先集兮雪乃零,　　싸라기눈이 먼저 모이니 눈이 곧 내리고
散輝素兮被簷庭.　　흩어지는 빛 하얗게 처마와 뜰을 덮네

---

77) 松浦友久, 앞의 책, p.165.

曲室寒兮朔風厲,　　밀실(密室)이 추운 것은 북풍이 매서워서지

州陸涸兮群籟鳴.　　마을의 뭍에 물이 마르니 여러 소리가 울리는구나

이 시의 운자는 '영(零)', '정(庭)', '명(鳴)'이니 수구(首句)에 운을 쓴 격구 압운이다. 다만 이 작품은 '이합(離合)'이라는 형식[78]의 문자유희적인 시인 데다, 전체적으로 '혜(兮)'자를 포함하는 초사체의 구법을 쓰고 있고, 또 4구 체이다. 그러므로 이 시로부터 칠언율시를 염두에 두고 본격적인 칠언시의 격구 압운을 논하기에는 부족한 감이 있다. 이런 의미에서 왕소지의 이 시 가 포조의 것보다 창작시점이 이르다 하더라도 격구 압운의 공로는 포조에 게 돌려야 할 것이다. 포조의 <행로난을 본떠[擬行路難]> 첫째 수를 보자.

奉君金巵之美酒,　　그대에게 바치나니 금술잔의 맛난 술과

玳瑁玉匣之雕琴.　　대모로 장식한 옥갑의 장식한 금과

七彩芙蓉之羽帳,　　일곱 가지 색으로 연꽃을 수놓은 깃털장식 휘장과

九華蒲萄之錦衾.　　아홉 가지 빛으로 포도를 수놓은 비단 이불을

紅顔零落歲將暮,　　붉었던 얼굴 쭈글거리고 해는 장차 저무는데

寒光宛轉時欲沈.　　차가운 빛 변화하여 시절은 사라져가려하네

願君裁悲且減思,　　그대에게 바라나니 슬픔을 누르고 생각을 줄여

聽我抵節行路吟.　　절(節)을 치며 부르는 <행로난(行路難)>을 들어보오

不見柏梁銅雀上,　　백량대(柏梁臺)와 동작대(銅雀臺)를 보지 않으면

寧聞古時淸吹音.　　어찌 옛날에 맑게 불던 소리를 듣겠소?

이 시는 모두 18수로 이루어져 있는 연작시의 서시(序詩) 역할을 하는 작 품으로 곽무천의 《악부시집》 권70 <잡곡가사>에 실려 있다. 첫 네 구를 보면 갖가지 화려한 것들을 나열하고 허사(虛辭)인 '지(之)'를 연용한 점에서 초사와 한부의 풍격이 남아있음을 느낄 수 있다. 그러나 다른 무엇보다도 이

---

78) 이합이란 글자의 일부를 더하거나 빼서 시구를 만드는 방법이다. 이 시의 첫 구는 「霰先集兮雪乃零」인데, '霰'에서 '雪(雨)'이 빠지니 '散'(다음 구의 첫 글 자)이 된다는 식이다.

시의 특징은 우구(偶句)에만 압운한 격구 압운에 있다. '금(琴)', '금(衾)', '침(沈)', '음(吟)', '음(音)' 등 5개의 운자를 쓰고 있으며, 수구에는 압운을 하지 않았다. 이렇게 포조가 본격적으로 구사한 칠언시에서의 격구 압운은 칠언시가 나온 이래 가장 큰 격률의 변화로서, 송영정(宋永程)은 "가히 혁명적인 것"이라고까지 말하였고,[79] 왕력(王力)이 '진정한 칠언시'의 출발점을 포조의 칠언시에 둔 이유도 바로 여기에 있다.[80]

그러나 포조가 칠언시에서 모두 격구 압운을 했던 것은 아니다. 그가 창작한 칠언시 32수의 압운방식을 보면 약 3분의 1에 해당하는 11수에서는 여전히 매구에 압운을 하였고, 특히 제언체 칠언시 10수 가운데 7수에서 매구 압운을 하였다. 제언체에서 환운하지 않고 격구로 평성운을 써서 압운한 작품, 즉 칠언율시의 체재에 가장 근접한 작품은 위에 든 <의행로난> 첫째 수가 유일하다.[81] 이는 잡언체에 비해 제언체에서 격구 압운한다는 것이 당시로서 매우 어려운 일이었음을 짐작하게 해준다.

송대에 칠언시에서 격구 압운이 시도되자 이후로 심약, 오균, 간문제 등에 의해서 후속작이 나왔다. 이러한 칠언시의 격구 압운은 당시에 원칙적으로 격구 압운했던 오언시가 압도적으로 우위를 점한 풍토에서 그 영향을 받아 자연스럽게 생겨난 것으로 볼 수도 있다.[82] 조비, 육기, 사령운, 사혜련(謝惠連) 등이 지은 <연가행>은 모두 매구 압운이었는데, 포조가 격구 압운을 시도한 이후의 양원제, 소자현, 왕포(王褒), 유신 등의 <연가행>은 모두 격구

---

79) 宋永程, ≪鮑照詩硏究≫, p.341.

80) 王力, 앞의 책, pp.16-17, 「依現存的史料觀察, 直到鮑照, 才有隔句爲韻的七言詩. ……由此看來, 眞正的七言詩(如唐代七言詩的常體)是起於南北朝, 約在公元第五世紀.」

81) 宋永程, <七言律詩의 형성과 鮑照>, pp.103-105 참조.

82) 어쩌면 매일곱 자마다 운을 다는 것이 두 구 열 자만에 운을 다는 오언시에 비하면 촉급하고 질박한 느낌을 주는 까닭에, 압운에 대한 기대가 얼마간 깨지는 것을 감수하고 인위적으로 격구 압운을 시도함으로써 독자의 의표를 찌르는 수법이 참신하게 받아들여졌다고 생각할 수도 있을 것이다(松浦友久, 앞의 책, p.168을 참고).

압운을 하고 있다는 점이 그것을 증명한다.

요컨대 격률화란 여러 요소들이 시기를 달리 하여 제각기 진행되는 것이 아니므로, 격구 압운의 문제도 결국은 이 무렵부터 '점대(黏對)가 분명한' 방향으로 나아갔던 격률화 과정의 한 축으로 이해할 수 있다. 달리 말해서 시의 용운에서 일운도저(一韻到底)가 처음부터 끝까지 같은 운을 쓰는 전체적인 '점(黏)'이라면, 격구 압운은 두 구의 묶음에서 위아래로 같은 운이 되지 않게 하는 부분적인 '대(對)'였던 것이다.

(2) 구식과 편장형식의 정제화

칠언율시의 기본적인 형태는 각 구가 칠언으로 일정하면서 8구가 되어야 한다. 그러나 칠언시에 격구 압운을 시도하면서 많은 작품을 창작한 포조도 위의 조건에 부합하는 칠언시를 내놓지는 못했다. 그는 삼언이나 오언이 섞인 잡언체에서만 8구로 된 작품 다섯 수를 남겼을 뿐이며, 이 다섯 수에는 칠언구가 2구에서 6구까지 한 수씩 분포하고 있다. 칠언구가 6구로 가장 많은 <대백저곡(代白紵曲)> 첫째 수를 보더라도 매구에 운을 쓰고 환운도 하고 있어서 격구 압운의 성과가 반영되어 있지 않다. 따라서 포조에게 칠언시 격률화의 모든 면을 기대하기는 어렵다고 하겠다.

제언체의 8구 칠언시와 유사한 형태로는 잡언체 8구 칠언시 가운데 여섯 구에 칠언구를 쓴 것과 6구 또는 10구로 이루어진 제언체 칠언시를 들 수 있다. 먼저 잡언체 8구 칠언시를 살펴보자. 이 형태는 칠언구가 아닌 두 구의 위치에 따라 5·6구에 오언구를 쓴 것과 7·8구에 오언구를 쓴 두 종류가 발견된다. 그 중에서 5·6구에 오언구를 섞어 쓴 온자승(溫子升)의 <옷을 다듬질하며[擣衣]>를 보자.

長安城中秋夜長,　　장안성의 가을밤은 긴데
佳人錦石擣流黃.　　가인(佳人)은 아름다운 돌에 유황(流黃)을 다듬질하네

香杵攻砧知近遠,	향기로운 방망이와 무늬 있는 다듬잇돌 어디쯤일까
傳聲遞響何凄凉.	들려오는 소리는 어찌 이리 처량한가
七夕長河爛,	칠석이라 긴 은하수 반짝이고
中秋明月光,	추석이라 밝은 달 빛난다
蠮螉塞邊絶候雁,	열옹새(蠮螉塞)에서 소식 전하는 기러기 끊겨
鴛鴦樓上望天狼.	원앙루(鴛鴦樓)에서 천랑성(天狼星)을 바라본다

온자승은 북조에서 벼슬했지만 남조의 시풍을 잘 모방한 시인이었는데, 이 시도 사혜련(397~433)의 것을 모방한 것이다.[83] 이 작품은 장안성(長安城)을 배경으로 가을밤 다듬이질을 하던 여인이 수자리하러 간 남편을 그리워하는 이 시의 내용이 당시(唐詩)의 분위기와 흡사해, 심덕잠(沈德潛)은 "(온자승은) 바로 당대 사람이다."[84]라고 평하기도 했다. 그리고 이 작품은 매끄러운 칠언구로 격구 압운하고 있어 5·6구의 오언구만 칠언구로 바꾼다면, 성률을 제외하고는 칠언율시에 접근한 형태라고 할 것이다. 이 밖에 7·8구에 오언 두 구를 쓴 시로는 간문제의 <춘정(春情)>[85]이 있다.

다음으로 6구로 이루어진 제언체 칠언시를 보도록 한다. 《옥대신영》 권9에는 소자현의 <춘별(春別)> 네 수와 간문제, 양원제의 화답시가 각각 실려 있는데, 이 작품들의 둘째 수는 모두 6구의 제언체 칠언시다. 그 가운데 소자현의 시는 제3구를 제외한 다섯 구에 압운하였고, 간문제의 시는 격구 압운이긴 하나 측성운을 쓰고 있다. 평성운으로 격구 압운한 양원제의 <춘별응령시사수(春別應令詩四首)> 둘째 수가 일단 압운면에서 칠언율시의 형식에 부합하므로 이 시를 보기로 든다.

試看機上交龍錦,	시험삼아 베틀 위의 교룡(交龍) 무늬의 비단을 보고

---

83) 謝惠連의 <擣衣>는 《文選》 卷30 <雜詩下>에 수록되어 있으며, 五言 24句 體다(呂晴飛, 《漢魏六朝詩歌鑑賞辭典》, p.780).

84) 沈德潛, 《古詩源》 卷14, 「直是唐人.」

85) 丁福保, 《全梁詩》 卷2, 「蝶黃花紫燕相追, 楊低柳合路塵飛. 已見垂鉤掛綠樹, 誠知淇水沾羅衣. 兩童夾車問不已, 五馬城南猶未歸. 鶯啼春欲駛, 無爲空掩扉.」

還瞻庭裏合歡枝.　　다시 정원 속의 합환(合歡) 나뭇가지를 보세요
映日通風影珠幔,　　비치는 햇빛은 바람을 통과해 구슬발에 그림자 지우고
飄花拂葉度金池.　　날리는 꽃은 나뭇잎을 스치며 금지(金池)를 건넙니다
不聞離人當重合,　　헤어진 사람은 응당 다시 만난다는 말 듣지 못했으니
唯恐合罷會成離.　　오직 만남이 다하면 이별일까 걱정이랍니다

이 시는 1·2구에서 종래의 칠언시에서 잘 볼 수 없었던 2·5구법을 써서 정교한 대장을 구성하고 있다. 3·4구 역시 대장을 썼으며, 5·6구에는 회문(回文)의 기교를 보였다.[86] 전체적으로 보아 수련(首聯)의 내용이 없는 칠언율시의 형태를 취하고 있다고 하겠다. 진(陳) 장정견(張正見)의 <부득계전눈죽(賦得階前嫩竹)>과 후주(後主)의 <옥수후정화(玉樹後庭花)>도 이와 같은 칠언 6구체의 작품이다.

이제 8구체보다 두 구가 더 있는 10구체 칠언시를 살펴보자. 앞서 보았던 포조의 <의행로난> 첫째 수가 바로 이러한 유형이다. 여기서는 강총(江總)의 <규원(閨怨)>을 예로 든다.

寂寂青樓大道邊,　　쓸쓸한 푸른 누각은 큰길가에
紛紛白雪綺窓前.　　흩날리는 흰 눈은 비단 창 앞에
池上鴛鴦不獨自,　　연못의 원앙은 홀로 있지 않은데
帳中蘇合還空然.　　휘장 안 소합향(蘇合香)은 다시 부질없이 피어오르네
屛風有意障明月,　　병풍도 생각이 있어 밝은 달을 가려주고
燈火無情照獨眠.　　등불은 정이 없어 홀로 잠드는 날 비추네
遼西水凍春應少,　　요서(遼西)는 물이 어니 봄날이 응당 적겠고
薊北鴻來路幾千.　　계북(薊北)에서 기러기가 온대도 그 길이 몇 천 리일까
願君關山及早度,　　그대에게 바라오니 관산을 어서 넘어서
照妾桃李片時妍.　　저의 도리(桃李)와 같이 한 시절 고움을 보소서

≪진서(陳書)·강총전(江總傳)≫에 "(강총은) 학문을 좋아하였고, 문장을 잘

---

86) 盧淸靑, ≪齊梁詩探微≫, p.177.

지었으며, 오언과 칠언에 특히 뛰어났다."[87]는 기록이 있는 것으로 보아 강총은 오언시 못지 않게 칠언시에도 재주가 있었던 것 같다. 이 시는 규중의 젊은 아낙이 원정 나간 남편을 그리는 시로서, 열 구를 모두 대장으로 처리한 것이 특징이다. 시어가 빼어나면서도 구법이 자연스러워 장경문(張敬文)은 "거의 칠언율시라 할 만하다."[88]고 하였다. 칠언율시에도 예외적이긴 하지만 전편(全篇)에 대장을 쓴 작품이 있으므로, 이 시에서 결말 부분인 9·10구를 제외한 나머지 연에서 한 연을 없애면 칠언율시에 가까운 형태가 될 것이다.

마지막으로 칠언율시에 상당히 근접한 제언체 8구 칠언시를 살펴보자. 허학이(許學夷)가 "칠언율시의 시초"[89]라 평했던 간문제의 <오야제>를 예로 든다.

綠草庭中望明月,	녹초정(綠草庭)에서 밝은 달을 바라보고
碧玉堂裏對金鋪.	벽옥당(碧玉堂)에서 금꽃 무늬 문고리를 마주하네
鳴弦撥捩發初異,	현을 울리고 채를 퉁기니 나오는 소리 처음부터 다르고
挑琴欲吹衆曲殊.	금을 들고 타려 하니 뭇 곡과는 틀리다
不疑三足朝含影,	발이 셋 달린 까마귀[90]가 아침에 그림자를 품고 있음을 의심하지 않고
直言九子夜相呼.	다만 아홉 마리 새끼가 밤에 서로 부른다고 말하네[91]
羞言獨眠枕下淚,	홀로 잠들며 베개에 눈물 흘린다고 말하기 부끄러워
託道單棲城上烏.	혼자 사는 성 위의 까마귀라 빗대어 얘기하네

이 시는 《악부시집》 권47 청상곡사(淸商曲辭)에 수록되어 있다.[92] 오언 4

---

87) 《陳書·江總傳》,「好學, 能屬文, 於五言七言尤善.」

88) 張敬文, 《中國詩歌史》, p.106.

89) 許學夷, 《詩源辯體》 卷9,「梁簡文七言八句有烏夜啼, 乃七言律之始.」

90) 해에 산다는 준오(踆烏)를 말한다. 《淮南子·精神訓》,「日中有踆烏.」高誘注云 :「踆, 猶蹲也, 謂三足烏 ; 踆音逡.」

91) 《樂府解題》,「古辭云 : '烏生八九子, 端坐秦氏桂樹間.' 言烏母生子, 本在南山巖石間, 而來爲秦氏彈丸所殺.」

92) 《악부시집》에 인용된 《당서(唐書)·악지(樂志)》에 따르면 <오야제>라는

구로 전해지던 고사(古辭)를 칠언 8구로 바꿔 형태상의 변화를 가져왔을 뿐만 아니라, 평성운으로 격구 압운하였으며, 전편에 대장을 구사하여 매우 세련된 느낌을 주고 있다. 이 밖에 칠언 8구시로는 유신(庾信)의 <오야제>93)와 강총의 <방수(芳樹)>94) 등이 더 보인다.

이상에서 칠언율시의 구식과 편장형식에 영향을 준 것으로 보이는 몇 가지 유형을 살펴보았다. 권혁석은 ≪옥대신영연구(玉臺新詠硏究)≫에서 ≪옥대신영≫ 권1부터 권8까지에 수록된 시 346수를 대상으로 시대에 따른 시형의 생멸관계를 조사하고, 그 결과를 다음과 같이 밝힌 바 있다.

가장 현저한 양상은 20구의 감소와 8구의 증가를 들 수 있다. 12구는 미미하지만 제량대(齊梁代)에 이르러 증가되는 현상을 보이고 있으며, 14구는 뚜렷한 증감양상을 보이고 있지는 않다. 또한 16구 역시 뚜렷하지는 않지만 감소하는 현상을 보이고 있다. 전체적으로 보아도 8구가 압도적인 수(133수)를 차지하며, 나머지 중에서 역시 10구(80수)가 가장 많다. 이는 바로 중고(中古) 시기의 시가가 영명(永明) 시대를 지나 양대(梁代)에 이르면, 거의 8구로 정형화한다는 사실을 말하는 것이다. 이러한 경향은 나아가 당대 율시(律詩)로의 발전을 예고하는 것이라고 볼 수가 있는 것이다.95)

제목은 송 임천왕(臨川王) 유의경(劉義慶)에게서 비롯된 것으로, 본래는 까마귀 소리가 유배지에 있던 그에게 석방의 소식을 가져다주었다는 내용이었다고 한다. 그런데 이 시는 여인이 홀로 있는 외로움을 삭이려 악곡을 연주한다는 내용을 담고 있어 원제의 취지와는 달라졌음을 알 수 있다.

93) 유신의 <오야제>는 다음 절에서 상세하게 다룰 것이다.

94) 「朝霞映日殊未妍, 珊瑚照水定非鮮. 千葉芙蓉詎相似, 百枝燈花復羞然. 暫欲寄根對滄海, 大願移華側綺錢. 井上桃蟲誰可雜, 庭中桂蠹豈見憐.」 이 시는 율구가 3개 있고, 전편에 대장을 쓰고 있으며 점대도 각각 여섯 곳과 세 곳에서 지켜지고 있다.

95) 權赫錫, ≪玉臺新詠硏究≫, p.220. 오소평(吳小平)이 정복보(丁福保)의 ≪전한삼국진남북조시(全漢三國晉南北朝詩)≫에서 제(齊), 양(梁), 진(陳) 삼조(三朝)의 시를 근거로 오언시의 편폭을 조사한 통계자료를 인용해보면 다음과 같다 (≪中古五言詩硏究≫, pp.250-251).

≪옥대신영≫에서는 권9에 칠언체를 따로 모아놓고 있으므로, 권1에서 권8까지를 대상으로 한 위의 분석은 주로 오언시를 기준으로 한 것이다. 8구체 칠언시는 8구체 오언시에 비하면 극히 미미한 수준이었다. ≪옥대신영≫ 권9에 수록되어 있는 제언체 칠언시는 모두 75수인데, 그 가운데 4구체가 28수로 가장 많고 다음이 6구체로 12수를 차지하고 있다. 8구체로는 서진(西晉) 장재(張載)의 <의사수시(擬四愁詩)> 네 수와 유신의 <오야제>가 보일 뿐이다. 장재의 <의사수시>는 아직 초사체의 영향에서 벗어나지 못한 작품이어서,[96] 전형적인 8구체 칠언시로는 결국 유신의 <오야제> 한 수가 수록된 셈이다. 따라서 양대에 이르러 간문제와 유신의 <오야제> 같은 8구체 칠언시가 등장했다는 것 자체가 큰 성과라 볼 수 있을 것이다.

		齊	梁	陳	計
4구		69	369	53	491
6구		2	102	25	129
8구	작품수	83	489	269	841
	백분비	29	29	55	34
10구		51	284	49	384
12구		34	115	36	185
14구 이상		47	310	61	418
계		286	1,669	493	2,448

오소평은 여덟 구의 시가 다수를 점하게 된 원인에 대해 이것이 시의 편폭에 대한 제량인(齊梁人)의 공통적인 요구였으며, 이러한 요구가 근거했던 이론은 바로 '간절(簡節)의 미' 또는 '중화(中和)의 미'였다고 하였다(같은 책, p.254).

96) 이 시는 장형의 <사수시>를 모방하여 '혜(兮)'자가 포함된 구절을 쓰고 있다. 그렇긴 하지만 원래 일곱 구 한 수로 이루어져 있던 장형의 <사수시>와는 달리 한 수를 8구씩으로 만든 것은 칠언 8구체의 선례를 보여줬다는 점에서 그 의의가 자못 크다고 하겠다.

(3) 평측과 대장의 강구

1) 평측

칠언율시에서 요구되는 평측법은 '점(黏)'과 '대(對)'로 집약된다. 즉 한 구에서 절주점(節湊點)이 되는 둘째, 넷째, 여섯째 글자의 평측이 엇갈려야 하고, 상하 인접한 구와는 평측이 일정한 규율에 따라 다르거나 같아야 한다는 것이다. 압운 여부와 평기식(平起式)인지 혹은 측기식(仄起式)인지에 따라 네 가지 유형의 평측 조합이 이루어지게 되는데, 이를 정리해보면 아래와 같다.

	평기식	측기식
압 운 구	평평측측측평평 : A	측측평평측측평 : B
비압운구	평평측측평평측 : a	측측평평평측측 : b

위와 같은 형식으로 이루어진 구를 흔히 '율구(律句)'라 칭한다. 앞서 살펴본 시 가운데 장형의 <사수시> 첫째 수의 첫 구「我所思兮在太山」이나 조비의 <연가행> 첫째 수의 제5구「慊慊思歸戀故鄕」, 제7구「君何淹留寄他方」은 B형의 율구에 속한다. 다만, 이러한 예는 의식적으로 평측의 성률을 강구한 것이 아니라 우연의 소산이다. 칠언시에 율구를 많이 쓴 작가로는 포조를 꼽을 수 있다. 송영정에 따르면 포조 칠언시의 전체 칠언구에서 요구(拗句)를 제외한 정례의 율구만도 26구에 이른다고 한다.[97] 그의 작품에서 칠언구는 241구나 되기 때문에 정례만 놓고 보면 상당한 비율을 차지한다고 하기 어렵지만, 위에서 말한 네 가지 유형이 고루 나타나고 있으므로 과소평가할 수 없다. 양대(梁代) 이후로 내려갈수록 율구의 사용이 점차 증가하는 양상을 보인다. 평성운으로 격구 압운한 진후주(陳後主)의 <옥수후정화(玉樹後庭

---

97) 송영정, 앞의 글, p.117. 이를 보면 본 절에서 고찰하고 있는 칠언시 격률화의 과정마다 포조가 늘 중추적인 역할을 담당하였음을 알 수 있다. 바로 종우민(鍾優民)이 ≪중국시가사(中國詩歌史)≫에서 "그(포조)의 칠언시는 육조 고체로부터 당대 근체로 가는 교량이었다."(p.288)고 평한 그대로다.

花)>를 예로 들어 살펴보자.

麗宇芳林對高閣,　　화려한 집 향기로운 수풀이 높은 전각을 마주 보는데
新妝豔質本傾城.　　갓 화장한 아리따운 몸은 본래부터 경국지색
映戶凝嬌乍不進,　　문에 어른거리는 화사한 여인 잠시 들어오지 않다가
出帷含態笑相迎.　　내실(內室)을 나와 교태를 머금고 웃으면서 맞이하네
妖姬臉似花含露,　　어여쁜 아가씨의 볼은 꽃처럼 이슬 머금고
玉樹流光照後庭.　　옥 나무에 흐르는 빛은 뒤뜰을 비추네

　　이 시는 후궁이 부름을 받아 화장을 하고 임금을 맞이하는 모습을 묘사한 것이다. 이 시에는 여섯 구 가운데 네 개의 율구가 있으며, A형(제2·4구), a형(제5구), B형(제6구)이 고루 발견된다. 특히 제3구와 제4구는 완벽한 대를 이루고 있어서 장경문(張敬文)은 "이 시는 비록 궁체시(宮體詩)에 속하지만 칠언율시의 규모를 대략 갖추고 있다."[98]고 평하였다.

　　칠언율시에서 상하 점대는 가장 뒤늦게 격률의 요소가 된 부분이다. 특히 대에 비해서 점은 엄격하게 요구되지 않았기 때문에 육조 시기에 전편에 걸쳐 점을 준수한 칠언시는 찾아보기 어렵다. 부분적으로 점대를 지키고 있는 소자현의 <춘별> 네 수 중 둘째 수를 보자.

幽宮積草自芳菲,　　그윽한 궁궐에 무성한 풀은 절로 향기로운데
黃鳥芳樹情相依.　　꾀꼬리와 향기로운 나무는 서로 정을 나눕니다
爭風競日常聞響,　　바람과 다투고 해와 겨루는 새소리가 늘 들려오지만
重花疊葉不通飛.　　겹겹의 꽃과 쌓인 나뭇잎 때문에 날아서 지날 수가 없습니다
當知此時動妾思,　　바야흐로 이맘때가 저의 그리움이 생길 즈음임을 알아
慚使羅袂拂君衣.　　수줍게 비단 소매로 그대의 옷을 스쳐봅니다

　　이 시는 제3구를 제외한 나머지 다섯 구에 모두 압운을 하고 있어서 정

---

98) 張敬文, 앞의 책, p.106.

격이 아니다. 이 시 각 구의 평측과 일반적인 칠언율시의 정격을 아래에 보인다.

〈범례〉 ○ : 평성, × : 측성, │ : 점, ↕ : 대

이 시는 전편이 여섯 구로 이루어져 있으므로, 이를 평기식 칠언율시의 수련에서 경련까지라고 가정하면, 위의 오른쪽 그림에서 보듯이, 모두 9곳에서 대를, 6곳에서 점을 지켜야 완벽하게 격률에 부합한다. 이 시에서는 각각 3곳에서 대와 점을 지키고 있으므로, 점대의 준수율이 50%를 밑돈다.[99] 그러나 이 시를 통해 당시에 얼마간 점대에 대한 인식이 있었음을 알 수 있다.

2) 대장

오언시는 사령운(385~433), 포조, 하손(何遜 : 480?~530), 음갱(陰鏗 : 510~570) 등이 정교한 대장의 발전을 이끈 반면,[100] 칠언시는 포조 외에 이렇다 할 작

---

99) 오언율시의 남상이라고 하는 왕융(王融 : 468~494)의 오언 10구체 <蕭諮議西上夜集>의 점대를 고찰해보면 점은 50%, 대는 100% 준수하고 있다. 왕융은 소자현(蕭子顯)보다 한 세대 이른 시점에 활동했던 인물이므로, 오언시의 격률화가 칠언시의 그것에 비해 현격하게 빨리 이루어졌음을 알 수 있다.

100) 주광잠(朱光潛)은 이들을 '율시의 4대공신'이라 칭했다(朱光潛, 鄭相泓 역, ≪詩論≫, p.296).

가가 없었고 대장도 잘 쓰이지 않아서 송제(宋齊) 시기까지는 대장 방면의 격률화에 큰 진척이 없었다. 그러나 양대(梁代) 이후로는 칠언시의 창작이 이전보다 활발해지고 작품에서 대장을 사용하는 비율이 높아지면서 대장도 다양하고 세밀해지는 양상을 보였다.[101] 몇 가지 예를 보기로 하자.

① 故人雖故昔經新,　옛사람 오래되었다 하지만 예전에 새로움을 거쳤고
　　新人雖新復應故.　새사람 새롭다 하지만 다시금 오래되게 될 거예요

　　간문제, <화소시중자현춘별시사수(和蕭侍中子顯春別詩四首)> 둘째 수 ✿

② 歡來何晚意何長,　그 사람 오는 것 어찌 더디며 생각은 어찌 계속되는가?

　　　　　　　　　　　　　왕검(王儉), <제백저(齊白紵)> ✿

③ 香杵紋砧知近遠,　향기로운 방망이와 무늬 있는 다듬잇돌 어디쯤일까
　　傳聲遞響何凄凉.　들려오는 소리는 어찌 이리 처량한가

　　　　　　　　　　　　　온자승, <도의> ✿

　①은 '고(故)·고·신(新) ─ 신·신·고'로 수미를 호응시킨 회문대(回文對)다. 회문대는 문자유희에 가깝지만 오언시에서는 종종 쓰였던 수법이다. ②는 초보적인 당구대(當句對)로 4·3의 리듬으로 이루어지는 칠언시에서만 가능한 대장이다. 이런 대장에서는 중복되는 시어를 중심으로 전후의 구법이 동일한 데서 일종의 정제미를 느끼게 된다. ③은 유수대(流水對)로 두 구가 의미상으로 관통되어 '다듬이질 소리에 처량함을 느끼는' 의경(意境)을 효과적으로 표현하였다.

　그런데 율시는 중간 두 연에 대장을 써야 한다. 제량 시기에 나온 칠언시들은 대장을 사용하는 위치에 대해서 아직 명확한 인식이 없었던 듯하다. 대

─────────────────────

101) 양대(梁代) 이전의 칠언시에서는 대장을 쓴 예를 거의 발견하기 어려우나, 양대 이후로는 6구 이상의 시에서는 곧잘 한 연 이상에서 대장을 썼다.

장을 전혀 쓰지 않은 시가 있는가 하면, 제2연 또는 제3연 한 군데만 쓴 것
도 있고, 전편에 걸쳐 대장을 쓴 작품도 여럿 발견된다. 후대의 일반적인 율
시처럼 중간 두 연에 대장을 쓴 것은 유신의 <오야제>가 유일하다. 이는 칠
언시가 격률화의 과정에 있었다고는 하나 미세한 부분까지 정형화되기 위해
서는 더 시간이 필요했음을 뜻한다.102)

3. 칠언율시의 형성

앞 절에서 고찰한 것처럼, 칠언시는 각각의 요소별로 부단한 격률화의 과
정을 거쳐 육조 시기 말엽에는 거의 모든 부분에서 칠언율시에 가까워졌다.

---

102) 그런데 이 무렵 오언시의 대장은 상당한 격률화를 보여주고 있어 칠언시와는
대조적이다. 오소평(吳小平)이 ≪전한삼국진남북조시(全漢三國晉南北朝詩)≫
에 수록된 육조 오언팔구식 시 993수의 대장 운용현황을 분석한 다음의 표를
보자(오소평, 앞의 책, p.283).

	五言八句式 작품수	對仗使用 작품수	對仗 狀況											
			1연 對仗				2연 對仗				3연 對仗			4연 對仗
			首	頷	頸	尾	前2	中2	後2	기타	前3	後3	기타	
齊	83	71	2	12	7	-	4	21	2	3	15	1	1	3
梁	489	412	8	53	59	-	16	145	7	23	59	17	4	21
陳	269	250	2	8	28	2	5	147	1	6	40	5	2	4
北魏	13	11	-	2	-	-	1	4	-	-	1	1	1	1
北齊	32	32	-	2	1	-	1	15	-	-	9	1	-	3
北周	107	100	2	-	5	-	-	44	-	-	33	4	-	11
계	993	876	14	77	100	2	27	376	10	33	157	29	8	43

오언시에서는 순수하게 가운데 두 연에 대장을 쓴 작품으로 한정하더라도 제
(齊) 이후로는 다른 대장 운용형식에 비해 이미 그 수가 월등히 많은 것을 알
수 있다.

그런데 격률의 요소가 한 작품에 집약되어야 비로소 의미를 가지게 된다. 즉, 한 작품이 어느 격률에서 특출한 성과를 거뒀다 하더라도 다른 격률에서 정체되어 있다거나, 한 시인이 칠언시를 양산하면서 각 부분에서 격률화를 선도했다 하더라도 그것이 한 작품에 집중되지 않으면 소용이 없다.[103] 결국 누군가 이러한 격률화의 성과를 집대성하여 전범으로 삼을 만한 작품을 창작해야 하는데, 완정하고 모범적인 칠언율시는 당대에 들어서야 비로소 출현했다. 그러나 '완성품'에 가까운 '시제품'이 당대 이전에 선을 보였으니, 바로 유신과 수양제의 칠언시다. 이 절에서는 격률화 단계를 거쳐 비교적 칠언율시에 가깝게 접근한 그들의 작품부터 검토하고, 이어서 당초(唐初)에 칠언율시의 격률이 정립되어 가는 과정을 살펴볼 것이다.

(1) 초당 이전 : 기본 격률을 갖춘 칠언 8구시

허학이(許學夷)는 ≪시원변체(詩源辨體)≫ 권9에서 "간문제의 <오야제>가 칠언율시의 시초"라 하고, 다시 권13에서는 "칠언율시는 간문제, 유신, 수양제에게서 시작되었다."[104]고 하였다. 그런데 자세히 고찰해보면 간문제와 유신의 <오야제>는 칠언율시의 격률에 부합하는 정도에 차이가 있기 때문에 같은 수준으로 논하는 것은 엄정하지 못한 견해로 보인다. 앞서 살펴보았던 간문제의 <오야제>에 이어 여기서는 유신의 <오야제>를 감상하면서 두 작품의 격률을 비교해보기로 하자.

---

103) 예컨대 여섯 구로 된 칠언시는 그것이 아무리 격구로 압운하고, 율구로 구성되어 있고, 대장을 잘 썼더라도 칠언율시가 아니다. 또 포조의 예를 보더라도 그는 칠언시의 격률화에 공헌한 바가 크지만, 정작 칠언율시의 형태를 제대로 갖춘 작품을 창작해내지는 못했다.

104) 許學夷, ≪詩源辨體≫ 卷9, 「梁簡文七言八句有烏夜啼, 乃七言律之始.」; 卷13, 「七言律始於梁簡文、庾信、隋煬帝.」

促柱繁弦非子夜,	조인 기러기발과 많은 현은 <자야가(子夜歌)>가 아니고
歌聲舞態異前溪.	노랫소리와 춤추는 모습은 <전계곡(前溪曲)>과 다르다
御史府中何處宿,	어사부(御史府)에서는 어디서 잠들겠으며
洛陽城頭那得棲.	낙양성(洛陽城)에서는 어디서 머물 곳을 찾으랴
彈琴蜀郡卓家女,	금을 타던 촉군(蜀郡) 탁씨(卓氏) 집의 딸
織錦秦川竇氏妻.	비단을 짜던 진천(秦川) 두씨(竇氏)의 아내
詎不自驚長淚落,	어찌 스스로 놀라 길이 눈물 떨구지 않으리
到頭啼烏恒夜啼.	머리맡에 이른 우는 까마귀 밤마다 우는데

범형(范炯)은 이 작품의 정조(情調)와 필치(筆致)로 볼 때 유신이 양(梁)에서 벼슬하던 때의 작품일 것으로 추정했다.[105] 그렇다면 그가 사신으로 서위(西魏)에 갔던 양원제 승성(承聖) 3년(554) 이전에 창작했다는 말이니, 간문제의 <오야제>가 창작된 시점과 큰 차이가 없을 것으로 보인다. 이 시는 여러 가지 전고를 나열하여 진솔한 느낌이 적은 것을 흠으로 지적할 수 있겠으나, 인생살이에서 느낄 수 있는 공허감 또는 결여감이 내포된 비약적 구성은 독특한 맛을 준다.[106] 간문제의 <오야제>와 격률 면을 비교해보자.

	압 운	율구의 개수	점 대	대 장
간문제	평성운, 격구 압운,	3/8	6/9, 6/12	전편
유 신	수구불입운	6/8	3/9, 7/12	전3연

위의 표에서 알 수 있듯이 유신의 <오야제>가 격률의 여러 요소에서 칠언율시에 근접하고 있다. 그래서 명(明) 호응린(胡應麟)은 다음과 같이 유신의 <오야제>에 대한 주의를 촉구했다.

양재(楊載 : 1271~1323)는 간문제, 왕적(王勣), 온자승, 진후주의 네 편을 취하여 칠언율시의 비조로 꼽았으나, 중간에 모두 오언이 섞여있고, 체재와 격식이 썩 부합되지 않는다. 내가 육조(의 시)를 두루 보다가 유신의 <오야제>와 진자

---

105) ≪漢魏六朝詩鑑賞辭典≫, p.1313.
106) 呂晴飛, 앞의 책, p.801.

량(陳子良)의 <어새북춘일사귀(於塞北春日思歸)> 두 수를 얻었다. 비록 음절은
아직 꼭 화해(和諧)하지 않지만, 체재와 격식은 실로 칠언율시였는데, 양재가 미
처 수록하지 못했던 것이다.107)

또 청(淸) 유희재(劉熙載 : 1813~1881)는 ≪예개(藝槪)·시개(詩槪)≫에서 "유
신의 <오야제>가 당대의 칠언율시를 개창(開創)했다."108)고 말하고 있으며,
방유(方瑜)는 두 작품을 두고 간문제의 것은 "칠언 신체 형성기에 나온 습작
품"이고, 유신의 것은 "격조는 악부에 흡사하나, 형식은 칠언율시의 추형(雛
形)"109)이라고 했다. 따라서 유신의 <오야제>를 칠언율시의 형성을 논하는
출발점으로 보는 것이 타당하리라 여겨진다.

유신의 <오야제>에 비해 한층 칠언율시에 접근한 수양제의 <강도궁락
가(江都宮樂歌)>를 보자.

揚州舊處可淹留,	양주(揚州)의 옛 고을은 머무를 만하니
臺榭高明復好遊.	누대와 정자는 높고 맑으며 또 노닐기도 좋다
風亭芳樹迎早夏,	바람 부는 정자에서 향기로운 나무들이 초여름을 맞이하고
長皐麥隴送餘秋.	긴 언덕 보리밭에서 늦가을을 전송한다
淥潭桂楫浮靑雀,	맑은 연못에서 계수나무로 노 저으니 푸른 새가 날아오르고
果下金鞍躍紫騮.	과일이 황금 안장에 떨어지니 자줏빛 절따말이 펄쩍 뛴다
綠觴素蟻流霞飮,	푸른 술잔에 흰 거품 이는 유하주(流霞酒)를 마시고
長袖淸歌樂戲州.	무희(舞姬)가 맑은 노래 부르는 기쁘고 즐거운 고을이라네

이 시는 ≪악부시집≫ 卷79의 <근대곡사(近代曲辭)>에 실려 있으며, <사
시백저가이수(四時白紵歌二首)>110) 등과 함께 궁체시(宮體詩)의 풍격을 보여

---

107) 胡應麟, ≪詩藪·內編≫, 「楊用脩取梁簡文、隋王勣、溫子升、陳後主四章爲
　　七言律祖, 而中皆雜五言, 體殊不合. 余遍閱六朝, 得庾子山'促柱調絃'、陳子
　　良'我家吳會'二首, 雖音節未甚諧, 體實七言律也, 而楊不及收.」
108) 劉熙載, ≪藝槪≫ 卷2, <詩槪>, 「庾子山, …<烏夜啼>開唐七律.」
109) 方瑜, ≪唐詩形成的硏究≫, p.14.
110) <東宮春>과 <江都夏>의 두 수인데, 시형은 칠언 8구체이나 한 번 환운하

주는 작품이다.[111] 이 시는 제3구를 제외하고는 모두 율구로 이루어져 있고, 점은 잘 지켜지지 않았으나 대는 거의 완벽하게 지켜졌다. 대장의 위치도 가운데 두 연에 있을 뿐 아니라 '초여름[早夏]'과 '늦가을[餘秋]', '푸른 새[靑雀]'와 '자줏빛 절따말[紫騮]'의 대도 정교하다. 그래서 정중호(丁仲祜)의 ≪전한삼국진남북조시(全漢三國晉南北朝詩)≫에 인용된 ≪선시습유(選詩拾遺)≫에서는 "이 시에 의거해 본다면 수나라 때 칠언율시의 체재와 격식이 이미 갖추어졌으니, 당대에 시작된 것이 아니다."[112]라고까지 하였다. 이상의 두 작품은 칠언시의 격률화 과정에서 얻은 성과를 한 작품 속에 담아내 당대 칠언율시를 연 선하(先河)로서의 역할을 했다고 평가할 수 있다.

(2) 초당 전기 : 전편 율구시의 등장

당(唐)이 건국된 이후에도 얼마간은 제량 궁체시의 맥을 이었던 수의 궁정 문학이 지속되었다. 군주를 중심으로 관료들이 모여 주로 군주의 공덕을 칭송하는 시를 지었고, 시의 형식미와 성률의 해화를 추구했다. 그러나 오언시가 절대적 우위를 점하는 형국은 전혀 변함이 없어서 칠언시에 대한 관심은 여전히 미미했다. 일부 시인들만이 칠언시를 지었고, 그들의 칠언시는 격률 면에서 유신과 수양제의 것에 비해 후퇴하는 양상을 보이기도 하였다. 흔히 초당의 시단은 고조(高祖) 무덕(武德) 원년(618)부터 태종(太宗) 정관(貞觀) 23년(649)까지를 전기, 고종(高宗) 영휘(永徽) 원년(650)부터 예종(睿宗) 경운(景雲) 2년

면서 매구에 압운하여 칠언율시와는 큰 관련이 없다. 같은 칠언 8구체로서 일운도저로 격구 압운한 시로 <泛龍舟>가 한 수 더 있으나, 율구가 4개뿐이고 대장을 쓰지 않아서 격률 면에서 <江都宮樂歌>에 비길 바는 아니다.

111) 그러나 이 시는 일반적인 궁체시와 달리 남조 칠언가행의 경쾌하고 유려한 필치를 모방하여 여성에 대한 언급이 적고 충담한 맛까지 느껴지는 것이 특색이다(駱玉明・張宗原, ≪南北朝文學≫, p.203).

112) 丁福保, ≪全漢三國晉南北朝詩・全隋詩≫, p.1912, 「據此詩, 隋詩七言律體已具, 不始於唐也.」

(711)까지를 후기로 본다.[113] 여기서는 초당 전기의 몇몇 시인들을 살펴보기로 하자. 먼저 살펴볼 인물은 앞서 호응린이 소개했던 진자량(575~632)이다. 그의 <변새의 북쪽에서 봄날 귀향을 생각하며[於塞北春日思歸]>를 보기로 한다.

<table>
<tr><td>我家吳會靑山遠,</td><td>내 집 오회(吳會)는 푸른 산 저 멀리 있고</td></tr>
<tr><td>他鄕關塞白雲深.</td><td>타향 변방엔 흰 구름 자욱하다</td></tr>
<tr><td>爲許覊愁長下淚,</td><td>나그네 시름에 길이 눈물 떨구는 것은 그렇다 쳐도</td></tr>
<tr><td>那堪春色更傷心.</td><td>봄빛에 다시 마음 상하는 건 어찌 감당하리요</td></tr>
<tr><td>驚鳥屢飛恆失侶,</td><td>놀란 새는 자주 날아도 늘 짝이 없고</td></tr>
<tr><td>落花一去不歸林.</td><td>떨어진 꽃은 한 번 떠나면 숲으로 돌아오지 않네</td></tr>
<tr><td>如何此日嗟遲暮,</td><td>이 날 황혼을 탄식하게 되는 것을 어찌할꼬?</td></tr>
<tr><td>悲來還作白頭吟.</td><td>슬픔이 밀려와 다시금 <백두음>을 짓는다.</td></tr>
</table>

이 시는 질박한 언어로 짙은 향수를 노래하고 있는 작품으로서, 정교한 대장을 쓰면서도 초당 궁체시의 상투적인 느낌을 주지 않는 것이 특징이다. 이 시가 유신(庾信)이나 수양제(隋煬帝)의 작품과 다른 점은 전편 8구가 모두 율구로 이루어졌다는 것이다. 진자량과 함께 수당 교체기에 활약한 육경(陸敬)과 심숙안(沈叔安)이 각각 <칠석부영성편(七夕賦詠成篇)> 한 수씩을 지었는데, 육경의 시는 4개, 심숙안의 시는 3개의 율구밖에 없었다. 역시 이 무렵의 시인으로 50수 가까운 시를 남긴 왕적(王績 : 585~644)의 유일한 칠언시가 7·8구에 오언구가 섞인 잡언체라는 점을 감안하면, 이 시의 성과는 대단한 것이라 할 것이다. 다만 이 시는 점대가 잘 지켜지지 않아 격률 면에서 완벽하지는 못했다.

당(唐) 태종(太宗 이세민(李世民) : 599~649)의 <중서시랑 내제를 전별하며[餞中書侍郎來濟]>를 보자.

---

113) 楊世明, ≪唐詩史≫, p.3.

暧暧去塵昏灞岸,　　희미하게 사라지는 먼지로 어둑한 파수(灞水)의 언덕
飛飛輕蓋指河梁.　　나는 듯 가벼운 수레는 하량을 가리키네
雲峰衣結千重葉,　　구름 낀 봉우리는 천 겹 나뭇잎으로 옷을 지어 입었고
雪岫花開幾樹妝.　　눈 쌓인 봉우리엔 꽃이 피어 몇 그루 나무를 화장했네
深悲黃鶴孤舟遠,　　누런 학이 외로운 배로 멀어질 것을 깊이 슬퍼하고
獨歎靑山別路長.　　푸른 산 이별의 길이 긴 것을 홀로 탄식한다
聊將分袂霑巾涙,　　애오라지 소매를 놓으며 손수건을 적실 눈물을
還用持添離席觴.　　다시금 가져다 이별하는 자리의 술잔에 더한다

왕세정(王世貞)은 당 태종의 시를 두고 "사내대장부다운 맛이 없다"[114]고 평하였는데, 이 시가 주는 느낌도 매우 애상적이다. 그러나 격률은 상당히 엄정해져서 전편이 율구로 이루어진 것은 물론이거니와 앞 두 연까지는 점대도 완벽하게 지키고 있다. 같은 시기의 작품으로 보이는 허경종(許敬宗 : 592~672)의 칠언 8구시 <봉화성제송내제응제(奉和聖制送來濟應制)>에 율구가 4개밖에 없다는 점을 감안하면, 당 태종의 이 작품은 칠언율시의 형성에 큰 역할을 했다고 평가해야 할 것이다.[115] 태종이 문단에 절대적인 영향력을 행사할 수 있는 군주의 지위에 있으면서 시의 격률에 지대한 관심을 가졌다는 사실은 격률화에 큰 힘을 실어주는 일이었다.

이 시기에 빼놓을 수 없는 인물로 상관의(上官儀 : 608~664)가 있다. 그는 20수의 시를 남겼는데, 그 가운데 칠언 8구시로는 <영화장(詠畵障)> 한 수가 전해진다. 이 시는 한 구가 율구에서 벗어난 데다 점대도 잘 지켜지지 않아서 진자량이나 태종의 작품에 미치지 못한다. 그의 공로는 구체적인

---

114) 王世貞, 《藝苑巵言》 卷4, 「詩語殊無丈夫氣, 習使之也.」
115) 청(淸) 모선서(毛先舒)는 《시변지(詩辯坻)》 권3에서 "태종의 <餞中書侍郎來濟>가 칠언율시의 길을 이미 터놓았는데, 초당사걸의 재주로도 결국 한 편도 나오지 않았던 것은 어째서인가?(太宗餞來濟, 七律已開, 以四傑之才, 竟無一篇, 何也?)"라고 말하고 있다. 그는 이 시뿐만 아니라 오언시에서도 대단히 격률을 강구해 동시대 시인 중에서는 율체의 출현비율이 가장 높았다(許總, 《唐詩史》 上冊, p.109). 그의 오언시 <秋日>은 《당시품휘(唐詩品彙)》 오율부(五律部)의 맨 처음에 뽑혀있기도 하다.

시작(詩作)보다는 대장을 체계적으로 정리해 격률화에 일조했다는 데 있다. 그는 시에는 여섯 가지 대장과 여덟 가지 대장이 있다고 하였다.116) 이 둘 간에는 중복된 것도 있어117) 실제로는 정명대(正名對), 동류대(同類對), 연주대(連珠對), 쌍성대(雙聲對), 첩운대(疊韻對), 쌍의대(雙擬對~이상 6대), 이류대(異類對), 연면대(聯綿對), 회문대(回文對), 격구대(隔句對~이상 8대)의 열 가지로 대장을 정리한 셈이다. 진자량과 당 태종이 전편에 율구를 쓴 칠언 8구시를 창작해냄으로써 완정한 칠언율시에 근접해갔다면, 상관의는 대장에서 확고한 기틀을 다져, 칠언율시의 격률은 점대라는 요소만 과제로 남게 되었다.

(3) 초당 후기 : 격률이 완비된 칠언율시 출현

초당 후기의 시인으로는 왕발(王勃 : 649~676), 노조린(盧照隣 : 637?~689?), 낙빈왕(駱賓王 : 639~684), 양형(楊炯 : 650~693?)의 초당사걸(初唐四傑)이 유명하지만, 이들은 단 한 수의 칠언율시도 창작하지 않아, 칠언율시의 형성에는 기여한 바가 없었다. 칠언율시에서는 초당사걸보다 무후(武后) 때 활약한 궁정 시인인 문장사우(文章四友)의 역할이 컸다. 문장사우란 이교(李嶠 : 645~714), 소미도(蘇味道 : 648~705), 두심언(杜審言 : 645~708), 최융(崔融 : 653~706) 등으로서, 시문을 지으며 군주를 보필하던 사람들이었다. 이들은 주로 응제시(應制詩)를 창작하면서 시의 내용보다는 형식의 정제에 많은 노력을 기울였다. 그 가운데 두심언은 칠언율시의 발전과정에서 꼭 언급해야 할 인물이다. 호응린(胡應麟)은 "초당에는 칠언시가 없었고 오언시 역시 아직은 썩 훌륭하지 않았다. 두 체식(體式)의 묘함은 두심언이 실로 처음 제창한 것이다."118)라고 하

---

116) 흔히 '육대팔대설(六對八對說)'로 불리는 그의 주장은 ≪시인옥설(詩人玉屑)≫ 권7에 인용된 송 이숙(李淑)의 ≪시원유격(詩苑類格)≫에 실려 있다.
117) 쌍성(雙聲), 첩운(疊韻), 쌍의대(雙擬對)는 육대와 팔대에 모두 들어있고, 정명대(正名對)와 적명대(的名對)는 이름은 다르나 실제로는 같은 종류다.
118) 胡應麟, ≪詩藪·內編≫ 卷4, 「初唐無七言, 五言亦未超然. 二體之妙, 杜審言

여 근체시의 형성과정에서 두심언의 역할을 높이 평가하고 있다. 지금 전해
지고 있는 그의 시 43수 가운데 41수가 근체시인데다 대다수가 엄정하게 근
체시의 격률을 지키고 있으므로 그러한 평가가 결코 과장된 것이라고 볼 수
없다. 그의 작품 가운데 <대포(大酺)>를 보기로 하자.

毘陵震澤九州通,	비릉현(毘陵縣)의 진택은 구주와 통하고[119]
士女歡娛萬國同.	남녀 성인의 즐거움을 온 나라가 함께 하네
伐鼓撞鍾驚海上,	북을 두드리고 종을 쳐 동해까지 놀라게 하고
新妝袚服照江東.	새로 화장하고 고운 옷 입어 강동을 비추네
梅花落處疑殘雪,	매화꽃 떨어진 곳 남은 눈인가 의심하고
柳葉開時任好風.	버들잎 피어날 때라 좋은 바람을 맞는다
火德雲官逢道泰,	불의 덕으로 백관들이 편안한 길을 만났으니
天長地久屬年豐.	하늘과 땅 장구하듯 해마다 풍년이겠네

이 시는 무후 천수(天授) 원년(690) 두심언이 진릉군(晉陵郡) 강음현(江陰縣)에
서 벼슬할 때 무후가 국호를 주(周)로 바꾸면서 특사(特賜)를 내리자 그 공덕
을 칭송한 것이다. 초당에 성행한 응제시에서의 상투적인 표현이 거의 보이
지 않고, 군주의 덕이 곳곳에 미친다는 내용을 지방관의 입장에서 적절히 묘
사하고 있다. 그러나 무엇보다도 이 시에서 주목할 점은 아래에 보일 평측의
격식에 있다.

○○××× ○◎
× × ○○× ×◎
× × ○○○ × ×
○○×× × ○◎
○○×× ○○×

---

119) 비릉(毘陵)은 한대의 지명으로 진릉(晉陵)의 옛 이름이며, 진택(震澤)은 ≪상
    서(尚書)·우공(禹貢)≫에 보이는 말로 태호(太湖)를 가리킨다.

×× ○○×× ◎
×× ○○○××
○○××× ○○

〈범례〉○ : 평성, × : 측성, ◎ : 운자

이처럼 이 작품은 전편이 율구로 이루어졌음은 물론이고, 점대까지 완벽하게 준수하고 있다. 이 시의 창작시점인 A.D. 690년 이전에 점대까지 지킨 칠언율시가 있었는지 확인할 수 없지만, 응제시를 중심으로 칠언율시가 많이 나온 것은 무후 집권 후기인 A.D. 700년 이후이므로 두심언의 <대포>를 최초의 칠언율시라 해도 무방할 것이다. 이 시는 성률뿐 아니라 대장에 있어서도 일반적인 칠언율시의 격식과 일치한다. 전편에 대장을 쓰는 것은 육조 칠언시의 여풍(餘風)이지만, 함련과 경련의 대장이 비교적 정교하다. 게다가 함련에서는 2-2-3의 구법으로, 경련에서는 4-3의 구법으로 대장을 구성하여 변화를 모색한 점도 눈에 띈다.

두심언은 모두 세 수의 칠언율시를 남겼는데, <수세시연응제(守歲侍宴應制)>는 격률에 맞으나 <춘일경중유회(春日京中有懷)>는 그렇지 못하다. <춘일경중유회>는 그가 낙양(洛陽)에서 선부원외랑(膳部員外郞)과 저작좌랑(著作佐郞)을 지내다 무후를 따라 장안(長安)으로 들어갔던 장안 연간(701~703)에 창작된 작품이다. 따라서 두심언의 <대포>가 점대까지 준수했다고는 하나, 이 시를 기준으로 칠언율시의 격률이 완성된 시점을 논하기는 어려울 듯하다.

적어도 격률의 완성을 논하자면 질적인 면은 물론 양적인 면에서도 일정 수준을 넘어서야 한다. 한두 수의 작품으로는 우연히 격률에 맞은 것인지 아니면 의식적인 노력의 결과인지 판단하기 어렵기 때문이다. 이런 기준에서 칠언율시 격률의 완성을 언급한다고 할 때 적합한 인물은 심전기(沈佺期 : 656~714)다. 그는 16수의 칠언율시를 창작하여 양적인 면에서 초당의 독보적인 시인일 뿐만 아니라 16수의 작품 중 14수가 칠언율시에서 요구되는 격률에 부합해 이 방면에서도 초당의 으뜸이다. 흔히 심송(沈宋)이라 하여 율시의 완성자로 심전기와 함께 송지문(宋之問 : 656~713)을 병론하지만, 송지문은 4수의 칠언율시 중 한 수만이 칠언율시의 격률에 부합해 심전기에 미치지 못한다.[120] 심전기의 칠언율시 가운데 <흥경지시연응제(興慶池侍宴應制)>를 보기로 한다.

碧水澄潭映遠空,	푸른 물 맑은 못에 먼 하늘이 비치고
紫雲香駕御微風,	자줏빛 구름 속의 향기로운 수레가 산들바람 몰고 오네
漢家城闕疑天上,	한나라 조정의 성궐은 하늘 위에 있는가 싶고
秦地山川似鏡中.	진나라 땅의 산과 내는 거울 속에 있는 듯하네
向浦回舟萍已綠,	갯가를 향해 배를 돌리니 부평초 이미 푸르고
分林蔽殿槿初紅.	나뉘어진 숲이 궁전을 가리는데 무궁화 갓 붉어졌네
古來徒羨橫汾賞,	예로부터 분수(汾水)를 가로지르며[121] 상을 내리는 것 괜스레 부러워했거니
今日宸遊聖藻雄.	오늘 제왕이 노니시며 지은 시 웅장하도다

이 시는 중종(中宗) 경룡(景龍) 4년(710) 흥경지(興慶池)에서 배 경주를 구경하며 지은 것이다.[122] 제1구에서는 흥경지를 묘사하고 제2구에서는 연회를 묘사하여 제목에 맞추었다. 함련에서는 원경(遠景)을, 경련에서는 근경(近景)을 묘사하였다. 미련에서는 한 무제가 분수(汾水)에 배를 띄우고 <추풍사(秋風辭)>를 지었던 고사를 인용하며 중종의 시를 칭송하고 있다. 이 시는 전형적인 응제시지만 음률이 매끄럽고 대장이 정교해 섭희앙(葉羲昂)은 "초당의 압권"이라는 찬사를 보내기도 했다.[123] 이 시의 평측 격식을 보면 다음과 같다.

××○○××◎
×○○××○○

---

120) 姜昌求, <宋之問 詩 硏究>, p.30.
121) 漢武帝, <秋風辭>, 「泛樓船兮濟汾河, 橫中流兮揚素波.」
122) 姜昌求, 《沈佺期詩硏究》, pp.65-66.
123) 葉羲昂, 《唐詩直解》, 「音律調暢, 騈儷精工, 初唐壓卷.」(陳伯海 主編, 《唐詩彙評》, p.220에서 재인용)

×○○×○○×
○×○○×追×◎
××○○○××
○○×××○◎
×○○×○○×
○×○○×追×◎

〈범례〉○ : 평성, × : 측성, ◎ : 운자

　이 시는 수구(首句)에 압운한 측기식(仄起式) 칠언율시의 정격에 꼭 들어맞는다. 점대도 한 치의 오차를 보이지 않고 있다. ≪전당시≫에서 심전기 외에 홍경지의 연회에서 응제 칠언율시를 창작한 다른 아홉 시신(侍臣)의 이름을 찾아볼 수 있다. 그들은 소괴(蘇瑰), 위원단(韋元旦), 이적(李適), 유헌(劉憲), 소정(蘇頲), 서언백(徐彦伯), 이예(李乂), 마회소(馬懷素), 무평일(武平一) 등으로서, 대부분이 경룡 2년(708) 수문관(修文館)에 문학적 재능이 뛰어난 24인을 뽑아 학사(學士)로 둘 때 선발되었던 사람들이었다.124) 이들의 칠언율시 9수의 평측 격식을 살펴보면 그 가운데 6수가 점대까지 완벽하게 정격에 부합한다. 이로 미루어 볼 때, 칠언율시의 격식은 중종 재집권기(705~710)에 수문관의 학사들을 중심으로 응제시 위주의 칠언율시 창작이 활기를 띠면서 완성되었다고 할 것이다.

---

124) ≪唐會要≫ 卷64,「至景龍二年四月二十二日, 修文館增置大學士四員, 學士八員, 直學士十二員, 徵攻文之士以充之, …敕祕書監劉憲, 中書侍郎崔湜, 吏部侍郎岑羲, 太常卿鄭愔, 給事中李適, 中書舍人盧藏用 · 李乂, 太子中舍劉子元, 並爲學士. …敕吏部侍郎薛稷, 考功員外郎馬懷素, 戶部員外郎宋之問, 起居舍人武平一, 國子主簿杜審言, 並爲直學士. 十月四日, 兵部侍郎趙彦昭, 給事中蘇頲, 起居郎沈佺期, 並爲學士.」

Ⅲ. 칠언율시의 격률

1. 압운(押韻)과 평측(平仄) 격식

(1) 압운

1) 근체시 압운의 원칙과 준거

칠언율시를 포함한 근체시의 압운에는 3대 원칙이 있다. 첫째는 평성운으로 압운한다는 것이다. 근체시는 용운에 있어서 운자의 평측을 엄격하게 구분하여 운자는 반드시 평성자를 써야 한다. 고체시와 달리 평성운과 측성운을 혼용하는 예는 전혀 없다. 근체시가 평성운으로 압운하는 것을 원칙으로 삼는 까닭은 평성운이 장음이어서 음조를 길게 늘여 음악미와 여운을 추구하는 데 편리하기 때문이다. 반대로 측성운은 음조에 오르내림의 변화를 가지고 있고, 리듬이 짧기 때문에 음악적 효과 면에서 평성운만큼 부드럽고 조화롭지 못하다.[1] 운각(韻脚)은 시의 음악적 효과를 좌우하는 위치에 있기 때문에 시인들은 자연스럽게 평성운을 사용하게 되었던 것으로 여겨진다. 둘째는 우구(偶句)에 압운한다는 것이다. 이러한 방식은 동일한 운부(韻部)에 속하는 글자가 우구의 구말(句末)에 나란히 배열되어 한 구를 건너뛰고 나타나

---

[1] 江永, ≪音學辨微≫, 「平聲長空, 如擊鐘鼓 ; 上去入短實, 如擊木石.」(沈祥源, 앞의 책, p.92에서 재인용)

는 것이다. 셋째는 일운도저(一韻到底)의 원칙이다. 한 수의 시는 처음부터 끝까지 하나의 운으로 압운해야 한다. 중간에 다른 운을 혼용한다거나 환운을 해서는 안 되며, 비교적 글자수가 적은 험운(險韻)을 쓴다 하더라도 예외가 적용되지 않는다. 다른 운목(韻目)의 글자를 쓰는 것을 '출운(出韻)' 또는 '낙운(落韻)'이라고 부르는데, 이것은 시작에서는 대단한 금기사항으로 간주된다.

당대에 근체시 창작에서 용운의 준거가 된 것은 주로 ≪절운(切韻)≫과 ≪당운(唐韻)≫이었다.[2] ≪절운≫은 수당간(隋唐間) 육법언(陸法言)이 지은 것으로, 당시 낙양의 음가를 기준으로 고음(古音)과 각지의 방음(方音)을 참작하여 193개의 운부로 정리하였다. 이 책은 운부가 번다하여 근체시 창작에는 실용적이지 못하였으나, 당대에는 관방(官方)의 인가를 얻어 관운(官韻)으로 행세하였다. ≪당운≫은 개원(開元) 연간에 손면(孫愐)이 ≪절운≫의 기초 위에서 글자수를 늘리고 주석을 가하여 만든 것이다. 송(宋) 허권(許顗)의 ≪동제기사(東齊記事)≫에 "손면이 ≪당운≫을 엮어내자, 여러 운서들이 마침내 사라졌다."[3]고 할 정도로 급속히 ≪절운≫의 위치를 대체하여 성당 이후로는 많은 시인들이 ≪당운≫을 따르게 되었다. 이 ≪당운≫은 두 개의 판본이 있는데 '개원본(開元本)'은 195운, '천보본(天寶本)'은 205운으로 운을 정리하고 있다. 이처럼 당대의 시인들이 시를 창작하면서 참고한 운서는 ≪절운≫과 ≪당운≫이었지만, 이들 운서는 현재 잔본(殘本)만이 전해지고 있어서 실제로 오늘날 당시(唐詩)의 용운 현상을 고찰하려고 할 때는 송대 평수(平水) 사람 유연(劉淵)이 1252년에 펴낸 ≪임자신간예부운략(壬子新刊禮部韻略)≫을 이용하게 된다. 이 책은 200개가 넘던 운부를 107개로 정리하여 운학(韻學)의 과학성과 실용성을 보여주었다. 후에 왕문욱(王文郁)이 상성(上聲)의 '형(迥)'과 '증(拯)' 2부를 합쳐 106운으로 최종 정리한 것이 이른바 ≪평수운(平水韻)≫으로서 원대(元代) 이후로 근체시 압운의 준거로 자리잡았다.[4] ≪평수운≫은

---

2) 朱承平, ≪詩詞格律敎程≫, p.30.
3) 許顗, ≪東齊記事≫, 「自孫愐集爲唐韻, 諸書遂廢.」
4) 王永義, ≪格律詩寫作技巧≫, p.14.

≪절운≫의 체계에서 다른 운부라도 같이 쓸 수 있었던 '합용(合用)'의 운을 바탕으로 운부를 간략히 한 것이어서 당시(唐詩)의 실제 용운에서 크게 벗어나지 않는다.

2) 당대 칠언율시 용운의 실제

≪평수운≫을 기준으로 할 때 평성운은 상평성과 하평성이 각각 15개씩 모두 30개다. 다음의 표는 필자가 ≪전당시≫에 수록된 칠언율시 중에서 7,339수를 대상으로 용운 상황을 정리하여 작성한 것이다. 오언율시와의 비교를 위해 청(淸) 심덕잠(沈德潛)의 ≪당시별재(唐詩別裁)≫에 수록된 오언율시 451수의 용운 상황을 분석한 결과를 부기하였다.

구분	운부	칠언율시		《당시별재》 수록 오언율시		구분	운부	칠언율시		《당시별재》 수록 오언율시	
		빈도	백분율	빈도	백분율			빈도	백분율	빈도	백분율
上平聲	1東	476	6.5	20	4.4	下平聲	1先	565	7.7	32	7.1
	2冬	119	1.6	6	1.3		2蕭	128	1.7	8	1.8
	3江	13	0.2	–	–		3肴	17	0.2	1	0.2
	4支	610	8.3	25	5.5		4豪	91	1.2	4	0.9
	5微	333	4.5	26	5.8		5歌	150	2.0	19	4.2
	6魚	198	2.7	6	1.3		6麻	237	3.2	13	2.9
	7虞	169	2.3	7	1.6		7陽	502	6.8	22	4.9
	8齊	181	2.5	11	2.4		8庚	646	8.8	46	10.2
	9佳	12	0.2	–	–		9青	92	1.3	4	0.9
	10灰	398	5.4	22	4.9		10蒸	127	1.7	1	0.2
	11眞	578	7.9	38	8.4		11尤	528	7.2	44	9.8
	12文	187	2.5	23	5.1		12侵	281	3.8	33	7.3
	13元	178	2.4	7	1.6		13覃	29	0.4	1	0.2
	14寒	298	4.1	13	2.9		14鹽	17	0.2	–	–
	15刪	179	2.4	19	4.2		15咸	4	0.1	–	–

위의 표를 보면, 상평성에서는 '동(東)', '지(支)', '회(灰)', '진(眞)', '한(寒)'운,

하평성에서는 '선(先)', '양(陽)', '경(庚)', '우(尤)', '침(侵)'운이 평균치를 웃돌아 자주 쓰인 것을 알 수 있다. 가장 많이 쓰인 운부는 하평성의 '경(庚)'운으로 모두 646수의 작품에 사용되었으며, 가장 적게 쓰인 운부는 하평성의 '함(咸)' 운으로 4수의 작품만이 이 운을 썼다. 오언율시의 용운과 비교해보았을 때 상평성 '동(東)', '지(支)'운과 하평성 '양(陽)'운의 빈도가 높은 반면, 상평성 '문(文)', '산(刪)'운과 하평성 '가(歌)', '우(尤)', '침(侵)'운 등은 빈도가 낮게 나타났다. 칠언율시에서의 사용 빈도가 높게 나타난 '동(東)', '지(支)', '양(陽)'운 등은 널리 쓰이는 운에 속한다. 이것은 칠언율시가 수구(首句)에도 운을 쓰고 중간 2연의 대장도 소홀히 할 수 없는 등 오언율시에 비해 용운의 제약이 심하기 때문에 운자가 풍부한 운을 즐겨 썼기 때문인 것으로 풀이된다.

같은 운목에 속하는 글자의 많고 적음에 따라 운의 난이도를 관운(寬韻), 중운(中韻), 착운(窄韻), 험운(險韻)의 네 등급으로 나눈다. 일반적인 운의 난이도 분류와 당대 칠언율시의 실제 용운 상황을 비교해보면 다음과 같다.[5]

	일반적인 분류	당대 칠언율시의 용운 빈도	점유율
관운	支(208), 虞(161), 陽(160), 先(152), 尤(133), 眞(122), 庚(107), 東(88)	庚(646), 支(610), 眞(578), 先(565), 尤(528), 陽(502), 東(476), 灰(398)	58.6%
중운	元(109), 蕭(108), 寒, 歌(84), 灰(80), 豪(70), 麻(67), 魚, 齊(65), 冬(57), 侵(43)	微(333▲), 寒(298), 侵(281), 麻(237), 魚(198), 文(187▲), 齊(181), 刪(179▲), 元(178), 虞(169▼), 歌(150)	32.6%
착운	靑(59), 蒸(58), 文(56), 鹽(50), 覃(47), 微(46), 刪(42)	蕭(128▼), 蒸(127), 冬(119▼), 靑(92), 豪(91▼)	7.6%
험운	肴(43), 佳(34), 咸(22), 江(20)	覃(29▼), 鹽(17▼), 肴(17), 江(13), 佳(12), 咸(4)	1.3%

〈범례〉 ▲ 일반적 분류보다 사용 빈도가 높음, ▼ 일반적 분류보다 사용 빈도가 낮음

---

5) 일반적인 분류는 왕력(王力)의 ≪한어시율학(漢語詩律學)≫(p.44)을 따른 것이며, 괄호 안의 숫자는 구섭우(邱燮友)의 ≪신역당시삼백수(新譯唐詩三百首)≫의 부록인 <시운간이록(詩韻簡易錄)>에 실린 각 운목당 글자수를 집계한 것이다. 당대 칠언율시의 용운 부분은 앞에서 제시한 통계표에 의거하였다. 괄호 안의 숫자는 각 운이 사용된 작품수를 가리킨다.

　사실 어떤 운이 어디에 해당한다고 잘라 말하기는 어렵다. 글자수가 적은 운이라도 널리 쓰이는 경우가 있는가 하면, 반대로 글자수가 많아도 덜 쓰이는 운이 있기 때문이다. 위의 표를 보면 그와 같은 몇 가지 예들을 찾아볼 수 있다. 우선 당대 칠언율시에서 가장 많이 쓰인 것으로 집계된 '경(庚)'운은 그 다음을 차지한 '지(支)'운에 비해 훨씬 글자수가 적다. 다음으로 관운으로 분류되는 '우(虞)'운이 실제로는 많이 쓰이지 않아 사용 빈도가 중하위권에 머물렀고, 중운으로 분류되는 '소(蕭)'운, '동(冬)'운, '호(豪)'운 등도 실제로는 잘 쓰이지 않았다. 왕력(王力)은 ≪한어시율학≫에서 "'미(微)'·'문(文)'·'산(刪)'의 세 운은 글자수는 적지만 시인들은 이것들을 즐겨 사용했다."[6]고 했는데, 이들 운은 모두 착운으로 분류되어 있지만 실제 사용 빈도는 상당히 높은 것으로 나타나 그의 주장이 틀리지 않음을 확인할 수 있다. 험운으로 분류된 네 운은 당대 칠언율시에서도 사용 빈도가 가장 적었으며, 이 밖에 '담(覃)'운과 '염(鹽)'운도 험운에 포함시키는 것이 좋을 만큼 거의 쓰이지 않았다.

　다음의 표는 당대 각 시기별 칠언율시 용운 상황과 주요 칠언율시 작가의 용운 상황을 정리해본 것이다.

		초당 (139수)		성당 (277수)		중당 (2111수)		만당 (4565수)		당대 작가의 실제					
										杜甫 (151수)		劉禹錫 (184수)		李商隱 (117수)	
上平聲	1 東	10	7.2	13	4.7	119	5.6	322	7.1	6	4.0	8	4.4	14	12.0
	2 冬	2	1.4	3	1.1	38	1.8	73	1.6	2	1.3	1	0.5	5	4.3
	3 江	0	–	1	0.4	3	0.1	8	0.2	1	0.7	0	–	1	0.9
	4 支	6	4.3	28	10.1	200	9.5	364	8.0	9	6.0	22	12.0	13	11.1
	5 微	4	2.9	19	6.9	77	3.6	226	5.0	9	6.0	8	4.4	5	4.3
	6 魚	1	0.7	6	2.2	63	3.0	125	2.7	2	1.3	9	4.9	2	1.7
	7 虞	3	2.2	3	1.1	64	3.0	89	1.9	2	1.3	1	0.5	0	–
	8 齊	2	1.4	9	3.2	52	2.5	117	2.6	1	0.7	3	1.6	4	3.4

---

6) 王力, 앞의 책, p.44.

		초당 (139수)		성당 (277수)		중당 (2111수)		만당 (4565수)		당대 작가의 실제					
										杜甫 (151수)		劉禹錫 (184수)		李商隱 (117수)	
上平聲	9 佳	0	—	0	—	4	0.2	8	0.2	0	—	0	—	0	—
	10 灰	21	15.1	17	6.1	93	4.4	259	5.7	14	9.3	18	9.8	8	6.8
	11 眞	15	10.8	20	7.2	220	10.4	305	6.7	18	11.9	16	8.7	5	4.3
	12 文	3	2.2	5	1.8	53	2.5	121	2.7	1	0.7	1	0.5	5	4.3
	13 元	1	0.7	7	2.5	46	2.2	113	2.5	4	2.7	4	2.2	3	2.6
	14 寒	2	1.4	19	6.9	97	4.6	169	3.7	9	6.0	7	3.8	4	3.4
	15 刪	2	1.4	6	2.2	66	3.1	97	2.1	5	3.3	6	3.3	1	0.9
下平聲	1 先	21	15.1	14	5.1	150	7.1	344	7.5	10	6.6	9	4.9	6	5.1
	2 蕭	7	5.0	8	2.9	39	1.8	72	1.6	6	4.0	1	0.5	5	4.3
	3 肴	0	—	1	0.4	7	0.3	9	0.2	1	0.7	2	1.1	0	—
	4 豪	0	—	2	0.7	21	1.0	65	1.4	2	1.3	0	—	0	—
	5 歌	2	1.4	6	2.2	52	2.5	86	1.9	3	2.0	4	2.2	2	1.7
	6 麻	4	2.9	8	2.9	56	2.7	155	3.4	4	2.7	7	3.8	4	3.4
	7 陽	10	7.2	14	5.1	140	6.6	325	7.1	9	6.0	18	9.8	5	4.3
	8 庚	10	7.2	22	7.9	179	8.5	405	8.9	8	5.3	17	9.2	5	4.3
	9 青	1	0.7	3	1.1	20	0.9	67	1.5	3	2.0	7	3.8	0	—
	10 蒸	1	0.7	3	1.1	28	1.3	94	2.1	2	1.3	1	0.5	2	1.7
	11 尤	6	4.3	27	9.7	146	6.9	335	7.3	14	9.3	9	4.9	12	10.3
	12 侵	6	4.3	9	3.2	70	3.3	180	3.9	6	4.0	5	2.7	5	4.3
	13 覃	0	—	2	0.7	7	0.3	15	0.3	0	—	0	—	0	—
	14 鹽	0	—	1	0.4	2	0.1	14	0.3	0	—	0	—	1	0.9
	15 咸	0	—	0	—	0	—	4	0.1	0	—	0	—	0	—

각 시기별로 사용 빈도에서 우위를 점하고 있는 운을 살펴보면, 초당에는 상평성의 '회(灰)'운과 하평성의 '선(先)'운, 성당에는 상평성의 '지(支)'운과 하평성의 '우(尤)'운, 중당에는 상평성의 '진(眞)'운과 '지(支)'운, 만당에는 상평성의 '지(支)'운과 하평성의 '경(庚)'운이 비교적 많이 쓰였음을 알 수 있다. '경(庚)'운, '지(支)'운, '진(眞)'운, '선(先)'운, '우(尤)'운 등은 시기와 관계없이 자주

쓰였던 운이므로 크게 의미를 부여하기 어려우나, 초당에 '회(灰)'운과 '선(先)'운이 다른 시기에 비해 2~3배 가까이 많이 쓰인 것이 이채롭다. 그 원인을 분석해보건대, 초당의 칠언율시에는 응제시가 많았기 때문이다. '회(灰)', '선(先)'운의 작품 42수 중에 35수가 응제시인데다 동운동제(同韻同題)의 작품만 보더라도 '회(灰)'운을 쓴 <봉화초춘행태평공주남장응제(奉和初春幸太平公主南莊應制)>, <봉화행안락공주산장응제(奉和幸安樂公主山莊應制)>, <시연흥경지응제(侍宴興慶池應制)>, <인일연대명궁은사채루인승응제(人日宴大明宮恩賜彩縷人勝應制)>가 3수씩 창작되었고, '선(先)'운의 <용지편(龍池篇)>이 6수, <봉화춘일행망춘궁응제(奉和春日幸望春宮應制)>가 4수 나왔다. '회(灰)'운의 '대(臺)', '내(來)', '개(開)', '배(杯)', '회(回)', '매(梅)', '재(才)' 등의 시어와 '선(先)'운의 '천(川)', '선(船)', '연(年)', '연(筵)', '천(泉)', '천(天)', '연(煙)', '현(弦)', '선(仙)' 등의 시어가 응제시에 잘 쓰일만한 것들이었던 까닭이다.

주요 칠언율시 작가들의 용운 상황을 보면 두보(杜甫)는 상평성의 '진(眞)'운, '회(灰)'운과 하평성의 '우(尤)'운을 즐겨 썼고, 유우석(劉禹錫)은 상평성의 '지(支)'운, '회(灰)'운과 하평성의 '양(陽)'운을 많이 썼으며, 이상은(李商隱)은 상평성의 '동(東)'운, '지(支)'운과 하평성의 '우(尤)'운을 자주 사용한 것으로 나타났다. 흔히 쓰이는 '회(灰)'운, '지(支)'운, '우(尤)'운 외에 '진(眞)'운(두보), '양(陽)'운(유우석), '동(東)'운(이상은) 등 작가별로 즐겨 쓴 운이 있었음을 알 수 있다. 그런데 두보의 칠언율시에서 자주 쓰인 '회(灰)'운의 시로는 <객지(客至)>, <등고(登高)> 등 명작으로 꼽히는 작품이 보이나, '진(眞)'운의 작품 18수[7] 가운데에는 <우정오랑(又呈吳郞)>, <남린(南隣)> 등을 제외하고는 인구에 회자되는 작품이 드문 것으로 보아, 작가가 선호했던 운을 쓴 작품에서 꼭 수작(秀作)이 나오지는 않는 것으로 생각된다.

---

7) <曲江二首 其一>, <留別公安太易沙門>, <崔氏東山草堂>, <燕子來舟中作>, <題鄭縣亭子>, <南鄰>, <九日>, <奉寄章十侍御…>, <送蜀州柏二別駕…>, <赤甲>, <季夏送鄕弟韶陪黃門從叔朝謁>, <將赴成都草堂… 其二>, <寄常徵君>, <又呈吳郞>, <撥悶>, <冬至>

3) 수구용운(首句用韻)과 차운(借韻)의 문제

우리는 앞에서 근체시가 우구용운(偶句用韻)과 일운도저를 원칙으로 한다는 점을 지적하였다. 그런데 당대의 근체시 특히 칠언율시에서는 이러한 원칙과 배치되는 현상이 두 가지 있었으니, 바로 수구용운과 차운이 그것이다. 수구란 시의 첫 구절을 말하므로 기구(奇句)에 해당하는데, 여기에 운을 쓴다면 우구용운의 원칙에 위배되며, 차운이란 본운(本韻)이 아닌 인접운을 쓰는 것이므로 일운도저의 원칙에 위배된다. 이렇게 원칙에서 벗어나는 압운법이 당대의 칠언율시에서는 매우 광범위하게 유행하였으며, 거의 정격으로 자리잡았다.

① 수구용운

제2장에서 이미 살펴보았듯이, 한대 이후로 칠언시는 매구에 압운하는 것을 원칙으로 삼았다. 당대의 칠언율시는 오언율시의 영향을 많이 받으면서 격률화가 진행되었지만, 매구에 압운하였던 칠언시 고유의 압운법도 일부분 반영되었다. 다음 작품에서 구체적인 예를 살펴보자.

花近高樓傷客心,	꽃이 높은 누각 가까이서 나그네 마음 아프게 하니
萬方多難此登臨.	온 천하에 어려움 많을 때 이곳에 올랐네
錦江春色來天地,	금강의 봄빛이 천지에 밀려오고
玉壘浮雲變古今.	옥루산 위로 떠가는 구름은 옛날부터 지금까지 계속 변하고 있네
北極朝廷終不改,	북극성 같은 조정 끝내 바뀌지 않으리니
西山寇盜莫相侵.	서산의 도적들은 침략하지 말아라
可憐後主還祠廟,	가여운 후주 그나마 사당에 모셨으니
日暮聊爲梁父吟.	해 저물녘 애오라지 <양보음>을 읊어본다

두보(杜甫), <등루(登樓)>

이 시에 쓰인 운각(韻脚)은 '심(心)', '임(臨)', '금(今)', '침(侵)', '음(吟)'으로서 하평성 12번째 '침(侵)'운에 속한다. 첫 구의 운각인 '심(心)'이 바로 수구에 용운한 예가 된다.[8] 그러나 경우에 따라 써도 되고 안 써도 된다는 것이 수구용운의 기본원칙이기는 하지만, 당대 칠언율시의 실제 수구용운 상황을 보면 수구에 운을 쓰는 것이 또 하나의 원칙이 되었음을 알 수 있다. 당대 칠언율시의 수구용운 정도를 ≪당시별재≫에 수록된 다른 체재의 근체시와 비교해본 다음의 표를 보자.

	표본수	수구용운 작품수	백분비
칠언율시	7,339	6,309	86.0
칠언절구	204	190	93.1
오언율시	455	80	17.6
오언절구	111	14	12.6

칠언시는 본래 매구에 압운했다가 격률화가 진행되면서 격구로 압운하는 방식으로 변화되었다고 했는데, 수구에 운을 쓰는 것은 칠언시 고유의 압운법이 일부 반영된 것이라 하겠다. 그런 까닭에 위의 표에서 보는 바와 같이, 근체시에서도 칠언시와 오언시는 수구용운에서 상반된 양상을 보이고 있다. 칠언율시가 칠언절구에 비해서 수구용운의 비율이 낮고, 반대로 오언율시가 오언절구에 비해서 수구용운의 비율이 높게 나타난 것은 율시가 절구보다 용운에 있어서 서로 영향을 준 측면이 강하기 때문으로 분석된다.[9] 즉 칠언

---

8) 이렇게 수구에 사용한 운은 써도 되고 안 써도 되는 여분의 것이어서 시인들은 이것을 운의 숫자에 포함시키지 않았다. 그래서 수구에 운을 쓴 칠언율시라 하더라도 '5운시'라 하지는 않았던 것이다. 이러한 융통성은 시의(詩意)에 맞춰 운을 자유롭게 구사할 수 있고, 우구용운의 엄격한 격률에서도 자유로울 수 있다는 점에서, 칠언율시 작품이 얼마간 유연성을 가지는 데 기여했을 것으로 생각된다.

9) 광의의 율시는 절구도 포함하지만 협의의 율시는 8구체를 가리킨다. 이것은 8구체의 시에서 격률을 더 엄격하게 따졌다는 의미로 이해된다. 한 가지 예를 들자면, 율시는 평성운을 쓰는 것을 원칙으로 삼는데, 오칠언율시에서는 측성운을 쓴

율시는 오언율시의 영향을 받아 수구에 운을 쓰지 않은 작품이 칠언절구보다 많이 창작되었고, 역으로 오언율시는 칠언율시의 영향을 받아 수구에 운을 쓴 작품이 오언절구보다 많이 창작되었던 것이다.

이제 다음의 표를 통해 당대 칠언율시에서의 수구용운 현상을 각 시기별로 살펴보자.

시기	표본수	수구용운		수구불용운	
		빈도	백분비	빈도	백분비
초당	139	113	81.3	26	18.7
성당	277	224	80.9	53	19.1
중당	2,111	1,585	75.1	526	24.9
만당	4,565	4,156	91.0	409	9.0
계	7,092	6,087	85.7	1,014	14.3

위의 표는 당대 칠언율시 7,092수[10]를 시기별로 나누어 수구용운 현상을 알아본 것이다. 초당으로부터 중당까지는 수구용운의 비율이 완만히 감소하다가 격률을 중시한 만당에 들어서서는 다시 수구용운의 비율이 높아졌음을 알 수 있다. 주요 시인들의 수구용운 비율을 살펴보면 두보(杜甫) 78%, 백거이(白居易) 62%, 유우석(劉禹錫) 79%, 이상은(李商隱) 96%, 나은(羅隱) 97%로서 비교적 큰 편차를 발견할 수 있는데, 그 시인이 해당하는 시기의 평균치에서는 크게 벗어나지 않는다는 점을 눈여겨볼 필요가 있다. 즉 칠언율시의 수구

작품을 찾아보기 어려운 반면, 오칠언절구에서는 측성운을 쓴 작품을 쉽게 찾아볼 수 있다. 심덕잠의 ≪당시별재≫에 평성운을 쓴 오칠언절구 315수 외에 측성운을 쓴 26수가 실려있는 것은 바로 그러한 예다. 따라서 오언과 칠언이 본래 압운법을 달리했던 까닭에 수구용운에서도 오언과 칠언이 큰 차이를 보이지만, 오칠언율시에서는 이러한 문제를 떠나 수구용운을 율시의 격률과 연관지으면서 어느 하나를 정격으로 다른 하나를 변격으로 받아들여 작품에 응용했을 것이며, 여기에는 '협의의 율시'라는 동일한 범주가 크게 작용했으리라 여겨진다.

10) 용운 상황을 분석하면서 표본으로 삼았던 7339에서 약 200여 수가 줄어들었는데, 이는 표본의 신뢰도를 높이기 위해서 시기 구분이 모호한 일부 작품을 제외했기 때문이다.

용운 현상은 시인의 취향과 연관이 있지만 시대적 유행의 영향도 과소평가할 수 없다는 것이다.11)

② 차운

차운이란 수구에 운을 쓰면서 본운과 인접한 운12)을 빌어 쓴다는 의미로서 명(明) 사진(謝榛)은 이를 '고안출군(孤雁出群)'이라 불렀고, 청(淸) 왕사한(汪師韓)은 '고안입군(孤雁入群)'이라 불렀다.13) 수구에 운을 쓴 당대 칠언율시 6,309수 중에서 차운을 쓴 시는 모두 572수로서 약 9.1%를 차지한다. 이러한 수치는 수구에 운을 쓰는 비율에 비하면 현격히 낮다.14) 그러나 본운이 아닌 운을 쓴다는 점에서는 수구용운에서 한 걸음 더 나아가 변화를 모색한 것이라 평가할 수 있다.

그런데 수구에 인접한 운을 빌어 쓴다고 하여 모든 운의 시가 차운을 한 것이 아니라 대체로 다음과 같은 몇 가지 부류에 한정되었다.

---

11) 참고로 청대에 장경성(張景星) 등이 펴낸 ≪송시백일초(宋詩百一鈔)≫에 실린 204수를 표본으로 송대 칠언율시의 수구용운 비율을 살펴보니 90.7% (185수)로서 만당의 칠언율시와 거의 비슷한 수치를 보였다.

12) 음운학적으로는 주요원음(主要元音)이 서로 비슷하고 운미(韻尾)가 같은 것을 '인접한 운[隣韻]'이라고 한다(經本植, ≪中國古典詩歌寫作學≫, p.22).

13) 謝榛, ≪四溟詩話≫ 卷1, 「七言絕律, 起句借韻, 謂之孤雁出群, 宋人多有之.」; 汪師韓, ≪詩學纂聞≫, 「唐律第一句, 多用通韻字, 蓋此句原不在四韻之數, 謂之孤雁入群.」 두 가지 표현이 언뜻 보아서는 반대되는 의미를 지니고 있는 것 같으나, 실제로는 보는 관점이 달라서일 뿐이지 같은 뜻이다. '고안출군(孤雁出群)'은 수구에 본운을 쓰지 않고 인접한 운을 쓴다는 점에 초점을 둔 것이고, '고안입군(孤雁入群)'은 운을 써도 되고 안 써도 되는 곳에 인접한 운을 쓴다는 점에 초점을 둔 것이다.

14) 심덕잠의 ≪당시별재≫에 수록된 오언율시 중에서 수구에 압운한 것은 80수였고, 여기서 차운을 쓴 것은 3.8%인 3수에 불과했다. 따라서 차운 현상 역시 칠언율시 압운의 두드러진 특징이라 할 것이다.

구 분	차운의 유형	용례 수	용 례
2운	東冬	62	嵩陽聽罷講經鍾, 遠訪庭闈錫度空. 空 : 본운(東), 鍾 : 차운(冬) 殷堯藩, <送景玄上人還山>
	魚虞	22	君年殊未及懸車, 未合將閑逐老夫. 夫 : 본운(虞), 車 : 차운(魚) 白居易, <楊六尙書頻寄新詩>
3운 이상	眞文元寒刪先	205	聖朝齊賀說逢殷, 霄漢無雲日月眞. 眞 : 본운(眞), 殷 : 차운(文) 王建, <上李吉甫相公>
	支微齊	126	與君十五侍皇闈, 曉拂爐煙上赤墀. 墀 : 본운(支), 闈 : 차운(微) 韋應物, <燕李錄事>
	庚靑蒸	80	明到衡山與洞庭, 若爲秋月聽猿聲. 聲 : 본운(庚), 庭 : 차운(靑) 王維, <送楊少府貶郴州>

차운할 수 있는 유형은 이외에도 몇 가지가 더 있어서 평성운 30개 중에서 '가(歌)', '마(麻)', '우(尤)', '침(侵)' 등 네 개의 운을 제외한 26개의 운이 차운과 관련된다.[15) 칠언율시를 창작하는 시인들에게는 수구에 '여분의 운'을 쓰는 것이 정례화된 상황에서, 본운의 시어로는 충분히 시의(詩意)를 전달하기 어려울 때 선택할 수 있는 방법이 하나 더 마련된 셈이다. 즉 수구에 운을 쓰지 않는 변격(變格)을 택하지 않고 인운(隣韻)의 시어를 빌어와 '정격에 거의 가까운' 작품을 창작할 수 있었던 것이다.

다시 차운 현상을 각 시기별로 집계한 다음의 표를 보도록 하자.

---

15) 다만, 차운에 관련된 모든 운이 본운과 차운 양쪽으로 다 쓰인 것은 아니고, 3 운 이상이 차운에 관련된 부류에서도 그 운들이 모두 차운의 조합을 이루지는 않기 때문에 차운의 유형이 몇 가지로 제한되는 것이다. 예컨대 '支微齊'류에서 '齊'운을 본운으로 하고 수구에 '微'운을 차운으로 쓴 예는 있지만, 그 반대의 경우는 발견되지 않는다. 또 '眞文元寒刪先'류에서 나올 수 있는 차운의 조합은 이론적으로 15가지가 되지만 실제로는 8가지밖에 쓰이지 않았다.

시 기	표 본 수	차 운	
		빈 도	백 분 비
초 당	139	2	1.4
성 당	277	2	0.7
중 당	2,111	75	3.6
만 당	4,565	465	10.2
계	7,092	544	7.7

위의 표를 보면, 성당까지의 칠언율시 400여 수 가운데 수구에 차운을 하고 있는 시는 4수에 불과하다. 그러므로 이때까지의 차운은 우연히 나온 현상일 뿐이었다고 하겠다. 차운은 중당까지도 자주 사용되지 않다가 만당에 이르러 다수의 용례가 나왔다. 예컨대 성당 두보의 칠언율시에서 수구에 차운한 작품은 전체시 151수 중에서 한 수에 불과한데, 만당 이상은의 칠언율시 117수 중에서는 6수, 나은의 271수 중에서는 13수나 발견된다. 이것은 수구에 운을 쓰면서 부득이하게 가까운 운을 빌어왔던 것이 일종의 유행이 되어, 의도적으로 차운한 작품까지 나왔기 때문이다. 또 만당에 이르러서는 성당까지 전혀 통압(通押)하지 않았던 운까지도 인운으로 인정되었다.[16] 이와 같은 음운의 변화도 차운의 방식이 다양해지는 데 영향을 주었을 것으로 판단된다.

4) 변격과 변체

① 측성운 칠언 8구시

본 절의 서두에서 근체시는 평성운으로 압운하는 것이 원칙이라고 하였다. 그렇다면 측성운으로 압운한 칠언 8구시는 어디에 귀속시켜야 할까? 먼

---

16) 王力이 예로 든 '江'운과 '陽'운이 바로 그러한 예다(王力, 앞의 책, p.56을 참고). 당대 칠언율시에서 '江'운과 '陽'운을 인운으로 인정하여 차운한 최초의 시는 두목(杜牧)의 <寄唐州李玼尙書>로 보인다(「累代功勳照世光, 奚胡聞道死心降.」 '降'은 본운으로서 '江'운이고, 수구의 '光'은 차운으로서 '陽'운이다).

저 한악(韓偓)의 <의서(意緒)>를 통해 측성운 칠언 8구시의 실제를 보기로
한다.

絶代佳人何寂寞,　　절세의 미인은 얼마나 적막한지
梨花未發梅花落.　　배꽃은 아직 피지 않았고 매화는 떨어졌네
東風吹雨入西園,　　동풍이 비를 불어 서쪽 정원으로 들어오니
銀線千條度虛閣.　　은실 천 가닥이 빈 누각을 지나가네
臉粉難勻蜀酒濃,　　뺨의 분이 고르기 어려운 것은 촉주(蜀酒)가 진해서고
口脂易印吳綾薄.　　입술 연지가 찍히기 쉬운 것은 오나라 비단이 얇아서라네
嬌饒意態不勝羞,　　아리따움 넘치는 모습 부끄러움을 이기지 못하니
願倚郞肩永相著.　　원컨대 낭군의 어깨에 기대 영원토록 함께 했으면

　이 시는 규원(閨怨)을 노래한 작품으로 '막(寞)', '낙(落)', '각(閣)', '박(薄)',
'착(著)' 등 입성 열 번째 '약(藥)'운으로 압운하고 있으며, 실점(失黏) 한 곳과
실대(失對) 두 곳이 발견되는 것을 제외하면 거의 율구로 이루어져 있다. 따
라서 이 시가 만약 측성운을 쓰지 않았다면 전형적인 칠언율시라 할 만하다.
그래서 이러한 시에 대해 혹자는 '측성운 칠언율시'라고도 하고, 혹자는 '입
률(入律)한 고풍(古風)'이라고도 부르는 것이다. 그러나 필자는 이 작품을 칠언
율시에 포함시켜서는 안 된다고 생각한다. 왜냐하면 근체시의 압운은 음악
미에 바탕을 두고 평성운을 채용한 것이므로, 측성운으로 압운한다면 이에
배치되기 때문이다. 그리고 현재 전해지고 있는 소수의 측성운 칠언 8구시의
평측 격식도 제각각이어서 일정한 '격률'을 발견할 수 없다.[17] 따라서 이러

---

17) 또 다른 측성운 칠언 8구체 작품인 백거이의 <晩秋夜>(碧空溶溶月華靜, 月裏
　　愁人弔孤影. 花開殘菊傍疏籬, 葉下衰桐落寒井. 塞鴻飛急覺秋盡, 隣鷄鳴遲知
　　夜永. 凝情不語空所思, 風吹白露衣裳冷.)의 평측 격식과 비교해보기 바란다
　　(○ : 평성, × : 측성). 명 양신(楊愼)은 ≪사품(詞品)≫에서 "칠언율시에서의 측
　　성운 시는 사의 <玉樓春>과 같다(七言律之仄韻, 卽塡詞之玉樓春也)."고 말한
　　바 있는데, 백거이의 <晩秋夜>는 측성운을 여섯 군데 쓰는 점에 있어서는
　　<玉樓春>과 같다. 그러므로 측성운 칠언 8구체는 칠언율시보다는 사(詞)와의

한 측성운 칠언 8구시는 '칠언율시의 영향을 받은 고시(古詩)'로 이해하는 것이 좋을 것이다.

② 쌍운(雙韻) 칠언율시

쌍운 칠언율시란 기구(奇句)와 우구(偶句)에 모두 운을 쓴 칠언율시를 말한다. 정격의 칠언율시는 우구에만 운을 써야 하므로 이러한 형식도 일종의 변격이다. 왕유(王維)의 칠언율시 <화태상위주부오랑온탕우목지작(和太常韋主簿五郎溫湯寓目之作)>에서는 제5구와 제7구에 '도(度)'자와 '부(賦)'자를 써서 거성 일곱 번째 '우(遇)'운으로 일부 운을 맞추기도 하였으나 이는 우연의 소치일 것으로 생각되며,[18] 완벽한 쌍운 칠언율시로는 함통(咸通) 연간(860~874)에 활약한 장갈(章碣)의 <변체시(變體詩)>가 유일하다.

東南路盡吳江畔,	동남쪽으로 길도 다한 오강(吳江)의 기슭
正是窮愁暮雨天.	바야흐로 곤궁과 근심에 저녁 비마저 내리는 하늘
鷗鷺不嫌斜雨岸,	갈매기와 해오라기는 비가 흩뿌리는 언덕도 마다하지 않고
波濤欺得逆風船.	파도는 바람을 거스르는 배를 뒤덮는구나

관계를 논하는 것이 바람직하다고 생각한다.

韓偓, <意緒>	白居易, <晚秋夜>	詞牌 <玉樓春>
× × ○ ○ ○ × ×	× ○ ○ ○ × ○ ×	⊗ ○ ⊗ × ○ ○ ×
○ ○ × × ○ ○ ×	× × ○ ○ × ○ ×	⊗ × ⊗ ○ ○ × ×
○ ○ ○ × × ○ ○	○ ○ ○ × × ○ ○	⊗ ○ ⊗ × × ○ ○
○ × ○ ○ × ○ ×	× × ○ ○ × ○ ×	⊗ × ⊗ ○ ○ × ×
× × ○ ○ × × ○	× ○ ○ × × ○ ×	⊗ ○ ⊗ × ○ ○ ×
× ○ × × ○ ○ ×	○ ○ ○ ○ ○ × ×	⊗ × ⊗ ○ ○ × ×
○ ○ × × × ○ ○	○ ○ × × ○ × ○	⊗ ○ ⊗ × × ○ ○
× × ○ ○ × ○ ×	○ ○ × × ○ ○ ×	⊗ × ⊗ ○ ○ × ×

18) 王維의 <和太常韋主簿五郎溫湯寓目之作>, 「(漢主離宮接露臺, 秦川一半夕陽開. 靑山盡是朱旗繞, 碧澗翻從玉殿來.) 新豐樹里行人度, 小苑城邊獵騎回. 聞道甘泉能獻賦, 懸知獨有子雲才.」

偶逢島寺停帆看,　　　우연히 섬 위의 절을 만나 배를 멈추고 바라보노라니
深羨漁翁下釣眠.　　　고기 잡는 노인 낚시 드리우고 잠든 모습 부럽구나
今古若論英達算,　　　예나 지금이나 현달을 논해 셈한다면
鴟夷高興固無邊.　　　치이자피[19]의 높은 흥취가 진정 끝이 없다 하겠네

이 시는 우구에 '천(天)', '선(船)', '면(眠)', '변(邊)' 등 하평성 '선(先)'운을 쓰면서 동시에 기구에도 '반(畔)', '안(岸)', '간(看)', '산(算)' 등 거성 '한(翰)'운을 썼다. 시인 자신이 '변체'라고 제목을 붙였을 만큼 시험적·유희적 성격이 강한 작품이다. 원(元) 신문방(辛文房)은 ≪당재자전(唐才子傳)≫에서 장갈이 이러한 변격을 창시해내자 "당시에 풍조를 따르는 사람들이 또한 분분히 일어났다."[20]고 하였지만, 후인의 모방작은 전해지지 않는다. 엄우(嚴羽)가 이 시에 대해 "본받을 만한 게 못된다."[21]고 평한 것처럼, 칠언율시의 격률 면에서 쌍운의 사용은 바람직한 방향이라고 볼 수 없다. 왜냐하면 기구에는 '사성체용(四聲遞用)'이라고 하여 평·상·거·입성을 고루 쓰는 것을 이상적이라고 생각했는데, 만약 여기에 측성운을 써서 상·거·입성 중 어느 하나로 통일시킨다면 '사성체용'을 완전히 무시하는 양상이 된다. 그래서 쌍운 칠언율시는 이후로 널리 쓰이지 않았다.

③ 출운(出韻) 칠언율시

근체시는 일운도저를 원칙으로 삼기 때문에 한 수의 시에서 2개 이상의 운을 쓰면 안 된다.[22] 호응린(胡應麟)은 "당대에는 시부성률(詩賦聲律)로 인재를 뽑았기 때문에 운학(韻學)에 있어서 의당 정밀하지 않은 이가 없었다. 그

---

19) 범려(范蠡)를 말한다. ≪史記·貨殖傳≫,「范蠡旣雪會稽之恥, …乃乘扁舟浮於江湖, 變名易姓, 適齊爲鴟夷子皮.」
20) 辛文房, ≪唐才子傳≫ 卷9,「當時趨風者亦紛紛而起也.」
21) 嚴羽, ≪滄浪詩話·詩體≫,「不足爲法, 漫列於此, 以備其體耳.」
22) 본운에서 벗어난 운을 썼을 때 이를 '출운(出韻)' 또는 '실운(失韻)', '낙운(落韻)'이라 하여 큰 금기사항으로 여기며, 과장(科場)에서는 특히 시의(詩意)가 아무리 훌륭하더라도 출운하면 합격할 수 없었다.

러나 지금 전해지고 있는 작품에는 운을 벗어난 것이 또한 간혹 있다. 대개 잘 살피지 못해서 그런 것이니, 비록 두보(杜甫)라 하여도 여기서 벗어나지는 못하였다."23)고 하였다. 이처럼 당대 시인의 작품에서도 극히 드물게 나타나긴 했지만, 출운한 작품이 더러 있었다. 먼저 청(淸) 왕사한(汪師韓)이 출운의 예로 지적한 바 있는 두보의 <최씨동산초당(崔氏東山草堂)>을 예로 든다.24)

愛汝玉山草堂靜,	그대 옥산 초당의 고요함을 사랑하니
高秋爽氣相鮮新.	높은 가을 하늘 상쾌한 기운이 서로 신선하다
有時自發鍾磬響,	이따금 저절로 쇠북과 풍경소리 퍼져나고
落日更見漁樵人.	해 저물 녘 다시 고기잡고 나무하는 사람들 보인다
盤剝白鴉谷口栗,	쟁반엔 백아곡 입구의 밤을 까놓았고
飯煮靑泥坊底芹.	반찬으론 청니제방의 미나리를 삶았다
何爲西莊王給事,	어째서 서장(西莊)의 왕급사(王給事)는
柴門空閉鎖松筠?	사립문을 공연히 닫아 소나무 대나무를 가두는가?

이 시의 운자는 '신(新)', '인(人)', '근(芹)', '균(筠)'으로서 수구에는 운을 쓰지 않았다. 여기서 '신(新)', '인(人)', '균(筠)'자는 모두 상평성 11번째 '진(眞)'운인데, '근(芹)'자는 상평성 12번째 '문(文)'운에 속한다. 이 시와 같이 제6구에서 출운한 예로는 유겸(劉兼)의 <만루우회(晩樓寓懷)>25)를 더 찾아볼 수 있는 정도로 그 수가 극히 적다.

위와는 다른 유형으로 이상은(李商隱)의 <소년(少年)>을 예로 든다.

外戚平羌第一功,	외척으로 강족(羌族)을 평정하는데 가장 뛰어난 공을 세워
生年二十有重封.	나이 스물에 거듭 봉해짐을 받았네
直登宣室螭頭上,	선실의 섬돌 위로 곧장 올라가고

---

23) 胡應麟, ≪詩藪·外篇≫ 卷3, 「唐以詩賦聲律取士, 於韻學宜無弗精. 然今流傳之作, 出韻者亦間有之. 蓋點檢少疏, 雖老杜或未能免.」
24) 汪師韓, ≪詩學纂聞≫, 「<崔氏東山草堂>七律乃眞韻, 三聯用'芹'字, 則文韻也.」
25) 還(刪韻-借韻), 欄, 寒(寒韻-本韻), 顔(刪韻-出韻), 竿(寒韻-本韻)

橫過甘泉豹尾中.	감천궁(甘泉宮) 천자의 수레를 가로질러가네
別館覺來雲雨夢,	별관에서는 운우의 꿈에서 깨어나고
後門歸去蕙蘭叢.	후문에서는 혜초, 난초의 무리가 돌아가네
灞陵夜獵隨田竇,	파릉에서 밤사냥을 하며 전분과 두영을 따라다녀도[26]
不識寒郊自轉蓬.	차가운 교외에서 굴러다니는 다북쑥은 알지 못하네

이 시의 운자를 살펴보면, 수구의 '공(功)'을 비롯하여 제4구의 '중(中)', 제6구의 '총(叢)', 제8구의 '봉(蓬)'은 '동(東)'운을 쓰고 있으나, 제2구의 '봉(封)'은 '동(冬)'운이다. '동(東)'운과 '동(冬)'운은 수구에 한해서 차운이 가능한 인운이기는 하나, 제2구에는 반드시 본운인 '동(東)'운을 써야 하므로 역시 명백한 '출운'이다. 이 시는 결과적으로 제1구뿐만 아니라 제2구에도 차운한 형태가 되었다. 이처럼 제2구에서 차운을 써 출운한 예로는 다음의 몇 수가 더 발견된다.

이상은,	<무제이수(無題二首) 둘째 수>(鳳尾香羅薄幾重)
	重(冬韻 – 차운), 縫(冬韻 – 출운), 通, 紅, 風(東韻 – 이상 본운)
이상은,	<무릉(茂陵)>
	梢(肴韻 – 차운), 郊(肴韻 – 출운), 翹, 嬌, 蕭(蕭韻 – 이상 본운)
유겸(劉兼),	<촉도춘만감회(蜀都春晚感懷)>
	披(支韻 – 차운), 追(支韻 – 출운), 泥, 堤, 啼(齊韻 – 이상 본운)

이상의 예로부터 당대 칠언율시에서의 출운 현상을 다음의 두 가지 유형으로 정리할 수 있을 것이다. 첫째는 인운의 운자를 본운에 속하는 것으로 착각하여 쓴 경우다. 이렇게 시인의 부주의로 인한 예는 칠언율시뿐만 아니라 모든 체재의 시에서 찾아볼 수 있다. 둘째는 다소 특이한 법칙성을 가진 형태로서, 차운자를 뒤이은 제2구에 본운을 쓰지 않고 다시 차운을 써 출운

---

26) 무안후(武安侯) 전분(田蚡)과 위기후(魏其侯) 두영(竇嬰)은 모두 왕실의 외척이었다. ≪史記·魏其武安侯傳≫, 「魏其侯竇嬰者, 孝文后從兄子也. …武安侯田蚡者, 孝景后同母弟也.」

한 경우다. 이는 만당대에 칠언율시에서 차운이 유행하면서 이것이 수련 전체로 확대된 것이며, 차운이 잘 쓰이지 않았던 다른 체재에서는 그 예가 드문 '의도적 일탈'이라고 하겠다.[27]

(2) 평측 격식

1) 칠언율시 평측 격식의 기본 형태

칠언구는 오언구의 앞부분에 두 글자를 보탠 형식이라고 할 수 있다. 오언구에서 나올 수 있는 평측의 조합과 여기에서 발전한 칠언구의 평측 격식은 다음과 같다.

> a식 : 측측 / 평평 / 측　→　[평평] / 측측 / 평평 / 측 (平起仄收)
> B식 : 평평 / 측측 / 평　→　[측측] / 평평 / 측측 / 평 (仄起平收)
> b식 : 평평 / 평측 / 측　→　[측측] / 평평 / 평측 / 측 (仄起仄收)
> A식 : 측측 / 측평 / 평　→　[평평] / 측측 / 측평 / 평 (平起平收)

칠언율시는 모두 여덟 구이므로 위의 네 가지 평측 격식이 한 번 이상씩 반복되어 시를 이루게 되는데, 어떤 평측 격식을 가진 구로 수구를 시작하느냐에 따라 역시 다음의 네 가지 유형으로 분류된다.

> 가식 : a-B-b-A-a-B-b-A　　나식 : B-A-a-B-b-A-a-B
> 다식 : b-A-a-B-b-A-a-B　　라식 : A-B-b-A-a-B-b-A

그러면, 실제 작품을 통해서 칠언율시의 네 가지 평측 격식을 알아보자.

---

27) 汪涌豪·駱玉名, 앞의 책(제4권), p.198, 「…그러나 이러한 출운은 고풍을 계승하고 사곡(詞曲)을 연 것으로 의식적으로 그렇게 한 것이니, 바로 이른바 통운 (通韻)이라는 것이므로 일률적으로 출운이라 하여 논해서는 안 된다.」

• 가식

去年花裏逢君別,	×○○×○○×	a
今日花開已一年.	○×○○××○	B
世事茫茫難自料,	××○○○××	b
春愁黯黯獨成眠.	○○×××○○	A
身多疾病思田里,	○○××○○×	a
邑有流亡愧俸錢.	××○○××○	B
聞道欲來相問訊,	×××○○××	b
西樓望月幾回圓.	○○×××○○	A

위응물(韋應物), <기이담원석(寄李儋元錫)>

(○ : 평성, × : 측성)

• 나식

城上高樓接大荒,	○×○○××○	B
海天愁思正茫茫.	×○○○×○○	A
驚風亂颭芙蓉水,	○○××○○×	a
密雨邪侵薜荔牆.	××○○××○	B
嶺樹重遮千里目,	××○○○××	b
江流曲似九回腸.	○○×××○○	A
共來百粵文身地,	×○××○○×	a
猶自音書滯一鄉.	○×○○××○	B

유종원(柳宗元),

<등유주성루기장정봉련사주(登柳州城樓寄漳汀封連四州)>

• 다식

去國十年同赴召,	×××○○××	b
渡湘千里又分歧.	×○○××○○	A
重臨事異黃丞相,	○○××○○×	a
三黜名慚柳士師.	○×○○××○	B
歸目并隨回雁盡,	○××○○××	b

愁腸正遇斷猿時.　　○○××○○　　A
桂江東過連山下,　　×○○×○○×　　a
相望長吟有所思.　　○×○○××○　　B

유우석(劉禹錫),
<재수연주치형양수유유주증별(再授連州致衡陽酬柳柳州贈別)> ✤

• 라식

燕臺一去客心驚,　　×○×××○○　　A
簫鼓喧喧漢將營.　　○×○○××○　　B
萬里寒光生積雪,　　××○○○××　　b
三邊曙色動危旌.　　○○×××○○　　A
沙場烽火連胡月,　　○○○×○○×　　a
海畔雲山擁薊城.　　××○○××○　　B
少小雖非投筆吏,　　××○○○××　　b
論功還欲請長纓.　　○○○××○○　　A

조영(祖詠), <망계문(望薊門)> ✤

율시는 수구 둘째 자의 평측을 기준으로 하여 크게 평기식(平起式)과 측기식(仄起式)으로 나뉜다. 즉, 수구 둘째 자가 평성이면 평기식이고, 측성이면 측기식이다. 일반적으로 오언율시는 측기식이 많이 사용되어 그것을 정격이라 부르고, 칠언율시는 반대로 평기식이 많이 사용되어 그것을 정격이라 하는 것으로 알려져 있다.[28] 필자가 당대 칠언율시 7,110수와 ≪당시별재(唐詩別裁)≫에 수록된 다른 체재의 근체시를 표본으로 평기식과 측기식의 분포를 고찰해본 결과는 다음의 표와 같다.[29]

---

28) 金學主, ≪中國文學槪論≫, p.73.
29) 필자가 여기서 7,110수만을 표본으로 삼은 것은 원문이 입력된 7,339수 중에서 시의 일부가 전해지지 않거나, 판본에 따라 글자가 달라 평기식과 측기식을 구분하기 모호한 일부 작품을 제외하여 신뢰도를 높이기 위해서다.

체 재	표 본 수	평 기 식		측 기 식	
		빈 도	백분비	빈 도	백분비
칠언율시	7,110	3,944	55.5	3,166	44.5
칠언절구	204	106	52.0	98	48.0
오언율시	455	153	33.6	302	66.4
오언절구	111	30	27.0	81	73.0

당대 칠언율시의 평기식과 측기식의 비율은 55.5 : 44.5로서 큰 차이를 보이지 않는다.[30] 그러므로 수구에 운을 쓴 것과 그렇지 않은 것의 비율이 86 : 14 정도로 확연한 우열을 나타난 것에 비하면, 평기식과 측기식은 정격과 변격으로 구분할 만큼 두드러진 편향성은 띠지 않고 있다고 할 것이다.[31]

수구의 끝 자에 운을 쓰느냐의 여부에 따라, 운을 쓰면 평수식(平收式), 운을 쓰지 않으면 측수식(仄收式)이라 한다. 오언율시는 수구에 운을 쓰지 않는 것이 많은 반면, 칠언율시는 수구에 운을 쓰는 것이 많다. 이를 평기식·측기식의 분포와 종합해보면, 칠언율시는 이론적으로 '라식(平起平收式)' 또는 '나식(仄起平收式)'이 가장 많고, '가식(平起仄收式)'이 그 다음이며, '다식(仄起仄收式)'이 가장 적다는 것을 유추할 수 있다.

2) 점대(黏對) 규칙과 변체

근체시에는 점대의 규칙이 있다. 이는 칠언율시를 기준으로 할 때 절주점

---

30) 특히 만당에 이르러서는 4,575수의 표본 중에서 51%인 2,333수가 평기식, 49%인 2,242수가 측기식으로 평기식과 측기식이 거의 대등하게 창작되어 오언 율시와 절구의 측기식이 평기식의 2~3배에 이르는 것과는 다른 양상을 띠었다. 두보의 예를 보더라도 요체시 39수를 제외한 112수에서 평기식은 55수로서 오히려 측기식 58수보다 적게 창작되었다.

31) 송대에는 평기식 칠언율시의 비율이 다시 60%를 웃돌아 당대와는 다른 양상을 보였다. 필자가 장경성(張景星) 등의 《송시백일초(宋詩百一鈔)》에 실린 204수를 표본으로 송대 칠언율시의 평측 격식을 조사해본 결과 61.8%에 해당하는 126수가 평기식이었다.

이 되는 제2·4·6자의 평측이 서로 조화를 이루도록 하는 것이다. 같은 구 안에서는 이들의 평측이 교차되어야 하고, 한 연에서는 출구(出句)와 대구(對句)의 평측이 서로 달라야 하며(대), 한 연의 대구와 다음 연의 출구는 서로 평측이 같아야 한다(점). '라식' 칠언율시의 평측을 기준으로 점대의 규칙을 알아보면 다음과 같다.

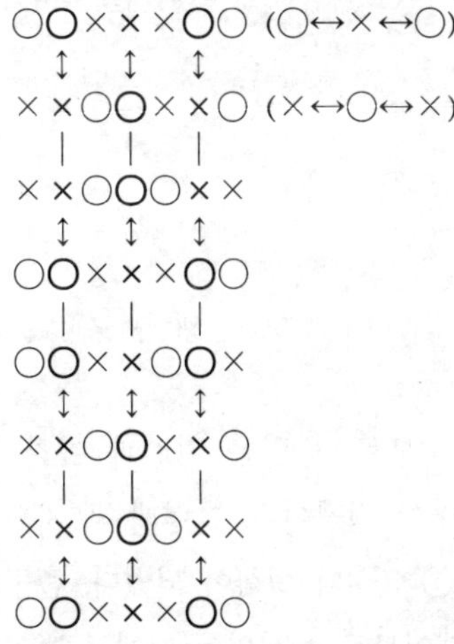

〈범례〉 ↕ : 대, │ : 점

정격의 시에서도 요(拗)와 구(救)로 인해 점대의 규칙에 어긋나는 구가 한 두 개씩 나올 수 있으며,[32] 작자에 따라서는 일부러 점대의 규칙을 깨뜨리는 요체(拗體)를 추구하기도 한다. 요체에 대해서는 두보의 칠언율시를 다루면서 자세히 살펴볼 것이므로, 여기서는 그 외에 일반적인 규칙을 따르지 않는 변체 몇 가지를 고찰해보기로 하겠다.

---

32) 요(拗)와 구(救)에 대해서는 강성위의 <拗와 拗救 — ≪唐詩三百首≫를 중심으로>(韓國中國語文學會, ≪中國文學≫ 제23집, 1995) 참고.

① 정묘체(丁卯體)

정묘체는 만당의 허혼(許渾)이 창시한 것으로 기본적으로는 칠언율시의 평측 격식을 따르면서 함련의 제5자만 평측을 뒤바꾼 형태를 말한다. 본래 이 것은 「고평요구(孤平拗救)」라 불리는 것으로서, 출구에서 고평(孤平)으로 인해 발생한 「요(拗)」를 대구에서 상쇄하는 「구(救)」의 일종이었으며, 성당 때부터 흔히 쓰였다. 그런데 허혼은 의도적으로 많은 작품에서 이와 같은 평측 격식 을 사용했다.[33] 다음의 예를 보자.

水聲東去市朝變,　　　×○○××○×
山勢北來宮殿高.　　　○××○○×○

등고낙양성(登故洛陽城) ✸

위 시의 평측 격식은 '나식'에 해당하므로, 함련은 미련과 마찬가지로 [○○××○○×, ××○○××○]이 되어야 정격이다. 그런데 제5자의 평측 이 뒤바뀌어 [○○×××○×, ××○○○×○]의 형식이 되었다. 출구와 대 구간에 요구(拗救)를 한 것과 동일한 형태이므로 율시의 규칙에서 벗어난 것 은 아니다.

② 절요체(折腰體)

절요체란 두 연의 평측 격식이 서로 같아 마치 허리에서 분리되는 듯하다 는 데서 붙여진 이름이다. 다음의 예를 보자.

搖落深知宋玉悲,　　　○×○○××○
風流儒雅亦吾師.　　　○○×××○○
悵望千秋一灑淚,　　　××○○×××

---

33) 정묘체의 더 많은 용례는 제4장 제6절 만당의 칠언율시를 참고.

蕭條異代不同時.　　○○××× ○○

두보, <영회고적오수(詠懷古迹五首)> 둘째 수 ✽

위에 제시된 부분은 전시(全詩)의 수련과 함련이다. 절주점의 평측을 살펴보면 [×-○-×, ○-×-○]의 격식이 수련에 이어 함련에서도 반복되었다. 결과적으로 각 연의 대에는 문제가 없으나 두 연간의 점은 전혀 지켜지지 않았다. 점은 서로 다른 연끼리 같은 평측을 써서 상하간 연결고리를 삼는 기법이므로, 점이 이루어지지 않으면 두 연이 갈라지는 느낌을 주게 된다.

③ 순풍체(順風體)

순풍체는 순풍조(順風調)로도 불리는 것으로, 각 연의 평측 격식이 모두 같은 형태를 말한다. 이런 의미에서 보자면, 위의 절요체도 부분적인 순풍체라고 할 수 있을 것이다. 다음의 예를 보자.

嬌歌急管雜青絲,　　○○××× ○○
銀燭金懷映翠眉.　　○×○○×× ○
使君地主能相送,　　×○×× ○○×
河尹天明坐莫辭.　　×× ○○×× ○
春城月出人皆醉,　　○○×× ○○×
野戍花深馬去遲.　　×× ○○×× ○
寄聲報爾山翁道,　　×○×× ○○×
今日河南勝昔時.　　×× ○○×× ○

잠참(岑參),
<사군석야송엄하남부장수득시자(使君席夜送嚴河南赴長水得時字)> ✽

위 시에서는 제2·4·6자의 절주점을 중심으로 한 나머지 각 연의 평측 격식이 [○-×-○, ×-○-×]식으로 모두 같아서 점법(黏法)이 전혀 지켜지지 않았다. 이백(李白)의 <등금릉봉황대(登金陵鳳凰臺)>를 비롯하여 성당의 칠언율시에는 점을 제대로 지키지 않은 작품이 자주 눈에 띄는데, 그것은 점법이 격률로서의 구속력을 갖기까지에는 많은 시간이 필요했다는 뜻으로 이해할 수 있을 것이다.

④ 고율체(古律體)

고율체는 자수, 구수, 압운, 대장 등은 율시와 같으면서 평측 격식에서만 고풍(古風)을 따른 까닭에 격률에 부합하지 않는 것을 말한다. 다음의 예를 보자.

昔人已乘白雲去,	×○×○×○×
此地空餘黃鶴樓.	××○○○×○
黃鶴一去不復返,	○××××××
白雲千載空悠悠.	×○○×○○○
晴川歷歷漢陽樹,	○○×××○×
芳草萋萋鸚鵡洲.	○×○○○×○
日暮鄉關何處是,	××○○○××
煙波江上使人愁.	○○○××○○

최호(崔顥), <황학루(黃鶴樓)>

위 시는 전형적인 고율체로서 칠언 8구시에 평성운 일운도저로 우구에 압운한 것과 경련과 미련의 평측 격식은 칠언율시의 기본적 격률을 따르고 있다. 그러나 전반부의 평측 격식은 완전히 고풍식이어서 점은 물론 대도 제대로 지켜지지 않았다.

⑤ 오체(吳體)

오체는 두보(杜甫)가 그의 칠언율시 <수(愁)>에 자주(自注)하여 "일부러 장난삼아 오체로 짓는다."[34]고 한 데서 나온 말이다. 광건행(鄺健行)의 연구에 따르면, 오체는 평측 격식에서 요체(拗體)와 크게 다른 점이 없다고 하는데,[35] 오체라 하여 따로 구분하는 이유에 대해서는 아직 정설이 없다. 그러면 <수(愁)>의 평측 격식을 보기로 하자.

江草日日喚愁生,	○×××○○
巫峽泠泠非世情.	○×○○○×○
盤渦鷺浴底心性,	○○××××○×
獨樹花發自分明.	××○××○○
十年戎馬暗南國,	×○○××○×
異域賓客老孤城.	××○××○○
渭水秦山得見否,	××○○×××
人今罷病虎縱橫.	○○○××○○

위 시의 제1·4·6구는 고조(古調)이고, 제2·3·5구는 요조(拗調)로서 율시의 평측 격식에 부합하지 않으며, 점대 또한 잘 지켜지지 않았다. 이러한 오체는 만당의 육구몽(陸龜蒙)과 피일휴(皮日休)가 계승하여 몇 수의 작품을 남기고 있으나,[36] 평측 격식에서 일정한 규율성이 있지는 않은 듯하다.

3) 사성체용(四聲遞用)

A식에서 D식까지의 평측 격식에서 기구(奇句)의 제7자는 수구인 경우를 제외하고 운을 쓰지 않으므로 모두 측성이 된다. 그런데 후대에는 측성에도 상성, 거성, 입성의 세 가지가 있으므로, 이를 중복되지 않게 번갈아 써야 한

---

34) 「强戲爲吳體」
35) 鄺健行, <論吳體和拗體的貼合程度>, 앞의 책, p.41.
36) 육구몽(陸龜蒙)의 작품으로 <新秋月夕客有自遠相尋者作吳體二首以贈>, <早春雪中作吳體寄襲美>, <獨夜有懷因作吳體寄襲美>, <早秋吳體寄襲美> 등 다섯 수와 피일휴(皮日休)의 작품으로 <奉和魯望獨夜有懷吳體見寄>, <奉和魯望早秋吳體次韻>, <奉和魯望早春雪中作吳體見寄> 등 세 수가 전해지고 있다.

다는 주장이 나왔으니, 이것이 바로 '사성체용설'이다. 이중화(李重華)는 ≪정일재시설(貞一齋詩說)≫에서 이렇게 말하고 있다.

> 율시에서 평측을 논하는 데 그쳐서는 평생토록 입문할 수 없다. 율조(律調)를 강구하자면 같은 하나의 측성에서도 모름지기 상성, 거성, 입성을 세분하여야 할 것이니, 응당 상성을 써야 할 곳에 거성이나 입성을 잘못 써서는 안 되며, 그 반대도 또한 그러하다.[37)]

당대의 칠언율시 작가 중에서 이러한 '사성체용'을 지키려고 노력한 대표적 시인으로는 두보를 들 수 있다. 그의 <추흥팔수(秋興八首)> 첫째 수를 예로 든다.

玉露凋傷楓樹林,　　× × ○ ○ ○ × ○　(林 : 평성)
巫山巫峽氣蕭森.　　○ ○ ○ × × ○ ○
江間波浪兼天湧,　　○ ○ ○ × ○ ○ ×　(湧 : 상성)
塞上風雲接地陰.　　× × ○ ○ × × ○
叢菊兩開他日淚,　　○ × × ○ ○ × ×　(淚 : 거성)
孤舟一繫故園心.　　○ ○ × × × ○ ○
寒衣處處催刀尺,　　○ ○ × × ○ ○ ×　(尺 : 입성)
白帝城高急暮砧.　　× × ○ ○ × × ○

칠언율시는 수구에 운을 쓰는 예가 많기 때문에, 제1구에 평성을 쓰고 나머지 기구에 세 종류의 측성을 중복되지 않게 하면 '사성체용'이 되는 것이다. 이러한 형태가 가장 완벽한 '사성체용'이며, 일반적으로는 세 종류의 측성 가운데 어느 하나가 잇달아 쓰이지만 않으면 된다. 반대로 '사성체용'을 지키지 않은 작품을 보자.

---

37) 李重華, ≪貞一齋詩說 · 詩談雜錄≫,「律詩止論平仄, 終身不得入門. 旣講律調,
　　同一仄聲, 須細分上去入 ; 應用上聲者, 不得誤用去入 ; 反此, 亦然.」

六朝文物草連空,　　×○○××○○ (空 : 평성)
天談雲閑今古同.　　○○○○○×○
鳥去鳥來山色裏,　　×××○○×× (裏 : 상성)
人歌人哭水聲中.　　○○○××○○
深秋簾幕千家雨,　　○○○×○○× (雨 : 상성)
落日樓臺一笛風.　　××○○××○
惆悵無因見范蠡,　　○×○○××× (蠡 : 상성)
參差煙樹五湖東.　　○○○××○○

두목(杜牧),
<제선주개원사수각각하완계협계거인(題宣州開元寺水閣閣下宛溪夾溪居人)> ✿

이 시는 운을 쓴 수구를 제외한 나머지 기구에 '리(裏)', '우(雨)', '려(蠡)' 등 모두 상성이 쓰였다. 명(明) 사진(謝榛)은 이 시를 평하여 "이 시의 기구 세 구의 끝 글자는 모두 스스로 그 소리를 삼켜 운이 짧고 가락이 급박하니, 억양의 묘가 없다."[38]고 하면서 경련을 「深秋簾幕千家月, 靜夜樓臺一笛風.」으로 바꾸는 것이 좋겠다는 대안을 제시하기도 하였다. 그의 말은 곧 이 시에서 상성이 연달아 쓰여 단조로운 느낌을 주니, 제5구의 끝자인 '우(雨)'를 입성인 '월(月)'로 고쳐 최소한 상성이 내리 중복되지는 않게 하자는 것이다.

다음은 ≪당시삼백수(唐詩三百首)≫에 선록된 당대의 칠언율시 54수를 두보와 기타 시인 두 부류로 나누어 사성체용의 현황을 분석해본 것이다.

	수록 작품수	사성체용 작품수 (사성을 모두 사용)	백분비
두 보	13	12 (4)	92.3 (30.8)
기 타(23人)	41	18 (7)	43.9 (17.1)

두보는 거의 모든 작품에서 '사성체용'을 지키고 있지만, 여타의 당대 시

---

38) 謝榛, ≪四溟詩話≫ 卷3, 「此上三句落脚字, 皆自呑其聲, 韻短調促, 而無抑揚之妙.」

인들은 절반이 넘는 작품에서 그러지 않았음을 알 수 있다. 이로써 보건대 '사성체용'은 부단히 칠언율시를 연구한 두보의 독보적인 성과이지, 당대의 모든 시인들이 꼭 지켜야 할 격률로 여겼던 것은 아니라 하겠다.

2. 구식(句式)과 장법(章法)

(1) 구식

1) 상용 구식 : 오언구의 확장형

칠언율시 각 구의 구식은 기본적으로 오언구에 두 글자가 덧붙여져 확장된 형태라고 할 수 있다. 오언구는 흔히 2-3의 리듬으로 이루어진다. 여기에 (2)-2-3, 2-(2)-3 또는 (1)-1-(1)-1-3 등의 형태로 두 글자가 보태짐으로써 4-3의 리듬을 가지는 칠언구가 형성된다.[39] 다음의 예를 통해 오언구에서 확장된 칠언구가 가지는 특성을 살펴보자.

a-1) 停車/數行日,　　　수레를 멈춰 / 떠나온 날을 헤어보고
　　　勸酒/問回期.　　　술을 권하며 / 돌아갈 기약을 물어본다

　　　　　　　　　　　왕건(王建), <송인유새(送人遊塞)> ❀

a-2) 渡頭/餘落日,　　　나루터엔 / 석양이 남아있고
　　　墟里/上孤煙.　　　마을에선 / 외로운 연기가 피어오른다

　　　　　　왕유(王維), <망천한거증배수재적(輞川閑居贈裴秀才迪)> ❀

a-3) 山中/習靜/觀朝槿,　산 속에서 / 고요함을 즐기며 / 무궁화를 바라보고

---

39) 괄호 안의 숫자는 확장되는 글자수를 가리킨다.

松下/淸齋/折露葵. 소나무 아래서 / 재계하며 / 이슬 맺힌 아욱을 꺾는다

왕유, <적우망천장작(積雨輞川莊作)> ❄

a-3)의 칠언구는 a-1)의 오언구 앞에 '산중(山中)'과 '송하(松下)'가 덧붙여진 형태로 볼 수도 있고, a-2)의 오언구 중간에 '습정(習靜)'과 '청재(淸齋)'를 삽입시킨 형태로 볼 수도 있다. 전자라면 오언구에 비해 공간적 배경이 추가적으로 제시된 것이고, 후자라면 동작이나 상태에 대한 묘사가 강화된 셈이다. 그러나 오언구에서 확장된 칠언구는 설명이나 묘사를 자세하게 할 수 있는 이점이 있는 반면, 오언에 추가된 두 글자가 제 기능을 하지 못할 때는 군더더기로 전락할 가능성도 없지 않다. 그래서 청(淸) 오교(吳喬)는 말하기를 "칠언율시에서의 조구(造句)는 오언에 비해 어려우니, 그것이 상투적이고 저속한 데 가까워질 수 있기 때문이다."[40]라고 하였다. 일례로 두보 <등고(登高)>의 "萬里悲秋常作客, 百年多病獨登臺."라는 구절은 '만리(萬里)'와 '백년(百年)'이라는 시어를 통해, 이것이 없다고 가정한 오언구 "悲秋常作客, 多病獨登臺."에 비해 광활한 시공간과 늙고 병든 시인 자신 사이에 존재하는 강렬한 대비를 느끼게 해주면서 이 시의 주제를 효과적으로 드러냈는데, 이후로 이러한 수법을 모방한 대다수의 작품들은 시어의 기능보다는 '萬里(또는 千里)'와 '百年(또는 一年, 二年, 三年, 十年)'을 이용하여 정교한 수자대(數字對)를 맞추는 데 급급한 경우가 허다했다.[41]

오언구에서 확장된 칠언구는 두 글자의 여유 공간에 쌍성(雙聲), 첩운(疊韻)이나 첩자(疊字), 연면자(連綿字)를 배치하여 음악미를 추구할 수 있는 이점이

---

40) 吳喬, ≪圍爐詩話≫ 卷2, 「七律造句比五言爲難, 以其近于流俗也.」

41) 백거이 <入峽次巴東>의 함련 「萬里王程三峽外, 百年生計一舟中.」과 허혼(許渾) <題蘇州虎丘寺僧院>의 경련 「萬里高低門外路, 百年榮辱夢中身.」 등 '萬里'와 '百年'을 그대로 쓴 시만 보더라도 <登高>에서와 같이 제재나 시의와 절실하게 부합하지 않는 까닭에 상투적인 느낌을 받게 된다. 의고(擬古)를 일삼았던 명대에는 이런 병폐가 더 심했던 듯하다. 이몽양(李夢陽)은 ≪空同子集≫ 卷62 <再與何氏書>에서 "'백년'과 '만리'는 어째서 이처럼 여기도 나오고 저기도 나오는가.('百年'、'萬里'何其層見而疊出也!)"라고 탄식하고 있다.

있기도 하다. 다음의 예를 보자.

b-1) 路出/寒雲外,　　길은 차가운 구름 밖으로 뻗어있고
　　 人歸/暮雪時.　　사람은 저녁 눈 내릴 때 돌아간다

노륜(盧綸), <이단공(李端公)> ✿

b-2) 行人/杳杳/看西月,　길 가는 사람은 /어둠 속에서/ 서쪽 달 바라보고
　　 歸馬/蕭蕭/向北風. 돌아가는 말은 /히힝 울며/ 북풍을 향하네

유장경(劉長卿), <송이록사형귀양양(送李錄事兄歸襄陽)> ✿

b-1)의 오언구와 비교해볼 때 b-2)의 칠언구는 제3·4자에 첩자가 들어가 확장된 구조로 여겨진다.[42] ≪당시별재(唐詩別裁)≫에 수록된 칠언율시 368수를 표본으로 조사한 바에 따르면, 가운데 두 연의 대장(對仗)에서 첩자대가 쓰인 것 17수를 비롯하여 쌍성대 8수, 첩운대 12수, 쌍성첩운대 13수 등 많은 작품에서 음악미를 살릴 수 있는 시어를 활용했다.[43]

요컨대 칠언구에서는 오언구에 비해 두 글자가 많기 때문에 각 행(行)의 표현력이 증가되고, 수식어 또는 부사어[44] 등에 의해 수식성분이 많아지는 것이 일반적인 특징이다. 이러한 특징으로 인해 칠언율시는 청신(淸新)한 풍

---

42) 물론 두보 <遣憂>의 경련 "紛紛乘白馬, 攘攘著黃巾."과 같이 첩자가 사용된 오언구에 생략된 주어가 보충된 구조로 보아도 무방하다. 다만, 오언율시에서 제1, 2자에 첩자가 쓰인 예는 매우 드문 편으로서 ≪당시별재≫에 수록된 455수 작품의 중간 연 910연 중에서 8연에 불과하고, 첩자가 쓰이면서 주어가 생략된 형태는 위 시 한 수뿐이다. 유장경(劉長卿)은 b-2)와 같은 구식을 특히 좋아하여 위에서 예시한 작품 외에도 10여 수의 칠언율시에서 애용했다. 아마도 주어와 술어 사이에 첩자를 배치해 강한 리듬감을 주는 효과를 기대했던 듯하다.

43) ≪당시별재≫에 수록된 오언율시 455수를 대상으로 같은 사항을 조사한 결과는 첩자대 8수, 쌍성대 3수, 첩운대 1수, 쌍성첩운대 7수로 그 용례가 칠언율시의 절반에도 미치지 못하는 수준이었다.

44) 부사는 물론이고 첩자, 방위사, 연면자 등도 부사어에 속할 수 있다.

격보다 장중(莊重)한 풍격을 소화하는 데 유리하고, 수식이나 묘사를 강화하거나 전고(典故)를 쓰기에도 편리하다. 그런 까닭에 당대 칠언율시가 응제시에서 출발하였고 이후로도 응수적인 제재를 많이 다룬 것으로 여겨진다.[45)]

2) 특수 구식

칠언율시에 쓰이는 구식에는 2-3의 리듬을 기본으로 하는 오언구의 확장형뿐만 아니라 칠언구 나름의 구식이 더 있다. 그 중에 일부는 칠언고시에서 사용되던 고풍식(古風式)의 것이고, 일부는 작자가 작품에서 의도적으로 특이한 구식을 추구하는 과정에서 나온 것이다.[46)] 이들의 유형을 리듬에 따라 몇 가지로 구분해보면 아래와 같다.

① 3-4형[47)]

謀身拙/爲安蛇足,	생계를 도모함이 졸렬하여 뱀에 다리를 그린 꼴이 되었고
報國危/曾抒虎鬚.	나라에 보답함이 위태로워 호랑이 수염을 꼬는 식이었네

한악(韓偓), <안빈(安貧)> ❁

---

45) 그런가 하면, 확장된 두 글자가 시경(詩境)을 확대하거나 시상의 전개를 매끄럽게 하는 데 기여하지 못한다면 '시어의 낭비'라는 비난을 면키 어려울 것이다. 예컨대 모춘영(冒春榮)은 "칠언구에서 만약 두 글자를 잘라 없애 오언구로 만들 수 있다면, 시가 이루어지지 않는다(七言句若可截去二字作五言, 便不成詩. - ≪葚原詩說≫ 卷2)."고 말한 바 있다.

46) 주정진(朱庭珍)은 ≪소원시화(筱園詩話)≫ 권3에서 칠언율시에서는 일반적인 구식에 정도를 벗어나지 않는 범위 내에서 특이한 구식이 가미되어야 좋다고 주장하기도 하였다. 「칠언율시는 기이한 구절이 있는 것을 귀히 여기나, 모름지기 기이하면서도 바름에서 벗어나지 않아야 한다. 만약 기이하면서 이치(理致)가 없으면 아음(雅音)을 심히 손상시키게 되어 이른바 '기이함이 지나치면 평범하게 된다.'는 것이다(七律貴有奇句, 然須奇而不詭於正, 若奇而無理, 殊傷雅音, 所謂'奇過則凡'也).」

47) 이러한 구식은 흔히 '절요구(折腰句)'로 불리며, 특수구식 중에서는 비교적 자주 찾아볼 수 있다. ≪詩學禁臠≫, 「七言律詩, 有上三下四格, 謂之折腰句.」

② 2-5형

盤剝/白鴉谷口栗,　　쟁반엔 백아곡 입구의 밤을 까놓았고
飯煮/靑泥坊底芹.　　반찬으론 청니제방의 미나리를 삶았다

두보, <최씨동산초당(崔氏東山草堂)>

③ 3-1-3형

東澗水/流/西澗水,　　동쪽 계곡의 물이 서쪽 계곡의 물로 흐르고
南山雲/起/北山雲.　　남쪽 산의 구름이 북쪽 산의 구름을 일으킨다

백거이, <기도광선사(寄韜光禪師)>

④ 2-4-1형

梅花/大庾嶺頭/發,　　매화는 대유령에서 피고
柳絮/章臺街裏/飛.　　버들솜은 장대가에서 난다

이상은, <대설이수(對雪二首)> 첫째 수

　통계적으로 볼 때 당대 칠언율시에서 특수 구식은 그 용례가 매우 적은 편이다. 그것은 칠언율시가 기본적으로 운율의 화해(和諧)를 추구하는 형식이기 때문에 4-3의 리듬에서 벗어난 예외적 구식을 쓰는 경우가 많지 않아서라고 하겠다.

(2) 장법

　장법이란 행문(行文)의 규율로서 각 연을 어떠한 내용과 순서로 연결해나가야 가장 효과적으로 시의(詩意)를 표현할 것인가를 구상하는 것이다. 장법이 제대로 갖추어지지 않게 되면 선후의 차례나 시상을 열고 닫는 과정이

혼란스럽고 모호해져 각 연의 구상이 훌륭하더라도 작품에서 빛을 발할 수 없게 된다.[48] 율시는 네 연 여덟 구로 편폭이 고정된 까닭에 각 연별로 다루어져야 할 내용이 일정한 경향을 띠게 되었고, 여러 시인들의 다양한 창작경험을 통해 네 연을 '기승전결'의 순서로 배치하는 방법이 가장 이상적인 방향으로 논의되었다. 원(元) 양재(楊載 : 1271~1323)는 '기승전결'이 갖추어야 할 내용으로 다음과 같은 점을 제시한 바 있다.

> 파제(破題 : 수련)는 …돌올(突兀)하고 고원(高遠)하여 마치 드센 바람이 파도를 말아 올려 기세가 하늘에 가득하듯 해야 한다. 함련은 …파제와 이어져야 하고 검은 용이 물고 있는 구슬처럼 안아서 떨어지지 않게 해야 한다. 경련은 …앞 연의 뜻과 서로 호응하거나 서로 피하되 변화를 주어 마치 빠른 번개가 산을 무너뜨려 보는 사람이 깜짝 놀라게끔 해야 한다. 결구(結句 : 미련)는 …마치 (왕자유(王子猷)의) 섬계(剡溪)의 배처럼 스스로 갔다가 스스로 돌아와 말은 끝났어도 뜻은 다함이 없어야 한다.[49]

요컨대 수련에서는 제목의 뜻을 잘 살리고 함련에서는 이를 이어받으며, 경련에서 산뜻한 변화를 주고 미련에서 여운이 감돌게 마무리해야 한다는 것이다. 이러한 장법은 율시뿐만 아니라 산문에서도 흔히 쓰이는 유력한 전개방식이긴 하나, 다소 도식적인 흠이 있는 것도 사실이다. 그래서 청(淸) 왕부지(王夫之) 같은 이는 "기승전결도 하나의 장법이긴 하다. 시험삼아 초성당의 율시를 가져다 점검해보라. 누가 꼭 이런 장법을 묵수하는지? 장법이란 작품을 이루는 것보다 중요한 것이 없는데, 이 사법(四法)을 세워서는 작품이 이루어지지 않는다."[50]고 과격하게 폄하하기도 하였다. 그러나 당대 칠언율

---

48) 方東樹, ≪昭昧詹言≫ 卷14, 「章法不成就, 則率漫復亂, 無先後起結、銜承次第、淺深開合、細大遠近虛實之分, 令人對之惛昧, 不得爽豁.」
49) 楊載, ≪詩法家數≫, 「破題 : …要突兀高遠, 如狂風捲浪, 勢欲滔天. 頷聯 : …要接破題, 要如驪龍之珠, 抱而不脫. 頸聯 : …與前聯之意相應相避, 要變化, 如疾雷破山, 觀者驚愕. 結句 : 如剡溪之棹, 自去自回, 言有盡而意無窮.」
50) 王夫之, ≪姜齋詩話≫ 卷2, 「起承轉收, 一法也. 試取初盛唐律驗之, 誰必株守

시에서는 '기승전결'의 장법을 갖춘 작품이 주류를 이루었으며, 여기에서 벗어나 독특한 장법을 시도한 작품도 나왔다. 왕영의(王永義)의 설에 따라 이를 유형별로 도식화해보면 다음과 같다.[51]

<table>
<tr><td colspan="3">유 형   연·구</td><td colspan="2">수 련</td><td colspan="2">함 련</td><td colspan="2">경 련</td><td colspan="2">미 련</td></tr>
<tr><td colspan="3"></td><td>출구</td><td>대구</td><td>출구</td><td>대구</td><td>출구</td><td>대구</td><td>출구</td><td>대구</td></tr>
<tr><td rowspan="3">기 승 전 결 식</td><td colspan="2">정 격</td><td colspan="2">기</td><td colspan="2">승</td><td colspan="2">전</td><td colspan="2">결</td></tr>
<tr><td rowspan="2">변 격</td><td>A</td><td colspan="2">기</td><td colspan="4">승</td><td>전</td><td>결</td></tr>
<tr><td>B</td><td>기</td><td>승</td><td colspan="4">전</td><td>전</td><td>결</td></tr>
<tr><td>비기승전결식</td><td colspan="2">비약식</td><td colspan="8">각 연 사이 시공의 도약이 커서 시상의 전개과정이 뚜렷하지 않은 형식</td></tr>
</table>

칠언율시의 장법은 '기승전결식'을 따르는 것과 그렇지 않은 것의 두 부류로 나눌 수 있다. 또 '기승전결식'은 한 연씩 균등하게 배치된 것이 정격이고 그렇지 않은 것이 변격이며, '비기승전결식'은 각 연 사이에 비교적 큰 시간적, 공간적 거리가 있는 '비약식'을 말한다. 가장 널리 쓰이는 정격을 제외한 나머지 형식의 예를 하나씩 보기로 한다.

1) 기승전결식 – 변격 A형

변격 A형은 함련과 경련이 내용상 하나로 묶이고 미련의 출구에서 '전'이 이루어지는 형식이다. 다음의 예를 보자.

暖戲烟蕪錦翼齊,	따뜻한 날 아련한 들판에서 노는 비단날개 가지런하니
品流應得近山鷄.	품성과 풍모는 응당 꿩에 가까우리라
雨昏靑草湖邊過,	비 내려 어두울 적에 청초호를 지나다
花落黃陵廟裏啼.	꽃 떨어지니 황릉묘에서 우네
游子乍聞征袖濕,	나그네가 막 듣고는 옷소매를 적시고

此法者? 法莫要於成章, 立此四法, 則不成章矣.」
51) 王永義, 앞의 책, pp.183-188을 참고.

佳人纔唱翠眉低.	가인이 <자고사>를 부르자마자 푸른 눈썹 내려뜨리네
相呼相應湘江闊,	서로 부르고 서로 대답하는 드넓은 상강
苦竹叢深春日西.	참죽 무성한 무더기에 봄날의 해는 서쪽으로 진다

정곡(鄭谷), <자고(鷓鴣)> ✿

이 시는 자고새를 묘사한 영물시이다. 수련은 자고새가 날아다니는 모습과 품성을 말하였으니 '파제'로 적절한 내용이다. 함련에서는 자고새가 호수 위를 날다가 묘당에서 우는 모습을 생동감 있게 표현하고 있다. 경련은 함련에서 자고새가 우는 소리를 듣고 고향생각에 눈물짓는 나그네와 <자고사(鷓鴣詞)>를 노래하는 가인(佳人)을 묘사하여 함련과 함께 전체 시의 '승'을 이루고 있으며, 미련의 출구에 가서야 자고새가 노니는 상강(湘江)으로 배경화면이 바뀌면서 '전'의 역할을 하는 부분이 등장한다. 미련의 대구에서는 영물의 대상인 자고새를 이면에 감춰두고 순(筍)의 맛이 쓰다는 '참죽[苦竹]'과 봄날의 석양 같은 배경을 이용해 '나그네의 신산(辛酸)'을 드러내면서 '결'의 여운을 남겼다.

2) 기승전결식 – 변격 B형

변격 B형은 수련의 출구와 대구가 '기'와 '승'을, 미련의 출구와 대구가 '전'과 '결'을 이루면서 함련과 경련의 대장연(對仗聯)에서는 시의 주제와 관련된 일련의 장면이 전개되는[展] 형식이다. 다음의 예를 보자.

湖上春來似畫圖,	호수 위에 봄이 오니 그림을 그려놓은 듯
亂峰圍繞水平鋪.	어지러운 봉우리가 수면을 둘러싸고 펼쳐져 있다
松排山面千重翠,	소나무는 산의 얼굴에 천 겹 비춰빛을 늘어놓았고
月點波心一顆珠.	달은 물결 가운데 한 알 구슬을 찍었네
碧毯線頭抽早稻,	푸른 담요 실 끝인 듯 올벼는 싹이 돋고
靑羅裙帶展新蒲.	푸른 비단 치마끈인 양 새로 난 부들이 펼쳐졌네

未能抛得杭州去,　　항주를 버리고 떠나지 못하는 것
一半勾留是此湖.　　절반은 이 호수가 붙잡아서라네

백거이, <춘제호상(春題湖上)> ✿

이 시는 백거이가 항주자사(杭州刺史)의 임기가 다 되었을 무렵인 장경(長慶) 4년(824)에 지은 것으로 서호(西湖)의 아름다운 경치를 두고 떠나야 하는 아쉬운 마음이 드러나 있다. 수련의 출구는 '기'로서 제목을 말하고 있고, 대구는 '승'으로서 '기'를 이어받아 호수 주변의 산봉우리를 말한 것이다. 가운데 두 연은 호수를 둘러싼 다른 경물들 – 소나무, 달, 논, 부들 – 에 대한 묘사로서 호수를 직접적으로 다루고 있지는 않아 일반적인 '기승전결'식과 다른 양상을 보여준다. 미련의 출구는 서호를 제재로 삼게 된 이유를 밝히면서 시상을 바꾼 '전'이고, 대구는 항주에 대한 작자의 애정을 표출하면서 아울러 서호를 언급하여 수미의 호응을 이룬 '결'이다.

3) 비기승전결식 – 비약식

비약식은 각 연 사이의 연결관계는 물론 한 연의 출구와 대구 사이에도 비교적 큰 시간과 공간의 간격이 있어서 '기승전결'의 논리적인 관계를 파악하기 어려운 형식이다. 다음의 예를 보자.

迢遞高城百尺樓,　　까마득히 높은 성의 백 척 누각
綠楊枝外盡汀洲.　　푸른 버들가지 밖으로 물가 평지와 모래톱이 다 눈에 든다
賈生年少虛垂涕,　　가의(賈誼)는 젊은 나이에 헛되이 눈물 흘리고
王粲春來更遠遊.　　왕찬(王粲)은 봄이 왔어도 다시금 먼 곳을 떠돌았지
永憶江湖歸白髮,　　언제나 강호로 백발 되어 돌아가련다 생각했지만
欲迴天地入扁舟.　　천지를 되돌려놓고 나서야 조각배에 오르고 싶었다
不知腐鼠成滋味,　　썩은 쥐가 무슨 맛이 있다고
猜意鵷雛竟未休!　　원추를 시기하는 마음이 그치지 않는지 모를 일이다[52]

이상은, <안정성루(安定城樓)> ✿

이 시는 이상은이 왕무원(王茂元)의 막부(幕府)에 있던 시절 경주(涇州)의 안정성(安定城)에 올라 '회재불우(懷才不遇)'의 감개를 토로한 작품이다. 수련은 높은 성루에 올라 내려다본 광경을 묘사한 것으로 일반적으로 수련에 담는 내용에서 벗어나지 않았다. 그러나 함련은 수련의 이미지를 이어받지 않고 돌연 가의(賈誼)와 왕찬(王粲)의 전고를 써서 이상을 실현할 수 없는 현실을 개탄하였고, 다시 경련에서는 평소의 원대한 포부를 밝혔다. 이 두 연은 모두 누각에 올라서 보고들은 것과는 판이한 내용을 담고 있어서 '승'으로 볼 수 없음은 물론이거니와, '승'이 없는 까닭에 '전'으로 간주하기도 어렵다. 작자를 시기하는 사람들에 대한 불만을 표출한 미련 또한 수련의 내용과 직접적 연관이 없으며, 함련 또는 경련과도 맥락이 닿지 않는다. 따라서 이 시는 '기승전결'의 장법에서 벗어나 자유로운 연상을 통해 주제를 전달하고 있는 작품이라고 하겠다.

4) 보론(補論)

한 가지 흥미로운 사실은 당대 칠언율시의 미련에 '차(此)'자가 시어로 등장하는 작품이 매우 많다는 것이다. 여기에 처음 주목한 이는 김성탄(金聖歎)으로 그는 <여가숙약수급사제석안(與家叔若水及舍弟釋顔)>이라는 서간에서 미련에 '차(此)'자가 쓰인 51조의 예를 제시하고 있다.[53] 필자가 당대 칠언율시 7,339수에서 '차(此)'자가 사용된 빈도를 조사한 바에 따르면 총 사용횟수는 1,091회였고, 이를 연별로 살펴본 결과 수련에 298회, 함련에 90회, 경련

---

52) ≪莊子·秋水≫,「惠子相梁, 莊子往見之. 或謂惠子曰 : "莊子來, 欲代子相." 於是惠子恐, 搜於國中三日三夜. 莊子往見之, 曰 : "南方有鳥, 其名爲鵷鶵, 子知之乎? 夫鵷鶵, 發於南海而飛於北海, 非梧桐不止, 非練實不食, 非醴泉不飮. 於是鴟得腐鼠, 鵷鶵過之, 仰而視之曰 : '嚇!' 今子欲以子之梁國而嚇我邪?"」

53) 金聖歎, <與家叔若水及舍弟釋顔>,「唐律詩後解七八, 多有'此'字者, '此'之爲言, 卽上五六二句也. 如'誰謂此中難可到'(沈佺期, <紅樓院應制>), '此中'卽'經聲天語'、'爐氣御香'之中也(이 시의 경련은 '經聲夜息聞天語, 爐氣晨飄接御香'이다). ; …故知五六特爲生起七八, 非與三四同寫景物也.」

에 71회, 미련에 632회가 각각 사용되었다.[54]

고우공(高友工)과 매조린(梅祖麟)은 영시(英詩)에서 관사(冠詞) 'the'와 지시대명사 'that'이 자주 쓰이는 점에 착안하여 칠언율시의 미련에 '차(此)'자가 자주 쓰이는 이유를 이렇게 분석하고 있다.

> …영어의 지시사 'the'와 'that'이 가리키는 내용은 내향적(內向的)이다. 근체시에서 이와 가장 가까운 동의자는 '차(此)'자로 율시에서 '차(此)'자는 가장 마지막 연에만 보이며, 그 기능은 앞 세 연의 추상적인 시공과 마지막 연의 비교적 구체적인 시공, 생각과 강렬한 대비를 이루는 데 있다.[55]

율시의 특성상 각 연이 고시에 비해 독립적인 성격을 띠는 데다, 칠언율시는 오언율시보다 글자수가 많아 더욱 많은 시간적, 공간적인 이미지 ― 특히 추상적인 이미지 ― 가 나열되기 쉬우므로, 미련에서 그러한 이미지들을 수렴할 필요성이 그만큼 증대된다. 다음의 예를 통해 '차(此)'자가 어떻게 그 기능을 수행하고 있는지 알아보자.

---

54) 그러므로 '此'자의 3/5 가까이는 미련에 쓰인 셈이며, 열두 수 중에 한 수는 미련에 '此'자를 활용한 것이다. 같은 율시라도 오언율시는 이에 비해 사용 빈도가 낮다. 칠언율시와의 비교를 위해 심덕잠의 ≪당시별재≫에 수록된 오언율시 455수를 조사해보니, 미련에 '此'자가 쓰인 작품은 모두 19수로 그 빈도는 칠언율시의 절반 정도에 그쳤다.

55) Kao yu-kung · Mei tsu-lin, *Syntax, Diction, and Imagery in T'ang Poetry*, Havard Journal of Asiatic Studies, Vol.31(1971), p.88, 「Earlier we saw instances of the use of "the" and "that" to make centrifugal reference in English poetry. Their closest analogue in Recent Style poetry is the demonstrative tz'u此"this." The appearance of tz'u in Regulated Verse follows a clearly discernible pattern : it occurs not in the first three couplets but only in the last. And its function is to provoke a sharp contrast between the absolute space-time of the previous couplets and the relative space-time of the last.」

憶昨逍遙供奉班,   지난번 보좌하던 반열에서 거닐던 것 생각해보니
去年今日侍龍顔.   작년 오늘엔 용안을 모셨더랬지
麒麟不動爐煙上,   기린은 움직임 없이 향로의 연기 올라가고
孔雀徐開扇影還.   공작이 천천히 열리며 부채의 그림자가 펼쳐졌지
玉几由來天北極,   옥 안석은 본래 하늘 북극에 있고
朱衣只在殿中間.   붉은 옷 입은 관리들은 다만 궁전 가운데 있었지
孤城此日堪腸斷,   외로운 성에 있는 이 날 창자가 끊어질 듯한데
愁對寒雲雪滿山.   근심 속에 차가운 구름을 대하니 눈이 산에 가득하구나

두보, <지일견흥봉기북성구각노량원고인이수
(至日遣興奉寄北省舊閣老兩院故人二首)> 둘째 수 ✿

이 시는 두보가 건원(乾元) 2년(759)에 화주(華州)에서 지은 작품이다. 수련은 과거 어느 날의 광경을 떠올려본 것이며, 함련과 경련 역시 불특정한 과거의 추상적인 경계(境界)를 묘사한 것이다. 이 시에서는 제7구의 '이 날[此日]'이라는 시어를 통해 회상에서 현실로 돌아와 과거와 대립되는 현실을 통해 내심의 분만(憤懣)을 토로하고 있다. 이처럼 칠언율시의 미련에는 '차(此)'자를 활용함으로써 이미지에 있어서 추상적인 것을 구체적인 것으로, 시간에서 과거를 현재 또는 미래로, 공간에서 먼 곳에서 가까운 곳으로 수렴하는 예를 자주 찾아볼 수 있다.56)

---

56) 당대 칠언율시의 미련에 '此'자가 쓰인 예 632수를 분석해보면, '此日'(54회), '此時'(22회) 등 현재의 시점을 나타내는 말이 90회, '此地'(33회) 등 현재의 장소를 나타내는 말이 57회 등으로 시공을 현재의 시간과 장소로 수렴하는 경우가 많다. 이 밖에 '從此'(86회), '如此'(44회) 등 시공을 명확히 분별하기는 어렵지만 비슷한 기능을 하는 시어가 적잖이 발견된다.

3. 대장(對仗)

(1) 대장의 위치

　명(明) 사진(謝榛)은 범덕기(范德機)의 말을 빌어 "절구는 먼저 뒤의 두 구를 얻고, 율시는 먼저 가운데 네 구를 얻는다."[57]고 한 바 있다. 그것은 율시에서 가운데 두 연에 대장을 쓰는 것이 원칙이어서 대장연(對仗聯)을 어떻게 구성할 것인지가 율시를 창작하고자 하는 시인에게는 늘 큰 과제로 주어지기 때문일 것이다. 가운데 두 연인 함련과 경련에 모두 대장을 쓰는 것이 정격이며, 이 두 연에 대장을 쓰지 않거나 수련 또는 미련에 대장을 쓰는 것은 변격에 해당한다. 각 연의 대장 사용 여부에 따라 다음과 같은 몇 가지 유형을 상정해볼 수 있다.

유형 \ 연	수 련	함 련	경 련	미 련	비 고
정 격	×	○	○	×	
변 격 / 부가형	○	○	○	×	五律에 많음
변 격 / 부가형	×	○	○	○	杜甫, <聞官軍收河南河北>
변 격 / 부가형	○	○	○	○	全對格, 宗楚客體
변 격 / 생략형	×	×	○	×	蜂腰格
변 격 / 생략형	×	○	×	×	거의 없음
변 격 / 생략형	×	×	×	×	首尾不對體, 거의 없음
변 격 / 혼합형	○	×	○	×	偸春格, 五律에 많음
변 격 / 혼합형	○	○	×	×	거의 없음

　칠언율시에서의 대장은 오언율시에 비해 엄격하다. 그것은 오언율시보다 칠언율시가 나중에 완성되었던 만큼 오히려 고시(古詩)의 영향을 덜 받았기 때문이다.[58] 위에 제시한 변격 중에서도 오언율시에서는 더러 찾아볼 수 있

---

57) 謝榛, ≪四溟詩話≫ 卷2, 「絶句則先得後兩句, 律詩則先得中四句.」

지만 칠언율시에서는 거의 발견할 수 없는 형태가 있으니, 예컨대 네 연에 모두 대장을 쓰지 않는다던가 또는 경련에 대장을 쓰지 않는 경우가 그러하다.

수련의 대장은 칠언율시의 용운법(用韻法)과 관련이 있다. 칠언율시는 일반적으로 수구에 운을 쓰는데, 이러한 경우에 대장까지 맞추기란 쉽지 않다. 필자가 7천여 수의 당대 칠언율시를 토대로 수련의 대장 사용 여부를 조사해본 결과에 의하면, 수련에 대장을 쓴 작품은 모두 300여 수였으며, 이 가운데 60%에 해당하는 190여 수에서 수구에 운을 쓰지 않았다. 그만큼 수구에 운과 대장을 함께 쓰기가 어렵다는 뜻이다. 이에 비해 오언율시는 수구에 운을 쓰지 않는 예가 많으므로 수련에 대장을 쓰기가 비교적 수월했을 것으로 보인다.

미련에 대장을 쓴 예는 수련에 대장을 쓴 것보다 훨씬 적게 발견된다. 이것은 율시의 장법이 미련에서는 전편의 시의를 마무리하면서 여운을 남기는 게 보통이어서 병렬식의 대장을 잘 쓰지 않기 때문이다. 당대 칠언율시에서 미련에 대장을 쓴 작품은 50수를 넘지 않을 것으로 추산되며, 그것도 유수대(流水對)를 쓴 경우가 많다.59)

이제 몇 가지 변격의 예를 실제 작품을 통해 살펴보기로 하자.

<u>玉樓銀榜枕嚴城.</u>　　옥 누각과 은 현판이 삼엄한 성궐을 베고 있고
<u>翠蓋紅旌列禁營.</u>　　비취빛 수레덮개와 붉은 깃발이 금군(禁軍)의 군영(軍

---

58) 朱承平, 앞의 책, p.141.

59) 초당의 응제시에서 '종초객체(宗楚客體)'라 하여 전수에 대장을 쓰는 양식이 유행하면서 약 20수 가량의 작품에서 미련에도 대장을 쓰고 있고, 두보가 칠언율시에서 대장을 적극적으로 사용하면서 미련에 대장을 쓴 작품 10여 수를 전하고 있는 외에, 특별히 미련에 대장을 즐겨 쓴 작가는 찾아볼 수 없다. 청 관세명(管世銘)이 "칠언율시에서 대장의 결련(結聯)은 …명대 사람들이 두보를 배운 것 중 가장 혐오스런 것(七律對結, …此是明人學杜最可厭處. ─《讀雪山房唐詩序例·論文雜言》)"이라고 평하고 있는 것으로 보아, 미련에서 대장을 쓰는 변격이 이후에도 없지는 않았으나 크게 환영받지 못했던 것 같다.

營)에 늘어섰네

<u>日映層巖圖畫色,</u>	해가 층층의 바위를 비추니 그림의 색채요
<u>風搖雜樹管弦聲.</u>	바람이 여러 나무를 흔드니 관현악 소리로다
<u>水邊重閣含飛動,</u>	물가의 겹겹 누각은 날아 움직일 듯한 모습을 띠었고
<u>雲裏孤峰類削成.</u>	구름 속 외로운 봉우리는 깎아 만든 듯하다
<u>幸睹八龍游閬苑,</u>	다행히도 여덟 용이 낭원에서 노니는 모습 보았으니
<u>無勞萬里訪蓬瀛.</u>	만리 밖 봉산(蓬山)과 영주(瀛洲)를 찾아 무엇하리

종초객(宗楚客), <봉화행안락공주산장응제(奉和幸安樂公主山莊應制)> ❀

* 밑줄 : 대장

위 시는 네 연에 모두 대장을 쓴 '전대격(全對格)'의 작품이다. 네 연에 모두 대장을 쓰기가 쉽지 않을 뿐더러, 각 연에 서로 다른 구법과 수사법을 구사하지 않으면 억지로 늘어놓은 듯한 느낌을 주기 때문에, 칠언율시에서는 '전대격'의 시가 가장 드물다. 그런데 이 시처럼 초당의 응제시에서는 '전대격'의 칠언율시를 여러 수 찾아볼 수 있다. 그것은 '화려한 나열'을 중시했던 응제시의 특성상 대장을 선호했기 때문으로 풀이된다.

다음으로 경련에만 대장이 쓰인 예를 보자.

去年長至在長安,	작년 하지(夏至)에는 장안(長安)에 있으면서
策杖曾簪獬豸冠.	지팡이 짚고 일찍이 해치관에 비녀를 꽂았었지
此歲長安逢至日,	올해는 장안에서 동지(冬至)를 맞아
下階遙想雪霜寒.	계단을 내려와 멀리 눈서리 찬 곳을 생각하네
<u>夢隨行伍朝天去,</u>	꿈에서는 대열을 따라 천자를 배알하러 떠나겠지만
<u>身寄窮荒報國難.</u>	몸은 궁벽하고 황량한 곳에 기탁해 나라에 보답하기 어려우리라
北望南郊消息斷,	북쪽에서 남쪽 교외를 바라보니 소식도 끊겨
江頭唯有淚闌干.	강가에서 오직 눈물만 줄줄 흘린다

융욱(戎昱), <적관신주동지일유회(謫官辰州冬至日有懷)> ❀

융욱은 건중(建中) 연간(780~783)에 장안의 어사대(御史臺)에 있다가 신주자사(辰州刺史)로 폄적(貶謫)되었는데, 이 시는 폄적지로 가기 전 동짓날을 맞아 지은 것으로서 경련에만 대장을 썼다. 전반부를 보면 수련의 '작년[去年]'과 함련의 '올해[此歲]'를 대비시키면서 '장안'을 반복해서 쓰는 등 고풍식(古風式)의 전개방식을 채택하고 있다. 그런 까닭에 함련에 대장을 쓰지 않고 수련의 시상을 이어받는 데 중점을 둔 것이다. 이렇게 함련에 대장을 쓰지 않은 칠언율시는 대개 수련과 함련이 긴밀하게 연결되는 경우가 많다.

다음으로 함련 대신 수련에 대장이 쓰인 예를 보기로 한다.

臘後冰生覆湓水,	납일(臘日) 뒤에 얼음이 얼어 분수(湓水)를 뒤덮었고
夜來雲暗失廬山.	밤이 와 구름 어두워져 여산(廬山)이 사라졌네
風飄細雪落如米,	바람 불어오니 가느다란 눈이 쌀처럼 내려
索索蕭蕭蘆葦間.	갈대 사이로 펄펄 사르르르
此地二年留我住,	이 곳은 두 해나 나를 머물러 살게 하였는데
今朝一酌送君還.	오늘 아침 한 잔 술로 그대 돌아가는 것 전송하네
相看漸老無過醉,	서로 바라보매 점점 늙어가니 과음하진 말게나
聚散窮通總是閑.	모이고 흩어지고 막히고 뚫리고는 언제나 별일 아니니

백거이, <남포세모대주송왕십오귀경(南浦歲暮對酒送王十五歸京)>

함련에 쓰여야 할 대장이 위치가 바뀌어 수련에 쓰인 '투춘격(偸春格)'으로 '환주대(換柱對)'라고도 부른다. 이 시는 크게 두 부분으로 구성되어 있는데, 전반부에서는 세모(歲暮)의 경물을 묘사하였고, 후반부에서는 경사(京師)로 돌아가는 왕십오(王十五)를 전송하는 심사를 피력하였다. 수련과 경련에 대장을 써 '대구(對句) - 산구(散句)'의 형식으로 전반부와 후반부의 구성이 통일됨으로써 마치 경물과 감정의 내용으로 1절씩 짜여져 있는 2절의 노래 같은 느낌을 받게 된다.

이상에서 살펴본 바와 같이, 칠언율시에서 변격의 대장을 구사할 때는 나름의 이유가 있음을 알 수 있다. 그러나 여러 작품을 검토해보면, 대장을 변칙적으로 운용한 예는 많이 발견되지 않는다. 그만큼 칠언율시에서 대장에 관한 규칙은 매우 엄격했다는 얘기가 될 것이다.

(2) 대장을 구성하는 시어의 종류

대장에서 서로 상대가 되어 쓰이는 시어에는 여러 가지 품사가 있을 수 있겠으나 명사를 중심으로 세분하는 것이 일반적이다. 왕력(王力)은 ≪한어시율학≫에서 다음과 같은 11가지로 대장을 구성하는 시어의 종류를 대별하고 있다.[60]

대분류	소분류	시어 예	대분류	소분류	시어 예
제1류	天文	天, 月, 風雨, 星…	제8류	方位	東, 中, 外, 前, 上…
	時令	年, 時, 春, 夕, 寒…		數目	一, 萬, 獨, 幾, 再…
제2류	地理	山, 水, 林, 城, 沙…		顏色	紅, 碧, 白, 綠, 靑…
	宮室	樓, 宮, 庭, 寺, 亭…		干支	甲, 丁, 庚, 巳, 戌…
제3류	器物	船, 鐘, 劍, 燭, 簾…	제9류	人名	생 략
	衣飾	衣, 冠, 帶, 杖, 扇…		地名	
제4류	飮食	酒, 藥, 丹, 蔬, 羹…	제10류	同義連用	格調, 賓客…
	文具	筆, 紙, 書, 琴, 簡…		反義連用	興亡, 高下…
	文學	詩, 經, 文, 圖, 歌…		連綿字	寂寞, 翡翠…
제5류	草木花果	柳, 桃, 蓮, 竹, 松…		重疊字	漫漫, 蕭蕭…
	鳥獸蟲魚	馬, 鶴, 燕, 猿, 蝶…	제11류	副詞	忽, 已, 欲, 空, 不…
제6류	形體	心, 骨, 眼, 聲, 髮…		連介詞	與, 共, 且, 還, 則…
	人事	名, 情, 遊, 愛, 夢…		助詞	也, 焉, 哉, 乎, 然…
제7류	人倫	弟, 友, 仙, 王, 僧…			
	代名	吾, 予, 君, 誰, 自…			

대장을 이루는 시어가 같은 부류에 속하면 공대(工對)라 하고, 그렇지 않으면 관대(寬對)라 한다. 그러나 위와 같은 분류가 절대적인 것은 아니고, 공대

---

60) 王力, 앞의 책, pp.153-156.

가 아니라는 이유만으로 작품성을 낮게 평가하는 예도 없다. 다만, 칠언율시
의 격률로 언급되는 여러 요소들이 그렇듯이 가급적이면 대장을 잘 갖추는
것이 바람직하다. 각각의 분류별로 대장을 구성한 예를 아래에서 살펴보자.

제 1류　天文：風竹自吟遙入馨, 雨花隨淚共沾巾. (劉長卿, <題靈祐和尙故居>)
　　　　時令：淸虛不共春池竟, 盥漱偏宜夏日長. (皇甫冉, <彭祖井>)
제 2류　地理：城隅淥水明秋日, 海上靑山隔暮雲. (李白, <別中都明府兄>)
　　　　宮室：吳苑夕陽明古堞, 越宮春草上高臺. (張籍, <送友人盧外士游吳越>)
제 3류　衣飾：羞將短髮還吹帽, 笑倩旁人爲正冠. (杜甫, <九日藍田崔氏莊>)
　　　　飮食：酒熟舖糟學漁父, 飯來開口似神鴉. (元稹, <放言五首> 其二)
제 4류　文具：墨池半在頹垣下, 書帶猶生蔓草中. (劉禹錫, <酬令狐留守…>)
　　　　文學：講易工夫尋已聖, 說詩門戶別來情. (王建, <別李贊侍御>)
제 5류　草木花果：松竹健來唯欠語, 蕙蘭衰去始多情. (吳融, <秋事>)
　　　　鳥獸蟲魚：立馬望雲秋塞靜, 射雕臨水晚天晴. (楊巨源, <和侯大夫…>)
제 6류　形體：心訝愁來惟貯火, 眼知別後自添花. (韓愈, <次鄧州界>)
　　　　人事：魚龍爵馬皆如夢, 風月煙花豈有情. (韋莊, <雜感>)
제 7류　人倫：梁氏夫妻爲寄客, 陸家兄弟是州民. (劉禹錫, <赴蘇州酬別樂天>)
　　　　代名：水能性淡爲吾友, 竹解心虛卽我師. (白居易, <池上竹下作>)
제 8류　數目：一行已作三年別, 兩處空傳七字詩. (張籍, <酬杭州白使君…>)
　　　　顔色：向夕便思靑瑣拜, 近年尋伴赤松游. (羅袞, <贈羅隱>)
제 9류　人名：賈生年少虛垂涕, 王粲春來更遠遊. (李商隱, <安定城樓>)
　　　　地名：蓼渚白波喧夏口, 柿園紅葉憶長安. (鄭谷, <舟行>)
제10류　連綿字：荒涼院宇無人到, 寂寞煙霞只自知. (薛逢, <社日游開元觀>)
　　　　重疊字：窗間寂寂燈猶在, 簾外蕭蕭雨未休. (李中, <海城秋夕…>)
제11류　副詞：志氣已曾明漢節, 功名猶自滯吳鉤. (溫庭筠, <贈蜀府將>)
　　　　連介詞：共知人事何常定, 且喜年華去復來. (張說, <幽州新歲作>)

　　이상에서 살펴본 예는 모두 같은 부류의 시어로만 대장을 구성한 공대에
해당한다. 그렇지만 실제로는 많은 작품에서 관대의 예를 찾아볼 수 있다.
대표적으로 '시(詩)'와 '술[酒]'은 각각 제4류 <문학(文學)>과 제3류 <음식(飮
食)>에 속하지만 습관적으로 함께 쓰인다.[61] 위의 표에서 제시한 시어의 예

는 왕력이 선별한 것에서 무작위로 5개씩 고른 것이다. 이 시어들이 각 작품에서 대장의 주축을 이루는 함련과 경련 두 연에서 사용된 비율을 통해 어떤 부류의 시어가 당대 칠언율시의 대장에서 자주 쓰였는지 알아보기로 하자.[62] 오언율시와의 비교를 위해 ≪당시별재(唐詩別裁)≫에 수록된 455수의 함련과 경련에 사용된 비율을 부기한다.

분 류		상대비율		분 류		상대비율		분 류		상대비율	
		칠율	오율			칠율	오율			칠율	오율
제1류	天文	13.9	17.8	제6류	形體	5.3	5.9	제3류	飮食	3.2	1.8
	時令	10.8	10.4		人事	4.4	3.0	제7류	代名	2.8	2.8
제2류	地理	10.6	17.2	제5류	草木花果	4.3	3.7	제4류	文具	2.6	1.5
	方位	9.6	6.7	제4류	文學	4.2	2.5	제7류	人倫	2.5	1.3
제8류	顔色	7.9	7.1	제5류	鳥獸蟲魚	3.8	3.4	제3류	衣飾	2.4	2.2
	數目	6.1	6.1	제2류	宮室	3.5	3.9		器物	2.0	2.7

제1류의 '천문(天文)'과 '시령(時令)'이 각각 전체의 13.9%와 10.8%를 차지해 당대 칠언율시에서 가장 흔히 사용되는 대장의 종류로 나타났고, 제2류의 '지리(地理)'와 제8류가 그 뒤를 이었다. 반면에 제3류와 제7류는 비교적 잘 쓰이지 않은 것으로 조사되었다. 오언율시에 쓰인 대장 종류의 비율과 비교해보면, 제1류의 '천문'과 '시령'이 최상위를 차지하는 등 전반적으로 대동소이한 순위를 보이는 가운데 제2류 '지리'의 비율이 칠언율시의 경우에 비해 상당히 높은 것이 눈에 띈다. 또 칠언율시 대장의 비율은 여러 종류에 고루 분포된 것과 달리, 오언율시는 제1류와 제2류 두 부류에서 49.3%로 절반 가까이를 차지하고 있음을 알 수 있다. 이것은 칠언율시가 오언율시보다 구당 글자수가 많은 까닭에 대장을 써야 하는 경우가 그만큼 늘어나 다양한 대장이 필요하기 때문으로 해석된다.

---

61) 당대 칠언율시 7,339수의 함련을 조사해본 결과 시어로 '詩'가 쓰인 작품은 186수였으며, 이 가운데 31수에서 '酒'가 대장을 이루는 시어로 쓰였다.

62) 총 11류 중에서 일반적으로 잘 쓰이지 않는 제8류의 '干支'와 제9류, 제10류, 제11류는 조사대상에서 제외하였다.

함께 쓰인 시어 중 소분류까지 같은 '천문'류의 시

그러면 대장으로 제일 많이 사용되는 제1류 '천문'에 속하는 시어인 '달[月]'이 어떤 시어와 대를 이루는지 고찰해보기로 하자. 이를 통해 우리는 당대 칠언율시의 대장에서 공대와 관대의 정도를 가늠할 수 있을 것이다. 당대 칠언율시 7,339수의 경련에서 시어로 '달'이 쓰인 것은 모두 580수였고, 여기서 '달'과 상대어로 쓰인 시어는 135종이었다.63) 이 가운데 386수의 작품에서 5회 이상 사용된 21종의 시어를 종류별로 정리해보면 다음의 표와 같다.64)

분 류			빈도	백분비	시　　　어	비　고 (오언율시)
(最) 工	제1류	天文	228	59.1	風(81), 雲(64), 霜(18), 煙(17), 霞(14), 天(11), 日(7), 露(6), 陽(5), 雨(5)	雲(14), 風(8) 星(7), 霜(5)
工	제1류	時令	48	12.4	春(25), 年(10), 秋(7), 時(6)	春(1), 秋(1)
中	제2류	地理	39	10.1	山(22), 泉(11), 塵(6)	山(3), 塵(3)
		宮室	0			樓(2)
寬	제3류	器物	6	18.4	鐘(6)	鐘(2)
	제5류	草木 花果	50		花(50)	花(3)
	제7류	人倫	6		僧(6)	心(3)
		代名	9		人(9)	人(1)

제1류 '천문'의 '달'과 함께 쓰인 시어 중 소분류까지 같은 '천문'류의 시

---

63) 위의 표에 제시되지 않은 나머지 시어들은 다음과 같다.
家, 歌, 澗, 江, 更, 卿, 坤, 空, 功, 光, 區, 衢, 軍, 筠, 妓, 機, 棋, 蘭, 嵐, 雷, 樓, 丹, 塘, 濤, 濤, 冬, 銅, 頭, 燈, 蓮, 簾, 龍, 流, 離, 林, 梅, 眠, 名, 蕪, 微, 般, 帆, 鳳, 蓬, 峰, 墳, 朋, 鼙, 沙, 蛇, 床, 書, 船, 仙, 蟬, 雪, 聲, 城, 星, 巢, 霄, 宵, 松, 水, 樹, 詩, 辰, 神, 心, 巖, 鶯, 夜, 筵, 吾, 玉, 盂, 猿, 園, 楡, 衣, 章, 田, 梯, 堤, 潮, 朝, 臊, 鳥, 酒, 珠, 舟, 竹, 竹, 津, 澄, 川, 晴, 淸, 樵, 草, 聰, 親, 枕, 苔, 波, 陂, 河, 寒, 海, 鄕, 香, 絃, 紅, 淮
(이상 가나다순)
64) 비고는 《당시별재》에 수록된 455수의 작품에서 '月'이 대장으로 쓰인 예를 조사한 것이다. '月'의 상대자로 쓰인 시어는 모두 43종 86자였다.

어는 81회로 가장 많이 사용된 '바람[風]'을 비롯하여 모두 10개가 228수에 사용되어 60%에 가까운 비율을 보였다. 역시 제1류에 속하는 '시령'까지 공대로 간주한다면 그 비율은 더 높아지게 될 것이다. '천문'과 유사한 부류인 제2류의 '지리'에서 3개의 시어가 5회 이상 사용되었으며, 같은 제2류라도 '궁실(宮室)'에서는 5회 이상 사용된 시어가 없었다. 관대라 할 기타 분류에서도 5회 이상 사용된 시어는 3개 분류에서 각각 1개밖에 발견되지 않았다. 이를 통해 보건대 관대라 하더라도 대장을 이루는 시어는 극히 제한적으로 사용되었음을 알 수 있다. 또 제5류 '초목화과(草木花果)'에 속하는 '꽃[花]'이 50회나 쓰여 '바람[風]'과 '구름[雲]'에 이어 세 번째로 많이 쓰인 시어로 나타났다. 결국 앞서 살펴본 '시·술'과 같이 공대가 아니더라도 시어의 성격상 잘 어울린다고 판단되는 시어는 종류의 일치여부와 관계없이 대장에서 자주 쓰였다는 것을 확인할 수 있다.

Ⅳ. 당대 칠언율시의 전개 :

이 장에서는 초당에 격률이 완성된 이후로 비약적인 발전을 거듭한 칠언율시의 전개과정을 고찰하고자 한다. 먼저 원명대(元明代) 연구자들의 언급을 통해 고전적인 관점을 알아보자. 고병(高棅 : 1350~1423)은 ≪당시품휘(唐詩品彙)·칠언율시서목(七言律詩敍目)≫에서 다음과 같이 말하고 있다.

당대 이전에 심군유(沈君攸)의 칠언 변려구는 이미 율체에 가까웠다. 당초에 비로소 이 체식(體式)을 오로지 하여 심전기(沈佺期)와 송지문(宋之問) 등이 정교함을 숭상하였다. 개원 초에는 소정(蘇頲)과 장열(張說)의 유파가 성하였으나 역시 군신들이 놀러 다니면서 창화한 작품이 많았다(正始). 성당의 작자는 비록 많지 않았지만 성조(聲調)가 가장 심원하고 품격이 가장 높았다. 최호(崔顥) 같은 이는 율격이 아순(雅純)하지 않았는데, 이백(李白)이 먼저 그의 <황학루(黃鶴樓)>를 치켜세워 후에 봉황대(鳳凰臺)에 이르러 모방작을 짓기도 하였다. 또 가지(賈至), 왕유(王維), 잠참(岑參) 등의 <조조대명궁(早朝大明宮)> 창화시(倡和詩)는 당시에 각기 절묘함을 다하였는데, 왕유의 여러 작품이 특히 다른 이보다 뛰어났다. 이기(李頎), 고적(高適)에 이르면 마땅히 더불어 함께 달려야지 선후를 논할 수는 없으니, 이 모두가 만세의 모범으로 삼기에 충분하다(正宗). 두보(杜甫) 칠언율시의 법식(法式)은 유독 제가와 다르고 작품 또한 많으니, 예컨대 <추흥(秋興)> 등의 작품은 전인들이 큰 구도에 웅혼하고 화려함을 담아 변변찮은 작가는 넘볼 수 없다고 평하였다(大家). 천보(天寶) 이후로 전기(錢起)와 유장경(劉長卿)이 한 시기에 나와 앞의 제가와 더불어 실로 보좌역을 맡았으며 품격 또한 근사하였고, 그들이 지은 작품의 양과 스스로 터득한 절묘함에 있어서는 간혹 능가하는 점도 있었다(羽翼). 중당(中唐) 이후로 작자가 점차 많아졌다. 위응물(韋應物), 황보백중(皇甫伯仲)과 대력십재자(大曆十才子) 등 여러 사람이 서로 뒤를 이어 나왔던 시인들로서 작품은 많았으나 기세는 간혹 미치지 못했다. 정원(貞元) 이후의 이익(李益), 권덕여(權德興), 양거원(楊巨源), 대숙륜(戴叔倫), 유우석(劉禹錫)의 무리들이 법식을 전하면서 다시 원화(元和) 연간에 성행하여 오히려 흥성 시절의 여러 사람을 계승할 수 있었다. 가도(賈島)와 요합(姚合)이 뒤에 나왔는데, 격식과 힘에서 아직 하나둘 취할 만한 것이 있었다(接武). 원화 이후로 율시의 체제가 누차 변하였는데, 이 사이에 훌륭히 일가를 이룬 사람들이 있어 모두 자신의 장기를 뽐냈다. 이상은(李商隱)이 영사시(詠史詩)에 능하고, 허혼(許渾)과 유창(劉滄)이 회고시(懷古詩)에 능한 것은 그 중 돋보이는 예이다. 지금 이상은의 <수궁(隋宮)>, <마외(馬嵬)>, <주필역(籌筆驛)>, <금슬(錦瑟)> 등의 작품을 보면 의경의 설정이 유심하고, 율격이 정밀하여 보통의 정서를 넘어서는 것이 있다. 허혼의 <능효대(凌歊臺)>, <낙양성(洛陽城)>, <여산(驪山)>, <금릉(金陵)> 등의 여러 작품과 더불어 유창의 <장주(長洲)>, <함양(咸陽)>, <업도(鄴都)> 등의 작품은 고금의 흥망성쇠, 강산의 옛 모습, 처량한 감개의 뜻이 담겨있어 읽어보면 일창삼탄이라 이를 만하다(正變). 당말(唐末)에는 작자만 많았다 뿐이지 격식과 힘에서 취할 만한 것이 없다(餘響·傍流).[1]

---

1) 高棅, ≪唐詩品彙·七言律詩敍目≫, pp.705～708, 「在唐以前, 沈君攸七言儷句, 已近律體. 唐初始專此體, 沈宋等精巧相尙. 開元初, 蘇張之流盛矣, 然而亦多君臣遊倖倡和之什. 盛唐作者, 雖不多而聲調最遠, 品格最高. 若崔顥律非雅純, 太白首推其黃鶴之作, 後至鳳凰而彷佛焉. 又如賈至王維岑參早朝倡和之什, 當時各極其妙, 王之衆作, 尤勝諸人. 至於李頎高適, 當與並驅, 未論先後, 是皆足爲萬世程法. 少陵七言律法, 獨異諸家, 而篇什亦盛, 如秋興等作, 前輩謂其大體渾雄富麗, 小家數不可劵髣耳. 天寶以還, 錢起劉長卿, 竝鳴于時, 與前諸家, 實相羽翼, 品格亦近似. 至其賦詠之多, 自得之妙, 或有過焉. 中唐來作者漸多. 如韋應物皇甫伯仲以及乎大曆才子諸人, 相與接跡而起者, 篇什雖盛而氣或不逮. 貞元後李益權德興楊巨源戴叔倫劉禹錫之流, 憲章祖述, 再盛於元和間, 尙可以繼盛時諸家. 賈島姚合後出, 格力猶有一二可取. 元和後, 律體屢變, 其間有卓然成家者, 皆自鳴所長. 若李商隱之長於詠史, 許渾劉滄之長於懷古, 此其著也. 今觀義山之<隋宮><馬嵬><籌筆驛><錦瑟>等篇, 其造意幽深, 律切精密, 有出常情之外者. 用晦之<凌歊臺><洛陽城><驪山><金陵>諸篇, 與乎蘊靈之<長洲><咸陽> <鄴都>等作, 其今古廢興, 山河陳跡, 凄凉感慨之意, 讀之可謂一唱而

고병의 ≪당시품휘≫는 5,769수의 당시를 체재별로 분류하여 초·성·중·만당의 네 시기로 나누어 실은 선집이다. 칠언율시로는 117인의 작품 454수를 싣고 있는데, 선정과 분류에서 몇 가지 문제점이 엿보인다. 첫째로, 초당에 나온 칠언율시는 130여 수에 불과하고 틀에 박힌 응제시가 주류를 이루었는데도 57수나 뽑은 것은 지나친 배려로 보인다. 둘째로, 두보를 대가라 하여 따로 독립시킨 것은 타당하다 하겠으나, 전기와 유장경을 우익(羽翼)으로, 이상은, 허혼, 유창을 정변(正變)으로 한데 묶은 것은 납득이 가지 않는다. 셋째로 중당 이후로 거명된 시인 중에 위응물(10수), 이익(7수), 권덕여(19수), 대숙륜(26수) 등은 비교적 칠언율시를 적게 창작한 사람들인데 오히려 이들을 비중 있게 다루고 있어 창작의 실제와 부합되지 않는다. 무엇보다도 가장 큰 약점은 시의 형태를 불문하고 성당을 당시의 정점에 둔 상태에서 초·중·만당을 각각 정시(正始), 접무(接武), 정변(正變)·여향(餘響) 등으로 획일화시킨 것으로서, 칠언율시의 대부분이 중·만당에 창작되었다는 사실과 큰 괴리가 있다.

다음으로 호응린(胡應麟 : 1551~1602)의 말을 들어보자. 그는 ≪시수(詩藪)·내편(內編)≫에서 다음과 같이 당대 칠언율시의 전개과정을 요약했다.

당대의 칠언율시는 두심언(杜審言)과 심전기(沈佺期)가 먼저 공교하고 정밀함을 만들어냈는데, 최호(崔顥)와 이백(李白)에 이르러 이따금씩 고시(古詩)의 기법이 섞였으니 한 차례의 변화다. 고적(高適), 잠참(岑參), 왕유(王維), 이기(李頎)에서 풍격이 크게 갖추어졌으니 또 한 차례의 변화다. 두보(杜甫)는 웅장하고 호탕하며 종횡으로 변화무쌍하였으니 또 한 차례의 변화다. 전기(錢起)와 유장경(劉長卿)이 조금씩 유창함을 더하면서 내려와 중당의 시가 되었으니 또 한 차례의 변화다. 대력십재자(大曆十才子)에 의해 중당의 체식이 갖추어졌으니 또 한 차례의 변화다. 백거이(白居易)는 재주에 자유분방함을 갖추었고, 유우석(劉禹錫)은 골력(骨力)이 강하고 억세서 중당과 만당 사이에 스스로 하나의 격식을 이루었으니 또 한 차례의 변화다. 장적(張籍)과 왕건(王建)은 화려한 시어들을 없애고 내

三歎矣. 唐末作者雖衆而格力無足取焉.」

용의 실제를 취하여 점차 만당으로 접어들었으니 또 한 차례의 변화다. 그 뒤로 온정균(溫庭筠)과 이상은(李商隱)이 다투어 전고(典故)를 짜 넣고, 설능(薛能)이 지나치게 잘라내고, 두목(杜牧)과 유창(劉滄)이 때때로 뒤틀리고 억센 시를 짓고, 위장(韋莊)과 나은(羅隱)이 순탄하고 평이한 쪽으로 힘써 나아가고, 피일휴(皮日休)와 육구몽(陸龜蒙)이 옛 사적으로 메우고, 정곡(鄭谷)과 두순학(杜荀鶴)이 저속한 것을 피하지 않는 등 변화가 또 모두 기록하기 어려울 정도였다. 율시의 체제가 갈수록 격이 낮아지면서 당(唐)의 운명도 역시 종말을 고했다.[2]

호응린의 '칠언율시 변화론'은 대체로 고병의 견해와 유사하나, 앞서 필자가 지적한 문제점들이 상당 부분 보완되었음을 알 수 있다. 초성당의 칠언율시를 과도하게 내세우지 않았고, 중당의 위응물, 이익, 권덕여, 대숙륜 등 칠언율시의 성과가 높지 않았던 시인들이 제외되었으며, 칠언율시 창작에 힘을 쏟았던 만당 시인들의 특징이 자세히 소개되었다. 그래도 몇 가지는 여전히 문제점으로 지적된다. 우선 고시(古詩)의 기법을 활용했다는 최호의 <황학루(黃鶴樓)>와 이백의 <등금릉봉황대(登金陵鳳凰臺)>는 심전기의 <용지편(龍池篇)>을 모방한 흔적을 분명하게 찾아볼 수 있고, 이들이 칠언율시를 거의 짓지 않은 시인에 속한다는 점을 감안할 때 이들을 변화의 분기로 간주하기 어렵다. 다음으로 전기·유장경과 대력십재자는 칠언율시의 풍격에 있어서 크게 다르지 않으므로 이들을 굳이 구분할 필요는 없다고 본다. 이 점은 고병의 설을 무비판적으로 답습한 결과라 할 것이다. 또 장적과 왕건은 악부시에 장기를 발휘한 시인들로서, 칠언율시는 ≪당시별재≫

---

2) 胡應麟, ≪詩藪·內編≫ 卷5, 「唐七言律自杜審言、沈佺期首創工密, 至崔顥、李白, 時出古意, 一變也. 高、岑、王、李, 風格大備, 又一變也. 杜陵雄深浩蕩, 超忽縱橫, 又一變也. 錢、劉稍加流暢, 降爲中唐, 又一變也. 大曆十才子, 中唐體備, 又一變也. 樂天才具泛瀾, 夢得骨力豪勁, 在中、晚間自爲一格, 又一變也. 張籍、王建, 略去葩藻, 求取情實, 漸入晚唐, 又一變也. 嗣後溫、李之競事組織, 薛能之過爲芟刊, 杜牧、劉滄之時作拗峭, 韋莊、羅隱之務趨條暢, 皮日休、陸龜蒙之塡塞古事, 鄭都官、杜荀鶴之不避俚俗, 變又難可悉紀. 律體愈趨愈下, 而唐祚亦告訖矣.」

를 비롯한 각종 선집에 한두 수가 선록된 정도이므로 변화의 분기로 삼기 곤란하다. 마지막으로 만당 칠언율시의 성과를 다각도로 조망하면서 모두 격이 낮아진 예로 보는 것은 편파적인 견해라 아니할 수 없다.

본서에서는 이러한 문제를 해결하기 위해, 가급적 개별 시인이 칠언율시의 창작을 통해 얻은 성과를 토대로 당대 칠언율시의 전개과정을 살펴보고자 한다. 필자는 칠언율시의 성과만을 놓고 볼 때 당대의 전기는 두보가, 후기는 이상은이 대표한다고 생각한다. 이러한 기본적 관점 위에서 이 두 시인의 칠언율시에 대해서는 따로 절(節)을 할애하여 자세히 살펴보고, 여타의 시인들은 창작에 영향을 미친 시대적 배경과 아울러 전통적인 당시의 분기인 사기설(四期說)에 입각하여 고찰할 것이다.[3]

1. 초당의 칠언율시

(1) 초당 말기의 문학환경과 궁정시의 성행

초당은 고조(高祖) 이연(李淵)에 의해 당이 건국된 A.D. 618년부터 예종(睿宗)이 현종(玄宗)에게 권좌를 넘기기 직전인 A.D. 711년까지의 90여 년을 말한다. 이를 다시 세분하면 태종(太宗)이 당의 기반을 튼튼히 다졌던 정관(貞觀)연간(627~649)을 중심으로 하는 시기를 전기로, 무후(武后)가 직간접적으로 정치의 일선에 나섰던 용삭(龍朔) 연간(661~663) 이후를 후기로 볼 수 있다. 또 후기는 고종(高宗) 재위기간(650~684)과 무후가 국호를 주(周)로 고치고 군주로 군림했던 기간(690~705)으로 나뉘어진다.[4] 오늘날까지 남아있는 초당의 칠언

---

3) 당시를 초·성·중·만의 4기로 구분하는 전통적인 방법에 대해 이견을 제기하는 연구자들도 없지 않으나, 필자는 당대 칠언율시의 변천과정을 이해하는 데 있어서 4기설을 따르는 것이 가장 무난하다고 본다.
4) 본서에서 말하는 초당 말기란 무후 집권 이후를 가리킨다.

율시 130여 수는 대부분이 무후 집권 이후의 시기에 창작되었다. 따라서 칠언율시의 창작배경을 알아보기 위해서는 이 시기의 문학환경을 더 자세히 고찰할 필요가 있다.

먼저 초당 말기 시단을 형성하였던 사람들에 대해 알아보기로 한다.

당대에 들어 과거(科擧)가 주요 관리선발제도로 확립되면서 무후 시기 이후로는 선발인원도 대폭 증가되었다. 태종 때에는 평균 4년에 한 번 과거가 시행되었고 제과(制科)의 명목도 극소수였는데, 무후 이후로는 평균 2년에 한 번 꼴로 횟수가 늘어났고 名目도 70여 종으로 다양해졌다. 시행횟수가 늘어남에 따라 선발인원이 많아졌음은 물론이다. 이를 표를 통해 보도록 하자.5)

시　　기	시행횟수 (회)	총선발 인원(명)	연평균선발 인원(명)
太宗 貞觀원년~高宗 永徽6년(627~655)	25	245	8.8
高宗 永徽6년~永淳2년 (655~683)	47	515	17.8
中宗 嗣聖원년~武后 長安4년(684~704)		452	21.5
中宗 神龍원년~睿宗 景雲원년(705~710)		274	45.7

이렇게 과거를 통해 정계에 진출하고 시단(詩壇)에 등장했던 사람들 중에는 한미(寒微)한 출신의 문사(文士)들이 적지 않았는데, 이들은 대체로 유가(儒家)의 윤리도덕이나 예악을 중시하는 전통적인 귀족들과 달리 재기 넘치는 시부(詩賦)나 시책(時策)으로 무장하고 있었다.6) 또 무후가 강력하고 잔혹한 전제정치를 펴나갔던 까닭에, 갓 정계에 입문한 이들은 현실을 풍자하고 비판하기보다는 권력자의 눈밖에 나는 행동을 삼가며 아첨과 아부에 익숙해지기 시작했다. 이 시기의 문학활동도 이러한 배경 하에서 다양성이 결핍된 채 궁정을 중심으로 이루어졌다.7) 한편, 고조 무덕(武德) 4년(621) 조정에 문인들

---

5) 杜曉勤, ≪初盛唐詩歌的文化闡釋≫, p.27의 내용을 토대로 한 것이다.
6) 杜曉勤, 위의 책, p.27.
7) 궁정을 중심으로 문학활동이 이루어진 것이 초당 말기만의 특이한 현상은 아니다. 당 건국 이후로 초당 말기까지 궁정을 벗어나 문학활동을 펼친 사람은 거

을 위해 설치한 순수문학기구인 수문관(修文館)이 무후 이후로도 계속 유지되어 문인들은 학사(學士)라는 명예로운 직함을 가지고 문학활동에 전념할 수 있었다.

무후와 중종 때에는 군신들이 유연(遊宴)을 자주 가졌다. ≪당시기사(唐詩紀事)≫ 권9 이적(李適) 조(條)에는 중종 경룡(景龍) 2년(708)에서 4년(710)까지 2년 동안 있었던 군신의 행차가 구체적으로 기록되어 있는데, 모두 41회에 달하고 있다. 이러한 수치는 당대 궁정시사(宮廷詩史)에서 어떠한 시기보다도 월등히 많은 것이다.8) 같은 책 권3에도 다음과 같이 눈여겨볼 만한 대목이 있다.

중종 정월 그믐날, 곤명지(昆明池)에 행차하여 시를 지었는데, 여러 신하가 응제한 것이 백여 편이었다. (중종은) 휘장 행궁 앞에 채색 누각을 짓고, 상관소용(上官昭容)에게 명하여 한 수를 뽑아 새로 펴내는 어제곡(御制曲)으로 삼으라 하였다. 따라온 신하들이 모두 그 아래에 모이니 금방 종이가 날리듯 떨어지고, 그들은 각기 이름을 찾아서 가져갔다. 올린 것 중에 오직 심전기(沈佺期)와 송지문(宋之問)의 두 시만이 내려오지 않았다. 다시 시간이 지나자 종이 한 장이 떨어져 내리기에 신하들이 다투어 가져다 보았더니 바로 심전기의 시였다. 그 평가를 들어보니 '두 시는 공력이 모두 필적하는데 심전기의 시는 마지막 구가 이러이러한데 시어의 기운이 이미 소진되었고, 송지문의 시는 이러이러한데 여전히 힘있게 올라간다고 하였다. 심전기가 이에 인정하고 다시 논쟁하지 않았다.9)

의 없었다. 여서성(余恕誠)의 통계에 따르면 초당에 나온 2,444수의 시 가운데 60%를 웃도는 1,523수가 궁정의 이모저모를 소재로 삼은 작품이라고 하니, 그 상황을 짐작할 수 있을 것이다(余恕誠, <初唐詩壇的建設與期待>, p.45). 다만, 초당 말기에는 무후와 중종 등의 군주들이 이전보다 문학을 더 애호했던 것이 사실이다.

8) 許總, 앞의 책, p.155.

9) 計有功, ≪唐詩紀事≫ 卷3, 「中宗正月晦日, 幸昆明池賦詩, 群臣應制百餘篇. 帳殿前結彩樓, 命昭容選一首爲新翻御制曲. 從臣悉集其下, 須臾紙落如飛, 各認其名而懷之. 旣進, 唯沈宋二詩不下. 又移時, 一紙飛墜, 競取而觀, 乃沈詩也. 及聞其評曰：二詩工力悉敵, 沈詩落句云, …蓋詞氣已竭；宋詩云, …猶陟健擧. 沈乃

위의 기록을 통해 알 수 있듯이, 이 무렵 궁정의 행차는 승경(勝景)을 감상하는 데 그치지 않고 바로 대규모의 작시(作詩) 경연으로 이어졌다. 신하들은 임금의 명에 따라 시를 지어 올렸고, 당시 중종의 총애를 받던 소용(昭容) 상관완아(上官婉兒)가 이를 품평하여 우수작을 발표했다. 상관완아는 '상관체(上官體)'를 유행시켰던 상관의(上官儀)의 손녀로서, ≪전당시≫에 32수의 시를 남긴10) 여류시인이기도 하였다. 그래서 그녀의 품평은 유희적인 수준에 머무르지 않고 시의 기세를 따지는 전문성도 보여주고 있는 것이며, 이러한 점은 궁정시의 예술적 수준을 높이는 데 도움을 주었을 것으로 보인다.11) 장열(張說)의 <당소용상관씨문집서(唐昭容上官氏文集序)>에는 이 무렵 궁정을 중심으로 이루어진 문학활동이 잘 정리되어 있다.

측천무후(則天武后) 구시(久視) 연간부터 중종 경룡 연간까지 십 수년간은 온 나라가 평안하여, 안으로는 도서부(圖書府)를 확충하고 밖으로는 수문관을 열어 뛰어난 사람들을 다 끌어 모으니, 재야에 버려진 재사(才士)가 없었다. 요직에 있는 사람들은 학문에 정진하는 것을 급선무로 삼았고, 대신들은 이렇다 할 글이 없으면 수치로 여겼다. 매양 궁관(宮觀)으로 나들이를 가거나 산천으로 행차하여, 흰 구름이 피어오르면 황제가 노래를 부르고, 황제의 비취깃발이 휘날리면 신하들은 시를 지었으니, 아송(雅頌)의 성대함이 하(夏)·은(殷)·주(周) 삼대와 풍조를 함께 했다.12)

초당 말기의 궁정시는 군주의 시에 화답하거나 명에 의해 시를 짓는 봉화응제시(奉和應制詩)가 주류를 이루었다. 더러 작품성을 따져 우수작을 가리

伏, 不敢復爭.」

10) ≪全唐詩≫ 卷5.

11) 葛曉音, <論初唐的女性專權及其對文學的影響>(≪詩國高潮與盛唐文化≫, 北京 : 北京大學出版社, 1998), p.57.

12) ≪全唐文≫ 卷225, 「自則天久視之後, 中宗景龍之際十數年間, 六合淸謐, 內峻圖書之府, 外闢修文之館, 搜英獵俊, 野無遺才. 右職以精學爲先, 大臣以無文爲恥. 每豫遊宮觀, 行幸河山, 白雲起而帝歌, 翠華飛而臣賦. 雅頌之盛, 與三代同風.」

기도 했지만, 대개는 작시의 속도를 중시해 가장 먼저 시를 지어 올리는 신하에게 상을 주고, 맨 마지막에 시를 완성한 신하에게는 벌주를 내리는 전통을 따랐다. 당초 이래로 궁정시는 오언율시와 오언배율을 위주로 창작되었기 때문에, 시인들은 대장을 써야 하는 중간 연을 어떻게 구성할 것인지 연마해두지 않으면 속도를 낼 수가 없었다. 이를 위해서는 흔히 시제(詩題)로 부과되는 제재와 관련된 창작모델을 미리 준비해두었다가 유사시에 활용하는 방법이 유효했다.[13] 무후가 성력(聖曆) 2년(699)에 장창종(張昌宗), 이교(李嶠) 등에 명하여 수찬(修撰)한 유서(類書) ≪삼교주영(三敎珠英)≫은 시인들이 대장을 구상하는 데 유용한 참고서였다. 이 책은 북제(北齊)의 ≪수문전어람(修文殿御覽)≫과 태종 때 나온 ≪문사박요(文思博要)≫를 수정 증보한 것으로, 궁정시의 대장을 정밀하게 꾸미는 데 기여한 바가 컸다.

(2) 초당 칠언율시의 특징

칠언율시에 근접한 칠언 8구체 작품은 초당 전기부터 나왔지만 극히 미미한 수준이었다. 초당의 대표적인 시인이면서 오언율시에서 혁혁한 성과를 거둔 초당사걸(初唐四傑)과 진자앙(陳子昻)[14] 등이 한 수의 칠언율시도 남기지 않고 있다는 점은 초당 말기 이전 시인들이 얼마나 칠언율시에 관심을 두지 않았는지를 대변해주는 사례라 할 수 있다.

궁정의 시단에서 본격적으로 칠언율시가 창작된 것은 무후 집권 후기였다. 여기에는 무후 자신의 역할이 매우 컸던 것으로 평가되는데, 그녀는 구

---

13) 許總, 앞의 책, p.156.
14) 초당사걸은 노조린(盧照隣)이 33수(6수), 낙빈왕(駱賓王)이 70수(24수), 왕발(王勃)이 31수(8수), 양형(楊炯)이 14수(14수)를 지어 도합 148수(52수)의 오언율시를 남겼고, 진자앙(陳子昻)은 31수(9수)의 오언율시를 남겼다(괄호 안은 점대의 규칙까지 부합하는 작품수, 王運熙·楊明, <寒山子詩歌的創作年代>, ≪中華文史論叢≫ 제16집, 上海 : 上海古籍出版社, 1980, pp.54-56 참고).

시 원년(700) 석종산(石淙山)을 유람하면서 스스로 칠언율시 한 수를 지었고, 이에 십여 명의 신하들이 역시 칠언율시로 화답하였다.[15] 이어 중종 경룡 연간(707~710)에는 당시의 대표적 궁정시인이었던 심전기 등에 의해 더욱 많은 작품이 창작되면서 칠언율시의 격률이 확고해졌다.[16] 이렇게 칠언율시가 궁정에서부터 유행한 원인을 살펴보면 크게 두 가지로 집약된다. 첫째로 율시는 연과 연의 관계가 고시에 비해 독립적인 성격을 띤다. 그러므로 읊고자 하는 소재에 대한 종합적인 구상이 없더라도 단편적인 내용을 공식화된 순서대로 연결시키면 시를 완성할 수 있기 때문에, 작시의 속도가 긴요한 응제시에 유용하다. 둘째로 칠언은 2-2-3의 리듬으로 이루어지므로 2-3의 리듬을 가지는 오언에 비해서 수식어를 넣을 수 있는 여유가 있다. 궁정의 응제시는 부여된 소재를 품위 있게 꾸미고 나열하는 것을 시작의 주요 목표로 삼았던 까닭에 수식적인 성분이 많이 가미되어야 했고, 더 많은 수식을 가하기 위해서는 오언보다 칠언이 유리했던 것이다.[17] 결국 연의 독립성과 칠언의 수식성이 결합된 칠언율시가 궁정시인의 요구에 부응했다고 할 수 있겠다.

칠언율시가 궁정을 중심으로 홍기한 까닭에 이 무렵 칠언율시를 창작한 시인들은 거의 수문관의 학사를 위시한 문학시신(文學侍臣)들로 국한되었다.[18] 경룡 2년(708)에 수문관의 학사로 있던 사람들을 기준으로 보면, 24명

---

15) 葛曉音, <論宮廷文人在初唐詩歌藝術發展中的作用>, 앞의 책, p.33. 王昶의 ≪金石萃編≫ 권64에 수록된 <夏日遊石淙詩碑>에는 무후의 시를 비롯한 칠언율시 17수가 수록되어 있다.

16) 高木正一, <景龍の宮廷詩壇と七言律詩の形成>(安炳國, ≪初唐四傑硏究≫, 서울대학교 박사학위논문, 1992, p.114에서 재인용) 호진형(胡震亨)이 ≪당음계첨(唐音癸籤)≫ 권10에서 "경룡 연간으로부터 비로소 칠언율시가 창시되었다(自景龍始創七律)."고 한 것도 운율의 완성에 주목한 견해라고 하겠다.

17) 청 황자운(黃子雲)은 ≪야홍시적(野鴻詩的)≫에서 「응제시는 금기시하는 것을 피하면서 정교하고 아름다운 것을 취하는 데 지나지 않는다(應制詩不徒避忌諱、取工麗而已也).」고 하였다.

18) 당시 군주의 연회에 배석하는 사람은 재상(宰相)과 학사(學士)로 제한되었다. ≪新唐書≫ 卷202, <文藝中>, 「天子饗會游豫, 唯宰相及學士得從.」

가운데 칠언율시를 창작하지 않은 사람은 유자현(劉子玄)을 비롯한 4명에 불과했다. 군주의 곁에서 문학으로 시종하는 것이 학사의 주된 임무였던 만큼, 이들의 칠언율시는 봉화응제의 테두리에서 벗어나지 못했다. 이들의 칠언율시 창작상황은 다음의 표와 같다.

직함	이름	칠언율시 작품수	봉화응제 작품수	직함	이름	칠언율시 작품수	봉화응제 작품수
대학사 (大學士)	李嶠	4	4	직학사 (直學士)	薛稷	2	2
	宗楚客	2	2		馬懷素	5	5
	趙彦昭	3	3		宋之問	4	3
	韋嗣立	1	1		武平一	2	2
학사 (學士)	李適	5	5		杜審言	3	2
	劉憲	4	4		沈佺期	16	14
	崔湜	1	1		閻朝隱	3	3
	鄭愔	2	2		韋安石	–	–
	盧藏用	2	2		徐堅	–	–
	李乂	5	5		韋元旦	5	5
	岑羲	2	2		徐彦伯	2	2
	劉子玄	–	–		劉允濟	–	–
합 계						73	69

위의 표에서 알 수 있듯이, 이들이 지은 칠언율시 73수는 초당에 나온 칠언율시 130여 수의 절반을 상회하고, 또 절대다수인 69수가 봉화응제의 작품이다. 이 학사 명단에 포함되지 않은 주요 시인으로 소정(蘇頲)과 장열(張說)이 있는데,[19] 이들은 각각 13수와 12수의 칠언율시를 창작하였으며, 그 중 10수 가까이가 역시 봉화응제시이다. 이처럼 이 시기의 칠언율시는 작자층이나 제재면에서 모두 폭이 좁았다. 게다가 백 수가 넘는 작품이 나왔다고는 하지만, 통상 한 차례의 유연(遊宴)에서 적게는 두세 수, 많게는 열

---

19) 이들도 경룡 2년을 전후로 수문관 학사를 지냈다. 경룡 2년 4月에 학사로 임명된 사람들을 열거하고 있는 ≪唐會要≫ 卷64의 기록에 빠져 있는 것으로 보아 이 무렵에는 다른 직책을 맡고 있었던 듯하다.

수가 넘는 칠언율시가 창작되어 실제로 창작대상이 되었던 소재는 그 수가
더 줄어든다. 일시에 많은 칠언율시가 나왔던 주요 소재들을 살펴보자.[20]

제　목	작품수	작　자
<奉和聖制夏日游石淙山>	14	李嶠, 狄仁杰, 閻朝隱, 張昌宗, 于季子, 張易之, 薛曜, 楊敬述, 武三思, 姚崇, 徐彦伯, 崔融, 蘇味道, 沈佺期
<奉和初春幸太平公主南莊應制>	9	蘇頲, 李嶠, 趙彦昭, 李乂, 韋嗣立, 邵昇, 李邕, 宋之問, 沈佺期
<奉和幸安樂公主山莊應制>	13	李適, 李乂, 蘇頲, 韋元旦, 劉憲, 李迥秀, 蕭至忠, 趙彦昭, 馬懷素, 宗楚客, 薛稷, 岑羲, 盧藏用
<奉和聖制春日幸望春宮應制>	12	蘇頲, 劉憲, 李適, 李乂, 沈佺期, 岑羲, 鄭愔, 崔日用, 張說, 馬懷素, 薛稷, 閻朝隱, 韋元旦
<興慶池侍宴應制>	10	蘇頲, 張說, 馬懷素, 蘇瓌, 沈佺期, 李乂, 武平一, 韋元旦, 劉憲, 徐彦伯
<人日侍宴大明宮恩賜彩縷人勝應制>	10	李嶠, 趙彦昭, 李適, 沈佺期, 蘇頲, 鄭愔, 李乂, 韋元旦, 馬懷素, 崔日用
<奉和聖制龍池篇>	10	盧懷愼, 裴漼, 崔日用, 張九齡, 姚崇, 蔡孚, 蘇頲, 姜晞, 姜皎, 沈佺期

　　위 일곱 개의 소재를 두고 무려 78수의 칠언율시가 창작되었으니, 이것만
해도 초당에 나온 칠언율시의 반을 넘는다. 오언율시가 이 때를 전후하여 왕
발(王勃)의 <두소부지임촉천(杜少府之任蜀川)>, 낙빈왕(駱賓王)의 <재옥영선(在
獄詠蟬)>, 두심언(杜審言)의 <등양양성(登襄陽城)>, 심전기의 <잡시(雜詩)> 등
가작이 속속 나오면서 소재를 넓혀간 것과 비교해보면, 칠언율시는 판이한
양상을 띠었다고 볼 수 있다. 작자층과 제재가 이렇듯 협소하다보니, 비록
50여 명의 작자가 있었다고는 하나 시인 나름의 뚜렷한 개성을 찾아보기도
어렵게 되었다. 명(明) 호응린(胡應麟)이 "초당에는 칠언율시가 없었다."[21]고

---

20) 安東俊六, <初唐詩の作者・作品に關する異說について>(福岡：九州大學中國
　　文學會, ≪中國文學論集≫ 제2호, 1971), p.4 참고.

다소 극단적인 말을 한 것은 이렇게 초당의 칠언율시가 여러 가지 면에서 편협했음을 지적하기 위한 표현으로 이해하면 될 듯하다.

봉화응제를 주축으로 하는 궁정시에는 일률적인 작법(作法)이 있었다. 스티븐 오웬(Stephen Owen)은 이를 '삼부식(三部式, tripartite form)'이라 불렀는데, 한 작품의 체제가 배경을 설정하는 도입부, 대장을 쓰는 중간부와 메시지를 전달하는 결말부로 이루어진다는 것이다. 중간부는 경우에 따라 확장이 가능하고, 결말부에는 개인적인 희망이나 감정, 재치 있는 생각, 관찰 등이 포함된다.22) 이러한 방식은 오언율시와 배율을 중심으로 발전해온 것이지만, 칠언율시로 이루어진 궁정시도 여기에서 크게 벗어나지 않았다. 일례로 이예(李乂)의 <'초봄 태평공주의 남쪽 산장에 행차하여'에 받들어 화답하여 명에 따라 지음[奉和初春幸太平公主南莊應制]>을 살펴보자.

平陽館外有仙家,　　　평양관 밖에 신선의 집이 있고
沁水園中好物華.　　　심수원에 경물이 훌륭하구나
地出東郊回日御,　　　땅은 동쪽 교외에 솟아올라 해 수레를 되돌리고
城臨南斗度雲車.　　　성은 남두에 임하여 구름마차 지나가네
風泉韻繞幽林竹,　　　바람과 샘물의 소리 그윽한 숲의 대나무를 두르고
雨霰光搖雜樹花.　　　비와 싸락눈의 광택 여러 나무의 꽃을 흔드네
已慶時來千億壽,　　　시절이 도래했으니 천억수를 누리시라 경하했지만
還言日暮九重賒.　　　해 저무니 구중궁궐이 멀다고 다시 말하네

이 시는 중종 경룡 3년(709) 태평공주(太平公主)의 저택에서 응제한 것이다.23) 수련의 평양관(平陽館)은 한무제(漢武帝)의 누이인 양신장공주(陽信長公主)

---

21) 胡應麟, ≪詩藪·內編≫ 卷4, 「初唐無七律.」

22) Stephen Owen, *The Poetry of the Early T'ang*, New Haven and London : Yale University Press, 1977, p.234.

23) 이 시의 제목 아래에 "경룡 3년 2월 11일"이라는 자주(自注)가 있으며, 이 때의 사실에 대해서는 송 계유공(計有功)의 ≪당시기사(唐詩紀事)≫ 권9 <李適條>를 참고할 수 있다. 태평공주는 고종과 무후 사이에서 태어났으며, 예종

를 아내로 맞았던 조수(曹壽)의 저택이니 태평공주의 남편 정왕(定王)을 지칭한 것이고, 심수원(沁水園)은 동한 명제(明帝)의 딸 심수공주(沁水公主)의 원림(園林)이니 태평공주를 지칭한 것이다. 이렇게 수련에서는 공주 부부의 저택과 원림을 나란히 묘사해 배경을 제시하는 도입부의 역할을 충실히 수행했다. 함련은 거경(巨景)을 묘사하면서 지대가 높음을 말했고, 경련은 세경(細景)을 묘사하면서 주변환경의 아름다움을 말했다. 이 중간 두 연의 주요 대장을 보면, 지리[地, 城] — 천문[日, 雲] — 천문[風, 雨] — 초목[竹, 花]으로 함련과 경련의 맥락을 이어나가고 있다. 한편, 함련에서는 2-2-3, 경련에서는 3-1-3의 형식을 써서 변화를 강구했음을 알 수 있다. 결말부는 궁정시 대부분의 작품에서 그러하듯이, 군주가 다시 궁궐로 돌아가는 내용을 기술하였다.

오웬(S. Owen)은 이 연회에서 같은 제목으로 시를 지었던 소정(蘇頲), 이교(李嶠), 소승(邵昇), 이옹(李邕), 송지문, 심전기 등의 시를 나란히 인용하면서 일정한 시어와 전고가 반복되어 쓰이고 있다고 지적하였다.24) 극히 제한된 소재에 대동소이한 시어를 구사한다면, 작자의 개성이 풍겨나는 작품이 나오기 어려우리라는 것은 자명한 이치다. 그래서 역대의 평자들은 초당의 응제 칠언율시에 대해서 일고의 가치도 없다는 태도를 보였다. 그러나 다수의 응제시가 창작되면서 부수적인 효과가 전혀 없었던 것은 아니다. 첫째로, 같은 소재를 두고 여러 시인이 작품을 내놓아 비교하는 과정에서 자연스럽게 음률의 해화 여부에 주의를 돌리게 되어 격률화가 촉진되었다. 위에서 예로 든 이예의 <봉화초춘행태평공주남장응제>는 칠언율시의 격률과 완벽하게 부합하는데, 이는 우연의 소치가 아니라 칠언율시라는 새로운 시형이 응제시를 거쳐 다듬어진 결과라 할 것이다.25) 둘째로, 응제시의 '삼부식' 구성에

을 옹립시키는 데 간여해 위세가 대단했다.

24) Stephen Owen, 앞의 책, p.264, 「The repetition of certain phrases and the repeated use of a limit number of allusions is evident. The first couplets of five of the poems set the scene with the mention of an imperial visit, many using the same phrases ; the other two poems begin with a general description of th scenery, trying it in some way to an "immortal"(royal) presence.」

서 작자가 능력과 재치를 발휘할 수 있는 부분은 도입부와 결말부보다는 대장을 쓰는 중간부에 있었던 까닭에 응제시인들의 관심사는 대장연(對仗聯)에 모아졌고, 이에 따라 대장의 기법에서 많은 발전을 보였다. 이예의 시를 살펴보면서 언급했듯이, 대장연 상호간의 변화와 통일에 시인들이 많은 공력을 들였던 것이다. 경물 묘사에서 원경과 근경으로 나눈다든가, 구식(句式)을 달리하여 단조로움을 피하는 것 등은 성당 이후의 칠언율시에서도 불문율처럼 지켜졌다. 초당의 응제 칠언율시가 여러 가지 면에서 한계가 있었던 것이 사실이나, 칠언율시가 정착되는 데 적잖이 기여했다고 보아야 할 것이다.

(3) 주요 작가와 작품

초당에는 약 50여 명의 시인들이 칠언율시를 남겼다. 앞서 살펴본 것처럼 무후 집권 이후 궁정의 문학이 칭송에서 오락으로 바뀌고, 궁정의 응제시도 오언시 일변도에서 칠언율시가 가미되면서 여러 작품이 나오게 되었다. 그러나 이 50여 명의 시인 가운데 가장 많은 작품을 남긴 심전기도 16수에 불과하고, 단 한 수만 전하고 있는 사람들이 절반을 넘어, 칠언율시의 작품세계를 논할 만한 작가는 많지 않다. 이런 이유로 여기서는 시인의 작품세계를 상세히 논하기보다는 칠언율시의 발전과정에 기여한 바가 큰 몇몇을 중심으로 그들이 칠언율시가 정착되고 발전하는 데 어떤 역할을 담당했는지 살펴볼 것이다.

---

25) 봉화응제시에는 강제의 측면이 있다는 데 주목해야 한다. 군주가 칠언율시의 형식으로 시를 지었다면 신하들은 칠언율시 창작에 자신이 있든 없든 칠언율시를 지어 화답해야 한다. 이렇게 창작된 응제시가 모두 낭송이 되었는지는 알 수 없으나, 가장 먼저 지었거나 내용이 훌륭하다고 하여 우수작으로 뽑힌 작품에 대해서는 낭송의 기회가 주어져 다른 작가들이 그 작품의 내용뿐만 아니라 음률까지도 확인했을 것으로 보인다. 이렇게 응제시는 강제의 측면에다 즉석에서 피드백(feedback)이 이루어지는 특성으로 인해 격률이 완성되는 시간을 단축하는 데 일조했을 것으로 판단된다.

1) 문장사우(文章四友)

　무후 집권 시기에 활발한 문학활동을 하였던 문장사우는 이교(李嶠), 소미도(蘇味道), 두심언(杜審言), 최융(崔融)의 네 사람을 말한다. 이들의 작품은 ≪전당시≫에 모두 286수가 전하고 있는데, 이 가운데 93%인 266수가 근체시이고, 격률에 부합하는 정도도 87%에 달해 70% 전후였던 초당사걸을 훨씬 능가하므로 근체시의 발전에 상당한 족적을 남겼다고 하겠다.[26] 칠언율시로는 이교가 4수, 두심언이 3수, 소미도와 최융이 각각 1수를 남기고 있다. 여기서 가장 주목해야 할 사람은 두심언이다. 그는 칠언율시가 궁정에서 성행하기 이전인 690년 무렵에 이미 완전히 격률에 부합하는 작품 <대포(大酺)>를 남겼고, <수세시연응제(守歲侍宴應制)> 역시 완전히 격률에 부합한다. <봄날 경사에서 감회가 있어[春日京中有懷]>는 격률에 부합되지 않는 곳이 있지만 궁정시의 틀을 벗어난 참신한 작품이다. 이 시를 감상해보기로 한다.

今年遊寓獨遊秦,　　올해엔 벼슬살이하며 홀로 장안(長安)에 머무니
愁思看春不當春.　　근심스런 생각에 봄을 봐도 봄을 감당할 수 없네
上林苑裏花徒發,　　상림원에는 꽃들이 괜스레 피어나고
細柳營前葉漫新.　　세류영 앞에는 잎들이 제멋대로 새로워졌네
公子南橋應盡興,　　공자는 남쪽 다리에서 응당 흥취를 다 하겠고
將軍西第幾留賓.　　장군은 서쪽 저택에서 몇 번 손님을 머무르게 할까?
寄語洛城風日道,　　낙양성의 바람 불고 해 뜨는 길에 말을 전하나니
明年春色倍還人.　　내년엔 봄빛을 곱절로 갚아다오

　무후는 장기간 낙양에 머무르다 장안 연간(701~703)에 한 번 장안으로 돌아온 적이 있었으므로, 당시 두심언이 무후를 따라 장안으로 가면서 이 시를 남긴 것 같다.[27] 이 시는 수련에서 '유(遊)'와 '춘(春)'이라는 시어를 반복 사

---

26) 許總, 앞의 책, p.282.
27) 두심언은 일찍이 낙양승(洛陽丞)을 지냈고, 후에는 선부원외랑(膳部員外郎)과 저작좌랑(著作佐郎)을 거치면서 오랜 기간 낙양에서 벼슬살이를 했다. 게다가

용하여 악부시와 같은 리듬감을 주었고, 함련과 경련에서는 '도(徒)', '만(漫)', '응(應)', '기(幾)'와 같은 허사를 자연스럽게 구사했다. 또 미련에서는 봄빛을 의인화하는 기발함을 통해 주제를 강하게 전달했다. 이에 대해 종성(鍾惺)은 "칠언율시의 결말을 짓는 법이 이렇듯 기민하면 늘어지는 병폐를 고칠 수 있다."고 평하고 있다.28) 칠언율시가 정착되기 위해서는 격률 못지 않게 좋은 내용을 담은 모범작이 필요했는데, 이 작품은 '삼부식'의 궁정시와 다른 방법으로 '낙양에 대한 그리움'이라는 개인적인 서정을 칠언율시로 잘 소화해냄으로써 이후의 칠언율시에 많은 영향을 주었다.

이교는 약관의 나이에 등제(登第)하여 무후 때 세 차례나 재상에 올랐던 인물이다. 오늘날 남아 있는 작품은 모두 209수로서 문장사우 중에서는 가장 분량이 많으며, 그 가운데 응제시가 43수를 차지한다.29) 그의 칠언율시는 <인일시연대명궁은사채루인승응제(人日侍宴大明宮恩賜彩縷人勝應制)>, <봉화초춘행태평공주남장응제(奉和初春幸太平公主南莊應制)>, <태평공주산정시연응제(太平公主山亭侍宴應制)>, <봉화성제하일유석종산(奉和聖制夏日游石淙山)>의 네 수로 모두 응제시이다. 이 가운데 <'초봄 태평공주의 남쪽 산장에 행차하여'에 받들어 화답하여 명에 따라 지음[奉和初春幸太平公主南莊應制]>을 감상해보자.

主家山第接雲開,	공주의 산장은 구름과 맞닿아 열려 있는데
天子春遊動地來.	천자의 봄나들이 땅을 뒤흔들며 오시네
羽騎參差花外轉,	우림군(羽林軍)의 기병 여기저기 꽃 밖에서 돌고
霓旌搖曳日邊回.	무지개 깃발 흔들흔들 해 가에서 맴도네
還將石溜調琴曲,	돌 사이 흐르는 물소리를 가져다 금곡을 타고
更取峰霞入酒杯.	다시 봉우리의 놀을 가져다 술잔에 넣네

그의 집 역시 낙양 서쪽의 공현(蛩縣)이어서 낙양에 대해 친근한 고향의 감정을 가지고 있었다(趙建莉, ≪初唐詩歌賞析≫, p.150).

28) 鍾惺・譚元春, ≪唐詩歸≫ 卷2, 「鍾云：七言律結法如此靈活者, 可救滯濫之苦.」

29) 柳晟俊, <初唐 李巨山 詩論攷>, p.159.

鸞輅已辭烏鵲渚,　　　난새 수레는 이미 까마귀와 까치의 물가 떠났는데
簫聲猶繞鳳皇臺.　　　피리소리는 아직도 봉황대를 감싸고 있네

이 시의 배경은 먼저 소개한 이예의 작품과 같다. 이 시가 다른 시인의 작품과 다른 점은 철저하게 군주를 중심으로 묘사하고 있다는 데 있다. 그것은 제2구의 '땅을 뒤흔들며 온다'라는 표현에서도 느낄 수 있고, 함련에서 '우림군(羽林軍)의 기병'과 '무지개 깃발' 등 군주의 권위를 상징하는 시어를 나란히 쓴 데서도 엿볼 수 있다. 경련은 흔히 공주가 사는 별장의 아름다운 경관을 묘사하는데, 이 시에서 공주가 군주를 접대하는 모습을 담아낸 점도 같은 맥락으로 볼 수 있다. 금(琴)으로 물소리를 탄다거나 놀을 술잔에 담아 '유하주(流霞酒)'를 빚는다는 시상도 재미있다. 전체적으로는 응제시의 틀에서 벗어나지 못했으나, 궁정시의 화려하고 섬세한 방향으로만 흐르지 않고 칠언율시 고유의 특징인 장중함을 얼마간 보여주고 있다는 점이 이채롭다.[30] 김성탄(金聖歎)은 이 시를 평하여 "후현(後賢)들이 초당 사람의 이와 같은 대작을 보지 못하여 율시에서는 더욱 착수할 바를 알지 못했다. 초당의 시를 어찌 읽지 않으랴!"[31] 하였으니, 역시 이 시의 장중한 맛을 높이 평가한 것이라 하겠다. 또 이교의 칠언율시는 이 작품을 비롯한 네 수 모두가 격률에 부합하고 있다는 점을 주목할 만하다.

소미도와 최융은 문장사우 중에서 비교적 일찍 세상을 떠(705~706년 사이) 칠언율시가 상대적으로 적은 듯하다. 소미도는 <숭산석종시연응제(嵩山石淙侍宴應制)>라는 작품 한 수만을 남겼는데, 자연스럽고 생동감있는 묘사를 통해 경쾌한 맛을 준 것으로 평가되고 있다.[32] 최융도 소미도와 같은 제목의

---

30) 서정상(徐定祥)은 이교의 칠언율시가 기상이 뛰어나고 시어가 아름다우면서도 격률이 엄정하여 번다하거나 섬세한 기교에 치우치지 않았다고 평가하였다(<李嶠與初盛唐詩歌的革新>, p.118).
31) 金聖歎, ≪貫華堂選批唐才子詩≫ 卷1, 「後賢不睹唐初人如此大篇, 便於律詩更不知所措手. 唐初詩可不讀哉!」
32) 許總, 앞의 책, p.278.

작품 한 수를 남겼다. 최융은 칠언율시 작품보다는 다음의 두 가지 점에서
언급할 필요가 있다. 첫째로 그는 <신정시체(新定詩體)>라 하여 대장의 기교
에 관한 글을 남겼다.[33] 오언시를 예로 들기는 하였으나, 상관의(上官儀) 이후
로도 대장에 대해서 심도 있는 연구가 진행되었다는 방증이라 하겠다. 둘째
로 그는 14구로 이루어진 칠언배율 <종군행(從軍行)>을 창작했다. 이 시의
대장이 공정하고 성률도 거의 완벽해 율시에서 배율로 발전해나가는 일반적
인 규율과 관련지어 생각할 때, 칠언율시의 틀은 최융이 세상을 뜬 706년 이
전에 정립되었을 것으로 추정할 수 있다.

2) 심전기와 송지문

흔히 심·송으로 병칭되는 심전기와 송지문은 태어난 해(656)와 과거에 급
제한 해(675)가 같을 뿐만 아니라 벼슬길에서의 부침(浮沈)도 비슷했다. 무엇
보다도 율시의 기틀을 확고히 하는 데 크게 기여하여, 일찍이 원진(元稹)은
"심전기와 송지문의 무리는 정밀함을 연구, 단련하고 성률(聲律)과 기세(氣勢)
를 적당하고 조화롭게 하여 그것을 율시라 불렀다."[34]라고 하면서 심전기와
송지문을 나란히 언급하였고, ≪신당서(新唐書)·문예전(文藝傳)≫에서도 "송
지문과 심전기에 이르러 또 아름다움을 더하고 성률의 병폐를 회피하였으며,
구수(句數)를 규정하고 편폭(篇幅)을 제한하니 비단에 수를 놓아 무늬를 이룬
듯하였다."[35]고 말하고 있다. 칠언율시에서는 양적으로나 질적으로 모두 심
전기가 앞선다. 호응린(胡應麟)은 특히 심전기가 '고상하고 화려한[高華]'한 면
에서 송지문보다 낫다고 평한 바 있다.[36]

---

33) 王夢鷗, ≪初唐詩學著述考≫, pp.81-103.

34) 元稹, <唐檢校工部員外郞杜君墓系銘>, 「沈宋之流, 硏練精切, 穩順聲勢, 謂之
　　爲律詩.」

35) ≪新唐書≫ 卷202, <文藝中>, 「及之問、沈佺期, 又加靡麗, 回忌聲病, 約句準
　　篇, 如錦繡成文.」

36) 胡應麟, ≪詩藪·內篇≫ 卷5, 「沈詹事七言律, 高華勝於宋員外.」 한편, Stephen
　　Owen은 심전기가 송지문에 비해 상상력이 풍부하고, 문체에 맞는 묘사를 적절

심전기는 모두 16수의 칠언율시를 남겼는데, 이 가운데 14수가 응제시다. 그가 궁정시단의 핵심인물로 활약했던 것을 감안하면 응제시가 많은 것은 당연하다고 보아야 할 것이다. 응제 칠언율시 중에서는 제2장에서 감상한 <흥경지시연응제(興慶池侍宴應制)>와 함께 다음의 <'봄날 망춘궁에 행차하여'에 받들어 화답하며 명에 따라 지음[奉和春日幸望春宮應制]>이 수작으로 꼽힌다.

芳郊綠野散春晴,	향기로운 교외 푸른 들에는 봄빛이 흩어지고
複道離宮煙霧生.	복도와 이궁에는 아지랑이 피어오르네
楊柳千條花欲綻,	버들가지 천 가닥 꽃은 봉오리 벌어지려 하고
蒲萄百丈蔓初縈.	포도나무 백 길 덩굴이 막 얽혀드네
林香酒氣元相入,	숲의 향기와 술기운은 원래 서로 섞여드는 법
鳥囀歌聲各自成.	새 울음과 노랫소리가 각기 퍼져나네
定是風光牽宿醉,	바야흐로 이 경치가 숙취로 이끌어가니
來晨復得幸昆明.	내일 아침에는 다시 곤명지로 행차하겠네

이 시가 언제 창작되었는지는 정확히 알려져 있지 않으나 내용으로 보아 경룡 연간일 것으로 추정된다. 전체적인 구도는 궁정시의 '삼부식'에서 크게 벗어나지 않았다. 그러나 제8구의 상투적인 수법을 제외한 나머지 구에서는 자연경물에 대한 세밀한 관찰과 작자 자신의 유쾌한 마음 상태가 잘 드러나 있다.[37] 장법(章法)을 보더라도 제7구의 '경치[風光]'가 위의 여섯 구를 잘 수습하고 있을 뿐만 아니라, '숙취(宿醉)'로써 경련의 시상을 이어받고 '곤명지[昆明]'로써 다시 제목의 '망춘궁(望春宮)'으로 귀결되었다. 심전기는 이렇게 응제시이면서도 가벼운 필치를 통해 전아함에 치우치지 않고 유창한 느낌을

히 구사했다고 평하였다(앞의 책, p.341, 「Of the two, Sung had the more complicated intellect ; he was a wit and a master of courtly rhetoric whose genius was less at ease within the rules. Shen had a richer imagination, greater stylistic control and powers of description, and was ultimately a better poet than Sung Chih-wen.」).
37) 許總, 앞의 책, p.303.

주는 칠언율시를 잘 지었는데, 이는 성당 칠언율시의 토양이 형성되는 데 도움을 준 것으로 평가된다.

역시 응제시이면서 악부체(樂府體)의 자연스런 구법(句法)을 혼용해 새로운 맛을 느낄 수 있는 <용지편[龍池篇]>을 감상해보도록 하자.

龍池躍龍龍已飛,	용지에서 뛰놀던 용 그 용은 이미 날아가고
龍德先天天不違.	용의 덕으로 하늘의 뜻을 먼저 아니 하늘도 어김없었네
池開天漢分黃道,	연못이 은하수를 열어 황도(黃道)를 나누니
龍向天門入紫微.	용은 하늘의 문을 향해 자미성좌(紫微星座)로 들어왔네
邸第樓臺多氣色,	저택의 누대에는 기운과 색채가 많고
君王鳧雁有光輝.	군왕의 오리와 기러기엔 빛이 감도네
爲報寰中百川水,	천하의 온갖 냇물에 알리나니
來朝此地莫東歸.	이 땅에 와 조회하고 동쪽으로 돌아가지 말지라

≪당회요(唐會要)≫ 권22에 따르면 현종 개원 2년(714)에 용지에 제사를 지내고 신하들이 시를 지어 올린 것을 태상시(太常寺)가 음률에 맞는 10편을 골라 <용지편악장(龍池篇樂章)>으로 만들었다고 한다.[38] 이 시도 당시에 신하들이 올린 작품 가운데 하나였다. 이 시에서 가장 눈에 띄는 특징은 '용(龍)'자를 5회, '천(天)'자를 4회, '지(池)'자를 2회 사용하는 등 시어를 중복해서 썼다는 점이다. 시어의 중복을 회피하는 율시의 일반적인 규율을 벗어나, 가행체(歌行體)의 청신(淸新)한 구법을 통해 음악미를 가미하였다. 이러한 수법은 이후에 최호(崔顥)의 <황학루(黃鶴樓)>와 이백(李白)의 <등금릉봉황대(登金陵鳳凰臺)>에 절대적인 영향을 주었다. 시의 내용은 새로이 제위에 오른 현종을 찬미하는 본래의 목적에서 벗어나지 않고 있으며, 특히 미련에서는 '냇물이 동쪽 바다로 흐르는 정해진 길을 따르지 않고 현종의 연못으로 모인다'는

---

38) ≪唐會要≫ 卷22, 「開元二年閏二月詔, 令祠龍池. 六月四日, 右拾遺蔡孚獻龍池篇, 集王公卿士以下一百三十篇. 太常寺考其詞合音律者, 爲龍池篇樂章, 共錄十首.」

웅장한 구상을 통해 기백을 보여주기도 하였다.

칠언율시에서 심전기가 거둔 또 하나의 성과는 악부시의 전통을 칠언율시에 계승하여 궁정시의 한계를 뛰어넘은 작품을 창작하였다는 것이다. 두심언의 <춘일경중유회(春日京中有懷)>를 뒤잇는 비응제시 계통의 작품으로 <고의정보궐교지지(古意呈補闕喬知之)>와 <요동두원외심언과령(遼同杜員外審言過嶺)> 두 수가 있는데, 먼저 악부제(樂府題)인 <독불견(獨不見)>으로도 널리 알려져 있는 <옛 뜻을 담아 보궐인 교지지에게 드림[古意呈補闕喬知之]>을 감상해보자.

盧家少婦鬱金堂,	노씨네 젊은 아낙 울금으로 바른 집에 있는데
海燕雙栖玳瑁梁.	제비는 쌍쌍이 대모로 장식한 대들보에 깃들인다
九月寒砧催木葉,	구월의 차가운 다듬잇돌 소리 나뭇잎 떨어지길 재촉하고
十年征戍憶遼陽.	십 년 동안 수자리 나가있는 요양이 떠오른다
白狼河北音書斷,	백랑하 북쪽에선 소식 끊기었고
丹鳳城南秋夜長.	단봉성 남쪽에선 가을밤이 길다
誰爲含愁獨不見,	홀로 보지 못하는 누구 때문에 근심을 품고 있나?
更敎明月照流黃.	다시금 밝은 달이 노란 명주를 비추는데

이 시는 심전기가 부녀자의 말투를 빌어 교지지(喬知之 : ?~697)에게 보낸 것이다. 교지지가 보궐의 벼슬에 있던 것은 무후 수공(垂拱) 2년(686)이므로, 이 시가 창작된 시점도 대략 이 무렵으로 보인다. 이 시의 서정적 자아는 먼 곳에서 수자리를 살며 십 년이 넘도록 돌아오지 못하는 남편을 그리워하는 아낙네다. 수련은 비흥(比興)의 수법을 통해 홀로 있는 아낙네와 쌍쌍이 깃들이는 제비를 대비시켜 주제를 내비쳤고, 함련과 경련에서 단절된 공간을 반복적으로 제시하여 정감의 깊이를 더했다. 가운데 두 연은 꾸밈없이 자연스런 시구로 채워졌지만, 장안-요양, 요양-장안으로 연결되는 a-b, b'-a'식의 고리를 통해 시상의 연결을 꾀한 기교가 가미되었다. 미련에서는 자신의 '다정(多情)'을 자책하는 가벼운 원망을 담아 작품을 마무리하였다. 수련에서 사용

한 비흥의 수법, 함련의 졸박한 대장과 제7구의 '독불견(獨不見)'[39]과 같은 시어로 인해 이 시에서는 악부의 정취가 강하게 느껴진다.[40] 이는 궁정의 응제시는 물론 일반적인 칠언율시와도 풍격이 전혀 다른 것이다. 그래서 호진형(胡震亨)은 "육조 악부의 변성(變聲)으로서 율시의 정격이 아니다."[41]라 하였고, 풍반(馮班)은 "율시로 볼 수 없다."[42]고까지 말하고 있다. 그러나 이 시는 점대의 규칙을 완벽하게 지키고 있고, 경련에서는 상당히 공정한 대장을 구사하고 있으므로, 율시로 간주하는 것이 옳을 듯하다. 또한 응제시 일변도였던 초당 말기의 칠언율시 창작환경을 감안한다면, 이만큼 개성적인 작품이 나온 데 대해서도 응당 그 가치를 인정해주어야 할 것이다.

마지막으로 <멀리 원외랑 두심언이 대유령을 넘는 것에 화답하여[遙同杜員外審言過嶺]>를 감상하기로 한다.

天長地闊嶺頭分,	하늘은 길고 땅은 광활한데 고갯마루로 나뉘니
去國離家見白雲.	경성(京城)을 떠나고 집과 헤어져 흰 구름을 본답니다
洛浦風光何所似,	낙수가의 풍경과 무엇이 같겠습니까?
崇山瘴癘不堪聞.	숭산의 염병 얘기는 차마 듣지도 못합니다
南浮漲海人何處,	남쪽으로 창해에 떠다니니 사람은 어디 있을까요?
北望衡陽雁幾群.	북쪽으로 형양을 바라보면 기러기 몇 무리던가요?
兩地江山萬餘里,	두 곳의 강산은 만여 리나 되니
何時重謁聖明君.	언제나 다시 성명한 임금님을 배알하게 될까요?

두심언과 심전기는 모두 신룡(神龍) 원년(705) 영남(嶺南)으로 유배되었는데, 이 시는 두심언이 먼저 대유령(大庾嶺)을 지나 봉주(峰州 : 지금의 베트남 지역)로 가던 도중에 써 보낸 시에 화답한 작품으로 추정된다.[43] 심전기는 이 시에서

---

39) '獨不見'의 평측은 모두 측성으로서 하삼측(下三仄)이 되니, 이는 율시에서 금기시하는 것이다. 이를 제외하면 이 시는 모두 율시의 평측격식에 부합한다.
40) 이 시는 곽무천의 《악부시집》 권75 잡곡가사(雜曲歌辭)에 실려있기도 하다.
41) 胡震亨, 《唐音癸籤》 卷10, 「六朝樂府變聲, 非律詩正格也.」
42) 馮班, 《虞山二馮先生才調集閱本》, 「此是樂府, 不可作律詩.」

두심언의 시를 접하고 유배지로 떠나는 발걸음이 더 무거워진 근심을 잘 묘사했는데, 응제시에서와 같은 판에 박힌 전고가 없고 세세한 경물묘사도 생략되어 있는 점이 특징적이다. 그 때문에 폄적으로 인해 먼길을 떠나야 하는 상황에서 우러나온 진솔한 감정을 담은 매 구절들이 '멀리서 화답하는[遙同]' 시제의 취지와 잘 들어맞는다. 다만 미련의 표현이 너무 직설적이어서 함축적인 맛이 없는 점44)과 세 구에 '하(何)'자가 중복되어 쓰인 것은 흠으로 지적된다. 이 작품 역시 응제시의 테두리에서 벗어나 개인적인 서정을 칠언율시에 담아냈다는 점에서 개척의 공로가 있다고 평가된다.45)

이제 송지문(宋之問)의 칠언율시를 살펴보기로 하자. 그의 칠언율시는 모두 네 수가 전하고 있는데, 그 가운데 세 수가 응제시이고 <봉화춘초행태평공주남장응제(奉和春初幸太平公主南莊應制)> 한 수만이 격률에 부합하여, 칠언율시의 성과만 가지고 본다면 '심·송'이라는 병칭에 어울리지 않는 것이 사실이다. 그의 칠언율시 중에서 먼저 <삼양궁에서 연회를 모시며 명에 따라 지음 — '유(幽)'자를 운으로[三陽宮侍宴應制得幽字]>를 보기로 한다.

離宮秘苑勝瀛洲,	별궁과 비원은 영주산보다 뛰어나
別有仙人洞壑幽.	달리 신선의 깊은 동굴이 그윽이 있는 듯하네
崖邊樹色含風冷,	기슭가의 나무 빛은 바람을 머금어 차갑고
石上泉聲帶雨秋.	돌 위의 샘물소리 비를 띠어 가을이로다
鳥向歌筵來度曲,	새가 노래하는 연회석으로 날아와 곡조를 뽑고
雲依帳殿結爲樓.	구름이 장막 친 행궁 주위에 모여 누각을 이루네
微臣昔忝方明御,	미천한 신하는 예전에도 방명46)의 수레몰이에 부끄러웠는데
今日還陪八駿遊.	오늘은 다시 팔준마를 타고 노니는 일에 모시게 되었네

---

43) 趙建莉, 앞의 책, p.114.

44) 葉義昂, 《唐詩直解》, 「前六句字字是'遙同', 却不明說, 第七句明說反淺.」

45) 尙定, 《走向盛唐》, p.225, 「將此詩與沈佺期早年的宮廷之作相比較, 藝術上的進步自是不可同日而語的.」

46) 방명(方明)은 《장자(莊子)》에 나오는 인물로 황제(黃帝)의 수레를 모는 마부다. 《莊子·徐無鬼》, 「黃帝將見大隗乎具茨之山, 方明爲御.」 여기서는 제왕을 시종하는 신하의 의미로 쓰였다.

이 시는 구시(久視) 원년(700) 숭산(崇山)의 석종(石淙)에 신축한 삼양궁(三陽宮)에서 지은 것이다.47) 수련에서는 응제시에서 늘 그러하듯이 행차한 곳을 선경(仙境)에 빗대어 표현하였고, 미련에서 신선세계와 가까운 인물들인 황제(黃帝)와 주(周) 목왕(穆王)48)을 언급하여 수미를 호응시키고 있다. 이 시의 특징은 무엇보다도 대장연의 세밀한 경물묘사를 통해 가볍고 화사한 느낌을 준다는 데 있다. 대개의 응제시가 경물을 묘사하면서도 군주와 관련이 있어야 한다는 강박관념으로 인해 부자연스럽고 상투적인 표현들49)이 곧잘 등장하는 것과 비교해보면 이 시는 새롭다고 할 만하다.

응제시가 아닌 작품인 <조원외의 '계양교에서 가인을 만나고'에 화답하여[和趙員外桂陽橋遇佳人]>를 보자.

江雨朝飛浥細塵,	강의 빗줄기가 아침에 날려 미세한 먼지를 씻었는데
陽橋花柳不勝春.	계양교(桂陽橋)의 꽃과 버들은 봄을 이기지 못하네
金鞍白馬來從趙,	황금안장을 얹은 백마는 조(趙) 땅에서 왔고
玉面紅妝本姓秦.	옥 같은 얼굴에 붉게 화장한 이는 본래 성이 진씨라네
妬女猶憐鏡中髮,	투녀50)조차도 거울 속의 머리카락을 사랑하고
侍兒堪感路傍人.	계집종은 길가의 한량을 감동시킬 만하다

---

47) 이 시의 창작시점은 정확히 알려져 있지 않다. 여기서는 담우학(譚優學)이 ≪구당서(舊唐書)·기(紀)≫의 기록을 토대로 구시(久視) 원년(700)이나 대족(大足) 원년(701)일 것이라고 한 주장을 따르기로 한다(≪唐詩人行年考≫, p.9).

48) 무후는 제위에 오른 뒤에 국호를 '주(周)'로 고쳤다. 이 시의 결미에서 팔준마(八駿馬)의 주인인 '주' 목왕(穆王)을 언급하고 있는 것을 보면, 응제시에서는 전고 하나를 쓸 때도 세심한 주의를 기울였음을 알게 된다.

49) 예컨대 소괴(蘇瑰)의 <興慶池侍宴應制>의 함련에서 「길조의 봉황이 날아와 임금의 가마를 따르고, 상서로운 물고기가 나와 놀며 군왕의 배로 뛴다[瑞鳳飛來隨帝輦, 祥魚出戲躍王舟].」라고 한 것이라든가, 소승(邵昇)의 <奉和初春幸太平公主南莊應制> 頸聯에서 「꽃이 가마를 머금고 허공 사이에서 나오고, 나무가 장막 행궁(行宮)과 섞여 그림 속에서 다닌다[花含步輦空間出, 樹雜帷宮畫裏行].」라고 한 것 등이 그러하다.

50) 투녀(妬女)는 개지추(介之推)의 누이동생으로 곱게 단장한 여인들이 지나가면 비를 뿌리며 시샘했다고 전해진다.

蕩舟爲樂非吾事,　　뱃놀이하면서 즐기는 것은 내 일이 아니니
自嘆空閨夢寐頻.　　빈 규방에서 꿈꾸는 일 잦은 것 스스로 탄식하네

이 시는 남녀간의 애정을 소재로 하여 남조의 궁체시와 같은 분위기를 느끼게 한다. 비교적 통속적인 내용을 담고 있어 작품성을 논하기에 부족하지만, 이제까지 살펴본 칠언율시와는 분명히 다른 풍격을 지니고 있다는 점은 특기할 만하다. 조겸(趙謙)은 송지문이 칠언율시에서 다채로운 풍격을 창조한 공이 있다고 평하면서, 이 시의 '완려명수(婉麗明秀)'한 풍격이 중만당(中晚唐)의 칠언율시에 많은 영향을 주었다고 하였다.[51]

3) 소정(蘇頲)과 장열(張說)

'연허대수필(燕許大手筆)'이라고 불렸던 소정(670~727)과 장열(667~730)은 흔히 성당의 시인으로 분류되는 사람들이다.[52] 그것은 이들의 생애 전체를 보았을 때, 성당의 시발점이라 할 수 있는 개원 연간(713~741)에 재상이 되어 시단에도 많은 영향을 주었기 때문일 것이다. 그러나 칠언율시 창작에 국한하여 보면, 소정의 작품은 오히려 개원 연간 이전의 궁정시단에서 활약했을 당시의 응제시가 많고, 장열 역시 초당 말기 궁정시의 여풍(餘風)을 간직하고 있었다.[53] 따라서 칠언율시사적인 측면에서 논한다면 이들은 성당보다는 초당에 붙여 언급하는 것이 합리적이다.

---

51) 趙謙, ≪唐七律藝術史≫, p.22.
52) 金學主의 ≪中國文學史≫, 喬象鍾·陳鐵民의 ≪唐代文學史≫, 楊世明의 ≪唐詩史≫ 등에서 모두 성당 시인으로 분류하여 논급하고 있다.
53) 흔히 '이장(二張)'이라 하여 장열과 장구령(678~740)을 병칭하는데, 장열은 무후 천수 원년(690)에 과거에 급제하여 중종 재위 시에 수문관의 학사를 역임하였던 반면, 장구령은 무후 장안 2년(702)에야 과거에 급제하고 이듬해에는 영남으로 유배되어 중종 신룡 3년(707)에 비서성(秘書省) 교서랑(校書郎)으로 발탁되었다. 장열이 12수의 칠언율시를 남긴 데 비해 장구령은 2수의 칠언율시만 남긴 것을 보면 칠언율시의 창작량에 있어서 초당 말기의 궁정시단 참여 여부가 매우 중요함을 알 수 있다.

소정은 약관의 나이에 진사에 급제하여 신룡(神龍) 연간(705~707)에는 수문관 학사로 활동하였다. 그는 모두 13수의 칠언율시를 남겼으며, 그 중에 응제시가 7수를 차지하고 있다. 허학이(許學夷)는 "소정의 칠언율시는 심전기에 비하면 매우 유창하기는 하나, 엄정하고 웅장함은 그에 미치지 못한다."[54]고 하였는데, 이러한 특징이 잘 나타나는 작품으로 능굉헌(凌宏憲), 주경(周敬) 등이 응제시 가운데 가장 뛰어난 작품이라고 평했던 <'봄날 망춘궁에 행차하여'에 받들어 화답하여 명에 따라 지음[奉和春日幸望春宮應制]>이 있다.[55]

東望望春春可憐,	동쪽으로 망춘궁을 바라보니 봄이 아름다운데
更逢晴日柳含煙.	다시 맑은 날을 만나니 버들도 아지랑이를 머금었네
宮中下見南山盡,	궁궐에서는 아래로 남산이 끝까지 보이고
城上平臨北斗懸.	성 위는 걸려있는 북두성과 나란히 맞닿네
細草偏承回輦處,	가는 풀이 홀로 수레 되돌리는 곳의 은총을 입었고
飛花故落舞筵前.	날리는 꽃도 일부러 춤추는 연회석 앞으로 떨어지네
宸遊對此歡無極,	황제의 나들이에 이를 대하니 즐겁기 그지없는데
鳥哢聲聲入管弦.	새들 지저귀는 소리마다 관현악으로 들어오네

망춘궁(望春宮)은 장안성 동쪽으로 9리 되는 곳에 자리를 잡아 산수(滻水)에 접해 있었는데, 이 시는 망춘궁에 행차하여 봄 경치를 감상하며 응제한 작품이다. 파제(破題)를 위한 제1구에서 '망(望)'자와 '춘(春)'자를 잇달아 쓰고 있어, 앞서 살펴본 심전기의 <용지편(龍池篇)>을 연상시킨다. 행차하는 장소를 묘사하는 것이 일반적인 응제시 수련의 격식을 따르면서, 한편으로 첩자의 수사법을 통해 봄의 정취를 더욱 강조하는 기교를 보였다. 함련과 경련에서는 원경과 근경으로 나누어 경물을 묘사하였고, 미련에서는 응제시로는 특이하게 다시 행차로 인해 봄날의 즐거움을 만끽하는 내용으로 마무리하였다.

---

54) 許學夷, ≪詩源辯體≫ 卷13,「蘇頲七言律較雲卿雖甚流暢, 而整栗雄偉弗如.」
55) 凌宏憲, ≪唐詩廣選≫ ; 周敬, ≪唐詩選脈會通評林≫(陳伯海 主編, ≪唐詩彙評≫, p.140에서 재인용)

허학이가 말한 ‘유창함’은 함련과 미련에서 두드러지게 나타난다. 함련은 평이한 시어로 망춘궁이 높은 곳에 자리잡고 있음을 잘 형상화했고, 미련은 악기의 반주에 맞추어 노래하는 새들을 등장시켜 자연스럽게 밝고 명랑한 분위기를 고조시키면서 여운을 추구하였다.56) 범대사(范大士)는 “소정의 칠언율시는 대개가 응제시로서 금빛으로 새겨넣고 색채를 뒤섞어 청진(淸眞)함이 지극히 적다.”57)고 평하였는데, 위 시를 보면 지나친 말이 아닌가 한다.

　장열의 시는 모두 352수가 전하고 있는데, 그 가운데 129수가 응제시에 속한다.58) 칠언율시는 응제시 9수를 포함하여 모두 12수를 창작하였다. 그는 개원 연간에 접어들면서 문단의 맹주로 부상하기 시작하여 재상의 지위에 오른 개원 13년(725)부터는 예악(禮樂)과 아송(雅頌)을 내세워 성당시의 흐름을 결정하는 데 선도적 역할을 하였는데, 칠언율시만큼은 초당 말기에 창작한 작품과 그 이후에 창작했다 하더라도 초당 말기 작품의 풍격이 남아있는 것들이 많다. 위에서 감상한 소정의 작품과 같은 제목의 <황제께서 지으신 ‘봄날 망춘궁에 행차하여’에 받들어 화답하여 명에 따라 지음[奉和聖制春日幸望春宮應制]>을 보기로 한다.

別館芳菲上苑東,	별관은 향기로운 화초 핀 상원의 동쪽
飛花澹蕩御筵紅.	날리는 꽃 듬뿍하여 황제의 자리 붉어졌네
城臨渭水天河靜,	성이 위수를 굽어보니 은하수 고요하고
闕對南山雨露通.	대궐이 남산을 마주하니 비와 이슬이 지나가네
繞殿流鶯凡幾樹,	궁전을 둘러싼 꾀꼬리 모두 몇 그루의 나무에 있으며
當蹊亂蝶許多叢.	길을 막은 어지러운 나비는 얼마나 무리를 지었는가
春園旣醉心和樂,	봄날의 동산에서 이미 취하여 마음이 흐뭇하니

---

56) 위원단(韋元旦)이 같은 제목의 응제시 미련에서 「경치와 즐거움이 언제나 이와 같으니, 은혜를 입어 취하지 않으면 돌아가지 않는다네[景色歡娛長若此, 承恩不醉不還家].」라고 한 것과 비교해보면 풍격의 차이가 크게 드러난다.

57) 范大士, ≪歷代詩發≫, 「蘇君七律多爲應制之作, 鏤金錯彩, 絶少淸眞.」(孫琴安, ≪唐七律詩正品≫, p.8에서 재인용)

58) 許總, 앞의 책, p.340.

共識皇恩造化同.　　황제의 은덕이 조물주와 같음을 함께 알겠네

　이 시는 전형적인 '삼부식'의 작품이다. 함련과 경련의 대장은 비교적 공정하나 시인 나름의 독특한 발상이 엿보이지 않는 평범한 구도에 머무르고 있으며, 미련의 두 구도 군주를 끌어들이기에 급급한 모습이니 지극히 범상한 시라고 할 것이다. 그럼에도 굳이 장열을 언급하는 까닭은 그가 초당 말기의 궁정시단에서 칠언율시를 창작한 경험을 바탕으로 개원 연간에는 비교적 개성있는 작품을 선보였다는 데 있다. <옹호의 산사[灉湖山寺]>를 감상해보자.

空山寂歷道心生,　　빈 산 고요하여 불도(佛道)의 마음이 생겨나고
虛谷迢遙野鳥聲.　　빈 골짜기 아득히 먼데 들새소리 난다
禪室從來雲外賞,　　선방(禪房)은 본래 구름 밖에서 감상했거늘
香臺豈是世中情.　　불전(佛殿)에 어찌 세속의 감정이 있으랴
雲間東嶺千重出,　　구름 사이로 동쪽 봉우리가 천 겹으로 나오고
樹裏南湖一片明.　　나무 속 남쪽 호수가 한 조각으로 맑도다
若使巢由同此意,　　만약 소부(巢父)와 허유(許由)에게 이러한 정취를 함께 하
　　　　　　　　　게 한다면
不將蘿薜易簪纓.　　여라(女蘿)와 벽려(薜荔)로 비녀와 갓끈을 바꾸지 않으리

　장열은 개원 원년(713) 현종이 요숭(姚崇)을 재상으로 임명하는데 반대하다가 미움을 사, 그해 12월에 상주자사(相州刺史)로 폄적되었다. 그리고 개원 15년(715)에 다시 악주자사(岳州刺史)로 옮겨졌는데, 이 시는 악주에 있을 때 지은 것으로 보인다.[59] 옹호(灉湖)는 악주 파릉현(巴陵縣)에 있다. 이 시는 이전의 응제시와는 자못 풍격을 달리한다. 앞서 감상한 <봉화성제춘일행망춘궁응제>의 함련과 이 시의 경련을 비교해보자. 같은 경물묘사라 하더라도 전자에서는 응제시의 습관대로 군주와 연관되는 '은하'와 '비와 이슬'을 끌어

---

59) 高步瀛의 ≪唐宋詩擧要≫ 卷5에 인용된 姚鼐의 설을 따름.

들여 허경(虛景)에 가까운 반면, 후자에서는 그러한 구속 없이 자연스럽게 묘사되어 있다. 김성탄(金聖歎)이 지적하였듯이, 굳이 눈을 치켜 뜨고 볼 것도 없이 절로 시인에게 다가오는 산과 호수의 장관은 화려한 수식을 필요로 하지 않는다.60) 그러므로 허학이(許學夷)가 장열의 칠언율시를 두고 "기세와 격식을 종잡을 수 없어 본받을 게 못된다."61)고 한 것은 다소 편향적인 평가라 할 것이다. 오노 지츠노스케(大野實之助)는 장열이 초당과 성당의 가교 역할을 한 점에 주목한 글을 발표한 바 있는데, 칠언율시에 대해서는 자세히 언급하지 않았다.62) 그러나 위의 두 작품에서 보여준 풍격의 변화를 보면, 그가 칠언율시 방면에서도 과도기적인 특성을 잘 나타내고 있는 것으로 평가된다.

2. 성당의 칠언율시

(1) 성당기상(盛唐氣象)과 시단(詩壇)의 흐름

심전기와 송지문으로 대변되는 초당 말기의 시단은 이들이 세상을 떠난 개원 2년(714)에 종결되고, 이후로는 새로운 양상으로 발전한다. 송(宋) 엄우(嚴羽)는 <답출계숙임안오경선서(答出繼叔臨安吳景仙書)>에서 "성당 여러 사람들의 시는 안진경(顔眞卿)의 글씨처럼 필력이 웅장하면서도 기상이 혼후했다"63)고 했는데, 그 후로 '성당기상'이라는 말이 자주 쓰였다. 이른바 '기상(氣象)'이라는 것은 시가의 체제나 성률과는 다른 범주의 예술적 풍격으로서, 전후

---

60) 金聖歎, ≪貫華堂選批唐才子詩≫ 卷1, 「東嶺千重, 妙在一出字, 出之爲言, 不勞瞻眺也. 南湖一片, 妙在一明字, 明之爲言, 無煩窺覷也.」
61) 許學夷, ≪詩源辯體≫ 卷14, 「氣格蒼莽, 不足爲法.」
62) 大野實之助, <唐代詩壇における張說(Ⅰ・Ⅱ)>
63) 「盛唐諸公之詩, 如顔魯公書, 旣筆力雄壯, 又氣象渾厚.」

시기와 구별되는 시대적 특징을 나타낸다. 엄우는 성당의 그것이 '웅장'하고 '혼후'하다고 했다. 장복경(張福慶)의 설명에 의하면, '웅장'하다는 것은 시가의 기세가 장쾌하여 힘이 있는 것이고, '혼후'하다는 것은 자구의 조탁에 매달리지 않고 자연스러운 풍모를 드러내는 것이다.[64] 이는 초당 말기의 혼란했던 정국이 현종의 등극을 시발점으로 점차 안정되면서 사회 전반적으로 새로운 도약의 국면을 맞이하여 시단에도 변화의 계기가 마련된 것으로 해석할 수 있다. 궁정을 중심으로 이루어졌던 이전의 문학은 점차 자취를 감추고, 뚜렷한 개성을 지닌 시인들이 활발한 창작활동을 펼치면서 새로운 흐름을 형성해갔던 것이다.

성당은 크게 세 시기로 구분할 수 있으니, 현종이 치세를 이어갔던 개원 연간(713~741)과 양귀비(楊貴妃)와의 사랑놀이로 정사(政事)를 등한시하면서 정점에서 내리막길을 걷기 시작한 천보 연간(742~755), 그리고 안사(安史)의 난이 발발하여 전쟁이 국토를 휩쓸고 지나간 10년, 그러니까 숙종(肅宗) 지덕(至德) 원년(756)부터 대종(代宗) 영태(永泰) 원년(765)까지를 포함한다. 이제 각 시기별로 시단의 상황을 간단히 정리해보기로 하자.

개원 연간에는 장열과 장구령(張九齡)이 시단의 맹주로 활약하였다. 장열은 개원 원년 중서령(中書令)에 올랐다가 개원 4년부터 7년까지 악주(岳州)로 폄적되었는데, 이 기간에 조동희(趙冬曦), 윤무(尹懋), 왕웅(王熊), 장균(張均) 등과 상중(湘中)의 산수를 노래하여, 초당의 궁정시단이 해체되고 난 직후 상대적으로 적막했던 시단이 산수시를 중심으로 창작에 활기를 띠게 되었다. 이와 동시에 초당 말기에 진사가 된 왕한(王翰)과 왕만(王灣)도 강남을 유람하며 조영(祖咏), 저광희(儲光羲) 등과 강남의 풍경을 담은 시를 썼다. 장열이 재차 중서령이 된 개원 11년(723)을 전후로 왕유(王維), 최호(崔顥), 조영, 최국보(崔國輔), 기무잠(綦毋潛), 저광희, 왕창령(王昌齡), 상건(常建) 등이 잇달아 진사에 급제하면서 재기 넘치는 시인들이 시단으로 속속 편입되었다. 장열이 세상을 뜬 개원 18년(730) 이후로는 장구령이 시단을 주도하였다. 그는 개원 22년(734)

---

64) 張福慶, 《唐詩美學探索》, p.80.

에 중서령이 되면서 왕유와 노상(盧象)을 우습유(右拾遺)와 좌보궐(左補闕)에 각각 발탁하는 등 시인들을 적극 후원하였다. 이듬해에는 이기(李頎), 황보증(皇甫曾), 가지(賈至) 등이 진사에 급제하여 성당의 저명 시인들이 속속 정계에 진출하였다. 맹호연(孟浩然)은 과거에는 실패했으나, 개원 13년(725)부터 낙양과 장안에서 그리고 오월(吳越) 지역을 여행하면서 장구령을 비롯하여 왕유, 저광희, 기무잠, 최국보, 이백(李白) 등과 교유를 맺었다. 개원 24년(736) 장구령이 재상에서 물러나고 이듬해 형주(荊州)로 폄적되자 그를 추종하던 시인들이 몰려들어 형주가 시단의 중심지가 되었다가, 개원 28년(740) 장구령이 죽은 뒤 다시 장안으로 옮겨졌다.65)

천보 연간에는 이림보(李林甫)로 대표되는 문벌파(門閥派)가 정권을 장악하면서 정국이 혼란스러워졌다. 이 시기의 시단은 크게 세 부류로 나누어 살펴볼 수 있다.66) 첫째는 왕유와 같이 어지러운 현실을 개혁하고자 노력하기보다는 주된 관심사를 자신의 내면세계로 돌려 자연과 더불어 마음의 청정(淸淨)을 꾀한 사람들이다. 둘째는 왕창령, 상건, 이기, 원결(元結) 등으로, 정치와 사회에 대해 지속적인 관심과 문제의식을 가졌던 사람들이다. 마지막으로는 이백, 고적(高適), 두보(杜甫), 잠참(岑參)처럼 아직 정계에 편입되지 않은 시인들로, 이들은 불안한 정국에 대해 우려를 표하면서도 여전히 원대한 포부를 펼쳐보고자 하는 뜻을 가지고 있었다.

천보 14년(755)에 일어난 안록산(安祿山)의 난은 이림보와 양국충(楊國忠)으로 이어진 집권층의 무능과 부패에서 비롯된 것이라고 할 수 있다. 지덕(至德) 2년(757) 안록산이 그의 아들 안경서(安慶緒)에 의해 살해되는 내분이 일어나면서 전쟁은 수습의 국면으로 접어들었으나, 전란으로 인해 입은 피해는 엄청난 것이었으며, 시인들에게도 많은 변화를 가져다주었다. 왕유는 난리 중에 장안에서 반란군에게 붙들려 치른 곤욕과 위직(僞職)을 맡았던 죄책감 등으로 커다란 좌절과 충격을 맛보았고, 이백은 영왕(永王) 이린(李璘)의 일에

---

65) 葛曉音, 앞의 책, <論開元詩壇>, pp.326-327.
66) 傅璇琮·倪其心, <天寶詩風的演變>, pp.4-6.

연루되어 야랑(夜郎)으로 유배되었는가 하면, 두보는 장안을 탈출하여 봉상(鳳翔)에 있던 숙종(肅宗)을 알현한 충정을 인정받아 좌습유(左拾遺)에 제수되었고, 고적은 난을 진압할 여러 방안을 제시하여 간의대부(諫議大夫)에 발탁되었다가 이린을 토벌한 공로로 회남절도사(淮南節度使)에 임명되는 등 저명한 시인들의 신변에 모두 우여곡절이 있었다.

개원 연간 중엽에서 천보 연간 중엽에 이르는 시기 시단의 특징은 산수전원시와 변새시가 흥기하였다는 것이다. 먼저 산수시가 유행하게 된 원인을 살펴보자. 개원 연간에는 사회가 안정되고 경제적으로 윤택해지면서 각 지역의 장원(莊園)도 자급자족할 수 있는 여건이 마련됨에 따라 시인들이 지역을 거점으로 충분히 문학활동을 펼칠 수 있었다. 여기에 자연친화적인 불교와 노장사상이 저변을 넓혀가, '종남첩경(終南捷徑)'67)이라는 말이 유행했던 것처럼 문인들도 은일(隱逸)을 현실로부터의 도피라기보다는 정계에 진출하기 위한 준비과정으로 여기는 경향이 있었다.68) 그래서 과거에 급제하기 전이나 폄적되어 지방에 있던 시인들은 산수와 전원을 단순한 감상의 대상으로 치부하지 않고 밝은 미래에 대한 희망과 의지를 담아 노래했다.69) 변새시의 발달 역시 당의 국세가 날로 신장되던 형국과 맥을 같이 하여 주로 전쟁의 고통을 묘사했던 이전의 시와는 달리, 전장에서 공을 세우고자 하는 진취적인 기상을 담고 있는 것이 특징이다. 산수시가 시인들의 자연스런 교류로 인해 집단을 형성하게 된 것에 비해 변새시는 다소 우연적인 요소를 내포하

---

67) 당대에 노장용(盧藏用)은 진사에 급제한 뒤 종남산(終南山)에 은거하면서 초빙되기를 기다렸는데, 나중에 과연 '고상한 선비'라 하여 부름을 받아 관직에 나아가니, 당시 사람들이 그를 '수레탄 은사'라 불렀다. ≪新唐書·盧藏用傳≫, 「사마승정(司馬承禎)이 부름을 받아 대궐에 갔다가 산으로 돌아가게 되자, 노장용이 종남산을 가리키며 "여기에 아주 좋은 곳이 있지요."라 하니 사마승정이 말했다. "제가 보기엔 관직에 오르는 첩경이올시다."(司馬承禎嘗召至闕下, 將還山, 藏用指終南曰 : "此中大有嘉處." 承禎徐曰 : "以僕視之, 仕宦之捷徑耳.")」

68) 郭有明, ≪論唐詩繁榮與清詩演變≫, pp.12-13.

69) 張松如, ≪隋唐五代詩歌史論≫, p.104.

고 있는데, 그것은 개원 25년(737)을 전후하여 왕유, 고적, 왕지환(王之渙), 최호, 조영 등의 시인들이 차례로 변새로 나가게 되었다는 점이다.[70] 직접 변새에 나가지 않았던 이들도 '변새의식(邊塞意識)'이 문인들 사이에 광범하게 유포되면서 어떤 유파에 속하고를 막론하고 거의 모두가 변새를 제재로 한 작품을 남겼다.[71] 이러한 산수시와 변새시는 모두 '성당기상'을 잘 보여준 분파(分派)로 볼 수 있다.

천보 연간 말엽부터는 사회적 모순이 격화되면서 시인들의 작품에서도 낭만주의적 색채가 옅어지고, 현실을 직시하는 사실주의적인 필치가 빛을 발하기 시작했다. 예컨대 이백의 <원별리(遠別離)>와 두보의 <여인행(麗人行)>은 모두 천보 12년(753)에 나온 작품인데, 전자는 나라의 앞날을 우려하는 깊은 근심을 형상화하고 있고, 후자는 집권층의 사치와 향락을 고발하고 있다. 안록산의 난이 일어난 천보 14년(755) 이후의 몇 년간은 전쟁의 고통과 상처를 반영한 작품이 주류를 이루었다가 관군이 장안과 낙양을 수복하면서 전쟁이 소강상태로 접어든 지덕 2년(757)부터는 왕유, 잠참, 두보 등이 조정에 모여들어 다시 시단을 형성했다. 그러나 이 무렵의 조정은 표면적으로 안정 국면에 접어들어 전쟁 이전의 모습을 회복하는 듯 했지만, 환관 이보국(李輔國)이 득세하여 언로(言路)가 막히는 등 불안의 요소가 상존해 있었다. 이러한 상황에서 시인들은 번민하기 시작했고, 상원(上元) 2년(761) 왕유에 이어 저광희, 이백, 고적 등이 세상을 뜨면서 성당의 기풍은 현저하게 약화되었다.

(2) 성당 칠언율시의 창작 양상

1) 칠언율시 창작의 부진과 그 원인

은번(殷璠)의 ≪하악영령집(河嶽英靈集)≫은 개원 2년(714)부터 천보 12년(753)

---

70) 葛曉音, <論開元詩壇>, 앞의 책, p.330.
71) 余恕誠, ≪唐詩風貌≫, p.173.

까지 40년간에 걸친 24인의 작품 234수를 선록한 시가집이다. 여기에는 맹호연, 왕유, 이백, 고적, 잠참 등 성당의 내로라하는 시인들의 작품이 뽑혀 있는데, 칠언율시로는 최호의 <황학루(黃鶴樓)> 한 수만이 실려 있다는 점이 눈길을 끈다. 이는 은번이 칠언율시를 애호하지 않았기 때문일까? 그럴 가능성이 전혀 없다고 할 수도 없겠지만, 사실은 이 시기에 창작된 칠언율시가 많지 않았다. 다음의 표를 통해 성당의 저명한 시인들의 칠언율시 창작상황을 알아보도록 하자.72)

작품수\시 인	창작시기별 칠언율시 작품수						전 체 작품수	백분비
	개원 연간	천보 연간	지덕~ 영태 연간	(대력 연간 이후)	미상	합계		
孟浩然	4					4	276	1.4
王 維	3	12	2		3	20	479	4.2
李 白		7	2			9	1,125	0.8
岑 參		1	9			10	397	2.5
高 適	2	3			1	6	241	2.5
李 頎	7					7	124	5.6
杜 甫	1	4	73	(73)		151	1,498	10.1
劉長卿		1	12	(31)	14	58	579	10.0

위의 표를 보면 두보와 유장경을 제외한 나머지 시인들의 칠언율시는 매우 적음을 알 수 있다. 두보와 유장경의 작품도 천보 연간까지는 각각 5수와 1수에 불과해 안사의 난 이전의 칠언율시는 전반적으로 부진한 모습을 보였으며, 특히 개원 연간에 나온 칠언율시는 아주 드물었다. 위에서 예로 든 시인들 외에도 배적(裴迪), 최흥종(崔興宗), 최서(崔曙 : ?~739), 만초(萬楚), 기무잠, 저광희, 최호, 왕창령, 조영 등이 칠언율시를 남기고 있지만 모두 한두 수에

---

72) 각 시인별 작품의 편년은 다음의 문헌들을 참고하였다. 이남종, 《孟浩然詩硏究》 ; 陳鐵民, 《王維集校注》 ; 劉開揚, 《岑參詩集編年箋注》 ; 孫欽善, 《高適集校注》 ; 高光復, 《高適岑參詩譯釋》 ; 仇兆鰲, 《杜詩詳注》 ; 儲仲君, 《劉長卿詩編年箋注》.

불과하다. 은번은 ≪하악영령집≫의 서문에서 "개원 15년 이후로 성률(聲律)과 풍골(風骨)이 비로소 갖춰지게 되었다."73)고 했는데, 이렇게 칠언율시의 창작이 부진했던 원인은 무엇일까?

먼저 심전기와 송지문을 비롯하여 이교(李嶠), 염조은(閻朝隱), 서언백(徐彦伯), 정음(鄭愔), 설직(薛稷), 종초객(宗楚客) 등이 모두 개원 원년을 전후한 몇 년 사이에 사망해, 초당 말기의 궁정시단에서 칠언율시를 창작한 경험이 있던 시인들이 성당에 들어 일시에 퇴조한 점을 꼽을 수 있다. 비교를 위해 개원 10년(722) 현종의 <송장열순변(送張說巡邊)>이라는 시에 화답한 20人의 면면을 보면, 초당 말기 수문관에서 활약했던 이는 장열과 서견(徐堅) 둘뿐이다.74) 게다가 초당 말기의 칠언율시는 무후가 손수 칠언율시를 지었듯이 군주의 적극적 후원 하에 유행했던 것이었는데, 현종은 의식적으로 정치개혁과 예악(禮樂)의 전파를 시작(詩作)의 목표로 제시하였고, 이에 따라 다분히 오락적이면서 수식적인 성격을 띠고 있던 응제 칠언율시는 거의 쓰이지 않게 되었다.75)

둘째로는 개원·천보 연간에 유행한 산수시와 변새시가 칠언율시를 외면했다는 점이다. 산수시와 변새시는 그것이 다루는 소재의 특성상 칠언율시를 그릇으로 삼기에는 적절치 않았다는 얘기다. 호응린(胡應麟)은 산수시파를 설명하면서 이렇게 말하고 있다.

　　고한(高閑), 광일(曠逸), 청원(淸遠), 현묘(玄妙)를 종지로 삼은 시인들이 있었

---

73) 「開元十五年後, 聲律風骨始備矣.」
74) 張說, 源乾曜, 張嘉貞, 宋璟, 盧從願, 許景先, 韓休, 徐知仁, 崔禹錫, 胡皓, 王翰, 崔泰之, 王丘, 蘇晉, 王光庭, 袁暉, 席豫, 張九齡, 徐堅, 崔日用, 賀知章 등 (杜曉勤, 앞의 책, p.273) 이들 중에 칠언율시를 남기고 있는 사람은 장열과 장구령 두 사람에 불과하다.
75) 장진화(張振華)는 현종과 성당 시가의 관계를 논하는 글에서 현종이 유학을 제창하면서 심전기와 송지문 이래로 부미(浮靡)했던 시문의 풍격이 점차 질박 강건하고, 언어는 자연스러운 쪽으로 바뀌게 되었다고 하였다(<淺析唐玄宗與盛唐詩歌崛起之關係>, p.55).

으니 육조에서는 도연명(陶淵明), 당대에는 왕유, 맹호연, 상건, 저광희, 위응물(韋應物), 유종원(柳宗元)이었다. 그러나 그 격식은 본래 한쪽으로 치우쳐 체제를 겸비하지 못하였다. 단편에는 알맞았지만 장편에는 알맞지 않았고, 고시나 문선체(文選體)에는 알맞았지만 가행(歌行)에는 알맞지 않았으며, 오언율시에는 알맞았으나 칠언율시에는 알맞지 않았다. 전인이 남긴 시집을 죽 살펴보면 그렇지 않은 것이 없다.76)

호응린은 여기서 산수시가 다양한 시체를 활용하지 못한 점을 지적하면서 칠언율시도 그 중의 하나라 하였다. 실제로 산수시의 대가라 할 수 있는 맹호연의 시 276수 가운데 칠언은 율시 4수를 포함하여 18수에 불과하다. 오언율시가 133수인 것에 비하면 큰 차이라고 하겠다. 산수시에서 오언율시가 많이 쓰인 것은 대장연에서 순서에 구애받지 않고 두 개의 자연경물을 나란히 배치하여 정태적인 묘사를 강화할 수 있다는 이점이 있어서였다.77) 칠언율시는 오언율시에 비해 글자수가 많아 수식적인 성분을 가미하기에 편리한 까닭에 초당에는 궁정의 응제시를 중심으로 산수를 묘사한 작품이 제법 나왔으나,78) 성당의 산수시인들은 가급적 절제된 시어로 명료한 이미지를 전달하고자 애썼기 때문에 칠언체를 애용하지 않았던 것으로 분석된다.79)

---

76) 胡應麟, ≪詩藪·內編≫ 卷2, 「有以高閑, 曠逸, 淸遠, 玄妙爲宗者, 六朝則陶, 唐則王孟常儲韋柳. 但其格本一偏, 體靡兼備, 宜短章, 不宜鉅什 ; 宜古選, 不宜歌行 ; 宜五言律, 不宜七言律. 歷考前人遺集, 靡不然者.」

77) 張福慶, 앞의 책, p.121.

78) 葛曉音, ≪山水田園詩派硏究≫, p.137, 「用七律寫山水首先在宮廷中大批出現, 正像齊梁新體山水詩多見於宮廷一樣, 說明律詩因形式的講究和篇制的短小, 相對於凝重的古體詩來說, 比較適宜於表現輕松的內容, 容易爲目的在於娛樂的宮廷所接受. 所以自從武后晚期宮廷首開此風, 到了好尙遊賞的中宗宮廷, 七律便在山水詩中應用漸廣, 成爲僅次於五律的常用詩體.」

79) 王維 <山居秋暝>의 함련 「밝은 달이 소나무 사이로 비치고, 맑은 샘물이 돌 위를 흐른다[明月松間照, 淸泉石上流].」와 宗楚客 <奉和聖制喜雪應制>의 경련 「그림자가 밝은 달을 따라 비단부채처럼 둥글어지고, 소리는 흐르는 물을 가져다 울리는 현에 섞는다[影隨明月團紈扇, 聲將流水雜鳴弦].」를 비교해보면 그 차이를 느낄 수 있다.

변새시는 가행체(歌行體)를 포함한 고시가 널리 쓰이는 가운데 오언율시와 칠언절구도 많이 쓰였다.80) 칠언에 국한해서 보자면, 먼저 칠언 가행체로는 <종군행(從軍行)>과 <출새(出塞)>와 같은 악부(樂府)의 전통을 이어받아 변새의 이국적인 풍경과 낯선 풍속 등을 상세히 묘사하고 종군의 고통이나 강한 건공입업(建功立業)의 의지를 밝힌 작품들이 많다. 이런 가행체를 즐겨 쓴 시인으로는 잠참을 꼽을 수 있다. 칠언절구로는 변새의 전형적인 모습을 짧게 개괄하고 나름의 함축적인 의미를 부여하는 것이 일반적이었으며, 왕창령이나 왕지환 등이 이에 능숙했다. 요컨대 변새시는 성당의 강렬한 낭만주의의 소산이었기 때문에 엄정한 성률과 대장이 개입될 여지가 상대적으로 적었다고 보아야 할 것이다.

또 이백과 같이 기질적으로 율시를 좋아하지 않은 시인도 있었다. 그는 특히 오언율시에 비해 수식성이 강한 칠언율시에는 더욱 관심을 갖지 않았다.81) 이백이 칠언율시 9수를 창작했다고 하지만, 그의 전체 시작이 천 수가

---

80) 馬東田 주편의 ≪唐詩分類大辭典≫<邊塞部>에는 당대의 변새시 333수가 모아져 있다. 여기서 작자가 불분명한 작품 26수를 제외한 307수에서 高適 20수, 杜甫 15수, 李白 11수, 岑參 10수, 王昌齡 7수, 王維 6수 등 盛唐 諸家의 작품이 40%에 해당하는 122수에 이르며, 이를 시체별로 살펴보면 다음의 표와 같다.

분류	五　　言				七　　言			
	古詩	絶句	律詩	排律	古詩	絶句	律詩	排律
작품수	37	0	19	29	11	21	5	0

결국 변새시에서는 오언고시가 우세를 점하는 가운데 칠언절구와 오언율시가 그 뒤를 이었으며, 칠언율시는 모두 다섯 수로서 미미한 수준이었음을 알 수 있다. 참고로 오언배율이 많은 수를 차지한 것은 이 책에 현종과 군신들이 오언배율로 창화한 <送張說巡邊> 19수와 <送王晙巡邊> 3수 등 22수가 모두 수록되어 있기 때문이다. 또 여기 수록된 성당 이후의 변새류 칠언율시가 16수에 달한다는 점을 감안하면, 변새시가 칠언율시를 많이 쓰지 않은 것은 성당만의 독특한 현상이라고 보아야 할 것이다.

81) 청 옹방강(翁方綱)은 ≪석주시화(石洲詩話)≫ 권1에서 "기탁한 흥취가 깊고 미묘한 면에 있어서 오언은 사언만 못하고, 칠언은 더욱 미약하다(寄興深微, 五

넘는 것을 감안하면 매우 적은 양이라 할 것이며, 오언율시 70여 수와도 비교가 되지 않는다. 이에 대해 청(淸) 조익(趙翼)은 "대개 재기(才氣)가 호매(豪邁)하여 전적으로 신운(神運)으로서 시를 짓기 때문에 격률과 대장에 구속되어 새기고 그리는 자들과 우열을 다투려하지 않은 것 같다."[82]고 그 원인을 분석했다. 실제로 이백이 '성당기상'을 잘 발현한 시인임에 비추어보면, 대장의 구성이나 자구의 조탁에 매달리지 않고 자연스런 개성을 발산하는 성당의 기풍은 본질적으로 칠언율시라는 체재와는 잘 맞지 않았던 듯하다.

2) 성당 칠언율시의 특징

앞 절에서 우리는 초당 말기 심전기 등에 의해 칠언율시의 격률이 어느 정도 갖춰지게 되었음을 고찰하였다. 그런데 성당의 칠언율시는 초당의 성과를 바탕으로 칠언율시의 격률을 한 걸음 더 체계화시키지 못했다. 예컨대 왕유의 칠언율시는 20수 가운데 꼭 절반에 해당하는 10수가 실점(失黏)을 범하고 있고, 이백은 9수 가운데 6수, 고적은 7수 가운데 2수, 잠참은 10수 가운데 7수가 각각 실점을 범하고 있다. 심전기의 칠언율시 16수 가운데 2수만이 실점을 범했던 것과 비교할 때, 성당에서는 오히려 칠언율시의 격률이 퇴보했다고 볼 수 있다. 맹호연과 이기의 칠언율시에서는 실점이 발견되지 않지만, 맹호연의 <등안양성루(登安陽城樓)> 제2구「江嶂開成南雍州」는 평측 격식이 '평측평평평평평'으로 율구(律句)에서 현저하게 벗어났고, 이기의 <제선공산지(題璿公山池)> 제1구「遠公遁迹廬山岑」은 '측평측측평평평'으로 삼평조(三平調)를 쓰고 있다.[83] 이러한 현상은 성당의 칠언율시가 초당 말기 응

言不如四言, 七言又其靡也)."고 한 이백(李白)의 말(孟棨의 ≪本事詩・高逸第三≫에 보인다)을 인용하면서 여기서의 '칠언'이란 아마도 전적으로 칠언율시를 가리켜 말한 것이리라고 하였다(所謂七言之靡, 殆專指七律言耳).

82) 趙翼, ≪甌北詩話≫ 卷1, 「蓋才氣豪邁, 全以神運, 自不屑束縛於格律對偶, 與雕繪者爭長.」

83) 韓成武, <試論七律的定型與成熟>, p.297.

제시의 테두리를 벗어나면서 궁정시인들만큼 격률의 문제를 진지하게 궁구하지 않았기 때문으로 풀이된다.

성당의 칠언율시는 격률화의 방면에서는 부진했으나, 다루는 제재는 응제시 일변도에서 벗어나 다방면으로 폭을 넓혀갔다. 맹호연과 왕창령의 <등만세루(登萬歲樓)>와 같은 작품은 비록 호응린(胡應麟)으로부터 혹평을 들었지만,84) 이전의 봉화응제시에서 찾아볼 수 없는 향수의 주제를 다루고 있다. 저광희는 <전가즉사(田家卽事)>라는 시에서 농촌의 풍경을 사실적으로 잘 그려내고 있으며, 이기의 <숙영공선방문범(宿瑩公禪房聞梵)>, 만초(萬楚)의 <총마(驄馬)>와 같은 영물시도 나왔다. 그러나 이러한 작품들은 소수에 그치고, 대부분의 작품은 창화(唱和), 기증(寄贈), 송별(送別) 등 개인적인 서정보다는 시인들간의 사교(社交)에 필요한 내용이 주류를 이루었다. 이렇듯 작자의 개성적인 사상과 감정이 제대로 발현되지 못한 것은 성당 칠언율시의 한계로 지적된다.

(3) 주요 작가와 작품

이백과 두보 외에 성당의 저명한 시인으로 흔히 왕유, 맹호연, 고적, 잠참 네 사람을 꼽는데, 칠언율시의 성과만으로는 맹호연 대신 이기를 넣어 사가(四家)라 한다.85) 이들은 적게는 6수에서 많게는 20수의 칠언율시를 창작하여

---

84) 胡應麟, ≪詩藪·內編≫ 卷5, 「王昌齡, 孟浩然俱有<題萬歲樓>作, 而皆卒弱可笑, 則以二君非七言律手也.」

85) 胡震亨, ≪唐音癸籤≫ 卷10, 「盛唐名家稱王孟高岑, 獨七言律桃孟, 進李頎, 應稱王李高岑云.」 청 교억(喬億)도 ≪검계설시(劍谿說詩)≫ 권하(卷下)에서 「개원·천보 연간의 칠언율시에서 왕유의 격조와 기운, 이기의 선율은 모두 뛰어나다. 고적의 오언시는 질박하나 칠언율시에는 그와 다른 풍미(風味)가 있고, 잠참은 조금 기교에 빠진 폐단이 있으나 체재와 격조는 절로 중후하다(開寶七律, 王右丞之格韻, 李東川之音調, 並皆高妙. 高常侍五言質朴, 七律別有風味 ; 岑嘉州微傷於巧, 而體氣自厚.)고 하여 역시 이들 사가를 성당 칠언율시의 대

어느 정도 칠언율시의 성과를 가늠할 수 있고, 그 중에는 수작도 더러 보인다. 이백은 칠언율시를 9수 남기고 있으나 최호의 <황학루>를 모방한 <등금릉봉황대> 외에는 이렇다 할 작품이 없어 사가와 같이 언급하기에는 격이 맞지 않는 느낌을 주고, 두보는 위의 표에서 살펴본 바와 같이 대부분의 작품이 성당의 정점이라 할 개원·천보 연간 이후에 나온 데다 작품의 양이나 성취도에서도 사가에 비해 월등히 나으므로 다음 절에서 상세히 논할 것이다. 이 밖에 조영이나 최호는 칠언율시가 몇 수 되지 않아 대표작 외에는 논할 만한 것이 없는 까닭에 여기서는 사가의 작품을 중심으로 성당 칠언율시를 개관할 것이다.

1) 성당사가

① 왕유(王維)

왕유는 두보를 제외한 초성당의 시인 중에서는 가장 많은 칠언율시를 남겼다. 그의 칠언율시 20수의 내용을 분석해보면 대략 세 가지로 분류된다. 첫째는 응제시로 7수가 있고, 둘째로 기증시(寄贈詩)와 송별시(送別詩)가 6수, 셋째로 사경(寫景) 및 기타가 7수다.[86] 이 가운데 후대의 평자로부터 호평을 받은 것은 응제시였다.[87] <임금께서 봉래궁에서 흥경각으로 가던 도중 봄비에 머물러 봄 경치를 바라보고 지으신 시에 받들어 화답하여 명에 따라 지음[奉和聖制從蓬萊向興慶閣道中留春雨中春望之作應制]>을 보자.

　　　渭水自縈秦塞曲,　　　위수(渭水)는 진(秦)나라 땅을 감돌아 굽이치고

　　　표적인 시인으로 논하고 있다.
86) 張傳峰, <論王維的七律>, pp.143-144.
87) ≪신당서(新唐書)≫ 권201 <문예상(文藝上)>에서는 당대의 저명한 문인들을 분류하면서 이교(李嶠), 송지문(宋之問), 심전기(沈佺期) 등 초당의 응제시인들과 함께 왕유를 '시종하며 응수하여 받드는[侍從酬奉]' 데 뛰어났던 시인으로 지목하고 있다.

黃山舊繞漢宮斜.　　황산(黃山)은 옛 한(漢)나라 궁전을 비스듬히 둘러쌌네
鑾輿迥出千門柳,　　방울수레 행차 궁문의 버들 숲 멀리 나서는데
閣道回看上苑花.　　각도(閣道)에서 머리 돌려 상림원의 꽃을 보네
雲裏帝城雙鳳闕,　　구름 속 황성에는 한 쌍의 봉황궐문 솟았고
雨中春樹萬人家.　　빗속의 봄 나무 사이로 수많은 인가가 있네
爲乘陽氣行時令,　　봄기운 따라 농사칙령 행하기 위함이니
不是宸游玩物華.　　황제께서 노닐며 경치 즐기는 것 아니로다.

이 시는 천보 연간 말엽에 현종이 봉래궁(蓬萊宮)에서 흥경궁(興慶宮)으로 향하는 각도(閣道)에서 빗속의 봄 경치를 읊은 시에 화답한 작품이다. 가공송덕(歌功頌德) 위주의 초당 말기 칠언율시와 달리, 장중(莊重)한 경물묘사와 함께 군주의 행차가 단순한 나들이로 그치지 말기를 바라는 경계의 의미까지 담은 까닭에 심덕잠(沈德潛)은 역대 제일의 응제시라고 호평하기도 했다.88) 이 시는 장법(章法)에서도 상당한 공력을 보여주고 있는데, 이에 대해서는 황생(黃生)의 분석이 상세하므로 아래에 인용해본다.

　1·2구에서 제목을 꺼내지 않고 3·4구에서야 꺼냈으니 이는 변화의 묘요, 제목을 꺼내는 곳에서 경치묘사를 동반했으니 이는 부각(浮刻)의 묘다. 앞뒤 두 연(수련과 경련)이 모두 각도(閣道)에서 본 경치인데, 3·4구를 가운데 가로질러 넣었으니 이는 뒤섞음의 묘다. 무릇 모두가 시상을 구상함에 있어서 묘한데, 7·8구에서는 주장을 내세워 올바른 체식(體式)을 얻었으니 또 취지를 설정함에 있어서도 묘하다. 1·2구는 원경이요, 5·6구는 근경이며, 두 연은 전체적 경치요, 3·4구는 부분적 경치다. '멀리 나온다[迥出]'는 말로 (제목에서의) '어디로부터[從]'와 '어디를 향하여[向]'라는 말의 신묘함을 그려냈고, '돌아본다[回看]'는 말로 '머물러[留]'와 '바라본다[望]'는 말의 신묘함을 그려냈다.89)

---

88) 沈德潛, 《唐詩別裁》 卷13, 「應制詩應以此篇爲第一.」
89) 《增訂唐詩摘鈔》 卷3, 「一二不出題, 三四方出, 此變化之妙 ; 出題處帶寫景, 此襯貼之妙. 前後二聯, 俱閣道中所見之景, 而以三四橫揷於中, 此錯綜之妙. 凡皆妙於遣調也, 而七八立言得體, 則又妙於命意也. 一二遠景, 五六近景, 二聯全景, 三四半景. '迥出'字寫出'從'字'向'字之神, '回看'字寫出'留'字'望'字之神.」

이 시는 수련에 대장을 사용해 전아(典雅)하면서도 힘이 느껴진다. 이러한 수법은 또 다른 응제시인 <칙차기왕구성궁피서응교(敕借岐王九成宮避暑應敎)>에서도 찾아볼 수 있다. 고바야시 타이찌로(小林太市郎) 등은 왕유를 두고 천보 연간 조정의 유일한 궁정시인이었다고 말한 바 있는데,90) 응제시 중에서는 유일하게 ≪당시삼백수(唐詩三百首)≫에 선록된 이 시를 읽어보면 과장된 말이 아님을 알 수 있다. 이 시는 격률 또한 정격에서 한 치도 벗어나지 않는 정교함을 보여주고 있으니, 이는 격률을 중시했던 궁정 응제시의 전통을 따른 것이라고 하겠다.

응제시와는 다른 양상을 보여주는 수증시(酬贈詩) 가운데 <곽급사에게 답함[酬郭給事]>을 감상해보자.

洞門高閣靄餘輝,	마주 통하는 겹문과 높은 누각에 석양빛이 어우러지고
桃李陰陰柳絮飛.	복숭아 자두나무 울창한 곳에 버들솜 날리네
禁裏疏鐘官舍晚,	궁중의 성긴 종소리에 관사는 해 저물고
省中啼鳥吏人稀.	문하성(門下省)의 지저귀는 새소리에 벼슬아치 드물어지네
晨搖玉佩趨金殿,	새벽에는 패옥을 흔들며 금전(金殿)으로 내닫고
夕奉天書拜瑣闈.	저녁에는 임금님 조서 받들어 궁문에 절하네
強欲從君無那老,	억지로 그대를 따르려 해도 늙음을 어쩔 수 없어
將因臥病解朝衣.	장차 몸져누워 조복을 벗으려오

진철민(陳鐵民)에 따르면, 이 시는 천보 14년의 작품이다.91) 이 무렵 왕유는 반관반은(半官半隱)의 생활을 하고 있었지만 관료들과의 교류는 여전히 빈번하였기 때문에 응수시가 많았다. 수련은 경물묘사를 빌어 곽급사(郭給事)의 현달(顯達)을 말하고 있다. 제1구의 '석양빛[餘暉]'은 황제의 은총을 상징하고, 제2구는 그의 문하생들이 속속 정계에 진출하고 있음을 뜻한다. 함련 역시 경물묘사를 빌어 곽급사가 청렴하고 점잖게 직무를 수행하고 있음을 표현하

---

90) 小林太市郎·原田憲雄, ≪王維≫, p.288.
91) 陳鐵民, 앞의 책, p.358.

였다. 이처럼 수련과 함련에서 비슷한 수법을 사용했지만, 중복감을 주지 않는다. 예를 들어서, 수련은 화사하게 묘사하고 함련은 소박하게 묘사하여 농담을 조절하였을 뿐만 아니라, 수련은 시각적 심상을 위주로 하고 함련은 청각적 심상을 위주로 묘사했다. 경련에서는 조석(朝夕)으로 분주한 곽급사의 모습을 서술하였다. 미련은 독자의 일반적인 기대를 깨뜨리는 내용을 담고 있는데, 왜냐하면 응수시(應酬詩)는 대상을 칭송한 뒤에 경의를 표하거나 도움을 청하는 것이 보통이기 때문이다. 이에 대해 주보영(朱寶瑩)은 왕유가 두 번이나 급사중(給事中)을 역임했기 때문에 그렇게 말한 것이라고 풀이하고 있다.92) 그러므로 이 부분의 묘사를 글자 그대로 받아들이기보다는 현직(現職)에 있는 사람을 높여주기 위한 수사법으로 이해하는 것이 좋을 듯하다. 이 작품은 고가구(顧可久)의 평대로 '청준온아(淸俊溫雅)'한 풍격을 보여주고 있다고 하겠다.93)

성당에 유행했던 산수전원과 변새의 소재는 칠언율시에서 거의 배제되었는데, 왕유는 이러한 소재도 칠언율시에서 다룸으로써 창작범위를 확대시킨 공로가 있다. 먼저 산수전원을 소재로 한 작품인 <장마철 망천의 별장에서 지음[積雨輞川莊作]>을 보자.

積雨空林煙火遲,	장맛비 내린 빈 숲에 밥짓는 연기 모락모락 피어오르고
蒸藜炊黍餉東菑.	명아주 찌고 기장밥 만들어 동쪽 들판으로 내간다
漠漠水田飛白鷺,	드넓은 논에선 백로들 날고
陰陰夏木囀黃鸝.	짙푸른 여름 나무에선 노란 꾀꼬리 노래한다
山中習靜觀朝槿,	산속에서 고요함을 즐기며 무궁화를 바라보고
松下淸齋折露葵.	소나무 아래서 재계하며 이슬 맺힌 아욱을 꺾는다
野老與人爭席罷,	시골노인 남과의 자리다툼 그만둔 터인데94)

---

92) 朱寶瑩, 《詩式》, 「摩詰兩居給事中, 故爾云云.」(陳伯海, 앞의 책, p.332에서 재인용)

93) 吳煊·胡崇, 《唐賢三昧集箋注》(陳鐵民, 앞의 책, p.359에서 재인용)

94) 《列子·黃帝》, 「楊朱南之沛, 老聃西遊於秦. 邀於郊. 至梁而遇老子. 老子中道仰天而歎曰 : "始以汝爲可敎, 今不可敎也." 楊朱不答. 至舍, 進涫漱巾櫛, 脫

海鷗何事更相疑.　　　갈매기가 무슨 일로 다시 나를 의심할 텐가?[95]

왕유는 벼슬길이 여의치 않았던 천보 초년에 불교에 심취하여 종남산(終南山)의 망천장(輞川莊)에 은거하면서 시를 짓는 일을 낙으로 삼았다. 이 시는 이 무렵에 창작된 것으로 세속의 명리(名利)에 휘둘리지 않으려는 마음가짐이 잘 드러나 있다. 수련은 전원에서 흔히 볼 수 있는 모습을 담고 있는데, 조용하고 아늑한 농촌을 생동감 있게 그려냈다. 함련은 장마비가 그친 뒤 생기를 되찾은 자연경물을 묘사한 것이다. 경련은 아침에 피었다가 저녁이면 지는 무궁화를 통해 덧없이 짧은 인생의 의미를 되새기면서 소박하지만 여유 있는 생활을 즐기는 광경이다. 미련은 ≪열자(列子)≫에 보이는 두 개의 전고를 인용해 사심(私心)을 버려 평정을 찾은 시인의 마음을 전하고 있다. 이 작품은 선명한 화면에 맑고 깨끗한 정취를 담아, '시 속에 그림이 있다'는 왕유 산수전원시의 특징을 여실히 보여주고 있다. 방동수(方東樹)가 "경물묘사가 지극히 생생하여 만고에 닳지 않을 구절이다."[96]라고 격찬했던 이 시의 함련은 종래 이가우(李嘉祐) 시의 한 구절인 "水田飛白鷺, 夏木囀黃鸝."를 그대로 따온 것이라 하여 논란이 많았다. 그러나 섭몽득(葉夢得)이 이 두 구의 좋은 점이 첩자인 '막막(漠漠)'과 '음음(陰陰)'에 있음을 언급한 바 있고,[97] 실제로 '막막(漠漠)'에는 광활한 뜻이 있고, '음음(陰陰)'에는 유심(幽深)한 뜻이 있어 '漠漠水田'과 '陰陰夏木'을 '水田'과 '夏木'과 비교하면 화면이 더욱

履戶外, 膝行而前曰 : "向者夫子仰天而歎曰 : '始以汝爲可敎, 今不可敎.' 弟子欲請, 夫子辭行不閒, 是以不敢. 今夫子閒矣, 請問其過." 老子曰 : "而睢睢, 而盱盱, 而誰與居? 大白若辱, 盛德若不足." 楊朱蹴然變容曰 : "敬聞命矣!" 其往也, 舍者迎將家, 公執席, 妻執巾櫛, 舍者避席, 火易者避竈. 其反也, 舍者與之爭席矣.」

95) ≪列子·黃帝≫,「海上之人有好漚鳥者, 每旦之海上, 從漚鳥遊, 漚鳥之至者百住而不止. 其父曰 : "吾聞漚鳥皆從汝遊, 汝取來吾玩之." 明日之海上, 漚鳥舞而不下也.」

96) 方東樹, ≪昭昧詹言≫ 卷16,「三四寫景極活現, 萬古不磨之句.」

97) 葉夢得, ≪石林詩話≫,「此兩句好處, 正在添漠漠陰陰四字.」

넓고 깊어지는 느낌을 주므로,[98] 설령 왕유가 이가우의 시구절을 빌어 썼다 하더라도 칠언율시의 구법을 잘 장악하고 있었다는 것은 틀림없는 사실이다.

끝으로 변새를 소재로 한 <변새에 나가 지음[出塞作]>을 보기로 한다.

居延城外獵天驕,　　거연성(居延城) 밖으로 오랑캐들 사냥하고
白草連天野火燒.　　흰 풀이 하늘에 닿고 들불이 타오르네
暮雲空磧時驅馬,　　저녁 구름 드리운 빈 사막에 때때로 말을 달리고
秋日平原好射雕.　　가을날의 평원은 수리사냥에 좋구나
護羌校尉朝乘障,　　호강교위(護羌校尉)는 아침에 보루에 오르고
破虜將軍夜度遼.　　파로장군(破虜將軍)은 밤에 요하(遼河)를 건너네
玉靶角弓珠勒馬,　　옥자루 보검, 뼈장식 활, 진주굴레 준마를
漢家將賜霍嫖姚.　　한나라 조정에서 장차 곽거병(霍去病)에게 하사하리라

개원 25년(737)에 하서절도부사(河西節度副使) 최희일(崔希逸)이 청해(靑海)에서 토번(吐藩)을 깨뜨리자 왕유는 감찰어사(監察御使)의 신분으로 변새로 나가 그의 전공을 치하하였는데, 이 시는 이때 지은 것이다. 앞의 네 구는 흉노(匈奴)가 흰 풀이 하늘에 닿는 광활한 평원에서 수렵활동을 하면서 호시탐탐 침략을 노리는 것을 묘사하였다. 뒤의 네 구는 당(唐)의 군사활동을 묘사한 것으로 제5구는 수비를, 제6구는 공격을 말하였으며, 미련은 최희일의 전공에 응분의 상이 내려지리라는 것이다. 이 작품은 변새를 소재로 한 것도 특이하지만 웅혼한 기상이 전편에 배어있는 점도 여타의 칠언율시에서 거의 찾아볼 수 없는 특징이다. 다만, 매 구절이 실점(失黏)을 범하고 있고, 제3구와 제7구의 끝에 '마(馬)'자를 중복하여 쓰는 등 격률 면에서 소홀한 면이 눈에 띈다.

이상에서 왕유 칠언율시의 대표적인 작품들을 살펴보았다. 허학이(許學夷)는 '굉섬웅려(宏瞻雄麗)', '화조수아(華藻秀雅)', '도세징정(淘洗澄淨)'의 세 가지로 왕유 칠언율시의 풍격을 설명했고,[99] 시보화(施補華)는 '고화(高華)'와 '청

---

98) 宋緒連·趙乃增·董維康, ≪唐詩藝術技巧分類辭典≫, p.774.

원(淸遠)’으로 대별했는데,[100] 허학이가 말한 ‘굉섬웅려’와 ‘화조수아’는 실질적으로 ‘고화’로 묶을 수 있는 분류이기 때문에 왕유 칠언율시의 풍격은 결국 크게 ‘고상하고 화려함’과 ‘맑고 심원함’이라는 두 종류로 나뉘는 셈이다. 이 가운데 성과가 높은 작품은 아무래도 전자라 할 것이다.[101] 요컨대 칠언율시의 창작이 지극히 저조했던 개원·천보 연간에 왕유는 초당의 칠언율시를 계승하여 성당의 기풍이 담긴 다수의 작품을 남김으로써 이후 칠언율시의 발전에 많은 영향을 주었다.

② 이기(李頎)

칠언율시에서 왕유와 이기를 붙여서 언급한 것은 명(明) 이반룡(李攀龍)이 처음이다. 그는 “칠언율시라는 형식은 모든 사람이 어려워하는데, 왕유와 이기가 자못 그 묘함에 도달하였다.”[102]고 하였나. 그 뒤에 청(淸) 왕사정(王士禎)과 홍량길(洪亮吉 : 1746~1809)은 “당대 시인의 칠언율시는 이기와 왕유를 정종(正宗)으로 친다.”[103]고 하여 이기의 칠언율시를 정종의 위치까지 끌어올렸으며, 송징벽(宋徵璧)은 “칠언율시에서 이기와 왕유 같은 이는 그 완곡하고 함축적인 것이 사물과 부합하고, 애틋하고 슬픈 것이 감정에 들어맞았다.”[104]고 하였다. 이기의 칠언율시는 7수에 불과하여 결코 많다고 할 수

---

99) 許學夷, ≪詩源辨體≫ 卷16,「摩詰七言律亦有三種, 有一種宏贍雄麗者, 有一種華藻秀雅者, 有一種淘洗澄淨者. 如<大同殿柱産玉芝, 龍池上有慶云神光照殿, 百官共睹, 聖恩便賜宴樂敢書卽事>, <出塞>, <和賈舍人早朝大明宮之作>等篇, 皆宏贍雄麗者也. 如<奉和聖制從蓬萊向興慶閣道中留春雨中春望之作應制>, <和太常韋主簿五郎溫湯寓目之作>, <送楊少府貶郴州>等篇, 皆華藻秀雅者也. 如<敕借岐王九成宮避暑應敎>, <酬郭給事>, <積雨輞川莊作>等篇, 皆淘洗澄淨者也.」

100) 施補華, ≪峴傭說詩≫,「摩詰七律, 有高華一體, 有淸遠一體, 皆可效法.」

101) 孫琴安, ≪唐七律詩正品≫, p.31,「平心而論, 王維七律成就最高者, 仍在宮廷應制, 早朝唱和諸作.」

102) 李攀龍, ≪唐詩選≫,「七言律體, 諸家所難, 王維, 李頎頗致其妙.」

103) 王士禎, ≪師友詩傳錄≫,「唐人七言律, 以李東川, 王右丞爲正宗.」; 洪亮吉, ≪北江詩話≫ 卷6,「開寶諸賢, 七律以王右丞、李東川爲正宗.」

없다. 그러나 왕유의 칠언율시가 초당 말기 응제시의 영향을 다소 받았던 반면, 이기의 칠언율시는 거기서 완전히 벗어났다는 데 의의가 있다. 그의 작품을 내용별로 살펴보면 송별시가 2수, 기증시(寄贈詩)가 2수, 제기시(題記詩)가 2수, 영물시가 1수인데, 대체로 단아(端雅)하면서도 맑게 울리는 듯한 맛이 있어, 화려하고 수식적인 궁정시풍은 찾아보기 어렵다. 먼저 <선공의 산 속 연못에 제함[題璿公山池]>을 감상해보자.

遠公遁跡廬山岑,	혜원(慧遠)은 여산의 기슭에 자취를 감추었고
開士幽居祇樹林.	스님은 지타태자(祇陀太子)의 숲에서 고요히 지내네
片石孤峰窺色相,	한 조각 바위의 외로운 봉우리가 불상을 엿보고[105]
淸池皓月照禪心.	맑은 연못의 하얀 달이 참선하는 마음을 비추네
指揮如意天花落,	여의(如意)를 흔드시니 하늘의 꽃이 떨어지고[106]
坐臥閑房春草深.	암자에 기거하시니 봄풀이 깊어가네
此外俗塵都不染,	이 밖에 속세의 먼지는 모두 公을 물들이지 못하는데
惟餘玄度得相尋.	오로지 현도(玄度)만 남겨 방문을 허락하였네

이 시는 선공(璿公)이란 스님이 기거하는 산 속의 연못을 소재로 한 시인데, 시의 내용은 주로 선공의 참선을 다루고 있다. 담원춘(譚元春)이 "매번 가운데 두 연을 한가할 때 낭송하면 도심(道心)이 문득 생겨난다."[107]고 한 말에 공감이 갈 만큼 이 시는 선취(禪趣)를 잘 전달하고 있다. 함련에 쓰인 동사 '엿보다[窺]'와 '비추다[照]'가 정중동(靜中動)의 산뜻한 느낌을 주고 있으며, 경련의 대장도 범상치 않다. 미련에 나온 현도(玄度)는 허순(許詢)의 자(字)로서 진(晉)나라 때의 고사(高士)였다. 벼슬에 응하지 않고 지둔(支遁)과 왕래하며 선

---

104) 宋徵璧, ≪抱眞堂詩話≫, 「七律如李頎、王維, 其婉轉附物, 惆悵切情.」

105) ≪菩薩本經≫, 「佛者, 有大神力, 身紫金色, 三十二相, 前智無窮, 却睹無極.」

106) ≪維摩經≫, 「時維摩詰室有一天女, 見諸天人所說法, 便見其身, 卽以天花散諸菩薩大弟子上, 花至諸菩薩皆落, 至弟子便着不墮.」 여의(如意)는 스님이 불경을 강론할 때 손에 드는 막대기를 말한다.

107) 鍾惺・譚元春, ≪唐詩歸≫ 卷14, 「每將中二聯閑時誦之, 道心頓生.」

담(禪談)을 즐겼던 사람이다. 장법상으로는 제1구에서 진 혜원의 고사를 쓴 것과 호응하고 있고, 내용상으로는 작자 자신을 비유하여 선공이 때묻지 않은 작자의 고결한 성품을 인정해주었음을 은근히 과시하였다. 이 시는 자구나 대장에 조탁을 가한 흔적 없이 매끄럽다는 것을 가장 큰 특징으로 볼 수 있겠다.

다음으로 이기의 칠언율시 중에서 가장 널리 알려져 있는 <경사에 가는 위만을 전송하며[送魏萬之京]>를 보도록 한다.

朝聞游子唱離歌,	아침에 나그네의 고별인사 들었는데
昨夜微霜初度河.	어젯밤 엷은 서리 강을 처음 건너왔네
鴻雁不堪愁裏聽,	기러기 우는 소리 시름겨워 못 듣나니
雲山況是客中過.	더구나 나그네는 구름 산을 지남에랴
關城曙色催寒近,	관성의 새벽날씨 닥칠 추위 재촉하매
御苑砧聲向晚多.	경성의 다듬잇돌 소리 저녁이면 더욱 잦네
莫見長安行樂處,	장안성 행락처를 그대 부디 가지 말라
空令歲月易蹉跎.	헛되이 세월 보내 때 놓치기 쉬우니라

이 시는 장안으로 들어가는 위만(魏萬)을 전송하며 지은 것으로, 담우학(譚優學)의 고증에 따르면 천보 13년 작자가 65세 때 지은 것이라고 한다.[108] 수련은 '어젯밤 엷은 서리가 내렸고, 오늘 아침 나그네는 황하를 건넌다'는 뜻인데 제1구에서 먼저 '아침'을 말하고, 제2구에서 '어젯밤'을 말함으로써 변화를 꾀하고 있다. 함련의 제3구는 제2구를, 제4구는 제1구를 이어받아 자연 경물과 나그네의 심정을 유기적으로 결합시켰다. 특히 이 연에서는 허사(虛辭)를 과감하게 사용하여 거침없는 느낌을 주는 점이 주목된다. 경련은 장안에 도달한 후의 광경을 묘사한 것으로, 함련의 쓸쓸한 분위기를 그대로 이어받고 있다. 제5구에서는 '새벽'을 말하고, 제6구에서는 '저녁'을 말함으로써 하루해가 빨리 저무는 모습을 복선(伏線)으로 준비하여, 장안에서 허송세월하

---

108) 譚優學, 앞의 책, p.130.

지 말기를 당부하는 미련의 주제와 연결 지은 정밀함도 놓쳐서는 안 될 부분이다. 호응린은 수련의 '조(朝)', '야(夜)'와 경련의 '서(曙)', '만(晚)' 등 시간을 나타내는 시어가 거듭 쓰이고 있음을 지적하면서 초학자들은 배우지 말아야 한다고 했는데, 다른 각도에서 보자면 시어의 중복 같은 세세한 문제는 아랑곳하지 않았던 것이 성당 칠언율시의 특징임을 알 수 있는 좋은 예라 할 것이다.

역대의 평자 중에서 이기의 칠언율시를 가장 높이 평가한 사람은 이반룡(李攀龍)과 심덕잠(沈德潛)으로서, 그들은 ≪당시선(唐詩選)≫과 ≪당시별재(唐詩別裁)≫에 이기의 칠언율시 7수를 모두 수록하고 있다. 그렇다면 이기 칠언율시의 장점은 어디에 있을까? 호응린의 말을 들어보기로 한다.

> 이기의 칠언율시는 기껏 일곱 수인데, <題盧五舊居>만이 아름답지 않을 뿐 <寄司勛盧員外>는 웅혼하면서 거칠지 않고, <宿瑩公禪房聞梵>은 지극히 공교하면서도 가냘프지 않으며, <題璿公山池>의 고요함이나 <送魏萬之京>의 완약함이 모두 천 년 동안 독보적이었다.[109]

이기의 칠언율시는 비록 다룬 소재는 다양하지 못하지만 여러 가지 풍격을 갖추고 있으면서 정련되었다는 점에서 높은 평가를 받았던 듯하다. 육시옹(陸時雍)도 같은 맥락에서 "이기의 칠언율시는 시격이 맑고 세련된 데다 유려하고 낭송할 수 있으니, 이는 왕유 이후로 제일 가는 사람이라 하겠다."[110]고 평하였다. 그런가 하면 호진형(胡震亨)은 왕유와 이기의 칠언율시를 비교하여 다음과 같이 말하고 있다.

> 왕유는 고상하고 화려한 면에서 낫고, 이기는 아름답고 영민한 면에서 낫다.

---

109) 胡應麟, ≪詩藪·內篇≫ 卷5, 「李律僅七首, 惟<物在人亡>不佳, <流澌臘月>極雄渾而不笨, <花宮儼梵>至工密而不孅, <遠公遁跡>之幽, <朝聞遊子>之婉, 皆可獨步千載.」
110) 陸時雍, ≪唐詩鏡≫, 「李頎七律, 詩格清煉, 復流利可誦, 是摩詰以下第一人.」

이기는 이슬에 젖은 하얀 꽃처럼 바탕을 머금은 까닭에 선명하고, 왕유는 노을이 걸린 푸른 봉우리처럼 장소를 가려 더욱 귀하다. 왕유는 간혹 엄정함을 잃은 곳이 있으나 무심한 가운데 여유 있고 자유로우며, 이기는 격률에서 벗어난 곳이 없으나 의식적으로 보완한 부분을 지적할 수 있다. 무게에서 차이가 날 뿐만 아니라 다시 색채와 향기에서도 구별된다.[111]

호진형도 시보화와 마찬가지로 왕유의 칠언율시는 '고상하고 화려한' 특징을 가지고 있다고 보았고, 이기의 칠언율시는 섬세하고 선명하다고 하였다. 그리고 호진형도 지적하였듯이, 이기의 칠언율시는 격률의 완성도에서 왕유를 포함한 성당의 제인(諸人)을 압도한다. 그의 칠언율시는 단 한 수도 실점(失黏)을 범하고 있는 작품이 없기 때문이다. 왕부지(王夫之) 같은 이는 이처럼 이기가 격률을 준수한 데 대해 "(그의 시는) 썩은 나무나 말라붙은 가지와 같아서 구구하게 죽은 격률로 사람들을 얽어맸다."[112]고 비판하기도 하였으나, 격률을 완전히 배제한 채 칠언율시를 논하기는 어렵다. 손금안(孫琴安)은 전기(錢起)와 유장경(劉長卿)을 대표로 하는 중당 전기의 칠언율시 작가들이 대부분 왕유와 이기의 풍격을 배웠고, 특히 한굉(韓翃), 장적(張籍), 왕건(王建) 등의 칠언율시는 음운과 성조의 측면에서 이기의 영향을 많이 받았다고 하였다.[113] 이런 맥락에서도 성당 칠언율시에 대해 논할 때 이기를 제외하기는 어려울 듯하다.

③ 고적(高適)

고적은 엄정한 율시보다는 호방한 풍격의 고시를 즐겨 썼던 시인으로, 칠언율시 역시 그의 장기는 아니었지만 6수의 작품을 남기고 있다.[114] 이를 내

---

111) 胡震亨, ≪唐音癸簽≫ 卷10,「王以高華勝, 李以韶令勝. 李如瓊蕊泡露, 含質故鮮 ; 王如翠嶺冠霞, 占地特貴. 王間有失嚴, 無心內遊衍自如 ; 李卽無落調, 有意中補湊可摘. 不獨舫兩微懸, 正復色香亦別.」
112) 王夫之, ≪唐詩評選≫ 卷4 七言律,「朽木枯枝, 區區以死律縛人.」
113) 孫琴安, <簡論李頎在唐七律詩中的地位>, p.50.
114) 조겸(趙謙)과 손금안(孫琴安)은 고적의 칠언율시가 9수라고 하였는데, 필자가

용별로 보면 응수시(應酬詩)가 2수, 송별시(送別詩)가 3수, 등림시(登臨詩)가 1수이다. 먼저 <전위현 소부 이채를 전송하며[送前衛縣李寀少府]>를 감상해보자.

黃鳥翩翩楊柳垂,	꾀꼬리 펄펄 날고 버드나무 늘어지는데
春風送客使人悲.	봄바람에 나그네 전송하려니 사람을 슬프게 하네
怨別自驚千里外,	이별을 원망하는 것은 천 리 밖임에 절로 놀라서고
論交卻憶十年時.	사귐을 얘기하는 것은 십 년 시절을 돌이켜 생각해서라네
雲開汶水孤帆遠,	구름 걷힌 문수(汶水)에 외로운 돛배 멀어지면
路繞梁山匹馬遲.	길 구불구불한 양산(梁山)에 한 필의 말 더디 가겠지
此地從來可乘興,	여기는 이전에 흥이 나면 놀던 곳이라
留君不住益凄其.	그대를 머물게 하지 못하니 더욱 처량하다오

천보 5년(746) 봄 동평(東平)을 여행하던 고적은 이채(李寀)와 헤어지면서 이 시를 지었다. 이 시는 오랫동안 사귀었던 친구를 타향에서 전송하는 쓸쓸함이 잘 묘사된 작품이다. 수련에서는 무르익어 가는 아름다운 봄을 묘사하여 좋은 계절에 이별해야 하는 슬픔을 말하였다. 함련은 슬픔이 더 큰 이유를 서술한 것으로, 새로 사귄 친구가 가까운 곳으로 떠나는 것도 아쉬운 계절에 십년지기(十年知己)가 천 리 밖으로 떠남을 마음 아파하고 있다.[115] '천 리'와 '십 년'을 쓴 대장이 정교하면서도 절실하게 시의(詩意)를 전달하고 있다. 경련의 제5구는 떠나가는 이채를 가리키고, 제6구는 전송을 마친 고적을 가리킨다. 물길 따라 빠르게 사라져가는 데에 대한 아쉬움이 담겨 있는 '멀다[遠]'라는 시어와, 친구를 보내고 쓸쓸함에 잠긴 모습을 나타내는 '더디다[遲]'라

≪전당시≫와 ≪고적집≫을 검토한 바로는 6수가 맞다. 특히 <중양(重陽)>이라는 작품은 손흠선(孫欽善)이 ≪고적집교주(高適集校注)≫에서 송대 정구(程俱)의 작품임을 고증하고 있는데도(p.277), 조겸의 ≪당칠율예술사≫(p.73)와 갈효음(葛曉音)의 ≪산수전원시파연구≫(p.286) 등에서는 고적의 작품으로 간주하여 자세히 논했다. 이는 기존의 연구성과를 제대로 반영하지 못한 결과라 할 것이다.

115) 趙臣瑗, ≪唐七言律詩箋注≫ 卷1, 「春風和煦, 黃鳥方相逐於柳蔭深處, 而人方送別. 當此之時, 卽新知近地, 且猶不可, 況以十年之誼, 而爲千里之遊乎?」

는 시어의 정교함이 돋보인다. 미련은 수련과 호응하여 처연한 심정을 직접적으로 서술하였다.

다음에 감상할 작품도 송별시이다. <협중으로 좌천된 이소부와 장사로 좌천된 왕소부를 전송하며[送李少府貶峽中王少府貶長沙]>를 보자.

嗟君此別意何如,	아! 그대들 이번 이별에 마음이 어떠하신가!
駐馬銜杯問謫居.	말을 세우고 잔을 드시게나, 귀양지에 대해 물어보겠네
巫峽啼猿數行淚,	무협의 원숭이 울음소리에 눈물은 몇 줄이나 흘릴 것이며
衡陽歸雁幾封書.	형양에서 돌아가는 기러기 편에 편지는 몇 통이나 부치게 될까
青楓江上秋帆遠,	청풍강(青楓江) 나루에는 가을 돛단배 아득히 멀어지고
白帝城邊古木疏.	백제성(白帝城) 주변에는 고목들 띄엄띄엄 있겠지
聖代卽今多雨露,	지금은 태평성세라 황제의 은택이 많으니
暫時分手莫躊躇.	잠시 이별하는 일 주저하지 마시게나

이 시의 창작시기나 장소에 대해서는 잘 알려져 있지 않으며, 협중(峽中)으로 폄적되어 가는 이소부(李少府)와 장사(長沙)로 폄적되어 가는 왕소부(王少府)를 전송하며 지은 작품이다. 두 사람을 동시에 다른 곳으로 전송하는 일은 흔치 않으므로 일반적인 송별시의 구도와는 다른 수법이 필요했는데, 고적은 이 작품에서 함련과 경련의 대장연의 지칭대상을 각각 「이소부 – 왕소부 – 왕소부 – 이소부」의 순서로 교차 배열하여 무난히 해결하고 있다.116) 심덕잠(沈德潛)은 "잇달아 네 개의 지명을 쓰는 것은 궁구해보건대 율시에서 적절치 못하다."117)고 했으나, 여기서는 오히려 효과적인 수법이 되었다고 생각된다.

손금안(孫琴安)은 성당의 송별 칠언율시로는 이기와 고적의 작품이 훌륭하다고 전제하면서, 고적의 칠언율시가 잠참에 비해 조금 부족하나 송별시만

---

116) 무협과 백제성은 협중 부근에 있고, 형양과 청풍강은 장사 부근에 있다.
117) 沈德潛, ≪唐詩別裁≫ 卷13, 「連用四地名, 究非律詩所宜.」

큼은 잠참은 물론이고 왕유도 한 수 아래라 하였다.[118] 송별의 제재는 성당 이후의 칠언율시에서도 상용되었다는 점에서 고적 칠언율시의 성과를 고찰할 필요가 있는 것이다. 호응린(胡應麟)은 고적의 칠언율시가 '화평완후(和平婉厚)'하긴 하나 이미 성당의 '웅섬(雄贍)'함을 잃고 점차 중당(中唐)으로 접어들었다고 하였는데,[119] 송별시가 떠나가는 사람에게 주는 것이어서 일반적으로 처량한 느낌을 주기 때문으로 여겨진다.

④ 잠참(岑參)

잠참은 모두 10수의 칠언율시를 남기고 있으며,[120] 한 수를 제외하고는 모두 지덕(至德) 연간 이후에 창작된 것이다. 잠참이 안서절도사(安西節度使) 겸 북정도호(北庭都護)인 봉상청(封常淸)의 막하에 있다가 숙종(肅宗)이 있던 봉상현(鳳翔縣)으로 돌아와 우보궐(右補闕)에 임명된 지덕 2년(757) 이후를 그의 작품세계 중 후기로 보는 일반적인 견해에 따르면,[121] 그의 칠언율시는 대부분 후기에 나온 셈이다. 내용을 살펴보면 기증시(寄贈詩), 송별시(送別詩), 응수시(應酬詩)가 각각 3수씩이며, 나머지 한 수는 궁액시(宮掖詩)이다. 먼저 천보 4, 5년경에 지어진 것으로 보이는 <초봄 위성 서쪽 교외에 나가 남전현 주부 장이에게 드림[首春渭西郊行呈藍田張二主簿]>을 감상해보자.

迴風度雨渭城西,	회오리바람에 비 지나간 위성(渭城)의 서쪽
細草新花踏作泥.	가는 풀과 새로 핀 꽃이 밟혀 진흙이 되었다
秦女峰頭雪未盡,	진녀봉 끝에는 눈이 아직 녹지 않고
胡公陂上日初低.	호공피 위에는 해가 갓 낮아졌으리라

---

118) 孫琴安, 앞의 책, p.44.
119) 胡應麟, ≪詩藪·內編≫ 卷5, 「至七言律, 雖和平婉厚, 然已失盛唐雄贍, 漸入中唐矣.」
120) ≪전당시≫에 잠참의 작품으로 수록된 <酬暢當嵩山尋麻道士見寄>는 유개양(劉開揚)이 노륜(盧綸)의 것임을 고증하고 있으므로 제외하였다(앞의 책, pp.879-880).
121) 이병한 외 22인, ≪中國詩와 詩人≫, p.436.

愁窺白髮羞微祿,　　백발을 바라보며 근심하니 미미한 봉록이 부끄럽고
悔別靑山憶舊溪.　　푸른 산과 이별한 것을 후회하며 옛 시내를 생각한다
聞道輞川多勝事,　　듣자니 망천에는 경치 좋은 곳 많다던데
玉壺春酒正堪攜.　　옥병에 봄술을 담아 가져갈 만하겠지

　이 시는 초봄에 위성(渭城) 서쪽의 교외에 나갔다가 남전(藍田)의 장주부(張主簿)에게 보낸 것이다. 수련은 비가 내린 뒤 교외의 풍경을 묘사하고 있다. 화초들이 바람과 비로 인해 제모습을 잃어 봄을 감상하고자 하는 시인의 기대를 저버렸는데, 이는 경련에 보이는 작자의 번민을 내포하고 있다. 함련은 망천(輞川)의 풍경을 상상해본 것으로 미련과 연결된다. 경련에서는 '수(愁)', '규(窺)', '수(羞)', '회(悔)', '별(別)', '억(憶)' 등 동사를 6개나 쓰고 있어 이채롭다. 이러한 수법은 대력(大曆) 연간 이후의 칠언율시에서는 거의 찾아볼 수 없는 것으로, 상격(常格)에 구애받지 않았던 성당 칠언율시의 분방함을 보여주는 예라 할 것이다. 이 작품은 조탁한 흔적을 드러내지 않고 고아(高雅)한 풍격을 가지고 있어, 손금안(孫琴安)은 "이른바 성당의 정음(正音)이란 모두 이와 같은 시를 표준으로 삼는다."122)고 하였다.

　이어서 <늦봄 괵주의 동쪽 정자에서 부풍의 별장으로 돌아가는 이사마를 전송하며[暮春虢州東亭送李司馬歸扶風別廬]>를 보도록 한다.

柳蟬鶯嬌花復殷,　　버들가지 늘어지고 꾀꼬리 곱고 꽃 다시 활짝 피는데
紅亭綠酒送君還.　　붉은 정자에서 푸른 술로 그대 돌아가는 것 전송하네
到來函谷愁中月,　　함곡관(函谷關)에 와서 근심 속에 보던 달
歸去磻溪夢裏山.　　반계(磻溪)로 돌아가면 꿈에 그리던 산
簾前春色應須惜,　　주렴 앞의 봄빛을 응당 아까워해야 할지니
世上浮名好是閑.　　세상의 뜬 이름 참으로 보잘것없지
西望鄕關腸欲斷,　　서쪽으로 고향을 바라보니 애 끊기려 하는데
對君衫袖淚痕斑.　　그대를 대하니 옷소매에 눈물자국 얼룩지오

---

122) 孫琴安, 앞의 책, p.47.

176 | 당대 칠언율시 연구

  이 시는 상원(上元) 원년(760) 쯤 괵주사마(虢州司馬)로 있다가 부풍(扶風)으로
돌아가는 이모(李某)를 전송하며 쓴 작품이다. 수련은 제목의 '늦봄[暮春]', '동
쪽 정자[東亭]' 그리고 '전송[送]'을 묘사한 것이다. 함련은 괵주에 있는 함곡
관(函谷關)과 부풍(扶風)에 있는 반계(磻溪)를 빌어 여정을 말하였다. 이 연은
매우 평범해 보이지만 행간에 많은 내용을 담고 있다. 김성탄(金聖歎)의 평을
들어보기로 하자.

> 잠참이 3·4구에서 이사마를 묘사하면서, 오던 즉시 근심했지 그가 와서 뜻을
> 펴지 못하게 되어서야 근심한 것이 아니며, 꿈에서 오래 전에 벌써 떠났지 오늘
> 바로 그가 돌아가는 것을 전송하고 나서야 떠나는 것이 아니라고 한 것을 보면
> 이 세 글자(제2구의 '送君還'을 가리킴 : 인용자)가 진정으로 이사마를 전체적으
> 로 경쾌하게 묘사하고 있음을 알게 된다.[123]

  잠참은 이 두 구절을 통해 괵주에서 달을 바라보며 늘 부풍의 산을 꿈꾸었
던 이사마(李司馬)가 마침내 돌아가게 된 기쁨을 허경(虛景) 속에 넉넉히 담아
내고 있다. 경련은 부풍으로 돌아간 이사마의 심정을 대변한 것이며, 미련은
이사마처럼 귀향하지 못하는 자신의 처지를 슬퍼한 것이다. 이 작품을 보면
성당의 송별 칠언율시만큼은 이미 완숙한 경지에 도달했음을 느끼게 된다.
  잠참의 칠언율시는 위에서 소개한 작품 외에도 <봉화중서사인가지조조
대명궁(奉和中書舍人賈至早朝大明宮)>, <서액성즉사(西掖省卽事)>, <봉화상공
발익창(奉和相公發益昌)>, <화사부왕원외설후조조즉사(和祠部王員外雪後早朝卽
事)> 등이 모두 명작으로 거론될 만큼 상당한 수준을 보여주었다.[124] 방동
수(方東樹)는 "고적과 잠참의 두 시인은 대체로 역시 흥상(興象)을 숭상하여
기세가 이기(李頎)에 비해 굳건함을 더하고 있다."[125]고 하였고, 호진형(胡震

---

123) 金聖歎, ≪貫華堂選批唐才子詩≫ 卷2, 「看他三四寫此司馬, 來便是愁, 不是他
    人來而不得意始愁 ; 夢久已去, 不是今日直至送之歸始去, 便知此三字眞是寫
    出此司馬通體輕快.」
124) 張步雲, ≪唐代詩歌≫, pp.237-241을 참고.

亨)은 고적과 잠참의 칠언율시를 비교하면서 "잠참은 말이 뜻보다 낫고, 구의 격식이 장려(壯麗)하나 신운(神韻)을 드날리지는 못했다. 고적은 뜻이 말보다 낫고 정취가 애틋하나 기세가 미치지 못했다. 잠참의 변변찮은 구절도 여전히 성당의 기상을 잃지 않았으나, 고적의 잘 맞춘 가락은 이따금 슬며시 중당의 정조를 드러냈다."126)고 하여 고적보다는 잠참이 '성당기상(盛唐氣象)'을 더 잘 보여준 작가로 보고 있다.

2) 기타 작가

성당사가(盛唐四家)를 제외한 시인들 중에서도 한두 수씩 좋은 작품을 남기고 있는 일군의 작가들이 있으니, 바로 최호(崔顥), 이백(李白), 조영(祖詠), 최서(崔曙) 등이다. 먼저 살펴볼 최호는 <안문호인가(雁門胡人歌)>, <황학루(黃鶴樓)>, <행경화음(行經華陰)>의 세 수의 칠언율시를 남기고 있는데,127) 이 가운데 그의 대표작이라 할 수 있는 <황학루(黃鶴樓)>를 보기로 한다.

昔人已乘白雲去,	옛 선인 이미 흰 구름 타고 가버리고
此地空餘黃鶴樓.	이 땅에는 그저 황학루만 남아있다
黃鶴一去不復返,	황학은 한 번 떠난 후로 다시 오지 아니하고
白雲千載空悠悠.	흰 구름만 천 년토록 여전히 떠 있다
晴川歷歷漢陽樹,	맑은 날 강에 뚜렷한 한양(漢陽)의 나무들
芳草萋萋鸚鵡洲.	향기로운 풀 무성한 앵무주(鸚鵡洲)
日暮鄕關何處是,	해는 저무는데 고향은 어디메뇨?

---

125) 方東樹, ≪昭昧詹言・通論七律≫, 「高岑二家, 大槪亦是尙興象, 而氣勢比東川加健拔.」

126) 胡震亨, ≪唐音癸籤≫ 卷10, 「岑詞勝意, 句格壯麗, 而神韻未揚; 高意勝詞, 情致纏綿, 而筋骨不逮. 岑之敗句, 猶不失盛唐; 高之合調, 時隱逗中唐.」

127) 손금안(孫琴安)은 ≪당칠율시정품(唐七律詩正品)≫에서 <七夕>(≪전당시≫ 권130)까지 칠언율시에 포함시켜 최호의 칠언율시가 모두 네 수라고 하였다 (p.17). 그러나 <七夕>은 측성운 '線', '見'에 이어 평성운 '流', '牛'로 압운하고 있으므로 칠언율시로 볼 수 없다.

煙波江上使人愁.　　　강 위의 안개가 사람을 시름겹게 하노라

이 시는 앞의 네 구가 고시(古詩)의 구법을 쓰고 있어서 율시로 간주할 수 있을 것인가의 여부가 논란이 되었던 작품이다. 그러나 성당대까지는 아직 칠언율시의 격률이 완전하게 갖추어지지 않았다는 점을 감안하여, 이 작품도 심전기(沈佺期)의 <용지편(龍池篇)>과 마찬가지로 칠언율시의 변격으로 간주하는 것이 보통이다.128) 고풍(古風)의 앞 네 구에서는 '흰 구름[白雲]'과 '황학(黃鶴)'을 반복 사용하여 선인(仙人) 왕자안(王子安)이 황학을 타고 지나갔다는 고사129)의 분위기를 신비롭게 그려내고 있고, 율시의 격률을 갖춘 뒤의 네 구에서는 황학루 근처의 경물을 묘사하면서 향수에 젖어드는 모습을 형상화하였다.

이백의 칠언율시는 모두 9수로 작품수만을 놓고 보면 적다고 할 수 없으나, 그가 남긴 시가 천여 수나 되는 것을 감안하면 칠언율시에는 거의 관심을 두지 않았다고 할 것이다. 9수의 격률을 살펴보면 <송하감귀사명응제(送賀監歸四明應制)>를 비롯한 2수는 정격에 부합하고, <등금릉봉황대(登金陵鳳凰臺)>를 비롯한 5수는 어느 정도 격률을 지키고 있으며, <앵무주(鸚鵡洲)> 등의 2수는 요체(拗體)이다.130) 이 가운데 가장 널리 알려져 있는 <금릉의 봉황대에 올라[登金陵鳳凰臺]>를 보기로 한다.

鳳凰臺上鳳凰遊,　　　봉황대(鳳凰臺)에 봉황새 노닐더니
鳳去臺空江自流.　　　봉황새 떠난 뒤 누대 덩그렇고 강물만 절로 흐른다
吳宮花草埋幽徑,　　　오(吳)나라 궁전의 화초 황폐한 길에 묻혀버렸고
晉代衣冠成古丘.　　　진대(晉代)의 귀족님들 세상 떠나 낡은 무덤 되었네
三山半落靑天外,　　　삼산(三山) 봉우리 반쯤 푸른 하늘 밖으로 솟아 있고

---

128) 葛曉音, ≪山水田園詩派研究≫, p.280을 참고.
129) ≪南齊書志≫ 卷15, <州郡下>, 「夏口城據黃鵠磯, 世傳仙人子安乘黃鵠過此上也.」
130) 宋心昌, <李白七律考評>, 廣西師範大學出版社, ≪唐代文學研究年鑑≫ 1993 · 1994合輯, p.118에서 재인용

二水中分白鷺洲.　　　한 가닥 강물 가다가 나뉘어 백로주 감싸고 흐른다
總爲浮雲能蔽日,　　　뜬구름이 해를 가리는지라
長安不見使人愁.　　　장안(長安)이 보이지 않아 사람을 시름겹게 한다

　이백의 칠언율시 중에서 <앵무주(鸚鵡洲)>[131]와 <등금릉봉황대(登金陵鳳凰臺)>는 모두 최호의 <황학루>로부터 영향을 받은 작품이다. <앵무주>는 <황학루>의 시상과 구법을 동시에 모방하여 작품성이 떨어지는 반면, <등금릉봉황대>는 주로 악부가행(樂府歌行)의 자연스런 풍격만을 따왔고, 시의 내용도 <황학루>와는 달리 정치에 대한 불만을 다루고 있어[132] 아류로 취급되지는 않는다. 앞의 네 구는 봉황대를 중심으로 한 근경을 묘사한 것이고, 뒤의 네 구는 원경을 묘사하면서 시인의 감회와 울분을 토로한 것이다.[133] 등림시(登臨詩)로서는 비교적 수미가 잘 갖춰져 있어 우수한 작품의 하나라고 하겠다. <황학루>와 비교하여 오창기(吳昌祺) 같은 이는 이 시가 <황학루>의 적수는 못된다고 하였는가 하면,[134] 항인(恒仁)은 오히려 더 낫다고 보기도 하였는데,[135] 객관적으로 보면 아무래도 <황학루>가 한 수 위의 작품으로 여겨진다. 명(明) 왕세무(王世懋)가 그 이유 중의 하나를 지적하고 있으니 여기에 인용해본다.

　　‘사람을 시름겹게 한다[使人愁]’는 세 자가 똑같은데 어느 것이 타당한가? ‘해
　저물 때의 고향[日暮鄕關]’과 ‘강에 피어오르는 물안개[煙波江上]’는 본래 분명
　하게 가리키는 바가 없으나 누각에 올라 내려다보는 사람이 절로 근심을 갖는

---

131) 王琦注 《李太白全集》 卷21, 「鸚鵡來過吳江水, 江上洲傳鸚鵡名. 鸚鵡西飛隴山去, 芳洲之樹何靑靑. 煙開蘭葉香風暖, 岸夾桃花錦浪生. 遷客此時徒極目, 長洲孤月向誰明.」
132) 이 시의 배경에 대해서는 이백이 조정 간신배의 참언으로 장안에서 쫓겨나 강호를 유랑할 때 지은 것이라는 설이 유력하다.
133) 李炳漢·李永朱, 《唐詩選》, p.125.
134) 吳昌祺, 《刪訂唐詩解》, 「起句失利, 豈能比肩黃鶴? 後村以爲崔顥敵手, 愚哉!」
135) 《月山詩話》, 「愚謂此詩雖效崔體, 實爲靑出於藍.」

것일 따름이다. 그러므로 '사람을 시름겹게 한다'고 한 것은 물안개가 시름겹게 만들었다는 뜻이다. '뜬구름이 해를 가리고[浮雲蔽日]', '장안이 보이지 않아서 [長安不見]'의 경우는, 쫓겨난 신하라면 절로 근심할 터인 즉, 어찌 근심하게 만들 필요가 있겠는가?136)

최서(崔曙)와 조영(祖詠)은 각기 한 수의 칠언율시만을 남기고 있으나 모두 성당 칠언율시의 특징을 잘 보여주는 작품들이다. 먼저 최서의 <중양절 망선대에 올라 명부 유용에게 드림[九日登望仙臺呈劉明府容]>을 감상해보자.

漢文皇帝有高臺,	한나라 문황제에게 높은 누대 있어
此日登臨曙色開.	이 날 올라보니 새벽빛이 트이네
三晉雲山皆北向,	삼진의 구름산은 모두 북쪽을 향하고
二陵風雨自東來.	이릉의 비바람은 동쪽에서 몰려오네
關門令尹誰能識,	관문의 영윤을 누가 알아줄런가?
河上仙翁去不回.	하상의 신선도 가서 오지 않노라
且欲近尋彭澤宰,	가까운 곳에 있을 팽택령(彭澤令)을 찾아서
陶然共醉菊花杯.	흔연히 국화주로 함께 취해볼까나

시제에 보이는 망선대(望仙臺)는 한문제(漢文帝)가 《노자장구(老子章句)》 4편을 전수해준 하상공(河上公)을 기려 만든 누대다. 이 시의 제1·5·6구는 모두 이 망선대와 관련된 사람들을 말한 것이다. 함련에서는 망선대에 올라 바라본 경치를 지극히 정교한 대장에 담았으며, 경련에서는 자취를 찾아볼 수 없는 선계(仙界)의 인물을 들어 신선사상의 허무함을 이야기하고 있다. 미련은 시제의 중양절과 유명부를 묘사한 것이다. 이 작품은 크게 두 가지 점에서 성당 칠언율시의 면모를 보여주고 있다고 평가된다. 첫째는 성당 특유의 격정적인 목소리가 들린다는 것이다.137) 율시이면서도 일필휘지의 기상

---

136) 王世懋, 《藝圃擷餘》, 「'使人愁'三字雖同, 孰爲當乎? '日暮鄕關', '煙波江上', 本無指著, 登臨者自生愁耳, 故曰 : '使人愁', 煙波使之愁也. '浮雲蔽日', '長安不見', 逐客自應愁, 寧須使之?」

과 흥취가 담겨 있다. 둘째는 한 수에 한문제, 윤희(尹喜), 하상공, 도연명(陶淵明) 등 네 명의 인물을 거론하여 번다한 느낌을 준다는 것이다.[138] 중당 이후로는 칠언율시의 작법에 대한 연구가 왕성해지면서 시어의 사용에 엄정을 기하였기 때문에 이런 예를 발견하기가 쉽지 않다. 이러한 두 가지 특징은 자구에 집착하기보다는 전체적인 기상을 중시했던 성당시의 일반적인 경향과 맥을 같이한다고 볼 수 있다.

다음으로 조영(祖詠)의 <계문을 바라보며[望薊門]>를 보도록 한다.

燕臺一去客心驚,　　연대(燕臺)에 한 번 가면 나그네 마음 놀라니
簫鼓喧喧漢將營.　　피리와 북소리 요란한 한나라 장군의 군영
萬里寒光生積雪,　　만리에 차가운 빛이 쌓인 눈에서 나오고
三邊曙色動危旌.　　세 변방의 새벽빛 속에 높은 깃발이 휘날리네
沙場烽火連胡月,　　모랫벌의 봉화는 오랑캐의 달에 닿아 있고
海畔雲山擁薊城.　　바닷가의 구름산은 계성(薊城)을 둘러쌌네.
少小雖非投筆吏,　　젊어서는 붓을 던진 관리가 아니었지만
論功還欲請長纓.　　공훈을 논할 제면 전장에 나서길 청하고 싶네.

이 시는 시인이 하북성(河北省)에 있는 연대(燕臺)에 올라 이민족과 대치하고 있는 변방의 모습을 바라보면서 보국(報國)의 의지를 다진 변새시다. 제1구의 '나그네 마음 놀라니[客心驚]'라는 말이 전시(全詩)의 주지라고 할 수 있다. 함련은 '쌓인 눈[積雪]', '높은 깃발[危旌]'과 같은 시어를 통해 변방의 스산한 분위기를 전달하고 있고, 경련은 '봉화[烽火]', '구름산[雲山]' 등의 시어로써 변방에서 외로이 오랑캐와 맞서 전투를 준비하고 있는 모습을 묘사했다. 이 두 연은 작자가 놀라게 된 원인을 설명한 것이다. 이와 같은 광경을 목도한 시인은 미련에서 종군하고자 하는 뜻을 강하게 피력한다. 이 작품 역

---

137) 郭濬, ≪增訂評注唐詩正聲≫, 「慷慨寫意, 中唐人無此氣骨.」 金聖歎, ≪貫華堂選批唐才子詩≫ 卷2, 「曙色開妙. 一是高臺久受湮沒, 氣象忽得一開；一是登高臺人久抱抑鬱, 情思忽得一暢.」
138) 吳昌祺, ≪刪訂唐詩解≫, 「通首用四人, 亦一疵也.」

시 앞에서 보았던 최서의 <구일등망선대정류명부용(九日登望仙臺呈劉明府容)>과 비슷한 특징을 보이고 있다. 하나는 힘찬 기상을 담아 웅혼한 풍격을 느낄 수 있다는 점이다.[139] 다른 하나는 중간 두 연에 「방위사 - 명사 - 동사 - 명사」의 동일한 구법이 사용된 데에서 알 수 있듯이 세밀한 부분까지 다듬지는 못하고 있다는 것이다.

3. 두보(杜甫)의 칠언율시

두보를 빼놓고 당시를 논하기 어려울 만큼 그의 시작(詩作)은 여러 방면에서 특출한 성과를 거두었다. 그의 시는 '시사(詩史)'라 일컬어질 정도로 나라의 중대사를 날카로운 시각으로 담아냈을 뿐만 아니라, 세밀하게 사물을 관찰하여 얻은 인상과 삶의 체험 속에서 얻은 끈끈한 인정을 능수 능란한 필치로 표현하기도 하였다. 두보는 또 고시와 근체시에 두루 재능을 보였는데, 청(淸) 황자운(黃子雲)이 "두보의 오언율시와 오칠언고시는 당대의 제가들에게 또한 그에 미칠 만한 작품이 한두 편씩은 있었으나, 칠언율시는 아래위로 천 년 동안 비교할 만한 것이 없었다."[140]고 말하고 있듯이, 그의 시작은 칠언율시에서 성과가 가장 뛰어나다. 다음의 표를 통해 두보의 전체 시작에서 칠언율시가 차지하는 비중을 알아보자.

	근 체 시			고 시	계
	율 시	배 율	절 구		
오 언	630	127	31	263	1,051
칠 언	151	8	107	141	407
소 계	781	135	138	404	1,458

---

139) 손금안은 이 두 작품이 두보 칠언율시의 웅혼한 풍격에 영향을 주었다고 보았다(앞의 책, p.16).

140) 黃子雲, ≪野鴻詩的≫, 「杜之五律、五七言古, 三唐諸家亦各有一二篇可企及, 七律則上下千百年無倫比.」

두보가 남긴 칠언율시는 모두 151수로서, 그를 제외한 초·성당 시인의 작품 371수[141]의 40%에 육박하는 많은 양이다. 또 그의 전체 작품수 1,458수를 놓고 보면 칠언율시가 차지하는 비중이 10%를 넘는데, 이는 5% 미만이었던 이전의 시인들보다 칠언율시를 애호했다고 판단할 수 있는 수치다. 작품의 문학적 성취도 뛰어나 다수의 작품이 여러 당시선집에 선록되었다. 일례로 청(淸) 심덕잠(沈德潛)의 ≪당시별재집(唐詩別裁集)≫에 선록된 두보의 칠언율시는 모두 57수로서, 이 선집에 선록된 전체 칠언율시 368수의 15%를 차지했다. 청(淸) 요내(姚鼐)는 "천지의 원기(元氣)를 품고 고금의 정변(正變)을 포괄하였으니 격률로 속박할 수도 없고, 또한 성당으로 한정지을 수도 없다."[142]는 말로 두보의 칠언율시를 일갈하였는데, 본 절에서는 이렇게 높은 평가를 받고 있는 두보의 칠언율시가 거둔 성과를 조망해볼 것이다.

(1) 창작시기별 주요 작품

두보시의 시기구분을 놓고 배비(裴斐)는 두보가 화주사공참군(華州司空參軍) 벼슬을 버리고 진주(秦州)에 이르러 <진주잡시(秦州雜詩)> 20수를 창작한 건원(乾元) 2년(759)을 기준으로 삼아 전후기를 나누었다가, 후에 다시 이를 여덟 개의 시기로 세분한 바 있다.[143] 칠언율시의 창작상황만을 염두에 둔 분기론으로는 마무원(馬茂元)의 2기설,[144] 유지점(劉知漸)·웅독(熊篤)의 3기설,[145] 그리고 섭가영(葉嘉瑩)의 4기설[146] 등이 있다. 그런데 두보의 칠언율시를 읽어

---

141) 조겸(趙謙)의 설을 따른 수치다(p.35). 그는 초당의 칠언율시를 130수, 성당의 칠언율시를 241수로 계산하고 있는데, 시인 중에서 누구까지를 성당으로 간주하였는지 밝히고 있지 않으므로 통계의 근거가 다소 불투명하다.

142) 姚鼐, ≪五七言今體詩鈔≫, 「杜公七律, 含天地之元氣, 包古今之正變, 不可以律縛, 亦不可以盛唐限者.」

143) 裴斐, <杜律擧隅>와 <杜詩八期論>. 두 논문에서 주장한 두시의 분기를 종합하여 도표로 나타내보면 다음과 같다.

보면, 시험적으로 칠언율시를 지었던 모색기를 거쳐, 본격적으로 틀을 갖춰나간 정형기를 형성하였다가, 세밀한 격률의 심도를 다지면서 다양한 변화도 추구한 완숙기의 세 시기로 가닥이 잡힌다. 따라서 여기서는 유지점 등의 3기설을 좇아 두보 칠언율시의 변천을 고찰하면서 대표적인 작품들을 살펴보기로 하겠다.

1) 모색기 : 입촉전(入蜀前) 20년

두보 최초의 칠언율시 작품은 <제장씨은거이수(題張氏隱居二首)>의 첫째 수로서, 이 시는 구조오(仇兆鰲)의 편년에 따르면 대략 개원 24년(736) 이후, 고적·이백 등과 함께 제(齊)·조(趙)를 노닐 무렵 지은 것이다. 이때로부터 <지일견흥봉기배생구각노량원고인이수(至日遣興奉寄北省舊閣老兩院故人二首)>를 창작한 건원 2년(759)까지 20여 년 동안을 칠언율시 창작의 모색기로 볼 수 있다. 이 시기에 나온 칠언율시는 모두 24수로, 아직은 두보 특유의 개성이 잘 보이지 않는 작품이 많기 때문이다. 예컨대 <정부마택연동중(鄭駙

前　期			後　期				
讀書 遊歷 (712 -746)	長安 10年 (747 -755)	戰亂 時期 (756 -759.7)	秦州 時期 (759.7 -760)	成都 草堂 (760 -762.7)	梓州 閬州 (762.7 -765)	雲安 夔州 (765 -768)	湖南 時期 (768 -770)

144) 마무원(馬茂元)은 배비(裴斐)와 마찬가지로 건원 2년 전후의 두 시기로 나누었다(馬茂元, <思飄雲物動 律中鬼神驚 － 論杜甫和唐代的七言律詩>, p.35).

145) 유지점(劉知漸)과 웅독(熊篤)은 촉으로 들어가기 전까지의 시기, 성도에서 운안까지의 시기, 기주 이후의 시기로 나누어 시율을 중심으로 두보의 시를 다루었다(劉知漸·熊篤, <如何理解杜甫的詩律>, p.95).

146) 섭가영(葉嘉瑩)은 안사의 난 이전 시기, 수복 이후 재차 장안으로 돌아와 있던 시기, 성도의 초당에 머물던 시기, 기주 이후의 시기 등으로 나누어 두보 칠언율시의 변화와 발전을 논했다(葉嘉瑩, <論杜甫七律之演進及其承先繼後之成就>, pp.26-53).

馬宅宴洞中)>, <성서피범주(城西陂泛舟)>, <봉화가지사인조조대명궁(奉和賈至舍人早朝大明宮)>, <선정전퇴조만출좌액(宣政殿退朝晚出左掖)>, <紫宸殿退朝口號(자신전퇴조구호)> 등은 초당 말기 응제 칠언율시의 풍격에 가깝고, <증전구판관(贈田九判官)>, <증헌납사기거전사인징(贈獻納使起居田舍人澄)>, <송정십팔건폄태주사호상기림노함적지고궐위면별정견어시(送鄭十八虔貶台州司戶傷其臨老陷賊之故闕爲面別情見於詩)> 등은 성당 칠언율시가 흔히 다루었던 기증·송별의 제재에서 벗어나지 못한 작품들이다. 김계화(金啓華)가 두보의 <증전구판관>과 <정부마택연동중>을 각각 심전기(沈佺期)의 <고의정보궐교지지(古意呈補闕喬知之)>와 송지문(宋之問)의 <봉화춘초행태평공주남장응제(奉和春初幸太平公主南莊應制)>와 비교하면서 "제재와 장법이 서로 같은 데서 두보가 심·송의 작품을 모방한 흔적을 찾을 수 있다."[147]고 한 것은 모색기의 두보 칠언율시가 초당을 벗어나지 못하고 있음을 지적한 예라 하겠다. 그러면 이 시기를 대표할 만한 작품 몇 수를 감상해보자. 먼저 천보 13년(754)에 지어진 <성 서쪽 미피에 배를 띄우고[城西陂泛舟]>를 보기로 한다.

青蛾皓齒在樓船,	푸른 눈썹 하얀 이의 여인들이 누각배에 있고
橫笛短簫悲遠天.	가로 부는 피리와 짧은 퉁소가 먼 하늘을 슬퍼한다
春風自信牙檣動,	봄바람에 상아돛대 움직이는 것을 절로 맡겨두고
遲日徐看錦纜牽.	느긋한 날에 비단닻줄이 끌리는 것을 천천히 본다
魚吹細浪搖歌扇,	물고기가 가벼운 파도를 일으켜 노래부채를 흔들고
燕蹴飛花落舞筵.	제비가 날아다니는 꽃을 차 춤추는 연석에 떨어뜨린다
不有小舟能蕩槳,	노를 휘저을 작은 배 없다면
百壺那送酒如泉?	백 항아리 샘 같은 술을 어찌 보내올까?

이 시는 장안(長安) 서쪽에 있는 저수지인 미피(渼陂)에서의 화려한 뱃놀이를 묘사하고 있다. 수련에는 아름다운 여인들과 성대한 음악을 담았고, 함련과 경련에서는 각각 수련의 '누각배[樓船]'와 '여인'을 이어받아 부연하였다.

---

147) 金啓華, <論杜甫的七律>, p.195.

미련은 여인들의 가무를 통해 무르익은 주흥(酒興)을 말한 것이다. 청(淸) 양륜(楊倫)이 ≪두시경전(杜詩鏡銓)≫에서 "농려(濃麗)함이 오히려 초당에 가깝다."[148]고 한 것처럼, 작품 전체가 성대한 뱃놀이를 아름답게 묘사하는 데 치중하고 있어서 마치 초당 말기에 심전기 등 다수의 학사들이 창작했던 <흥경지시연응제(興慶池侍宴應制)>와 같은 느낌을 주고 있다. 격률을 보더라도 수련과 함련, 함련과 경련이 모두 실점(失黏)을 범하고 있어 매우 불안정하다. 개원·천보 연간의 칠언율시는 창작된 작품수도 많지 않았을 뿐만 아니라 격률도 엄정하지 않았는데, 두보의 이 시도 성당사가를 비롯한 여타 시인들의 작품과 크게 다르지 않은 모습을 보여주고 있다.

천보 14년(755) 안사(安史)의 난이 일어나 안록산(安祿山)의 군대에 점령된 장안에 억류되어 있던 두보는 지덕(至德) 2년(757) 장안 서쪽에 있던 금광문(金光門)을 통해 장안을 탈출하여 봉상(鳳翔)의 행재소(行在所)에 머무르던 숙종(肅宗)을 알현하고, 그 일로 충정을 인정받아 좌습유(左拾遺)에 제수된다. 이로부터 건원(乾元) 2년(759) 화주사공참군(華州司空參軍) 벼슬을 버리고 진주(秦州)로 갈 때까지 2년 남짓한 기간 두보는 약 20수에 가까운 칠언율시를 지어 칠언율시 창작에 속도를 붙여갔다. 청(淸) 조익(趙翼)은 이백에게 칠언율시가 적은 원인을 분석하면서, "개원·천보 연간에는 칠언율시가 아직 성행하지 않았고 지덕 연간 이후로 가지(賈至) 등의 <조조대명궁(早朝大明宮)> 제작(諸作)이 나오고 서로 절차탁마하면서부터 비로소 완정함을 느끼게 되었는데, 이백은 오래 전에 이미 장안을 떠났기 때문에 지은 것이 많지 않았던 것으로 보인다."[149]고 하였는데, 역으로 두보는 이 시기에 장안에 있으면서 왕유, 잠참, 가지 등과 칠언율시로 창화할 기회를 가짐으로써 칠언율시의 기교를 발전시키는 좋은 계기를 가졌던 것으로 보인다.

좌습유의 자리에 있던 지덕 2년, 두보는 당시 재상이었던 방관(房琯)이 파

---

148) 楊倫, ≪杜詩鏡銓≫ 卷2,「濃麗猶近初唐.」
149) 趙翼, ≪甌北詩話≫ 卷1,「蓋開元天寶之間, 七律尙未盛行, 至德以後, 賈至等 早朝大明宮諸作, 互相琢磨, 始覺盡善, 而靑蓮久已出都, 故所作不多也.」

면되자 그를 변호하는 상소를 올렸다가 숙종의 미움을 샀고, 자의반타의반으로 부주(鄜州)에 있던 가족들을 보고 와서는 장안에서 큰 의욕 없는 나날을 보내게 된다. 이 시기의 작품인 <곡강 두 수[曲江二首]> 가운데 첫째 수를 보자.

一片花飛減卻春,　　　한 조각 꽃만 날려도 봄이 줄어드는데
風飄萬點正愁人.　　　바람이 만 잎을 몰아치니 진정 사람을 근심스럽게 한다
且看欲盡花經眼,　　　잠시 다 져가는 꽃잎을 보라 눈앞을 지나가니
莫厭傷多酒入脣.　　　많으면 몸 상하는 술이라 싫어하지 말고 입술에 들이키자
江上小堂巢翡翠,　　　강가의 작은 집엔 비취새가 둥지를 틀었고
苑邊高塚臥麒麟.　　　동산 곁 높은 무덤엔 기린이 누워있다
細推物理須行樂,　　　가만히 사물의 이치를 따져보면 모름지기 즐겨야 할지니
何用浮名絆此身?　　　무엇 때문에 헛된 이름으로 이 몸을 매어두리오

이 시는 건원 원년(758) 늦봄에 곡강(曲江)에서의 감회를 담은 것이다. 수련의 묘사는 역대로 기발하다는 평가를 받았으니, 대표적으로 왕사석(王嗣奭)은 "꽃이 날리면 봄이 잦아듦을 누가 모르겠는가? 한 조각만 날려도 봄이 곧 줄어듦은 몰랐던 것이니 시어의 기발함이다."[150]라고 했다. 함련에서는 수련의 뜻을 이어받아 술을 곁들여 남은 봄이라도 즐겨야 한다고 했다. 경련은 변화하는 사물의 이치를 설파한 것이고, 미련은 그가 <절구만흥구수(絶句漫興九首)> 넷째 수에서 "몸밖의 무궁한 일을 생각하지 말고, 잠시 생전의 유한한 술잔을 다 비우세(莫思身外無窮事, 且盡生前有限杯)."라 한 것과 마찬가지로 일부러 달관한 듯한 말을 함으로써 수심을 덜어보고자 한 것이다. 이 시는 격률이 완정하고 서정성이 농후한 점은 앞의 작품과 격을 달리 하지만, 제1구와 제3구에서 '화(花)'자를 연달아 써서[151] 시상을 이어간 방법은 심전기의

---

150) 王嗣奭, 《杜臆》 卷2, 「花飛則春殘, 誰不知之? 不知飛一片而春便減, 語之奇也.」
151) 일부 판본에는 제2구의 '風'과 제6구의 '苑'까지 '花'로 되어 있기도 하다.

<용지편(龍池篇)> 이후로 성당의 일부 칠언율시 작품이 보여준 가행체(歌行體)의 면모를 띠고 있다.

다음으로 <중양절 남전의 최씨 별장에서[九日藍田崔氏莊]>를 감상해보자.

老去悲秋强自寬,	늙어가면서 가을을 슬퍼하지만 억지로 자위하였는데
興來今日盡君歡.	흥이 일어난 오늘은 그대와 즐거움을 다해야겠네
羞將短髮還吹帽,	부끄럽게도 짧은 머리카락에 다시 모자 날릴 새라
笑倩旁人爲正冠.	웃으며 옆사람 시켜 관을 바로 씌워 달랬네
藍水遠從千澗落,	남수는 멀리 천 개의 골짜기에서 떨어져 흘러오고
玉山高幷兩峰寒.	옥산은 높이 두 봉우리와 함께 차갑다
明年此會知誰健?	내년 이 모임에 누가 건강할 줄 알겠는가?
醉把茱萸仔細看.	취하여 수유 붙잡고 자세히 바라본다

이 시는 건원 원년 화주사공참군 재직시에 남전(藍田)에 이르러 지은 것으로, 한 해가 저물어가는 가을에 늙음을 슬퍼하는 내용을 담고 있다. 수련은 자연스런 대장을 통해 '슬픔[悲]'과 '즐거움[歡]'의 감정을 강하게 교차시키면서 전편의 주지를 드러냈다. 함련에서는 진(晋)나라 때 환온(桓溫)의 참군(參軍)을 지냈던 맹가(孟嘉)의 '낙모(落帽)' 고사[152]를 반용(反用)하였는데, 머리카락이 다 빠져 관이 날아가는 것이 더 이상 풍류가 될 수 없다고 느끼는 시인의 비애가 행간에 숨어 있다. 경련은 '절단중류구(截斷衆流句)'라 일컬어지는 구절로, 흔히 감정을 서술하는 위치에 불쑥 장관(壯觀)의 경물을 묘사함으로써 특이한 감을 준다. 미련에서는 내년에도 건강한 모습으로 다시 중양절을 맞을 수 있을지 의심하고 있다. 여기서는 수유를 바라보는 모습으로 제7구의 질문에 대한 대답을 대신한 제8구는 양예(Yang Ye)가 '태블로우비방(tableau vivant)'[153]이라고 표현했듯이, 정지된 화면을 통해 오히려 더 많은 암시와 여

---

152) ≪晉書≫ 卷98, <桓溫列傳>, 「後爲征西桓溫參軍, 溫甚重之. 九月九日, 溫燕龍山, 僚佐畢集. 時佐吏並著戎服, 有風至, 吹嘉帽墮落, 嘉不之覺. 溫使左右勿言, 欲觀其擧止. 嘉良久如厠, 溫令取還之, 命孫盛作文嘲嘉, 著嘉坐處. 嘉還見, 卽答之, 其文甚美, 四坐嗟歎.」

운을 담았다.154) 이 작품은 전경후정(前景後情)의 구도에 '비장함'을 담는 두보 특유의 칠언율시와는 차이가 있으나 격률, 구법, 대장, 용전 등의 측면에서는 상당한 섬세함을 보여주고 있다.

2) 정형기 : 성도(成都)에서 운안(雲安)까지의 시기

건원 2년말 두보는 가족을 이끌고 성도에 도착하여 교외에 있는 초당사(草堂寺)에 3개월 정도 머무르다, 이듬해인 상원(上元) 원년(760) 봄 완화계(浣花溪) 옆에 띠집을 만들고 초당(草堂)이라 이름하였다. 이로부터 영태(永泰) 원년(765) 초여름까지는 거의 대부분 여기서 시간을 보냈다.155) 두보는 이 시기에 모두 400여 수의 시를 짓는 왕성한 창작활동을 펼쳤는데, 촉 지방의 아름다운 자연환경과 함께 이곳에서 2년 가까이 절도사로 재직한 엄무(嚴武)의 경제적 후원이 많은 뒷받침이 되었을 것으로 보인다. 영태 원년 엄무가 죽은 뒤 두보는 성도를 떠나 기주(夔州)로 향하다 건강이 악화되어, 그해 9월부터 이듬해 봄까지 운안(雲安)에서 요양하였다. 이 기간에 두보는 모두 54수의 칠언율시를 창작하였다. 이 시기의 창작에는 비교적 안정된 생활을 바탕으로 주변의 자연경물을 관조하거나 농촌의 정경을 담은 담담한 작품이 많은 것이 특징이다. 먼저 <강마을[江村]>을 보자.

---

153) 살아 있는 사람이 분장하여 역사적인 사건이나 명화를 연출하는 것. 활인화(活人畵)라고도 한다.

154) Yang Ye, *Chinese Poetic Closure*, NewYork : Peter Lang Publishing, Inc., 1996, p.31, 「What is the message underlying this gesture? The ailanthus leaves stand for tradition-something that will be worn by generations to come, something that will outlive the poet himself and come back perennially. Thus the closure harks back to the beginning, a lament for his old age and the brevity of human life. All this is left unsaid, just as the question is left unanswered. The poem has closed, but the lingering image of the aging and drunken poet leaves further space for the reader to digest and to meditate upon.」

155) 莫礪鋒, ≪杜甫評傳≫, p.144.

清江一曲抱村流,　　　맑은 강 한 굽이 마을을 감돌아 흐르고
長夏江村事事幽.　　　긴 여름 강 마을엔 일마다 그윽하다
自去自來梁上燕,　　　절로 갔다 절로 오는 것은 들보 위의 제비고
相親相近水中鷗.　　　서로 친하고 서로 가까운 것은 물속의 갈매기다
老妻畫紙爲棋局,　　　늙은 아내는 종이에 그려 장기판을 만들고
稚子敲針作釣鉤.　　　어린 자식은 바늘을 두드려 낚시바늘을 만든다
但有故人供祿米,　　　다만 봉록미를 주는 친구만 있다면
微軀此外更何求?　　　미천한 몸이 그밖에 무엇을 구하리요?

이 시는 상원 원년 여름에 지은 것이다. 모처럼 마음의 평안을 얻은 두보는 강 마을의 정경을 시폭에 담았으니 제2구의 '일마다 그윽하다[事事幽]'는 말이 전편의 주지라 하겠다. 제1구에 쓴 '강(江)'과 '마을[村]'이라는 시어를 제2구에서 '강 마을[江村]'로 묶어 재차 사용한 점이 특이하고, 함련에서 '절로[自]'와 '서로[相]'를 내리 써서 구 안에서 대(對)를 이루고 다시 출구(出句)와 대구(對句) 사이에도 엄정한 대를 맞춘 점이 눈에 띈다. 이렇게 시어를 중복시킨 구법은 까다로운 율시의 격률에서 벗어나 자유로움을 추구한 것인 듯하지만, 가운데 두 연 네 구의 묘사대상을 각각 '마을 - 강 - 마을 - 강'의 순서로 배열함으로써 오히려 장법의 엄밀함을 보여준 것이다. 청(淸) 황생(黃生)은 "이 시에는 소탈하고 자연스러운 운치가 보인다."156)고 평했는데, 이는 두보 칠언율시의 새로운 면모로서 생활의 변화가 시작(詩作)에도 반영된 것으로 이해할 수 있겠다. 이 시외에도 <복거(卜居)>, <당성(堂成)>, <빈지(賓至)>, <광부(狂夫)>, <야로(野老)>, <남린(南鄰)>, <객지(客至)>, <진정(進艇)>, <엄공중하왕가초당겸휴주찬(嚴公仲夏枉駕草堂兼攜酒饌)> 등이 모두 완화계의 초당을 둘러싼 경물을 묘사하거나 주변 이웃과의 교제를 서술한 작품들이다.

위의 시와는 다른 풍격의 <촉나라 승상[蜀相]>을 감상해보자.

---

156) 仇兆鰲, ≪杜詩詳注≫ 卷9에 인용된 評語, 「此詩見蕭灑流逸之致.」

丞相祠堂何處尋?　　　승상의 사당을 어디에서 찾을까?
錦官城外柏森森.　　　금관성 밖 잣나무 빽빽한 곳이더라
映階碧草自春色,　　　섬돌에 비친 푸른 풀은 절로 봄빛이요
隔葉黃鸝空好音.　　　잎새 저쪽 노란 꾀꼬리는 하릴없이 좋은 소리로다
三顧頻煩天下計,　　　세 번 찾은 일 수고롭게 했던 것은 천하를 위한 꾀였고
兩朝開濟老臣心.　　　두 조정을 열고 이룬 것은 늙은 신하의 마음이었다
出師未捷身先死,　　　군대를 내어 아직 이기지 못한 채 몸이 먼저 죽어서
長使英雄淚滿襟!　　　길이 영웅들로 하여금 눈물이 옷깃에 가득하게 하는구나

《방여승람(方輿勝覽)》에 제갈량(諸葛亮)의 사당이 성도부(成都府) 서북쪽 2리 되는 곳에 있다 하였으니, 이 시는 두보가 막 성도에 도착하여 사당을 참배하고 지은 것으로 보인다. 이 시의 전반부는 제갈량의 사당이 위치한 곳의 경물을 그린 것이고, 후반부는 제갈량이 못다 이룬 꿈을 회상하면서 시인의 감개를 기탁한 것이다. 문답체로 이루어져 독자의 이목을 끄는 수련, 수련의 원경에서 자연스럽게 근경으로 초점을 옮겨오면서 시각적 심상과 청각적 심상을 균형 있게 배치한 함련, 돌연 제갈량의 일생을 개괄하여 의론(議論)으로 전환한 경련 등이 각기 특색 있다. 특히 미련에서 느껴지는 '침울(沈鬱)'함을 통해서 서서히 발현되고 있는 듯한 두보 칠언율시의 대표적인 풍격을 엿볼 수 있다. 이 시는 전에 없던 회고(懷古)의 제재를 다루고 있다는 점에서도 칠언율시 제재의 폭을 넓혔다고 평가되는 작품이다.

두보는 완화계의 초당에서 한적한 생활을 보내면서도 떠나온 고향과 난리 통에 생이별한 혈육에 대한 그리움으로 번민하였다. 그러한 심정을 잘 보여 주는 작품인 <이별을 한탄하며[恨別]>를 보자.

洛城一別四千里,　　　낙양성(洛陽城)을 한 번 떠나와 4천 리
胡騎長驅五六年.　　　오랑캐의 말이 길이 내달리길 5, 6년
草木變衰行劍外,　　　풀과 나무가 변하고 쇠한 검문(劍門) 밖을 다니고
兵戈阻絶老江邊.　　　군사와 무기에 막히고 끊긴 강변에서 늙는다
思家步月淸宵立,　　　집 생각에 달빛 받고 거닐며 맑은 밤에 서성이고

192 | 당대 칠언율시 연구

憶弟看雲白日眠.　　　아우 그리워 구름을 보며 대낮에 잠든다
聞道河陽近乘勝,　　　들건대 하양(河陽)에서 근래 승승장구한다 하니
司徒急爲破幽燕.　　　사도(司徒)께서는 서둘러 유연(幽燕)을 깨뜨리시길

　　이 시 역시 상원 원년 성도에서 지은 것이다. 대장을 이룬 수련에 여러 개의 수사(數詞)가 동원된 점이 특이한데, 대(對)를 맞추는 용도에 머무르지 않고 '4천 리'나 멀리, '5, 6년'이나 오랫동안 이별해 있는 심적 고통을 절실하게 전달하고 있어 두보시의 공력을 잘 보여준다.[157] 함련은 촉땅을 떠돌고 있는 자신의 모습을 담은 것으로 제3구는 제1구의 '4천 리'를, 제4구는 제2구의 '5, 6년'의 의경을 이어나가고 있다. 제5구의 '집 생각에[思家]'와 제6구의 '아우 그리워[憶弟]'는 호문(互文)으로서 주야로 집과 아우를 생각한다는 뜻이다. '밤에 서성이고[宵立]', '낮에 잠든다[日眠]'는 시어의 기발함은 두보가 이 시기에 창작한 칠언율시 <강상치수여해세료단술(江上値水如海勢聊短述)>의 제2구 "말이 사람들을 놀라게 하지 않으면 죽어도 그만두지 않는다[語不驚人死不休]"를 연상케 한다. 미련에서는 이별의 원인이 된 반군을 조속히 제압하여 모든 시름이 해결되기를 바라고 있다. 이 작품은 진실된 감정이 잘 드러나 있음은 물론이고, 구법과 장법 등의 기교에서도 엄정함을 갖추었다는 점이 높이 평가된다.

　　이어서 <관군이 하남과 하북을 수복했다는 소식을 듣고[聞官軍收河南河北]>를 감상하기로 한다.

劍外忽傳收薊北,　　　검각(劍閣) 밖으로 홀연 계북을 수복했다 전해오니
初聞涕淚滿衣裳.　　　처음 듣고 눈물 흘려 옷에 가득하다
卻看妻子愁何在,　　　처자를 돌아보니 근심이 어디 있나?
漫卷詩書喜欲狂.　　　시서를 대충 말며 기뻐 미칠 듯하네
白日放歌須縱酒,　　　한낮에 노래하며 마음껏 술마시고
青春作伴好還鄕.　　　푸른 봄 짝하여 고향으로 돌아가기 좋다

---

157) 仇兆鰲, ≪杜詩詳注≫ 卷9, 「四千里, 言其遠. 五六年, 言其久.」

| 卽從巴峽穿巫峽, | 곧 파협(巴峽)으로부터 무협(巫峽)을 뚫고 |
| 便下襄陽向洛陽. | 바로 양양(襄陽)을 내려가 낙양(洛陽)으로 향하리라 |

두보는 보응(寶應) 원년(762) 촉지방의 난리를 피해 재주(梓州)와 낭주(閬州) 등지를 전전하다가 광덕(廣德) 2년(764) 성도로 되돌아왔는데, 이 시는 광덕 원년(763) 봄 피난 갔던 재주에서 지은 것이다.[158] 두보가 당시 머물고 있던 '검각(劍閣)'으로 시작된 이 작품의 중간에는 엄청난 양의 감정이 담겨있지만,[159] 시상은 급속히 진행되어 순식간에 그의 고향인 '낙양'으로 끝난다. 이렇게 빠른 속도로 시상을 연결해갈 수 있었던 것은 '홀(忽)', '초(初)', '각(卻)', '만(漫)', '즉(卽)', '편(便)'과 같은 허사(虛辭)를 잇달아 썼기 때문인데, 허사를 적절히 구사하여 시의 박자를 조절한 수법이 특히 이 시에서는 매우 탁월하다. 역대로 평자들은 이 작품에 대해 많은 평을 남겼다. 그 가운데 '용(龍)과 같다'고 한 청(淸) 하작(何焯)의 평[160]이 자유자재한 필치가 돋보이는 이 시의 특징을 가장 간명하게 축약한 듯하다.

이 시기의 작품 중에서 마지막으로 <누각에 올라[登樓]>를 보자.

花近高樓傷客心,	꽃이 높은 누각 가까이서 나그네 마음 아프게 하니
萬方多難此登臨.	온 천하에 어려움 많을 때 이곳에 올랐네
錦江春色來天地,	금강(錦江)의 봄빛이 천지에 밀려오고
玉壘浮雲變古今.	옥루산 위로 떠가는 구름은 고금(古今)으로 변하고 있네
北極朝廷終不改,	북극성(北極星) 같은 조정 끝내 바뀌지 않으리니
西山寇盜莫相侵.	서산(西山)의 도적들은 침략하지 말아라

---

158) 보응(寶應) 원년 10월부터 당나라 관군은 반군에 대한 반격을 개시해 하남과 하북지방을 수복하고, 광덕(廣德) 원년 1월에는 사조의(史朝義)가 이끌던 반군을 궤멸시켜 8년간이나 끌어오던 안사의 난에 종지부를 찍었다.

159) David Hawkes, *A Little Primer of Tu Fu*, Oxford, 1967, p.119, 「The amount of emotion which the form is made to carry in this poem would have been unthinkable in the works of an earlier poet.」(黃國彬, ≪中國三大詩人新論≫, p.52에서 재인용)

160) 何焯, ≪義門讀書記≫ 卷54, 「如龍.」

可憐後主還祠廟,　　가여운 후주(後主) 그나마 사당에 모셔으니
日暮聊爲梁父吟.　　해 저물녘 애오라지 <양보음(梁父吟)>을 읊어본다

　이 시는 광덕 2년 봄 성도에서 창작한 것이다. 이 무렵 안사의 난이라는 '내우(內憂)'가 겨우 진정되기가 무섭게 토번(吐藩)이 장안에 쳐들어오고 서촉(西蜀) 지방의 3개 주(州)를 점령하는 '외환(外患)'이 터졌는데, 이 시는 바로 그러한 형국을 배경으로 하고 있다. 전반부는 누각에 올라 바라본 경치를 묘사한 것이고, 후반부는 느낀 감회를 서술한 것이다. 수련은 도치법을 써서 돌올(突兀)한 느낌을 주며, 함련과 경련에는 공정한 대장이 쓰였고, 미련은 침울한 분위기를 자아내고 있다. 청(淸) 심덕잠(沈德潛)은 이 시를 평하여 "기상이 웅장하여 우주를 뒤덮으니 이는 두보의 시 가운데 최상급이다."161)라 하였다.

　이상에서 우리는 다섯 작품을 살펴보았는데, 이들 작품 외에 <객지(客至)>, <송한십사강동성근(送韓十四江東省覲)>, <장부형남기별이검주(將赴荊南寄別李劍州)>, <숙부(宿府)> 등도 수작으로 평가된다. 이 시기의 칠언율시는 제재가 매우 다양해졌을 뿐만 아니라, 각각의 제재를 다룬 작품들이 내용과 체재에서 저마다 나름의 특색을 지니고 있는 데다 작품성도 뛰어나, 칠언율시의 수준을 한 단계 끌어올렸다고 볼 수 있다. 섭가영(葉嘉瑩)은 칠언율시가 다른 시체(詩體)에 비해서 보다 많은 '예술적 여유'를 필요로 한다고 하였다.162) 두보가 성도에서 초당을 짓고 조금 안정된 생활을 영위하면서 사색할 수 있는 시간을 가질 수 있었던 것이 그의 칠언율시 창작에 유리한 조건으로 작용했을 것으로 여겨진다.

3) 완숙기 : 기주(夔州) 이후

　영태(永泰) 원년(765) 4월 엄무(嚴武)가 죽자, 두보는 더 이상 성도에 미련을 두지 않고 가족과 함께 동쪽으로 내려갔다. 융주(戎州), 투주(渝州), 충주(忠州)

---

161) 沈德潛, ≪唐詩別裁≫ 卷13, 「氣象雄偉, 籠蓋宇宙, 此杜詩之最上者.」
162) 葉嘉瑩, 앞의 글, p.35.

와 운안(雲安)을 거쳐, 이듬해인 대력(大曆) 원년(766) 봄에는 기주(夔州)에 도착하였다. 처음 한 해 동안에는 성내에 있던 서각(西閣)을 빌어 기거하다가 적갑(赤甲), 양서(瀼西), 동둔(東屯) 등으로 옮겨다녔다. 대력 3년(768) 정월 구당협(瞿塘峽)을 빠져나와 다시 동쪽으로 내려갔으니, 기주에는 2년 가까이 있었던 셈이다. 당시 기주도독(夔州都督)으로 있었던 소군벌(小軍閥) 백무림(柏茂琳)이 두보의 생활을 도와준 덕에 여기서 두보는 과수원과 공전(公田)을 일구며 노복(奴僕)도 몇 명 부렸다. 다행히 굶주림은 면했지만, 모든 생계를 남에게 의지해 살아간다는 것 자체가 그로서는 견딜 수 없는 고통이었다. 이 밖에도 당조(唐朝)의 형세는 그가 기대했던 만큼 호전되지 않았고, 교분이 있었던 이백(李白), 저광희(儲光羲), 방관(房琯), 정건(鄭虔), 고적(高適), 엄무(嚴武) 등이 모두 세상을 떠났으며, 기주의 풍토가 낯설어 그의 건강상태도 날로 악화되었다.[163] 기주 이후로 생을 마칠 때까지는 유랑의 연속이었다. 대력 3년 3월 강릉(江陵)에 도착하여 반 년 정도 머물다 가을에는 공안(公安)으로 옮겼고, 대력 4년에는 동정호(洞庭湖)를 지나 담주(潭州)와 형주(衡州)를 오갔으며, 결국 대력 5년(770) 담주에서 악양(岳陽)으로 가던 배 안에서 숨을 거두었다.[164]

이 시기에 창작된 칠언율시는 모두 73수로 전체 칠언율시 작품의 절반 가까이를 차지한다. 섭가영(葉嘉瑩)은 이 시기 두보의 칠언율시를 정격과 변체 두 부류로 나눌 수 있다고 전제하면서, <추흥팔수(秋興八首)>와 같은 연작시는 정격으로, <백제성초고루(白帝城最高樓)>와 같은 요체시(拗體詩)는 변체로 다루었다.[165] 그러나 필자는 연작시와 요체시는 모두 두보의 실험정신에서 나온 것으로, 일반적인 칠언율시에서는 잘 쓰이지 않는 변체에 가깝다고 생각한다. 따라서 본서에서는 이 두 종류의 작품들은 두보 칠언율시의 특징을 언급할 부분에서 따로 다루고, 여기서는 그 외의 작품들 가운데 중요한 몇몇 작품들을 살펴보고자 한다. 먼저 <석양[返照]>을 감상해보자.

---

163) 莫礪鋒, 앞의 책, pp.169-171.
164) 莫礪鋒, 위의 책, pp.193-195.
165) 葉嘉瑩, 앞의 글, p.40.

楚王宮北正黃昏,　　초(楚)나라 왕궁의 북쪽은 막 황혼이 되었는데

白帝城西過雨痕.　　백제성(白帝城)의 서쪽은 비의 흔적이 지나갔다

返照入江翻石壁,　　석양이 강에 들어 석벽을 흔들어놓고

歸雲擁樹失山村.　　돌아가는 구름은 나무를 감싸 산 마을을 사라지게 한다

衰年病肺惟高枕,　　노쇠한 나이에 폐병을 앓으니 오직 베개를 높게 하고

絶塞愁時早閉門.　　변방에서 시절을 근심하여 일찌감치 문을 닫는다

不可久留豺虎亂,　　승냥이와 호랑이 어지러운 곳에는 오래 머무를 수 없으리니

南方實有未招魂.　　남방엔 실로 아직 불러오지 못한 혼이 있다

이 시는 대력 원년 기주성의 서각에 있던 시기에 지은 것이다. 전반부는 비가 뿌린 뒤 갠 저녁의 경치를 묘사한 것이고, 후반부는 난리 통에 늙고 병든 작자의 모습을 돌아본 것이니,[166] 전형적인 '전경후정(前景後情)' 구도의 작품이라고 하겠다. 수련은 대장과 도치법을 통해 평범함을 피했고, 함련은 '들어[入]', '흔들어놓고[翻]', '감싸[擁]', '사라지게 한다[失]' 등 강한 움직임을 내포하고 있는 동사를 써서 경물묘사에 생동감을 더했다. 이역(異域)을 떠도는 처량한 모습을 서술하고 있으면서도 여전히 기백이 느껴지는 점이나, 제8구에 '초혼(招魂)'이라는 시어를 배치해 제1구의 '초궁(楚宮)'으로 돌아간 장법(章法)의 엄정함은 이 시가 '칠언율시의 정종(正宗)'이라는 평[167]을 얻게 된 이유를 설명해 준다.

이제 <피리 소리[吹笛]>를 살펴보기로 한다.

吹笛秋山風月淸,　　피리 부는 가을 산에 바람과 달이 맑은데

誰家巧作斷腸聲?　　뉘기에 애끊는 소리를 잘도 내는가?

風飄律呂相和切,　　바람이 가락을 불어와 서로 어울림이 처절하니

月傍關山幾處明?　　달은 관산(關山) 곁에서 몇 곳이나 밝을까?

胡騎中宵堪北走,　　오랑캐 기병이 밤중에 북으로 달아날 만하고

武陵一曲想南征.　　무릉(武陵)의 노래 한 곡 남쪽 정벌을 생각케 한다

---

166) 仇兆鰲, ≪杜詩詳注≫ 卷15, 「上四, 雨後晚晴之景 ; 下四, 衰病亂離之感.」

167) 楊倫, ≪杜詩鏡銓≫ 卷14에 인용된 黃生의 말.

故園楊柳今搖落,　　옛 동산의 수양버들은 지금 흔들려 떨어지니
何得愁中却盡生.　　어찌 근심 속에서 도리어 삶을 다하리요?

이 시 역시 대력 원년에 지은 것으로 피리소리를 듣고 느낀 바를 시로 옮겼다. 제1구에 보이는 '바람과 달[風月]'을 함련 두 구의 첫 글자로 쓴 것은 심전기(沈佺期)가 <용지편(龍池篇)>에서 사용했던 분승법(分承法)이다. 그밖에도 제1구와 제4구에서는 '산(山)'자가, 제5구와 제8구에서는 '중(中)'자가 중복되어 악부시(樂府詩)의 맛을 느끼게 해주고 있다. 이 시는 악곡명(樂曲名)을 빌어 시상을 전개하고 있는 점이 독특하다. 제4구에는 횡취곡(橫吹曲)에 속하는 <관산월(關山月)>이 숨겨져 있고, 제6구의 '무릉의 노래 한 곡[武陵一曲]'이란 후한(後漢)의 마원(馬援)이 남정(南征)할 때 지은 <무계심(武溪深)>을 가리키며,168) 제7구의 '수양버들[楊柳]'도 일종의 이중기호로서 <절양류(折楊柳)>라는 악곡을 내포하고 있다. 한편, 이들 악곡의 유래에는 이별의 슬픔,169) 오랑캐와의 싸움, 전쟁의 고통170) 등이 담겨 있어서 짙은 서정성을 느끼게 한다. 두보는 대력 2년에 지은 칠언율시 <견민희정로십구조장(遣悶戲呈路十九曹長)>에서 "늘그막에 점차 시율에 세밀해진다[晩節漸於詩律細]."고 하였는데, 이 시가 바로 그런 작품이라 하겠다.171)

두보는 대력 원년에만 <추흥팔수(秋興八首)>를 비롯한 연작시 20수를 포함하여 33수의 칠언율시를 짓는 왕성한 창작력을 과시했다. 아마도 낯선 땅

---

168) 송 곽무천의 ≪악부시집≫ 권74에 인용된 최표(崔豹)의 ≪고금주(古今註)≫에 다음과 같이 이 곡을 설명하고 있다. 「<무계심>은 마원이 남정할 때 지은 것이다. 마원의 문생인 원기생은 피리를 잘 불었는데, 마원이 노래를 짓고 원기생에게 명하여 피리를 불어 화창하게 하였다(武溪深, 馬援南征之所作也. 援門生爰寄生善吹笛, 援作歌, 令寄生吹笛以和之).」

169) 송 곽무천의 ≪악부시집≫ 권23에 인용된 ≪악부해제(樂府解題)≫에 「<관산월>은 이별을 슬퍼한 것이다(關山月, 傷離別也).」라고 하였다.

170) ≪宋書·五行志≫, 「太康末, 京洛始爲折楊柳之歌, 其曲始有兵革苦辛之詞, 終以禽獲斬截之事.」

171) 王嗣奭의 ≪杜臆≫ 卷8에 인용된 평어. 「此章乃詩律之最細者.」

인 기주에 막 도착한 시점이라, 외부활동을 줄이면서 얼마간 건강을 회복하여 시작에 몰두할 수 있었기 때문일 것이다. 대력 원년에 창작한 작품 한 수를 더 감상하기로 한다. <서각의 밤[閣夜]>을 보자.

歲暮陰陽催短景,	세밑의 일월이 짧은 빛을 재촉하고
天涯霜雪霽寒宵.	하늘 끝의 서리와 눈 차가운 밤에 갰다
五更鼓角聲悲壯,	오경의 북과 뿔피리 소리가 비장하고
三峽星河影動搖.	삼협의 은하수 그림자가 흔들거린다
野哭千家聞戰伐,	많은 사람들 들판에서 통곡하는 것은 전쟁소식 들었기 때문이고
夷歌幾處起漁樵.	여기저기 들려오는 오랑캐 노래는 어부와 나무꾼이 부른 것이다
臥龍躍馬終黃土,	제갈량과 공손술(公孫述)도 끝내 누런 흙 되었고[172]
人事音書漫寂寥.	사람 일이나 편지는 마냥 쓸쓸하다

이 시는 대력 원년 겨울 서각에서 지은 것이다. 전반부는 서각에서 바라본 야경을 묘사한 것이고, 후반부는 난리를 슬퍼하는 심사를 토로한 것이다. 당시 촉지방은 최간(崔旰), 곽영예(郭英乂), 양자림(楊子琳) 등이 패권을 다투며 서로 싸움을 벌여 매우 시끄러웠다. 함련은 서리와 눈이 갠 뒤의 밤 경치를 장활하게 묘사하면서 전쟁의 분위기까지 잘 소화해낸 명구로 꼽힌다. 제7구에서는 촉지방을 거점으로 활동했던 영웅들도 결국에는 역사의 저편으로 사라진 사실을 되새기면서, 부질없는 다툼으로 결국 무고한 양민들에게 괴로움이 돌아오는 현실을 개탄한 것이다. 방회(方回)는 이 시를 두고 "오직 두보의 시집에서만 찾아볼 수 있는 작품"[173]이라고 하였는데, 칠언율시를 운용하는 수법이 이 시기에 와서 거의 절정에 이르렀다고 여겨질 정도로 두보 특유의 사상, 감정, 그리고 시율이 한데 어우러져 비장한 풍격을 드러내고 있다.

---

172) ≪三國志·蜀志·諸葛亮傳≫, 「徐庶見先主, 先主器之, 謂先主曰∶"諸葛孔明者, 臥龍也."」; 揚雄, <蜀都賦>, 「公孫(述)躍馬而稱帝.」

173) 方回, ≪瀛奎律髓≫ 卷1, 「世間此等詩, 惟老杜集有之.」

　두보의 따뜻한 인정미를 보여주는 <다시 오랑에게 드림(又呈吳郎)>을 감
상해보자.

堂前撲棗任西隣,　　당 앞의 대추를 따가게 서쪽 이웃에 맡겼으니
無食無兒一婦人.　　먹을 것도 자식도 없는 한 아낙네 있어서라오
不爲困窮寧有此,　　곤궁함 때문이 아니면 어찌 이런 일이 있으리요?
秪緣恐懼轉須親.　　다만 두려워서일 것이니 그럴수록 친하게 대해주구려
卽防遠客雖多事,　　멀리서 온 객을 경계하는 것은 과민하다 하겠지만
便揷疏籬却任眞.　　성긴 울타리를 친 것은 오히려 참됨에 맡긴 것이겠지요
已訴徵求貧到骨,　　이미 징발과 요구로 가난이 뼈에 사무쳤다 하소연했던 터
正思戎馬淚盈巾.　　전쟁터의 말을 떠올리노라니 눈물이 소매를 적신다오

　이 시는 대력 2년에 지은 것이다. 당시 두보는 동둔(東屯)으로 옮겨가면서
양서(瀼西)에 있던 초당을 인척인 오랑(吳郞)에게 빌려주었다. 오랑이 초당의
대추를 따 가는 이웃집의 여인을 못마땅하게 여기자, 두보가 그에게 이 시를
보내 형편이 어려운 이웃이니 모르는 척 하라고 한 것이다. 이 시는 이제껏
보아왔던 칠언율시와 여러모로 판이하다. '고상하고 화려한[高華]' 맛이나 전
아(典雅)함을 찾아볼 수 없음은 물론이고, 두보의 칠언율시에서 빠지지 않았
던 경물묘사도 생략되어 있다. 그래서 평자 가운데에는 왕신중(王愼中)처럼
"시라고 할 수 없다."174)고 하거나 당여순(唐汝詢)과 같이 "온통 의론(議論)을
늘어놓았으니 율시 중의 최하급"175)이라 혹평한 이들도 있다. 그러나 기존의
칠언율시에 괘념치 않고 이 시를 읽어보면, 칠언율시라는 장중(莊重)한 형식
에도 충분히 세세한 인생사를 담아 펼쳐내는 색다른 느낌을 받게 된다. 포기
룡(浦起龍)이 "만약 자구만을 본다면 초를 씹는 듯하겠지만, 모름지기 맛이
없는 밖에서 맛을 보아야 한다."176)고 한 것도 이런 의미일 것으로 생각된다.

---

174) 盧坤, 《五色批本杜工部集》王愼中 評語, 「不成詩.」
175) 唐汝詢, 《彙編唐詩十集》, 「通涉議論, 是律中最下乘.」
176) 浦起龍, 《讀杜心解》 卷4, 「若只觀字句, 如嚼蠟耳, 須味於無味之表.」

요컨대 이 작품은 칠언율시가 새로운 영역을 개척해가는 데 일조했다고 할 것이다.

이 무렵의 작품으로 두보 칠언율시의 최고 수준을 보여주는 <높은 곳에 올라[登高]>를 보도록 한다.

風急天高猿嘯哀,	바람이 빠르고 하늘이 높고 원숭이 울음소리 슬픈데
渚淸沙白鳥飛廻.	물가는 맑고 모래는 희고 새는 날며 선회한다
無邊落木蕭蕭下,	끝없이 펼쳐져 있는 나무의 낙엽은 우수수 지고
不盡長江滾滾來.	다함 없는 긴 장강은 출렁출렁 흘러온다
萬里悲秋常作客,	만 리 밖에서 가을을 서러워하며 언제나 나그네 되어
百年多病獨登臺.	백 년 동안 많은 병을 안고 홀로 누대에 오른다
艱難苦恨繁霜鬢,	고생과 괴로움에 서리 같은 살적 많은데
潦倒新停濁酒杯.	쇠약한 몸이라 탁주잔 드는 일도 새로 그만두었네

이 시는 '전경후정'의 구도를 따르면서 전반부에서는 높은 데서 내려다본 경치를 묘사하였고, 후반부는 가을을 맞아 느낀 감회를 표출하였는데, 대비의 묘가 특히 두드러지는 작품이다. 수련은 '구중자대(句中自對)'를 이루면서 출구(出句)와 대구(對句) 간에도 대장을 사용하여 전형적인 가을의 이미지들을 펼쳐놓았다. 출구와 대구의 묘사대상을 대비시켜 출구는 상층부의 경물을 다루고 대구는 하층부의 경물을 다루었다. 함련은 '끝없이[無邊]'와 '다함 없는[不盡]'이라는 시어를 통해 광활한 공간과 무궁한 시간을 제시하면서 분분히 떨어지는 나뭇잎과 쉼없이 흐르는 강물을 대비시켜 대자연의 섭리를 담았다. '낙목(落木)'과 '장강(長江)'의 첩운(疊韻)에 이어서 '소소(蕭蕭)'와 '곤곤(滾滾)'의 의성어를 배치함으로써 청각적 효과를 극대화한 점도 눈에 띈다. 함련의 시공(時空)이 대자연의 것이라면, 경련의 시공은 시인 자신의 것으로 함련에서 우주적으로 확장된 시공을 그대로 이어받아 '만 리'와 '백 년'이라는 시어로 형상화한[177] 배경 속에서 병들어 타향살이하는 외롭고 초라한 시인의

---

177) Monica Motsch, Mit Bambusrohr Und Ahle - Von Qian Zhongshus Guanzhuibian zu

모습은 대자연과 극명한 대비를 이루며 무한한 슬픔을 전달한다.[178] 미련은 어려운 인생살이에 시름겹고 병들어 더는 술도 즐기지 못하는 시인의 자화상이다.[179] 앞의 여섯 구에서 자못 드넓게 묘사했던 것에 비하면 미련 두 구는 지나치게 처량한 느낌을 주는데, 이에 대해 호응린(胡應麟)은 이렇게 설명한다.

　　이 작품의 결미가 미약해보이는데, 다만 앞의 여섯 구에서 이미 지극히 날아올라 요동쳤으므로 다시 굳세고 경쾌하게 되면 아마도 긴장과 이완의 마땅함에 부합되지 않아서일 것이다.[180]

---

einer Neubetrachtung Du Fus, Europaeischer Verlagder Wissenschaft, Frankfurt am Main, 1994(馬樹德 역, ≪管錘編與杜甫新解≫, 河北敎育出版社, 1998), p.203, 「몇몇 평론가들은 함련의 지나친 과장에 대해 비평을 제기한 바 있다. 사람이 어떻게 만리를 볼 수 있는가? 백년의 병은 사람에 대해 말할 수 있는 것인가? 이에 대해 해명하는 사람들은 시인이 단지 이러한 과장수법을 통해 시야의 광활함과 병의 오래됨을 표현하려고 했던 것이라고 말한다. 실제적으로는 세계에 대한 애탄을 개체의 사람에게 '전가'한 것이다. '無邊'과 '不盡'의 대장이 묘사하는 것은 대자연이지만 '만리'와 '백년'의 대장이 묘사하는 것은 바로 사람이다. 사람들에게 주는 느낌은 우주의 모든 고난과 인류의 모든 질병이 모두 시인의 마음속으로 들어간다는 것이다.」
178) 송 나대경(羅大經)은 ≪학림옥로(鶴林玉露)≫에서 다음과 같이 이 경련의 함의를 세밀하게 분석하고 있다. 「'만리'란 땅이 먼 것이요, '슬픈 가을'이란 시절이 참담하고 처량한 것이다. '나그네 되어'란 떠도는 것이요, '언제나 나그네 되어'란 오래도록 떠도는 것이다. '백년'이란 나이가 많은 것이요, '많은 병'이란 노쇠하여 병을 앓는 것이다. '누대'란 높은 곳이요, '홀로 누대에 오른다'는 친지나 벗이 없는 것이다. 열 네 글자에 여덟 가지의 뜻을 담고 있으며 대장 또한 지극히 정확하다(萬里, 地之遠也 ; 悲秋, 時之慘凄也. 作客, 羈旅也 ; 常作客, 久旅也. 百年, 暮齒也 ; 多病, 衰疾也. 臺, 高迥處也 ; 獨登臺, 無親朋也. 十四字之間含有八意, 而對偶又極精確).」
179) 金澤, ≪唐詩新評≫, p.558.
180) 胡應麟, ≪詩藪·內編≫ 卷5, 「此篇結句似微弱者, 第前六句旣飛揚震動, 復作峭快, 恐未合張弛之宜.」

즉 장법의 관점에서 보면 두 부분간에 어조(語調)를 달리함으로써 수사적
인 효과를 거둘 수 있다는 것이므로,[181] 이 역시 대비의 효과를 거두고 있는
것으로 평가된다.[182]

이 시기를 대표하는 작품의 마지막으로 <작은 한식날 배에서 지음[小寒食
舟中作]>을 감상해보자.

佳辰强飮食猶寒,	명절이라 억지로 마시는데 음식은 아직도 차고
隱几蕭條戴鶡冠.	탁자에 기대 쓸쓸히 은자의 관을 쓰고 있네
春水船如天上坐,	봄물이라 배는 하늘 위에서 타고 있는 듯하고
老年花似霧中看.	나이 먹으니 꽃은 안개 속에서 보는 것 같다
娟娟戲蝶過閒幔,	나풀나풀 장난치는 나비 한가로운 장막을 지나가고
片片輕鷗下急湍.	파득파득 가벼운 갈매기 급한 여울로 내려간다
雲白山靑萬餘里,	구름 하얗고 산 푸르른 만여 리
愁看直北是長安.	바로 북쪽이 장안인지 근심 속에 바라본다

---

181) Monica Motsch는 이 부분에 대해 다음과 같은 예를 들어 수사법의 일종으로서
의 어조의 변화를 설명하고 있다(앞의 책, pp.205-206). 「단테는 <천국편(天國
篇)>의 아주 장중한 부분에서 갑자기 이렇게 쓴다. "그는 몸이 가려워서 몸
을 흔들어댔다."……프랑스의 소설가 프루스트는 그의 작품 속에서 아내가
죽은 남자를 묘사한 적이 있다. 그는 이러한 말로 자신의 내심의 무한한 슬
픔을 나타낸다. "그녀가 조금 생각난다."」

182) 한편, 이영주는 다른 각도에서의 분석을 제시했다. 「후반부의 시인은 나이 들
고 병든 나그네의 몸이다. 그는 자신의 삶이 타향에서 쓸쓸히 소멸의 길을
갈 것이라고 느끼고 있다. 시인의 눈에 이 가을의 모습이 전반부에 묘사된
것과 같이 보였던 것은 바로 이러한 시인의 심리와 관계가 있을 것이다. 이
시는 이처럼 경치를 묘사함에 있어서 시인의 당시 심리가 직접적으로 투영되
어 있다. 그러나 그 경치가 주는 이미지는 시인의 것과는 다르다. 시인의 모
습이 처량하고 슬픔을 느끼게 할 뿐인데 비하여, 그것은 비록 가을의 차고
쓸쓸함을 담고 있으나 동시에 장활하고 힘찬 기세가 있다. 따라서 이 시도
자아와 대상이 초라한 모습과 장활한 모습으로 대립되는 구조를 취한다.」(李
永朱, <杜詩에 보이는 杜甫의 空間觀과 時間觀, 그리고 그것들과 杜詩 風格
의 相關性에 대한 고찰>, p.78)

  이 시는 대력 5년(770) 한식 다음날 거처로 삼던 배에서 지은 것이다. 수련은 건강이 따라주지 않는데도 술을 들이켜보는 처량한 시인의 모습을 그리고 있다. 제2구의 ‘갈관(鶡冠)’이란 초나라의 은사(隱士)인 갈관자(鶡冠子)가 쓰던 관(冠)으로 여기서는 아무런 관직을 가지고 있지 않다는 의미를 내포한다. 함련은 심전기(沈佺期)의 시 <조간편(釣竿篇)>의 “사람은 하늘 위에 앉았는가 싶고, 물고기는 거울에 매달린 듯하다[人疑天上坐, 魚似鏡中懸].”의 표현을 빌어왔는데, 오언구를 칠언구로 탈바꿈시켜 장려(壯麗)함을 잘 살린 예로 꼽힌다.[183] 경련은 배 안에서 본 강 위의 경물을 近景과 遠景으로 나누어 묘사한 것이다. 포기룡(浦起龍)이 주한(朱瀚)의 말을 인용하여, “나비와 갈매기는 자유로운데 구름과 산을 부질없이 바라보니 그런 까닭에 경물을 대하여 수심이 생긴 것이다.”[184]라고 한 것은 경련과 미련의 연결관계를 잘 설명해준다. 이 시에는 시국이 어지럽던 때 장강(長江)을 일엽편주로 정처 없이 떠돌며 장안을 그리워하는 심정이 잘 표현되어 있어 ‘침울’한 풍격이 두드러지는 작품으로 볼 수 있다.

  이상에서 여섯 수의 작품에 대한 감상을 통해 기주(夔州) 이후 두보 칠언율시의 작품세계를 살펴보았다. 황정견(黃庭堅)은 기주 이후에 창작된 두보시를 두고 “애써 자로 재고 다듬지 않아도 저절로 (격률에) 부합되었다.”고 했고, 또 “구법이 간단하고 쉬우면서도 큰 기교가 나오게 되었다.”[185]고 하여,

---

183) 楊愼, ≪升庵詩話≫ 卷8, 「비록 두 사람의 구절을 사용한 것이나 장려함은 배가 되었으니 가히 탈태의 묘를 얻었다고 하겠다(雖用二子之句, 而壯麗倍之, 可謂得脫胎之妙矣).」 양신은 진승(陳僧) 혜표(慧標)의 <詠水>의 한 구절인 「배는 허공에 떠 있는 듯하고, 사람은 거울 속에서 다니는 것 같다(舟如空裏泛, 人似鏡中行).」를 더 인용한 까닭에 ‘두 사람의 구절을 사용했다’고 말한 것이다.

184) 浦起龍, ≪讀杜心解≫ 卷4, 「蝶鷗自在, 而雲山空望, 所以對景生愁.」 심덕잠이 ≪당시별재≫ 권14에서 「왕래가 자유로운 것으로 도리어 장안으로 돌아가고자 하나 그러지 못하는 뜻을 일으킨 것(以往來自在, 反興欲歸長安而不得也.)」이라 한 것도 같은 맥락의 설명으로 볼 수 있다.

185) 黃庭堅, <與王觀復書三首>其一, 「觀杜子美到夔州後詩, …皆不煩繩削而自合矣.」; <與王觀復書三首>其二, 「熟觀杜子美到夔州後古律詩, 便得句法簡易,

이 시기의 두보시가 완숙의 경지에 이르렀다고 하였다. 칠언율시 역시 앞에서 살펴본 바와 같이 다방면으로 완숙한 모습을 보여주었는데, 한 가지 재미있는 것은 청대의 평론가들이 이 시기의 칠언율시 중에서 연작시를 제외한 작품에 대해서 인색한 평가를 내리고 있다는 점이다. 아래의 표는 심덕잠(沈德潛)의 ≪당시별재(唐詩別裁)≫, 요내(姚鼐)의 ≪오칠언금체시초(五七言今體詩鈔)≫, 고보영(高步瀛)의 ≪당송시거요(唐宋詩擧要)≫에 선록된 작품수를 조사해본 것이다.

선집명 \ 선록작품수	정형기 (成都~雲安 : 54수)	완숙기(夔州 이후 : 73수)		
		전체(73)	연작시(25)	기타(48)
≪당시별재≫	19	29	18	11
≪오칠언금체시초≫	24	31	18	13
≪당송시거요≫	12	21	18	3

세 선집은 모두 정형기보다는 완숙기의 작품을 많이 뽑고 있다. 그런데 이들 선집은 공히 <제장오수(諸將五首)>, <추흥팔수(秋興八首)>, <영회고적오수(詠懷古跡五首)> 등의 연작시를 전부 선록하고 있어서, 연작시를 제외하면 나머지 작품수가 각각 54수와 48수로 거의 비슷함에도 불구하고, 선록된 것은 정형기의 작품이 월등히 많다. 이러한 현상은 완숙기의 두보 칠언율시가 고정된 격식에 안주하지 않고, 평측 격식을 지키지 않은 요체(拗體)를 비롯하여 악부풍(樂府風)의 <취적(吹笛)>, 의론(議論)으로 일관한 <우정오랑(又呈吳郎)>, 전편에 대장을 쓴 <황초(黃草)>, <즉사(卽事)>, 수련과 미련에 정경(情景)을 한 구씩 배치한 <야(夜)> 등 제재, 격률, 그리고 장법 등에서 모두 새로움을 추구한 노력이 청대의 평론가들로부터 제대로 평가받지 못한 결과로 해석된다.

而大巧出焉.」

(2) 두보 칠언율시의 특징

심덕잠(沈德潛)은 두보의 칠언율시에 다른 사람이 넘보기 어려운 네 가지가 있다고 했으니, 바로 '넓은 학문', '큰 재주', '왕성한 기운', '변화로운 격식'이 그것이다.186) 그런데 이 말은 지나치게 포괄적이어서 꼭 칠언율시에만 해당된다고 볼 수 없는 성격의 것이므로, 이보다는 호진형(胡震亨)이 요약한 두보 칠언율시의 특징이 더 명료해 보인다.

> 두보의 칠언율시에는 제가와 다른 점이 다섯 가지 있다. 작품수가 많은 것이 첫째요, 하나의 제목에 몇 수가 되도록 다하지 않는 것이 둘째요, 요체(拗體)를 짓기 좋아한 것이 셋째요, 시의 재료에 편입되지 않은 것이 없음이 넷째요, 스스로 표방하기 좋아하는 것, 즉 시를 시에 들이는 것이 다섯째다. 이것들은 모두 제가들에게는 없는 바이며, 기타 작법의 변화는 더욱 다 헤아리기 어렵다.187)

두보의 칠언율시가 이전의 시인에 비해 수적으로 월등함은 이미 이 절의 서론에서 언급했다. 다음으로 지적한 것은 연작시와 요체시(拗體詩)의 창작이고, 네 번째로 거론한 것은 제재가 다양함을 말한 것이며, 마지막 특징으로 든 것은 논시시(論詩詩) 성격의 작품이 있다는 말이다. 여기서는 호진형이 거론한 특징별로 두보 칠언율시를 살펴보되, 그가 구체적으로 언급하지 않은 작법의 변화까지 함께 알아보도록 하겠다.

1) 다양한 제재와 풍격

우리는 제4장의 제1절과 제2절을 통해 초당 말기와 성당의 칠언율시를 고

---

186) 沈德潛, ≪唐詩別裁≫ 卷13, 「杜七言律有不可及者四 : 學之博也, 才之大也, 氣之盛也, 格之變也.」

187) 胡震亨, ≪唐音癸籤≫ 卷10, 「少陵七律與諸家異者有五. 篇制多, 一也 ; 一題數首不盡, 二也 ; 好作拗體, 三也 ; 詩料無所不入, 四也 ; 好自標榜, 卽以詩入詩, 五也. 此皆諸家所無, 其他作法之變, 更難盡數.」

찰하면서 이 때까지의 칠언율시가 보여준 제재가 극히 협소하고 그에 따라 풍격도 다양하지 못했음을 알 수 있었다. 그러나 두보에 이르게 되면 대량의 칠언율시가 창작되면서 이와 같은 문제점이 상당 부분 해결된다. 먼저 원(元) 우집(虞集)이 펴낸 ≪두율(杜律)≫의 분류를 통해 두보가 칠언율시에서 어떤 제재들을 다루고 있는지 알아보자. 이 책은 두보의 칠언율시를 제재에 따라 32문(門)으로 분류하고 있는데, 이를 도표로 정리해보면 다음과 같다.

分門	작품수	작품 예	分門	작품수	작품 예
紀行	2	<恨別>	地理	3	<望嶽>
述懷	8	<聞官軍收河南河北>	樓閣	7	<登樓>
懷古	6	<詠懷古跡五首>	眺望	2	<野望>
將相	3	<諸將五首>	亭榭	2	<題鄭縣亭子>
宮殿	8	<奉和賈至…早朝大明宮>	果實	2	<野人送朱櫻>
省宇	2	<宿府>	舟楫	2	<城西陂泛舟>
居室	3	<堂成>	橋梁	1	<陪李七司馬…觀造竹橋>
題人屋壁	3	<崔氏東山草堂>	燕歡	2	<鄭駙馬宅宴洞中>
宗族	2	<舍弟觀赴藍田…三首>	音樂	1	<吹笛>
隱逸	3	<題張氏隱居二首 其一>	禽獸	3	<燕子來舟中作>
釋老	1	<因許八奉寄江寧旻上人>	蟲類	1	<見螢火>
寺觀	3	<涪城縣香積寺官閣>	簡寄	17	<贈獻納使起居田舍人澄>
四時	21	<登高>	尋訪	5	<賓至>
節序	12	<九日藍田崔氏莊>	酬寄	3	<奉酬嚴公寄題野亭之作>
晝夜	2	<晝夢>	送別	12	<送韓十四江東省觀>
天文	4	<反照>	雜賦	1	<示獠奴阿段>

사실 151수의 작품을 32문으로 분류한다는 것은 번다한 감이 있고, <한별(恨別)>을 기행류(紀行類)로 묶는다든지 <등고(登高)>를 사시류(四時類)로 간주한 것처럼 더러는 분문(分門)과 그에 속한 작품이 부합하지 않는 폐단이 간혹 발견되기는 하지만, 이 분류는 오히려 두보의 칠언율시가 많은 제재를 다루고 있다는 것을 알기 쉽게 보여준다. 특히 <영회고적오수(詠懷古跡五首)>와

같은 회고류와 <야인송주앵(野人送朱櫻)>, <취적(吹笛)> 등과 같은 영물류는 이전의 칠언율시에서는 그 예를 찾아보기 어려웠던 제재들이며,[188] 일상의 세세한 부분을 칠언율시에 담은 <복거(卜居)>, <빈지(賓至)>, <강촌(江村)>, <주몽(晝夢)>, <소한식주중작(小寒食舟中作)> 등의 작품도 칠언율시 제재의 범위를 대폭 확대하는 데 기여했다고 평가된다.

다음으로 풍격면을 살펴보자. 초당 말기의 칠언율시는 봉화응제(奉和應制)의 작품이 주류를 이루었기 때문에 대체로 '고상하고 화려한' 풍격이 압도적이었다. 심전기의 <고의정보궐교지지(古意呈補闕喬知之)>와 같은 몇몇 작품이 가행체(歌行體)의 영향을 받아 '청신(淸新)함'을 선보이기도 했으나, 대세에 영향을 줄 정도는 아니었다. 성당의 칠언율시에 이르러 봉화응제 일변도에서 벗어나면서 왕유 등이 '맑고 심원한' 풍격의 작품을 창작하고, 조영(祖詠)의 <망계문(望薊門)>등이 '웅혼함'을 보여주기도 했는데, 주류는 아무래도 잔잔한 애상을 담은 송별시가 차지했다고 보아야 할 것이다.

두보시는 일반적으로 '침울'한 풍격을 띤 작품이 많은 것으로 널리 알려져 있으며, 그 가운데 칠언율시의 풍격에 대해서는 조겸(趙謙)이 강렬한 우환의식에서 비롯된 '비창(悲愴)함'이 주류를 이룬다고 논한 바 있다.[189] 이것은 두보의 칠언율시가 그의 일생에서 만년에 해당하는 기주(夔州) 시기 이후에 많이 창작되었기 때문으로 보인다. 그러나 두보 칠언율시의 풍격은 '비창함' 하나로 요약되지 않는 다양성을 띠고 있다. 이를 창작분기별로 살펴보자. 먼저 입촉(入蜀) 전 20년간의 모색기에는 이전 작품의 영향을 많이 받아 '고상하고 화려한' 풍격의 작품이 다수 창작되었으니, <봉화가지사인조조대명궁(奉和賈至舍人早朝大明宮)>, <증헌납사기거전사인징(贈獻納使起居田舍人澄)>, <선정전퇴조만출좌액(宣政殿退朝晚出左掖)>, <자신전퇴조구호(紫宸殿退朝口號)> 등이 이에 해당한다. 완화계(浣花溪)의 초당(草堂)을 중심으로 생활하던 정형기에는 <빈지(貧至)>, <강촌(江村)>, <진정(進艇)>, <남린(南隣)>, <객지(客至)> 등

---

188) 許世榮, <杜甫與七言律詩>, pp.6-8.
189) 趙謙, 앞의 책, 第3章 <杜甫七律的主要美學特徵 − 悲愴>을 참고.

과 같은 한적한 풍격의 작품이 잇달아 지어졌고, 한편으로는 <촉상(蜀相)>, <야망(野望)>, <등루(登樓)>, <숙부(宿府)> 등의 작품처럼 두보시 특유의 '침울함'을 보여주는 시들이 속속 나왔다. 기주 이후의 완숙기에는 <반조(反照)>, <각야(閣夜)>, <등고(登高)>와 같이 '침울'한 풍격의 작품은 물론이고, <야(夜)>, <취적(吹笛)> 등과 같이 '청려(淸麗)'한 느낌을 주는 작품과 요체류(拗體類)처럼 상례를 벗어난 평측 격식을 사용해 '준초(峻峭)'한 느낌을 주는 작품이 있는가 하면, <견왕감병마사…이수(見王監兵馬使…二首)>190)처럼 '호방'한 작품도 찾아볼 수 있고, <우정오랑(又呈吳郎)>처럼 '천근(淺近)'한 작품도 나와 칠언율시의 경계를 확장시켰다. 이렇듯 풍격면에서도 두보의 칠언율시는 대단한 다양성을 실현하였으므로 가히 '집대성'이라 불러도 무방할 듯하다.

2) 독창적인 형식 실험

두보는 칠언율시를 다수 창작하면서 몇 가지 방면에 새로운 시도를 하였는데, 그 가운데 대표적인 것으로 연작시와 요체시를 들 수 있다. 이 두 가지 형식이 두보 이전의 칠언율시 작품에 전혀 없던 것은 아니었다. 연작시로는 유일하게 장열(張說)의 <무마행추만세낙부사삼수(舞馬行秋萬歲樂府詞三首)>가 있었고, 요체시로는 왕유의 <작주여배적(酌酒與裴迪)> 등 몇 수가 있었다. 그러나 이들 작품은 우연히 나온 것일 뿐이어서 두보가 '의식적'으로 이런 형식을 사용한 것과는 차이가 있다.191)

---

190) 원제는   <見王監兵馬使說近山有白黑二鷹羅者久取竟未能得王以爲毛骨有異他鷹恐臘後春生騫飛避暖勁翮思秋之甚眇不可見請余賦詩二首>

191) 장열의 <舞馬行秋萬歲樂府詞三首>는 악부시에 속하는 작품으로서 칠언 8구의 형식을 갖추고 있고 평측 격식이 율시와 상당 부분 부합되어 칠언율시로 인정되며, 왕유의 <酌酒與裴迪> 등은 칠언율시의 격률이 아직 확고하게 갖추어지지 않았던 시기의 작품이다.

① 연작시

연작시란 '연장체(連章體)' 또는 '조시(組詩)'라고도 불리는 것으로, 두 수 이상의 시를 통해 다른 각도와 측면에서 모종의 내용과 사상감정을 표현하는 시를 말한다.[192] 이영주(李永朱)의 연구에 따르면, 두보는 장편시에 남다른 자부심과 애착을 가지고 있었고, 그런 까닭에 짧은 오언절구에도 장편시에서 구사했던 장법을 써서 연작시를 창작하는 기발함을 보여주었다고 한다.[193] 그런데 연작 오언절구의 단일 작품은 자체로 자족적인 장법을 갖추지 못해 '실패작'이라는 평가를 받았지만, 연작 칠언율시는 그와 달리 두보의 독보적인 성과로 크게 인정되고 있다. 두보의 칠언율시 가운데 연작시는 모두 10제 37수로 각각의 시제는 아래와 같다.

- <曲江二首>
- <至日遣興奉寄北省舊閣老兩院故人二首>
- <將赴成都草堂途中有作先寄嚴鄭公五首>
- <十二月一日三首>
- <諸將五首>
- <秋興八首>
- <詠懷古跡五首>
- <見王監兵馬使說近山有白黑二鷹羅者久取竟未能得王以爲毛骨有異他鷹恐臘後春生騫飛避暖勁翮思秋之甚眇不可見請余賦詩二首>
- <七月一日題終明府水樓二首>
- <舍弟觀赴藍田取妻子到江陵喜寄三首>

위의 작품 중에서 <제장오수(諸將五首)> 이후의 25수가 모두 기주 시기 이후에 창작된 것이며, <제장오수>를 비롯하여 <추흥팔수(秋興八首)>, <영회고적오수(詠懷古跡五首)> 등이 흔히 연작시의 3대 명작으로 거론된다. 오

---

192) 馬承五, <試論杜甫七律組詩的連章法>, p.34.
193) 李永朱, <杜甫 五言絶句 研究>, p.108.

견사(吳見思)는 연작시의 유형을 세 가지로 구분하였는데, 첫째는 하나의 제목 아래 각기 분야를 나누어 읊는 것으로서 <제장오수>가 이에 해당하고, 둘째는 첫 수를 종지로 삼아 나머지 수에서 시상을 이어가는 것으로서 <추흥팔수>와 <사제관부남전취처자도강릉희기삼수(舍弟觀赴藍田取妻子到江陵喜寄三首)>가 이에 해당하며, 마지막으로는 두 수로써 수미의 호응을 이루는 것으로서 <칠월일일제종명부수루이수(七月一日題終明府水樓二首)>가 이에 해당한다고 하였다.[194] 섭가영(葉嘉瑩)은 이 가운데 <추흥팔수>의 작품성을 가장 높이 평가하면서 이렇게 말하고 있다.

> 연작 칠언율시 작품으로 말하자면 더욱 두보가 홀로 출중했던 바로서 <추흥팔수>는 두보의 연작 칠언율시 중에서 가장 뛰어난 작품이다. …장법의 차례를 가지고 말하더라도 <장부성도초당도중유작선기엄정공오수(將赴成都草堂途中有作先寄嚴鄭公五首)>에는 장법의 사이에 수미와 층차의 변화가 있긴 하나 '초당(草堂)'이라는 한 장소와 '엄공(嚴公)'이라는 한 사람에 그쳤으니 <추흥팔수>와 비교해보면 단조롭고 번다한 감을 지울 수 없다. …<제장오수>의 첫 장은 토번(吐藩)의 침입을 묘사하면서 여러 장수들이 막아내지 못한 것을 책망하였고, … 촉지방에 절도사를 잘못 파견한 것을 묘사하면서 엄무(嚴武)의 책략을 회상하였다. 감개와 의론이 반복되어 표출되고 은근하면서 깊이가 있다고는 하나, 다섯 수로 다섯 가지 일을 나누어 묘사하여서 차례와 경계선이 뚜렷이 드러난다. <영회고적오수> 역시 그러하다. 여기서 감회를 노래한 옛 자취를 보면 첫째는 유신(庾信)의 저택이고, …다섯째는 제갈량(諸葛亮)의 사당이다. 감회와 회고가 서로 잘 어울리고 빈주(賓主)·허실·변화의 묘를 다하고 있으나, 또한 다섯 수로 다섯 가지 일을 나누어 묘사하여서 마찬가지로 차례와 경계선이 뚜렷이 드러난다. 위에서 예로 든 여러 시들은 그 장법의 층차, 호응, 그리고 변화에서 모두 연작 칠언율시의 묘를 잘 살리고 있지만, 요컨대 <추흥팔수>에 비할 바는 못된다.[195]

본서에서는 위와 같은 섭가영의 평을 참고하여, 연작시의 특징을 가장 잘

---

194) 吳見思, 《杜詩論文》(黃素娥, 《論杜甫入夔以後的七律》, 中國文化大學 석사논문, 1986, p.89에서 재인용)

195) 葉嘉瑩, 앞의 책, p.37.

보여준 작품으로 <추흥팔수>를 예로 들어 살펴보기로 하겠다. 이 시는 대력(大曆) 원년(766) 두보가 55세 되던 해에 지어진 것으로서 두보 후기의 사상과 감정이 가장 강렬하게 또 가장 집중적으로 발현되었다는 평을 들을 만큼 그의 칠언율시를 대표하는 작품이기도 하다.[196] 먼저 <추흥팔수>가 전체적으로 어떻게 구성되어 있는지 알아보자.

<추흥팔수>는 각 수가 모두 기승전결의 묘를 지니고 있으며, 여덟 수를 합쳐서 보아도 역시 기승전결을 구비하고 있다. 첫째 수는 감흥을 일으킨 것으로 실경(實景) 속에 시인 내심의 정감을 담았고, 둘째와 셋째 수는 승(承)으로서 하나는 기주(夔州)의 저녁 경치를 이어받고, 하나는 기주의 아침 경치를 이어받았다. 넷째 수는 전(轉)으로서 내용상으로는 시인 개인의 신세에 대한 느낌으로부터 고향과 장안에 대한 생각으로 바뀌었고, 공간에 대한 서술에서는 역시 기주로부터 장안으로 바뀌었으며, 시간적으로도 현실의 조석(朝夕)의 변화로부터 시인이 회상하는 지난날의 시절로 바뀌었다. 다섯째 수 이후로는 모두 넷째 수의 고향에 대한 생각을 이어받아, …앞의 여섯 구에서는 고향에 대한 상념을 묘사하고 뒤의 두 구에서는 현재 시인이 있는 곳에서 떠오르는 정경을 묘사하였다.[197]

섭가영의 말은 각각의 작품이 기승전결의 장법을 갖추었음은 물론이고, 여덟 수 전체의 짜임새를 보면 역시 내부적인 기승전결이 있다는 것이다. 그러면 첫째 수, 넷째 수, 여덟째 수를 직접 감상하면서 어떻게 이 시가 연작시의 묘를 살리고 있는지 검토해보자.

玉露凋傷楓樹林,	옥 같은 이슬이 단풍나무 숲을 시들어 상하게 하니
巫山巫峽氣蕭森.	무산과 무협에는 가을기운이 스산하다
江間波浪兼天湧,	강의 파도는 하늘로 용솟음치고
塞上風雲接地陰.	변방의 바람과 구름은 땅을 덮어 음산하다

---

196) 仇兆鰲, ≪杜詩詳注≫ 권17에 인용된 黃生의 평어, 「杜公七律當以<秋興>爲裘領, 乃公一生心神結聚之所作也.」
197) 葉嘉瑩, 앞의 책, pp.38-40.

叢菊兩開他日淚,　　무리진 국화 두 번 피니 지난날이 눈물겹고
孤舟一繫故園心.　　외로운 배 한결같이 매니 고향생각 때문이다
寒衣處處催刀尺,　　겨울옷 짓느라 곳곳마다 가위와 자를 재촉하니
白帝城高急暮砧.　　백제성 높이 저녁 다듬잇돌 소리 급하다

<가을의 감흥 여덟 수[秋興八首]> 첫째 수

　　이 시의 전반부는 가을의 경물을 묘사한 것이고, 후반부는 경물로 인해 촉발된 감상(感傷)을 서술한 것이다. 이 시가 여덟 편의 서곡 역할을 하기 위해서는 전체의 분위기를 이끄는 맥락이 서 있어야 하고, 주제가 되는 정감이 뚜렷하게 드러나야 한다고 할 때, 전반부에 묘사된 스산한 가을의 정취와 함께 후반부에서 표출된 고향에 대한 짙은 그리움이 충분히 그 역할을 수행하고 있다고 여겨진다.198) 둘째 수는 「기주의 외로운 성[夔府孤城]」으로부터 시상을 펼쳐 가는데, 첫째 수에서 「백제성의 다듬잇돌 소리」로 끝맺은 것은 이를 위한 복선으로 볼 수 있으니, 본 수의 여운을 한껏 남기면서 다음 수로 시상을 연결해 가는 수법도 매우 훌륭하다고 생각된다. 둘째 수에서는 달밤에 멀리 장안을 바라보는 심경을 묘사하였고, 셋째 수에서는 기주의 아침 풍경을 펼쳐놓으면서 공명(功名)을 얻지 못하고 타향에서 늙어 가는 안타까운 심사를 토로하여 첫째 수의 시상을 잘 이어받고 있다.

　　이영주(李永朱)는 <두시장법연구(杜詩章法硏究)>라는 논문에서 "두시의 연작시는 대개 일관된 주제를 가지며 전체적으로 일정한 시상의 흐름이 있다."고 전제하면서 "따라서 연작시에서도 시상의 전환을 위한 시인의 의도적 노력이 발견된다."고 하였다.199) <추흥팔수>에서도 이러한 부분이 보이는데, 넷째 수는 바로 '시상의 전환'에 해당한다.

聞道長安似奕棋,　　들자니 장안의 형세는 바둑판 같다던데

---

198) 張志烈, <秋興八首蒙拾>, p.97.
199) 李永朱, <杜詩章法硏究>, p.101.

百年世事不勝悲.　　백 년 동안의 세상일에 슬픔을 이길 수가 없다
王侯第宅皆新主,　　왕후의 저택은 모두 새로운 주인이고
文武衣冠異昔時.　　문무관리의 의관은 옛날과 다르단다
直北關山金鼓震,　　바로 북쪽 관산에는 징과 북이 요란하고
征西車馬羽書馳.　　서쪽으로 정벌 가는 수레와 말 깃 꽂은 격문이 내달리겠지
魚龍寂寞秋江冷,　　어룡은 자취 없이 가을 강 차가운데
故國平居有所思.　　고향의 살던 곳에 그리움이 있다네

<가을의 감흥 여덟 수[秋興八首]> 넷째 수 ❀

이 시는 장안을 떠올리며 내우외환이 이어지는 현실을 탄식한 것이다. 전반부에서는 조정의 형세가 바뀌어 가는 것을 슬퍼하였고, 후반부에서는 변방의 침략을 우려하였다.[200] 기주의 경물로부터 발단된 시상이 이 넷째 수에 이르러서는 장안으로 바뀌었다. 국사(國事)에 대한 진지한 관심을 표명함으로써, 첫째 수에서 말한 「고향생각[故園心]」이 단순히 '노스탤지어(nostalgia)'에 머무르지 않고 한 차원 승화되는 모습을 보여주고 있다. 제7구에 보이는 시어 「가을 강[秋江]」은 가까이는 셋째 수의 「강의 누각[江樓]」과 연결되고, 멀리는 첫째 수의 「강의 파도[江間波浪]」와 연결되며, 이후로도 「한 번 창강에 누워[一臥滄江 − 其五]」, 「구당협 어귀[瞿唐峽口 − 其六]」, 「강과 호수가 대지에 가득해[江湖滿地 − 其七]」, 「좋은 친구는 배를 함께 하여[仙侶同舟 − 其八]」로도 면면히 이어지는 공통의 배경이라고 할 수 있다. 다섯째 수부터 여덟째 수까지는 각각 장안의 궁궐, 곡강(曲江), 곤명지(昆明池), 미피(渼陂) 등을 소재로 하고 있다. 이 가운데 여덟째 수를 보기로 한다.

昆吾御宿自逶迤,　　곤오와 어숙이 절로 펼쳐져 있고
紫閣峰陰入渼陂.　　자각봉의 그늘이 미피에 잠긴다
香稻啄殘鸚鵡粒,　　앵무새가 쪼다 남은 향도의 낟알이요
碧梧棲老鳳凰枝.　　봉황이 깃들여 늙은 벽오동의 가지다

---

200) 仇兆鰲, ≪杜詩詳注≫ 卷17,「上四傷朝局之變遷, 下是憂邊境之侵逼.」

佳人拾翠春相問,　　미인은 비취 깃을 주워 봄에 서로 궤문(饋問)하고
仙侶同舟晚更移.　　좋은 친구는 배를 함께 하여 저녁에 다시 옮겨간다
綵筆昔曾干氣象,　　채색 붓으로 예전에 일찍이 하늘을 찔렀거니
白頭今望苦低垂.　　센머리로 지금은 바라보다가 괴로이 고개를 숙인다

<가을의 감흥 여덟 수[秋興八首]> 여덟째 수 ✾

　이 시는 장안의 명승지를 떠올려보면서 예전에 노닐던 자취로 거슬러 올라갔다가 다시 노쇠함을 탄식하며 연작시 전체를 매듭지은 것이다.201) 앞 여섯 구에서 묘사한 것은 당(唐)의 위세가 대단했던 시절의 아름답기 그지없는 모습이다. 이 무렵에는 두보도 청운의 꿈을 안고 있었으며, <삼대례부(三大禮賦)>를 올려 황제의 관심을 끌기도 하였다. 그러나 지금은 만리나 떨어진 기주에서 장안이 있는 북쪽을 쓸쓸히 바라볼 뿐이며, 결국 마지막 수에 와서 두보는 더 이상 말을 잇지 못하고 고개를 떨구며 추억의 여정을 마친다.

　왕사석(王嗣奭)은 <추흥팔수>에 대한 총평에서 말하기를 "첫째 수로서 감흥을 일으키고, 나머지 일곱 수는 모두 가슴속의 회포를 펼친 것이다. 혹은 위를 이어받고 혹은 아래를 일으켰으며, 혹은 서로 관련되어 표출하기도 하고, 혹은 멀리 서로 호응하기도 하였는데, 요컨대 한 편의 글인 고로 한 수를 잘라 없애도 안 되고, 단지 한 수만 뽑아도 안 된다."202)고 하였다. 이는 <추흥팔수>가 유기적으로 잘 짜여져 있음을 강조한 말로 이해된다. 또 마승오(馬承五)는 두보가 시가의 서정성을 중시하여 단편의 칠언율시로는 충분히 정감의 전부를 표현할 수 없을 때 연작시라는 형식을 통해 이를 충분히 표현하고자 한 것으로 보았다.203) 그러나 필자는 이 시를 8개의 자족적인 단편소설로 이루어진 장편소설에 비유하는 것이 타당하다고 본다. 한 수를 읽으면 완정한 한 편의 단편소설을 읽는 것이요, 여덟 수를 다 읽으면 또 다른 한

---

201) 仇兆鰲, ≪杜詩詳注≫ 卷17,「八章, 思長安勝境, 遡舊遊而嘆衰老也.」
202) 王嗣奭, ≪杜臆≫ 卷8,「以第一首起興, 而後七首俱發中懷. 或承上, 或起下, 或互相發, 或遙相應, 總是一篇文字, 拆去一章不得, 單選一章不得.」
203) 馬承五, 앞의 글, p.35.

편의 장편소설을 읽는 것이니, 각기 그 나름의 흥취가 있다. 이것이 두보가 <추흥팔수>라는 연작시를 통해 추구하고자 했던 바가 아닌가 한다.

≪전당시≫에 수록된 칠언율시 7,339수를 조사해본 결과, 두보 이후로 나온 당대 시인의 연작시는 204제 580수였다.[204] 이 가운데 관휴(貫休)가 11제 55수, 백거이(白居易)가 15제 39수, 이신(李紳)이 3제 32수, 육구몽(陸龜蒙)이 11제 27수, 피일휴(皮日休)가 10제 25수, 서인(徐夤)이 11제 23수 등으로 비교적 많은 연작시를 남기고 있지만, 성과를 논할 만한 작품은 찾아보기 어렵다. 이는 당대 칠언율시사에서 두보의 연작 칠언율시가 매우 독보적인 위치에 있음을 뜻하는 것이다.

② 요체시

요체란 일반적으로 규정된 평측 격식에 맞지 않는 것을 말하는데, 엄밀하게 나누면 두 부류가 있으니 하나는 쌍요(雙拗)와 같이 요(拗)와 구(救)를 통해 정격으로 인정되는 것이고, 다른 하나는 일정한 규칙 없이 요구(拗句)를 쓴 것이다. 두보의 칠언율시 중에서 요체시로 간주할 수 있는 작품이 얼마나 되느냐에 대해서는 연구자에 따라 다소 편차가 있다. 진갑곤(陳甲坤)은 각 구의 평측은 격식에 맞으나 한두 연이 실점(失黏)인 시와 한 구 이상이 평측 격식에 맞지 않는 시를 통틀어 39수로 집계하였고,[205] 광건행(鄺健行)은 조집신(趙執信)의 ≪성조보(聲調譜)≫, 적휘(翟翬)의 ≪성조보습유(聲調譜拾遺)≫, 동문환(董文渙)의 ≪성조사보(聲調四譜)≫ 등에 인용된 두보의 요체 칠언율시를 종합하면 모두 34수라고 전제하면서 이 가운데 요(拗) 현상이 비교적 뚜렷한 작

---

204) 이들 연작시를 종류별로 살펴보면 아래의 표와 같다.

	2수	3수	4수	5수	6수	8수	10수	20수	24수	합 계
시제수	146	34	4	12	2	1	3	1	1	204
작품수	292	102	32	60	12	8	30	20	24	580

205) 陳甲坤, 앞 논문, p.3.

품이 26수라고 하였으며,[206] 김계화(金啓華)는 <두보 요체 칠언율시론[論杜甫
的拗體七律]>이라는 논문에서 18편의 시만을 예로 들어 두보의 요체 칠언율
시를 논했다.[207] 작품수를 두고 이렇게 차이를 보이는 것은 요(拗)의 정도를
가늠하는 시각이 저마다 달라서 일정한 기준이 없기 때문으로 보인다.[208] 본
서에서는 각 작품의 평측 격식을 비교적 소상하게 따져보고 있는 광건행의
설을 따르고자 한다. 그가 제시한 두보의 요체 칠언율시 26수를 창작시기별
로 나누어보면 다음과 같다.

- 모색기(5 수) : <鄭駙馬宅宴洞中>, <題省中壁>, <望岳>, <早秋苦熱
　　　　　　　　堆案相仍>, <崔氏東山草堂>
- 정형기(5 수) : <所思>, <九日>, <將赴成都草堂途中有作先寄嚴鄭公五
　　　　　　　　首> 其一·其二, <至後>
- 완숙기(16수) : <白帝城最高樓>, <雨不絶>, <立春>, <愁>, <晝夢>,
　　　　　　　　<暮春>, <赤甲>, <江雨有懷鄭典設>, <灩澦>, <七月
　　　　　　　　一日題終明府水樓二首> 其二, <簡吳郎司法>, <覃山人
　　　　　　　　隱居>, <題柏學士茅屋>, <暮歸>, <曉發公安>, <長沙
　　　　　　　　送李十一>

　　연작시와 마찬가지로 요체시도 기주 이후의 완숙기에 집중적으로 창작되

---

206) 鄺健行, <論吳體和拗體的貼合程度>, p.42, 주 19·23을 참고. 그는 '요 현상
　　이 비교적 뚜렷하다'는 것의 기준을 세 구 이상의 요구가 있거나, 두 구의 요
　　구가 있으면서 다른 요조(拗調)가 동시에 나타나는 경우로 상정하였다
　　(pp.35-36).
207) 그가 요체로 지목한 것은 다음의 18수이다. <鄭駙馬宅宴洞中>, <題省中壁>,
　　<題鄭縣亭子>, <望岳>, <崔氏東山草堂>, <卜居>, <和裴迪登蜀州東亭送
　　客逢早梅相憶見寄>, <所思>, <九日>, <將赴成都草堂途中有作先寄嚴鄭公
　　五首> 其五, <十二月一日三首> 其一, <白帝城最高樓>, <立春>, <赤甲>,
　　<江雨有懷鄭典設>, <見螢火>, <小寒食舟中作>, <長沙送李十一>
208) 김계화가 요체로 지목한 18수에 <早秋苦熱堆案相仍>, <晝夢>, <暮歸>, <曉
　　發公安>과 같이 거의 전구(全句)가 요구인 작품이 빠져 있는 것은 그 단적인
　　예라 하겠다.

었으니, 두보가 만년에 시율에 대해 많은 연구를 했음을 알 수 있다. 그러면 요체시의 평측 격식은 어떤 특징을 가지고 있을까? <한낮의 꿈[畫夢]>을 감상하면서 이 점을 고찰해보자.

二月饒睡昏昏然,	2월에는 푹 자도 흐리멍덩하니
不獨夜短晝分眠.	밤에 짧게 잘 뿐만 아니라 낮에도 나누어 잔다
桃花氣暖眼自醉,	복사꽃 기운 따뜻해 눈이 절로 감겨들고
春渚日落夢相牽.	봄 물가에 해 지고 나면 꿈이 나를 이끈다
故鄕門巷荊棘底,	고향의 문과 길은 가시나무 아래
中原君臣豺虎邊.	중원의 임금과 신하는 승냥이와 호랑이의 곁
安得務農息戰鬪,	어찌하면 농사에 힘쓰고 전쟁이 멈춰
普天無吏橫索錢.	천하에 마구 돈 뺏어 가는 관리들 사라질까?

이 시는 대력 2년 봄에 지은 것이다. 앞 네 구에서는 꿈을 꾸게 되는 이유를 말하였고, 5·6구에서는 꿈속에서 본 광경을 묘사하였으며, 마지막 두 구에서는 꿈에서 깨어나 어지러운 세상을 개탄하였다.209) 전반부와 후반부가 어조나 분위기에서 크게 대비되는데, 전반부는 '한낮의 꿈'이라는 제목에서 누구나 예상할 수 있는 평온한 모습이지만, 후반부는 꿈에서 보고자 했던 푸근한 고향과 태평한 조정과는 정반대의 황폐하고 어지러운 광경이다.210) 이 시는 고단한 현실에서 벗어나고자 했던 꿈에서 도리어 현실로 돌아오고, 꿈에서 깨면 꿈과 현실이 모두 가슴 아프게 다가오는 비애를 담은 작품이라고

---

209) 仇兆鰲, 《杜詩詳注》 卷18, 「上四致夢之由, 五六夢中之景, 末則夢醒而慨世也.」

210) Eva Shan Chou, *Reconsidering Tu Fu : Literary greatness and cultural context*, New York : Cambridge Univ. Press, 1995, p.132, 「It is worth noting that another characteristic of juxtaposition is found here, a change in language between the two halves of the poem. The wordplay and the skillful handling of time in the first half are succeeded in lines 5 and 6 by standard phrases about desolation and political villany("brambles and thorns," "wolves and tigers") and, in lines 7 and 8, by prepositional language and a run-on line.」

하겠다.

　이 시의 평측 격식을 보면 철저하게 요(拗)를 하고 있음을 알 수 있다. 여덟 구 가운데 제7구를 제외한 일곱 구가 모두 요구(拗句)이고, 네 연이 모두 실대(失對)와 실점(失黏)을 범하고 있으며, 게다가 제1구에서는 근체시의 큰 금기사항인 삼평조(三平調)를 범하고 있다. 제1구의 둘째 자인 '월(月)'이 측성이므로 측기식으로 간주하여, 일반적인 측기식의 정격과 이 시의 평측 격식을 비교해보면 아래와 같다.

	측기식의 일반 격식		<주몽(晝夢)>의 평측 격식	
수련	××○○××○ ○○×××○○	↘↗↘↗ ↗↘↘↗	××○×○○○ ×××××○○	↓↗ ↓↗
함련	○○××○○× ××○○××○	↗↘↗↘ ↘↗↘↗	○○××××× ○××××○○	↗↓ ↓↗
경련	××○○○×× ○○×××○○	↘↗↘ ↗↘↗	×○○×○×× ○○○○○×○	↗↓ ↑↘↗
미련	○○××○○× ××○○××○	↗↘↗↘ ↘↗↘↗	○××○××× ×○○×○×○	↘↗↘ ↗↓↗

〈범례〉○ : 평성, × : 측성, ↗ : 평성 ↘ : 측성, ↑ : 연속된 평성, ↓ : 연속된 측성

　<주몽(晝夢)>의 평측 격식에서 가장 먼저 눈에 띄는 특징은 리듬이 두 박자로 단순화되었다는 점이다. 정격의 칠언율시에서는 제2·4·6자에 절주점(節奏點)을 두면서 평성과 측성을 번갈아 쓰기 때문에 세 박자의 리듬을 타게 된다. 따라서 대부분의 구가 두 박자인 이 시의 리듬은 아주 느리고 단조롭다고 할 수 있다. 또 정격에서의 절주점은 평성과 측성이 각각 12회로 같은데, 이 시 절주점의 평측을 보면 측성을 쓴 것이 15회로 평성의 9회보다 훨씬 많다. 한 구절 안에서 짧은 휴지(休止) 역할을 하는 절주점에 측성을 많이 쓰면 시는 무겁고 둔탁한 느낌을 갖게 된다. 배비(裴斐)는 이 시를 요체시의 걸작으로 높이 평가하면서, 이 시에 쓰인 평측 격식이 지극히 억압되고 격앙되어 있는 내용과 잘 어울린다고 하였다.[211] 두보가 요체시를 통해 얻고자

한 점도 바로 이와 같이 평측의 변주를 통해 시의 내용과 분위기를 보다 효과적으로 전달하려고 한 것에 있지 않은가 한다.

청(淸) 황생(黃生)이 "변성(變聲)의 제일"이라고 평했던 <백제성의 가장 높은 누각[白帝城最高樓]>을 보자.212)

城尖徑昃旌旆愁,	성은 뾰족하고 길은 꼬불꼬불하여 깃발도 근심스러워하는
獨立縹緲之飛樓.	까마득히 높아 날아갈 듯한 성루에 홀로 섰다
峽坼雲霾龍虎臥,	협곡 갈라졌는데 구름은 흙비를 뿌려 용과 호랑이가 누웠고
江清日抱黿鼉遊.	강 맑은데 해가 감싸 자라와 악어가 노닌다
扶桑西枝對斷石,	부상(扶桑)의 서쪽 가지 깎아지른 바위를 마주하고
弱水東影隨長流.	약수(弱水)의 동쪽 그림자 장강을 따른다213)
杖藜歎世者誰子,	지팡이 짚고 세상을 탄식하는 자 누구인고?
泣血进空回白頭.	피눈물 허공에 뿌리며 하얗게 센머리를 돌린다

이 시는 대력 원년 기주에서 지은 것이다. 수련에서는 누각이 높은 것을 묘사하였다. 제1구의 '깃발도 근심스러워한다[旌旆愁]'는 수심이 가득한 작자의 감정이 이입된 것으로 표현이 참신하고, 제2구에 쓰인 허사 '지(之)'자는 율시에서는 거의 쓰이지 않는 시어로서 대단히 박력 있다.214) 함련과 경련은 백제성(白帝城) 주변의 경물을 각각 근경과 원경으로 나누어 상상을 가미해 묘사한 것이다. 미련은 의문구를 통해 전란으로 어지러운 세상을 탄식하는 시인의 참담한 심정을 나타냈는데, 다른 화자의 입을 빌어 물음을 던지는 듯 시인 자신의 모습을 외부의 시각으로부터 표현한 수법이 독특하다.

이 시의 격률을 보면 제3구를 제외한 일곱 구가 요구(拗句)이며, 「평평평」의 하삼련(下三連)도 세 번이나 보이는 등 정격과는 상당히 거리가 있다.215)

---

211) 裴斐, <杜律擧偶>, p.7.

212) 黃生, ≪唐宋詩醇≫, 「若以本集較之, '花近高樓'(<登樓>), 正聲第一 ; '城尖
徑昃'(<白帝城最高樓>), 變聲第一.」

213) 曹植, <遊仙>, 「東觀扶桑曜, 西臨弱水流.」

214) 李因篤, ≪杜詩集評≫, 「此首次句着一之字, 其力萬鈞.」

앞서 살펴본 <주몽(晝夢)>과 마찬가지로 평측의 구성을 단순화시켜 '크게 일으켰다가 크게 떨어뜨리는[大起大落]' 성률의 효과를 통해 높고 위태로운 누각의 지리적 형세와 추슬러지지 않는 불안한 심리를 표현한 것으로 보인다.

구조오(仇兆鰲)는 요체시 가운데 한 수인 <수(愁)>의 제목 아래에 왕사석(王嗣奭)의 ≪두억(杜臆)≫을 인용하여 "가슴속에 억울하고 불평한 심사가 있어 요체로서 그것을 표현해낸 것이니, 두보의 요체시는 대개가 이러하다."216)고 하였다. 그는 또 <제중성벽(題省中壁)>을 평하면서 "두보의 기주 시기 칠언율시에 간간이 요체를 쓴 것을 두고 왕우중(王佑中)은 모두 실의하여 회포를 푼 작품이라 하였는데, 지금 <제벽(題壁)>을 보니 역시 이 체식(體式)을 쓰고 있고 장차 간원(諫院)을 떠나기 전이어서 왕우중의 설이 진실로 옳음을 알겠다. 왕세무(王世懋)는 말하기를 '칠언율시에 요체가 있는데, 바로 시 가운데 변풍(變風)과 변아(變雅)라 하겠다.'고 했으니 그 설과도 서로 잘 부합된다."217)고 하였다. 그렇다면 요체는 특히 평정되지 않는 심사를 전달하는 데 유용한 형식이라고 할 수 있을까? 이에 대해 광건행(鄺健行)은 그가 요(拗) 현상이 뚜렷하다고 지목한 26수 가운데 쓸쓸히 벗을 그리워하거나 먼 곳으로 아쉬운 작별을 하는 일반적인 작품을 포함시키지 않더라도 억울하고 불편스런 심사와 실의하여 회포를 푸는 뜻이 분명하게 담긴 것이 13수나 된다는 점을 지적하면서 왕사석과 구조오의 견해를 긍정하고 있다.218) 그의 주

---

215) 이 시의 평측 격식은 다음과 같다.
　「○○××○×○, ××○×○○○. ××○○○××, ○○××○○○.
　○○○○×××, ××○×○○○. ×○×××○×, ×××○○×○.」
216) 仇兆鰲, ≪杜詩詳注≫ 卷18, 「胸有抑鬱不平之氣, 而以拗體發之, 公之拗體詩大都如是.」 그런데 현전하는 ≪두억(杜臆)≫ 권7에는 「愁起於心, 眞有一段鬱戾不平之氣, 而因以拗語發之, 公之拗體大都如是.」라 하여 다소 자구의 출입이 있다.
217) 仇兆鰲, ≪杜詩詳注≫ 卷6, 「杜公夔州七律有間用拗體者, 王右仲謂皆失意遣懷之作, 今觀題壁一章, 亦用此體, 在將去諫院之前, 知王說良是. 王世懋云 : '七律之有拗體, 卽詩中之變風變雅也.' 說正相合.」
218) 鄺健行, 앞의 글, p.37.

장을 들어보자.

    이른바 율시의 정체(定體)라는 것은 평측이 율격에 맞고 성음이 가장 조화로운 경지에 이른 시체(詩體)를 가리킨다. 율시의 조화로운 성조는 다른 조화로운 사물과 마찬가지로 모두 조화로운 성질을 띠고 있다. 그래서 아름답고 정치한 사물과 원만하고 평화로운 심정은 조화로운 성음(聲音)을 통해 표현해야 하며 흔히 사물에 대한 정의(情意)가 상징작용을 일으킨다. 비유컨대 조화로운 성조(聲調)를 통해 아리땁고 고운 여자를 묘사한다면 생경하고 껄끄러운 성조로 묘사하는 것보다 훨씬 나을 것이다. 왜냐하면 독자는 성조가 원활한 구절을 읽으면서 은연중에 시 속의 미모의 여자의 자태, 마음씨와 서로 부합한다고 느낄 것이기 때문이다. 이는 미인의 마음씨와 자태가 본래 온화하고 부드러운 것이기 때문이다. 요체 율시는 사실 어떤 측면에서 평측이 율격에 맞지 않는 율시로서 성음이 혹은 많게 혹은 적게 최대의 조화에서 이탈하여 비교적 생경하고 순조롭지 못하다. 이러한 특징은 개인의 마음속에 "억울하고 실의한" 것과 딱 맞아떨어진다. 양자는 모두 순통하지 않고 여의치 않고 엉겨서 흘러가지 않는 모습을 담고 있으므로 요체를 써서 이러한 마음상태를 묘사하면 피차가 성질이 같으므로 더욱 큰 상징작용을 일으킬 수 있게 된다.[219]

우리가 위에서 감상한 두 수만을 본다면 광건행의 말에 어느 정도 일리가 있다고 생각된다. 시의 내용에서도 억눌리고 불안한 심리가 두드러지게 나타날 뿐만 아니라, 장법도 '전경후정(前景後情)'의 일반적인 형태와 궤를 달리하여 무언가 다른 뜻을 전달하고자 하는 작자의 의도가 느껴지기 때문이다. 그러나 이것을 여타의 요체시에까지 일률적으로 적용할 수 있을지는 의문이다. 김의정(金宜貞)은 ≪두보의 기주시기 시 연구≫에서 기주 시기의 요체시 17수에 대한 분석을 통해 그 가운데 평정되지 않은 감정이 흐르는 것은 <영회고적> 둘째 수, <즉사(卽事)>(天畔), <입춘(立春)>, <백제성최고루(白帝城最高樓)>, <수(愁)>, <주몽(晝夢)>, <모춘(暮春)>의 7수 정도였다고 밝히고, 결론적으로 모든 요체시가 '강렬한 감정'을 띠고 있다고는 볼 수 없으며, '강렬

---

219) 鄺健行, 위의 글, p.38.

한 감정'은 기주 시기의 시에 보편적으로 나타나는 현상이라고 말하고 있다.[220) 배비(裴斐)의 견해는 이 보다 더 부정적이다.

> 두보의 요체 율시는 주로 기주 시기에 집중되어 있는데, 요체의 시도는 총체적으로 보아 성공적이지 못했다. 기주 시기의 칠언율시를 훑어보면 이런 규율을 쉽사리 보아내게 된다. 감정이 짙고 뜻이 깊은 심혈을 기울인 작품, 예컨대 <추흥팔수(秋興八首)>, <영회고적오수(詠懷古跡五首)>, <등고(登高)>, <각야(閣夜)>, <우정오랑(又呈吳郞)> 등은 모두 율격에 꼭 들어맞지 않는 것이 없다. 이른바 요체는 대개 평범하게 경치를 묘사하거나 기탁이 깊지 않으면서 내키는 대로 지은 작품, 예컨대 <모춘(暮春)>, <즉사(卽事)>, <우부절(雨不絶)>, <염예(灩滪)>, <입춘(立春)>, <적갑(赤甲)>, <강우유회정전설(江雨有懷鄭典設)>, <제백학사모옥(題柏學士茅屋)> 등이다. 이는 두보가 성률을 잘 지켰고 그것도 매우 근엄했으며, 다만 그다지 중요하지 않은 내용을 표달할 때나 돌파적인 시도를 했고, 게다가 사실상 이런 시도가 일반적으로 말해 성공하지 못했음을 설명한다.[221)

이렇듯 요체시의 성취에 대해서는 찬반양론이 엇갈리고 있고, 명작으로 꼽을 만한 작품도 그다지 많지 않은 것이 사실이다. 앞서 기주 이후의 시에 대한 평가를 언급하면서 인용했던 시선집인 ≪당시별재≫, ≪오칠언금체시초≫, ≪당송시거요≫ 등에서 모두 선록한 요체시가 <모귀(暮歸)> 한 수에 불과한 것을 보면 연작시에 대한 평가와의 차이가 확연히 드러난다.[222) 율시란 본래 성음의 조화를 기본으로 하는 형식이므로 여기서 크게 벗어나게 되면 율시의 대원칙을 무시하는 셈이다. 따라서 두보의 요체 칠언율시도 정격

---

220) 金宜貞, ≪杜甫의 夔州時期 詩 硏究≫, p.177.

221) 裴斐, 앞의 글, p.6.

222) 광건행이 정리한 26수를 기준으로 보면 ≪당시별재≫에서는 <崔氏東山草堂>, <將赴成都草堂途中有作先寄嚴鄭公五首> 其一·其二, <白帝城最高樓>, <暮歸> 등 5수, ≪오칠언금체시초≫에서는 <題省中壁>, <所思>, <九日>, <將赴成都草堂途中有作先寄嚴鄭公五首> 其一·其二, <白帝城最高樓>, <灩滪>, <暮歸> 등 8수, ≪당송시거요≫에서는 <暮歸> 1수를 선록하였다.

의 평측 격식보다는 요체를 씀으로써 작자의 메시지를 더 효과적으로 전달했을 경우에만, 율격에서 벗어났다는 근원적인 약점을 상쇄하면서 훌륭한 작품으로 인정받을 수 있었던 것이라고 하겠다. 그러나 작품 자체의 성취도를 떠나 두보의 요체 칠언율시가 칠언율시의 범위를 확대시키고 격률에 유연성을 제공한 것만큼은 틀림없는 사실이다.223)

3) 창조적이고 세밀한 시율

두보는 <강상치수여해세료단술(江上値水如海勢聊短述)>에서 "사람됨에 성격이 괴팍해 멋진 구절을 탐내니, 말이 사람들을 놀라게 하지 않으면 죽어도 그만두지 않는다[爲人性僻耽佳句, 語不驚人死不休]."고 자술할 만큼 시작(詩作)에 심혈을 기울였다. 시어의 선택뿐만 아니라 구법과 장법은 물론이고, 대장과 운율 어느 한 분야도 소홀히 하지 않았으며, 특히 칠언율시에서는 그러한 노력을 더 확연히 느끼게 된다. 두보가 칠언율시의 격률을 완성시키는 데 어떻게 기여했는지 몇 가지 항목으로 나누어 살펴보도록 하자.

① 첩자의 활용

첩자는 같은 음이 잇달아 나오게 되므로 읽을 때 낭랑한 느낌을 주고 강한 리듬감이 있으며, 모양을 형용하거나 동작을 묘사하는 경우 또는 소리를 흉내낼 때 유용하여 시사(詩詞)에 널리 쓰인다.224) 칠언율시도 예외는 아니어서 초당 말기의 작품부터 첩자를 즐겨 썼다. 성률의 조화를 중시했던 두보는

---

223) Pauline Chen, *Du fu, Li Ho, and Li Shangyin : The Development a Fictive Voice In Late Tang Lyric Poetry*, Princeton Univ. Ph.D. Dissertation, 1995, p.46, 「In his later years he seemed more and more often to be straining against the limitations of the form. By selectively violating some of its conventions, he was able to achieve striking effects by subtly defying the reader's expectations. Particularly for 七律,qilu, "seven- character reglulated verse," he also helped to give the form greater flexibility and range for future poets.」

224) 趙克勤, ≪古代漢語詞彙學≫, pp.57-58.

특히 첩자를 애용하여 두정기(杜婷琦)의 통계에 의하면, 두시(杜詩)에는 모두 224개의 첩자가 604회나 쓰였다고 한다.[225] 두보의 칠언율시에 쓰인 첩자의 예를 몇 가지 보자.

    a. 年年至日長爲客, 忽忽窮愁泥殺人. (<冬至>)
       短短桃花臨水岸, 輕輕柳絮點人衣. (<十二月一日三首>其三)
       娟娟戲蝶過閑幔, 片片輕鷗下急湍. (<小寒食舟中作>)

    b. 可憐處處巢居室, 何異飄飄托此身? (<燕子來舟中作>)
       江草日日喚愁生, 巫峽冷冷非世情. (<愁>)
       宮草霏霏承委佩, 爐煙細細駐游絲. (<宣政殿退朝晚出左掖>)

    c. 無邊落木蕭蕭下, 不盡長江滾滾來. (<登高>)
       穿花蛺蝶深深見, 點水蜻蜓款款飛. (<曲江二首>其二)
       風含翠篠娟娟淨, 雨裛紅蕖冉冉香. (<狂夫>)

    d. 卻繞井欄添個個, 偶經花蕊弄輝輝. (<見螢火>)
       客子入門月皎皎, 誰家搗練風淒淒? (<暮歸>)
       小院回廊春寂寂, 浴鳧飛鷺晚悠悠. (<涪城縣香積寺官閣>)

a, b, c, d는 첩자가 쓰인 위치에 따라 분류한 것으로서, 칠언율시의 구식은 흔히 2-2-3의 리듬을 이루고 마지막 세 글자는 1-2 또는 2-1로 나누어지므로, 첩자가 쓰일 수 있는 위치는 이와 같이 제1·2자(a형), 제3·4자(b형), 제5·6자(c형), 제6·7자(d형)의 네 곳으로 한정된다. 두보 이전 초성당 작가들의 칠언율시를 검토해본 결과 첩자가 사용된 구는 대략 65개였으며, 이를 유형별로 나누어보면 다음과 같다.

a형	b형	c형	d형
37	23	0	5

---

225) 杜婷琦, 《杜甫詩歌的語言藝術》<第5章 疊字>를 참고.

출구(出句)와 대구(對句) 모두에 대장을 맞춰 첩자를 쓴다고 가정하고 평기식(平起式) 칠언율시 가운데 두 연의 평측 격식을 보면, [××○○○×× / ○○×××○○ // ○○××○○× / ××○○××○]식이 된다. 제1·2자에 쓰는 a형과 제3·4자에 쓰는 b형은 함련과 경련 어디나 쓸 수 있는 반면, 제5·6자에 쓰는 c형은 경련에만, 제6·7자에 쓰는 d형은 함련에만 쓸 수 있어 a형, b형에 비해 c형, d형은 첩자를 쓸 수 있는 곳이 절반으로 줄어든다. 또 구의 후반부에 첩자를 쓰는 c형과 d형은 직간접적으로 운자와도 관련이 있어 그만큼 구사하기가 어렵다고 할 수 있다.226) 위 표에서 사용 빈도에서 유형별로 큰 차이를 보이는 것은 그와 같은 이유 때문이다. 두보의 칠언율시에서는 이전에 용례가 없었던 c형을 포함하여 네 가지 유형의 첩자가 고루 사용되었다. 이런 의미에서 본다면 <등고(登高)>의 "끝없이 펼쳐져 있는 나무의 낙엽은 우수수 지고, 다함 없는 긴 장강은 출렁출렁 흘러온다[無邊落木蕭蕭下, 不盡長江滾滾來]."와 같은 명구는 두보가 첩자의 사용에 능숙했기 때문에 나올 수 있었던 셈이다.227)

② 구어의 활용

원진(元稹)은 <수효보견증십수(酬孝甫見贈十首)> 둘째 수에서 "그(두보)가 곧장 당시의 말을 말했던 것을 좋아한다[憐渠直道當時語]."고 말한 바 있다.228) 여기서 '당시의 말'이란 당시의 현실을 반영한 시로 이해할 수도 있겠고, 당시의 구어를 시에 담았다는 뜻도 가지고 있는 것으로 보인다. 구조오(仇兆鰲)

---

226) c형은 운자의 뜻을 고려해 의미가 연결되는 첩자를 선택해야 하고, d형은 운자가 포함된 첩자를 선택해야 한다. 사용 빈도를 보면 c형이 보다 어려웠던 듯하다.

227) 구조오(仇兆鰲)는 《두시상주(杜詩詳注)》 권9 <狂夫>의 평어에서 양신(楊愼)의 말을 인용하여 "시에서 첩자를 쓰기가 가장 어려운데, 오직 두보만이 이를 쓰는데 홀로 뛰어났다[詩中疊字最難下, 唯少陵用之獨工]."고 하였다.

228) 전시(全詩)는 다음과 같다. 「杜甫天材頗絶倫, 每尋詩卷似情親. 憐渠直道當時語, 不著心源傍古人.」

는 <주전소아아(舟前小鵝兒)>에 대한 평어에서 "두시에는 속자를 써서 도리어 정취가 있는 것이 있으니, 예컨대 '아아(鵝兒)', '안아(雁兒)' 는 본래 속된 말이나 운치 있는 수법으로 다듬고 나니 바로 가구(佳句)가 되었다."[229]고 하였다. 이렇듯 두보의 시에는 구어가 대량으로 쓰였는데, 그와 같은 특징은 칠언율시에서도 발견된다. 다음의 예들을 살펴보자.

 a-1. 대가(大家) : 부녀(婦女)에 대한 경칭[230]
  大家東征逐子回　반소(班昭)는 동쪽으로 행차했다 아들을 따라 돌아오니

         <送王十五判官扶侍還黔中>

 a-2. 장년(長年) : 뱃사공　삼로(三老) : 키잡이[231]
  長年三老遙憐汝　뱃사공과 키잡이도 멀리서 너를 그리워하여

         <撥悶>

 b. 변(抃) : 기꺼이 원하다[232]
  先抃一飮醉如泥　먼저 한 번 마셔 흠뻑 취할까 합니다

       <將赴成都草堂途中有作先寄嚴鄭公五首>其三

 c-1. 극(劇) : 어렵다[233]
  白鷺群飛太劇乾　백로가 무리 지어 나니 말리기가 몹시도 어렵다

         <遣悶戲呈路十九曹長>

---

229) 仇兆鰲, ≪杜詩詳注≫ 卷12,「杜詩有用俗字而反趣者, 如鵝兒雁兒, 本諺語也, 一經韻手點染, 便成佳句.」
230) 江藍生・曹廣順, ≪唐五代語言詞典≫, p.81.
231) 仇兆鰲, ≪杜詩詳注≫ 卷14 <撥悶>詩注,「長年, 開頭者. 三老, 捩舵者.」
232) 江藍生・曹廣順, 앞의 책, p.273.
233) 仇兆鰲, ≪杜詩詳注≫ 卷18 <遣悶戲呈路十九曹長>詩注,「詩意恐是太難之意, 如煩劇之劇.」

c-2. 무뢰(無賴) : 나쁘지 않다, 좋다[234]

劍南春色還無賴   검남에 봄빛이 다시금 좋은데

<送路六侍御入朝> ✤

d-1. 약위(若爲) : 어찌 감당하랴[235]

若爲看去亂鄕愁   보러 갔다 향수로 어지러워지면 어찌 감당하리요

<和裴迪登蜀州東亭送客逢早梅相憶見寄> ✤

d-2. 색(索) : 모름지기, 응당, 반드시[236]

巡簷索共梅花笑   처마를 돌아 모름지기 매화와 함께 웃어야지

<舍弟觀赴藍田取妻子到江陵喜寄三首>其二 ✤

d-3. 총(總) : 설령 ～하더라도[237]

藥裹關心詩總廢   약봉에만 마음을 써 시는 설령 내버려두더라도

<酬郭十五判官> ✤

d-4. 생(生) : 가장, 제일[238]

生憎柳絮白於綿   버들솜이 솜보다 흰 것이 가장 밉다

<送路六侍御入朝> ✤

e. 저(底) : 어떤, 무슨[239]

盤渦鷺浴底心性   소용돌이에서 백로 목욕하니 무슨 심사며

<愁> ✤

---

234) 王鍈·曾明德, ≪詩詞曲語詞集釋≫, p.413.
235) 蕭滌非, ≪杜甫硏究≫, p.175.
236) 羅竹風 主編, ≪漢語大詞典≫ 9卷, p.747.
237) 江藍生·曹廣順, 앞의 책, p.463.
238) 江藍生·曹廣順, 위의 책, p.337.
239) 仇兆鰲, ≪杜詩詳注≫ 卷18 <愁>詩注, 「盤渦鷺浴, 本自得也, 疑其有何心性」

　　a부터 e까지의 유형은 각 시구에 쓰인 구어의 품사에 따라 나눈 것으로서, 명사, 동사, 형용사, 부사, 대명사의 순이다. 위의 예들을 보면, 두보는 칠언율시에서 다방면에 구어를 잘 활용하였음을 알 수 있다. 본래 칠언율시는 궁정(宮廷)으로부터 발전되기 시작한 것이어서 구어나 속어를 잘 쓰지 않았는데, 두보는 이러한 것들을 과감하게 칠언율시에 구사하여 천근(淺近)한 풍격의 작품을 창작하였다. 예컨대 <견형화(見螢火)>는 거의 전편이 구어화된 특징을 보여주는 작품으로, 마무원(馬茂元)은 이 시를 "당대의 백화시"라 칭한 바 있다.240) 이러한 점은 두보 이전의 작품에서는 찾아볼 수 없던 것으로, 두보 칠언율시의 특징을 잘 보여주는 예라 할 것이다. 특히 위에서 예로 제시된 작품들은 대부분 후기에 창작된 것들로서, 두보 후기 칠언율시의 실험적 정신을 여기서도 찾아볼 수 있다.241)

③ 음악미의 추구

　　율시란 본래 전체적인 평측의 조화를 통해 최대한의 음악미를 추구하는 형식이지만, 두보는 여기서 한 걸음 더 나아가 운을 쓰지 않는 출구(出句) 끝 자의 4성과 시어의 성음까지 면밀히 따져 완정을 기하였다. 출구 끝 자에 평·상·거·입 4성을 모두 갖추는 '사성체용(四聲遞用)'은 두보 이전의 작품에서도 발견할 수 있다. 예컨대 종초객(宗楚客)의 <봉화행안락공주산장응제(奉和幸安樂公主山莊應制)>, 장열(張說)의 <옹호산사(灉湖山寺)>, 최서(崔曙)의 <구일등망선대정유명부(九日登望仙臺呈劉明府)>, 잠참(岑參)의 <봉화두상공발익주(奉和杜相公發益州)> 등이 그러하다.242) 두보의 칠언율시는 이를 지키고 있는 작품이 훨씬 많은데, <납일(臘日)>, <곡강이수(曲江二首)> 첫째 수, <곡

---

240) 馬茂元, 앞의 글, p.46.
241) 예시된 작품들을 창작시기별로 살펴보면 가장 이른 것이 상원(上元) 원년(760)
　　에 지어진 <和裴迪登蜀州東亭送客逢早梅相憶見寄>고, 가장 늦은 것이 대
　　력(大曆) 3년(768) 이후에 지어진 <酬郭十五判官>이므로 모두 두보 만년의
　　작품들임을 알 수 있다.
242) 여기에 든 예는 모두 왕력(王力)의 ≪한어시율학≫에 보인다(pp.125-126).

강대주(曲江對酒)>, <남린(南隣)>, <촉상(蜀相)>, <모등사안사종루기배십적
(暮登四安寺鍾樓寄裴十迪)> 등을 예로 들 수 있다. 이 가운데 <남쪽 이웃[南
隣]>을 통해 '사성체용'의 실제를 살펴보자.

錦里先生烏角巾,　　　금리선생의 오각건
園收芋栗未全貧.　　　동산에서 토란과 밤을 수확하니 아주 가난하지는 않다
慣看賓客兒童喜,　　　손님 접대에 익숙해져 어린아이가 기뻐하고
得食階除鳥雀馴.　　　모이를 얻으며 층계에서 새와 참새가 길들여졌다
秋水才深四五尺,　　　가을 물이 이제 4, 5척으로 깊어졌고
野航恰受兩三人.　　　들의 배는 마침 두세 사람을 태울만하다
白沙翠竹江村暮,　　　흰 모래 비취빛 대나무에 강마을은 저물고
相送柴門月色新.　　　전송하는 사립문에 달빛이 새롭다

이 시는 상평성의 '진(眞)'운을 쓴 수구입운(首句入韻)의 작품이다. 출구 끝
자를 보면 제1구의 '건(巾)'은 평성, 제3구의 '희(喜)'는 상성, 제5구의 '척(尺)'
은 입성, 제7구의 '모(暮)'는 거성이므로 4성이 번갈아 쓰였음을 알 수 있다.
제2장에서 고찰한 바와 같이 칠언율시는 운을 기준으로 하여 한 연 14자가
하나의 단위를 이루고, 중간의 제7자가 휴지부(休止符) 역할을 한다. 휴지부에
는 측성을 쓰고 운에는 평성을 써서 평측의 조화를 꾀하는 것이 율시의 대
원칙이라 한다면, 운은 같은 평성이라도 상평성과 하평성을 나누어 같은 계
통의 운자만을 씀으로써 철저히 통일을 추구하고, 반대로 휴지부인 출구 끝
자에는 4성을 모두 사용하여 변화를 주는 것이 이상적일 것이다. 두보는 이
러한 원리에 따라 '사성체용'을 준수하여 칠언율시의 음악미를 추구했다고
볼 수 있다. 황소아(黃素娥)의 연구에 따르면, 기주 이후의 칠언율시 72수 가
운데 꼭 절반인 36수가 이러한 '사성체용'을 지키고 있고, 이 밖에 34수는
「평·거·입」, 「평·입·상」과 같이 3성을 섞어 썼으며, 같은 성이 연달아
나와 「상미(上尾)」를 범한 것은 <제장오수(諸將五首)> 셋째 수와 <추흥팔수
(秋興八首)> 일곱째 수의 두 수에 불과하다고 하니,243) 사진(謝榛)이 ≪사명시

화(四溟詩話)≫에서 "무릇 위 세 구(함·경·미련의 출구를 지칭)의 전절억양(轉折抑揚)의 묘는 이의를 제기할 만한 것이 없다."244)고 한 그대로라 할 것이다.

두보가 칠언율시에서 음악미를 추구한 예로는 시어를 구사하면서 성음의 조화를 추구하고, 특히 쌍성(雙聲)과 첩운(疊韻)을 잘 활용하여 작품에 강한 절주감을 부여했다는 점을 들 수 있다. <옛 자취에서 감회를 노래함[詠懷古跡]> 셋째 수를 통해 알아보기로 하자.

群山萬壑赴荊門,	뭇 산과 온갖 골짜기 형문으로 달려가는데
生長明妃尙有村.	왕소군이 나고 자란 마을이 아직 있다
一去紫臺連朔漠,	한 번 자줏빛 누대를 떠나 북쪽 사막에 닿았으니
獨留靑塚向黃昏.	고독하게 푸른 무덤만이 남아 황혼을 향한다
畫圖省識春風面,	그린 그림에서 봄바람 같은 얼굴을 얼핏 알았으니
環佩空歸月夜魂.	환패로 부질없이 달밤의 혼 돌아왔다
千載琵琶作胡語,	천 년의 비파 오랑캐 소리를 내니
分明怨恨曲中論.	분명한 원한이 가락 속에서 펼쳐진다

이 시는 대력 원년 기주에서 지은 것으로, 두보가 기주 가까이에 있는 귀주(歸州)의 소군촌(昭君村)을 방문하고 감회를 피력한 것이다. 여기서 두보는 풍광이 아름다운 고장에서 태어나 이역만리 흉노(匈奴)의 땅에서 죽었던 왕소군(王昭君)의 처지를 슬퍼했다.245) 도개우(陶開虞)는 ≪두시상주(杜詩詳注)≫에 인용된 평어에서 "이 시는 풍류가 요동치니, 두시 가운데 지극히 운치가 있는 작품이다."246)라 하였는데, 이 시의 운치는 성음의 조화에 힘입은 바가 크다고 할 것이다. 이 시에서 쌍성과 첩운을 쓴 예를 찾아보면, 경련은 출구와 대구의 첫 자 '화(畫)'와 '환(環)'이 쌍성으로 상하간에 긴밀함을 주는 가운데 대장을 이루는 '성식(省識)'과 '공귀(空歸)'에 모두 쌍성을 써서 정교함을

---

243) 黃素娥, 앞 논문, pp.49-50.
244) 謝榛, ≪四溟詩話≫, 「子美七言, 近體最多, 凡上三句轉折抑揚之妙, 無可議者.」
245) 仇兆鰲, ≪杜詩詳注≫ 卷17, 「生長名邦, 而殁身塞外, 比足諧擧明妃始末.」
246) 仇兆鰲, ≪杜詩詳注≫ 卷17, 「此詩風流搖曳, 杜詩之極有韻致者.」

더했다. 미련은 출구의 '천재(千載)'와 '비파(琵琶)'가 쌍성이고 대구의 '원한(怨恨)'이 첩운으로서 '원(怨)'은 이 시의 운자인 '원(元)'운에 속하는 글자이기도 하다.[247]

④ 적극적인 대장(對仗) 운용

율시에서 대장은 반드시 지켜야 할 규율이므로 시를 짓는 시인에게는 일종의 제약으로 작용할 수 있는 성질의 것이라고 할 수 있다. 그런데 두보의 칠언율시를 보면, 대장에 대해 부담을 느끼기보다는 대장의 특성을 적극적으로 활용하고자 했던 것 같다. 왜냐하면 율시는 원칙적으로 함련과 경련 두 연에만 대장을 쓰면 되고, 경우에 따라서는 경련에만 쓰기도 하는데, 두보는 수련 또는 미련에도 자주 대장을 쓰고 있기 때문이다. 다음의 표를 보자.[248]

창작시기	칠언율시수	수/미 총연수	수/미 대장연수	백분비
모색기	24	48	8	16.7
정형기	54	108	21	19.4
완숙기	73	146	41	28.1
계	151	302	70	23.2

위의 표를 보면, 두보는 칠언율시 151수의 수미 양 연 302연 가운데 70연에 대장을 사용하여 평균 네 수에 한 수는 대장연이 아닌 수련이나 미련에도 대장을 썼으며, 그 빈도는 후기로 갈수록 더욱 높아지는 경향을 보이고 있음을 알 수 있다. 그러면 두보가 칠언율시의 수련과 미련에 대장을 써서 어떤 효과를 거두고자 하였는지 다음의 예를 통해 알아보자.

   a. 西山白雪三城戌, 서산의 흰 눈 세 성의 수자리

---

247) 황소아(黃素娥)는 두보가 이 시의 주제를 보다 분명하게 드러내기 위해서 일부러 '元'운의 글자인 '怨'을 썼다고 하였다(앞 논문, p.60).
248) 이 표는 劉知漸·熊篤, 앞의 글, p.95를 정리하여 작성한 것이다.

南浦淸江萬里橋. 남쪽 포구의 맑은 강엔 만리교

<野望> ※

b. 心折此時無一寸, 마음은 부서져 이맘때면 한 마디도 없는데
路迷何處是三秦. 길을 헤매니 어디가 삼진(三秦)인고?

<冬至> ※

a는 수련에 대장을 쓴 예로서 '들에서 바라본다'는 제목의 작품의 첫 연에서 눈에 들어오는 경물을 파노라마 식으로 펼쳐놓은 것이다. 보통은 함련이나 경련에서 이런 식으로 경물을 배치하는데, 두보가 여기서 수련에 대장을 써 경물을 묘사한 것은 제재의 특성상 먼저 가지런한 대장을 통해 경물을 제시하는 것이 '파제(破題)'의 역할을 하는 수련의 기능에 적합하다고 생각했기 때문인 듯하다. b는 미련에 대장을 쓴 예로서, 출구와 대구에 각각 시간('此時')과 공간('何處')을 병치시켜 동지를 맞아 고향에 돌아가지 못하는 안타까운 마음을 증폭시키고 있다. 이 두 가지 예는 모두 시상의 전개에 따라 적절히 대장의 특성을 활용하고 있다고 평가된다. 위의 예에서 b는 수련에도 대장을 써 네 연이 모두 대장을 이루고 있는데, 이렇게 전연에 대장을 쓴 작품도 <숙부(宿府)>, <황초(黃草)>, <야(夜)>, <등고(登高)> 등 적지 않다. 그래서 사신행(査愼行)은 칠언율시의 전연에 대장을 쓰는 수법이 두보에게서 비롯되었다고도 말하고 있지만,249) 사실은 초당 말기의 작품, 예컨대 두심언(杜審言)의 <대포(大酺)>, 종초객(宗楚客)의 <봉화행안락공주산장응제(奉和幸安樂公主山莊應制)> 등에서 이미 쓰였던 것을 두보가 계승하여 발전시킨 것이다.250) 이는 두보가 칠언율시에서 대장을 매우 적극적으로 활용한 증거라고 하겠다.

막려봉(莫礪鋒)은 두보 율시에 보이는 대장의 특징을 한 마디로 '유연하여

---

249) 査愼行, ≪初白庵詩評≫, 「七律八句皆屬對, 創自老杜.」
250) ≪瀛奎律髓彙評≫, 杜甫 <登高>條, 「七言律八句皆對, 首句仍復用韻, 初唐人已創此格, 至老杜始爲精密耳.」

얽매임이 없는 것'이라 정리하면서 대장인 듯하면서 아닌 것이 있고, 공대(工對)에 치중하지 않았다는 점을 그 예로 들었다.[251] 그러나 이런 것들은 두보 이전 작가의 작품에서도 종종 발견되는 것이므로, 두시만의 독특한 특성이라고 말하기 어렵다. 두시 대장의 특성에 대한 보다 심도 있는 연구는 이영주(李永朱)의 <두시 대장법 연구>를 참고할 만하다. 그가 이 논문에서 두시 대장의 특성을 분석한 결과를 몇 가지로 정리해보면 첫째로, 두보는 대장구의 병치성이 시상의 자연스런 전개나 변화를 추구하는 데 장애가 된다고 보고, 이를 극복하기 위해 유수대(流水對)와 차대(借對)를 적극 활용하여 자체적인 변화를 시도하였다. 둘째로, 율시의 함련과 경련에 대장을 연속적으로 구사하면서 구법에 차이를 두거나, 대장의 분류상 비슷한 시어는 위치를 조정하여 중복감이 들지 않도록 배려하였다. 셋째로, 대장구로써 시상을 전개하여 대장과 장법간에 긴밀한 연관성을 갖도록 하였다.[252] 다음 작품을 통해 세 번째 예를 살펴보자.

花近高樓傷客心,　　꽃이 높은 누각 가까이서 나그네 마음 아프게 하니
萬方多難此登臨.　　온 천하에 어려움 많을 때 이곳에 올랐네
錦江春色來天地,　　금강의 봄빛이 천지에 밀려오고
玉壘浮雲變古今.　　옥루산 위로 떠가는 구름은 고금으로 변하고 있네
北極朝廷終不改,　　북극성 같은 조정 끝내 바뀌지 않으리니
西山寇盜莫相侵.　　서산의 도적들은 침략하지 말아라
可憐後主還祠廟,　　가여운 후주 그나마 사당에 모셨으니
日暮聊爲梁父吟.　　해 저물녘 애오라지 <양보음>을 읊어본다

<登樓>

　　이영주는 이 시의 대장구가 시상의 전개를 고려해 만들어졌으며, 그것은 다시 표층구조와 심층구조로 나누어 살펴볼 수 있다고 분석했다. 즉, 제1구

251) 莫礪鋒, <論杜甫晚期今體詩的特點及其對宋詩的影響>, pp.86-89.
252) 李永朱, <杜詩 對仗法 硏究>, pp.115-126.

의 '높은 누각[高樓]'을 이어받고 있는 함련의 대장구와 제2구의 '어려움 많은[多難]'을 이어받고 있는 경련의 대장구가 경물의 묘사와 관련된 표층구조라면, 제2구에서 경련으로 이어지면서 '시국을 걱정하는' 주제를 담고 있는 주선(主線) 사이에 단조로움을 깨면서 주선을 돋보이게 하는 보조부분인 함련을 배치한 것은 심층구조라는 것이다.253) 이 시의 대장구는 이처럼 장법과 긴밀한 관련을 맺고 있음을 알 수 있다.

마지막으로 두보가 칠언율시의 대장에서는 처음으로 사용한 '당구대(當句對)'에 대해 알아보자. '당구대'란 한 구 안에서 동류(同類)의 명사가 서로 대를 이루는 대장의 한 종류를 말한다. 다음의 예를 살펴보자.

落花游絲白日靜,　떨어진 꽃잎 흔들리는 거미줄에 흰 해는 고요하고
鳴鳩乳燕靑春深.　우는 비둘기 어린 제비에 푸른 봄이 깊어간다

<題省中院壁> ✽

珠簾繡柱圍黃鵠,　구슬발과 채색 기둥은 누런 고니가 에워쌌고
錦纜牙檣起白鷗.　비단 닻줄 상아 돛대는 흰 갈매기를 날아오르게 했네

<秋興八首> 其六 ✽

風急天高猿嘯哀,　바람이 빠르고 하늘이 높고 원숭이 울음소리 슬픈데
渚淸沙白鳥飛廻.　물가는 맑고 모래는 희고 새는 날며 선회한다

<登高> ✽

<제성중원벽(題省中院壁)>의 예를 보면, 출구와 대구가 대장을 이루면서 출구의 '떨어진 꽃잎[落花]'과 '흔들리는 거미줄[游絲]', 대구의 '우는 비둘기[鳴鳩]'와 '어린 제비[乳燕]'가 각각 자체적으로 대를 이루고 있는데, 일부 평론가들은 이렇게 공교함을 추구한 것을 못마땅하게 여기기도 했다. 예컨대

---

253) 李永朱, 위 논문, p.125.

풍서(馮舒)가 "구 안에서 각기 대장을 이루는 법은 아무래도 시의 묘처(妙處)는 아니다."라고 한 것이 바로 그러하다.254) 공교함을 추구하는 것을 무조건 나쁘다고 평할 수 없지만, 다음의 예처럼 문자 유희적인 측면이 가미되면 진정(眞情)을 발휘하는 데 장애요소가 되기도 한다.

<blockquote>

桃花細逐梨花落,　복사꽃 살며시 배꽃 따라 떨어지고
黃鳥時兼白鳥飛.　노란 새 이따금 흰 새와 함께 날아간다

<曲江對酒> ❀

南京久客耕南畝,　남경에서 오랫동안 나그네로 남쪽 밭을 갈고
北望傷神坐北窓.　북쪽 바라보며 마음 상해 북쪽 창에 앉았다

<進艇> ❀

戎馬不如歸馬逸,　전마는 돌아가는 말의 편안함만 못하고
千家今有百家存.　천 집이 이제는 백 집만 남았다

<白帝> ❀

卽從巴峽穿巫峽,　곧 파협으로부터 무협을 뚫고
便下襄陽向洛陽.　바로 양양을 내려가 낙양으로 향하리라

<聞官軍收河南河北> ❀

</blockquote>

　　위와 같은 형식은 대를 이루는 각 구에 공통의 시어를 쓰는 것으로 '첩용대영(疊用對映)'이라고 불린다. <문관군수하남하북(聞官軍收河南河北)>에서 '첩용대영'을 통해 고향으로 내닫고 싶은 심사를 효과적으로 묘사한 것을 제외하면, 다른 작품에서는 이러한 수법이 그다지 큰 효과를 거두었다고 보기 어

---

254) ≪瀛奎律髓彙評≫ 卷25 <題省中院壁>에 대한 평어, 「以句中各自對爲法, 總非詩之妙處.」

럽다. 어쨌든 이것은 두보가 칠언율시에서 대장을 적극적으로 활용하고자 했음을 보여주는 사례라 할 것이다.

(3) 두보 칠언율시의 의의

초당 말기의 봉화응제류에서 출발한 칠언율시는 왕유(王維)를 비롯한 성당 시인들의 창작을 통해 발전의 토대를 마련하였고, 두보의 성취에 힘입어 일약 최고의 수준으로 올라섰다. 그렇다면 두보의 칠언율시가 성공을 거두게 된 원동력은 어디에 있었을까? 호진형(胡震亨)은 이렇게 정리하고 있다.

> 두보의 칠언율시는 바로 필력이 크고 마음을 기탁한 것이 깊었기 때문에 능히 가슴속의 생각을 곧장 서술하고 널리 사물의 변화에 응수하며 구애받지 않았으니, 색채나 소리, 향이나 맛으로 남에게 봐달라고 아양떠는 것을 달가워하지 않았다. 그 가운데 비록 허황된 것에 관련되기도 하고, 원망에 가깝기도 하고, 저속함에 빠진 것도 있으나, 요컨대 모두 우연히 계기와 심사에 따라 정신을 호흡한 것으로서 제재를 두고 하나도 고른 것이 없었고, 참된 요체는 언제나 정성(情性)으로 귀착되었으니, 갓 읽어보면 면모가 의심스럽게 느껴지게도 하지만 오래 음미하면 의미가 무궁무진한 데 감탄하게 된다.[255]

초당 말기의 작품은 물론이고 두보 이전 성당 제가들의 칠언율시에는 진정으로 작자의 내면세계를 표출한 것이 많지 않았다. 이들이 주로 창작했던 응제시나 송별시는 결국 남에게 보여주기 위해 시재(詩才)를 발휘한 측면이 강해서 시에 담긴 전부를 작자의 진정으로 보기 어렵기 때문이다. 그러나 두보는 칠언율시에 대한 지속적인 탐구를 통해 비교적 제약이 심한 이 시체의

---

255) 胡震亨, ≪唐音癸簽≫ 卷10, 「杜公七律, 正以其負力之大, 寄悰之深, 能直抒胸臆, 廣酬事物之變而無碍, 爲不屑屑色聲香味間取媚人觀耳. 中間儘有涉於倨誕, 隣於憤懣, 入於俚鄙者, 要皆偶趁機緒, 以吐嗢精神, 材料一無揀擇, 義諦總歸情性, 令人乍讀覺面貌可疑, 久咀嘆意味無盡.」

특성을 장악하여 풍부하고 다채로운 서정의 세계를 열었다는 점에서 이전의 칠언율시와는 격을 달리한다고 할 수 있다. 게다가 단순히 시구로써 감정을 표출하는 데 그치지 않고 각종의 다양한 수법을 끊임없이 시도하여 칠언율시의 표현력을 증대시킨 것도 칠언율시의 발전에 미친 영향이 다대하다. 다만, 일생의 만년에 해당하는 시기에 창작된 작품이 많은 까닭에, '타향에서 늙고 병들어 가는' 신세를 하소연하는 내용이 대부분을 차지하고 있는 것이 아쉽다.256)

앞 절에서 고찰한 바대로 칠언율시의 격률은 초당 말기의 응제시에서 어느 정도 제 모습을 갖추는 듯하다가, 성당에 이르러서는 평균 절반 정도의 작품이 실점(失黏)을 범하는 등 후퇴하는 양상을 보였다. 두보 칠언율시의 격률을 살펴보면, 전체 151수의 작품 가운데 4분의 3에 해당하는 113수가 격률에 부합하는데, 이는 초·성당에 나온 정격의 칠언율시 전체와 맞먹는 것이다.257) 나머지 실점 등을 범하여 격률에 맞지 않는 작품 38수에는 상당수의 요체가 포함되어 있다. 이 요체는 두보가 격률에 서툴러서 나온 작품이 아니라 오히려 격률을 확실히 장악한 상태에서 의도적으로 이에 배치되는 평측 격식을 구사한 것이므로, 두보의 칠언율시는 거의 전 작품에 완벽한 격률을 적용하였다고 볼 수 있다. 두보 이후의 칠언율시에는 격률에서 벗어난 작품이 거의 없다는 점을 생각한다면 칠언율시의 격률을 확립한 공은 두보에게 돌려야 할 것이다.

송대(宋代) 이후 두보의 칠언율시가 각광받은 것에 비하면 당대에는 두보의 칠언율시에 대해 이렇다 할 평가가 보이지 않는다. 당말 위장(韋莊 : 836?~910)이 편찬한 《우현집(又玄集)》은 145인의 작품 297수를 수록하고 있는데, 여기에는 두보의 시 7수가 실려있고, 그 가운데 칠언율시로는 <남린(南隣)>과 <송한십사강동성근(送韓十四江東省覲)>이 뽑혔다. 이 두 작품은 '침울돈좌

---

256) 浦起龍의 《讀杜心解》 卷4에 인용된 黃生의 평어, 「年老、多病、感時、思 歸, 集中不出此四意.」
257) 韓成武, 앞의 글, p.299.

(沈鬱頓挫)’한 두보 칠언율시의 독특한 풍격과는 거리가 있다. 그러므로 이것만 놓고 본다면 당대에는 아직 두보의 칠언율시가 큰 영향을 주지 못했다고 생각할 수 있다. 그러나 청(淸) 방세거(方世擧)가 ‘두보사과(杜甫四科)’로 백거이(白居易), 유우석(劉禹錫), 이상은(李商隱), 온정균(溫庭筠)을 지목하고 있듯이[258] 두보가 칠언율시에서 열어놓은 다양한 풍격은 개별 시인의 개성에 따라 하나 둘씩 계승되었다. 예컨대 백거이는 두보의 칠언율시 가운데 주로 평이하고 통속적인 작품의 풍격을 이어받아 생활의 세사(細事)를 칠언율시에 담았고, 이상은은 영사시 등에서 두보 칠언율시의 ‘침울’함을 재현하였다.[259] 이밖에도 두목(杜牧), 허혼(許渾), 피일휴(皮日休), 육구몽(陸龜蒙) 등은 요체 칠언율시의 기험함을 추구하였으니, 두보의 칠언율시를 표방한 시인이 드물었던 당대에도 이처럼 다방면에 지대한 영향을 미쳤던 것이다.

청(淸) 시보화(施補華)는 “두보의 칠언율시에는 없는 재주가 없고, 갖추어지지 않은 법식이 없다.”고 하였다.[260] 성당까지의 율시 창작상황을 보면 칠언율시는 오언율시의 10분의 1을 겨우 넘는 수준이었다가, 중당을 거쳐 만당에 이르게 되면 오언율시와 거의 대등한 수의 작품이 나온다. 이렇게 칠언율시가 중당 이후 비약적인 발전을 보이게 된 것은 두보의 칠언율시가 거의 모든 방면에서 이전의 성과를 집대성하고 또 새로운 길을 열어 주었기 때문에 가능했다고 해도 과언은 아닐 것이다.

---

258) 方世擧, ≪蘭叢詩話≫, 「白香山之疏以達, 劉夢得之圓以閟, 李義山之刻至, 溫飛卿之輕俊, 此亦杜之四科也.」

259) 이상은의 칠언율시가 두보를 계승하고 있는 점에 대해서는 본 장 제5절에서 자세히 다룰 것이다.

260) 施補華, ≪峴傭說詩≫, 「少陵七律, 無才不有, 無法不備.」

4. 중당의 칠언율시

(1) 변혁기의 중당 시단

전국을 황폐화시켰던 안사(安史)의 난이 광덕(廣德) 원년(763)에 이르러 가까스로 종결되면서 당나라는 점차 안정을 회복하게 되었다. 전란 동안 잠시 삭막했던 시단의 활동도 다시 활발해져 대력 연간(766~779)에는 여러 시인들이 창작에 힘을 쏟기 시작했다. 이로부터 문종(文宗) 태화(太和) 연간(827~835)까지의 70년간을 중당이라 칭하며, 이를 다시 대력 연간을 중심으로 하여 정원(貞元) 연간(785~804)까지 약 40년간을 전기, 원화(元和) 연간(806~820)을 중심으로 하여 그 이후 30년간을 후기로 나눈다.

중당 전기를 대표하는 시인으로는 위응물(韋應物), 유장경(劉長卿), 이가우(李嘉祐), 대숙륜(戴叔倫), 그리고 전기(錢起)를 필두로 하는 대력십재자(大曆十才子) 등이 있다. 이들은 대개 개원·천보 연간에 태어나 안사의 난을 겪고 난 대력 연간 이후부터 본격적으로 작품을 남겼다는 데서 공통점을 찾을 수 있다. 그런가 하면 이들이 창작의 중심지로 삼았던 지역은 남북으로 나뉘어 유장경, 이가우 등은 강남을 기반으로 시작활동을 펼쳤고, 대력십재자는 장안과 낙양을 중심으로 활약하여 양대 시인군을 형성하였다. 그런 까닭에 이들의 시에도 공통점과 차이점이 나타난다. 성당의 여운을 일부 보여주는 가운데 그들이 목도한 전란의 참상이 반영되고, 고요하고 한적한 생활을 추구하는 데서 비롯되는 가냘픈 맛은 이들 중당 전기 시인들의 공통점이라고 할 수 있다. 한편, 강남의 시인들은 "푸른 산과 흰 구름, 봄바람과 향기로운 풀을 자기 것으로 여기면서"[261] 풍경과 산수를 묘사하는 데 치중한 데에 비해, 경사(京師)의 시인들은 권문세가에 의탁하여 시를 주고받는 경향이 짙었다는

---

261) 皎然, 《詩式》 卷4, 「大曆中, 詞人多在江外, 皇甫冉、嚴維、張繼、劉長卿、李嘉祐、朱放, 竊占靑山白雲、春風芳草, 以爲己有.」

240 | 당대 칠언율시 연구

점에서 차이점이 발견된다.

호응린(胡應麟)은 "전기와 유장경으로 내려와서는 정신과 감정이 심원하지 못하고, 기운과 풍골이 갑자기 쇠퇴하였다."262)고 하였다. 이러한 것은 비단 전기와 유장경뿐만 아니라 중당 전기 모든 시인들에게서 느낄 수 있는 특징이다. 이때부터는 성당의 고양되고 명랑했던 정조나 충만한 자신감 등은 찾아보기 어렵게 되었으며, 희비나 애증과 같은 감정을 묘사하는 방식도 성당만큼 강렬하지 않았다. 노륜(盧綸)이 종제(從弟)에게 보내는 시에서 "글을 지음에 아름다움이 넘친다."263)고 칭찬하고 있듯이, 사상과 감정을 표현하는 것 못지 않게 시어를 보기 좋게 장식하는 데 관심을 기울이기 시작하였다. 여기에는 시대적 원인이 많이 작용했다고 할 것인데, 천보 말엽부터 계속된 일부 권신들의 횡포가 여전히 수그러들지 않아 지식인들이 새로운 활로를 모색하지 못하고 권세가의 영향권에 편입되거나, 전란시기보다는 평온해진 생활환경에 쉽게 안주하고자 하였기 때문으로 생각된다.

중당 후기에는 한유(韓愈), 맹교(孟郊), 가도(賈島), 장적(張籍), 왕건(王建), 원진(元稹), 백거이(白居易), 이신(李紳), 유우석(劉禹錫), 유종원(柳宗元) 등의 시인이 다채로운 시 세계를 펼쳐나갔다. 이들은 취향에 따라 크게 기험파(奇險派)와 통속파(通俗派), 그리고 청려파(淸麗派)의 유파를 형성하였다. 먼저 '고음(苦吟)'을 제창하면서 '아름답지 않은 것의 아름다움'을 추구하고 '시 아닌 시'를 창작하고자 했던 기험파를 살펴보자. 여기에 속하는 시인으로는 위에 든 한유, 맹교, 가도 외에 구양첨(歐陽詹), 이하(李賀), 황보식(皇甫湜), 노동(盧仝), 마이(馬異), 유차(劉叉), 유언사(劉言史) 등을 꼽을 수 있다.264) 가도가 "두 구를 삼 년 걸려 얻고는, 한 번 읊조림에 눈물이 흐르네"265)라고 술회하고 있듯이 이들

---

262) 胡應麟, ≪詩藪·內編≫ 卷3, 「降而錢、劉, 神情未遠, 氣骨頓衰.」
263) 盧綸, <喜從弟澈初至>, 「爲文麗有餘.」
264) 肖占鵬, ≪韓孟詩派硏究≫, p.7.
265) 「二句三年得, 一吟雙淚流.」 賈島가 <送無可上人>이라는 시를 짓고 나서 제 3연의 「홀로 가는데 못물에 그림자 비치고, 몇 번이나 나뭇가에서 몸을 쉬노라(獨行潭底影, 數息樹邊身).」라는 표현에 만족감을 느끼면서 주석으로 붙인

은 시의 창작에 대단한 집념을 보이면서, 진부한 말을 피하고 시어를 다듬는 데 공을 들였다. 시의 제재를 선택하는 데에서도 특이한 경향을 보여 이전의 시인들이 잘 다루지 않았던 것들을 곧잘 묘사하였으며, 또 그런 소재에서 따뜻한 정감과 아름다운 풍경을 찾아내기보다는 슬프고 황량한 느낌과 무너지고 시들어 가는 장면들을 포착하는 데 주력하였다. 예컨대 밤길을 가는 병든 말을 묘사한 맹교의 <경산행(京山行)>, 사형집행장면을 담고 있는 한유의 <원화성덕시(元和盛德詩)>, 죽어서 떠도는 영혼을 그려낸 이하의 <소소소묘(蘇小小墓)> 등이 바로 그러하다. ‘산문으로 시를 쓴다’는 평을 들을 정도로 고문의 장법과 구법을 시에 적극 활용하고 있다는 점도 기험파 시의 특징이라고 할 수 있다.

통속파는 원진과 백거이를 중심으로 한 일군의 시인집단으로서, 그들은 공리주의적인 문학관을 바탕으로 시에 사회현실을 반영함으로써 정교(政敎)의 기능을 부여하고, 평이하고 통속적인 표현을 통해 누구나 쉽게 알 수 있는 시를 창작하고자 노력했다. 주로 옛 악부의 형식을 빌어 그 당시의 현실을 노래하였다 하여 이들을 ‘신악부파’라고도 칭한다. 이 유파에 속하는 시인으로는 원진과 백거이 외에 장적(766~830), 왕건(766~832), 이신(?~846) 등이 꼽힌다. 백거이의 <신악부(新樂府)> 50수는 이러한 경향을 대표하는 작품이라 할 것이다. 헐벗고 굶주린 숯장수 노인을 수탈하는 궁시(宮市)의 횡포를 고발한 <매탄옹(賣炭翁)>을 보면 서사성과 설리성이 교묘한 조화를 이루면서 민간의 질고(疾苦)를 여실히 그려내고 있다. 이러한 악부시 외에도 시와 속문학 형식을 직접적으로 연계시킨 작품도 눈에 띈다. 예컨대 원진은 전기소설(傳奇小說)인 <회진기(會眞記)>를 창작하였는데, 그의 시 <몽유춘칠십운(夢遊春七十韻)>, <회진시삼십운(會眞詩三十韻)> 등과 이신의 <앵앵가(鶯鶯歌)>는 모두 이 소설작품과 관련된 내용을 묘사하고 있으며, 백거이의 <장한가(長恨歌)>도 진홍(陳鴻)의 <장한가전(長恨歌傳)>과 관련이 있다.266) 그러

구절이다.
266) 許總, 앞의 책(하권), pp.282-283.

나 이러한 특징이 이들 작가의 후기에 이르러서는 거의 퇴색하고, 현실에 안주하면서 유유자적하는 생활을 반영한 한적시와 시인들끼리 주고받은 창화시가 주류를 이루었음도 아울러 지적하지 않을 수 없다.

청려파로는 전기의 위응물과 후기의 유종원이 대표적이다. 소식(蘇軾)은 "이백과 두보의 뒤에 시인들이 잇달아 나와 간혹 심원한 운치가 있긴 하였지만 재주가 뜻에 미치지 못하였다. 유독 위응물과 유종원은 간결하고 고박(古朴)한 데서 섬세하고 농려(穠麗)함을 표출하고, 담박한 데다 지극한 맛을 기탁하였으니, 우리들이 미칠 수 있는 바가 아니다."[267]고 하면서 이들의 시를 높이 평가하기도 하였다. 이들이 주로 묘사한 산수와 전원은 성당의 왕유와 맹호연의 시에서와는 달리, 시인의 심리상태를 부각시키기 위한 배경의 역할을 하는 경우가 많았다.[268] 즉 자연경물을 빌어 작자의 담담하고 고독한 정서를 섬세하게 그려냈던 것이다.

총체적으로 볼 때, 중당의 시단은 시인들이 취향에 따라 각기 다른 길을 분주하게 모색하며 시가의 창작에 열의를 보인 것으로 평가된다. 이 시기의 특징을 몇 가지로 요약하자면 사색적, 직설적, 통속적인 시풍이 성행한 점을 들 수 있을 것이다. 육시옹(陸時雍)은 중당의 시를 이렇게 평가하고 있다.

> 중당의 시는 수렴에 가까우니, 의경이 수렴되어 충실하고, 시어가 수렴되어 정밀했다. …성당에서 이미 지극히 널리 펼쳐놓아 다시 더할 것이 없었으므로, 중당에서는 한 번 돌이켜 수렴으로 갔던 것이다. …그러나 그 병폐는 조탁이 너무 심하여 원기(元氣)가 완전하지 못했던 데 있다.[269]

요약하자면, 성당의 시가 여러 방면에서 훌륭한 성과를 얻었던 까닭에 중

---

267) ≪蘇軾全集≫後集 卷9 <書黃子思詩集後>, 「李杜之後, 詩人繼作, 雖間有遠韻, 而才不逮意. 獨韋應物柳宗元發纖穠於簡古, 寄至味於澹泊, 非余子所及也.」
268) 孟二冬, ≪中唐詩歌之開拓與新變≫, p.62.
269) 陸時雍, ≪詩鏡總論≫, 「中唐詩近收斂, 境斂而實, 語斂而精. …盛唐鋪張已極, 無復可加, 中唐所以一反而之斂也. …然其病在雕刻太甚, 元氣不完.」

당의 시인들은 이를 의식하지 않을 수 없었고, 시대적 변화와 맞물려 결과적으로 성당의 시풍과는 다른 방향으로 발전하게 된 것이라 하겠다.

(2) 중당 칠언율시의 창작양상

1) 창작량의 증가와 유파간의 불균형

중당에 여러 시인들에 의해 창작된 칠언율시는 대략 2,000여 수로 추산되는데, 이는 초·성당의 칠언율시 400여 수에 비하면 다섯 배 가까이 늘어난 양이다. 중당에 들어와 이렇게 칠언율시가 많이 창작된 원인은 무엇일까? 첫째는 중당의 시인들이 시에 많은 관심을 가지고 부지런히 작품을 창작해냈다는 데 있다. 시자유(施子愉)의 통계에 따르면, ≪전당시≫에 1권 이상의 시를 남기고 있는 시인의 작품들 가운데 초·성당의 작품이 7,000여 수인데 비해 중당의 작품은 18,000여 수에 달한다.270) 고체와 근체를 막론하고 중당에 창작된 작품수가 초·성당에 창작된 작품수를 훨씬 능가하는 상황이었으므로, 칠언율시도 이전에 비하여 창작량이 급격히 증가하게 되었다. 둘째는 당대에 들어와서야 정형화된 칠언율시가 성당 제가와 두보를 거치면서 창작경험이 축적되어 시체로서의 지위를 확고히 했다는 점을 들 수 있다. 특히 대력 초년까지 왕성한 창작활동을 통해 칠언율시의 여러 장점을 집대성한 두보의 공로가 크다고 할 것이다.

그런데 이와 같이 중당에 들어 활발히 창작된 칠언율시의 작가들을 유파별로 살펴보면 매우 불균형한 현상이 발견된다. 먼저 각 유파의 대표적인 작가들의 칠언율시 창작상황을 정리한 다음의 표를 보도록 하자.

---

270) 施子愉, <唐代科擧制度與五言詩的關係>, ≪東方雜誌≫ 제40권 제8호(許總, 앞의 책(권하), p.389에서 재인용)

유 파	시 인	전체작품수	칠언율시수	백분비
기험파	孟 郊	521	0	0.0
	韓 愈	413	14	3.4
	盧 仝	106	0	0.0
	李 賀	244	0	0.0
	賈 島	393	40	10.2
통속파	張 籍	455	81	17.8
	王 建	524	81	15.5
	元 稹	719	97	13.5
	白居易	2,832	605	21.4
	李 紳	133	84	63.2
청려파	韋應物	561	10	1.8
	柳宗元	162	14	8.6
기 타	劉長卿	579	57	9.8
	大曆十才子	1,487	195	13.1

중당의 칠언율시는 중당 전기의 작가인 유장경과 대력십재자에서 성당 제가에 비해 창작량이 늘어났다가, 중당 후기에는 통속파에 속하는 작가들이 칠언율시의 창작을 선도하는 가운데 유파별로 창작량에서 큰 차이를 보이고 있다. 통속파 작가들은 전체 작품수에서 칠언율시가 차지하는 비중이 모두 10%를 상회하고 있으니, 이는 두보보다 높은 수치이다. 이 가운데 600수가 넘는 작품을 창작한 백거이는 당대에 가장 많은 칠언율시를 남긴 작가이다. 이와는 대조적으로 기험파의 작가들은 칠언율시를 한 수도 창작하지 않은 시인이 여럿 되는 등 거의 칠언율시를 외면했으며, 청려파 작가의 칠언율시도 중당 전기에 미치지 못하는 미미한 수준이었다.

이처럼 유파별로 칠언율시의 창작이 불균형을 이룬 까닭은 각 유파가 지향하였던 시 세계의 특성과 밀접한 관련을 맺고 있다. 백거이를 비롯한 통속파의 시인들이 추구한 '통속성'은 그들이 악부체를 선호했기 때문에 형성된 특징이기도 하지만, 또한 칠언율시를 다작한 것과도 관련이 있다. 칠언시가 본래 민가적 요소를 많이 띤 상태에서 발전해왔다는 점을 굳이 상기하지 않더라도, 오언시에 비해 칠언시에 자유롭게 시상을 전개한 천근(淺近)한 풍격의 작품이 많다는 것은 잘 알려진 사실이다.271) 칠언시의 이러한 특성이 통속파의 기호와 맞아떨어졌다고 볼 수 있다. 특히 이들은 후기에 들어서는 대부분 창화시에 주력하여 서로 많은 시를 주고받았는데, 창화시라는 것이 문인들끼리 형식을 갖추어서 의사를 교환했던 수단이었던 만큼 수식성과 통속성을 갖춘 칠언율시가 창화시의 대표적인 형식으로 자리잡으면서 창작량이 급격히 증가하게 되었다.272)

기험파의 시인들은 일반적으로 근체시보다는 고체시를 선호했다. 고문의 장법과 구법을 구사하는 데 근체시가 적합하지 않았던 까닭이다. 청(淸) 조익(趙翼)은 한유에게 칠언율시가 많지 않은 이유를 설명하면서 이렇게 말한 바 있다.

> 대개 재주와 힘이 웅장하면 오직 고시라야 족히 마음껏 내달릴 수 있다. 일단 격식과 성병(聲病)에 얽매이게 되면 그 장점을 펼치기가 어렵기 때문에 많이 지으려고 하지 않았던 것이다.273)

---

271) 청 오교(吳喬)는 ≪위로시화(圍爐詩話)≫ 권1에서 「절구와 율시를 가지고 말하자면 절구는 아정하고, 율시는 속되다. 오언율시와 칠언율시를 가지고 말하자면 오언율시는 그래도 아정하나 칠언율시는 속되다(以絶句、律詩言之, 絶句爲雅, 律詩爲俗. 以五律、七律言之, 五律猶雅, 七律爲俗).」며 칠언율시가 본래 통속적인 체재라고 단언하기도 하였다.

272) 청 기윤(紀昀)은 ≪사고전서총목제요(四庫全書總目提要)≫집부(集部) 권180에서 명 황환(黃奐)의 ≪황원방시집(黃元龐詩集)≫을 소개하면서 "시집에는 여러 체재가 모두 갖추어져 있는데 유독 칠언율시는 없다. 생각건대 통속적인 내용을 담은 것과 창화시는 대부분 칠언율시로 지었기 때문에 황환이 천박하게 여기고 짓지 않았던 것 같다. 그러나 시의 아속(雅俗)은 풍격과 운치에 있는 것이지 체재에 있는 것은 아니다(集中諸體皆備, 獨無七言律詩. 流俗唱和, 多以七言律詩, 故奐薄而弗爲. 然詩之雅俗在格韻, 不在體裁)."라고 한 대목이 보인다. 당대와 명대의 칠언율시 창작배경이 똑같을 수는 없겠지만, 황환과 같이 칠언율시가 통속적인 내용을 많이 담는다 하여 작품을 남기지 않은 시인도 있었다는 사실은 당대 통속파 시인들이 칠언율시를 애호한 이유를 고찰함에 있어 시사하는 바가 크다.

실제로 한유시의 특징이 잘 나타나고 있는 <차일족가석(此日足可惜)>과 같은 시는 140구나 되는 장편인데도 대장은 일체 사용하지 않은 채 산구(散句)로 일관하고 있으니, 정교한 대장을 필요로 하는 칠언율시와는 거리가 있음을 알 수 있다. 또 관세명(管世銘)은 "활은 튼튼했지만 손이 부드럽지 못했다"[274]는 비유를 들어 한유가 칠언율시에 뛰어나지 못했던 이유를 설명했는데, 기이하고 억센 표현을 추구했던 기험파가 구법, 장법, 그리고 대장 등을 세심하게 안배해야 하는 칠언율시에 관심을 가지지 않았던 까닭을 짐작하게 해주는 말이라 하겠다.

청려파도 기험파와 내력은 다르지만 역시 근체시보다는 고체시를 선호했다. 예컨대 위응물의 시 561수 가운데 85%에 달하는 475수가 오언고시이다.[275] 이들은 도연명(陶淵明)의 전원시와 사령운(謝靈運)의 산수시의 특징을 살리면서 담박한 표현을 즐겨 썼기 때문에 장중하고 수식적인 칠언율시는 많이 창작하지 않았던 것으로 보인다.

2) 사교생활 위주의 협소한 제재

앞 절에서 우리는 두보에 이르러 칠언율시에 담는 내용이 대폭 확대되었음을 살펴보았다. 그런데 중당에 들어선 이후로는 그러한 두보 칠언율시의 성과가 계승되지 못하고 다시 두보 이전 초·성당의 수준으로 제재의 폭이 축소되는 모습을 보였다. 중당의 칠언율시가 주로 다룬 제재는 '사교생활(社交生活)'이었다. 여기서 필자가 말하는 '사교생활'이란 크게 세 가지 범주로 나눌 수 있다. 첫째는 남에게 보내는 '기증시(寄贈詩)', 둘째는 남의 시에 응수하는 '화답시(和答詩)', 그리고 마지막으로 이별의 자리에서 짓는 '송별시(送別

---

273) 趙翼, ≪甌北詩話≫ 卷3, 「蓋才力雄厚, 惟古詩足以恣其馳驟. 一束於格式聲病, 卽難展其所長, 故不肯多作.」
274) 管世銘, ≪讀雪山房唐詩≫, 「以昌黎之神力, 而七言律未能擅場, 弓强而手不柔也.」
275) 金賢珠, ≪韋應物의 擬古詩 硏究≫, p.17.

詩)'가 그것이다. 모든 시에는 작자의 사상과 감정이 기탁되기 마련이나, 위와 같은 세 부류의 시는 다른 사람을 의식하지 않을 수 없는 성질의 것이어서 작자의 개성이 발현되는데 약간의 제약이 따르게 되고, 그래서 일반적으로 다른 제재에 비해 작품성이 높은 수작이 드물다. 다음의 표를 통해 중당 제가 칠언율시의 제재에서 '사교생활'이 차지하는 비중을 알아보기로 한다.

시 인	전체 칠언율시수	사교제재 작품수	제재별 분류			백분비
			기증시	화답시	송별시	
劉長卿	57	42	14	3	25	73.7
錢 起	46	26	6	8	12	56.5
賈 島	40	28	17	2	9	70.0
張 籍	81	69	35	8	26	85.2
白居易	605	291	153	102	36	48.1
元 稹	103	56	21	28	7	54.4
劉禹錫	184	161	32	101	28	87.5
姚 合	60	32	6	12	14	53.3

중당의 전기와 후기, 유파를 막론하고 거의 모든 시인의 칠언율시에서 '사교생활'의 제재가 절반을 넘고 있음을 알 수 있다. 이와 같은 현상이 나타난 원인을 살펴보자. 먼저 칠언율시가 초당 말기 수문관(修文館) 학사(學士)들이 모여 시를 주고받은 데서 출발했다는 점을 상기할 필요가 있다. 이러한 전통 하에서 칠언율시는 자연스럽게 응수성(應酬性)이 짙은 제재를 많이 다루는 체재가 되었던 것이다. 둘째로 중당 전기의 시인인 유장경과 전기는 왕유와 이기를 중심으로 하는 성당의 시풍을 따르고자 하였기 때문에 성당 칠언율시 나름의 성과라 할 수 있는 송별시가 많이 창작되었던 것으로 분석된다. 다음으로는 중당 후기의 칠언율시 창작을 주도한 통속파가 창화시를 많이 남긴 점을 꼽을 수 있겠다. 예컨대 원진의 사교 제재 칠언율시 56수 가운데 26수는 백거이와 주고받은 작품이며, 유우석 칠언율시 중에서도 39수가 역시 백거이와 주고받은 작품이다. 마지막으로 중당 후기에 통속파를 제외한 여타 유파의 작가들이 칠언율시 창작에 적극 나서지 않은

것도 칠언율시의 제재를 편협하게 만든 요인이라 할 것이다. 한유와 같이 독창적인 길을 걸었던 시인조차도 칠언율시에서는 14수 가운데 10수가 '사교생활'을 제재로 하고 있는 것을 보면,[276) 중당의 시인들은 다양한 제재를 칠언율시에 담았던 두보와는 판이한 양상을 띠었음을 확인하게 된다.

(3) 주요 작가와 작품

1) 유장경(劉長卿)

① 칠언율시사에서의 위치

저중군(儲仲君)의 고증에 따르면, 유장경은 개원 24년(726)에 태어나 정원 6년(790)에 죽었다고 한다.[277) 그의 작품 가운데는 천보 연간에 지은 시도 한 수가 있으나 대부분은 지덕 연간에서 건중 연간에 이르는 시기에 창작되었기 때문에, 일반적으로는 「대력시인(大曆詩人)」에 편입시킨다. 유장경은 그가 남긴 전체 시 579수 가운데 근체시가 400수를 웃돌 정도로 고시보다는 근체시의 창작에 열중하였다. 특히 폄적되어 강남을 떠돌던 대력 연간 이후로는 더욱 근체시를 많이 지었으며, 칠언율시의 경우에도 창작시점을 고증할 수 있는 45수 중에서 32수가 대력 연간 이후에 창작된 것이다.

유장경의 칠언율시는 모두 57수에 달한다. 작품수만을 따진다면 두보가 남긴 칠언율시 151수에 훨씬 못 미치지만, 그가 창작한 전체 시 가운데 칠언율시가 10%에 육박하는 수준이므로 제법 많은 작품을 남겼다고 볼 수 있다.

---

276) 下定雅弘은 한유 칠언율시의 창작시점을 분석하면서 한유의 칠언율시 14수 가운데 13수가 모두 원화 9년 이후에 지어진 것의 원인으로 고공낭중(考功郎中), 중서사인(中書舍人) 등으로 지위가 상승되면서 교제의 범위가 넓어지고 이에 따라 창화한 칠언율시가 많아졌음을 지적하고 있다(下定雅弘, <試論韓詩的詩體變化>, p.121).

277) 儲仲君, 앞의 책, 前言

내용 면에서는 '사교생활'을 제재로 한 수증(酬贈)의 작품이 많은 것이 흠으로 지적되나, 오교(吳喬)가 하황공(賀黃公)의 말을 인용하여 그의 칠언율시에는 성당 시인보다 뛰어난 작품이 있다고 했듯이,278) 몇몇 작품은 수작으로 꼽힌다. 또 두보와 동시기 또는 직후에 많은 칠언율시 작품을 창작하면서, 두보가 여러 가지 실험적인 칠언율시를 내놓는 동안 비교적 전통적인 방법을 고수했다. 하세기(何世璂)는 왕사정(王士禎)의 말을 인용하여, "왕유와 이기 두 사람의 작품을 읽은 뒤에는 마땅히 유장경의 것을 읽어야 한다"279)고 주장하기도 했다. 이것은 유장경의 칠언율시가 두보 못지 않게 성당과 중당을 잇는 가교의 역할을 해주었다는 의미로 파악된다. 특히 '사교생활'을 주 제재로 삼았던 중당 후기 칠언율시에는 두보보다 유장경이 미친 영향이 더 컸다고 할 것이니, 바로 이 점에 유장경 칠언율시의 시사적 의미가 있는 것이다.280)

② 주요 작품

유장경의 칠언율시 중 가장 이른 시기에 나온 작품은 개원 말엽 또는 천보 초엽에 지은 것으로 추정되는 <상양궁망행(上陽宮望幸)>이다. 이 시는 현종(玄宗)이 개원 연간에는 곧잘 낙양에 있던 상양궁(上陽宮)에 행차하다가 개원 24년 이후로는 발길을 끊어 궁궐이 쓸쓸해진 모습을 묘사했다.281) 이 시를 필두로 성당의 마지막 시점인 영태(永泰) 원년(762)까지 그는 12수의 칠언율시를 창작했다. 이 가운데 <여간현의 옛 성에 올라[登餘干古縣城]>를 감상해보자.

孤城上與白雲齊,　　　　외로운 성은 위로 흰 구름과 나란하니

---

278) 吳喬, ≪圍爐詩話≫ 卷3, 「劉長卿七言律之妙, 有勝於盛唐人者.」
279) 何世璂, ≪然鐙記聞≫, 「七律宜讀王右丞、李東川, 尤宜熟玩劉文房諸作.」
280) 鄧仕梁, <劉長卿對唐代七律發展的地位>, pp.325-326.
281) 두보와 마찬가지로 유장경의 초기 칠언율시가 초당 말기의 응제시풍을 띠고 있다는 점이 흥미롭다.

萬古荒凉楚水西.　　만고에 황량한 초수(楚水)의 서쪽
官舍已空秋草綠,　　관사는 이미 비어 가을 풀에 덮였고
女牆猶在夜烏啼.　　여장(女牆)은 아직 남아 밤에 까마귀가 운다
平江渺渺來人遠,　　너른 강은 아득히 사람을 향해 오고
落日亭亭向客低.　　지는 해는 뉘엿뉘엿 길손 향해 낮아진다
沙鳥不知陵谷變,　　모랫벌의 새는 구릉과 계곡이 바뀐 줄도 모르고
朝來暮去弋陽溪.　　익양(弋陽)의 시냇가를 아침저녁으로 오간다

유장경은 건원 2년(759) 반주(潘州) 남파현위(南巴縣尉)로 좌천된 이후로 보응(寶應) 2년(763)까지 몇 년 동안 파양(鄱陽)과 여간(餘干) 등지를 오갔으니, 이 시는 이 무렵에 지은 것으로 보인다. 수련은 제목을 말한 것으로 출구와 대구에 '성(城)'과 '고(古)'를 나란히 쓰고 있다.[282] 함련은 근경으로서 '가을 풀[秋草]'과 '밤 까마귀[夜烏]'의 이미지를 통해 황량해진 옛 성을 묘사하였으며, 경련은 원경으로서 성에 올라 눈에 들어오는 광경을 담았다. 미련은 ≪시경≫에 보이는 '능곡(陵谷)'의 전고를 사용한 것으로,[283] 표면적으로는 많은 시간이 흘러 옛 성이 황폐해진 사실을 말하고 있지만, 행간을 읽어보면 당시 이 지방의 사람들이 유전(劉展)의 난에 이어 안사(安史)의 난을 겪는 고통과 폄적되어 지방을 떠돌고 있는 시인 자신의 울분이 함께 배어 있음을 알 수 있다. 방동수(方東樹)가 이 시를 평하여 "감정에는 여운이 있고 맛은 다하지 않으니, 이른바 감흥이 물상의 밖에 있다는 것이다."[284]라고 한 것처럼, 왕유나

---

282)　≪태평환우기(太平寰宇記)≫에 따르면, 이 시의 수구로 인해 이 성의 정자가 '백운정(白雲亭)'으로 불렸다고 한다(樂史, ≪太平寰宇記≫ 卷107, 「白雲亭, 在縣西南八十步, 旁對干越亭而峙焉. 跨古城之危, 瞰長江之深, 隨州刺史劉長卿題詩曰 : '孤城上與白雲齊', 因以白雲爲號.」).

283)　≪詩經·小雅·節南山之什·十月之交≫, 「높은 언덕이 골짜기가 되고 깊은 골짜기가 구릉이 되었거늘, 슬프다 지금의 관리들은 어찌하여 정신차리지 않나?(高岸爲谷, 深谷爲陵. 哀今之人, 胡憯莫懲.)」 모전(毛傳)에서는 「자리가 바뀌었음을 말한 것이다(言易位也).」라고 했고, 정전(鄭箋)에서는 다시 이를 「자리가 바뀌었다는 것은 군자가 아래에 있고, 소인이 위에 있음을 말하는 것이다(易位者, 君子居下, 小人處上之謂也).」라고 설명하고 있다.

이기의 작품에서 느낄 수 있는 성당 칠언율시의 특징을 보여주는 작품이라고 하겠다.

다음으로 <장사의 가의 저택에 들러[長沙過賈誼宅]>를 보도록 한다.

三年謫宦此栖遲,	삼 년간 좌천되어 여기서 지냈나니
萬古惟留楚客悲.	만고에 오직 초객(楚客)의 슬픔만이 남았네
秋草獨尋人去後,	가을 풀을 홀로 찾으니 사람들 떠난 후요
寒林空見日斜時.	쓸쓸한 숲을 부질없이 바라보니 해질녘이라
漢文有道恩猶薄,	한문제(漢文帝)는 도 있으나 은혜는 오히려 메말랐고
湘水無情弔豈知.	상수(湘水)는 감정이 없으니 조상한들 어찌 알리
寂寂江山搖落處,	적적한 강산에 나뭇잎 다 졌구나
憐君何事到天涯.	가여워라 그대는 왜 하늘 끝까지 왔던고

이 시는 대력 6년(771) 상수(湘水) 남쪽의 악주(岳州), 담주(潭州) 등지를 돌아다닐 때 장사(長沙)에 있던 가의(賈誼)의 저택을 찾아가서 느낀 바를 묘사한 것이다. 수련의 출구에서 '삼 년'이라고 한 것은 장사왕(長沙王) 태부(太傅)로 좌천되어 3년을 보냈던 가의를 가리키며, 대구의 '초객'은 작자 자신을 투영하고 있는데, 여기서 드러나는 '동병상련'의 감정이 전시(全詩) 주지라고 할 수 있다. 함련은 가의의 저택을 묘사한 것으로, 가을날 해가 저물 무렵 홀로 옛 자취를 더듬어 보는 정경 속에 자신의 슬픔을 담았다. 이 연은 가의의 <복조부(鵩鳥賦)>에 나오는 구절을 써서 경물을 묘사하는 치밀함을 보이고 있는 점이 눈길을 끈다.285) 경련은 가의를 내쳤던 한문제(漢文帝)를 비난하고 굴원(屈原)을 추모했던 가의를 회고함으로써 인재를 알아보지 못하는 군주에 의해 쫓겨났던 굴원과 가의에 자신의 모습을 투영하고 있으며, 미련에서는 반문의 수법을 통해 그렇게 '하늘 끝'으로 밀려나야 했던 분통함의 메시지를

---

284) 方東樹, ≪昭昧詹言≫, 「情有餘味不盡, 所謂興在象外也.」

285) 胡震亨, ≪唐音癸簽≫ 卷23에 인용된 徐興公의 평어, 「秋草二句, 初讀之似海語, 不知其最確切也. 誼鵩賦云 : "四月盟夏, 庚子日斜", "野鳥入室, 主人將去." 日斜、人去, 卽用誼語, 略無痕迹.」

강하게 전달했다. "다만 가의를 말하고 있지만 자신의 의견이 절로 드러난다."286)고 한 오교(吳喬)의 말처럼, 철저하게 가의를 묘사하면서 오히려 그 이상으로 자신의 감회를 피력하는 시상의 전개에 힘이 실려있다. 조신원(趙臣瑗)은 "필법에 돈좌가 있고, 언외에 끝없는 감개가 있으니 중당의 고상한 곡조에 부끄럽지 않다."287)고 했으니, 유장경 칠언율시를 대표하는 작품으로 볼 수 있겠다.

<하구에서 앵무주에 이르러 저녁에 악양을 바라보면서 원중승에게 부침[自夏口至鸚鵡洲夕望岳陽寄源中丞]>을 살펴보자.

汀洲無浪復無煙,	모래톱에 물결 없고 연기도 없으니
楚客相思益渺然.	초객(楚客)의 그리움 더욱 아득하구나
漢口夕陽斜渡鳥,	한구(漢口)의 석양 속에 새 한 마리 비스듬히 지나는데
洞庭秋水遠連天.	동정호(洞庭湖)의 가을 물은 멀리 하늘에 닿았네
孤城背嶺寒吹角,	외로운 성은 산을 등지고 쓸쓸히 뿔피리 소리 들리는데
獨戍臨江夜泊船.	홀로 수자리하는 병사 밤에 강에 배를 대네
賈誼上書憂漢室,	가의는 글을 올려 한나라 왕실을 걱정했건만
長沙謫去古今憐.	장사로 폄적되어 예나 지금이나 안타깝네

이 시는 어사중승(御史中丞) 원휴(源休)에게 보낸 것으로, 대력 6년(771)에서 8년(773) 사이에 창작된 것으로 알려지고 있다.288) 수련은 물결이 잔잔해지고 연기가 사라져 시야가 트일 때 더욱 보이지 않는 대상에 그리움이 생겨남을 묘사하면서 시상을 연 것이다. 함련과 경련에서는 저녁 경치를 스케치하는 가운데 시인이 있는 앵무주(鸚鵡洲)와 원중승(源中丞)이 있는 악양(岳陽)을 엇섞어 「주(主) - 빈(賓) - 빈 - 주」의 순서로 담아냈다.289) 미련은 가의가 <치안

---

286) 吳喬, ≪圍爐詩話≫, 「只言賈誼, 而己意自見.」
287) 趙臣瑗, ≪山滿樓箋注唐詩七言律≫, 「筆法頓挫, 言外有無窮感慨. 不愧中唐高調.」
288) 儲仲君, 앞의 책, p.360.
289) 邱燮友, 앞의 책, p.288.

책(治安策)>을 올려 나라를 걱정했다가 도리어 장사로 좌천된 것을 안타깝게 여기면서, 그와 비슷한 처지의 작자와 원중승을 슬퍼한 것이다. 심덕잠(沈德潛)은 이 시의 미련이 너무 직설적이라고 지적하면서, "장사는 재주 있는 사람을 오래 머무르게 하지 않는데, 가의는 뭣하러 굴원을 조문했던가?[長沙不久留才子, 賈誼何須弔屈平?]"라고 했던 왕유의 시와 비교하고 있는데,290) 이런 점은 유장경의 칠언율시가 자못 직설적이었던 중당의 시풍으로 변모해가고 있음을 보여주는 예라 할 것이다. 또 위에서 살펴본 <장사과가의택(長沙過賈誼宅)>과 의경이 중복된 느낌을 주는 것 역시 흠으로 지적된다.

이어서 <장안으로 돌아가는 경습유를 전송하며[送耿拾遺歸上都]>를 감상해보기로 한다.

若爲天畔獨歸秦,　어떻게 하늘가에서 홀로 진땅으로 돌아가려오?

對水看山欲暮春.　물을 대하고 산을 보니 봄이 저물어가려 하는데

窮海別離無限路,　멀리 해변에서 이별하고 나면 끝없는 길이요

隔河征戰幾歸人.　강 건너는 전쟁터니 돌아간 사람 몇이겠소

長安萬里傳雙淚,　장안 만리에 두 줄기 눈물을 전하며

建德千峰寄一身.　건덕현(建德縣) 천 개의 봉우리에 이 한 몸 맡긴다오

想到郵亭愁駐馬,　우정(郵亭)에서 말 세울 걱정을 생각해보면

不堪西望見風塵.　서쪽을 바라보며 바람과 먼지를 볼 엄두를 못 낼 거요

유장경은 대력 11년(776)에 목주사마(睦州司馬)로 폄적되었으며, 이 시는 이듬해 봄에 장안으로 돌아가는 경위(耿湋)를 전송하며 지은 것이다. 당시 중원 지방은 이령요(李靈曜)가 변주(汴州)를 근거지로 반란을 일으키는 등 어지러운 형편에 있었기 때문에 목주(睦州)291)에서 장안까지 먼 길을 떠나려하는 경위를 걱정하는 한편, 강남으로 좌천되어 몇 해가 지나도록 장안으로 돌아가지

---

290) 沈德潛, ≪唐詩別裁≫ 卷14, 「直說淺露. 右丞則云 : "長沙不久留才子, 賈誼何須弔屈平?"」 여기에 인용된 왕유의 시구는 <送楊少府貶郴州>라는 칠언율시의 미련이다.

291) 지금의 절강성(浙江省) 건덕현(建德縣) 일대.

못하는 자신의 처지를 슬퍼하면서, 시국에 대한 우려도 아울러 표출하였다. 유장경의 송별 칠언율시에는 가구(佳句)로 꼽을 만한 것이 많은데, 이 시의 경련도 그 가운데 하나다.[292] 이 시는 응수성의 제재를 쓰고 있기는 하나 작자의 깊은 정감을 곡절 있게 담고 있어 주정(周珽), 조신원(趙臣瑗) 등은 "중당의 절창"이라 평했다.[293]

마지막으로 명(明) 허학이(許學夷)가 중당 칠언율시의 으뜸이라고 높이 평가했던[294] <회녕군절도사 이상공께 올림[獻淮寧軍節度李相公]>을 보자.

建牙吹角不聞喧,	장군의 깃발을 세우고 뿔피리를 부니 시끄러운 소리 들리지 않고
三十登壇衆所尊.	나이 서른에 단상에 오르니 모든 이가 우러르던 바였습니다
家散萬金酬士死,	집에서는 만금을 털어 사졸의 죽음을 갚아주고
身留一劍答君恩.	몸에는 한 자루 칼을 남겨 임금의 은혜에 보답하셨습니다
漁陽老將多回席,	어양군의 늙은 장수들이 대부분 자리를 피하고
魯國諸生半在門.	노(魯)나라의 여러 유생들이 반쯤은 문하에 있습니다
白馬翩翩春草綠,	흰 말로 푸른 봄풀 위를 내달려
邵陵西去獵平原.	소릉(邵陵)에서 서쪽으로 가 평원에서 사냥하시는군요

이 시는 건중(建中) 3년(782)에 이희열(李希烈)에게 올려 그를 칭송한 것이다.[295] 앞서 살펴본 유장경 칠언율시의 대부분이 한아(閑雅)한 풍격을 위주로 하면서 때로 섬세하고 유약한 맛을 풍기는 데 비해, 이 시는 제1구부터 웅혼하게 시상을 열고 있어 이채롭다. 함련은 재물을 탐하지 않는 이희열의 청빈한 성품을 묘사한 것이며, 경련은 그가 문무(文武)에 모두 뛰어나다고 말한

---

292) 孫琴安, 앞의 책, p.165.

293) 周珽, ≪唐詩選脈會通評林≫, 「曲折盡情, 中唐絶唱.」 趙臣瑗, ≪山滿樓箋注唐詩七言律≫, 「此種詩又曲折, 又淋漓, 中唐中有數筆墨也.」

294) 許學夷, ≪詩源辯體≫ 卷20, 「劉‘建牙吹角’, 爲中唐七言律第一.」

295) 건중 원년(780) 유장경은 목주사마(睦州司馬)에서 수주자사(隨州刺史)로 자리를 옮겼는데, 이 지역은 회녕군절도사 이희열의 관할이었다.

것이다. 미련은 황생(黃生)이 "묘함은 제7구에서 경물묘사로 탁 트인 데 있으니, 전체 시가 이로 인해 생동한다."[296]고 평했듯이, 묵직한 서술로 일관하다 경쾌하게 마무리한 수법이 특색 있다. 호응린(胡應麟)은 ≪시수(詩藪)≫에서 이 시의 함련은 이단(李端), 한굉(韓翃)과 같은 대력십재자의 선구이고, 경련은 왕건, 장적 등 통속파의 비조가 되며, 미련은 왕유나 이기의 풍격을 가지고 있다 하였으니,[297] 유장경의 칠언율시가 성당과 중당의 교차점에 자리잡고 있음을 잘 보여주는 작품이라고 하겠다.

2) 대력십재자(大曆十才子)

① 대력십재자의 구성원과 특징

대력십재자란 대력 연간에 장안과 낙양을 중심으로 시작활동을 펼쳤던 일군의 작가를 말한다. 여기에 거명되는 시인은 문헌에 따라 조금 차이를 보이기도 하는데, 일반적으로는 요합(姚合 : 775?~855?)의 ≪극현집(極玄集)≫과 ≪신당서(新唐書)·노륜전(盧綸傳)≫에 기록된 10명을 꼽는다. 바로 노륜(盧綸), 한굉(韓翃), 전기(錢起), 이단(李端), 사공서(司空曙), 최동(崔峒), 경위(耿湋), 하후심(夏侯審), 묘발(苗發), 길중부(吉中孚)가 그들이다. 이들이 정계에 진출한 시기는 제각각이어서, 이르게는 전기처럼 천보 9년(750)에 급제하여 벼슬길에 오른 이가 있는가 하면, 하후심은 건중 원년(780)에야 급제하였으니 무려 30년의 차이를 보인다.[298] 그러나 이들은 대력 연간에는 모두 장안을 중심으로 관직 생활을 하거나 후원자의 도움으로 한거하면서 서로 시를 주고받았다. 노륜은 그의 시에서 이 때의 일을 추억하면서 "함께 요대(瑤臺)의 눈을 읊고, 같

---

296) 黃生, ≪唐詩摘鈔≫, 「妙在七句宕開寫景, 全首爲之生動.」

297) 胡應麟, ≪詩藪·內編≫ 卷5, 「'家散萬金酬士死, 身留一劍答君恩.', 李端、韓翃之先鞭 ; '漁陽老將多回席, 魯國諸生半在門.', 王建、張籍之鼻祖, 獨結語絶得王維、李頎風調.」

298) 한굉은 천보 13년(754), 최동은 지덕 원년(756), 경위는 보응 2년(763), 이단과 사공서는 대력 5년(770)에 각각 과거에 급제하였다.

이 금곡(金谷)의 쟁을 관상(觀賞)하였다[共賦瑤臺雪, 同觀金谷箏].”299)고 노래하고 있는데, 이들의 창화(唱和)는 대개 권세가의 연회석에서 이루어졌던 것 같다. 다음의 기록을 보자.

　　이우중(李虞仲)의 아버지 이단(李端)은 진사에 급제하였고, 시에 뛰어났다. 대력 연간에 한굉, 전기, 노륜 등과 시를 지어 창화하며 도성에 이름을 날려 '대력 십재자'라 일컬어졌다. 당시 곽자의(郭子儀)의 막내아들인 곽애(郭曖)가 대종(代宗)의 딸인 승평공주(昇平公主)에게 장가들었는데, 현명하고 재주와 사려가 있었으며 특히 시인을 좋아하여 이단 등 10인은 대부분 곽애의 문하에 있었다. 매양 연회석에 모여 시를 짓노라면, 공주는 주렴 속에 앉아 응시하면서 잘된 시에 대해서는 비단 백 필을 상으로 내렸다.300)

　　곽애는 승평공주의 부마다. 성대히 모인 문인들이 그 자리에서 시를 지으면 공주가 휘장을 치고 그것을 관람하였다. 이단이 연회 중간에 시를 완성하였는데, '순령(荀令)'과 '하랑(何郎)'구를 모두 절묘하다고 칭찬하였다. 누군가 전부터 구상해둔 것이라고 하자 이단이 "아무 운이라도 지어보겠다."고 하였다. 전기가 말하길 "청컨대 저의 성(姓)인 '전(錢)'자를 운으로 써보십시오."라 하니, 다시 '금랄(金埒)'과 '동산(銅山)'구가 나왔다. 곽애는 명마와 황금과 비단을 많이 내와 그에게 주었다.301)

　　위의 내용을 보면 수문관의 학사들이 작시경연을 펼치고 상관완아(上官婉

---

299)　盧綸, <綸與吉侍郎中孚司空郎中曙苗員外發崔補闕峒耿拾遺湋李校書端風塵追游向三十載>

300)　《舊唐書》 卷163, <李虞仲列傳>,「父端, 登進士第, 工詩. 大曆中, 與韓翃、錢起、盧綸等文詠唱和, 馳名都下, 號大曆十才子. 時郭尙父少子曖尙代宗女昇平公主, 賢明有才思, 尤喜詩人, 而端等十人, 多在曖之門下. 每宴集賦詩, 公主坐視簾中, 詩之美者, 賞百縑.」

301)　李肇, 《唐國史補》 卷上,「郭曖, 昇平公主駙馬也. 盛集文士, 卽席賦詩, 公主帷而觀之. 李端中晏詩成, 有'荀令'、'何郎'之句, 衆稱絶妙. 或謂宿構, 端曰：願賦一韻. 錢起曰：請以起姓爲韻, 復有'金埒'、'銅山'之句. 曖大出名馬金帛遺之.」

兒)가 시를 품평했던 초당 말기의 상황이 재연되고 있는 느낌이다. 게다가 아래 기록에서 이단이 지었다는 시 두 수가 바로 ≪전당시≫ 권286에 수록된 칠언율시 <증곽부마이수(贈郭駙馬二首)>라는 점도 눈에 띈다.302) 대력십재자가 의지했던 당시의 권세가로는 곽애 외에도 원재(元載), 왕진(王縉), 이희열(李希烈) 등을 더 들 수 있다. 이들이 시작활동을 펼친 배경이 이러했던 까닭에 시에도 부귀를 갈망하면서 명철보신하려는 내용이 적잖이 발견되며, 응수 성분이 농후하여 개성을 찾아보기 어려운 측면이 있다. 그러나 초당 말기의 시인들이 그랬듯이 집단을 형성하여 시를 주고받는 가운데 시의 형식과 작법에 대한 연구가 진척되는 경우가 많으므로, 대력십재자가 주로 근체시를 창작하면서 시어를 단련하고 내면세계에 대한 묘사를 개척해나간 공도 없지 않다고 할 것이다.303)

② 칠언율시 창작양상

대력십재자가 남긴 시는 모두 1,491수로 이 가운데 오언율시(배율 포함)가 725수로 절반 가량을 차지하며, 칠언율시는 197수로 집계된다.304) 대력십재

---

302) '荀令'과 '何郞'구는 첫째 수의 경련 「향을 풍기던 순욱(荀彧)은 젊은 것을 좋아했고, 분을 바른 하안(何晏)은 근심을 몰랐네(熏香荀令便憐少, 傅粉何郞不解愁).」를 말하며 '金埒'과 '銅山'구는 둘째 수의 함련 「새로 황금담장을 만들어 말 조련하는 것을 보고, 옛날에는 동산(銅山)을 하사하고 돈을 주조하도록 허락했다지(新開金埒看調馬, 舊賜銅山許鑄錢).」를 말한다.
303) 焦文彬·張登第·魯安澍, ≪大曆十才子詩選≫序言을 참고. 또 고팔미는 "근체시는 서정에 뛰어나서 호걸지사(豪傑之士)의 회포를 발서(發敍)할 수도 있고, 문자유희를 할 수도 있으며, 취제(取題), 응수(應酬), 투증(投贈), 견민(遣悶)의 공구가 될 수도 있다. 이런 형식은 정교하고 섬세한 가자가구(佳字佳句)로 이목을 즐기기에 가장 적합하며 각종의 전고나 고사를 차용하여 재화(才華)나 문사(文思)의 민첩성을 드러내고 각종 상황을 응수하기에 적합하다. 또한 음운이나 격률을 완롱의 수단으로 삼아서 기교나 지식 싸움을 할 수도 있다."고 전제하고 "대력시인들은 근체시를 적지 않게 이런 것에 이용하였다."고 말하고 있다(高八美, <韓愈詩의 變과 그 影響 연구>, p.88).
304) 張學松·劉九偉·趙賀, <論大曆十才子詩派的形成及創作>, p.56.

자 중에서 칠언율시를 남기지 않은 길중부와 하후심 두 사람을 제외한 나머지 작가들의 칠언율시 창작량은 다음의 표와 같다.[305]

	전 체 작품수	칠언율시 수	백분비		전 체 작품수	칠언율시 수	백분비
盧 綸	339	48	14.2	司空曙	177	18	10.2
錢 起	323	46	14.2	耿 湋	173	16	9.2
韓 翃	171	34	19.9	崔 峒	47	10	21.3
李 端	257	24	9.3	苗 發	2	1	50.0

위의 표를 보면, 전체 작품에서 칠언율시가 차지하는 비중이 상당히 높음을 알 수 있다. 또한 이들의 시 가운데 심덕잠(沈德潛)의 ≪당시별재(唐詩別裁)≫에 20수, 김성탄(金聖歎)의 ≪관화당선비당재자시(貫華堂選批唐才子詩)≫에 23수, 요내(姚鼐)의 ≪오칠언금체시초(五七言今體詩鈔)≫에 9수가 선록되는 등 가작도 많이 나왔다. 그러나 비교적 활발했던 창작에 비하면 제재의 폭은 매우 협소했다. 이들의 칠언율시에서 기증시, 응수시, 송별시 등 '사교생활'을 제재로 하고 있는 시가 전체의 70%에 가까운 133수나 되며, 특히 송별시가 많아서 한굉의 경우 그가 남긴 34수의 칠언율시 중에서 23수가 송별시일 정도였다. 송별시는 제재의 특성상 시의 풍격도 처완(凄婉)한 경향을 띠게 마련이어서, 대력십재자 칠언율시의 기조도 여기서 크게 벗어나지 못했다. 한 가지 특기할 만한 것으로, 이들에 의해 처음 차운(次韻) 칠언율시가 등장했다는 점을 들 수 있다. 일례로 이단의 <야사병거희노륜견방(野寺病居喜盧綸見訪)>에 화답한 노륜의 <수이단공야사병거(酬李端公野寺病居)>는 전시(前詩)의 운각인 '음(陰)', '심(深)', '림(林)', '심(心)', '심(尋)'을 순서대로 사용하고 있으니, 이는 이후의 원진·백거이와 피일휴·육구몽 등의 창화 칠언율시에 적잖은 영향을 준 것으로 평가된다.

---

305) 이들의 시는 지금 전해지는 것이 한두 수에 불과하다. 따라서 칠언율시를 남기지 않은 것이 특이한 현상이라고 보기 어렵다.

③ 주요 작품

먼저 대력십재자 중에서 가장 높이 평가되는 전기의 작품을 한 수 감상하기로 한다. <산 속에서 양보궐의 방문을 받고[山中酬楊補闕見訪]>를 보자.

日暖風恬種藥時,	햇볕 따뜻하고 바람 잔잔하니 약초 심는 때라
紅泉翠壁薜蘿垂.	(꽃 떨어져) 붉은 샘 푸른 산벽(山壁)에 벽려와 여라가 드리워졌네
幽溪鹿過苔還靜,	그윽한 시내는 사슴이 지나가도 이끼 여전히 고요하고
深樹雲來鳥不知.	깊은 나무에 구름이 흘러와도 새는 알지 못한다
靑瑣同心多逸興,	궁궐에서는 마음을 같이 하여 빼어난 흥취가 많더니
春山載酒遠相隨.	봄 산으로 술 싣고 멀리서 찾아왔구려
卻慚身外牽纓冕,	도리어 나 자신의 본심을 거스르고 벼슬에 얽매여
未信樽前倒接䍦.	술동이 앞에서 모자를 거꾸로 썼다는 말 믿지 않았던 것 부끄러워했소

이 시는 앞 네 구에서 산의 경치를 묘사하고, 경련에서 두 사람의 우호적인 내왕을 말하였으며, 미련에서는 번잡한 관료사회의 속박을 진작에 벗어던지지 못했던 것을 후회하는 내용을 통해 산에서 기거하는 즐거움을 강조했다. 전체 시의 대장이 공정하고 시어의 조탁이 정교하다. 특히 함련은 산 아래로부터 하늘 위로 공간을 이동시키면서 경물을 묘사하여 정태적인 광경과 동태적인 광경이 잘 어울렸다.[306] 전기는 비교적 일찍 벼슬길에 올라 왕유와도 교유하였기 때문에, 그의 시에 보이는 왕유의 영향을 지적하는 논평이 자주 보인다. 일례로 이 시에 대해 명(明) 형방(邢昉)은 "맑고 그윽하며 질박하니, 왕유와 흡사하다."고 평한 바 있다.[307]

전기의 칠언율시는 이 시 외에 <증궐하배사인(贈闕下裴舍人)>, <화이원외호가행온궁(和李員外扈駕幸溫宮)>, <한무출렵(漢武出獵)>, <증장남사(贈張南

---

306) 張學松·劉九偉·趙賀, 앞의 책, p.124.
307) 邢昉, ≪唐風定≫, 「淸幽渾朴, 依稀摩詰.」

史)> 등이 수작으로 꼽히는데, 때로는 조탁이 너무 심하다는 평을 듣기도 하였다. 일례로 명 왕세무(王世懋)는 <화왕원외설청조조(和王員外雪晴早朝)>에서 궁궐에 눈이 내린 광경을 묘사한 함련 "장신궁(長信宮)에는 달이 머무니 어찌 새벽이라고 피하랴, 의춘궁(宜春宮)에는 꽃이 가득해도 향기가 날리지 않는다[長信月留寧避曉, 宜春花滿不飛香]."308)를 두고, "그 원천은 초당에서 얻은 것이나 처음부터 뜻밖에도 중당으로 떨어져 전혀 성당과는 무관하게 되었으니 어째서인가? 기교를 부릴수록 멀어지기 때문이다."309)라고 지적하였다.

다음으로 대력십재자 중에서 가장 많은 칠언율시를 남기고 있는 노륜의 작품을 보자. <장안에서 봄에 바라보며[長安春望]>를 감상하기로 한다.

東風吹雨過靑山,	동풍이 비를 불며 푸른 산을 넘어오니
卻望千門草色閑.	천가만호(千家萬戶)를 돌아보매 풀빛이 여유 있다
家在夢中何日到,	집이 꿈속에 있으니 어느 날에나 가보련가
春來江上幾人還.	봄이 강으로 왔지만 몇 사람이 돌아갔나
川原繚繞浮雲外,	내와 들이 뜬구름 밖으로 펼쳐져 있고
宮闕參差落照間.	궁궐이 석양 사이로 들쭉날쭉하다
誰念爲儒逢世難,	유생이 되어 세상의 난리를 만날 줄 누가 생각했겠는가?
獨將衰鬢客秦關.	혼자 센 귀밑머리로 진관(秦關)에서 나그네살이한다

명 이반룡(李攀龍)에 따르면, 이 시는 토번(吐藩)이 쳐들어와 대종(代宗)이 피난 갔을 때 장안에 머물면서 지은 것이라고 한다.310) 앞의 여섯 구는 모두 경물을 묘사한 것으로서, '바라본다[望]'는 제목의 시에서 돌연 '바람'으로 시

---

308) 왕요구(王堯衢)는 《당시합해전주(唐詩合解箋注)》 권10에서 이 연을 이렇게 풀이하였다. 「달은 새벽이 되면서 빛이 점차로 사라지지만 지금 보건대 눈빛이 맑아 마치 달이 아직도 남아있는 듯하다. 온 땅이 모두 눈꽃인데, 날아드는 향기는 전혀 없다(月至曉而光漸沒, 今觀雪色明澈, 如月尙留也. 遍地皆雪花也, 并無香氣飛來).」

309) 王世懋, 《藝圃擷餘》, 「其源得之初唐, 然從初竟落中唐, 了不與盛唐相關, 何者? 愈巧則愈遠.」

310) 李攀龍, 《唐詩訓解》 卷5, 「長安遭吐藩之亂, 代宗幸陝, 綸時在京而作.」

상을 열어간 점이 이채로우며, 실경과 허경, 근경과 원경을 적절히 배치하면서 고향생각을 기탁하였다. 특히 함련의 자연스런 운치가 돋보이는데, 홍량길(洪亮吉)은 이 함련을 예로 들면서 "대력십재자에 이르러 대장에 처음으로 활구(活句)를 섞어 변화와 착종(錯綜)의 묘를 다했다."[311]고 하였다.[312] 미련은 유생(儒生)으로서 난세를 만난 것도 슬픈데, 늘그막에 나그네 생활을 하고 있으니 슬픔이 배가된다는 것을 말하고 있다. 손금안(孫琴安)은 이 시를 '대력의 정음(正音)'이라 칭하면서 성당의 화사한 운치와도 다르고 중당 후기의 통속적인 완숙함과도 구별된다고 하였다.[313] 노륜의 칠언율시 중에서는 <만차악주(晚次鄂州)>, <지덕중도중서사각기이한(至德中途中書事却寄李偘)>, <야투풍덕사알액상인(夜投豊德寺謁液上人)> 등이 여러 선집에 선록되어 있다.

이어서 한굉의 <상원으로 돌아가는 냉조양을 전송하며[送冷朝陽還上元]>를 보도록 한다.

青絲纜引木蘭船,	푸른 실 닻줄이 목란배를 이끌어
名遂身歸拜慶年.	이름을 이루고 몸은 돌아가 부모님을 찾아뵙네
落日澄江烏榜外,	지는 해는 맑은 강의 검게 칠한 배 밖으로 비추고
秋風疏柳白門前.	가을 바람은 성긴 버드나무 흰 문 앞에 분다네
橋通小市家林近,	다리는 작은 저자를 가로질러 고향 숲에 가깝고
山帶平湖野寺連.	산은 너른 호수를 둘러 들의 절에 닿아 있겠지
別後依依寒夢裏,	이별 뒤엔 어렴풋이 차가운 밤 꿈에서
共君攜手在東田.	그대와 손잡고 동전루(東田樓)[314]에 있으려나

---

311) 洪亮吉, 《北江詩話》 卷6, 「至大曆十才子, 對偶始參以活句, 盡變化錯綜之妙.」

312) 활구란 본래 선종의 용어로서 언외의 뜻을 참작하지 않으면 깨달을 수 없는 함축적인 말을 가리키는데, 시학에서는 판에 박히지 않고 생동감이 있으면서 깊은 뜻을 내포한 구절을 일컫는 말로 쓰인다. 이 시의 함련이 공대(工對)에 치중하지 않은 자연스런 대장을 통해 꿈에도 그리는 고향에 돌아가지 못하는 애틋한 심정을 잘 형상화했다는 것이다.

313) 孫琴安, 앞의 책, p.194.

314) 남조 제나라의 문혜태자(文惠太子)가 건립했다는 누각.

　제목에 보이는 냉조양(冷朝陽)은 대력 4년(769)에 과거에 급제한 뒤 관직을 받기 전에 바로 고향인 상원(上元 : 지금의 남경시)으로 성친(省親)을 갔는데, 이 시는 이때 그를 전송하며 지은 것으로 전기에게도 <송냉조양탁제후귀금릉근성(送冷朝陽擢弟後歸金陵覲省)>이 있다. 가운데 두 연의 담담한 경물묘사는 '소소(蕭疏)'한 풍격을 위주로 하는 한굉 시의 특성을 잘 보여주는 것으로, 시 전체적으로도 정(情)과 경(景)을 여정의 순서대로 배치하여 전절이 없고 지극히 평이한 시어를 사용하고 있으며, 전고도 최소의 범위에서 사용했다. 한굉의 칠언율시에는 가장 널리 알려져 있는 <동제선유관(同題仙游觀)>처럼 '고화(高華)'한 풍격의 작품도 없지 않으나, 주류는 <송유평사부광주사막(送劉評事赴廣州使幕)>, <송왕광보귀청주겸기저시어(送王光輔歸靑州兼寄儲侍御)>, <송장사이소부입촉(送長史李少府入蜀)> 등과 같이 고적(高適)과 잠참(岑參)의 송별시를 계승하여 번다한 수식을 가하지 않고 단숨에 써내려간 듯한 작품이라고 할 것이다.

　끝으로 이단의 칠언율시 가운데 한 수를 감상하기로 한다. <회수의 나루에 묵으면서 사공서를 떠올림[宿淮浦憶司空文明]>을 보자.

愁心一倍長離憂,	수심은 이별의 근심을 한 갑절 길게 하고
夜思千重戀舊游.	밤 생각은 예전의 교유를 천 겹으로 그리워하게 하네
秦地故人成遠夢,	진땅의 친구는 먼 곳의 꿈이 되었고
楚天涼雨在孤舟.	초땅의 하늘 차가운 비가 외로운 배에 있네
諸溪近海潮皆應,	여러 시내는 바다에 가까워 조수가 다 호응하는데
獨樹邊淮葉盡流.	외로운 나무는 회수 가장 자리에서 잎이 다 흘러갔네
別恨轉深何處寫,	이별의 한은 갈수록 깊어가는데 어디서 풀어볼까?
前程唯有一登樓.	앞 노정에 오직 오를 누각이 하나 있구나

　이 시는 회수(淮水)의 나루에서 묵으면서 장안에 있는 사공서(司空曙)를 떠올리며 지은 작품이다.315) 이 시에 표현된 감정은 소박하면서도 진지하고 인

정미가 넘치지만, 시의 격조는 그다지 높지 않고 의기소침한 듯한 인상을 준다. 정천범(程千帆)은 대력 연간의 시를 평하여, "일상생활, 시간의 흐름, 사물의 변화, 인간사의 부침과 이합 등을 묘사하는 데 주안점을 두어 어지러운 세태를 슬퍼하는 정서로 일관되어 있다."고 하였는데,[316] 대력십재자를 포함한 중당 전기의 칠언율시는 대체로 이런 기조에서 크게 벗어나지 않았다고 해도 과언이 아닐 것이다.

3) 백거이(白居易)

① 칠언율시 창작상황과 특징

백거이의 칠언율시는 모두 605수로 당대를 통틀어 가장 많은 양이다. 흔히 원화(元和) 10년(816) 백거이가 강주사마(江州司馬)로 좌천된 때를 분기로 하여 그의 시를 전기와 후기로 나누는데, 칠언율시의 창작도 이와 맥을 같이 한다. 주금성(朱金城)의 ≪백거이집전교(白居易集箋校)≫에 정리된 편년에 따르면, 그의 작품 가운데 창작시기를 알 수 있는 칠언율시 564수 중에서 강주사마로 좌천되기 이전인 원화 9년(815)까지 창작된 칠언율시는 50수에 불과하며, 나머지 500여 수가 모두 강주사마 시기 이후에 나왔다.[317] 이것은 그가 젊은 시절 공리주의적 입장에서 풍유시(諷喻詩)를 창작하던 열정을 접고 '한적(閑適)'한 생활을 표방하는 가운데 항주자사(杭州刺史), 소주자사(蘇州刺史)와 같은 외직과 태자빈객(太子賓客), 태자소부(太子少傅) 등의 한직을 오가면서 가까이 지내던 사람들과 300수 가량의 응수성 시를 주고받고, 먹고 자고 독서

---

315) 이단과 사공서는 대력 5년에 함께 과거에 급제하여 관직생활을 시작했는데, 이단은 몸이 허약하여 관직을 그만두고 종남산(終南山)의 초당사(草堂寺)에 머물다가 다시 기용되어 항주사마(杭州司馬)를 제수받았고, 사공서는 계속 장안에서 좌습유(左拾遺) 등의 관직에 있었다(辛文房, ≪唐才子傳≫ 卷4 참고).

316) 程千帆, ≪唐詩鑑賞辭典·序言≫(張學松·劉九偉·趙賀, 앞의 글, p.13에서 재인용)

317) 朱金城, ≪白居易集箋校≫

하는 등의 일상사까지 칠언율시에 담은 결과라고 할 것이다.

그러나 서사성과 통속성을 주무기로 삼았던 초기 신악부시의 특성은 칠언율시의 풍격에도 지대한 영향을 미쳤다. 먼저 칠언율시에 서사를 가미한 예로는 다음과 같이 백여 자에 이르는 긴 제목을 붙인 데서 찾아볼 수 있다.

> 微之到通州日, 授館未安, 見塵壁間有數行字, 讀之, 卽僕舊詩, 其落句云 : 綠水紅蓮一朵開, 千花百草無顏色. 然不知題者何人也. 微之吟嘆不足, 因綴一章, 兼錄僕詩本同寄. 省其詩, 乃十五年前初及第時, 贈長安妓人阿軟絶句. 緬思往事, 杳若夢中, 懷舊感今, 因酬長句(원진이 통주에 이르던 날 마련된 객사가 아직 정리되지 않아 흙벽 사이에서 몇 줄 글자가 있는 것을 보고 읽어보니 바로 내가 예전에 쓴 시였는데, 그 시의 끝 연이 이러했다. "푸른 물에 붉은 연꽃이 한 떨기 피니, 온갖 꽃과 풀들의 색깔이 시들해졌네." 그러나 그 시를 써둔 사람이 누구인지는 몰랐다. 원진은 읊조려보는 것으로 부족하여 한 수의 시로 만들고 내 시를 적은 것과 함께 부쳐주었다. 그 시를 살펴보니 바로 15년 전 처음 급제했을 때 장안의 기녀 아연에게 주었던 절구였다. 지난날을 곰곰이 생각해보니 아득히 꿈만 같아 옛날을 떠올리고 지금을 생각하며 장구(長句)로 응수하게 되었다).

물론 대다수 칠언율시의 제목이 이러한 것은 아니나, 수십 자에 이르는 제목을 가진 작품이 꽤 많다. 왕사정(王士禎)은 말하기를 "시대를 아직 따져보기 전이라 해도 책을 펴 그 제목을 보면 즉시 그것을 알 수 있으니, …예컨대 위진대(魏晉代) 사람이 시제(詩題)를 만드는 것이 같고, 송·제·양·진 사람이 같으며, 초·성당 사람이 같고, 원화 이후가 또 같다."[318]고 했으니, 백거이가 칠언율시에서 곧잘 긴 제목을 쓴 것도 원화 연간 이후의 변화에 해당한다고 하겠다. 이렇게 긴 제목은 서정 위주의 시가에 서사적인 면을 제공하고, 운문과 산문이 서로 보완관계를 이루어 시의 의경을 확대시킬 수 있으며,[319] 외재적 요소를 제목에서 모두 처리함으로써 시 본문에서는 좀 더

---

318) 王士禎, ≪帶經堂詩話≫ 卷27, 「且未論時代, 但開卷看其題目, 卽可望而知之, …如魏晉人制詩題是一樣, 宋·齊·梁·陳人是一樣, 初·盛唐人是一樣, 元和以後又是一樣.」

절실한 감정을 집중적으로 묘사할 수 있는 장점이 있어서320) 이후로 원진, 이신, 유우석, 육구몽, 두순학(杜荀鶴) 등도 이러한 형식을 자주 활용했다.321)

백거이 칠언율시의 통속적 특징은 여러 가지 방면에서 찾아볼 수 있다. 먼저 그의 작품에는 일상적인 제재를 다루고 있는 시가 많다. 예컨대 <족질(足疾)>은 봄부터 가을까지 발병으로 고생한다는 내용을 담고 있고, <수교(睡覺)>는 나이가 먹으니 잠이 없어진다는 내용이며, <가양신숙매상첩취처질등권령소음인성장구이유지(家釀新熟每嘗輒醉妻姪等勸令少飮因成長句以諭之)>는 백거이가 새로 익은 술을 자주 마시고 취하자 가족들이 만류했다는 내용이다. 이런 작품들은 일상에서 늘 접할 수 있는 소재를 담았을 뿐, 심각한 사상이나 감정이 일체 배제되어 있다. 다음으로 난해한 전고를 쓰거나 시어를 단련하는 데 힘을 쓰지 않아 구법이 평이하다. 이런 경향은 조겸(趙謙)의 지적대로 같은 시어를 반복해서 쓰거나 수사(數詞)를 많이 쓴 데서 특히 두드러지게 나타난다.322) 예컨대 <위촌수이이십견기(渭村酬李二十見寄)>의 수련에서는 "百里音書何太遲, 暮秋把得暮春詩(백리 거리에서 편지가 어찌 이리 더딘가, 늦가을에야 늦봄의 시를 받아보았네)."라고 읊고 있는데, 대구에서 '모(暮)'자를 반복 사용한 까닭에 천근(淺近)한 느낌을 준다. 또 <팔월십오일야분정망월(八月十五日夜湓亭望月)>을 보면 제1구는 "昔年八月十五夜"이고, 제3구는 "今年八月十五夜"로 여섯 자나 다시 사용하고 있다. 수사는 일반적으로 율시에서

---

319) 趙謙, 앞의 책, p.164.

320) Yu-kung Gao and Tsu-lin Mei, *Meaning, Meaphor, and Allusion,* Harvard Journal of Asiatic Studies Vol.38(Cambridge : Harvard-Yenching Institute, 1978), p.312, 「What did the poet did was to relegate external matters to the title so that in the poem itself he could concentrate on presenting instead of representing.」

321) 권호종은 <歐陽修詩의 散文化傾向 硏究>라는 논문에서 구양수 시의 시제가 산문화된 경향은 결국 시의 산문화의 일단이며, 나아가서는 그가 추구한 시문혁신운동의 성과라고 하였다. 백거이가 일찌감치 칠언율시에서 산문화된 제목을 선보인 것도 북송 시문혁신운동에서 추구한 평이함과 같은 맥락으로 보아야 할 것이다.

322) 趙謙, 앞의 책, p.165-172.

대장을 맞추기 위한 용도로 자주 쓰이나, 백거이의 칠언율시에서는 대장을 쓰지 않는 연에서도 수사가 흔히 보인다. <이월오일화하작(二月五日花下作)>의 수련에서 "2월 5일엔 꽃이 눈 같고, 52명의 머리는 서리 같다[二月五日花如雪, 五十二人頭似霜]."고 한 것은 가까운 예다. 이 밖에도 <정월삼일한행(正月三日閑行)> 시의 함련은 "푸른 물결 동서남북의 물, 붉은 난간 390개의 다리[綠浪東西南北水, 紅欄三百九十橋]."처럼, 그야말로 손 가는 대로 평이하게 처리하고 있다. 이와 같은 백거이 칠언율시의 통속성은 독자의 입장에서 볼 때 시를 이해하는 데 어려움이 따르지 않고 친근하게 느껴진다는 장점이 있으나 예술적인 면에서 품격이 높지 못하고, 때로는 친근함이 지나쳐 문자유희에 가까워지는 폐단이 있어 역대의 평자들로부터는 크게 환영받지 못했다. 예컨대 허인방(許印芳)은 "칠언율시에는 매양 가볍고 천박하며 황당하고 저속한 여러 병폐가 있었다."[323]고 지적하였고, 요내(姚鼐)도 "천박하고 속된 병폐가 마침내는 저급한 데 이르러, 나중에는 모두 백거이를 구실로 삼았다."[324]고 후대에 미친 악영향을 꼬집었다. 원호문(元好問)의 ≪당시고취(唐詩鼓吹)≫나 이반룡(李攀龍)의 ≪당시선(唐詩選)≫ 등에 백거이의 칠언율시가 한 수도 선록되어 있지 않은 것은 이러한 이유 때문일 것으로 여겨진다.

작품을 창작하는 태도가 진지하지 못했다는 점은 백거이 칠언율시의 취약점이라고 할 것이나,[325] 그가 600수가 넘는 작품을 양산하면서 통속파의 칠언율시 창작을 이끌어나간 사실은 충분히 인정된다. 또 사교성의 작품 외에 영회시나 영물시도 많이 남겼으며, 풍광이 뛰어난 소주(蘇州)와 항주(杭州) 등지에서 벼슬을 하면서 아름다운 장관들을 칠언율시로 옮겨 이전까지의 칠언율시에서 다소 부진했던 산수시의 영역도 상당히 개척하였으므로, 한 가지 측면만으로 그의 칠언율시를 지나치게 폄하하는 것은 타당하지 못하다고 할

---

323) 許印芳, ≪詩法萃編≫, 「七律每有率易, 淺滑, 頹唐, 鄙俚諸病.」
324) 姚鼐, ≪五七言今體詩鈔≫, 「滑俗之病, 遂至濫惡, 後皆以太傅爲借口矣.」
325) 백거이의 칠언율시에는 유난히 '술에 취하여 지었다'든가 '장난삼아 지었다'든가 하는 작품이 많다.

것이다.

② 주요 작품

백거이의 칠언율시를 시기별로 나누어보면, 칠언율시를 많이 짓지 않았던 강주(江州) 좌천 이전 시기, 즉 원화 9년(815)까지를 제1기, 강주, 항주, 소주 등의 지방을 오갔던 보력(寶曆) 2년(826)까지를 제2기, 주로 낙양에 머물렀던 회창(會昌) 6년(846)까지를 제3기라 할 수 있을 것이다. ≪당시별재≫나 ≪오칠언금체시초≫ 등 백거이의 칠언율시를 선록하고 있는 선집들에서는 이 가운데 제2기의 시를 높이 평가하는 경향을 보였다.[326] 그것은 이렇다 할 의경이 없이 번다한 제3기의 작품에 비해, 제2기의 칠언율시에서 종종 빼어난 산수를 배경으로 한 청신한 작품을 찾아볼 수 있기 때문이다. 그러면 백거이 칠언율시의 특징을 가늠할 수 있는 작품을 시기별로 한두 수씩 살펴보기로 한다. 먼저 백거이의 칠언율시 가운데 창작시점이 가장 이른 <하남에서 난리를 겪고 관내에서 굶주림을 만나 형제들이 헤어져 각기 다른 곳에 있다. 달을 바라보다 감회가 있어, 이를 편지로 써 부량의 큰 형, 우잠의 일곱째 형, 오강의 열 다섯째 형에게 부치고, 겸하여 부리 및 하규의 아우와 누이동생에게 보인다[自河南經亂關內阻饑兄弟離散各在一處因望月有感聊書所懷寄上浮梁大兄于潛七兄烏江十五兄兼示符離及下邽弟妹]>를 감상해보자.

時難年荒世業空,	난리에 흉년 겹쳐 가업이 무너지고
兄弟羈旅各西東.	형제들은 떠돌이로 각기 동서에 있네
田園寥落干戈後,	전원은 전쟁이 난 뒤 쓸쓸하고
骨肉流離道路中.	골육은 길에서 흩어졌구나
弔影分爲千里雁,	외로운 모습 나뉘어져 천리의 기러기가 되고
辭根散作九秋蓬.	뿌리를 떠나 흩어져 가을날 다북쑥이 되었네
共看明月應垂淚,	함께 밝은 달 보며 응당 눈물 흘리리니

---

326) ≪당시별재≫에서는 선록한 10수 가운데 7수, ≪오칠언금체시초≫에서는 18수 가운데 10수를 제2기의 시에서 뽑았다.

一夜鄕心五處同.　　　이 밤 고향 그리는 마음은 다섯 곳이 다 같으리

　이 시는 대략 정원(貞元) 15년(799) 낙양에서 지은 것으로 보인다. 이 해 2월 선무군절도사(宣武軍節度使) 동진(董晉)이 죽은 뒤 그의 부하 장병들이 반란을 일으켰고, 또 3월에는 창의군절도사(彰義軍節度使) 오소성(吳少誠)도 반란을 일으켰는데, 이 두 차례의 난리는 모두 하남(河南)에서 시작되었다. 이 시의 제1구와 제3구는 각기 이러한 난리를 말한 것이고, 제2구와 제4구는 그에 따른 형제의 이산을 서술하였다. 경련에서는 '기러기'와 '다북쑥'의 이미지를 통해 뿔뿔이 흩어진 가족의 모습을 감각적으로 전달하고 있다. 미련은 '달을 바라보며 감회가 있어[望月有感]'라는 제목을 잘 살려 서로 그리워하는 마음을 잘 표출하였다. 이 시의 가장 큰 특징은 전혀 수식을 가하지 않는 백묘(白描)의 수법을 썼다는 점이다. 백거이의 칠언율시가 왕왕 천근하고 저속하다는 평을 듣기는 했지만, 이와 같은 작품은 오히려 꾸밈없는 진솔함을 먼저 느낄 수 있다는 면에서 그러한 특징이 장점도 될 수 있음을 보여준다고 하겠다.327)

　다음으로 <전당호를 봄에 거닐며[錢塘湖春行]>를 살펴보기로 한다.

孤山寺北賈亭西,　　　고산사(孤山寺)의 북쪽 가공정(賈公亭)의 서쪽
水面初平雲脚低.　　　봄 물이 찰랑찰랑하고 구름은 낮게 깔렸다
幾處早鸎爭暖樹,　　　곳곳에 일찍 날아온 꾀꼬리 양지바른 나무를 다투고
誰家新燕啄春泥.　　　뉘 집에 새로 온 제비인지 봄 진흙을 쫀다
亂花漸欲迷人眼,　　　어지럽게 핀 꽃은 점차 사람 눈을 미혹케 하고
淺草才能沒馬蹄.　　　짧은 풀은 말발굽 묻힐 만큼 자랐다
最愛湖東行不足,　　　호수 동쪽을 가장 좋아하나 다닌 것이 부족했거니
綠楊陰裏白沙堤.　　　수양버들 그늘 속으로는 흰 모래둑이다

　이 시는 장경(長慶) 3년(823) 항주자사로 있을 때 지은 것으로, 백거이가 서

---

327) 彭慶生·張仁健, ≪唐詩精品≫, p.293.

호(西湖)를 읊은 시로는 가장 유명한 작품이다. 호수의 수량, 기후, 꾀꼬리와 제비의 생태, 그리고 꽃이 피고 풀이 자란 정도까지 감각적인 필치로 섬세하게 묘사하고 있는 점이 돋보인다.[328) 백거이의 칠언율시는 대체로 가볍고 화사한 감흥을 얻을 수 있는 작품이 많은 것이 특징이다. 이 작품처럼 기왕에 칠언율시를 통해서는 잘 묘사되지 않았던 산수풍광을 깔끔하게 옮겨놓고 있다는 점에서 백거이 칠언율시의 성과를 찾아볼 수 있지 않을까 생각된다.

<서호로 저녁에 돌아와 고산사를 돌아보며 여러 손님에게 줌[西湖晚歸回望 孤山寺贈諸客]>을 통해 산수 칠언율시의 묘미를 더 느껴보자.

柳湖松島蓮花寺,	버드나무 호수, 소나무 섬, 연화사(蓮花寺)
晩動歸橈出道場.	늦은 시간 배 저어서 도량을 떠나왔네
盧橘子低山雨重,	금귤 열매 많은 비에 젖어 가지에 낮게 매달렸고
棕櫚葉戰水風涼.	종려나무 잎 호수 위에 부는 바람맞아 시원스레 흔들리네
煙波澹蕩搖空碧,	안개 덮인 수면에 파란 하늘 비쳐 일렁이고
樓殿參差倚夕陽.	누각 건물 들쭉날쭉 석양빛 받아 반짝이네
到岸請君回首望,	언덕에 닿거든 고개 돌려 보시게들
蓬萊宮在海中央.	봉래궁이 바다 가운데 있으리니

이 작품 역시 장경 3년에 창작되었다. 이 무렵 백거이는 자주 절에 가서 스님의 강경을 듣곤 하였으며, 이 시도 절에 다녀오는 길에 지은 것이다. 요내(姚鼐)가 "서호에 가보지 않으면 이 시의 경물묘사의 공교함을 알 수 없다."[329)고 했듯이, 저녁 무렵 서호의 빼어난 경관이 그림처럼 묘사되어 있다. 조구매(曹久梅)는 이 시에 사용된 회화적인 기법을 이렇게 설명하였다.

먼저 버들, 소나무, 연꽃으로 구성된 화면을 주색조로 하여, 다시 저녁비, 서늘한 바람, 비파,[330) 종려로 색채를 가하고, 호수에 비친 파란 하늘, 빨갛게 불타오

---

328) 李炳漢·李永朱, 앞의 책, p.345.
329) 姚鼐, ≪五七言今體詩鈔≫ 卷4, 「非至西湖, 不知此寫景之工.」
330) 제3구의 '盧橘'을 필자는 '금귤'로 번역하였는데, 조구매(趙久梅)는 이를 '비

르는 석양, 금빛 찬란한 묘당 등으로 충충이 바림(gradation)의 수법을 썼다.[331]

'바림'이란 단계적으로 색채나 색조에 변화를 주는 기법으로서, 이 시에서는 옅은 쪽에서 짙은 쪽으로 색채가 바뀌고 있음을 지적한 것이다. 특히 이 시에서는 경물묘사의 핵심을 이루는 중간 두 연에 이와 같은 색채의 변화뿐만 아니라 대소와 원근의 대비도 가미해 더욱 효과적으로 가을 풍경을 그려내고 있다. 백거이가 항주자사로 있었던 이 시기에는 여기서 소개한 시 외에도 <항주춘망(杭州春望)>, <여항형승(余杭形勝)>, <강루석망초객(江樓夕望招客)>, <서호유별(西湖留別)>, <춘제호상(春題湖上)> 등 산수를 소재로 한 수준 있는 작품이 여럿 나오는 성황을 이루었다.

이제 <유우석과 술을 받아와 한가로이 마시다 또 다음 기약을 정하고[與夢得沽酒閑飲且約後期]>를 통해 백거이 후기 칠언율시의 면모를 살펴보도록 하자.

少時猶不憂生計,	젊었을 때도 오히려 생계를 걱정하지 않았는데
老後誰能惜酒錢.	늙은 뒤에 누가 술값을 아까워하랴
共把十千沽一斗,	함께 만 전을 내어 한 말을 받아오고
相看七十次三年.	서로 바라보니 일흔 살에서 삼 년이 빠졌네
閑徵雅令窮經史,	한가로이 고아한 벌주놀이 하느라 경전과 사서를 다 끄집어내고
醉聽淸吟勝管弦.	취하여 맑은 노래 들으니 관현악보다 낫도다
更待菊黃家醞熟,	다시 노란 국화로 집에서 담근 술 익기를 기다려
共君一醉一陶然.	그대와 함께 한바탕 취하고 한바탕 즐거워하리라

이 시는 개성(開成) 3년(838) 백거이가 67세 되던 해에 낙양에서 태자소부로 있으면서 지은 것으로, 역시 낙양에서 태자빈객으로 있던 유우석과 술을 마

파'로 보았다.
331) 宋緖蓮·趙乃增·董維康, 앞의 책, p.967.

시며 다시 후일을 기약하는 내용을 담고 있다. 유우석에게도 이 시에 화답한 칠언율시 작품인 <낙천이우상방고주지환인성칠언료이봉답(樂天以愚相訪沽酒至歡因成七言聊以奉答)>이 전한다. 이 시에서는 '공(共)'자와 '취(醉)'자를 2회, '일(一)'자를 3회 반복해서 쓰는 등 격률에 구애받지 않고 손 가는 대로 자연스럽게 주석(酒席)을 묘사했다. 그래서 청(淸) 황숙란(黃叔爛)은 이 시를 평하여, "시의 의경이 자연스럽고, 거짓된 조탁을 가하지 않았으며 묘사해나간 것이 전체적으로 범속함과는 다르다."[332]고 하였다. 그러나 노인들이 술잔을 놓고 마주앉아 흥겨워하며 다음 기회를 또 보자는 퇴영적인 내용을 담고 있어서, 자연스러움 하나만으로 여러 독자를 고루 만족시키기에는 부족하지 않은가 한다.

끝으로, 칠언율시의 구법을 거의 해체하다시피 한 <도광선사에게 부침[寄韜光禪師]>을 감상해보기로 한다.

一山門作兩山門,	하나의 절이 두 개의 절로 되었는데
兩寺原從一寺分.	두 절은 원래 하나의 절에서 나뉜 것
東澗水流西澗水,	동쪽 계곡의 물이 서쪽 계곡의 물로 흐르고
南山雲起北山雲.	남쪽 산의 구름이 북쪽 산의 구름을 일으킨다
前臺花發後臺見,	앞 누대에 꽃이 피니 뒤 누대에서 보이고
上界鐘聲下界聞.	상계의 종소리가 하계에서 들린다
遙想吾師行道處,	멀리 우리 선생님 도를 행하시는 곳 떠올리나니
天香桂子落紛紛.	아름다운 향기 나는 계수나무 열매 어지러이 떨어지리라

이 시의 제목은 <서천축사(書天竺寺)>로도 전해지고 있는데, 당대에는 '상(上)'과 '하(下)' 두 개의 천축사가 있었다고 한다. 수련은 두 개의 절이 있음을 언급한 것이며, 가운데 두 연은 두 절 주변의 자연환경을 묘사했다. 미련은 제목에 보이는 도광선사(韜光禪師)에게 전하는 말이다. 이 시의 특징은 무엇보다도 앞 여섯 구 내내 보이는 구법의 반복에 있다. 게다가 함련에서는

---

332) 黃叔爛, ≪唐詩箋注≫, 「詩境自然, 不假雕鏤, 而寫來總異凡俗.」

‘동서남북(東西南北)’으로, 경련에서는 ‘전후상하(前後上下)’로 대장을 맞추고 있으니 평이함과 통속의 극치다. 내용을 살펴보면, 불법(佛法)의 견지에서는 ‘동서’나 ‘남북’의 구별이 없고, ‘전후’나 ‘상하’가 모두 통한다는 뜻을 내포하고 있어 선사(禪師)에게 보내는 시로는 제격을 갖추었다고도 볼 것이다. 다만 지나친 중복으로 인한 단조로운 시상 전개는 문제점을 안고 있다. 양복생(楊福生)이 "이러한 시가 어쩌다 한 수 나오는 것은 괜찮겠지만 그렇지 않으면 병폐가 된다."333)고 지적하고 있듯이, 백거이의 칠언율시에는 이와 같은 작품이 많아서 그의 진지하지 못한 창작태도가 비판의 대상이 되곤 하였다.

4) 유우석(劉禹錫)

① 칠언율시 창작상황과 특징

유우석의 시는 유창하면서도 천근(淺近)한 쪽으로 흐르지 않고 함축적이면서도 난삽한 병폐가 없어 중당대에 유행했던 통속파나 기험파 어느 한쪽에 쏠리지 않는 면모를 보여주었다는 평가를 받는다.334) 유우석은 여러 시체에 고루 능하였으며, 특히 칠언절구에서 가작을 많이 남겼다. 이 때문에 관세명(管世銘)은 "유우석은 갖추지 못한 체제가 없어 우뚝한 대가가 되었고 절구에서는 산과 바다를 이루었다."335)고 하였다. 칠언율시도 이에 못지 않아서 전체 시작 817수의 4분의 1에 근접하는 184수의 많은 작품을 남기고 있을 뿐만 아니라, 연군수(延君壽)가 당대에 칠언율시에 뛰어났던 시인으로 두보 외에 유우석과 이상은(李商隱)을 들고 있는 것처럼, 질적으로도 우수한 작품을 다수 선보였다.336)

유우석이 모친상으로 잠시 정계를 떠났던 원화 14년(819)을 기준으로 유우

---

333) 楊福生, 앞의 책, p.230.

334) 卞孝萱·吳汝煜, ≪劉禹錫≫, pp.93-95.

335) 管世銘, ≪讀雪山房唐詩鈔·七絶凡例≫, 「劉賓客無體不備, 蔚爲大家, 絶句中之山海也.」

336) 延君壽, ≪老生常談≫, 「七律當以工部爲宗, 附以劉夢得、李義山兩家.」

석의 시 세계를 전후기로 나눈다고 할 때, 창작시기를 확인할 수 있는 168수 가운데 전기의 작품이 34수, 후기의 작품이 134수로서 대부분의 칠언율시는 50세 이후 후기에 지어졌다. 백거이가 외직을 거치면서 산수 칠언율시 방면에서 나름의 성과를 거두었다면, 유우석은 수 차례에 걸친 폄적으로 각 지역의 유적을 돌아보는 기회를 가지면서 주로 회고(懷古) 칠언율시를 개척하는 데 기여했다. 이 방면의 대표적인 작품으로 <서새산회고(西塞山懷古)>를 비롯하여 <한수성춘망(漢壽城春望)>, <무산신녀묘(巫山神女廟)>, <형문(荊門)>, <자강릉연류도중(自江陵沿流道中)> 등을 들 수 있는데, 이러한 시들은 통속적이고 평이한 백거이의 칠언율시와는 달리 호방함이나 비장함을 담고 있어서, 만당대에 이르러 회고·영사 칠언율시가 널리 창작되는 계기가 되었던 것으로 평가된다. 허인방(許印芳)이 중당대에 칠언율시에 뛰어났던 시인으로 유장경과 함께 유우석을 지목하고 있는 것도 유우석이 이와 같은 회고시를 중심으로 종종 중후한 풍격의 칠언율시를 창작했기 때문이라 여겨진다.[337]

앞서 우리는 백거이가 칠언율시에 긴 제목을 곁들여 작품에 서사적인 특성을 가미했음을 살펴보았는데, 유우석에게도 간혹 4, 50자에 이르는 긴 제목의 작품이 보인다. 그러나 이보다 주목되는 것은 시를 짓게 된 동기나 주제를 밝힌 서문이 더러 보인다는 점이다. 유우석의 전체 시 중에 이렇게 병서(幷序) 또는 병인(幷引)[338]이 있는 것은 모두 43제 72수인데,[339] 여기에는 칠언율시도 8수 포함되어 있다. <송경현사동귀(送景玄師東歸)>의 병인을 예로 들어 살펴보자.

> 여산의 스님 경현이 옷소매에 시 한 두루말이를 가지고 찾아왔는데, 왕왕 가볍고 씩씩한 구절이 있었다. 마치 학의 새끼가 솜털이 보송보송하여 아직 날개가 없지만, 천천히 걸으면서 멀리 보고 끼루룩 한 번 우는 것처럼 속세의 것이 아니

---

337) 許印芳, ≪詩法萃編≫, 「唐人擅長七律者, …中唐作者, 劉夢得、劉文房皆巨擘.」
338) 유우석의 아버지 이름이 '緒'로서 '序'와 발음이 같아 흔히 '幷序' 대신 '幷引'이라고 하였다.
339) 유성준, ≪劉禹錫詩硏究≫, p.302.

었다. 시를 주고는 법복을 여미며 떠나면서 "오는 것을 여산이 가을에 접어들 즈음으로 하였습니다. 무릇 동냥하는 것은 중의 일인데, 지금은 다른 청이 없고 오로지 글을 구할 뿐입니다."라고 말하였다. 그래서 한 수를 읊어 구슬목걸이에 대신한다(廬山僧景玄袖詩一軸來謁, 往往有句輕而遒. 如鶴雛襪褷, 未有六翮, 而步舒視遠, 戛然一唳, 乃非泥滓間物. 獻詩已, 斂衤戒而辭, 且曰 : "其來也, 與故山秋爲期. 夫丐者僧事也, 今無他請, 唯文是求." 故賦一篇以代瓔珞耳).

이 서문을 보면 유우석이 유명한 시인의 시를 얻기 좋아하는 한 스님에게 시를 써주게 된 사연을 비교적 소상하게 알 수 있어서, 장문의 제목과 마찬가지로 산문과 운문이 조화를 이루는 효과를 거두고 있다.[340]

유우석 칠언율시의 흠이라면 응수성의 제재가 지나치게 많다는 것이다. 184수의 칠언율시 가운데 87.5%에 해당하는 161수가 사교생활을 제재로 한 작품이며, 또 이 161수 중에는 백거이의 시에 응수한 39수를 포함하여 다른 사람의 시에 화답한 것이 무려 101수에 달한다. 그러므로 중당대에 주로 응수의 용도로 사용되었던 칠언율시는 유우석에 이르러 거의 절정에 달했다고 해도 과언이 아닐 듯한데, 변효훤(卞孝萱)이 유우석의 교유관계를 정리한 <교유고(交遊考)>에 소개된 사람이 400명을 넘고 있는 것을 보면[341] 유우석이 여러 시인들과 폭넓은 교제를 가지면서 이들과 주고받은 작품이 많았기 때문으로 분석된다. 청(淸) 오교(吳喬)는 하황공(賀黃公)의 말을 인용하여 "유우석의 빼어난 시는 대부분 낭주(朗州), 연주(連州), 기주(夔州), 소주(蘇州)에서 나왔으며, 칠언율시에는 비록 아름다운 말이 있으나 또한 낯익은 가락이 많다."[342]고 하였으니, 유우석의 칠언율시가 응수성의 제재에 치우쳐 다양한 내용을 구비하지 못했음을 지적한 것이라 하겠다.

---

340) 서문이 있는 칠언율시를 가장 많이 남긴 시인으로는 이신(李紳)이 손꼽힌다. 그의 칠언율시 79수 가운데 36수에 서문이 있다(趙謙, 앞의 책, p.202).
341) 卞孝萱, ≪劉禹錫叢考≫
342) 吳喬, ≪圍爐詩話≫ 卷2,「夢得佳詩, 多在朗連夔蘇, 七律雖有美言, 亦多熟調.」

② 주요 작품

유우석 칠언율시의 대부분이 응수성의 제재를 다루고 있기는 하나 그는 백거이보다 진지한 태도로 칠언율시 창작에 임했던 것 같다. 자구를 조탁하는 데 힘을 쏟지는 않았지만 여러 작품에서 가구(佳句)를 찾아볼 수 있고, 대장도 비교적 공교한 편이다. 유우석 칠언율시의 특징을 알아볼 수 있는 작품 몇 수를 감상하도록 하자. 먼저 비교적 젊은 시절의 작품인 <한수성에서 봄에 바라보며[漢壽城春望]>를 보기로 한다.

漢壽城邊野草春,　　한수성가의 들풀은 봄이 되었는데
荒祠古墓對荊榛.　　황폐한 사당 옛 무덤은 가시덤불을 마주하고 있다
田中牧豎燒芻狗,　　밭에 있는 목동은 추구를 태우고
陌上行人看石麟.　　길 위의 행인은 돌 기린을 본다
華表半空經霹靂,　　표지목이 반쯤 날아간 것은 벼락을 맞아서이고
碑文纔見滿埃塵.　　비문이 겨우 보이는 것은 먼지가 가득해서다
不知何日東瀛變,　　어느 날에야 동해가 변해
此地還成要路津.　　이곳이 다시 요충지가 될 지 모르겠다

이 시는 작자가 낭주사마(朗州司馬)로 폄적되었던 기간(806~814)에 창작된 것으로 보인다.343) 이 시에서도 위진대(魏晉代)에 형주(荊州)의 중심지가 강릉(江陵)으로 옮겨지면서 내리막길을 걸었던 한수성(漢壽城)이 다시 요충지가 될 날을 그려보면서 정국의 변화를 기대하고 있다. 이 시의 가장 큰 특징은 앞의 세 연에서 내리 황폐해진 한수성을 묘사하고 있다는 점이다. 그것은 곧 정치의 개혁을 도모하다 사마라는 미관말직으로 전락한 시인 자신의 모습이

---

343) 영정(永貞) 원년(805) 왕숙문(王叔文)이 이끄는 혁신세력에 가담하였던 유우석은 개혁이 실패로 끝나자 이듬해 연주자사(連州刺史)로 폄적되었다가 또 다시 낭주사마(朗州司馬)로 옮겨졌다. 낭주에서 9년이란 긴 세월을 보내는 동안 200여 편의 시문을 창작하면서 당시의 심경을 피력하였다(金萬源, <劉禹錫>(이병한 외 22인, 앞의 책), p.578을 참고).

기도 하다. 미련은 상전벽해의 변혁을 거쳐 한수성이 다시 주목을 받게 되는 날 유우석 자신도 다시 품은 뜻을 펼쳐보리라는 것으로서, 백거이가 강주사마(江州司馬)로 좌천된 이후 안분지족으로 급선회한 것과는 대조를 이룬다.

이어서 유우석 칠언율시 가운데 가장 호평을 받았던 <서새산에서 옛 일을 떠올리며[西塞山懷古]>를 보자.

王濬樓船下益州,　　왕준의 다락선이 익주에서 내려가자
金陵王氣黯然收.　　금릉의 왕기(王氣)도 암담히 걷혔네
千尋鐵鎖沈江底,　　팔천 자 쇠사슬이 강 밑에 가라앉자
一片降幡出石頭.　　한 조각 투항의 깃발이 석두성에 솟았네
人世幾回傷往事,　　인간 세상에는 몇 번이나 지난 일에 가슴아팠던가?
山形依舊枕寒流.　　산의 모습은 예와 같이 찬 강 베고 누웠네
今逢四海爲家日,　　지금은 온 나라가 한 집처럼 보내는 날
故壘蕭蕭蘆荻秋.　　옛 보루 쓸쓸한데 갈대꽃은 가을이라네

장유숭(蔣維崧) 등의 연구에 따르면, 이 시는 장경(長慶) 4년(824) 유우석이 기주(夔州)에서 화주(和州 : 지금의 安徽省 和縣)로 가던 도중 호북성(湖北省) 대야현(大冶縣)에 있는 서새산(西塞山)을 지나면서 지은 것이라고 한다.344) 수련과 함련의 네 구는 삼국시대 오(吳)나라의 손호(孫皓)가 강에 쇠사슬을 설치하여

---

344) 蔣維崧・趙蔚芝・陳慧星・劉聿鑫, ≪劉禹錫詩集編年箋注≫, p.301. 송 계유공(計有功)의 ≪당시기사(唐詩紀事)≫ 권39에는 "장경 연간(820~824)에 원진, 유우석, 위초객(韋楚客)이 백거이의 집에 함께 모여 남조의 흥망을 논하다 각기 <金陵懷古>를 지었다. 유우석은 술 한 잔을 가득 채워 끌어다가는 마시고 나서 바로 이렇게 읊었다. …백거이가 그 시를 보고 말하기를 '네 사람이 여룡(驪龍)을 찾다가 그대가 먼저 구슬을 얻었으니 나머지 비늘과 발톱은 어디다 쓰겠는가'라고 하였다(長慶中, 元微之、夢得、韋楚客同會樂天舍, 論南朝興廢, 各賦金陵懷古詩. 劉滿引一杯, 飮已卽成, …白公覽詩曰 : '四人探驪龍, 子先獲珠, 所餘鱗爪何用耶!')."는 기록이 보인다. 그러나 이들의 사적을 살펴보면 장경 연간에는 각기 다른 지방에 있었기 때문에 신빙성은 없다고 할 것이나, 당시에 이 시가 높은 평가를 받았음은 짐작할 수 있다.

서진(西晉) 수군(水軍)의 동진(東進)을 저지하려 했지만 끝내 실패하고 멸망했던 사적을 언급한 것이다. 여기서는 '내려가자[下]', '걷혔네[收]', '가라앉자[沈]', '솟았네[出]' 등의 동사를 잇달아 사용해서 빠른 리듬으로 역사의 한 장면을 개괄하고 있는 점이 눈에 띈다. 경련의 제5구에서는 '역사의 반복'이라는 일반론을 제시하면서 구체적인 장면에서 서서히 빠져나왔고, 제6구에서는 예나 지금이나 변함 없이 그 자리를 지키고 있는 서새산에 초점을 맞추고 있다. 미련은 금석의 대비를 통해 '거안사위(居安思危)'의 주제를 부각시킨 것이다. 이 시는 중당의 칠언율시에서는 드물게 보이는 비장(悲壯)한 풍격의 작품으로 청(淸) 설설(薛雪)은 "기백과 격률이 정밀함에 이르지 않은 것이 없으니, 정말로 이 노인의 일생의 걸작이며, 자연히 원진과 백거이를 압도한다."345)고 평한 바 있다.

　이제 유우석의 칠언율시 가운데 가장 많은 양을 차지하는 응수시를 보기로 한다. 먼저 유종원(柳宗元)의 시에 화답한 <다시 연주자사를 제수받고 형양에 이르러 유종원의 이별시에 답함[再授連州致衡陽酬柳柳州贈別]>을 감상해 보자.

去國十年同赴召,	도읍을 떠난 지 십 년만에 함께 부름을 받았건만
渡湘千里又分歧.	상수(湘水) 건너 천 리 멀리서 다시 갈림길에 섰군요
重臨事異黃丞相,	거듭 부임하면서도 사안은 황패와 다르고346)
三黜名慚柳士師.	세 번 쫓겨나면서 명분은 유하혜에게 부끄럽습니다347)
歸目幷隨回雁盡,	귀로에 던지는 눈길은 돌아가는 기러기 따라 끝나고
愁腸正遇斷猿時.	근심 어린 마음은 원숭이의 애끓는 소리 만났을 때

---

345) 薛雪, ≪一瓢詩話≫, 「氣魄法律, 無不精到, 洵是此老一生傑作, 自然壓倒元白.」
346) ≪漢書・循吏傳≫, 「覇爲潁川太守, …以外寬內明得吏民心, 戶口歲增, 治爲天下第一. 徵守京兆尹, 秩二千石. 坐發民治馳道不先以聞, 又發騎士詣北軍馬不適士, 劾乏軍興, 連貶秩. 有詔歸潁川太守官, 以八百石居治如其前. 前後八年, 郡中愈治.」
347) ≪論語・微子≫, 「柳下惠爲士師, 三黜. 人曰 : "子未可以去乎?" 曰 : "直道而事人, 焉往而不三黜? 枉道而事人, 何必去父母之邦?"」

桂江東過連山下,　　계강은 동쪽으로 연산을 지나는데
相望長吟有所思.　　바라보며 길게 <유소사(有所思)>를 노래합니다

　이 시는 유종원의 <형양여몽득분로증별(衡陽與夢得分路贈別)>에 화답한 작품으로 낭주사마로 폄적되었던 작자가 원화 10년(815) 연주자사(連州刺史)를 제수받고 임지로 가던 도중에 지은 것이다.[348] 함련에서 '거듭 부임한다[重臨]'고 한 것은 유우석이 일찍이 연주자사를 역임한 적이 있어서이며, '세 번 쫓겨난다[三黜]'고 한 것은 연주자사, 낭주사마에 이어 이번이 지방관으로 나가는 세 번째이기 때문이다. 여기에 전고로 인용된 황패(黃覇)는 한대의 관리로 영천태수(穎川太守)로 있으면서 치적을 쌓아 경조윤(京兆尹)이 되었다가 무리한 징발로 구설수에 올라 다시 영천태수로 복귀한 인물이니, 유우석의 처경과 정확히 일치한다. 또 세 번 쫓겨나면서도 뜻을 굽히지 않았다는 유하혜(柳下惠)는 유종원과 같은 성씨이므로, 화답시로서의 요소도 잘 갖추고 있다. 응수시의 독자는 일차적으로 원창자(原唱者)일 것이므로 자신의 심경을 절실하게 피력하는 동시에 원창자를 잘 배려하고 있는 점은 일단 높이 평가해야 하겠다. 경련과 미련에는 석별의 정과 함께 서로간의 깊은 우정이 잘 드러나 있다.

　유우석이 응수 칠언율시에서 어떤 기교를 발휘하고 있는지 알아보기 위해 원창(原唱)과 화답시를 나란히 감상하기로 한다. 백거이가 유우석에게 준 <취하여 유우석에게 줌[醉贈劉二十八使君]>과 유우석이 이에 화답한 <백거이가 양주에서 처음 만난 자리에서 준 시에 답함[酬樂天揚州初逢席上見贈]>이다.

爲我引杯添酒飮,　　날 위해 술잔을 당겨서 술을 부어 마시세요
與君把箸擊盤歌.　　그대 위해 젓가락을 잡고 그릇을 두드리며 노래하렵니다
詩稱國手徒爲爾,　　시에서는 국수(國手)라 일컬어졌건만 그저 이와 같으니

---

348) 유우석과 유종원은 함께 영정혁신(永貞革新)에 가담했다가 실패하고, 10년 가까이 폄적되었다가 일시 장안으로 소환되었지만 재차 지방관으로 내려갔다. 그래서 이 시에는 운명을 같이 하는 두 시인의 진한 정감이 배어 있다.

命壓人頭不奈何.　　운명이 사람의 머리를 짓누르면 어찌할 수 없군요
擧眼風光長寂寞,　　눈을 들어봐도 풍광은 언제나 적막하고
滿朝官職獨蹉跎.　　조정에 가득 벼슬자리 있어도 홀로 허송세월입니다
亦知合被才名折,　　응당 재주와 명망에 의해 꺾이는 법은 잘 알지만
二十三年折太多.　　23년이라면 너무 많이 꺾인 것이지요

白居易, <醉贈劉二十八使君> ✤

巴山楚水凄涼地,　　파산이 있고 초(楚)의 강물 흐르는 처량한 땅에
二十三年棄置身.　　23년 동안 몸을 내던졌습니다
懷舊空吟聞笛賦,　　옛일을 생각하며 부질없이 피리소리 듣고 지은 부349)를
　　　　　　　　　읊조리니
到鄕翻似爛柯人.　　고향 가면 도리어 썩은 도끼 자루 가진 사람 되겠지요350)
沈舟側畔千帆過,　　물에 잠긴 배 옆으로 수많은 돛단배 지나가고
病樹前頭萬木春.　　병든 나무 앞에 수많은 나무가 봄을 맞습니다
今日聽君歌一曲,　　오늘 그대가 부르는 노래 한 곡을 들으며
暫憑杯酒長精神.　　잠시 한 잔 술에 의지하여 정신을 북돋웁니다

劉禹錫, <酬樂天揚州初逢席上見贈> ✤

　여기에 든 두 작품은 보력(寶曆) 2년(826) 소주자사(蘇州刺史)로 있던 백거이와 화주자사(和州刺史)로 있던 유우석이 임기를 마치고 낙양으로 돌아오던 중에 양주(揚州)에서 만나 주고받은 것이다. 위 작품에서는 '위(爲)'자와 '절(折)'자를 중복해서 쓰는 등 아무런 꾸밈없이 일사천리로 쏟아내는 백거이

---

349) 向秀의 <思舊賦>를 가리킨다. ≪文選≫ 卷16, <思舊賦序>, 「余與嵇康呂安居止接近, 其人並有不羈之才. 然嵇志遠而疏, 呂心曠而放, 其後各以事見法. 嵇博綜技藝, 於絲竹特妙. 臨當就命, 顧視日影, 索琴而彈之. 余逝將西邁, 經其舊廬. 於時日薄虞淵, 寒冰凄然, 鄰人有吹笛者, 發聲寥亮, 追思曩昔遊宴之好, 感音而歎, 故作賦云.」

350) 任昉, ≪述異記≫, 「信安郡石室山, 晉時王質伐木至, 見童子數人棋而歌, 質因聽之. 童子以一物與質, 如棗核, 質含之, 不覺饑. 俄頃童子謂曰 : "何不去?" 質起視, 斧柯盡爛.」

칠언율시의 특징을 엿볼 수 있고, 아래 작품에서는 시구를 정련하고 적절한 전고를 구사하는 유우석 칠언율시의 특징을 살펴볼 수 있다는 점이 흥미롭다. 유우석의 화답시가 원창을 어떻게 이어받고 있는지 자세히 알아보자. 먼저 수련은 백거이의 시 끝 구에 쓰인 '23년'이라는 시어를 그대로 쓰면서 화답의 의미를 살렸다. 미련에 내려가서는 다시 '술'과 '노래'를 언급하여 백거이의 시 수련에 묘사된 내용을 담았다. 이렇게 꼬리를 물고 이어지는 독특한 구조를 취해 두 작품이 하나의 시상으로 통일되는 느낌을 주고 있다.351) 함련은 각 구가 순서대로 대응관계를 형성한다. 제3구의 '부질없이 읊조리니[空吟]'라는 말은 백거이가 '국수(國手)'로 치켜세워준 것을 겸손하게 받은 것이고, 제4구에서 말한 '썩은 도끼자루 가진 사람[爛柯]'은 '운명이 짓눌러[命壓]' 허송세월한 자신의 모습이다. 경련은 서로 다른 이야기를 하고 있는 것처럼 보이지만 이는 서술방법이 다른 데 기인하는 것으로, 실제적으로는 상통하는 의미를 가지고 있다. 백거이는 직설적으로 조정에 많은 벼슬자리가 있는데도 유우석이 오랜 세월 적막한 풍광을 대하며 외직으로 전전한 것을 말하고 있고, 유우석은 '물에 잠긴 배[沈舟]'와 '병든 나무[病樹]'에 자신을 빗대 조정에서 득의양양한 '수많은 돛단배[千帆]'와 '수많은 나무[萬木]'와 비교하면서 비유적으로 묘사했다. 백거이의 원창이 지극히 평범한 작품이라면, 유우석의 화답시는 단순한 응수에 그치지 않는 작품성을 가지고 있어서 응수 칠언율시의 품격을 한층 높인 것으로 평가된다.

　끝으로 <처음 가을바람 소리를 듣고[始聞秋風]>를 통해 유우석 만년의 칠언율시의 풍격을 살피기로 한다.

昔看黃菊與君別,	예전에 노란 국화를 보며 그대와 이별했다가
今聽玄蟬我卻回.	지금 찬 매미소리 들으며 내가 돌아왔소
五夜颼飀枕前覺,	오경에 씽씽 대는 그대소리 베갯맡에서 느끼고
一年顏狀鏡中來.	한 해 지난 이 내 모습 거울 속에 나타나네

---

351) 高志忠, ≪劉禹錫詩詞譯釋≫, p.219.

馬思邊草拳毛動,　　말이 변방의 풀을 생각하니 말린 털이 꿈틀대고

雕眄靑雲睡眼開.　　독수리는 푸른 구름을 보려고 졸린 눈을 뜨네

天地肅淸堪四望,　　천지가 상큼하게 맑아 사방을 바라볼 만하니

爲君扶病上高臺.　　그대 위해 병든 몸 부축해 높은 누대에 오른다네

이 시는 개성(開成) 원년(836) 태자빈객(太子賓客)으로 낙양에 돌아온 이후의 작품이다. 가을바람을 의인화하여 마치 대화를 하듯이 시상을 전개하고 있는 수법이 매우 독창적이다. 수련은 어느 가을날 유우석이 낙양을 떠났다가 다시 가을에 낙양으로 돌아왔다는 것이다. 함련에서는 세차게 불어대는 가을바람에 한 해가 다르게 쇠해 가는 자신의 모습을 떠올려보고 있다. 경련은 가을의 쓸쓸함에 위축된 시인과 달리 다시금 생기가 돋아나는 대자연의 광경이다. 여기에 자극을 받은 시인은 미련에서 병석을 훌훌 털고 일어나 가을바람을 맞이하기 위해 누대에 오른다. 유우석의 칠언율시 가운데 잘된 작품은 지나친 조탁으로 인한 군더더기 없이 깔끔한 인상을 주고, 애상(哀傷)에 휩쓸리지 않는 절제미를 보여주는 특징이 있는데, 이 시처럼 만년에 나온 작품도 예외는 아니다. 흔히 가을을 묘사하는 시에서는 우울한 분위기로 시상이 전개되기 쉬운데, 이 시의 후반부를 보면 오히려 적극적인 의지가 엿보인다. 그래서 심덕잠(沈德潛)은 후반부를 평하여 "뛰어난 기세가 솟구쳐 나오니 두보가 맡아서 다듬었다해도 이보다 낫지 않을 것이다."352)라 말하고 있다.

5. 이상은(李商隱)의 칠언율시

이상은은 당시(唐詩)의 분기로 보면 만당에 속하는 시인이다. 그런데 만당의 칠언율시를 다루기 전에 본 절에서 먼저 그의 칠언율시를 살펴보는 것은

---

352) 沈德潛, ≪唐詩別裁≫ 卷15, 「下半首英氣勃發, 少陵操管, 不過如是.」

그가 만당 전기의 대표적인 작가로서 중당과 달라진 풍격을 대변할 뿐만 아니라, 칠언율시사적 위상에 있어서도 여타의 만당 시인들과는 크게 다르기 때문이다. 중당 이후로 칠언율시를 다작한 작가가 여럿 나왔지만 이상은만큼 뚜렷한 개성을 발휘한 이가 없었고, 이상은과 함께 만당 전기의 시단을 대표하는 두목(杜牧 : 803~853)과 온정균(溫庭筠 : 812?~870?)이나 후기의 나은(羅隱 : 833~909), 피일휴(皮日休 : 834?~883?) 등도 칠언율시를 앞세우기 어려운 시인들이다. 그에 비해 이상은의 칠언율시는 두보 칠언율시의 침울(沈鬱)한 풍격을 계승하는 한편, 상징적인 시어와 전고를 통해 몽롱한 풍격의 칠언율시를 개창하여 가깝게는 만당 후기의 당언겸(唐彦謙 : 839~?)과 한악(韓偓 : 844~923), 멀리는 송대 초기의 서곤파(西崑派)에 지대한 영향을 미쳤다.

이상은은 일생 동안 모두 598수의 시를 창작하였다. 그 가운데 고체시가 47수이고, 근체시가 451수이니 전반적으로 근체시 창작에 치중하였다 할 것이다. 칠언율시는 117수를 남겨 전체 시작의 20% 남짓을 차지하는데, 중당 이후로는 칠언율시의 창작이 급격히 증가했기 때문에 이와 같은 비율이 아주 높은 것은 아니다. 그러나 진영정(陳永正)이 ≪이상은시선(李商隱詩選)≫에서 이상은이 가장 재능을 보인 시체를 칠언율시로 보고 우수한 작품 42수를 가려 먼저 감상하도록 배려하고 있는 것처럼, 이상은 시의 특징은 칠언율시에서 가장 잘 발휘되었다는 것이 일반적인 평이다.[353]

청(淸) 방동수(方東樹)는, "칠언율시에서 두보와 왕유 두 정종(正宗)을 제외하고 나면 대력십재자, 유장경과 백거이를 모두 종사(宗師)라 부를 만하지만 오히려 모두 이상은에 미치지 못한다. 이상은은 별도로 하나의 유파를 이루었으니 세밀하게 가리고 명확하게 분별하지 않으면 안 된다."[354]고 하여 두보와 왕유 다음으로 이상은의 칠언율시를 높이 평가하였고, 정번자(丁繁滋)는

---

353) 陳永正, ≪李商隱詩選≫前言 p.16, 「按詩歌的體裁編排, 以義山所擅長的七律置首, 先饗讀者.」

354) 方東樹, ≪續昭昧詹言≫, 「愚謂七律除杜公·輞川兩正宗外, 大歷十子·劉文房及白傅亦足稱宗, 尚皆不及義山. 義山別爲一派, 不可不精擇明辨.」

"칠언율시에서 십분 흡족한 경지에 이른 시인으로는 두보 외에 이상은 한 사람이 있을 뿐"355)이라며 이상은의 칠언율시를 두보와 동렬에 두었다. 근인 소애(蕭艾)는 여기서 더 나아가 다음과 같이 말하고 있다.

> 두보의 성공의 기초 위에서 그것을 진일보 발전시키고, 완성시키고, 그것을 예술의 최고봉으로 이르게 한 점에서는 아무래도 이상은을 내세우지 않을 수 없다. 역대의 논자들은 이상은의 칠언율시가 두보에서 나왔다는 것만을 알고 이상은의 칠언율시가 두보를 능가한다고 언급한 사람은 매우 적었다. 우리가 사실에 근거하여 선입견의 제약을 받지 않는다면 칠언율시의 집대성자가 두보가 아니라 이상은이라는 것을 대담하게 인정해야 한다.356)

그러면 이와 같이 이상은의 칠언율시가 높은 평가를 받게 된 원인이 어디에 있는지 여러 작품에 대한 다각적인 검토를 통해 알아보자.

(1) 창작시기별 주요 작품

오조공(吳調公)은 이상은의 일생을 세 개의 시기로 나누어 고찰한 바 있다. 첫째는 태화(太和) 2년(828)부터 개성(開成) 2년(837)까지 '십년응거(十年應擧)' 시기로서, 이상은은 영호초(令狐楚)와 최융(崔戎)의 막부에서 공문서를 작성하는 일에 종사하며 과거를 준비하였다. 둘째는 개성 3년(838)부터 회창(會昌) 6년(846)까지 '장안구사(長安求仕)' 시기로서, 과거에 급제한 뒤에 비서성(秘書省) 교서랑(校書郞), 홍농현위(弘農縣尉), 비서성 정자(正字) 등 미관말직을 전전하며 요직에 오르는 꿈을 꾸었으나, 영호초와 당파를 달리 했던 왕무원(王茂元)의 사위가 된 일이 배은망덕한 행위로 몰려 배척당하였고, 그 와중에 모친상으로 3년간 관직에서 물러나 있기도 하였다. 셋째는 대중(大中) 원년(847)부터 대중 12년(858)까지 '천애표박(天涯漂迫)' 시기로서, 중앙정계 진출이 여의치 않

---

355) 丁繁滋, ≪臨水莊詩話≫,「七律到十分滿者, 杜陵外只有義山一人.」
356) 蕭艾, <試論李商隱的七言律詩>, pp.330~331.

자 정아(鄭亞), 노홍지(盧弘止), 유중영(柳仲郢) 등의 막부를 따라 광서성(廣西省), 사천성(四川省), 강소성(江蘇省) 등지를 전전했다. 본서에서는 이러한 분기에 따라 이상은의 칠언율시 주요 작품을 살펴보고자 한다.357)

1) 십년응거(十年應擧) 시기

이 시기에 창작된 칠언율시는 모두 12수로 그 가운데 기증시(寄贈詩)가 절반을 차지한다. 태화 2년(828) <재론(才論)>, <성론(聖論)> 등의 고문(古文)을 지어 서서히 이름이 알려지기 시작한 이상은은 이듬해 11월 운주(鄆州 : 지금의 山東省 鄆城縣)에 주둔하고 있던 천평군절도사(天平軍節度使) 영호초의 초빙으로 순관(巡官)이 되었다. 이 무렵의 작품인 <수나라 군대의 동쪽 정벌[隨師東]>을 감상해보자.

東征日調萬黃金,	동쪽을 정벌함에 하루에 황금 일만 냥을 조달하며
幾竭中原買鬪心.	중원의 재력을 다 소모해가며 전의(戰意)를 사려했네
軍令未聞誅馬謖,	군령에 마속(馬謖)을 목벤다는 말은 들은 적이 없고
捷書惟是報孫歆.	전과보고서는 오로지 손흠을 죽였다는 얘기였더라358)
但須鸑鷟巢阿閣,	봉황이 누각에 둥지를 튼다면야359)
豈暇鴟鴞在泮林.	어찌 올빼미가 반궁 숲에 있겠는가360)
可惜前朝玄菟郡,	한대의 현도군361)이 애석하구나

---

357) 이상은 칠언율시의 편년은 주로 유학개·여서성의 ≪이상은시가집해(李商隱詩歌集解)≫를 따르고, 섭총기(葉葱奇)의 ≪이상은시집소주(李商隱詩集疏注)≫로 보충하였으며, 편년에 대한 설이 일치하지 않는 경우에는 전자를 우선적으로 참고하였다. 두 논저를 통해 창작시점이 고증된 작품은 모두 98수로서, 나머지 19수는 일단 분기별 고찰에서 제외하였다.

358) ≪晉書·杜預傳≫,「歆遣軍出距王濬, 大敗而還. 旨等發伏兵, 隨歆軍而入, 歆不覺, 直至帳下, 虜歆而還. …王濬先列上得孫歆頭, 預後生送歆, 洛中以爲大笑.」

359) ≪尙書中候≫,「黃帝時, 天氣休通, 五得期化, 鳳凰巢阿閣, 讙於樹.」

360) ≪詩·魯頌·泮水≫,「翩彼飛鴞, 集于泮林.」

361) 한나라가 고조선에 설치했던 사군의 하나. 지금의 함경도와 만주의 길림성에

積骸成莽陣雲深.　　　쌓인 해골이 덤불을 이루고 전운이 깊어지니

　　이 시는 수나라가 군사를 일으켜 고구려 정벌에 나섰다가 크게 패한 사실을 제재로 삼고 있다. 앞 네 구는 군령이 엄정하지 못하고 거짓보고가 난무하는 등 수나라의 전투력이 매우 약했음을 말한 것이다. 경련은 심덕잠이 "독서인이 지론으로 삼을 만하다."[362]고 평할 정도로 명쾌한 의견 개진으로서, 현명한 군주가 있으면 뛰어난 인재들이 모여들게 마련이라는 말이다. 미련에서는 일찍이 한나라가 고구려의 영토를 차지하고 한사군의 하나인 현도군을 설치한 사실을 들어, 수나라가 고구려에 패한 것과 대비시키고 있다.[363] 당나라는 말기에 접어들면서 여러 가지로 쇠망의 조짐이 나타났는데, 그 중의 하나는 바로 번진(藩鎭)의 득세였다. 이 시는 조정의 미온적인 대책으로 이들의 세력이 점차 강대해지는 것을 수나라에 빗대 비판한 것으로 보이는데, 다른 시인의 초기 칠언율시가 이렇게 강한 정치적 색채를 띠는 경우는 매우 드물었다는 점을 감안한다면, 이상은의 칠언율시는 처음부터 변화의 조짐을 강하게 내포하고 있었다고 하겠다.

　　이상은은 태화 7년(833)과 9년(835)에 잇달아 과거에 응시했으나, 당시 지공거(知貢擧)였던 가속(賈餗)과 최단(崔鄲)이 현실에 대한 비판을 제기한 이상은의 답안을 탐탁지 않게 여겨 급제하지 못했다. 태화 9년 11월에는 환관의 전횡을 못마땅하게 여긴 이훈(李訓)과 정주(鄭注)가 환관을 제거할 계획을 세웠다가 사전에 누설되어 도리어 재상인 왕애(王涯), 가속 등과 함께 살해되는 일이 벌어졌으니, 흔히 이를 '감로지변(甘露之變)'이라 부른다. 이상은은 제원(濟源)에서 어머니를 모시고 있던 중 이 소식을 전해듣고 <거듭 감회가 있어[重有感]>란 작품에 그의 분개한 심정을 담았다.

　　걸쳐 있었다.
362) 沈德潛, ≪說詩晬語≫, 「不愧讀書人持論.」
363) 拙稿, ≪李商隱 詠史詩 硏究≫, p.51을 참고.

玉帳牙旗得上游,	옥 장막과 상아 깃발로 상류(上流)를 얻었다면[364]
安危須共主君憂.	조정의 안위를 모름지기 임금과 함께 걱정해야 한다
竇融表已來關右,	두융의 표가 이미 함곡관 서쪽으로부터 이르렀으니[365]
陶侃軍宜次石頭.	도간의 군대는 석두성에 주둔함이 마땅하다[366]
豈有蛟龍愁失水,	어찌 물을 잃을까 근심하는 교룡이 있을까?[367]
更無鷹隼與高秋.	더불어 높은 가을 하늘을 날아오를 매가 또 없도다[368]
晝號夜哭兼幽顯,	주야로 통곡함은 산 사람 죽은 사람이 마찬가지니
早晚星關雪涕收.	언제쯤이면 천문(天門)에서 눈물을 닦아 거둘까?

‘감로지변’이 발생한 후 소의군절도사(昭義軍節度使) 유종간(劉從諫)이 개성 원년(836) 2월과 3월 두 차례에 걸쳐 표(表)를 올려 왕애 등이 무고하게 피살되었음을 주장하고, 환관 구사량(仇士良) 등의 죄악상을 폭로하였으니, 이 시는 이때의 작품이다. 수련은 번진(藩鎭)의 장수라면 조정의 안위를 걱정해야 한다는 당위성을 제시한 것이며, 함련은 유종간이 기왕 환관을 단죄해야 한다는 표를 올렸으니 군대를 출동시키는 실력행사로 이어지기를 바란 것이다. 경련에서는 위태로운 군주를 보좌할 용감한 신하가 필요함을 재차 강조하고 있다. 미련은 환관의 난으로 희생된 사람들의 원한을 묘사한 내용이다. 굴복(屈復)은 이 시를 평하여 "이 작품은 두보의 <제장오수(諸將五首)>와 같다. 또한 두보의 심후하고 곡절한 만큼은 되지 않으나, 시어의 기세가 자못 장대하

---

364) ‘上游’는 ‘上流’와 같은 뜻으로 고위관직을 의미한다. 羅隱, <春日投錢塘元帥尙父二首 其二>, 「征東幕府十三州, 敢望非才忝上游.」

365) 두융(竇融)은 동한 초기의 인물로 서한 말에 하서(河西) 지방(감숙성 일대)을 점령하고 있다가 광무제(光武帝)에게 귀순하였다. ≪後漢書 · 竇融傳≫, 「融等遙聞光武卽位, 而心欲東向, …五年夏, 遣長史<劉鈞>奉書獻馬. …融乃與五郡太守共砥厲兵馬, 上疏請師期. 帝深嘉美之.」

366) 동진 때 형주자사(荊州刺史)로 있던 도간(陶侃)은 소준(蘇峻)이 반란을 일으키자 건강(建康)으로 진공하여 성제(成帝)를 석두성(지금의 남경)으로 피신시켰다.

367) 賈誼, <惜誓>, 「神龍失水而陸居兮, 爲螻蟻之所裁.」

368) ≪禮記 · 月令≫, 「涼風至, 白露降, 寒蟬鳴, 鷹乃祭鳥, 用始行戮.」 이 연은 두보 <奉贈嚴八閣老>의 함련 「교룡은 구름과 비를 얻었고, 수리는 가을 하늘에 있다(蛟龍得雲雨, 雕鶚在秋天).」는 구절에서 시상을 따온 것으로 보인다.

고, 주제가 공명정대하니 만당에서는 이 한 사람일 뿐이다. 여러 선집에서 모두 싣지 않고 있으니, 봄꽃만 따고 가을열매를 잊은 것이다."[369]라고 하였다. 이 시가 지어진 개성 원년이면 백거이와 유우석이 만년에 접어들 때로서, 이 무렵 이들의 칠언율시가 가벼운 응수에 치우친 것과는 극명한 대조를 이룬다고 하겠다. 다만 방동수(方東樹)는 이 시의 결점으로 정교하지 못한 용전(用典)과 의미상의 중복을 지적하였는데,[370] 이는 이상은의 초기 칠언율시가 강한 기백은 보여주었으나 기법에서는 아직 덜 다듬어진 면이 있었다는 것을 의미한다.

2) 장안구사(長安求仕) 시기

이 시기에는 모두 29수가 창작되었으며, 응수 제재의 작품 11수를 비롯하여 영사시, 영물시, 영회시 등이 다양하게 나왔다. 개성 2년(837) 지공거인 고개(高鍇)와 친분이 있었던 영호도(令狐綯)의 추천으로 과거에 급제한 이상은은 이듬해 경원절도사(涇原節度使) 왕무원(王茂元)의 막부에 들어갔다가 그로부터 재주를 인정받아 그의 사위가 되었다. 그러나 당시 우당(牛黨)과 이당(李黨)이 첨예하게 대립하고 있는 상황에서 영호도와 당파를 달리하고 있던 왕무원의 막부로 들어간 일이 불필요한 오해를 불러일으켰고, 결국 이 해에 있었던 박학굉사과(博學宏詞科)에도 떨어지고 말았다. 이 때의 작품인 <안정성의 누각[安定城樓]>을 감상해보자.

　　　　沼遞高城百尺樓,　　　까마득히 높은 성의 백 척 누각

---

369) 屈復, ≪玉溪生詩意≫, 「此首卽杜之諸將也. 亦不能如杜之深厚曲折, 而語氣頗壯, 用意正大, 晚唐一人而已. 諸選皆不錄者, 採春花而忘秋實也.」
370) 方東樹, ≪昭昧詹言≫ 卷19, 「비록 시의 의경은 밝게 빛나지만 풍골과 이치가 명쾌하지 않고, 자구와 용전에서도 또한 억지스럽고 정확하지 못한 병폐가 있는 듯하다. 이를테면 제4구와 제2구가 중복되고, 또 제6구와도 중복되니 이는 장법이 없는 것이다(雖興象彪炳, 而骨理不淸, 字句用事, 亦似有皮傅不精之病. 如第四句與次句復, 又與第六句復, 是無章法也).」

綠楊枝外盡汀洲.　　　푸른 버들 밖으로 물가 평지와 모래톱이 다 눈에 든다
賈生年少虛垂涕,　　　가의(賈誼)는 젊은 나이에 헛되이 눈물 흘리고
王粲春來更遠遊.　　　왕찬(王粲)은 봄이 왔어도 다시금 먼 곳을 떠돌았지
永憶江湖歸白髮,　　　언제나 강호로 백발 되어 돌아가련다 생각했지만
欲迴天地入扁舟.　　　천지를 되돌려놓고 나서야 조각배에 오르고 싶었다
不知腐鼠成滋味,　　　썩은 쥐가 무슨 맛이 있다고
猜意鵷雛竟未休!　　　원추를 시기하는 마음이 그치지 않는지 모를 일이다

개성 3년(838) 왕무원의 막부에 들어간 이상은은 이상과 현실이 어긋난 데 대한 비통한 심정을 안정성(安定城)[371]의 누각에 올라 토로하고 있다. 수련은 높은 곳에 올라 멀리 바라보는 모습을 묘사한 것이며, 함련은 가의(賈誼)와 왕찬(王粲)을 빌어 국사(國事)에 대한 우려를 기탁한 것이다. 경련은 '공성신퇴(功成身退)'라는 중국 전통문인의 이상을 형상화한 것으로 작자의 포부가 유감없이 드러나 있다. 미련에서는 솔개가 썩은 쥐를 가지고 놀며 전설상의 새인 원추(鵷雛)가 그것을 빼앗아갈까 겁이 나 을러댔다는 ≪장자(莊子)≫의 고사[372]를 빌어 자신의 원대한 뜻을 거듭 밝히고 있다. 이 시는 규모가 장대하면서 젊은 날의 힘찬 기백이 자연스러운 용전(用典)과 잘 어울려 역대로 높은 평가를 받았으며, 특히 두보 칠언율시의 기상을 잘 계승하고 있다는 견해가 많다.

다음으로 <무제 두 수[無題二首]> 둘째 수를 보기로 한다.

昨夜星辰昨夜風,　　　어제 밤 별 어제 밤 바람
畫樓西畔桂堂東.　　　단청 누각의 서쪽 계수나무 집 동쪽
身無彩鳳雙飛翼,　　　몸엔 채색봉황처럼 한 쌍되어 나는 날개가 없어도
心有靈犀一點通.　　　마음엔 영험한 무소같이 한 점으로 통함이 있었지

---

371) 안정성은 경원절도사(涇原節度使)의 관청소재지였던 경주(涇州 : 지금의 감숙성 涇州縣 북쪽)에 있었다.
372) ≪莊子・秋水≫,「夫鵷雛, 發於南海而飛於北海, 非梧桐不止, 非練實不食, 非醴泉不飲. 於是鴟得腐鼠, 鵷雛過之, 仰而視之曰 : '嚇!'」

隔座送鉤春酒暖,　　자리를 떨어져 하는 송구놀이에 봄 술은 따뜻하고
分曹射覆蠟燈紅.　　편을 갈라하는 석복(射覆)놀이에 밀랍등불이 빨갰지
嗟余聽鼓應官去,　　아아 나는 북소리 듣고 출근하러 떠나니
走馬蘭臺類轉蓬.　　말 달려 난대(蘭臺)로 가는 모습 구르는 쑥과 같구나

　　일반적으로 이상은의 무제시(無題詩)는 창작 시점을 고증하기가 대단히 어려우나, 이 시는 끝 구에 비서성(秘書省)을 뜻하는 '난대(蘭臺)'라는 시어가 있어, 이상은이 비서성 교서랑으로 있었던 개성 4년(839)의 작품이라는 데 주석가들의 견해가 일치한다. 이 시는 문면으로만 본다면 남녀간의 사랑을 노래한 애정시라고 할 수 있겠는데, 이상은의 시가 대개 그렇듯이 그 대상이 누구인지 전혀 드러나 있지 않아 쉽게 단정지을 수는 없다.373) 시의 내용으로 짐작하건대, 왕무원의 집에서 벌어진 연회에서 어떤 여인에 마음을 두고 쓴 것이 아닌가 한다. 수련은 연회가 벌어진 시간과 장소를 나타내고, 함련은 '몸'은 함께 있지 못했지만 '마음'은 일치했다는 말이다. 경련에서 이들은 놀이의 규칙상 어쩔 수 없이 떨어져 있어야 하는 좌절을 겪었고, 결국 미련에서 더 큰 외부적 요인인 공무로 인해 작자는 그 자리를 떠나야 했다.374) 단순한 애정시냐 아니면 다른 기탁이 있느냐의 문제를 떠나서 이 시는 몽롱한 시경(詩境) 속에 희망과 좌절 등의 강렬한 감정을 담고 있어, 이전의 칠언율시와는 확실히 풍격을 달리한다고 할 수 있다. 동내빈(董乃斌)은 이 작품에서 이상은이 일종의 '백일몽'과 같은 표현기법을 썼다고 말한 바 있는데,375) 무제시를 중심으로 하는 일부 칠언율시 작품들이 선명한 수채화와는 다른 파

---

373) 종래인(鍾來茵)의 ≪이상은애정시해(李商隱愛情詩解)≫는 이상은 시 중에서
　　애정시만을 다룬 논저인데, 여기에서는 이 시를 언급하지 않고 있다.
374) Fusheng wu, *The Poetics of Decadence*, New York : State University of New York
　　Press, 1998, p.154, 「Their frustration is only intensified by the end of the poem,
　　when the exterior/body completely triumphs over the interior/heart in a somewhat
　　violent manner : like weed uprooted by a strong wind, the poet is called away from
　　his lover by his outside duties or commitments.」
375) 董乃斌, ≪李商隱的心靈世界≫, p.100.

스텔 톤을 띠는 경향은 이상은 칠언율시만의 독특한 특징이다.

이상은은 회창(會昌) 2년(842) 가을에 모친상을 당하여 회창 5년(845) 가을에 복직하기까지 3년간 정주(鄭州)와 영락현(永樂縣) 등지에서 칩거하였다. 회창 5년에 지은 작품인 <봄날 회포를 전함[春日寄懷]>을 감상해보자.

<table>
<tr><td>世間榮落重逡巡,</td><td>세상의 영화와 몰락은 몹시도 빠른데[376]</td></tr>
<tr><td>我獨丘園坐四春.</td><td>나 홀로 언덕의 동산에서 어느덧 4년</td></tr>
<tr><td>縱使有花兼有月,</td><td>꽃이 있고 더불어 달이 있다고 해도</td></tr>
<tr><td>可堪無酒又無人?</td><td>술이 없고 또 사람이 없으니 어찌 견디랴?</td></tr>
<tr><td>靑袍似草年年定,</td><td>푸른 도포는 풀처럼 해마다 머물러 있고</td></tr>
<tr><td>白髮如絲日日新.</td><td>흰머리는 실과 같이 날마다 새로 돋는다</td></tr>
<tr><td>欲逐風波千萬里,</td><td>바람과 파도를 따라 천만리를 가려 해도</td></tr>
<tr><td>未知何路到龍津.</td><td>어느 길로 용진에 이를 지 알 길이 없다</td></tr>
</table>

수련은 빠르게 변하는 세상과 달리 모친상을 당해 시골로 내려와 무료하게 보낸 것이 햇수로 4년째에 접어드는 시점에서 느끼는 심한 정체감을 말한 것이다.[377] 적막감을 깨뜨려 줄 '술'과 '사람'없이 오직 동산에서 '꽃'과 '달' 만을 벗삼아 지내니, 그 4년은 더욱 길게 느껴질 수밖에 없다. 함련은 '유(有)' 와 '무(無)'를 거듭 사용하여 매우 자연스런 절주를 보여주고 있다. 경련의 제 5구는 벼슬길이 절망적임을 말한 것이고, 제6구는 젊은 혈기가 점차 사라지고 있다는 것이다.[378] 미련은 그러한 자신의 처지를 슬퍼한 것으로, 나가려고 해도 길이 보이지 않는 참담함을 토로하고 있다. 이 시는 일체 전고를 사용하지 않고 백묘의 수법으로 시상을 끌어나가고 있는 점이 독특하다.

---

376) 張相, ≪詩詞曲語辭匯釋≫ 卷5, 「逡巡, 迅速之義, 與普通之作爲遲緩解者異. …重, 甚辭. …此言四年之間, 世人之忽榮忽落甚迅速, 獨我之貧困如故也.」

377) 錢謙益·何焯, ≪唐詩鼓吹評注≫ 卷7, 「首言人在世間, 如物有榮枯. 重在逡巡頃刻之間, 落未久而又榮耳.」

378) 陸昆曾, ≪李義山詩解≫, 「靑袍似草, 言纓簪之絶望也 ; 白髮如絲, 言血氣之漸衰也.」

이상에서 우리는 이상은이 장안에서 벼슬을 구하던 시기의 작품 세 수를 감상하였다. 한 가지 주목되는 것은 '회재불우(懷才不遇)'의 정서를 표출하는 기본 정조라는 측면에서 세 작품이 공통성을 보이면서도, 그것을 전달하는 방식은 매우 다르다는 점이다. <안정성루(安定城樓)>는 장활한 배경 속에서 주로 전고를 통해 내면세계를 보여주었고, <무제이수(無題二首)> 둘째 수는 장면을 몽롱하게 처리하였으며, 마지막으로 본 <춘일기회(春日寄懷)>에서는 백거이의 시풍과 유사하게 쉽고 통속적인 시어만으로 가볍게 묘사하였다. 이러한 점은 이 시기에 접어들면서 이상은 칠언율시의 풍격이 한쪽으로 치우치지 않고 다원화되고 있다는 증거로 볼 수 있다.

3) 천애표박(天涯漂迫) 시기

과거에 급제한 지 10년이 되도록 비서성의 말직을 벗어나지 못하고 있던 이상은은 대중 원년(847) 계관관찰사(桂管觀察使) 정아(鄭亞)의 초빙으로 계주(桂州)로 내려가 장서기(掌書記)가 되는데, 이로부터 대중 12년(858) 세상을 뜰 때까지 대부분의 시간을 막부에서 보냈다. 이 시기에 나온 칠언율시는 모두 55수로 이전의 시기보다 월등히 많고, 그 중에는 수작으로 평가되는 작품들도 적지 않은데, 이것은 일반적으로 시인 일생의 후기에 칠언율시가 다작되는 경향과 일치한다. 먼저 <유분을 곡함[哭劉蕡]>을 감상하도록 한다.

上帝深宮閉九閽,　　옥황상제의 깊은 궁궐은 아홉 문으로 잠겨 있고
巫咸不下問銜冤.　　무함도 원한 품은 사람에게 내려와 물어보지 않네
黃陵別後春濤隔,　　황릉에서 헤어진 뒤 봄 강물을 사이에 두었고
湓浦書來秋雨翻.　　분포에서 부음이 올 때 가을비 흩뿌렸네
只有安仁能作誄,　　그저 반악(潘岳)이 있어 뇌문(誄文)을 지을 뿐379)
何曾宋玉解招魂?　　언제 송옥이 혼을 불러올 수 있었던가?
平生風義兼師友,　　평소의 풍채와 의기가 스승과 벗을 겸하였으니

---

379) ≪晉書·潘岳傳≫,「(潘)岳詞藻絶麗, 尤善爲哀誄之文.」

不敢同君哭寢門.　　그대와 같다 하여 침실 문에서 곡할 수가 없네

이 시는 영호초의 막부에서부터 친분을 쌓았던 유분(劉蕡)의 죽음을 애도한 것으로, 대중 3년(849)에 창작되었다.[380] 이 시에서 이상은은 유분과 자신을 굴원(屈原)과 송옥(宋玉)의 관계에 비유하여 시상을 전개하고 있다. 수련에서는 두 구에 모두 <이소(離騷)>의 내용을 전고로 썼고,[381] 함련에서는 유분과 이별하고 부음을 들은 장면을 묘사하면서 ≪초사≫와 관련이 깊은 상수(湘水) 일대를 배경으로 하였으며,[382] 경련에서는 굴원을 위해 <초혼(招魂)>을 지었던 송옥에 작자 자신을 빗대고 있다. 미련은 ≪예기(禮記)·단궁상(檀弓上)≫에서 공자가 "스승이라면 나는 침실에서 곡하고, 친구라면 나는 침실 문밖에서 곡한다."[383]고 했던 말을 인용하여, 유분을 벗이라기보다는 스승으로 높인 것이니 이는 굴원을 사사(師事)한 송옥의 심정이다.[384] 이상은이 칠언율시에서 전고를 잘 구사했다는 것은 널리 알려진 사실이지만, 이렇게 전편의 전고가 일관성을 유지하도록 안배한 정밀함에 대한 언급은 찾아볼 수 없다.[385]

---

380) 유분은 보력(寶曆) 2년(826) 진사에 급제한 이후에 환관의 전횡을 통렬하게 비판했던 인물로, '감로지변(甘露之變)'이 있은 뒤 환관들로부터 모함을 받아 유주사호참군(柳州司戶參軍)으로 폄적되는 등 심한 핍박을 받다가 이 해 심양(潯陽)에서 죽었다. 이상은은 그와 정치적 소신을 같이 했기 때문에 그의 죽음을 그 누구보다도 애통해했다.
381) 屈原, <離騷>, 「吾令帝閽開關兮, 倚閶闔而望予. …巫咸將夕降兮, 懷椒糈而要之.」
382) 황릉(黃陵)은 산 이름으로 지금의 호남성 상음현(湘陰縣)에 있으며 상수(湘水)가 동정호로 들어가는 곳이다. 산 아래에 황릉묘가 있는데, 순(舜)의 두 비인 아황(娥皇), 여영(女英)이 묻힌 곳이라 전해진다. 분포(湓浦)는 분구(湓口)라고도 부르며 지금의 강서성 구강시(九江市)에 있다.
383) ≪禮記·檀弓上≫, 「孔子曰 : 師吾哭諸寢, 朋友吾哭諸寢門之外.」
384) 周振甫 主編, ≪李商隱詩歌賞析集≫, p.107.
385) 기윤(紀昀)은 ≪옥계생시설(玉溪生詩說)≫에서 이 시의 제2구와 제6구가 의미상 중복된다고 지적하였는데(二句與六句是一事, 起處取朝廷說, 六句就自己說, 亦稍有分別, 然如此等以不犯爲妙, 究是一病也.), 이는 굴원과 송옥을 염

이어서 <심사를 토로함[寫意]>을 보도록 하자.

<table>
<tr><td>燕雁迢迢隔上林,</td><td>연(燕) 땅의 기러기 멀리 상림원과 떨어져 있는데[386]</td></tr>
<tr><td>高秋望斷正長吟.</td><td>하늘 높은 가을 바라봐도 보이지 않아 길게 읊는다</td></tr>
<tr><td>人間路有潼江險,</td><td>인간세상의 길에는 재동강(梓潼江)의 험함이 있고</td></tr>
<tr><td>天外山惟玉壘深.</td><td>하늘 밖 산에는 옥루산(玉壘山)의 깊음도 있다</td></tr>
<tr><td>日向花間留返照,</td><td>해는 꽃 사이에 저녁볕을 남기고</td></tr>
<tr><td>雲從城上結層陰.</td><td>구름은 성 위에서 여러 겹 그늘을 만든다</td></tr>
<tr><td>三年已制思鄉淚,</td><td>벌써 삼 년이나 고향생각의 눈물을 참았는데</td></tr>
<tr><td>更入新年恐不禁.</td><td>다시 새해로 접어드니 주체할 수 없을 것만 같다</td></tr>
</table>

이 시는 대중 7년(853) 유중영(柳仲郢)의 동천막부(東川幕府)에 있을 때 지은 작품이다. 수련은 작자가 있는 곳과 장안이 멀리 떨어져 있음을 묘사한 것이다. 함련에서는 수련의 제1구를 이어받아 촉 땅의 깊고 험한 산수를 말하였고, 경련은 수련의 제2구를 이어받아 가을의 경치를 묘사한 것인데, '험함[險]', '깊음[深]', '저녁볕[返照]', '여러 겹 그늘[層陰]'과 같은 시어에 순탄치 못한 작자의 일생에 대한 짙은 우울함이 배여 있다. 미련에서는 그러한 쓸쓸한 마음을 표출하고 있으니, 먼저 '삼 년까지는 그나마 잘 참았다'고 말하고 이어서 '새해에는 더는 못 참을 것 같다'고 말한 것이 그것이다.[387] 전양택(錢良擇)은 이 시에 대한 평어에서, "기운(氣韻)이 침웅(沈雄)하고 말은 다함이 있어도 뜻은 무궁하니, 두보 이후로는 이 한 사람일 뿐이다."[388]라고 하였다.

다음으로 <다시 성녀사에 들러[重過聖女祠]>를 감상하기로 한다.

두에 둔 이상은의 구상을 전혀 파악하지 못한 데서 비롯된 것이다.

386) ≪漢書・蘇武傳≫, 「昭帝卽位, 數年, 匈奴與漢和親. 漢求武等, 匈奴詭言武死. 後漢使復至匈奴, 常惠, …敎使者謂單于, 言天子射上林中, 得雁, 足有係帛書, 言武等在某澤中.」

387) 宋緒連・初旭 主編, ≪三李詩鑑賞辭典≫, p.1102.

388) 錢良擇, ≪唐音審體≫, 「氣韻沈雄, 言有盡而意無窮, 少陵之後一人而耳.」

白石巖扉碧蘚滋,	흰 돌 바위 사립문에 푸른 이끼 무성하고
上清淪謫得歸遲.	상청에서 귀양와 돌아갈 날 더디다
一春夢雨常飄瓦,	온 봄 가랑비가 늘 기왓장에 흩날리고
盡日靈風不滿旗.	종일 부는 신령한 바람은 깃발을 날리지 못한다
萼綠華來無定所,	악록화가 와서도 정해진 곳 없었고[389]
杜蘭香去未移時.	두란향이 떠나갈 때도 시간 걸리지 않았었다[390]
玉郎會此通仙籍,	옥랑을 여기서 만나 선적(仙籍)에 넣어줄 수 있을는지[391]
憶向天階問紫芝.	천계(天階)에서 자줏빛 영지를 묻던 일 떠오른다[392]

이 시는 대중 9년(855) 유중영을 따라 장안으로 돌아오는 길에 진창(陳倉 : 지금의 섬서성 寶鷄市 동쪽) 부근에 있던 성녀사(聖女祠)에 들러 지은 것으로, 이 곳은 개성 2년에 한 차례 들른 적이 있기 때문에 제목에 '다시 들러[重過]'라 하였다. 이 시는 도교(道敎)와 관련된 많은 전고로 인해 정확한 의미를 파악 하기가 어렵지만, 성녀사로 귀양온 성녀(聖女)를 작자에 빗댄 것이라고 본다 면, 비서성에서 물러나 있으면서 다시 조정의 관직에 복귀하고자 하는 바램 을 상징적으로 표출한 시로 이해된다.[393] 수련은 돌아갈 기약이 없는 성녀를 말한 것이고, 함련은 미풍과 가랑비 속에 고즈넉한 성녀사를 묘사한 것이다. 경련에 보이는 '악록화(萼綠華)'와 '두란향(杜蘭香)'은 모두 선녀의 이름으로, 이들도 성녀처럼 귀양보내졌지만 얼마 지나지 않아 천상으로 복귀했었다.

---

389) ≪眞誥≫, 「萼綠華者, 自云是南山人, 不知是何山也. 女子, 年可二十上下, 青衣, 顔色絶整. 以升平三年十一月十日夜降於羊權家, 自此往來, 一月輒六過. 來與權尸解藥.」

390) ≪墉城仙錄≫, 「杜蘭香者, 有漁父於湘江之岸見啼聲, 四顧無人, 惟一二歲女子, 漁父憐而擧之. 十餘歲, 天姿奇偉, 靈顔姝瑩, 天人也. 忽有青童自空下, 集其家, 攜女去.」

391) ≪金根經≫, 「青宮之內北殿上有仙格, 格有學仙簿錄及玄名, 年月深淺, 金簡玉札, 有十萬篇, 領仙玉郎所掌也.」

392) ≪眞誥≫, 「服金丹, 爲大夫 ; 服衆芝, 爲御史, 若得太極隱芝服之, 便爲左仙公.」

393) 安徽師範大學中文系, 앞의 책, p.153.

미련은 선적(仙籍)을 관장하는 관리인 옥랑(玉郞)이 다시 성녀의 이름을 올려 주기를 바라는 내용을 담고 있다. '옥랑'은 그를 조정에 천거해줄 만한 인물 인 유중영 또는 영호도를 가리키는 말로 추정된다. 이상은은 과거에 응시하 기 전 옥양산(玉陽山) 등지에서 도교의 전적을 탐독한 적이 있어 시에서도 도 교와 관련된 전고를 자주 사용하였는데, 그의 칠언율시도 그 영향을 받아 몽 롱하고 상징적인 풍격의 작품이 다수 창작되었다.

끝으로 <수나라 궁전[隋宮]>을 보자.

紫泉宮殿鎖煙霞,　　자천의 궁전을 안개와 놀에 가둬두고394)
欲取蕪城作帝家.　　무성을 얻어 제왕의 집으로 삼고자 했다
玉璽不緣歸日角,　　옥새가 이마 나온 이에게 돌아갈 운명이 아니었던들395)
錦帆應是到天涯.　　비단 돛배는 응당 하늘 끝까지 이르렀으리라
於今腐草無螢火,　　이제는 썩은 풀에 반딧불이 없고396)
終古垂楊有暮鴉.　　세월이 흘러 수양버들엔 저녁 까마귀가 있다397)
地下若逢陳後主,　　지하에서 진후주를 만난다면
豈宜重問後庭花.　　어찌 다시 <옥수후정화>를 물어볼 수 있겠는가398)

---

394) 자천(紫泉)은 곧 자연(紫淵)으로 장안 북쪽에 있는 물 이름이며, 당 고조의 이 름이 이연(李淵)이었으므로 천(泉)으로 휘한 것이다.

395) ≪舊唐書·唐儉傳≫,「儉見隋政寖亂, 陰說秦王建大計. 高祖嘗召訪之, 儉曰 : "公日角龍庭, 姓協圖讖, 繫天下望矣."」

396) ≪隋書≫,「大業末, 天下已盜起, 帝於景華宮徵求螢火數斛, 夜出遊山放之, 光 照山谷.」

397) ≪開河記≫,「詔民間有柳一株賞一縑, 百姓爭獻之. 又令親種, 帝自種一株, 君 臣次第種, 栽畢, 帝御筆寫賜垂楊柳姓楊, 曰楊柳也.」

398) ≪隋遺錄≫,「煬帝在江都, 昏恓滋深, 嘗遊吳公宅雞臺, 恍惚與陳後主相遇, 尙 喚帝爲殿下. 後主舞女數十, 中一人迥美, 帝屢目之, 後主曰 : "卽麗華也." 乃 以海蝫酹紅粱新醞勸帝, 帝飮之甚歡, 因請麗華舞玉樹後庭花. 麗華徐起, 終一 曲. 後主問帝 : "蕭妃何如此人?" 帝曰 : "春蘭秋菊, 各一時之秀也." 後主問帝 曰 : "龍舟之遊樂乎? 始謂殿下致治在堯、舜之上, 今日復此逸遊, 曩時何見罪 之深耶?" 帝忽寤, 叱之, 恍然不見.」

  이상은은 대중 11년(857) 제도염철사(諸道鹽鐵史)에 제수된 유중영의 추천으로 염철추관(鹽鐵推官)이 되었다. 임지인 양주(揚州)는 남동 일대에서 비교적 큰 도시였고, 염철추관의 업무량도 많지 않아서 그는 명승고적을 유람하며 대부분의 시간을 보냈다. 수 양제가 양주에 세웠던 궁궐을 제재로 삼고 있는 이 시는 이 무렵에 나온 것이다. 수련은 양제가 장안을 버려두고 경치 좋은 남쪽의 행궁으로 노닐기 좋아했던 것을 말하고 있다. 제3구의 '이마 나온 이'란 당 고조 이연(李淵)을 가리키는 말로, 그가 수나라를 멸망시키지 않았다면 양제의 행차가 끊임없이 이어졌으리라는 것이다. 경련은 경물묘사를 빌어 양제의 사치를 비판한 것이다. 놀이에 쓰려고 잡아서 반딧불이가 사라졌고, 양제가 식수를 권장했던 버드나무엔 이제 쓸쓸히 까마귀만 앉아 있다고 하였다. 미련은 양제가 멸망시켰던 진(陳)의 후주(後主)를 언급하면서 반복되는 역사의 진리를 설파한 것이다. 명(明) 고린(顧璘)은 이 시를 평하여 "매 구에 전고를 쓰고 있으니 풍격은 어디에 있는가? 하물며 속된 데다가 소설의 말까지 쓰고 있으니, 옛 작자의 법식이 아니다."[399]라고 했다. 비판적인 논조를 차치한다면 이 작품의 특징을 정확히 지적한 셈이다.

(2) 이상은 칠언율시의 특징

1) 두보 칠언율시의 계승

  이상은 시에 대한 제가의 설을 비교적 잘 모아놓은 유학개(劉學鍇)·여서성(余恕誠)의 ≪이상은시가집해(李商隱詩歌集解)≫에는 이상은시와 두보시의 연관성을 언급하고 있는 작품이 80수 가량 되는데, 이 가운데 오언율시가 29수로 가장 많고, 그 다음이 칠언율시로 21수를 찾아볼 수 있다. 여기서 주목

---

399) 顧璘, ≪批點唐音≫,「此篇句句用故實, 風格何在? 況又俗, 且用小說語, 非古作者法律.」

되는 몇몇 평자의 말을 아래에 인용한다.

- 장문손(張文蓀) : 이상은의 시는 두보에게서 나왔으니, 칠언율시는 뼈대가 강하고 기운이 두터워 만당의 제일 가는 시인이 되었다. 세상 사람들은 이를 알지 못하고 단지 아름다운 말로만 보는데, 큰 잘못이다.400)

- 시보화(施補華) : 이상은의 칠언율시는 두보에게서 터득한 것이 정심(精深)했던 까닭에 농려한 가운데에서도 때때로 침울함을 띠었다.401)

- 조육덕(曹毓德) : 이상은이 두보를 잘 배웠던 것은 그가 평소에 충절과 의리를 품고 있었으나 막료로서 불행하게 보냄으로써 경우와 처지가 또한 흡사한 데서 연유한다. 그래서 그 침울하고 창경(蒼勁)한 점은 (두보에서) 변화되어 나온 것이 바로 정신과 골수의 사이에 있었다.402)

제가의 평을 종합해보면, 칠언율시에서 이상은이 두보로부터 배운 것은 주로 침울돈좌(沈鬱頓挫)한 풍격에 있다는 것이다. 이상은 자신도 <두보를 모방하여 지음 ― 촉에서의 이별연[杜工部蜀中離席]>의 제목에서 공개적으로 두보의 풍격을 모방했음을 밝힌 바 있는데,403) 이 작품을 검토해봄으로써 실제

---

400) 張文蓀, 《唐賢淸雅集》,「義山詩出少陵, 七律骨健氣厚, 爲晚唐第一手. 世人不知, 但作麗語看, 大謬矣.」
401) 施補華, 《峴佣說詩》,「義山七律, 得於少陵者深, 故穠麗之中, 時帶沈鬱.」
402) 曹毓德, 《唐七律詩鈔》,「李義山善學少陵, 由其素懷忠義, 沈淪幕僚, 遭際亦相似, 故其沈鬱蒼勁處, 胎化直在神骨間.」
403) 정몽성(程夢星)은 《전주(箋注)》에서 두보에게는 <蜀中離席>이라는 작품이 없고, 이상은의 다른 시 <河淸與趙氏昆季宴集得擬杜工部>에서는 명확히 '擬杜工部'라 하여 두보시를 모방하였음을 밝힌 것을 들어 두보의 시를 모방한 것이 아니라고 하였다. 그러나 함련의 내용은 분명히 두보 때의 사실을 묘사한 것이고, 한굉(韓翃)의 시를 모방한 작품으로 <韓翃舍人卽事>란 작품도 있는 데다, 강엄(江淹)의 <雜體詩> 30수 중에도 유정(劉楨)의 시를 모방한 작품의 시제를 <劉文學楨感懷>라 했던 전례가 보이므로, 이 시의 제목은 <두보를 모방하여 지음 ― 촉에서의 이별연> 정도로 간주해도 무방할 것

로 이상은이 두보의 칠언율시에서 어떠한 점을 계승하고자 했는지 알아보도
록 하자.

人生何處不離群?　　인생 어느 곳에선들 무리를 떠나는 일 없으랴마는
世路干戈惜暫分.　　세상이 전쟁통이라 잠깐의 헤어짐도 안타깝다
雪嶺未歸天外使,　　설령에서는 하늘 밖으로 간 사신 아직 돌아오지 않았고
松州猶駐殿前軍.　　송주에는 여전히 궁전 앞에 있던 군대가 주둔하고 있다
座中醉客延醒客,　　술자리의 취한 손님은 안 취한 손님을 불러들이고
江上晴雲雜雨雲.　　강 위의 맑은 구름이 비구름과 섞인다
美酒成都堪送老,　　맛난 술 있는 성도는 늘그막을 보낼만하니
當壚仍是卓文君.　　목로를 맡고 있는 탁문군까지 있잖은가

대중 6년(852) 봄 이상은은 성도(成都)에서 옥사(獄事)를 처리하고 재주(梓州)
로 돌아왔는데, 이 시는 아마 이 때 성도를 떠나는 송별연에서 지은 것으로
보인다. 수련에서는 이별은 인생에서 늘 있는 일이지만 나라가 전쟁으로 어
지러울 때는 더욱 안타깝지 않을 수 없다는 말로서, 대중 3년(849) 토번(吐藩)
이 투항해오면서 일시 소강상태를 보였던 주변 이민족과의 다툼이 이 무렵
당항(黨項)의 침입으로 재개된 것을 반영한 것이다. 돌올(突兀)한 필치를 보여
주는 이 수련은 두보가 시상을 일으키는 수법과 매우 흡사함을 느낄 수 있
다.404) 함련의 설령(雪嶺)과 송주(松州)는 모두 사천(四川)에 있으며 토번과 경
계를 이루는 곳이니, 수련의 '세상이 전쟁통[世路干戈]'이라는 말과 호응한다.
두보의 <제장오수(諸將五首)> 셋째 수의 함련 "창해는 아직 전부 우공에 귀
의하지 못했고, 계문의 어디에서 요봉을 다했는가?[滄海未全歸禹貢, 薊門何處盡

이다(周振甫, 《李商隱選集》, pp.222-223과 鄧中龍, 《李商隱詩譯註》, p.987
등의 논의를 참고).

404) 金聖歎, 《貫華堂選批唐才子詩》 권6, 「처음 일곱 자는 바로 두보의 정신과
골수다. 돌올히 시상을 일으켜 힘차게 내려간 것은 진실로 당대의 수많은 대
가들이 일찍이 그 언저리를 엿보지 못했던 것이다(起手七字, 便是工部神髓.
其突兀而起, 淋漓而下, 眞乃有唐一代無數巨公曾未得闚其籬落者).」

堯封.]”를 연상하게 하는 이 연은 침울하고 비장한 맛이 있어, “두보를 배워 그 울타리를 얻은 것은 이상은뿐”이라고 했던 왕안석(王安石)이 늘 이 두 구를 읊조렸다고 전해진다.405) 경련은 송별연을 묘사한 것이나 이면에 기탁된 뜻이 깊다. 제5구는 “여러 손님들은 모두 취했는데 나 홀로 깨어있다[衆賓皆醉我獨醒].”406)는 우의(寓意)를 내포하고 있으며, 제6구는 술자리에서 보이는 광경을 빌어 설령과 송주의 형세가 변화무쌍함을 은유한 것이다.407) 특히 두보가 칠언율시에서는 처음으로 썼던 당구대(當句對)를 잘 응용하고 있는 점이 눈에 띈다. 미련은 경련의 ‘취한 손님[醉客]’이라는 시어로부터 시상을 이어 갔다. 표면적으로는 맛난 술과 아름다운 여인이 있는 성도를 추켜세우는 것 같지만, 실제로는 사람들이 무사안일에 빠져 나라의 어려움을 걱정하지 않는 태도를 풍자한 것이다. 이렇듯 이 시는 구법과 장법으로부터 주제와 풍격에 이르기까지 여러 측면에서 모두 두보의 칠언율시를 계승하고 있음을 알 수 있다.

위에서 살펴본 <두공부촉중이석(杜工部蜀中離席)>은 의식적으로 두보를 모방하려 한 작품이므로, 두보의 풍격과 유사한 느낌을 주는 것이 당연할지도 모른다. 그러면 그 외의 작품들에서는 어떤 면에서 두보의 칠언율시를 계승하고 있을까? 이에 관해서는 크게 세 가지를 지적할 수 있겠다. 첫째는 제재 면에서 현실을 반영한 정치시 계통의 작품을 창작했다는 점이다. 두보는 칠언율시에서 응수성의 제재나 개인적인 감회를 다루는 제한된 영역에서 벗어나 <등루(登樓)>, <제장오수(諸將五首)>, <문관군수하남하북(聞官軍收河南河北)>, <영회고적오수(詠懷古迹五首)>, <추흥팔수(秋興八首)>와 같이 나라의 운명에 대해 깊은 우려를 표명한 작품을 다수 창작하였다.408) 이상은은 이를

---

405) 蔡啓, 《蔡寬夫詩話》, 「王荊公晩年亦喜稱義山詩, 以爲唐人知學老杜而得其
藩籬者, 惟義山一人而已. 每誦其“雪嶺未歸天外使, 松州猶駐殿前軍.”」
406) 《杜詩詳注》 卷3 <醉歌行>
407) 劉學鍇 · 余恕誠, 앞의 책, p.1176.
408) 정천범(程千帆) · 장굉생(張宏生)에 따르면 두보 이전에 정치적인 내용을 담았
던 칠언율시로는 왕유의 <出塞>, 조영의 <望薊門> 등 여덟 수뿐이었다고

계승하여 모두 30수에 달하는 정치시를 써내면서 <중유감(重有感)>, <곡강
(曲江)>, <곡유분(哭劉蕡)> 등에서처럼 직접적으로 시국에 대해 관심을 보이
거나, <수사동(隨師東)>, <마외(馬嵬)>와 같이 역사를 빌어 어지러운 현실을
풍자하였다. <곡강[曲江]>을 예로 든다.

望斷平時翠輦過,　　평상시 비취 수레 찾아오던 모습 볼 수 없고
空聞子夜鬼悲歌.　　그저 한밤중에 귀신의 슬픈 노래 소리 들려오네
金輿不返傾城色,　　금수레에 탔던 미인들 돌아오지 않는데
玉殿猶分下苑波.　　옥궁전은 아직도 곡강의 물결을 나누는구나
死憶華亭聞唳鶴,　　죽으면서도 화정에서 학 우는 소리 듣던 일 떠올리고[409]
老憂王室泣銅駝.　　늙어서도 왕실을 걱정하며 구리낙타 위해 울었지[410]
天荒地變心雖折,　　하늘과 땅이 모두 바뀌어 마음 비록 꺾였지만
若比傷春意未多.　　봄을 아파하는 것에 비한다면 상심이 깊지 않으리라

　　두보는 <애강두(哀江頭)>라는 신악부 계열의 작품을 통해 안사(安史)의
난으로 인해 황폐해진 곡강(曲江)의 궁원(宮苑)과 양귀비(楊貴妃)의 죽음을 애
통해한 바 있다. 이 작품은 마치 두보의 <애강두>를 칠언율시로 축약해놓
은 듯한 느낌을 준다. 이 시의 배경은 문종(文宗) 태화 9년(835)에 있었던 ‘감
로지변’으로서, 곡강을 보수하던 문종은 이 사건이 있은 뒤로는 보수를 중
지하고 순행(巡幸)도 그만두었다. 제5구는 환관 맹구(孟玖)의 무고에 의해 죽
음을 당했던 육기(陸機)의 전고를 써서 ‘감로지변’ 당시 환관에게 살해되었
던 조신(朝臣)들을 애도한 것으로, 이 시의 주제에 해당한다. 이상은은 <중
유감(重有感)>에서도 환관세력을 강하게 비난하였는데, 정치현실에 대한 감
각이 매우 날카롭고 심각함을 알 수 있다. 유학개·여서성은 “이상은의 이

한다(<七言律詩中的政治內涵 — 從杜甫到李商隱、韓偓>, p.122).
409) ≪晉書·陸機傳≫, 「宦人孟玖讒機於成都王穎, 言機有異志. 穎怒, 使牽秀收
　　機. 機因與穎牋, 詞甚悽惻, 旣而歎曰 : "華亭鶴唳, 豈可復聞乎?" 遂遇害.」
410) ≪晉書·索靖傳≫, 「靖有先識遠量, 知天下將亂, 指(洛陽)宮門銅駝, 歎曰 : "會
　　見汝在荊棘中耳!"」

시는 두보를 배운 것으로 중점이 두시의 시사(時事)에 느꺼워하는 정신에 있지 구체적인 제재를 이어받은 것은 아니다. 시에서 아름다운 구절로 황량함을 묘사하고, 아름다운 말로 감개를 기탁한 것 또한 두시(杜詩)의 정신과 골수를 깊이 체득한 것이다."411)라고 평하고 있으며, 방일석(房日晰)은 "정치의 실제에 대한 이해와 인식은 두보보다 한층 깊은 듯하다. 그래서 그의 칠언율시에 반영된 정치도 더 광범하고 심각하다."412)고 하였다.

둘째로는 풍격 면에서 두보 칠언율시의 '침울(沈鬱)'한 특징을 이어받았다는 것이다. '침울'한 풍격은 주로 어지러운 시대에 대한 감개와 개인적인 고난에 대한 비애가 어우러져 형성되며, 이를 위해서는 깊은 의경과 묵직한 필치가 요구된다. 두보 칠언율시의 가장 큰 특징이라 할 이런 풍격은 중당대에는 거의 사라졌다가 이상은에 의해 다시 빛을 발하였으니, 청(淸) 방정관(方貞觀)은 "만당에서는 응당 이상은과 두목을 내세워야 할 것이다. 이상은의 침울함은 …당대 전체에서 찾아봐도 또한 많이 보이지 않는다."고 하였다.413) 대표적인 작품으로 <주필역[籌筆驛]>을 감상해보자.

猿鳥猶疑畏簡書,	원숭이와 새는 아직도 군령을 두려워하는 듯하고
風雲長爲護儲胥.	바람과 구름이 오랜 세월 울타리를 지켜주고 있다
徒令上將揮神筆,	상장군 제갈량이 신비스런 붓을 놀린 것도 헛되이
終見降王走傳車.	끝내 투항한 후주는 역참의 수레를 몰아야 했다414)
管樂有才眞不忝,	관중(管仲)과 악의(樂毅)의 재주에 부끄러움 없었지만415)

---

411) 劉學錯・余恕誠, 앞의 책, p.139.

412) 房日晰, <杜甫李商隱七律之比較>, p.210.

413) 方貞觀, ≪方南堂先生輟鍛錄≫, 「晚唐自應首推李杜. 義山之沈鬱, …求之全唐中亦不多見.」

414) 위(魏) 경원(景元) 4년(263), 사마소(司馬昭)가 등애(鄧艾)를 보내 촉을 정벌하게 하자 유선(劉禪)이 투항하여 일가족이 낙양으로 옮겨졌다. ≪三國志・蜀志・後主傳≫, 「鄧艾至城北, 後主輿櫬詣軍壘門, 艾解縛焚櫬. 後主擧家東遷至洛陽.」

415) ≪三國志・蜀志・諸葛亮傳≫, 「諸葛亮自比於管仲、樂毅, 時人莫之許也. 惟博陵崔州平、潁川徐庶與亮友善, 謂爲信然.」

關張無命欲何如.　　관우(關羽)와 장비(張飛)의 운명이 다했으니 어쩌하랴
他年錦里經祠廟,　　연전에 금리에서 사당을 지나면서
梁甫吟成恨有餘.　　<양보음>은 이루어졌으나 한이 남았었다

이 시는 대중 9년(855) 이상은이 유중영을 따라 재주(梓州)의 막부에서 장안으로 돌아오던 길에 주필역(籌筆驛)에 들러 지은 것이다.416) 수련은 주필역 주변의 동물과 자연경물을 통해 시간을 뛰어넘어 제갈량의 엄한 군령이 아직도 남아 있는 듯한 분위기를 묘사한 것이다. 특히 제1구에서 ≪시경(詩經)≫의 "어찌 돌아가고 싶지 않으리? 명령이 두려워 못 가는 거지[旣不懷歸, 畏此簡書]."417)라는 구절을 빌어 쓴 것에서 무게를 더하고 있다. 함련과 경련에서는 억양과 돈좌를 반복하여 극단적인 대비를 이루었다. 제갈량이 신출귀몰한 재주를 가지고 신명을 다 바쳤지만, 후주(後主) 유선(劉禪)은 투항을 했고, 관우(關羽)와 장비(張飛)는 그보다 앞서 비참한 최후를 맞이하였다. 두보가 <영회고적(詠懷古跡)> 다섯째 수에서 "시운이 옮겨가 한나라의 복조(福祚)를 끝내 회복하기 어려웠지만, 뜻을 굳히고 몸을 바쳐 군무에 애썼다[運移漢祚終難復, 志決身殲軍務勞]."고 했던 것과 내용은 흡사하지만, 반복되는 대비로부터 '침울'함은 더 배가되었다.

셋째로는 기법 면에서 두보가 선보였던 구법, 대장, 요체 등을 배운 점을 들 수 있다. 몇 가지 예를 들어보면 두보가 <영회고적오수> 셋째 수에서 "뭇 산과 온갖 골짜기 형문으로 달려가는데[群山萬壑赴荊門]"라고 '돌올(突兀)' 하게 시상을 열고 있는 수법은 이상은의 <마외이수(馬嵬二首)> 둘째 수의 "바다 밖에 또 다른 구주가 있다는 말 있지만[海外徒聞更九州]"과 같은 표현에서 찾아볼 수 있다. 두보의 <화배적등촉주동정송객봉조매상억견기(和裴迪登蜀州東亭送客逢早梅相憶見寄)> 경련의 "다행히 꺾어보내 세모를 속상하게

---

416) 주필역은 지금의 사천성 광원현(廣元縣) 북쪽 조천령(朝天嶺) 위에 있는 조천역(朝天驛)의 옛 이름으로, 제갈량이 군대를 출정시켜 여기에 주둔시키고 작전계획을 세운 바 있다.
417) ≪詩經·小雅·出車≫

만들지 않았는데, 만약 보여주었더라면 고향 그리움에 마음 어지러워졌으리라[幸不折來傷歲暮, 若爲看去亂鄕愁].”고 묘사한 발상은 이상은의 <즉일(卽日)> 함련의 “거듭 읊조리며 살며시 잡아본들 진정 어쩔 도리 없고, 지는 동안에도 또 피어나니 시름을 놓을 수 없네[重吟細把眞無奈, 已落猶開未放愁].”에서 재현된다. 또 두보가 <백제성최고루(白帝城最高樓)>에서 “까마득히 높아 날아갈 듯한 성루에 홀로 섰다[獨立縹緲之飛樓]”, “지팡이 짚고 세상을 탄식하는 자 누구인고?[杖藜歎世者誰子]”와 같이 썼던 산문 투의 구법은 이상은의 <작일(昨日)>에서 “어제 자고신이 떠나더니, 오늘 아침 파랑새 사자가 왔구나[昨日紫姑神去也, 今朝靑鳥使來賒].”와 같이 나타나고 있으며, 이상은은 두보가 즐겨 썼던 당구대(當句對)를 전편에 확대하여 <당구유대(當句有對)>[418]란 작품을 남기기도 하였다.

　이상은이 두보의 칠언율시를 계승한 작품을 다수 창작하는 과정에서 거둔 성과는 다음과 같은 몇 가지로 정리된다. 첫째는 중당대에 들어 쇠미해진 칠언율시에 두보의 ‘침울돈좌’한 풍격을 기치로 다시금 활력을 불어넣었다는 점에서 긍정적으로 평가된다. 둘째로 정치적으로 민감한 사안들에 대한 입장을 칠언율시 작품을 통해 명확히 밝혀 ‘시사(詩史)’의 맥을 이어갔고, 이런 특징은 한악(韓偓)의 칠언율시로도 계승되었다.[419] 셋째로 두보의 칠언율시를 최고의 경지로 여기는 대부분의 평자들은 이와 유사한 시풍을 보여주었던 이상은의 칠언율시에 대해서도 높은 점수를 주었다. 다만, 여러 연구자들이 이상은이 두보를 계승한 측면을 고찰하는 데 치우쳐, 이상은 칠언율시만의

---

418) 「평양의 저택에 가깝고 상란과 인접하여, 진루의 원앙 기와에 한궁의 승로반(承露盤). 연못의 빛은 고정되지 않고 꽃빛은 어지러우며, 태양의 기운이 막 적셔주니 이슬의 기운이 말랐네. 노니는 벌이 춤추는 나비에 다정함을 느낄 뿐이니, 외로운 봉황이 이별한 난새 그리워하는 줄 어찌 알리오. 삼성은 절로 돌고 삼신산(三神山) 멀어, 신선의 거처로 가는 길 아득하고 푸른 하늘 넓다(密邇平陽接上蘭, 秦樓鴛瓦漢宮盤. 池光不定花光亂, 日氣初涵露氣乾. 但覺遊蜂饒舞蝶, 豈知孤鳳憶離鸞. 三星自轉三山遠, 紫府程遙碧落寬).」
419) 程千帆·張宏生의 앞의 글을 참고.

독특한 성과에 대해서는 소홀히 한 감이 없지 않다.[420]

2) 칠언율시의 구조적 변화를 추구

조겸(趙謙)은 칠언율시를 창작하는 시인들이 가장 고심한 문제는 어떻게 제한된 편폭에 가능한 한 많은 사상과 감정을 전달하느냐에 있었다고 전제하고, 이상은이 이러한 모순을 해결하기 위해 칠언율시의 구조적인 변화를 모색했다고 하였다.[421] 초당 말기의 칠언율시는 직설적인 부체(賦體) 위주에서 벗어나지 못했다. 칠언율시를 집대성했다고 평가받는 두보도 경물과의 교융을 꾀하기는 하였으나, 직접적으로 감정을 표출하는 경향이 강했다. 중당대에는 서서히 은유의 수법이 가미되었지만, 단순한 종류가 대부분을 차지해 언외의 기탁이 많지 않았다. 이상은의 칠언율시는 이와 달리 이미지를 전달하는 시어는 고도로 응축시켜 풍부한 함의를 갖게 하고, 행과 행 사이에 비교적 넓은 연상의 공간을 마련하여 독자의 상상력이 개입될 여지를 남겼다. 이러한 점은 이상은 칠언율시의 가장 큰 특징이기도 한데, 여기서는 시어의 이미지를 중심으로 하는 내적 구조와 행과 행의 연결 즉 장법을 중심으로 하는 외적 구조로 나누어 이상은이 추구한 변화를 고찰해보기로 하겠다.

① 내적 구조의 변화

일반적인 시학에서 이미지는 크게 세 종류로 나뉜다. 정신적 이미지, 비유적 이미지, 상징적 이미지가 그것이다. 정신적 이미지는 감각적 체험의 재생을 그 직접적인 목적으로 하고 있는 이미지를 말하고, 비유적 이미지는 단순히 감각적 지각을 재생시키는 데 그치지 않고 독자가 그 이미지를 통해 해석해주기를 바라는 관념의 표상물을 지향하며, 상징적 이미지는 원관념이

---

420) 房日晰, 앞의 글, p.205.
421) 趙謙, 앞의 책, p.234.

전혀 드러나지 않는 은유를 가리킨다.[422] 그러니까 후자로 갈수록 원관념과
보조관념의 연결고리가 희미해지면서 그만큼 함축성이 높아지는 셈이다.

 이상은의 칠언율시는 정신적 이미지보다는 비유적, 상징적 이미지가 많이
사용되는 경향을 보인다. <무제 네 수[無題四首]>의 둘째 수를 보도록 하자.

颯颯東風細雨來,	살랑살랑 봄바람에 가랑비 내리고
芙蓉塘外有輕雷.	연꽃 핀 연못 밖에선 가벼운 우렛소리
金蟾齧鏁燒香入,	금두꺼비 자물쇠를 물어도 타오르는 향은 스며들고
玉虎牽絲汲井迴.	옥호랑이 두레줄 끌어당겨 우물물 길어 돌아온다
賈氏窺簾韓掾少,	가충(賈充)의 딸은 발 사이로 젊은 한수를 엿보았고[423]
宓妃留枕魏王才.	견후(甄后)는 베개를 재주 있는 조식에게 남겼지[424]
春心莫共花爭發,	봄 마음은 꽃과 함께 피어나려 다투지 말아라
一寸相思一寸灰!	한 줌의 사랑은 한 줌의 재가 되리니

 먼저 이 시의 내용을 다음의 도표와 같이 정리하여 알아보자.[425]

---

422) 이형기, ≪시란 무엇인가≫, pp.112-120.

423) ≪世說新語·惑溺≫, 「韓壽美姿容, 賈充辟以爲掾. 充每聚會, 賈女於靑瑣中
 看, 見壽, 說之, 乃懷存想, 發於吟詠. 後婢往壽家, 具述如此, 幷言女光麗. 壽
 聞之心動, 遂請婢潛修音問, 及期往宿. 壽蹻捷絶人, 踰牆而入, 家中莫知. 自
 是充覺女盛自拂拭, 說暢有異於常. 後會諸吏, 聞壽有奇香之氣, 是外國所貢,
 一著人則歷月不歇. 充計武帝唯賜己及陳騫, 餘家無此香, 疑壽與女通, 而垣牆
 重密, 門閤急峻, 何由得爾? 乃託言有盜, 令人修牆. 使反, 曰 : “其餘無異, 唯
 東北角有人跡, 而牆高, 非人所踰.” 充乃取女左右考問, 卽以狀對. 充秘之, 以
 女妻壽.」

424) ≪文選≫ 卷19 曹植 <洛神賦> 李善注, 「魏東阿王, 漢末求甄逸女, 旣不遂.
 太祖回與五官中郎將. 植殊不平, 晝思夜想, 廢寢與食. 黃初中入朝, 帝示植甄
 后玉鏤金帶枕, 植見之, 不覺泣. 時已爲郭后讒死 帝意亦尋悟, 因令太子留宴
 飮, 仍以枕賚植. 植還, 度轘轅, 少許時, 將息洛水上, 思甄后. 忽見女來, 自
 云 : “我本託心君王, 其心不遂. 此枕是我在家時從嫁前與五官中郎將, 今與君
 王.” 遂用薦枕席, 懽情交集.」

425) 拙稿, <李商隱 七言律詩 章法特性 試論>, p.131.

		주요 이미지		소주제
수련	1구	동풍(봄바람), 가랑비		봄마음 (春心)
	2구	연꽃(芙蓉=夫容 님의 얼굴), 우렛소리 (님의 수레소리)		
함련	3구	금두꺼비, 향로(여성)	향(香=相, 남성)	사랑 (相思)
	4구	옥호랑이(여성), 두레줄(絲=思, 남성), 우물(여성)	↓	
경련	5구	賈充의 딸 ↔ 韓壽 / 젊음(행복한 결말)	향에 얽힌 전고	봄마음
	6구	宓妃(甄后) ↔ 曹植 / 재주(비극적 결말)	↓	사랑
미련	7구	봄마음, 꽃(에 대한 부정)	↓	봄마음
	8구	사랑, 재	(←향)	사랑

　이 시는 수련과 함련에 특히 상징적인 이미지가 많이 쓰였다. 제1구의 '동
풍(東風)'은 곧 봄바람이니 '봄마음'의 암시이며, 비와 더불어 여인의 그리움
을 유발하는 자연현상이다. 제2구도 표면적으로는 경물을 말하고 있지만 제
1구에서 한 걸음 나아가 '님'을 암시하고 있다. '부용(芙蓉)'은 '夫容[님의 얼
굴]'과 쌍관(雙關)이고, 우렛소리에서 '님의 수레소리'를 연상한다.426) 함련은
수련에서 암시한 그리움을 이어받아 상징적으로 그려내고 있다. 여기에 보
이는 이미지 중에서 두꺼비, 향로, 호랑이, 우물 등은 여성을 상징하는 시어
이고, 향이나 두레줄은 남성을 상징하는 시어이다.427) 기법 상으로도 수련에
쓰인 쌍관의 수법을 활용하여 '사랑'이라는 주제를 수면 위로 끌어올렸다.
이렇게 상징적 이미지가 쓰이면 경물묘사 위주의 표층 이미지와 '사랑'이라
는 주제를 담고 있는 심층 이미지의 이중구조가 형성되어, "외로운 배 북쪽
으로 떠나니 저물녘 마음 상하고, 가랑비와 봄바람에 봄풀은 커간다[孤舟北去
暮心傷, 細雨東風春草長]."428)라는 일반적인 구절에 쓰인 '가랑비'와 '봄바람'이

---

426) 司馬相如, <長門賦>, 「우레가 우르릉 소리를 내며 치니, 그 소리 마치 님의
　　수레소리인 듯하네(雷殷殷而響起兮, 聲像君之車音).」
427) 시어의 상징성에 대한 자세한 논의는 鍾來茵, <李商隱情詩中常見的隱比象
　　徵符號>를 참고.
428) 耿湋, <發綿津驛>

전달하는 메시지에 비해 그 양이 풍부하다는 것을 느낄 수 있다.

함의를 풍부히 하기 위해서 꼭 비유적 이미지나 상징적 이미지만 필요한 것은 아니다. 정신적 이미지도 그것이 어떻게 시에 구현되고 있느냐에 따라 시의 구조를 다르게 만들 수 있는데, 정신적 이미지는 시각, 청각, 후각, 미각, 촉각적 이미지 외에 냉열(冷熱), 기관, 근육, 공감각 이미지 등을 포괄한다.429) <정월 숭양의 저택에서[正月崇讓宅]>를 예로 든다.

密鎖重關掩綠苔,　　겹관문 굳게 닫혀 푸른 이끼에 덮이고
廊深閣迥此徘徊.　　회랑(回廊) 깊고 누각 멀어 여기서 배회하네
先知風起月含暈,　　바람이 일 것을 먼저 알아 달은 무리를 짓고
尚自露寒花未開.　　아직은 이슬이 차가워 꽃이 피지 않았네
蝙拂簾旌終展轉,　　박쥐가 발끝의 천을 건드려 끝내 잠 못 이루고
鼠翻窓網小驚猜.　　쥐가 창사(窓紗)를 들썩여 조금 놀라고 의심하네
背燈獨共餘香語,　　등불을 등지고 홀로 남은 향기와 말을 나누다
不覺猶歌起夜來.　　저도 모르게 <기야래(起夜來)>430)를 노래하네

이 시는 대중 11년(857) 처가인 왕무원의 저택을 방문하고 지은 것이다. 왕무원이 회창 3년(843)에 세상을 뜨면서 가세가 기울어 10여 년이 지난 뒤 이상은이 다시 찾아갔을 때에는 이미 예전에 성황을 이루었던 저택도 황폐해지고 말았다. 작자는 이 시에서 여러 이미지를 통해 쓸쓸한 정경을 전달하고 있다. 수련은 시각적 이미지, 함련은 촉각과 시각적 이미지, 경련은 청각적 이미지가 각각 사용되었으며, 미련은 후각적 이미지를 청각적 이미지로 전환시킨 공감각적 이미지다. 이 모든 이미지들이 '쓸쓸함'이라는 주제로 수렴되면서 정감을 증폭시킨다.

전고(典故)를 많이 쓴 것도 이상은 칠언율시의 대표적인 특징이라 할 것이다. 고우공(高友工)과 매조린(梅祖麟)은 전고에는 현실의 문제와 역사적 사건이

---

429) 金容稷, 《現代詩原論》, p.184.
430) 《樂府解題》, 「起夜來, 其辭意猶念疇昔思君之來也.」

라는 양극이 존재한다고 하였다.431) 현실의 문제를 원관념으로, 역사적 사건을 보조관념으로 본다면 전고를 씀으로써 결국 은유와 같은 수사적 효과를 얻을 수 있게 된다. 그런데 이미 널리 쓰여 더 이상 은유의 효과를 거두기 어려운 말을 가리켜 '죽은 은유'라고 하듯이, 전고도 같은 의미로 자주 쓰이게 되면 원관념과 보조관념 사이의 여백이 축소되어 '치환된 동의어'로서의 역할에 만족할 수밖에 없다. 이상은의 칠언율시에서는 독창적인 용전법(用典法)으로 수사적 효과를 극대화하고 있는 작품을 자주 접할 수 있다. 어떠한 방법들이 쓰였는지 몇 가지로 요약해보자.

첫째로, 도교나 소설가류의 저작에 관련된 전고를 자주 썼다. 신선들의 이야기나 가담항언(街談巷言)은 보통의 역사적 사건과는 달리 원관념을 제시하는 기능 외에, 독자의 상상력을 자극하여 언어로 표달될 수 있는 영역 이외의 것들을 함께 사고하게 하는 경우가 많다.432) 앞서 살펴본 작품 가운데 <중과성녀사(重過聖女祠)>는 그 대표적인 예라고 할 수 있다. 둘째로, 전고를 배경으로 보조관념의 기능을 수행하는 시어를 단련하여 복잡한 내용을 핵심적인 한두 마디로 간추렸다. 예를 들어 <곡유분(哭劉蕡)>의 미련 "평소의 풍채와 의기가 스승과 벗을 겸하였으니, 그대와 같다 하여 침실 문에서 곡할 수가 없네[平生風義兼師友, 不敢同君哭寢門]."의 두 구는 공자가 백고(伯高)를 곡했다는 ≪예기(禮記)≫의 고사에서 '스승과 벗[師友]', 그리고 '침실 문[寢門]'이라는 시어를 추출하여, 그로부터 유분이 작자에게 평생의 친구이자 스승이었던 특수한 관계를 묘사하고 있다.433) 셋째로, 전고에 허사(虛辭)를 가미해 대비나 가설의 관계를 설정하였다. 일례로 <수궁(隋宮)>의 함련 "옥새가 이마 나온 이에게 돌아갈 운명이 아니었던들, 비단 돛배는 하늘 끝까지 이르렀으리라[玉璽不緣歸日角, 錦帆應是到天涯]."에 쓰인 '불연(不緣)'과 '응시(應是)'로 인해 역사적 사실인 출구(出句)와 단순한 가정인 대구(對句)가 긴밀하게 연

---

431) 高友工・梅祖麟(李世耀譯), ≪唐詩的魅力≫, p.161.
432) 張經宏, ≪杜甫七律與李商隱七律之比較研究≫, p.138.
433) 蔣長棟, <李商隱及晚唐緣情詩派>, p.133.

결되어 소설적인 구성을 이루면서 본래에는 없었던 부가적인 의미가 파생된
다. 넷째로, 다양한 역사적 배경을 가지고 있는 전고를 주마등처럼 스쳐가도
록 연속적으로 배열하는 가운데, 그것을 통해 작자의 복잡한 심리상태를 간
접적이고 은유적으로 전달했다. 예컨대 앞서 본 <곡강(曲江)> 경련에서는 육
기(陸機)의 회상과 색정(索靖)의 예언을 통해 '봄을 아파하는[傷春]' 시인의 마
음상태를 엿볼 수 있다.[434]

　이상은 칠언율시의 대표작으로 일컬어지는 <금슬[錦瑟]>은 위에서와 같
은 이미지와 전고의 특수한 사용에 따라 내적 구조가 확연히 달라진 작품이
라고 할 수 있다.

錦瑟無端五十弦,	금슬은 까닭 없이 오십 줄로 되어 있어
一絃一柱思華年.	한 줄 한 기러기발마다 꽃다운 시절 생각하게 하네
莊生曉夢迷蝴蝶,	장주(莊周)는 새벽 꿈에 나비인가 헤맸고
望帝春心托杜鵑.	망제(望帝)는 봄마음을 두견새에 기탁했다네
滄海月明珠有淚,	창해에 달 밝으면 진주에는 눈물이 있고
藍田日暖玉生煙.	남전에 해 따뜻하면 옥에서 연기가 난다네
此情可待成追憶,	이러한 정들이 어찌 추억될 수 있으리?

---

434) Pauline Chen, 앞 논문, pp.154-155, 「The overlay of manifold alternate world scenes
　　in such poems creates the effect of looking at a single moment experienced by the
　　poet through a kaleidoscope of other scenes and incidents. The poet reveals his
　　emotion by the light and shadow cast by the alternate world scenes. In "曲江
　　Windling River," for example, the nostalgia of Lu Ji, the foreboding of Suo Jing, and
　　the poet's comparison of a hypothetical sorrow to his present one, all illuminate the
　　nature of his present feeling.」 ; Mark E. Francis, p.156, 「The second half, however,
　　makes rather mysterious use of quotation from the historical records of the Jin晉
　　dynasty(266-316). There are also the problems of voice and perspective. Does the
　　poet here assume the persona of emperor, or the collective persona of several large
　　political figures ; or is he speaking as himself, empathetically viewing the scene of
　　former imperial bliss as a sensitive outside viewer? In either case, the tone is
　　regretful.」

只是當時已惘然.　　　다만 당시에 이미 망연자실했던 것을

　역대로 이 시에 대해서 도망설(悼亡說), 자상설(自傷說), 염정설(艶情說) 등이 구구하게 제기되었지만 그 어느 것도 명쾌하지 않았다. 그것은 이 시에 쓰인 이미지들이 원관념이 생략된 채 비유와 상징으로 점철되어 있어서, 표층의 이미지와 심층의 이미지 사이에 폭넓은 상상의 공간이 마련된 데서 비롯된다. 이 시의 의미를 파악하려면 그 공간을 다른 무엇으로 채워가야 하는데, 신세에 대한 한탄이나 애정생활에서 파생된 애환 등으로 메워보아도 여전히 빈자리가 남는다. 그런데도 이 시가 인구에 회자되는 이유는 그렇게 하나씩 보면 모호할 뿐인 이미지들이 작품 전체에서 상호작용을 일으켜 '서글픔'이나 '아픔'과 같은 정서를 전달해주기 때문이다. 왕몽(王蒙)은 다음과 같이 이 시의 시어들을 해체하여 장단구(長短句)로 재구성하는 특이한 실험을 한 바 있다.[435]

　두견새, 밝은 달, 나비, 까닭 없이 망연자실한 추억이 되었네. 해 따뜻한 남전의 새벽꿈, 봄마음은 미혹되었지. 창해에 연기 나는 옥. 이러한 정을 기탁하며 금슬을 생각하지만 어찌 장주와 망제를 기다리랴. 당시에 한 줄 한 기러기발, 오십줄, 그저 진주의 눈물이 있는 꽃다운 시절일 뿐이었네(杜鵑, 明月, 蝴蝶, 成無端惘然追憶. 日暖藍田曉夢, 春心迷. 滄海生煙玉. 托此情, 思錦瑟, 可待莊生望帝. 當時一弦一柱, 五十弦, 只是有珠淚, 華年已).

　위의 장단구에서는 대부분의 시어들이 자리를 옮겨 다른 시어와 짝을 이루고, 구의 구성요소가 변화되었지만 전체적인 정조는 원래의 시와 크게 다르지 않음을 알 수 있다. 이것은 이 시가 종래의 칠언율시처럼 원관념에 충실한 이미지들이 순서대로 의미를 전달하는 체계를 이루고 있는 것이 아니라, 이미지 전체의 융합을 통해 시의 주제를 전달하고 있다는 반증이니,[436]

---

435) 王蒙, <混沌的心靈場 － 談李商隱無題詩的結構>, p.682.
436) Burton Watson, *Chinese Lyricism : Shih Poetry from the second to the Twefth*

이상은 칠언율시의 독특한 내적 구조를 가장 잘 대변한다고 하겠다.

② 외적 구조의 변화

전통적으로 율시에서는 연과 연간의 관계를 긴밀하게 구성하여 전후의 맥락을 분명하게 하고자 하였다. 이를 위해서 '기승전결(起承轉結)'과 같은 작법(作法)을 통해 짜임새를 추구했는데, 긍정적인 측면에서 보면 각 연이 주제를 효과적으로 드러내는 데 집중되어 전체적으로 안정감을 주게 되나, 부정적인 측면에서 보면 행간의 의미가 개입될 소지가 줄어들어 여운이 부족해질 우려가 있다. 이상은의 칠언율시에서는 연과 연의 관계를 느슨하게 하거나 아예 필연적인 관계를 설정하지 않는 등의 수법을 통해 새로운 구조가 등장했다. 먼저 <진창정에 투숙하였다가 놀란 새 소리를 듣고[宿晉昌亭聞驚禽]>를 보자.

羈緒鰥鰥夜景侵,	나그네 시름에 잠은 안 오고 밤 풍경 스며드는데
高窓不掩見驚禽.	높은 창 닫지 않고 두었더니 놀란 새가 보인다
飛來曲渚烟方合,	굽이진 물가로 날아오니 안개가 마침 모여들고
過盡南塘樹更深.	남쪽 연못을 다 지나가니 나무가 더욱 깊다
胡馬嘶和楡塞笛,	오랑캐 말의 울음은 유새[437]의 피리소리와 어우러지고
楚猿吟雜橘村砧.	초땅 원숭이 읊조림은 귤마을[438] 다듬잇돌 소리와 섞인다
失群掛木知何限,	무리를 잃고 나무에 매달려있으니 어찌 끝이 있으랴?
遠隔天涯共此心!	멀리 하늘 끝으로 떨어지려 하니 그 마음 함께 하노라

Century(New York : Columbia University, 1971), p.192, 「the reader can perhaps best approach them by setting aside the question of precise meaning and noting instead the richness and beauty of their imagery and the striking skill with which they are put together.」(Fusheng Wu, 앞의 책, p.169에서 재인용)

437) ≪漢書・衛靑傳≫, 「(靑)西定河南地, 案楡谿舊塞.」
438) ≪三國志・吳志・孫休傳≫注, 「丹陽太守李衡每欲治家事, 妻習氏輒不聽. 後密遣客十人, 於武陵龍陽氾洲上作宅, 種甘橘千株.」

이상은은 대중 5년(851) 가을 아내 왕씨(王氏)를 잃고 10월에 동천절도사(東川節度使)로 있던 유중영(柳仲郢)의 초빙을 받아 장안에서 사천의 재주(梓州)로 내려갔다. 이 시는 재주로 출발하기 직전에 지어진 것으로 보인다. 수련과 함련의 묘사는 제목의 '놀란 새[驚禽]'를 언급한 것으로 무리 없이 진행되었다. 그러나 경련에 이르게 되면 묘사의 중심이 '새'로부터 '말'과 '원숭이'로 급격히 이동하면서 비약이 생긴다. 일반적인 구도라면 이 연에서 경물에 의해 촉발된 수심(愁心)을 표현하는 것이 무난하다. 그러나 갑작스런 비약으로 인해 시상의 전개가 원활하지 못한 느낌을 주고, 계속해서 '새'와는 무관한 내용으로 진행되는 미련에 이르면 독자는 작자와의 정보소통에 장애를 느끼게 된다. 여기서 육곤증(陸昆曾)의 설명으로 행간을 보충해보자.

> 굽이진 물가로 날아오고', '남쪽 연못을 다 지나가는' 것은 놀라서 점점 멀리 떠나는 것을 말한다. '안개가 마침 모여들고', '나무가 더욱 깊다'는 것은 보이지는 않고 단지 그 소리만 들리는 것을 말한다."[439]

이상은은 함련의 묘사를 통해 시각적 이미지를 전달하는 외에, 암시적으로 청각적 이미지를 더 강하게 내포했던 것이다. 이 점을 포착하지 못한다면 경련의 여러 청각적 이미지들이 허공에 뜰 수밖에 없다. 새의 울음소리에서 연상된 경련의 말과 원숭이의 울음소리는 다시 피리와 다듬잇돌 소리로 바뀌어 더욱 애처로움을 가증시키고, 미련에서 시인과 새와 더불어 '그 마음'을 함께 하는 일체가 된다.[440] 이렇듯 함련과 경련 사이에는 상상을 위한 공간이 마련되어 있고, 그것을 독자가 채우는 과정에서 시의 함의는 더 풍부해진다고 할 수 있다.

이번에는 연과 연의 상호관계가 거의 설정되어 있지 않은 예를 살펴보기로 한다. <눈물[淚]>을 감상해보자.

---

439) 陸昆曾, 《李義山詩解》, p.54, 「'飛來曲渚', '過盡南塘', 言被驚而去其漸遠也. '烟方合', '樹更深', 言不見而但聞其聲也.」
440) 拙稿, <李商隱 七言律詩 章法特性 試論>, p.129.

永巷長年怨綺羅,　　영항에서 오랫동안 화려한 비단을 원망하고

離情終日思風波.　　헤어진 마음은 하루 내내 바람과 파도를 걱정한다

湘江竹上痕無限,　　상강의 대나무에는 자국이 끝이 없는데

峴首碑前灑幾多.　　현산의 비석 앞에서는 얼마나 많이 뿌렸던가[441]

人去紫臺秋入塞,　　여인은 궁궐을 떠나 가을에 변방으로 들어섰고[442]

兵殘楚帳夜聞歌.　　병사들이 패한 뒤 초나라 장막에서 밤에 노래를 들었지

朝來灞水橋邊問,　　아침에 파수의 다리 옆으로 와서 물어보시라

未抵靑袍送玉珂.　　푸른 도포 입고 백마노(白瑪瑙)를 전송하는 것에 못 미치
　　　　　　　　　　리니

　이 시의 가장 큰 특징은 눈물과 관련된 전고를 앞의 여섯 구에 걸쳐 별다른 연관성 없이 나열하고 있다는 점이다. 제1구는 총애를 잃은 궁녀가 흘리는 원망의 눈물이요, 제2구는 규방의 아낙네가 흘리는 그리움의 눈물이다. 제3구는 아황(娥皇)과 여영(女英)이 순(舜) 임금의 죽음을 슬퍼하여 흘린 눈물이고, 제4구는 양호(羊祜)의 선정(善政)에 감격하여 백성들이 흘린 눈물이다. 제5구는 한나라의 왕실을 떠나 오랑캐의 땅으로 들어가야 했던 왕소군(王昭君)의 눈물이고, 제6구는 사면초가의 곤궁에 처한 항우(項羽)의 눈물이다. 이와 같은 여섯 구는 눈물에 얽힌 사연들을 소개하고 있다는 점에서 공통성을 가지고 있을 뿐 상호 필연적인 연관관계가 존재하지 않으며, '기승전결' 같은 장법과도 거리가 있음은 물론이다. 구조적으로 볼 때, 제6구까지 나열된 내용들은 제8구에 표출되어 있는 '하급관리의 비애'를 더 극적으로 부각시키기 위한 장치에 불과하나, 각각의 구가 모두 나름대로 음미할 만한 내용을 담고 있기 때문에 작품에서 감상의 대상이 그만큼 증가하는 것이다.

　이상에서 우리는 이상은의 칠언율시가 내적 구조와 외적 구조에서 변화를 꾀하여 작품에서 전달하고자 하는 내용을 직간접적으로 확대하고자 노력한 점을 고찰하였다. 여기에 덧붙여 시의 제목에 관련된 문제도 같이 언급하는

---

441)　≪晉書·羊祜傳≫, 「襄陽百姓於峴山祜平生游憩之所建碑立廟, 歲時饗祭焉. 望其碑者莫不流涕, 杜預因名爲墮淚碑.」

442)　杜甫, <詠懷古跡>其三, 「一去紫臺連朔漠.」

것이 좋겠다. 시의 제목과 본문간의 관계는 원관념과 보조관념의 관계와 같다고 말할 수 있다. 시의 본문은 제목을 여러 가지 수단을 통하여 형상화하는 것이기 때문이다. 거꾸로 시의 본문에서 비유적 또는 상징적 이미지가 많이 쓰여 원관념이 무엇인지 언뜻 알아채기 어려울 때 제목을 보고 해결점을 찾게 되는 경우가 종종 있는데, 이것은 제목이 여러 시어의 원관념의 공통분모에 해당하는 내용을 가지고 있어서다. 그런데 이상은의 칠언율시에서는 이렇게 원관념의 집합체에 해당하는 제목이 없는 작품이 많으니, 이른바 '무제류(無題類)'의 시가 그것이다. 여기에는 제목 자체가 <무제>로 되어 있는 작품 8수와 첫머리의 몇 글자를 제목으로 삼은 작품 12수 등 모두 20수가 포함된다. 이들 작품은 대개 애정시로 분류되는 경향이 있지만, 제목이 없는 이상 결정적인 단서를 찾기 어려운 것이 사실이므로, 결국 표층 구조와 심층 구조의 간격을 넓히는 데 일조했다고 평가할 수 있다. 결국 이상은의 칠언율시는 중당대에 긴 제목을 쓰고 더러는 서문까지 동원하면서 시의 배경을 자세히 설명했던 서사적 특성과는 전혀 다른 양상을 보여주었던 것이다.

3) 제재의 다양화

칠언율시의 제재는 초·성당의 협소함이 두보에 의해 극복되었다가, 중당에 이르러 응수 위주의 창작이 성행하면서 재차 협소해졌다. 그러나 이런 상황은 이상은에게서 다시 반전의 계기가 마련되었다. 이상은의 칠언율시는 기존의 제재로도 좋은 작품을 남긴 것은 물론이고 애정시, 영사시, 영물시와 같이 이전에 거의 찾아볼 수 없었던 제재를 개척했다. 그뿐만 아니라 그는 한두 수 습작을 남기는 데 그치지 않고, 다수의 작품을 통해 특징적인 세계를 열어나갔다. 그러면 각각의 제재별로 작품을 감상하면서 어떠한 특징이 발견되는지 알아보기로 하자.

① 애정시

　본래 남녀간의 정에 얽히게 되면 심리적으로 혼란스러워져 논리만으로는 해결할 수 없는 부분들이 많기 마련이다. 이러한 감정을 시로 표현한다고 할 때, 율시라는 형식은 장점과 단점을 동시에 가지고 있다. 고시는 대개 한 연의 의미가 직접 관통되어 진술을 위주로 하는 방식을 취하며, 처음부터 끝까지가 하나의 과정을 이루는 특징이 두드러진다. 율시는 이에 비해 각 연이 상대적으로 독립성을 가지면서 묘사를 위주로 하는 까닭에, 일견 비논리적으로 여겨질 수 있는 남녀간의 정도 비교적 쉽게 다룰 수 있다.[443] 이러한 점은 율시의 장점이라고 하겠다. 반면에 율시는 필연적으로 평측, 압운, 대장, 장법 등과 같은 격률의 구속을 받게 되므로 감정을 표출하는 데 어느 정도 제약이 따른다는 단점을 갖고 있다.

　중당까지는 율시에서 주관적인 내면세계와 객관적인 외물 세계, 즉 정(情)과 경(景)이 조화를 이루는 것을 이상적인 경지로 여긴데다 남녀간의 정을 제재로 삼는 예도 드물어, 칠언율시로 애정을 노래한 작품은 거의 나오지 않았다. 이상은은 이와 달리 율시의 장점을 최대한 활용하면서 몽롱한 풍격의 애정류 칠언율시를 다수 창작하여 이 방면을 적극 개척하였다. <무제> 가운데 한 수를 감상해보자.

相見時難別亦難,　　만날 때도 어려웠지만 헤어지기도 어려워
東風無力百花殘.　　동풍이 힘없으니 온갖 꽃이 시든다
春蠶到死絲方盡,　　봄누에는 죽어서야 실 뽑기를 그만두고
臘炬成灰淚始乾.　　촛불은 재가 되어서야 눈물이 마른다
曉鏡但愁雲鬢改,　　새벽에 거울을 보면 구름 같은 머리채 바뀌어감을 근심
　　　　　　　　　하겠고
夜吟應覺月光寒.　　밤에 읊조리면 달빛의 차가움을 느끼겠지
蓬山此去無多路,　　봉산이 여기서 멀지 않으니
靑鳥殷勤爲探看.　　파랑새야 살짝 살펴봐주렴

---

443) 余恕誠, <詩歌 : 從韓愈到李商隱>, p.46.

수련은 이별에 이르러 애정이 고난에 부닥치게 된 슬픔을 묘사하였고, 함련은 인구에 회자되는 명구로서 고난을 겪어도 꺾이지 않는 의지를 표명하고 있다. 경련은 이별로 인해 상심해 있을 상대방을 걱정하는 말이며, 미련은 파랑새의 도움을 받아 소식을 전해보려는 것이다. 종래인(鍾來茵)은 이 시를 두고 이상은이 젊은 시절 옥양산(玉陽山)에서 과거준비를 할 때 만났던 여도사 송진인(宋眞人)과의 염정을 묘사한 것이라고 단정지은 반면,[444] 주진기(朱振琪)는 이상은이 관도(官途)에서 수 차례 좌절을 겪으면서 벗들에게 도와주기를 바라는 마음을 표출한 것이라고 하여 해석이 엇갈린다.[445] 그러나 다른 기탁의 여부를 차치하고 우선 표층 이미지만을 보면, 이 작품은 진지하고 강렬한 애정을 담은 작품임이 분명하다. 조신원(趙臣瑗)은 "감정을 말함이 이런 정도까지 이르면, 진정 천지를 놀라게 하고 귀신을 울릴 수 있겠다."[446]고 하였으니, 이 시가 애정을 제재로 하여 진실된 감정을 표출한 것을 높이 평가했다고 보겠다.

이어서 <은하에서 생황을 불다[銀河吹笙]>를 보기로 한다.

悵望銀河吹玉笙,	슬피 은하를 바라보며 옥생황을 부는데
樓寒院冷接平明.	누각은 춥고 정원은 차갑게 새벽에 이어지네
重衾幽夢他年斷,	겹이불 속 그윽한 꿈은 옛날에 끊어졌고
別樹羈雌昨夜驚.	외톨이 나무 위 떠도는 암컷은 어젯밤에 놀랐지
月榭故香因雨發,	달 바라보는 정자 옛 향기가 비로 인해 피어났고
風簾殘燭隔霜淸.	바람에 날리는 주렴 안 잦아드는 촛불이 이슬 너머 맑았지
不須浪作緱山意,	멋대로 구산의 뜻을 지어내지 말아야 할 것이니[447]
湘瑟秦簫自有情.	상수(湘水)의 슬, 진루(秦樓)의 퉁소에 절로 정이 있더라

---

444) 鍾來茵, 앞의 책, p.76.

445) 朱振琪, <李商隱朦朧抒情詩辨析兼論詩人>, p.14.

446) 趙臣瑗, ≪山滿樓箋注唐詩七言律≫, 「言情至此, 眞可以驚天地而泣鬼神.」

447) ≪列仙傳≫ 卷上, 「王子喬者, 周靈王太子晉也. 好吹笙, 作鳳凰鳴, 遊伊洛之間, 道士浮丘公, 接以上嵩高山. 三十餘年後, 求之於山上, 見栢良曰 : "告我家, '七月七日, 待我於緱氏山巓.'" 至時, 果乘白鶴, 駐山頭. 望之不得到, 擧手辭時人, 數日而去. 亦立祠於緱氏山下及嵩高首焉.」

이 시는 제1구에서 '은하(銀河)'와 '취생(吹笙)'을 따서 제목으로 삼은 무제류의 작품으로, 적막한 도관(道觀)에서 수행하는 여도사를 묘사한 것이다.[448] 당대에는 도교를 숭상하여 곳곳에 도관이 있었고, 이따금 공주와 궁녀가 여도사가 되기도 하였다. 이들은 이전의 생활방식과는 달리 엄격한 도교의 계율을 따라야 했으므로 더러 심적 갈등을 겪었을 것으로 짐작되는데, 이 시의 함련과 경련은 모두 그러한 심적 갈등을 형상화한 것이다. 제3구는 도관에 들어오기 이전을 가리키고, 제4구는 여도사가 된 이후를 말하며, 제5 · 6구는 따뜻한 애정이 있던 과거를 회상한 경물묘사다. 제7구에 보이는 '구산(緱山)'은 신선 왕자교(王子喬)가 흰 학을 타고 올라갔다는 곳이니, 곧 신선세계를 말한 것이다. 제8구는 순 임금의 부인인 상부인(湘夫人), 그리고 진목공(秦穆公)의 딸 농옥(弄玉)을 아내로 맞았던 소사(蕭史)의 전고를 써서 부부간의 정을 얘기하였다. 결국 작자는 이 두 구를 통해 신선세계의 적막함보다는 인간세계의 애정이 낫다는 메시지를 전하고 있으며, 이는 <무제 이수(無題二首)> 둘째 수에서 "사랑해서 얻을 것 아무 것도 없다지만, 치정에 휩싸여 슬퍼져도 괜찮으리라[直道相思了無益, 未妨惆悵是淸狂]."고 했던 것과도 맥락이 일치한다.

② 영사시

중당대까지 영사시는 다른 제재를 다룬 시에 비해서 크게 주목받지 못했고, 칠언율시로 이루어진 작품은 더욱 찾아보기 어려웠다. 만당대에 들어서야 영사시가 주요한 지위를 차지하게 되었는데, 호진형(胡震亨)은 "이상은은 박학강기하였고 대우가 번다하고 화려하였으며, 율시에 뛰어났고 특히 역사를 노래한 작품에 정통하였다."[449]고 하여 영사시를 이상은 시의 주요 성과로 거론하고 있다. 실제로 이상은은 60여 수에 이르는 비교적 많은 영사시를

---

448) 劉學錯 · 余恕誠, ≪李商隱詩選≫, p.303.
449) 胡震亨, ≪唐音癸籤≫ 卷8, 「李義山博學强記, 儷偶繁縟, 長於律詩, 尤精詠史之作.」

창작하였고, 이 가운데 10여 수가 칠언율시이다. 심덕잠(沈德潛)이 "(이상은의) 영사시 십 수 편은 두보의 체식을 얻고 있다."[450]고 했듯이, 이상은은 영사시를 통해 두보의 현실인식을 재현해 보이기도 하고, 푸성우(Fusheng Wu)의 지적처럼 인생무상의 우울함을 역사적 사건을 통해 표출하기도 하면서[451] 시대를 풍자하는 정신, 고도의 개괄력, 짙은 서정적 색채가 어우러진 좋은 작품을 많이 남겼다.[452] 먼저 <무릉[茂陵]>을 보자.

漢家天馬出蒲梢,	한나라의 천마는 포초에서 나왔고
首蓿榴花徧近郊.	거여목과 석류꽃이 근교에 널리 자랐다
內苑只知含鳳嘴,	안뜰에서는 그저 봉황의 부리를 녹일 줄만 알고[453]
屬車無復揷雞翹.	시종의 수레에 닭의 꼬리를 꽂지 않았다
玉桃偸得憐方朔,	옥 복숭아를 훔쳐낸 동방삭(東方朔)을 부러워하고[454]
金屋修成貯阿嬌.	금옥을 지어 아교를 살게 했다[455]
誰料蘇卿老歸國,	누가 알았으랴 소무(蘇武)가 다 늙어 나라로 돌아와보니
茂陵松栢雨蕭蕭!	무릉의 소나무와 잣나무에 비만 부슬부슬 내릴 줄을[456]

---

450) 沈德潛, ≪說詩晬語≫, 「詠史十數章, 得杜陵一體.」

451) Fusheng Wu, 앞의 책, p.187, 「This Melancholy, even pessimistic feeling explains why Li Shangyin is so attracted to those historical events that demonstrate the fragility and vanity of humankind.」

452) 劉學鍇, ≪李商隱詩歌硏究≫, pp.6-18.

453) ≪十洲記≫, 「仙家煮鳳喙及麟角作膠, 名爲續絃膠, 或名連金泥, 能續弓弩已斷之絃, 刀劍斷折之金. 武帝時, 西國王使至, 獻此膠, 武帝以付外庫, 不知妙用也. 帝幸華林園射虎, 弩絃斷, 使者時從駕, 又上膠一分, 使口濡以續弩絃. 帝驚曰:"異物也." 乃使武士數人共對挈引之, 終日不脫, 膠色靑如碧玉.」

454) ≪博物志≫, 「王母降於九華殿. 王母索七桃, 以五枚與帝, 母食二枚, 惟母與帝對坐, 從者皆不得進. 時東方朔竊從殿南廂朱鳥牖中窺母, 母顧之, 謂帝曰:"此窺牖小兒常三來盜吾此桃."」

455) ≪漢武故事≫, 「帝爲膠東王時, 長公主問曰:"兒欲得婦否?" 曰:"欲得." 指女:"阿嬌好否?" 笑曰:"若得阿嬌, 當以金屋貯之."」

456) ≪漢書·蘇武傳≫, 「武字子卿, 爲栘中廄監. 武帝天漢元年, 使匈奴. 昭帝始元六年春迺還. 詔武奉一太牢謁武帝園廟, 拜爲典屬國. 武留匈奴凡十九歲, 始以强壯出, 及還, 鬚髮盡白.」

이 시에서는 한 무제를 빌어 당 무종(武宗)을 말하고 있으니, 무종을 단릉(端陵)에 안장한 회창 6년(846) 이후에 지어진 것으로 보인다. 무종은 만당의 여러 군주들이 환관의 세력에 휘둘려 아무런 치적도 쌓지 못하고 있던 때, 중흥의 기치를 내걸고 국력신장에 힘써 특히 이민족과의 전쟁에서 성과를 거둔 인물이었다. 작자는 이 시의 수련에서 그러한 무종의 업적을 칭송하고 있다. 그러나 무종은 시간이 지나면서 작자가 기대했던 만큼의 정치개혁을 이루어내지 못하고 사냥, 구선(求仙), 여색에 빠져 방탕한 나날을 보냈다. 함련과 경련은 그에 대한 강렬한 비판을 담고 있다. 모친상으로 인해 3년간 관직에서 떠나 있었던 이상은은 무종이 죽은 뒤 복직하여, 흉노에 사신으로 갔다가 19년만에 돌아왔던 소무(蘇武)의 심정으로, '명주(明主)'가 나오기를 바라며 무종에 걸었던 기대와 실망감을 절실하게 표출하고 있다. 이러한 영사시는 환관과 번진의 횡포를 비판한 작품과 함께 정치시의 양대 축을 이룬다.

역시 군주를 직접적으로 겨냥하고 있는 <마외 두 수[馬嵬二首]> 둘째 수를 보자.

海外徒聞更九州,	바다 밖에 또 구주가 있다는 말 헛되이 전해지지만[457]
他生未卜此生休.	저승의 삶은 점칠 수 없고 이승의 삶은 끝났네
空聞虎旅傳宵柝,	금군(禁軍)이 치는 딱다기 소리만 들려오고
無復雞人報曉籌.	새벽을 알리는 계인은 다시 없네
此日六軍同駐馬,	이 날엔 모든 군사들이 함께 말을 멈추었지만
當時七夕笑牽牛.	당시엔 칠석에 견우를 비웃었었다
如何四紀爲天子,	어찌하여 40여 년 천자로 있었으면서도
不及盧家有莫愁?	막수가 시집갔던 노씨(盧氏) 집만도 못한가?[458]

---

457) ≪史記·孟子荀卿列傳≫, 「中國外如赤縣神州者九, 乃所謂九州也. 於是有裨海環之, 人民禽獸莫能相通者, 如一區中者, 乃爲一州. 如此者九, 乃有大瀛海環其外, 天地之際焉.」

458) 蕭衍, <河中之水歌>, 「河中之水向東流, 洛陽女兒名莫愁. …十五嫁爲盧郎婦, 十六生兒字阿侯.」

제목의 '마외(馬嵬)'는 '마외파(馬嵬坡)'를 말한다. 안사의 난이 일어나 촉으로 피신하던 현종은 이곳 마외역에 이르러 양국충(楊國忠)과 양귀비(楊貴妃)를 주살하라는 수행인들의 요구를 거부하지 못하고 양귀비를 자진하게 하였다. 백거이(白居易)는 <장한가(長恨歌)>에서 현종과 양귀비의 비극적인 사랑을 아름답게 묘사하였지만, 이상은은 이 작품에서 현종의 과오를 따갑게 비판하고 있다. 수련은 '바다 밖의 구주[海外九州]', 즉 선경(仙境)에서 부부의 인연을 계속 이어갈 수 있을지 모르지만 양귀비의 죽음으로 이승에서의 인연은 끝났다는 말이다. '이승의 삶은 끝났다[此生休]'는 선고는 묵직하고도 냉엄하여, 하작(何焯)은 "두보의 시가 아니면 이런 필력이 없다."459)고 평한 바 있다. 함련과 경련은 현종이 양귀비를 불귀의 객으로 만들 수밖에 없는 현재와 장안 궁궐에서의 즐거웠던 과거를 극명하게 대비시킨 것이다. '호랑이[虎]', '닭[雞]', '말[馬]', '소[牛]' 등 동물과 '육군(六軍)', '칠석(七夕)'의 숫자로 이루어진 정교한 대장이 역대로 화제가 되었으나, 반군에 몰려 달아나는 현재의 암담한 처지에 화려했던 지난날을 오버랩시켜 비극성을 부각시킨 화면 구성에 주목할 필요가 있다. 미련은 천자의 위치에서 여염집으로 시집간 막수(莫愁)만큼도 양귀비를 지켜주지 못한 현종을 직접적으로 비난한 것이다. 이렇게 이상은의 영사 칠언율시는 엄정한 격률을 지키면서도 날카로운 붓끝을 선보였다.

③ 영물시

당대에 영물시를 100수 이상 남기고 있는 작가로 이교(李嶠), 두보, 원진, 백거이, 이상은, 피일휴, 육구몽 등이 꼽힌다.460) 그만큼 영물시는 애정시, 영사시와 함께 이상은이 즐겨 쓴 제재였다. 본서에서 칠언율시에 포함시키지 않았던 초당 전기의 칠언 8구체에도 영물시가 있었다. 양사도(楊師道)의

---

459) 何焯, ≪唐三體詩評≫, 「此生休三字倏然落下, 非杜詩無此筆力.」
460) 胡大浚·蘭甲雲, <唐代詠物詩發展之輪廓與軌迹>, p.107. 이상은의 영물시는 모두 120수 정도로 집계된다.

<영마(詠馬)>와 상관의(上官儀)의 <영화장(詠畫障)> 등이 그 예로서 이 작품들은 가영(歌詠)의 대상인 '말'과 '그림 병풍'의 모습을 사실적으로 묘사하는 데 치중하고 있다. 성당 왕유의 <청백설조(聽百舌鳥)>와 만초(萬楚)의 <총마(驄馬)>도 이러한 경향에서 크게 벗어나지 않았으며, 창작량도 아주 적었다. 중당대에는 가도(賈島)와 요합(姚合) 등 일부 작가들을 중심으로 영물 칠언율시 작품이 나왔으나, 역시 이렇다 할 성과는 거두지 못한 것으로 평가된다. 그러나 이상은은 영물의 형식을 빌어 개인적인 신세를 기탁하고 인생에 대한 감개를 토로한 칠언율시 10여 수를 창작해 영물 칠언율시의 수준을 한껏 끌어올렸다.461) 먼저 <꾀꼬리[流鶯]>를 감상해보자.

流鶯漂蕩復參差,	꾀꼬리는 정처 없이 오르락내리락
渡陌臨流不自持.	밭둑을 건너고 물가에 다가가며 자신을 주체하지 못하네
巧囀豈能無本意,	교묘한 울음 속에 어찌 본 뜻이 없겠는가만
良辰未必有佳期.	좋은 시절이라고 꼭 아름다운 기약이 있지는 않은 법
風朝露夜陰晴裏,	바람 부는 아침 서리 내리는 밤 흐리고 개인 날
萬戶千門開閉時.	집집마다 문을 열고 닫고 할 때
曾苦傷春不忍聽,	봄을 아파하며 괴로워하였기에 차마 듣지 못하겠는데
鳳城何處有花枝?	봉성462) 어디쯤 꽃가지가 있을까?

이 시의 수련에서 경련까지에 묘사된 꾀꼬리는 시인 자신의 상징이다. 이 꾀꼬리는 스스로를 제어하지 못하고 이곳 저곳을 왔다갔다하기에 바쁘다. 이것은 시인이 운명에 이끌려 막부를 전전하는 모습이다. 꾀꼬리는 아름답게 지저귀며 무엇인가를 말하지만 그것을 알아들을 수 있는 사람은 아무도 없고, 화창한 날에도 머무를 곳을 찾지 못하고 돌아다닌다. ≪시경(詩經)≫에 "삑삑 우는 것은 그의 벗을 찾는 소리지[嚶其鳴矣, 求其友聲]."463)라 하였으니,

---

461) 하운청, <李義山의 영물시에 관한 小考>, p.121, 「李義山의 영물시가 美의 객관적 요소인 景과 美의 주관적 요소인 情의 결합에서 情이 위주가 되는 특징이 절대적임을 발견하게 된다.」
462) 진나라의 수도였던 함양(咸陽)을 단봉성이라 했으며, 여기서는 장안을 가리킨다.

이것은 시인이 아무리 '회재불우(懷才不遇)'를 호소해봐도 알아주는 이가 없는 막막함이다. 꾀꼬리는 밤낮이나 날씨 변화, 도성의 사람들이 문을 열거나 닫거나에 상관없이 언제나 지저귄다. 이것은 정국은 시시각각 변하고 그에 따라 사람들도 부침(浮沈)이 있건만, 시인에게는 아무런 영향이 없다는 말이다.464) 미련은 초당 이의부(李義府)가 <영오(詠烏)>에서 "상림원에는 많은 나무가 있지만, 한 가지도 빌어 깃들 수 없네[上林如許樹, 不借一枝棲]."465)라 노래했던 것을 연상케 한다. 여기서 시인은 꾀꼬리와 혼연일체가 되어 그 처지를 동정하며 어떤 가지라도 찾아서 쉬기를 바라고 있으니, 또한 자신의 안식처를 구한 것이기도 하다. 이렇게 이상은의 영물 칠언율시는 사물 고유의 특성을 사실적으로 묘사하기보다는 사물에 시인의 내면세계를 투영하는 경향을 보였다. 진백해(陳伯海)는 "이러한 표현형식은 이전 사람에게도 있었지만, 아무도 이상은만큼 그렇게 완곡하고 깊이 있고 세밀하게 사용하지 못했다."466)고 말하고 있다.

이상은 영물 칠언율시의 또 다른 특징을 보여주는 <모란[牡丹]>을 보자. 위에서는 거의 전고를 쓰지 않고 유창한 언어로 시상을 전개해나갔는데, 이 작품은 매구에 전고를 쓰고 있다는 점에서 비교가 된다.

錦幃初卷衛夫人,	비단 휘장을 막 걷은 위부인인가,
繡被猶堆越鄂君.	수놓은 이불에 아직 누워있는 월악군인가.
垂手亂翻雕玉佩,	손을 늘어뜨리고 어지러이 흔드니 옥을 조각한 노리개요,
折腰爭舞鬱金裙.	허리를 휘어 다투어 춤을 추니 울금의 치마로다.
石家蠟燭何曾剪,	석숭(石崇)의 집에서 어찌 촛불의 심지를 자르겠으며,
荀令香爐可待熏?	순욱(荀彧)의 향로에서 향을 사르기를 기다릴 것이랴.
我是夢中傳彩筆,	나는 꿈속에서 화려한 붓을 전했거니,
欲書花葉寄朝雲.	꽃잎에 편지를 써 아침 구름에 부치고 싶어라.

---

463) ≪詩經·小雅·鹿鳴之什·伐木≫
464) 葉蔥奇, 앞의 책, p.361.
465) ≪全唐詩≫ 卷35.
466) 陳伯海, <略論李商隱的政治詩>, p.179.

　수련의 두 구는 모란이 막 필 무렵의 아름다움을 위부인(衛夫人)과 악군(鄂君)의 용모에 빗댄 것으로, 시적 필요에 의해서 전고를 변용(變用)했다. 수련 출구(出句)의 출전인 ≪전략(典略)≫에는 위부인이 "비단 휘장 속에 있었다."467)고만 하였고, 수련 대구(對句)의 출전인 ≪설원(說苑)≫에는 초나라 사람인 악군(鄂君)이 월(越)나라 사람에게 수놓은 이불을 덮어주었다고 되어 있으니,468) 원구와 비교해볼 때 벗어난 부분이 많다. 함련 출구의 '수수(垂手)'는 악무(樂舞)의 이름이고,469) 함련 대구의 '절요(折腰)'는 ≪서경잡기(西京雜記)≫에 보이는 척부인(戚夫人)의 고사를 쓴 것이다.470) 이 연에서는 춤을 가리키는 말을 통해 꽃잎이 흔들리는 모습을 묘사함과 동시에, '옥 노리개'와 '울금 치마'라는 시어를 써서 흰색과 노란색의 색깔도 드러내고 있다. 경련은 땔나무 대신 초를 썼다는 석숭(石崇)과 향을 좋아해 그가 앉았던 자리에는 3일 동안 향기가 풍겼다는 순욱(荀彧)의 전고를 구사하여 모란꽃의 '밝고 향기로운' 이미지를 전달했다. 미련 역시 전고를 썼다. 출구는 강엄(江淹)이 꿈에 곽박(郭璞)에게 오색 붓을 전달했다는 전고를 인용하여 자신에게 문학적 재능이 있음을 자랑했고, 대구는 송옥(宋玉)의 ＜고당부(高唐賦)＞에 등장하는 무산(巫山) 신녀(神女)의 고사를 써 시를 전할 대상을 말했다. 주이준(朱彝尊)은 이 시를 평하여 "쌓아놓아 맛이 없고, 졸렬하여 법도가 없으니 영물시로는 최하급"471)이라 했는데, 모란을 묘사한 영물시로만 본다면 분명 그런 폐단이 있다고 하겠다. 그러나 묘사의 대상이 꼭 모란이 아니라 아름다운 어떤 여인이라든지 또는 작자 자신으로 가정하고 보면, 이 작품에도 상상과 운치가 넘친

---

467) ≪典略≫, 「孔子反衛, 夫人南子使人謂之曰 : "四方君子之來者, 必見寡小君." 不得已見之. 夫人在錦帷中, 孔子北面稽首, 夫人自帷中再拜, 環珮之聲璆然.」
468) ≪說苑·善說≫, 「鄂君子晳泛舟於新波之中也, 乘靑翰之舟, 張翠蓋而檢犀尾. 會鐘鼓之音畢, 榜枻越人擁楫而歌曰 : "今夕何夕兮?　搴洲中流；今日何日兮? 得與王子同舟. 蒙羞被好兮, 不訾詬恥. 心幾煩而不絶兮, 得知王子.　山有木兮木有枝, 心悅君兮君不知!" 於是鄂君乃揄修袂, 行而擁之, 擧繡被而覆之.」
469) ≪樂府解題≫, 「大垂手、小垂手, 皆言舞而垂其手也.」
470) ≪西京雜記≫, 「戚夫人能作翹袖折腰之舞, 歌出塞·入塞·望歸之曲.」
471) 朱彝尊, ≪李義山詩集輯評≫, 「堆而無味, 拙而無法, 詠物之最下者.」

다는 것을 알 수 있다.[472)]

④ 기타

마지막으로 다른 시인들도 많이 다루었던 제재의 칠언율시 작품 가운데 이상은 시만의 특징을 엿볼 수 있는 몇 수를 감상해보기로 한다. 먼저 <사훈원외랑 두목에게 드림[贈司勳杜十三員外]>을 보자.

杜牧司勳字牧之,	두목 사훈원외랑께서는 자가 목지(牧之)시고
淸秋一首杜秋詩.	맑은 가을에 <두추낭시> 한 수를 지으셨습니다
前身應是梁江總,	전생에는 응당 양나라의 강총이셨을 터인 즉
名總還曾字總持.	이름이 총(總)이면서 또한 자가 총지(總持)였지요
心鐵已從干鏌利,	흉중의 무기가 이미 간장과 막야의 날카로움을 따랐으니
鬢絲休歎雪霜垂.	살쩍과 머리카락에 눈과 서리가 드리워졌다 탄식하지 마십시오
漢江遠弔西江水,	한강이 멀리 서강의 물을 조상하여
羊祜韋丹盡有碑.	양호와 위단에게 모두 비문이 있습니다

이상은이 이 시의 끝 구에 자주(自注)하여 "당시 두목은 조서를 받들어 위단의 비문을 지었다(時杜奉詔撰韋碑)."고 하였으니, 이 시는 두목이 사훈원외랑(司勳員外郎) 겸 사관수찬(史館修撰)으로 있던 대중 3년(849)에 지어진 것이다. 수련에서는 특이하게 '두(杜)'자, '목(牧)'자, '추(秋)'자를 각각 두 번씩 사용하여 마치 전기(傳記)를 쓰는 듯한 필치로 두목의 장편 서사시인 <두추낭시(杜秋娘詩)>를 소개하고 있다. 이것은 그가 사관수찬의 관직에 있다는 것과 훌륭한 시를 남긴 시인이라는 것을 동시에 드러내기 위해서 사용한 수법이다. 함련은 수련의 구법을 이어받아 '총(總)'자를 세 번 쓰면서, 남조(南朝)의 유명한 시인인 강총(江總)도 이름으로 시작되는 자를 썼음을 들어 두목의 시재(詩才)를 다시 한 번 칭송한 것이다. 경련의 출구는 두목이 일찍

---

472) 劉學錯・余恕誠, ≪李商隱詩選≫, p.281.

이 <죄언(罪言)> 등의 정론문(政論文)을 통해 용병의 책략을 제시한 것을 말한 것이고, 대구는 두목이 <군재독작(郡齋獨酌)>에서 "작년에 귀밑머리에 눈이 내리더니, 올해는 수염에 서리가 끼었다[前年鬢生雪, 今年鬚帶霜]."고 한 탄한 것을 염두에 두고 그를 위로한 것이다. 제7구의 '한강(漢江)'은 양양태수(襄陽太守)를 지냈던 두예(杜預)를 가리키며, '서강(西江)'은 곧 '강서(江西)'로 서 이 지역에서 공덕을 쌓은 위단(韋丹)을 가리킨다. 이 구절에도 '강(江)'자가 두 번 쓰여 수련과 함련에서 시어의 중복을 통해 조성했던 밝고 명랑한 정조를 그대로 이어나가고 있다. 미련은 양호(羊祜)의 비문을 두고 두예가 '타루비(墮淚碑)'라고 이름 붙인 것처럼 위단을 위해 쓴 두목의 비문도 후세에 널리 전해지리라는 말이다. 요배겸(姚培謙)은 이 시의 구조를 설명하여 "앞에서는 <두추낭시>를 빌어 강총에 비견했고, 뒤에서는 조서에 의해 위단의 비문을 지은 일로 두예에 비견했으며, 앞에서는 이름과 자(字)로 비교했고, 뒤에서는 성(姓)으로 비교했으니, 시격이 대단히 기이하다."473)고 하였다. 물론 여기에는 문자 유희적인 측면도 없지 않으나, 격식에 얽매이지 않은 자연스러움은 여타의 기증시(寄贈詩)에서 찾아볼 수 없는 특징이라고 하겠다.

<약을 달임[藥轉]>을 보자.

鬱金堂北畫樓東,	울금향 나는 집의 북쪽 채색한 누각의 동쪽
換骨神方上藥通.	뼈를 바꾸는 신비한 처방과 잘 듣는 좋은 약
露氣暗連靑桂苑,	이슬 기운이 어둠 속에서 푸른 계수나무 동산에 이어지고
風聲偏獵紫蘭叢.	바람 소리는 심하게 자주색 난초 무리에서 윙윙거리네
長籌未必輸孫皓,	긴 산가지가 반드시 손호만 못하지도 않고
香棗何勞問石崇.	향기로운 대추를 어찌 수고롭게 석숭에게 물을까?
憶思懷人兼得句,	그 일을 생각하고 그 사람 떠올리다 시구절도 얻어
翠衾歸臥繡簾中.	비취색 이불에 수놓은 발 내리고 돌아와 눕네

---

473) 姚培謙, ≪李義山詩集箋注≫, 「前借杜秋一詩而以江總比之, 後因詔撰韋碑而以杜預比之 ; 前從名字上比擬, 後從姓上比擬, 詩格絶奇.」

이 시는 청대의 저명한 학자인 주이준(朱彝尊)과 기윤(紀昀)이 "제목과 시 모두 해독할 수 없다."고 했을 만큼 난해한 작품이다. 먼저 제목을 풀이해보면, 도교에서 쓰는 약에 '구전환단(九轉還丹)'이라는 것이 있으므로, '약전(藥轉)'은 '약을 달이다'는 뜻으로 이해된다. 이어서 시의 내용을 보자. 수련은 집 동쪽 어딘가에서 약을 복용하는 모습을 묘사한 것이고, 함련은 그곳이 어둡고 으슥한 곳임을 나타낸다. 고대에는 변소를 '동측(東厠)'이라 불렀고, 뒤에도 변소와 관련된 내용이 있으므로 아마도 변소를 가리킨 말로 보인다. 경련에는 출구와 대구에 각각 전고가 쓰였다. '긴 산가지[長籌]'란 대변을 본 뒤에 오물을 제거하는 나무막대인 측주(厠籌)를 말하는 것으로서, 오나라 손호(孫皓)가 불상을 변소에 옮겨놓고 측주를 잡고 있게 했다는 고사가 있으며,474) 서진(西晉)의 왕돈(王敦)은 무제(武帝)의 딸 무양공주(舞陽公主)에게 장가든 직후에 변소에 갔다가 코를 막는 용도로 놓아둔 대추를 모두 집어먹었다고 한다.475) 미련은 변소에서 무슨 일인가를 마치고 침상으로 돌아와 생각에 잠기는 장면이다. 이 시에 대해 섭총기(葉葱奇)는 하작(何焯)의 설을 부연하여, 변비로 고생하다 약을 먹고 변소에 가서 용변을 본 뒤 속이 후련해진 상태를 묘사한 것이라 하였다.476) 이와는 달리, 유학개(劉學鍇)와 여서성(余恕誠)은 풍호(馮浩)의 설을 따라, 어떤 여인이 몰래 임신을 하여 약을 먹고 낙태시킨 것이라 하였으며,477) 왕달진(王達津)은 당대 관료들의 부패한 생활을 풍자한 것이라 하였다.478) 어떤 해석이 맞는지 단언하기 어려우나 이 시가 매우 독특한 제재를 쓰고 있음은 분명하다.

---

474) ≪法苑珠林≫, 「吳時於建業後園平地獲金像一軀, 孫皓素未有信, 置於厠處, 令執屛籌.」

475) ≪世說新語·紕漏≫, 「王敦初尙主, 如厠, 見漆箱盛乾棗, 本以塞鼻, 王謂厠上亦下果, 食遂至盡. 旣還, 婢擎金澡盤盛水, 瑠璃盌盛澡豆, 因倒著水中而飮之, 謂是乾飯.」

476) 葉葱奇, 앞의 책, p.113.

477) 劉學鍇·余恕誠, ≪李商隱詩歌集解≫, p.1683.

478) 王達津, <李商隱詩雜考>, pp.225-226.

6. 만당의 칠언율시

(1) 만당시 개관

당시사에서 만당은 경종(敬宗) 보력(寶曆) 원년(825)에서 주전충(朱全忠)에 의해 당이 멸망한 애제(哀帝) 천우(天祐) 4년(907)까지의 약 80여 년을 가리키는 말이다. 이 무렵의 당은 각종 사회적 모순들이 회복될 수 없는 정도까지 악화되었다. 사회 경제적으로는 균전제(均田制)가 붕괴되고 토지사유제가 급속히 진행되면서 백성들에 대한 지주의 착취가 극심해졌고, 부병제(府兵制)가 모병제(募兵制)로 전환되면서 지방의 번진(藩鎭)들이 자체적인 군사력을 기반으로 자주 반란을 일으켰다.[479] 현종 이후로 줄곧 세력을 키워온 환관들이 마침내 문무관료 수백 명을 죽이는 '감로지변(甘露之變)'을 일으켰는가 하면, 멋대로 군주를 옹립했다 폐위시키곤 했다. 관리사회도 우승유(牛僧孺)와 이덕유(李德裕)를 영수로 두 파로 갈려 40여 년 간 '우이당쟁(牛李黨爭)'을 벌였다. 이러한 제반 문제점들에 대한 근본적인 해결책이 없는 상태에서 시간이 흘러, 희종(僖宗) 건부(乾符) 2년(875) '황소(黃巢)의 난'이 일어나면서 당은 결국 멸망의 길로 접어들었다. 만당의 문인들은 이러한 사회적 배경 하에서 모순을 정면으로 비판하기도 하고 어지러운 현실로부터 도피하기도 하면서 다양한 창작활동을 펼쳤다.

시인들의 활동양상을 중심으로 보면, 만당은 대중 13년(859)을 분기점으로 하여 유미주의적 시풍의 전기와 현실주의적 시풍의 후기로 나뉜다. 전기에 활약한 시인으로는 허혼(許渾 : 791~854?), 장호(張祜 : 792~852), 두목(杜牧), 조하(趙嘏 : 806?~852?), 이상은(李商隱), 온정균(溫庭筠) 등이 널리 알려져 있는데, 양세명(楊世明)은 ≪당시사(唐詩史)≫에서 허혼부터 조하까지를 '청준비개(淸俊悲慨)한 격률시인 집단'으로, 이상은과 온정균은 '완약사(婉約詞)의 길을 연 기염(綺艶) 시인'으로 구분하여 논하고 있다.[480] 여기서 열거한 이 시기의 시인

---

479) 李春植·辛勝夏, ≪中國通史≫, p.134.

들은 정국이 악화되어 가는 상황을 목도하면서도 조정에 간여할 수 있는 권력의 중심에서 철저히 배제당함으로써 파생되는 심리적 억압과 모순으로 인해 중당의 공리주의적 문학관 같은 것에는 흥미를 잃었으며, 대신 이러한 억압과 모순을 외부로 분출하기 위하여 개인의 내면세계에 침잠하는 경향을 보였다.481) 그 영향으로 먼저 지적할 수 있는 것은 회고영사류의 작품이 대량으로 나왔다는 점이다. 이것은 직접적인 정치 참여가 제한된 상황에서 중흥에 대한 갈망을 역사를 통해 우회적으로 표출한 것이라 할 수 있다. 다음으로 개인감정에 대한 인식과 자각이 깊어지면서 인간의 본질적인 감정인 애정이 자주 다루어졌다는 점이다. 부부간의 애정뿐만 아니라 궁원(宮怨) 또는 규원(閨怨)을 제재로 한 작품이나 애정과 관련된 사경시, 영물시도 여기에 포함된다고 보겠다.482)

후기의 시인도 크게 두 부류로 나뉘는데, 나은(羅隱), 피일휴(皮日休), 육구몽(陸龜蒙 : ?~881), 두순학(杜荀鶴 : 846~907) 등은 '황소의 난'을 체험하면서 전기의 시풍에 불만을 품고 중당 신악부의 비판적 정신을 계승하고자 하였고, 위장(韋莊 : 836~910), 당언겸(唐彦謙), 한악(韓偓), 오융(吳融 : 850~?) 등은 전기의 풍격을 그대로 유지했다. 전기의 시인들에게는 얼마간 남아 있었던 '구세제민(救世濟民)'의 열정도 거듭 난리를 겪는 가운데 사라지고, 후기의 시인들은 출로가 보이지 않는 암흑에 대한 환멸이 깔린 감상(感傷)과 세상에 대한 격렬한 분노를 담기 시작했다. 허총(許總)은 이러한 감정이 시작(詩作)을 통해 다음과 같이 세 가지 갈래로 형상화되었다고 보고 있다. 앞서 거론한 시인 가운데 피일휴 등의 첫 번째 부류는 우국우민의 입장에서 영사시와 풍자시 같은 간접적인 수단을 통해 사회의 어두운 면을 제시하고 풍자하면서 민생의 질고에 대해 관심과 동정을 표하였다. 이 무렵에 백거이가 부각된 것도 바로 그런 이유에서인데, 이와 같은 작품이 그다지 많이 나오지는 않았다. 위장

---

480) 楊世明, ≪唐詩史≫, 第四編 晚唐詩를 참고.
481) 羅宗强, ≪隋唐五代文學思想史≫, p.347.
482) 余恕誠, 앞의 책, p.120.

등의 두 번째 부류는 어지러운 세상에 대한 개탄이 개인적인 이력과 맞물리면서 염정에 눈을 돌려 감각적인 아름다움을 추구하였다. 이것은 일부 계층의 사치스런 생활에 물들기도 하고, 정국에 대한 실망을 개인적으로 보상받고자 '급시행락(及時行樂)'을 추구했던 심리상태에 기인한다. 그래서 이상은과 온정균의 화려하면서도 중후한 풍격을 계승하기보다는 섬세한 기교만 만연하게 되었다. 앞에서 언급되지 않았던 조업(曹鄴 : 생졸년 미상), 방간(方干 : ? ~ 885), 사공도(司空圖 : 837~908) 등은 세상사를 잊고 은일(隱逸)의 길로 나아갔다. 이들은 아름다움이라고는 찾아볼 수 없는 인간세상을 등지고 산수를 벗삼아 담박한 정신세계에 빠져들고자 하였다.483)

역대로 만당시는 크게 호평받지 못했다. 송 채거후(蔡居厚)는 "만당인의 시에는 소소한 기교가 많고, 국풍과 이소의 기미는 없다."484)고 하였고, 청 하이손(賀貽孫)은 "만당은 기운이 낮고 체격이 미약한데다 신운 또한 촉급하여 성당인의 말을 그 시집 속에 넣는다 하여도 다만 깎고 새긴 흔적만 보일 뿐 전인들의 혼연하면서도 생동하는 묘는 다시 없었다."485)고 하는 등 부정적인 평가가 지배적이다. 쇠망해 가는 나라의 운명에 실망과 위기를 느꼈던 시인들이 성당과 같은 낭만주의적인 기상을 가질 수 없었고, 이에 따라 시의 기백이 급격하게 떨어진 것은 사실이다. 그러나 만당시를 전혀 인정하지 않으려는 태도는 바람직하지 않다. 적어도 다음 두 가지는 만당시의 성과에 틀림없다고 할 것이다.

첫째로, 초당에서 중당까지 시기별로 출현한 여러 유파와 시인의 특징들이 만당에서 고루 부각되었다. 예컨대 이상은과 두목은 두보의 풍격을 일부 계승하였고, 피일휴와 육구몽은 한유의 의론을 배웠으며, 두순학 등은 원백(元白)의 통속적인 특징을 재현하였다. 그밖에 조업 등은 원결(元結)과 맹교(孟

---

483) 許總, 앞의 책, 第六編 <俗艶餘波 - 衰微期>를 참고.
484) 蔡居厚, ≪詩史≫, 「晚唐人詩多小巧, 無風騷氣味.」
485) 賀貽孫, ≪詩筏≫, 「晚唐氣卑格弱, 神韻又促, 卽取盛唐人語入其集中, 但見斧鑿痕, 無復前人渾老生動之妙矣.」

郊)의 간결하고 예스러움을 이어받았고, 방간(方干) 등은 가도와 요합의 청아
(淸雅)한 고음(苦吟)을 본뜨기도 했던 것이다.486) 이렇듯 만당대에는 시단을
주도적으로 이끌어간 영수는 나오지 않았지만, 전인의 성과를 개개의 시인
이 나름대로 계승하여 어느 한쪽에 치우치지 않는 다채로움을 보여주었다.

　둘째로, 당대에 이루어진 시체인 근체시가 이 시기에 접어들면서 만개하
는 양상을 띠었다. ≪전당시≫에 1권 이상의 시를 남긴 시인들의 작품을 대
상으로 시체별 작품수를 살펴본 시자유(施子愉)의 통계에 따르면, 만당대에는
모두 13,193수가 창작되었고, 이 가운데 94.3%에 해당하는 12,439수가 근체
시다. 또 허혼, 이창부(李昌符), 최도융(崔道融), 두순학, 정곡(鄭谷) 등의 시인은
고시를 단 한 수도 짓지 않았다. 이것은 만당의 시인들이 심한 사회적 혼란
속에서 자유분방한 기상을 발휘할 심적 여유를 가지지 못하고, 짧고 정련된
근체시를 위주로 창작활동을 펼치면서 형식적 기교에 매달렸던 데서 그 원
인을 찾아볼 수 있다. 그러나 결과적으로는 근체시가 집중적으로 창작되면
서 이전의 성과를 집대성하고 격률과 작법을 체계화한 부수적인 효과가 없
지 않았던 것이다.

(2) 칠언율시 창작양상

1) 칠언율시 창작의 전면적 증가

　만당대에 나온 칠언율시는 4,000여 수에 달하는 것으로 추산된다. 칠언율
시를 100수 이상 창작한 시인만 따져도 허혼, 이상은, 나은, 피일휴, 육구몽,
두순학, 위장, 한악, 방간, 오융, 서인(徐寅), 서현(徐鉉), 관휴(貫休), 제기(齊己),
여암(呂巖) 등 15인에 달하고, 이 시기의 웬만한 시인들은 모두 수십 수의 칠
언율시를 남겼다. 이렇게 창작량이 급격히 증가함에 따라 시인의 전체 시작

---

486) 吳庚舜・董乃斌, 앞의 책, p.451.

에서 칠언율시가 차지하는 비중도 아울러 높아졌다. 다음의 표는 주요 시인들의 칠언율시 창작정도를 알아본 것이다.

전	기			후	기		
시　인	전체 작품수	칠율수	백분비	시　인	전체 작품수	칠율수	百分比
許　渾	540	211	39.1	羅　隱	490	271	55.3
杜　牧	501	88	17.6	皮日休	410	140	34.1
李商隱	598	117	19.6	杜荀鶴	318	140	44.0
溫庭筠	325	87	26.8	韋　莊	314	144	45.9
趙　嘏	132	90	68.2	韓　偓	343	151	44.0

　성당 시기에 각 시인의 작품에서 칠언율시가 차지하는 비중은 평균 열 수 가운데 한 수 미만이었고, 중당 시기에는 한두 수 정도였다. 그러던 것이 만당 전기에 들어서서는 두세 수로 늘어났고, 만당 후기에는 네다섯 수까지 차지했다. 그리고 이런 양상은 중당 시기의 칠언율시가 통속파에 속하는 시인들을 중심으로 창작이 이루어지는 편향성을 보였던 것과는 달리, 거의 모든 만당의 시인들에게서 공통적으로 나타나고 있다. 더 나아가서 '칠언율시 전문작가'로 불러도 좋을 만한 시인들도 나왔다. 예컨대 담용지(譚用之)는 전하는 작품 40수가 모두 칠언율시이고, 유창(劉滄)은 101수 가운데 99수, 진도옥(秦韜玉)은 36수 가운데 30수, 장갈(章碣)은 26수 가운데 23수가 칠언율시이며, 267수나 되는 비교적 많은 작품을 창작한 서인(徐夤)도 77.5%에 해당하는 207수의 칠언율시를 창작하였으니, 이는 전례를 찾아볼 수 없는 특이한 상황이다. 여러 시체(詩體) 중에서 중당보다 만당에 창작량이 증가한 것은 오·칠언율시와 칠언절구 이렇게 세 가지 형태인데, 그 가운데 칠언율시의 증가폭이 가장 컸다는 점은 만당 시기의 시인들이 근체시를 위주로 창작활동을 펼치면서 칠언율시에 가장 관심을 기울였다는 증거라고 하겠다.

2) 당대 칠언율시의 총결

　허학이(許學夷)는 당대의 오·칠언율시를 규방의 여인에 빗대어, "초당은 단정하고 점잖다고 말할 수 있고, 성당은 온화하고 지혜롭다 할 것이며, 대력 연간에는 가볍고 나약한 데 빠졌고, 개성 연간에는 아름답고 고움이 지나쳤으며, 당말에는 또 요염해졌다."487)고 하였다. 그러나 이 말에는 부정확한 면이 있는 데다 상당한 편견도 자리잡고 있다. 우리가 지금까지 당대의 칠언율시를 고찰한 바에 의하면, 초당대에는 응제(應制)에 치중했고, 성당대에는 송별시 정도에서 성과를 거두었으며, 두보에 이르러서야 칠언율시가 빛을 발하였다. 중당에 들어 조금 편향성을 보인 것은 사실이나, 허학이가 '아름답고 고움이 지나쳤다'고 한 개성 연간에는 두목과 이상은 등이 정치성이 강한 작품들을 내놓았으며, '요염해졌다'고 한 당말에는 현실주의적인 기풍의 작품도 적잖이 나왔다. 따라서 허학이의 말은 당대의 시가 성당을 정점으로 퇴보의 길을 걸었다는 일부 논자들의 주장을 무비판적으로 답습한 결과라 아니할 수 없다. 특히 성당의 시인들은 칠언율시를 크게 중시하지 않았는데도 이들에게서 나온 몇몇 작품이 이후에 나온 많은 작품보다 월등히 뛰어나다고 단정짓는 것은 실제와 부합하지 않는다.

만당의 칠언율시는 중당까지의 칠언율시 창작경험을 총결하면서 폭넓은 제재를 취하여 다양한 풍격을 선보인 것으로 평가된다. 먼저 응수성이 다분한 기증(寄贈), 수답(酬答), 송별(送別) 등을 제외한 제재 면을 살펴보자. 사회현실에 대한 비판적 시각을 담은 정치시는 두목과 이상은을 거쳐 나온, 피일휴, 두순학으로 이어지면서 각종 정치적 사건과 전쟁을 소상하게 다루었고, 인생무상의 세기말적 사상이 번지면서 영사회고시가 크게 유행하였으며, 세상을 피해 산림에 은둔한 방간과 오융 같은 시인들에 의해 역대로 칠언율시의 제재에서 벗어나 있었던 산수시도 다수 창작되었다. 이 밖에 온정균, 이상은, 한악 등에 의해 주도된 애정시와 정곡, 서인, 유겸(劉兼) 등이 힘을 쏟았던 영물시도 주목해야 할 것이다.

다음으로 형식면을 보기로 한다. 우리가 앞에서 두보 칠언율시의 특징으

---

487) 許學夷, ≪詩源辯體≫ 卷31, 「初唐可謂端莊, 盛唐足稱溫惠, 大曆失之輕弱, 開成過於美麗, 而唐末則又妖艶矣.」

로 논했던 요체시(拗體詩)는 허혼과 두목으로 계승되었으며, 연작시는 이함용(李咸用)과 조당(曹唐)이 이어받았다. 특히 조당의 <유신완조유천태(劉晨阮肇遊天台)>는 유선(遊仙)이라는 제재를 다루고 있는 것도 특이하거니와, 다섯 수의 시가 마치 5막의 연극처럼 서막, 발단, 전개, 절정, 결말의 순서로 짜여진 독특한 구조를 가지고 있다.[488) 또 장호, 진표(陳標), 호증(胡曾), 옹수(翁綬) 등이 칠언율시로 고제악부(古題樂府)를 노래하고 있는 점도 이 시기에 등장한 색다른 모습이라고 할 수 있다.

끝으로 풍격 면에서도 만당의 칠언율시는 다양한 면모를 보여주었다. 전기에는 두보와 한유를 계승한 듯한 침울함, 강건함과 만당 특유의 몽롱함이 교차되는 양상이었고, 후기에는 중당의 청신함, 질박함까지 가미되어 당대 칠언율시의 여러 풍격이 모두 뒤섞여 나타나는 모습이었다. 이상에서 우리는 만당의 칠언율시가 전대의 성과를 충분히 소화하면서 창신의 노력도 기울였음을 알 수 있다. 공병손(龔炳孫)이 "만당에는 여러 시체가 모두 손색이 있었지만, 유독 칠언율시는 여전히 명작이 간간이 나와 유풍을 잃지 않았다."[489)고 한 말은 바로 이러한 점을 지적한 것으로 보아도 좋을 것이다.

다만, 만당의 칠언율시는 크게 세 가지 면에서 한계를 가지고 있었다고 생각된다. 첫째로, 칠언율시의 창작에 나섰던 시인들은 매우 많았지만, 이상은 외에는 다방면에서 창조적인 성과를 거둔 대가가 드물었다. 예컨대 조하와 정곡 같은 이는 칠언율시 작품으로 명성을 얻어 '조의루(趙倚樓)'와 '정자고(鄭鷓鴣)'로 일컬어지기도 했는데,[490) 대부분의 시인들은 이처럼 한두 작품의 수작을 내놓는 데 그치고 다양한 풍격을 선보이지 못해 대가의 반열에 오를 수 없었다.

---

488) 趙謙, 앞의 책, p.386.

489) 孫琴安의 ≪唐七律詩正品≫에 붙인 서문.

490) 葛立方, ≪韻語陽秋≫ 卷4,「趙嘏<長安秋望>詩云: '殘星幾點雁橫塞, 長笛一聲人倚樓.' 當時人誦詠之, 以爲佳作, 遂有'趙倚樓'之目.」; 辛文房, ≪唐才子傳≫ 卷9,「(鄭)谷, …爲都官郎中, 詩家稱'鄭都官'. 又嘗賦<鷓鴣>驚絶, 復稱'鄭鷓鴣'云.」

둘째로, 엄청난 창작량과 다양한 제재, 풍격에 비해 상대적으로 작품성이 높은 시가 썩 많지 않았다. 일례로 손수(孫洙)의 ≪당시삼백수(唐詩三百首)≫에는 칠언율시 54수가 선록되어 있는데, 이 중에서 만당의 작품은 두보를 제외한 성당시인의 작품 12수보다 고작 2수가 많은 14수에 불과하다. 여기에는 만당의 시를 경시하는 경향이 어느 정도 반영되어 있기도 하지만, 창작된 작품수에 비례하는 만큼의 명작이 나오지 않은 것이 사실이다. 만당의 칠언율시가 전체적으로 시상을 잘 꾸려나가기보다는 한두 구의 표현을 잘 다듬는데 치우친 나머지 '가구(佳句)'는 종종 보여도 '가편(佳篇)'은 드물었다고 말할 수 있겠다.

셋째로, 형식적 기교에 많은 관심을 쏟은 탓에 개별 작품의 개성이 무뎌져 엇비슷한 내용과 풍격의 작품이 많았다. 그래서 전양택(錢良擇)은 말하기를 "옛 사람들은 칠언율시는 만당보다 공교한 것이 없다고 말했지만 이로부터 작자가 많아질수록 시의 도가 무너졌던 것이다. 대체로 시어를 짜 맞추는 것이 공교하고, 풍격과 운치가 유려하며, 매끄럽고 익숙하고 가볍고 요염한 쪽으로 모든 작가들이 부화뇌동하였으니, 만약 의미를 따져본다면 그 가운데는 결국 담아낸 것이 없었다."[491]고 하였다.

(3) 주요 작가와 작품

1) 허혼(許渾)

① 칠언율시 창작상황과 특징

허혼은 모두 212수의 칠언율시를 창작했다. 이러한 창작량은 백거이, 나

---

491) 錢良擇, ≪唐音審體≫, 「昔人謂七言律詩莫工於晚唐, 然自此作者愈多, 詩道愈壞. 大抵組織工巧, 風韻流麗, 滑熟輕艶, 千手雷同 ; 若以義求之, 其中竟無所有.」

은, 제기에 이어 당대에서는 네 번째에 해당하니, 만당 전기의 칠언율시 창작을 주도한 작가라고 볼 수 있다. 제재 면을 살펴보면 기증시가 50여 수, 송별시가 40여 수, 수답시가 20여 수로 응수성의 제재가 전체 작품의 절반 이상을 차지하여 중당의 일반적 경향과 맥을 같이 하고 있으며, 그밖에 회고시, 사경시, 영회시가 다수 분포하고 있다.

손금안(孫琴安)은 허혼의 칠언율시에는 크게 '웅혼호장(雄渾豪壯)'한 것과 '수섬세밀(秀贍細密)'한 것의 두 가지가 있다고 전제하면서, 전자는 이따금 거친 폐단이 있었고 후자는 왕왕 지나치게 섬세했다고 지적하였다.[492] 실제로 허혼의 칠언율시를 두루 살펴보면 웅혼한 기상이 담겨 있는 작품은 <제위장군묘(題衛將軍廟)>, <상우장군(傷虞將軍)>, <증하동우압아이수(贈河東虞押衙二首)> 등 몇 수에 불과하여, 대체로 정밀한 시율의 바탕 위에서 '청려(淸麗)'한 풍격이 두드러진다고 여겨진다. 때로는 속된 표현도 없지 않아서 양신(楊愼)은 "당시는 허혼에 이르러 천근하고 비루하기가 이를 데 없었다."[493]고 지적하기도 하였다. 그러나 그보다는 청 장세위(張世煒)의 말이 허혼 칠언율시에 대해 비교적 합리적인 평가를 내리고 있어 여기 인용해본다.

　　허혼의 칠언율시는 잘 다듬어지고 매끈하고 아름다우나, 다만 그것을 유창하고 간편하게 표출했던 까닭에 자주 보면 신선하지 않다. 만약 낯익은 가락을 제거하고 정채로운 것만을 남겨둔다면 이상은, 온정균, 두목 등 여러 시인의 아래에 있지 않으며, 또한 만당의 대작가일 터이니, 꼭 양신이 말한 그대로는 아니다.[494]

요컨대 허혼은 엄정한 태도로 칠언율시의 창작에 임하여 세밀하게 성률

---

492) 孫琴安, 앞의 책, pp.331-332.
493) 楊愼, ≪升庵詩話≫ 卷10, 「唐詩至許渾, 淺陋極矣.」
494) 張世煒, ≪唐七律雋≫, 「渾七律工穩流麗, 但出之流便, 故數見不鮮, 若汰去熟調, 存其精英, 不在李義山、溫飛卿、杜牧之諸人下, 亦晚唐一大作手, 未必如升庵所云也.」 楊愼은 ≪升庵詩話≫ 卷1에서도 許渾의 시를 혹평하여 "胸中無學, 目不觀書, 徒弄聲律以僥倖一第."라고 한 바 있다.

을 다듬고 공정한 대장을 구사하는 등 형식적인 면에서는 앞서 나갔으나, 정감이 빈약한 편이어서 내용적인 면에서는 큰 성과를 거두지 못한 것으로 보인다.

이른바 '허정묘구법(許丁卯句法)'으로 불리는 특수한 평측 격식을 자주 사용한 점도 허혼 칠언율시의 특징으로 빼놓을 수 없겠다. 이것은 「평평측측평평측, 측측평평측측평」의 일반적인 평측 격식에서 제3자와 제5자의 평측을 나란히 뒤바꾸어 「(평)평평측측평측, (측)측측평평측평」의 형식으로 만든 것을 말한다. 이렇게 되면 제5자와 제7자의 평측이 「측측」 또는 「평평」으로 같아져서 자연히 요구(拗句)가 된다. 다음의 예를 보자.

水聲東去市朝變, 山勢北來宮殿高. <故洛城>

湘潭雲盡暮山出, 巴蜀雪消春水來. <凌歊臺>

一聲溪鳥暗雲散, 萬片野花流水香. <滄浪峽>

一聲山鳥曙雲外, 萬點水螢秋草中. <自楞伽寺晨起泛舟道中有杯>

山齋留客委紅葉, 野艇送僧披綠莎. <贈茅山高拾遺>

綺羅無色雨侵帳, 珠翠有聲風繞幡. <題舒女廟>

人心高下月中桂, 客思往來波上萍. <下第貽友人>

芹根生葉石池淺, 桐樹落花金井香. <游江令舊宅>

이상의 예들을 보면 모두 출구(出句)의 제3자는 평성, 제5자는 측성, 대구(對句)의 제3자는 측성, 제5자는 평성을 쓰고 있다. 출구와 대구의 같은 위치에서 서로 상반되게 평측을 바꾸어 쓰기 때문에 요구의 일종이 된다. 요체율시는 만당으로 오면서 정격화되는 양상을 띠어 매 장 또는 매 구에서 요를 하는 위치가 일정해지기 시작했는데,[495] 여기서 살펴본 허혼의 구법은 그 대

---

495) 李重華, ≪貞一齋詩說≫, 「拗體律詩亦有古近之別. 如老杜玉山草堂一派, 黃山谷純用此體, 竟用古體音節, 但式樣仍是律耳. 如義山二月二日等類, 許丁卯最善此種, 每首有一定章法, 每句有一定字法, 乃拗體中另自成律, 不許凌亂下筆.」 이상에서의 예가 모두 함련에서 쓰였다는 것은 매 장에서 요구(拗句)를 쓰는 위치가 일정했던 것이고, 제3자와 제5자에 쓰였다는 것은 매 구에서 요자(拗

표적인 예라고 할 것이다. 옹방강(翁方綱)은 이러한 구법의 의미를 아래와 같이 분석하고 있다.

> 만당인의 칠언율시는 다만 성조에서 변화를 구했는데, 그러나 또 실제로 변화를 줄 수 있을 만한 것이 없었기 때문에 어쩔 수 없이 제3자와 제5자에 요를 쓰는 성조를 내놓았던 것이다. 이 또한 숙련됨이 극에 달하면 생경함을 찾게 되는 이치라 하겠지만, 그 시어가 너무 천근하고 저속함이 안타까울 따름이다.496)

그러나 필자가 보기에 만당의 칠언율시가 성조의 변화만을 추구했다는 말은 지나치다고 생각되며, 요구를 쓰는 것과 시어의 천근함 또는 저속함을 연결짓는 것도 납득할 수 없다. 그보다는 평이함만을 추구했던 중당 칠언율시에 변화를 꾀했다고 평가하는 것이 타당하리라 여겨진다.

② 주요 작품

허혼은 유창(劉滄)과 함께 회고시에 뛰어났던 것으로 알려져 있다. <금릉회고(金陵懷古)>, <고소회고(姑蘇懷古)>, <등낙양고성(登洛陽故城)>, <능효대(凌歊臺)>, <변하정(汴河亭)>, <금곡회고(金谷懷古)> 등 여러 작품이 각종 선집에 뽑혀 있는데, 그 가운데 회고시의 대표작이라고 할 수 있는 <금릉에서 옛 일을 떠올리며[金陵懷古]>를 감상하기로 한다.

玉樹歌殘王氣終,	<옥수후정화> 노래가 사라지면서 제왕의 기운도 끝나고
景陽兵合戍樓空.	경양궁으로 병사들 모여들 때 수루(戍樓)는 비었다
松楸遠近千官冢,	소나무 가래나무 여기저기엔 수많은 관리들의 무덤
禾黍高低六代宮.	벼와 기장 높고 낮은 곳은 육조(六朝)의 궁궐터
石燕拂雲晴亦雨,	돌제비가 구름을 치니 맑은데도 비가 내리고497)

___

字)를 쓰는 위치가 일정했던 것이다.
496) 翁方綱, ≪石洲詩話≫ 卷2,「晚唐人七律, 只於聲調求變, 而又實無可變, 故不得不轉出三五拗用之調. 此亦是熟極求生之理, 但苦其詞太淺俚耳.」
497) ≪湘中記≫,「零陵有石燕, 得風雨則飛翔, 風雨止還爲石.」

江豚吹浪夜還風.　　강돼지가 물결을 일으키니 밤에도 바람이 분다[498]
英雄一去豪華盡,　　영웅이 한 번 떠나고 나니 호화로움도 다하고
唯有青山似洛中.　　오직 푸른 산만이 낙양(洛陽)과 닮았다

육조(六朝)의 여러 나라는 모두 금릉(金陵)을 도읍으로 삼았는데, 진(陳)이 망하면서 금릉은 왕도(王都)로서의 위엄을 상실했다. 그래서 수련에서는 <옥수후정화(玉樹後庭花)>와 같은 염곡(艷曲)으로 흥청대다 수(隋)의 침공을 받아 멸망한 진(陳)을 들어 발단을 삼았다. 함련은 금릉에서 바라다 보이는 나무와 무덤, 농지와 궁궐터를 묘사하면서 육조의 흥망에 대한 감개를 피력하였다. 경련에서는 비바람이 불면 제비가 되어 날고 비바람이 멎으면 돌이 된다는 '돌제비'와 물속에서 뛰쳐오르면 바람이 인다는 '강돼지'를 빌어 강 위의 날씨변화로 시대의 변천을 암시하였다.[499] 미련은 금릉에서 낙양으로 초점을 이동시켜 당의 운명으로 주제를 파급시켜갔다. 출구에서 역사의 진리를 단언하듯 언급하고 나서, 대구에서 '푸른 산'으로 넌지시 암시만 하고 넘어가는 수법은 유우석의 <서새산회고(西塞山懷古)>의 영향을 받은 듯하다.[500] 청 육차운(陸次雲)이 "금릉 회고시 중에서 어찌 이와 같은 걸작을 쉽게 보겠는가?"[501]라 평하고 있듯이, 이 작품이 회고시의 명작임에는 틀림없으나, 공대(工對)로 일관하여 변화가 적은 함련과 경련의 교과서적인 대장이 흠으로 지적된다.

이어서 <함양성의 동쪽 누각에서[咸陽城東樓]>를 보자.

一上高城萬里愁,　　한 번 높은 성에 오르니 만리의 시름
蒹葭楊柳似汀洲.　　갈대와 버들이 고향의 모래톱과 같구나
溪雲初起日沈閣,　　반계의 구름이 막 이니 해가 누각[502]으로 잠기고

---

498) ≪南越志≫,「江豚似猪, 居水中, 每於浪間跳躍, 風輒起.」
499) 中國社會科學院 文學研究所 編, ≪唐詩選(下)≫, p.234.
500) 張步雲, 앞의 책, p.487.
501) 陸次雲, ≪五朝詩善鳴集≫,「金陵懷古詩中, 豈易見此傑作?」
502) 自注,「(咸陽城)南近磻溪, 西對慈福寺閣.」

山雨欲來風滿樓.　　　산 비가 오려하니 바람이 누대에 가득하네
鳥下綠蕪秦苑夕,　　　새가 녹음 우거진 곳으로 내려오는 진나라 어화원의 저녁
蟬鳴黃葉漢宮秋.　　　매미가 노란 잎에서 우는 한나라 궁전의 가을
行人莫問當年事,　　　지나가는 사람들아 당시의 일을 묻지 말아라
故國東來渭水流.　　　옛 도읍에는 동쪽으로 온 위수만 흐르더라

함양(咸陽)은 진한대에 도읍을 두었던 곳으로, 여기서 위수(渭水)를 건너면 바로 장안이다. 수련은 함양성의 누각에 오른 소감과 멀리 보이는 경치를 묘사하였다. 고향이 강남인 허혼은 여기서 고향과 흡사한 경물을 바라보며 놀라움과 기쁨을 함께 느꼈던 것이다.503) 함련과 경련에서는 저녁의 경치를 묘사했다. 제3구는 함양성이 남쪽으로 반계(磻溪)와 인접해 있고, 서쪽으로는 자복사(慈福寺)의 누각과 마주하고 있는 것을 말했다. 제4구는 비가 올 듯 바람이 부는 광경으로서 이상은의 시구인 "석양은 그지없이 좋은데, 다만 황혼이 가깝다[夕陽無限好, 只是近黃昏]."504)와 함께 만당대 시인의 세기말적 감상(感傷)을 대표하는 구절로 자주 인용된다. 제3구에서는 '구름이 이는' 정태적인 모습을 배경으로 '해가 떨어지는' 동태적인 모습을 부각시켰고, 제4구에서는 '바람이 가득한' 동태적인 모습을 배경으로 '비가 오려하는' 정태적인 모습을 감싸안고 있어서 동정(動靜)의 교차가 두드러진다.505) 경련은 새가 날아다니고 매미가 우는 황량한 가을 저녁의 광경을 통해 진한대로 거슬러 올라간 것이다. 미련은 함양이 예전의 도읍지였다는 말을 믿을 수 없을 만큼 황폐해졌다는 뜻으로 '회고상금(懷古傷今)'의 심정을 표출하였다. 손금안(孫琴安)은 이 시가 판에 박히지 않았다는 점에서 앞에서 감상한 <금릉회고(金陵懷古)>보다 낫다고 평하고 있다.506)

다음으로 <능효대(凌歊臺)>를 감상해보자.

---

503) 허혼은 윤주(潤州) 단양(丹陽 : 지금의 강소성 단양시) 사람이다.
504) 李商隱, <登樂遊原>
505) 楊福生, 앞의 책, p.377.
506) 孫琴安, 앞의 책, p.335.

宋祖凌歊樂未回,	송 태조 유유가 능효대에서 즐거워하며 돌아오지 않으면
三千歌舞宿層臺.	삼천 명의 궁녀들은 층층 누대에서 잠들었다
湘潭雲盡暮山出,	상담의 구름 사라지면 저녁 산이 나오고
巴蜀雪消春水來.	파촉의 눈이 녹으면 봄물이 밀려온다
行殿有基荒薺合,	행궁의 터 있으나 거친 납가새가 깔렸고
寢園無主野棠開.	침원에는 주인도 없이 들해당화가 피었다
百年便作萬年計,	백 년의 국운으로 곧장 만 년의 계획을 세웠지만
巖畔古碑空綠苔.	바위 널린 곳의 옛 비석은 덩그러니 푸른 이끼만 꼈다

능효대는 남조 송 유유(劉裕)가 만든 것으로 현재의 안휘성 태평현(太平縣)에 옛터가 있다. 이 시는 능효대의 황량한 모습을 빌어 육조의 흥망을 얘기한 전형적인 회고시다. 그런데 이 시에서는 허혼 칠언율시의 단점 몇 가지가 드러난다. 첫째로 수련에서 유유를 예로 들어 환락에 빠진 육조의 군주를 묘사했는데, 유유는 비교적 근검하게 생활한 사람이었으므로 전형성이 떨어진다. 둘째로, 제목의 뜻과 무관한 사경(寫景)의 병폐가 있다.507) 가운데 두 연은 모두 사경으로서, 황폐해진 '행궁(行宮)'과 '침원(寢園)'을 묘사한 뒤 연은 옛일을 슬퍼하는 제목의 뜻과 부합하여 정경이 잘 어울리지만, '상담(湘潭)'과 '파촉(巴蜀)'을 묘사한 앞 연은 허공에 뜬 느낌을 준다. 그 이유는 경물속에 시의 주제와 관련된 뜻이 없어 억지로 짜 맞춘 듯하기 때문이다. 왕부지(王夫之)는 "시문에는 모두 주인과 손님이 있다. 주인 없는 손님을 오합(烏合)이라 한다. …(함련은) 허혼과 무슨 관계인가? 모두 오합이다."508)라고 비판하고 있다. 허혼의 회고시 중에는 종종 이렇게 제목의 뜻과 무관한 경물묘사가 등장하는데, 이를테면 <여산(驪山)>의 「풍수(風隨)」연, <제사호묘(題四皓廟)>의 「자지(紫芝)」연, <유강령구택(遊江令舊宅)>의 「대난(帶暖)」연 등이 그러하다. 셋째로, 지나치게 공대(工對)를 고집한 흔적이 있다. 예컨대 경련에 대장으로 쓰인 '터

---

507) 陳如江, 앞의 책, pp.4-5.
508) 王夫之, 《薑齋詩話》, 「詩文俱有主賓. 無主之賓, 謂之烏合. …於許渾奚涉? 皆烏合也.」

가 있다[有基]'와 '주인이 없다[無主]'는 너무 고지식하여 생동감이 덜하다.

마지막으로 <학림사에서 중추절 밤에 달을 감상하며[鶴林寺中秋夜玩月]>를 보자.

待月東林月正圓,　　　동쪽 숲에서 달 기다리나니 달은 바야흐로 둥글고
廣庭無樹復無煙.　　　넓은 뜰에 나무 없고 또 안개도 없네
中秋雲盡出滄海,　　　한가위 구름 걷히며 푸른 바다에서 떠올라
半夜露寒當碧天.　　　한밤중 이슬 차가운데 하늘 높이 걸렸네
輪彩漸移金殿外,　　　둥근 달빛 차츰 전각 밖으로 옮겨가는데
鏡光猶挂玉樓前.　　　거울처럼 맑은 빛 아직 누각 앞에 걸려있네
莫辭達曙殷勤望,　　　날이 새도록 지켜보는 일 마다하지 말지니
一墮西巖又隔年.　　　한 번 서쪽바위로 떨어지고 나면 또 한 해 너머라네

이 시에는 한가위 밝은 달이 뜨고 지는 과정과 밤새도록 이를 지켜보면서 가는 해를 아쉬워하는 시인의 마음이 한 데 잘 어울려 있는데, ≪시학찬문(詩學纂聞)≫에 인용된 팽다강(彭茶江)의 감상이 비교적 소상하므로 아래에 인용한다.

　　이 시의 의경은 평범한 듯하지만 격률은 실로 세밀하다. 제1구에서 말하기를 「동쪽 숲에서 달 기다리나니 달은 바야흐로 둥글고」라 했으니 달이 동쪽에서 나온 것이며, 「기다린다」는 것은 아직 나오지 않았을 때이고, 나오고 난 뒤에는 「달이 바야흐로 둥글다」고 하였다. 제2구에서는 「넓은 뜰에 나무 없고 다시 안개도 없네」라 하여 밝은 달에 대한 묘사를 한 구로 다해냈다. 제3구에서는 「한가위 구름 걷히며 푸른 바다에서 떠올라」라고 하였으니 이는 특별히 중추임을 보충하여 지적함으로써 다른 달의 보름과 구별한 것이다. 제4구에서는 「한밤중 이슬 차가운데 하늘 높이 걸렸네」라 하였으니 한밤중에 달이 바로 머리 위에 있는 것이다. 제5구에서는 「둥근 달빛 차츰 전각 밖으로 옮겨가는데」라 하였으니 달이 기울어 서쪽으로 옮겨가는 것이다. 제6구에서는 「거울처럼 맑은 빛 아직 누각 앞에 걸려있네」라 하였으니 장차 지려고 하지만 아직은 지지 않은 것이다. 미련에서는 「날이 새도록 지켜보는 일 마다하지 말지니, 한 번 서쪽바위로 떨어지고 나면 또 한

해 너머라네」라 하였다. 「한 해 너머라네」는 '중추'의 의미를 환기시킨 것이다. 여덟 구에서 순서대로 아침에 이르기까지의 광경을 다 묘사해냈으니, 이것이 당대의 율시가 후인보다 나은 까닭이다.509)

허혼의 칠언율시는 이처럼 조금 산만했던 중당 칠언율시에 격률의 세밀함을 더하여 원숙한 작품을 선보였다는 데서 그 의미를 찾을 수 있겠다.

2) 두목(杜牧)

① 칠언율시 창작상황과 특징

두목은 이상은과 함께 만당을 대표하는 시인으로 꼽힌다. 칠언율시 방면의 성과에서도 역시 그러하여 옹방강(翁方綱)은 "당대의 칠언율시에서 만당은 두목과 이상은을 제외하고는 거의 이곡동성(異曲同聲)이 없었다."고 하였다.510) 다만 이상은에 비하여 풍격이 단순하고 함축이 적고 시율이 세밀하지 못하다는 평이 일반적이다. 그는 모두 88수의 칠언율시를 남기고 있는데, 영회시, 정치시, 영사시, 기증시가 많은 비중을 차지한다.

두목 칠언율시의 풍격은 호방함을 가장 큰 특징으로 한다. 이것은 그가 평소에 정치적으로 원대한 포부를 가지고 정치와 군사를 논했던 데 기인한다고 할 것인데, 칠언율시에서도 일부러 요구(拗句)를 쓰거나 예스런 뜻을 담아 굳세고 힘이 넘치는 기세를 드러내 웅장하고 호탕한 의경을 증강시켰다.511) 이 점에 대해서 조익(趙翼)은 "중당 이후로 율시가 성행하고 다투어

---

509) 汪師韓, ≪詩學纂聞≫, 「此詩意境似平, 格律實細. 首云'待月東林月正圓', 月從東出, '待'在未出之時 ; 旣出, 則'月正圓'也. 次曰'廣庭無樹復無煙', 寫月之明, 一句盡矣. 三曰'中秋雲盡出滄海', 此特補點中秋, 以別於他月之望. 四云'半夜露寒當碧天', 半夜月正當頭也. 五云'輪彩漸移金殿外', 月昃而西移矣. 六云'鏡光猶挂玉樓前', 將落而猶未落也. 結云'莫辭達曙殷勤望, 一墮西巖又隔年', 隔年又以醒'中秋'之意. 八句次第寫盡達旦之景, 此唐律所以勝於後人.」

510) 翁方綱, ≪七言律詩鈔≫, 「唐七律, 晚唐自樊川、玉溪外, 幾無異曲同聲.」

511) 寇養厚, <杜牧七言律詩的藝術風格及其成因>, p.142.

성병(聲病)을 강구했던 까닭에 음절이 조화를 이루고 풍격과 어조도 원만하고 아름다운 것이 많았는데, 두목은 나약함으로 흐르는 것을 염려하여 특별히 호탕하고 곡절 있는 일파를 만들어내 그 폐단을 힘껏 바로잡으려 하였다."512)고 분석하고 있다. 두목이 전대의 여러 시인 중에서 특히 두보와 한유를 좋아했던 것도 그의 칠언율시의 풍격이 형성되는 데 적잖은 영향을 준 것으로 보인다. 두목과 두보의 작품을 비교해보면, 두목이 우국우민의 방면에서는 두보만 못한 것이 분명하다. 그러나 두목의 외향적이고 개방적인 성격은 비교적 내성적이었던 두보의 '침울돈좌(沈鬱頓挫)'한 풍격에서 '근심하고 괴로워하는' 정조를 감소시키고 호방한 감정을 증가시켰다. 예컨대, 그의 칠언율시 <윤주이수(潤州二首)>, <서강회고(西江懷古)>, <회종릉구유사수(懷鍾陵舊遊四首)> 등은 제재를 볼 때 두보의 여러 작품과 같은 유형에 속하나 호매한 기운이 더 드러난다. 그러나 때로는 이러한 호방함이 지나치기도 하여, 청 하작(何焯)은 《의문독서기(義門讀書記)》에서 "만당에는 두목과 이상은이 모두 두보를 배웠다. 두목의 호건질탕(豪健跌宕)함은 지나치게 방종하게 된 폐단을 면치 못하였다."513)고 지적하고 있다.

두목의 칠언율시를 고찰할 때 주의해야 할 것으로, 지금 전해지는 그의 시집에 위시(僞詩)가 많이 섞여있다는 점이 지적된다. 호가선(胡可先)은 두목의 위시로 100여 수를 고증했는데,514) 여기에는 칠언율시도 20수가 포함되어 있으며, 이들 작품은 모두 허혼의 시로 밝혀졌다. 《전당시》에 실린 칠언율시 중에서 같은 작품이 시인을 달리하여 실린 경우가 100여 수 보이는데, 이 가운데 5분의 1정도를 차지하는 많은 양이므로 소홀히 다룰 수 없다고 할 것이다.

---

512) 趙翼, 《甌北詩話》, 「自中唐以後, 律詩盛行, 競講聲病, 故多音節和諧, 風調圓美, 杜牧之恐流於弱, 特創豪宕波峭一派, 以力矯其弊.」

513) 何焯, 《義門讀書記》 卷57, 「晚唐中, 牧之、義山俱學子美. 牧之豪健跌宕, 不免過於放.」

514) 胡可先, <杜牧詩眞僞考>

② 주요 작품

여기서는 두목의 칠언율시 작품 가운데 몇 수를 골라 시기별로 살펴볼 것이다. 두목은 개성 2년(837) 동생 두의(杜顗)의 안질을 치료하기 위해 동도감찰어사(東都監察御使)직을 그만두고 선주(宣州)에 있던 선흡관찰사(宣歙觀察使) 최언(崔鄲)의 막하에서 단련판관(團練判官)을 지냈다. 이 무렵에 지은 작품인 <선주 개원사의 수각에 제함[題宣州開元寺水閣]>을 먼저 감상하기로 하자.

六朝文物草連空,　　　육조의 문물은 황폐해져 풀만이 하늘에 닿았으나
天淡雲閑今古同.　　　하늘 맑고 구름 한가로운 것은 예나 지금이나 같구나
鳥去鳥來山色裏,　　　새들이 산빛 속에서 오락가락하고
人歌人哭水聲中.　　　사람들은 물소리 가운데 울고 웃었지
深秋簾幕千家雨,　　　깊은 가을 주렴인 듯 장막인 듯 온 집에 비가 내리고
落日樓臺一笛風.　　　석양 비치는 누대에서는 피리소리가 바람에 실려온다
惆悵無因見范蠡,　　　범려를 볼 수 없음에 마음 서글퍼지는데
參差煙樹五湖東.　　　들쭉날쭉한 안개 속의 나무가 오호의 동쪽에 있다

개원사(開元寺)는 동진 때 건립된 사찰로서, 건축미가 훌륭하고 주위의 경관이 빼어나 두목이 자주 들렀다고 한다. 수련은 눈앞의 경물로부터 육조의 흥망에 대한 감회를 일으킨 것으로, 지난날의 문물은 모두 거친 풀로 바뀌고 오직 맑은 하늘과 한가로운 구름이 예나 지금이나 같다고 하였다. 함련에서는 대대로 이곳의 산수를 벗삼아 살아왔던 새들과 사람들을 떠올려보았다. 경련은 개원사 주변 완계(宛溪) 일대의 고즈넉한 가을날 비 내리는 풍경을 묘사한 것이다. 미련은 누각에 올라 멀리 오호(五湖)를 바라보며 고인의 호방한 정취를 떠올려본 것으로, 공명을 이루고 태호(太湖)에서 배를 띄웠던 영웅적 인물 범려를 추모했다. 전체적으로 경물을 묘사하는 데 치중하면서도 감정의 조절과 근엄함 그리고 '공성신퇴(功成身退)'에 대한 의지를 엿볼 수 있다.515) 청 굴복(屈復)은 "기세가 매우 호방하니 만당에서는 쉽게 얻을 수 없

는 시다."[516]라고 하였고, 설설(薛雪)은 이 작품이 "곧장 두보의 문 앞까지 나아갔다."고 평하고 있다.[517]

두목은 병서(兵書)인 ≪손자(孫子)≫에 주석을 다는 등 병법에 정통하였으며, 당시에 주요 정치쟁점이었던 번진과 이민족에 대한 대응에서도 주전론의 입장에 있었다. 영물을 빌어 이민족의 침입에 대한 조정의 각성을 촉구한 <일찍 온 기러기[早雁]>를 감상해보자.

金河秋半虜弦開,   금하[518]의 중추에 오랑캐의 활이 당겨지니
雲外驚飛四散哀.   구름 밖으로 놀라 날아가며 사방으로 흩어져 슬퍼한다
仙掌月明孤影過,   신선의 손바닥에 달 밝을 때 외로운 그림자 지나가고
長門燈暗數聲來.   장문궁에 등불 어두울 때 몇 마디 울음소리 들려온다
須知胡騎紛紛在,   오랑캐의 기병이 왁자지껄하게 있음을 알아야 하는 터
豈逐春風一一廻?   어찌 봄바람 따라 하나하나 돌아가겠는가?
莫厭瀟湘少人處,   소상이 사람 없는 곳이라고 꺼리지 말아라
水多菰米岸莓苔.   물에는 고미 많고 언덕에는 매태도 있으니

이 시는 회창 2년(842) 8월 회흘(回紇)이 침략했을 무렵에 지은 것으로, 당시 두목은 황주자사(黃州刺史)로 있었다. 이 때에 창작한 유명한 작품 <군재독작(郡齋獨酌)>에서 "비린내를 일거에 씻어 없애고, 흉악한 무리들을 모두 쫓아내겠다[腥膻一掃灑, 凶狠皆披攘]."는 포부를 밝히고 있듯이, 지방관으로서의 책임도 절감하고 있던 시기였다. 이 시는 고통받는 북방의 백성들을 걱정하여 가을에 남쪽으로 날아오는 기러기를 빌어 자신의 감개를 기탁한 것이다.[519] 특히 어둠 속에 궁궐을 지나가는 기러기의 외롭고 애처로운 모습을

---

515) Mark E. Francis, 앞 논문, p.172, 「The closing exhibits exemplary emotional control and decorousness.」
516) ≪唐詩成法≫, 「氣甚豪放, 晚唐不易得也.」
517) 薛雪, ≪一瓢詩話≫, 「如<題宣州開元寺水閣>, 直造老杜門墻.」
518) 지금의 내몽고 자치주 호화호특시(呼和浩特市) 남쪽을 가리킨다.
519) 金成文, <杜牧詩에 나타난 憂國性 考察>, p.133.

형상화한 함련에서는 군주를 비롯한 조정의 대신들이 오랑캐의 침입으로 정처 없이 떠도는 백성들에게 관심을 가질 것을 간곡히 호소하고 있다. 네 연이 모두 경물을 묘사하는 것으로 일관되어 있으나, 수련과 함련은 실경이고, 경련과 미련은 허경이어서 변화의 묘를 느낄 수 있다. 이 시에서 두목은 우환의식과 연민의 정을 가지고 기러기에 대한 묘사와 백성들의 운명을 교묘히 연결시켜 큰 효과를 거둔 것으로 평가된다.520) 주영당(周詠棠)은 기러기를 노래한 작품 중에서 최고라 하였고,521) 호본연(胡本淵)도 "구격(句格)과 용의(用意)에 있어서 여전히 두보의 풍골이 있다."522)고 호평하였다.

두목은 회창 4년(844) 9월 지주자사(池州刺史)로 다시 자리를 옮겼다. 이 무렵에 나온 작품으로 두목의 칠언율시 가운데 가장 널리 알려진 <중양절에 제산에 올라[九日齊山登高]>를 감상하기로 한다.

江涵秋影雁初飛,	강물이 가을 그림자를 비추고 기러기 처음 날 때
與客携壺上翠微.	손님과 술병 들고 푸른 산에 오른다
塵世難逢開口笑,	풍진세상이라 입 벌려 웃을 일 만나기 어려우니
菊花須揷滿頭歸.	국화를 모름지기 머리 가득 꽂고 돌아와야 한다
但將酩酊酬佳節,	다만 흠뻑 취하는 것으로 아름다운 시절에 보답하리니
不用登臨恨落暉.	높은 곳에 올라 석양을 한탄할 것도 없다
古往今來只如此,	예나 지금이나 그저 이와 같았으니
牛山何必獨霑衣.	우산에서 어찌 꼭 홀로 눈물을 떨궈야만 하리요523)

제산(齊山)은 지금의 안휘성 귀지현(貴池縣) 동남쪽에 있다. 수련은 경물묘사를 통해 중양절(重陽節)에 산에 오른다는 제목을 말한 것으로 '손님'이란 장호(張祜) 일행을 가리킨다. 김성탄(金聖歎)은 특히 아래의 '강물'과 위의 '기

---

520) 王西平·高雲光, 《杜牧詩美探索》, p.21.
521) 周詠棠, 《唐賢小三昧續集》, 「詠雁詩多矣, 終無見逾者.」
522) 胡本淵, 《唐詩近體》, 「句格用意, 猶有老杜風骨.」
523) 《晏子春秋·內篇諫上》, 「景公游于牛山, 北臨其國城而流涕曰："若何滂滂去此而死乎! 艾孔、梁丘據, 皆從而泣.」

러기'를 균형 있게 묘사한 첫 구를 높이 평가하였다.[524] 함련과 경련은 중양절에 국화를 머리에 꽂는 풍습과 도연명(陶淵明)이 중양절에 왕홍(王弘)이 보내준 술에 취해서 돌아왔다는 고사[525]를 써서 작자의 호방한 기품을 드러낸 것이다. 미련에서는 제경공(齊景公)이 우산에 올라 제나라를 바라보며 눈물을 흘렸다는 전고를 반용(反用)하여, 역시 광달(曠達)한 면모를 보여주고 있다. 오지보(吳摯甫)가 이 시를 평하여 "이와 같은 시는 두보 이외에 대체로 많이 보이지 않으니, 마땅히 두목의 칠언율시 가운데 제일이다."[526]라고 했듯이, 두목 칠언율시의 풍격을 잘 보여주는 작품이라고 할 것이다.

3) 온정균(溫庭筠)

① 칠언율시 창작상황과 특징

온정균 역시 두목과 마찬가지로 이상은과 자주 병칭되었다. 관세명(管世銘)은 "칠언율시는 장경(長慶) 연간 이후에 이르러 시들해지기 시작했는데, 온정균과 이상은의 두 시집이 바로 어부의 노래와 목동의 피리소리 속에서 홀연 종소리와 북소리가 떠들썩하게 들려오는 것 같았다."[527]고 말하여 온정균 칠언율시의 성과가 이상은 못지 않은 것으로 보았다. 그러나 전양택(錢良擇)은 "온정균의 악부와 가행은 이상은의 위에 있다고 해도 무방하나 근체시는 훨씬 못 미친다."[528]고 하였고, 왕부지(王夫之) 역시 "온이(溫李)라는 병칭은 자고로 피상적인 말이다. 온정균은 종규(鍾馗)가 분을 바른 것일 뿐이니 이상은

---

524) 金聖歎, ≪貫華堂選批唐才子詩≫ 卷6, 「一句七字, 寫出當時一俯一仰, 無限神理.」

525) 蕭統, <陶淵明傳>, 「(陶)嘗九月九日出宅邊菊叢中坐, 久之, 滿手把菊, 忽値弘送酒至, 卽便就酌, 醉而歸.」

526) 吳摯甫, ≪桐城吳先生評點唐詩鼓吹≫, 「此等詩, 自杜公外, 蓋不多見, 當爲小杜七律中第一.」

527) 管世銘, ≪讀雪山房唐詩鈔‧七律凡例≫, 「七言律至長慶以後, 奄奄一息, 溫李二集, 正如漁歌牧笛, 忽聞鍾鼓嘈吰.」

528) 錢良擇, ≪唐音審體≫, 「飛卿樂府歌行不妨出義山之上, 而今體詩不逮遠甚.」

의 풍골은 천에 하나도 얻지 못했다."529)고 하여 온정균의 시를 폄하하였다. 심지어 고린(顧璘)은 온정균의 칠언율시가 "전혀 감흥을 담은 이미지가 없고 또 맑고 온화한 맛도 부족하며 구법이 수식적이고 저속하여 하나도 본받을 것이 없다."530)고 극단적인 평가를 내리고 있다. 객관적으로 볼 때, 온정균의 칠언율시가 이상은과 대등하다고 하기는 어려운 것이 사실이다. 그러나 그의 몇몇 작품은 굳이 이상은과 비교하지 않더라도 나름의 성과를 가지고 있다.

온정균의 칠언율시는 모두 87수가 전해지고 있다. 일반적인 응수성의 제재가 30여 수를 차지하고 있고, 그밖에 회고영사시, 애정시, 영물시 등이 주류를 이룬다. <개성사(開聖寺)>, <봉천서불사(奉天西佛寺)>, <숙운제사(宿雲際寺)> 등 사찰을 제재로 한 작품이 많이 눈에 띄는 것도 하나의 특징이다. 풍격 면을 보면 <증촉장(贈蜀將)>, <소무묘(蘇武廟)>, <경오장원(經五丈原)>, <과진림묘(過陳琳墓)>와 같이 차분하고 비장한 작품, <제망원역(題望苑驛)>, <춘일야행(春日夜行)>, <화우계거별업(和友溪居別業)>, <우유(偶遊)>와 같이 가볍고 화사한 작품으로 크게 나눌 수 있고, <춘일장욕동귀기신급제묘신선배(春日將欲東歸寄新及第苗紳先輩)>, <계상행(溪上行)>, <회중작(回中作)>, <이주남도(利州南渡)>처럼 성당의 기세를 간직하고 있는 작품도 더러 찾아볼 수 있다.

② 주요 작품

온정균의 칠언율시 가운데 가장 높은 평가를 받은 것은 회고영사류이다. <진림의 묘를 지나며[過陳琳墓]>부터 살펴보기로 하자.

曾於靑史見遺文,　　일찍이 사서(史書)에 남은 글을 보았는데531)

---

529) 王夫之, ≪唐詩評選·七言律≫, 「溫李竝稱, 自古皮相語. 飛卿一鍾馗傅粉耳, 義山風骨, 千不得一.」

530) 顧璘, ≪批點唐音·七言律詩≫, 「全無興象, 又乏淸溫, 句法刻俗, 無一可法.」

今日飄蓬過此墳.　　　오늘 방랑하며 이 묘지를 지나는구나
詞客有靈應識我,　　　문사(文士)의 혼이 있다면 응당 나를 알아볼 터이니
霸才無主始憐君.　　　패업의 재주로도 주인이 없어 비로소 그대를 동정한다오
石麟埋沒藏靑草,　　　돌에 새긴 기린은 봄의 푸른 풀 속에 묻혀있고
銅雀荒涼對暮雲.　　　동작대(銅雀臺)는 황량해져 저녁 구름을 마주하고 있으리
莫怪臨風倍惆悵,　　　바람맞으며 슬픔을 더한다고 괴이하게 여기지 마시게
欲將書劍學從軍.　　　장차 학문과 검술로 종군하리니

이 시는 건안칠자(建安七子)의 하나인 진림(陳琳)의 묘를 찾아가 그를 애도하면서 자신의 불행한 신세를 기탁한 작품이다.532) 이 시의 함련은 작자의 처경에서 비롯된 울분과 비애가 진림의 혼과 교감함을 묘사하고 있다. 경련은 세월이 흘러 황량해진 진림의 무덤을 말한 것이다. 제5구의 '돌에 새긴 기린'이란 무덤 앞의 석각(石刻)이고, 제6구의 동작대는 조조(曹操)가 가무와 연회를 즐기던 곳이다. 이 연에는 '인생무상'의 처량한 정조가 두드러진다. 그러나 미련에서는 다시 공명에 대한 강한 의욕을 표출하며 분발을 다짐하고 있어서, 유장경의 <장사과가의택(長沙過賈誼宅)>과 비교해보면 오히려 '광달(曠達)'한 태도가 엿보인다. 매성동(梅成棟)이 이 시를 평하여 "표연히 왔다가 하소연하며 눈물을 흘리고는 절로 시름을 풀었다."533)고 하였듯이 비장한 맛이 느껴진다. <교거추일유회일이지기(郊居秋日有懷一二知己)>, <행화(杏花)>, <기악주이외랑원(寄岳州李外郞遠)>, <춘일방이십사처사(春日訪李十四處士)> 등의 작품에서도 이 시와 비슷한 내용을 찾아볼 수 있는데, 다만 이상은과 두목의 정치적 감각이나 비판정신을 찾아볼 수 없다는 점이 아쉽다.534)

위 시와는 전혀 다른 풍격을 보여주는 작품인 <우연히 노닐다[偶遊]>를

---

531) 진림의 사적은 ≪三國志·魏志·王粲傳≫에 덧붙여 전해지고 있다.
532) 원소(袁紹) 밑에서 기실(記室)로 있었던 진림은 후에 조조로부터 글재주를 인정받아 공문서의 작성을 맡았다. 온정균의 처지도 이와 같아서 수 차례 과거에 낙방하고 남에게 글을 써주는 일로 생계를 유지하였다.
533) 梅成棟, ≪精選七律耐吟集≫, 「飄然而來, 聲淚俱下, 自寫騷擾.」
534) 房日晰, 앞의 책, <李商隱溫庭筠之七律比較>, p.338.

보자.

曲巷斜臨一水間, 굽이진 길은 비스듬히 물가에 닿아있고
小門終日不開關. 작은 문은 종일 열거나 닫지 않는다
紅珠斗帳櫻桃熟, 붉은 진주 작은 휘장에 앵도가 익어가고[535]
金尾屛風孔雀閑. 금빛 꼬리 병풍에 공작이 한가롭다[536]
雲髻幾迷芳草蝶, 구름 같은 머리채는 향기로운 풀의 나비를 미혹하고
額黃無限夕陽山. 이마의 노란 화장은 끝없는 석양의 산이다
與君便是鴛鴦侶, 그대와 함께 바로 원앙 같은 반려가 된다면
休向人間覓往還. 인간세상 향하여 돌아갈 길 찾지 않으리

이 시는 작자가 아리따운 청루(靑樓)의 여인을 보고 마음을 빼앗긴 정경을 묘사한 것이다. 수련은 여인이 사는 청루의 맑고 고요한 모습을 말하고 있다. 함련과 경련은 여인의 아름다움을 매우 사실적으로 형상화한 것이다. 여기에 대해서는 푸셩우(Fusheng Wu)의 설명을 듣기로 한다.

여성의 규방을 묘사한 가운데 두 연은 온정균 시의 특성을 아주 잘 보여준다. 함련에 보이는 매우 관능적이고 화려한 시어와 이미지, 예컨대 '붉은 진주', '잘 익은 앵두', '금빛 꼬리 병풍', 그리고 경련에 보이는 자연의 작품을 무시하는 정교한 화장, 이러한 모든 것들이 관능적인 탐닉의 세계를 구성한다. 앵두, 공작, 향기로운 풀, 나비, 그리고 심지어는 석양까지, 피조물의 수만큼이나 여인의 정교하고 인공적인 침실에 엄청난 정도까지 포섭된 자연계에 대한 인공의 승리는 여인의 몸에, 그녀의 화장 속에, 그리고 그녀 침실의 가구에 재도안된다.[537]

535) ≪埤雅≫,「櫻桃顆小者如珠, 南人呼爲櫻珠.」
536) ≪海南志≫,「孔雀尾作金色, 五年而後成, 長六七尺, 展開如屛.」
537) Fusheng Wu, 앞의 책, p.125,「The middle two couplets, which describe the woman's boudoir, demonstrate the characteristics of Wen Tingyun's poetry par excellence. The highly sensual, ornate diction and images in lines 3 and 4, such as red pearls, ripe cherries, golden peacock screens, and the woman's elaborate makeup that defies the work of nature in lines 5 and 6 — all these constitute a world of sensual indulgence. The artificial triumphs over the natural world is to a great extent

　염정의 제재를 다루고 있다는 점에서는 이상은의 애정시와 맥을 같이 하고 있지만, 이 시는 바로 지칭대상을 알 수 있는 비유를 써서 여인의 외모를 집중적으로 묘사하고 있는 까닭에, 지극히 상징적인 수법으로 애정의 비환(悲歡)을 노래한 이상은과는 큰 차이가 있다. 미련은 여인을 선녀에 비유하여 그녀에 대한 감정을 직설적으로 표출한 것이다. 조겸(趙謙)은 온정균의 칠언율시에 제재와 표현방법 면에서 사(詞)에 근접한 작품이 있음을 지적하고 있는데,538) 온정균이 시사(詩詞)를 두루 창작한 작가라는 데 기인하는 바가 크다고 할 것이며, 이러한 특징은 만당 후기의 한악(韓偓)으로 이어졌다.

　끝으로 <이주의 남쪽 나루터[利州南渡]>를 감상하기로 한다.

澹然空水對斜暉,	넘실거리는 휑한 강물은 석양을 마주하고
曲島蒼茫接翠微.	굽이진 섬은 아득히 푸른 산과 닿아있다
波上馬嘶看棹去,	물결 위에서 말이 울며 노 저어 가는 것을 바라보고
柳邊人歇待船歸.	버드나무 가에서 사람들이 쉬며 배를 기다린다
數叢沙草群鷗散,	몇 무더기 모랫벌의 풀에서 무리 지은 갈매기가 흩어지고
萬頃江田一鷺飛.	만 이랑 수면위로 한 마리 해오라기 난다
誰解乘舟尋范蠡,	누가 배 타고 범려를 찾아가는 것을 알리오
五湖煙水獨忘機.	오호의 안개낀 강물에서 홀로 기심(機心)을 잊었도다

---

subsumed by the woman's elaborately artificial bedroom, as many of its features, such as the cherries, the peacocks, the fragrant plants, the butterflies, and even the setting sun, are refigured on the woman's body, in her makeup, and in her bedroom furnishings.」

538) 趙謙, 앞의 책, p.353. 온정균이 ≪화간집(花間集)≫에 66수의 사를 남기고 있는 저명한 사인(詞人)이라는 것은 주지의 사실이다. 구양형(歐陽炯)의 <화간집서(花間集序)>에 "비단자리의 공자와 수놓은 휘장 아래의 미녀들이 있었으니, 한 장 한 장 꽃편지를 전하며 문사로 비단과 같은 아름다운 표현을 뽑아냈다. 곱디고운 옥 같은 손가락을 들어 향단박판을 치고 누르니, 빼어나고 맑은 가사는 요염한 자태를 돕지 않은 것이 없다(則有綺筵公子, 繡幌佳人, 遞葉葉之花牋, 文抽麗錦, 舉纖纖之玉指, 拍按香檀, 不無淸艶之詞, 用助嬌嬈之態)."라고 한 말은 이 시의 분위기와도 잘 어울린다고 하겠다.

이주(利州)는 당대에 산남서도(山南西道)에 속했던 곳으로, 지금의 사천성 광원현(廣元縣)이다. 이 시는 저녁 무렵에 사람들이 강을 건너는 광경을 한 폭의 수채화처럼 묘사하고 있다. 수련은 나루터 주변의 경관으로서, 제1구는 동태적이고 제2구는 정태적이며, '강물'과 '섬'은 근경이고 '석양'과 '산'은 원경이어서 잘 조화를 이루었다.[539] 함련은 먼저 떠난 배가 아직 돌아오기 전의 모습이고, 경련은 막 강을 건널 때의 모습이다. 함련에서는 강을 건너려고 하는 말과 사람, 그리고 배를 정면으로 묘사했고, 경련에서는 이와 달리 주변에 있던 새가 나는 것으로서 사람들이 떠들썩하게 강을 건너는 장면을 전달하고 있으니 표현수법에 변화를 준 것이다. 미련은 앞서 감상했던 두목의 <제선주개원사수각(題宣州開元寺水閣)>에서와 마찬가지로 범려(范蠡)의 고사를 통해 자신에게 세상과 다투고 싶은 마음이 없음을 말한 것으로, 《열자(列子)·황제(黃帝)》편의 고사를 연상케하는 경련의 '갈매기', '해오라기'의 이미지와도 잘 부합한다. 이 시의 청신한 풍격은 이상은이나 두목의 칠언율시에서는 오히려 찾아볼 수 없는 것이라고 할 수 있으니, 온정균 칠언율시의 성과를 과소평가할 이유는 없다고 본다.

4) 나은(羅隱)

① 칠언율시 창작상황과 특징

나은은 전체 시 490수 가운데 절반이 넘는 273수의 칠언율시를 창작하여, 당대에서는 백거이에 이어 두 번째로 많은 작품을 남겼다. 주요 제재를 살펴보면 기증시가 80여 수로 상당 부분을 차지하고 있으며, 송별시도 50수 가까이 되므로 응수적인 제재가 많은 편이라고 할 수 있다. 그 외에 영회시, 회고시와 영물시가 자주 눈에 띈다.

명 허학이(許學夷)는 허혼의 칠언율시가 나은과 이산보(李山甫)에게 전해졌

---

539) 金澤, 앞의 책, p.622.

다고 전제하면서 그들의 칠언율시를 평하여 "나은과 이산보는 재주와 힘이
더욱 작았으니, 풍기가 날로 쇠미해지고 조예가 갈수록 낮아진 까닭에 비속
하거나 촌뜨기 같은 사이에 있었다. 하나 둘 추려 볼만한 것도 있지만 성조
가 경박하고 부염하기 그지없고, 시어가 섬세하고 공교롭기 짝이 없으며 기
운(氣韻)이 나약하기가 특히 심하다. 당인의 율시는 여기에 이르러 죄다 피폐
해졌다."540)고 하였다. 이러한 평과는 달리 청 홍량길(洪亮吉)은 "칠언율시는
당말에 이르러 오직 나은만이 가장 감개가 창량(蒼凉)하고 침울돈좌하여, 실
로 멀리는 두보를 잇고 가까이는 이상은과 짝할 수 있었다. 대개 그의 인품
이 높고 식견이 탁월하여 다른 사람이 결코 미칠 수 있는 바가 아니어서이
리라."541)고 하여, 나은이 두보와 이상은으로 이어지는 '침울(沈鬱)'한 풍격을
계승했다고 보고 있다.

  사실 나은의 칠언율시는 위에서 말한 두 가지 특성을 모두 지니고 있는데,
허학이와 홍량길은 한쪽에만 치우친 평가를 내리고 있어 객관성이 부족하다.
만당 후기의 일반적인 경향과 마찬가지로 나은의 칠언율시에 섬세하고 기백
이 없는 단점이 분명히 존재하나, ≪당재자전(唐才子傳)≫에 "그의 시문은 황
폐한 사당과 나무인형까지도 풍자의 대상으로 삼았다."542)고 했듯이 나은은
풍자에 뛰어난 감각을 가지고 있었던 시인이었기 때문에, 그의 칠언율시에
도 날카로운 현실인식에 기인하는 특성이 반영되어 있다. 예컨대, <황하(黃
河)>는 과거제도의 병폐를 풍자한 작품이고, <등하주성루(登夏州城樓)>는 애
국애민의 마음이 담긴 작품이다. 또 <광릉개원사각상작(廣陵開元寺閣上作)>,
<주필역(籌筆驛)> 등의 시는 이상은의 풍격과 흡사하다는 평도 듣고 있
다.543) 따라서 나은의 칠언율시를 전체적으로 조감할 때는 이렇게 서로 상반

---

540) 許學夷, ≪詩源辯體≫ 卷32,「開成許渾七言律再流而爲唐末李山甫,羅隱諸子.
    羅李才力益小, 風氣日衰, 而造詣愈卑, 故於鄙俗村陌之中間. 有一二可采, 然
    聲盡輕浮, 語盡纖巧, 而氣韻衰颯殊甚. 唐人律詩至此, 乃盡敝矣.」
541) 洪亮吉, ≪北江詩話≫ 卷6,「七律至唐末造, 惟羅昭諫最感慨蒼凉, 沈鬱頓挫,
    實可以遠紹浣花, 近儷玉谿. 盖由其人品之高, 見地之卓, 迥非他人所及.」
542) 辛文房, ≪唐才子傳≫ 卷9,「詩文凡以譏刺爲主, 雖荒祠木偶, 莫能免者.」

되어 보이는 특성을 지니고 있다는 점에 유의해야 할 것이며, 아울러 이것이 만당 후기의 거의 모든 시인에게 공통적으로 나타나는 현상이라는 점도 지적해둔다.

② 주요 작품

나은의 칠언율시에는 <자상천동하립춘박하구조풍등손권성(自湘川東下立春泊夏口阻風登孫權城)>, <광릉개원사각상작(廣陵開元寺閣上作)>, <등와관사각(登瓦棺寺閣)>, <등하주성루(登夏州城樓)>, <상우역루동망유감(商于驛樓東望有感)>, <춘일등상원석두고성(春日登上元石頭故城)> 등 누각에 올라 감회를 피력하고 있는 작품이 여러 수 보인다. 이 가운데 <하주성의 누각에 올라[登夏州城樓]>를 감상해보자.

寒城獵獵戍旗風。	차가운 성에는 씽씽 수루의 깃발에 이는 바람
獨倚危欄悵望中.	홀로 높은 난간에 기대어 쓸쓸히 바라본다
萬里山川唐土地,	만 리의 산천은 당나라의 영토요
千年魂魄晉英雄.	천 년의 혼백은 진나라의 영웅들
離心不忍聽邊馬,	떠나는 마음은 차마 변방의 말울음소리 듣지 못하겠고
往事應須問塞鴻.	지난 일은 응당 변방의 기러기에게 물어야 하리
好脫儒冠從校尉,	유자(儒者)의 관을 벗어 던지고 교위를 따라
一枝長戟六鈞弓.	한 자루 긴 창과 여섯 균의 묵직한 활544)을 잡으리라

하주(夏州)는 유림(楡林)이라고도 불렸으며, 지금의 섬서성 횡산현(橫山縣) 부근이다. 수련은 깃발이 바람에 나부끼는 성루에 오른 모습을 묘사한 것으로 변방의 쓸쓸함을 전달하고 있다. 함련은 역사적인 관점에서 국토를 지키기 위해 수많은 사람들의 희생이 있었던 것을 되새겨본 것이다. 제4구의 '진

---

543) 《瀛奎律髓滙評》<廣陵開元寺閣上作>條에 인용된 何焯의 평, 「此篇逼眞義山.」 《石園詩話》, 「昭諫<籌筆驛>詩, 亦七律中最佳者, 議論亦頗似義山.」
544) 《左傳·定公8年》, 「顔高之弓六鈞.」

나라의 영웅들'이란 동진 안제(安帝) 때 혁련발발(赫連勃勃)이 대하국(大夏國)을
세우고 중원으로 쳐들어와 전쟁을 벌이던 와중에 희생된 병사들을 가리킨다.
경련은 과거에 대한 회상으로부터 촉발된 현재의 처연한 감정이며, 미련에
서는 변새에서 공을 세워보고자 하는 의지를 다지고 있다. 전쟁이 가져오는
불행을 묘사하면서 아울러 호국의 심정을 표출한 이 작품은 마치 성당 변새
시의 정조를 느끼게끔 하는데, 누차 과장(科場)에서 실의를 겪으면서도 어지
러운 세상을 바로잡고자 하는 포부가 꺾이지 않았음을 알 수 있다. 양봉춘(楊
逢春)은 이 시를 평하기를 "성정(聲情)이 강개하고 필력이 웅건하며 새기고 다
듬는 것을 능사로 여기지 않았으니 분명 만당의 걸작이다."545)라고 하였다.
　다음으로 <위성현에서 친구를 만나[魏城逢故人]>546)를 보자.

一年兩度錦城游,	일 년에 두 번 금성(錦城)에서 노닐었으니
前値東風後値秋.	앞에는 봄바람 불 때 뒤에는 가을이었지
芳草有情皆礙馬,	향기로운 풀도 감정이 있어 모두 말을 막아섰고
好雲無處不遮樓.	좋은 구름이 누각을 가리지 않는 곳 없었지
山將別恨和心斷,	산이 이별의 한을 가지고 애끓는 마음과 어우러졌고
水帶離聲入夢流.	물이 이별의 소리를 띠며 꿈으로 흘러들었지
今日因君試回首,	오늘 그대로 인해 시험삼아 고개를 돌려보니
淡煙喬木隔綿州.	옅은 안개와 높은 나무에 면주(綿州)가 보이지 않네

　이 시는 사천의 위성현(魏城縣 : 지금의 梓桐縣 서쪽)에서 친구를 만나고 지은
것이다. 수련은 작자가 친구와 일 년에 봄과 가을 두 번씩 금성(錦城 : 지금의
사천성 성도시 남쪽)에서 만나 노닐었음을 말하고 있다. 함련은 '향기로운 풀'
과 '좋은 구름'을 의인화하여 두 사람의 깊은 정을 형상화한 것이며,547) 경

---

545) 楊逢春, ≪唐詩繹≫,「聲情慷慨, 筆力雄健, 不以錐琢爲工, 固是晩唐之杰.」
546) 어떤 판본에는 이 시의 제목이 <綿谷回寄蔡氏昆仲>으로 되어 있다.
547) 정원초(程元初)는 ≪당시선맥회통평림(唐詩選脈會通評林)≫에서 '향기로운 풀
　　[芳草]'은 소인배를, '말[馬]'은 이익을 좇는 무리들을, '좋은 구름[好雲]'은 아
　　첨하는 자들을 비유하는 것으로 보았는데, 조금 지나친 해석이 아닌가 한다.

련 역시 '산'과 '물'을 의인화하여 그들에게 이별의 한을 남겼음을 묘사하였
다. 미련은 친구를 만남으로 인해 예전에 같이 노닐던 금성으로 시선을 돌려
본 것인데, 옅은 안개와 높은 나무에 가려 보이지 않아 오히려 짙은 여운을
남긴다. 이 시는 '정경교융'의 특징이 두드러지고 아름답고 유창한 시어를
통해 상상력을 자극하는 함축미가 있어,548) 고보영(高步瀛)의 ≪당송시거요(唐
宋詩擧要)≫에서는 나은의 칠언율시로는 유일하게 이 작품을 선록하였다.

　　이어서 풍자성이 두드러지는 <황하[黃河]>를 감상하기로 한다.

莫把阿膠向此傾,	아교를 여기다 쏟지 말아라
此中天意固難明.	여기에 담긴 하늘의 뜻은 분명 밝히기 어려우니라
解通銀漢應須曲,	은하수와 통하려면 응당 구부러져야 하고
纔出昆侖便不淸.	곤륜산에서 막 나오자마자 맑지 않게 된다
高祖誓功衣帶小,	한고조가 공신을 봉하면서 허리띠처럼 작아질 때까지라 했고
仙人占斗客槎輕.	신선이 북두성을 차지하고 있어서 나그네의 뗏목은 가볍다
三千年後知誰在,	삼천 년 뒤에 누가 남아있어서
何必勞君報太平.	애써 그대에게 태평성대를 알려주겠는가?

　　이 시는 황하를 빌어 과거제도의 병폐를 신랄하게 비판한 것이다.549) 이
시에서 흐린 강물이 흐르는 '황하'는 혼탁한 과거제도를 상징한다. 수련에서
는 흐린 물에 넣고 저으면 맑아진다는 '아교'를 황하에 쏟지 말라고 하였다.
황하가 흐린 것은 다 하늘의 뜻이라는 얘기다. 제3구의 '은하'는 조정을 상
징하는 말로서 과거에 합격하려면 부정한 방법을 동원해야 한다는 뜻이고,
제4구의 '곤륜산'은 황하의 발원지로 알려진 곳으로서 과장(科場)이란 원래부
터가 혼탁한 곳이라는 말이다. 경련에는 전고가 쓰였다. 한고조 유방(劉邦)은
공신들에게 작위를 내리면서 황하가 허리띠처럼 가늘어질 때가 되어서야 그

---

548) 尙作恩 外 3인 편, ≪晚唐詩譯釋≫, p.206.
549) 나은은 28세에 처음으로 과거에 응시하여 55세까지 10여 차례 도전했지만 끝내
　　합격하지 못했다. 그렇게 수십 년간 쌓인 울분이 이 작품에 잘 드러나 있다.

들의 작위가 사라질 것이라고 했다 하며,550) 한대에 장건(張騫)은 뗏목을 타고 황하의 근원을 찾아 나섰다고 전해진다. 즉 귀족대신들은 영원히 그 자리를 지키고 있을 것이고, 북두성을 차지하고 있는 신선 같은 이들의 도움을 받으면 관직을 쉽게 얻을 수 있다고 한 것이다. 미련은 황하가 천 년에 한 번 맑아진다는 전설을 빌어, 천 년 뒤에 과장이 깨끗해진들 무슨 소용이냐는 푸념이다. 이 작품에는 '세상에 대한 분개'로 치달았던 만당 후기시의 경향이 잘 드러나 있다고 하겠다.

나은의 전체 시 중에는 영물시가 50여 수로 적잖은 양을 차지하고 있다. 칠언율시 작품도 10여 수 찾아볼 수 있는데, 그 가운데 <복사꽃[桃花]>을 감상해보자.

暖觸衣襟漠漠香,　　따스하게 옷깃을 스치며 은은히 풍기는 꽃향기
間梅遮柳不勝芳.　　매화 틈에서 버들에 가리웠지만 향기는 가누지 못하네
數枝艶拂文君酒,　　몇 가지가 요염하게 탁문군(卓文君)의 술551)을 스치고
半里紅敧宋玉牆.　　반 리나 붉게 물들이며 송옥의 담552)에 기울어 있네
盡日無人應悵望,　　종일토록 아무도 없으니 응당 쓸쓸히 바라만 보고
有時經雨乍淒涼.　　때로 비 뿌리고 지나가면 문득 처량해진다네
舊山山下還如此,　　옛 산의 산 아래는 아직도 이와 같은데
回首東風一斷腸.　　고개 돌리니 봄바람이 애간장을 끊어놓네

이 시는 복사꽃을 묘사한 전반부와 작자의 감개를 표출한 후반부로 나뉘어진다. 전반부의 분위기는 매우 아름답고 화려하지만, 후반부는 꽃을 감상할 만한 넉넉한 여유가 없는 탓에 다분히 처량하고 애상적이다. 앞서 감상했

---

550) 《漢書·高帝紀》,「與功臣剖符作誓.」如淳注 : 謂功臣表誓'使河如帶, 泰山若厲, 國乃滅絶.'
551) 《史記·司馬相如傳》,「相如與俱之臨邛, 盡賣其車騎, 買一酒舍酤酒, 而令文君當爐.」
552) 宋玉, <登徒子好色賦>,「臣里之美者, 莫若臣東家之子. …然此女登牆闚臣三年, 至今未許也.」

던 <황하>에서와 같은 치열한 현실성은 찾아볼 수 없고, 섬세한 묘사 속에 짙은 우수만이 전해질 뿐이다. 마치 전혀 다른 작가의 작품을 보는 듯한 느낌도 없지 않은데, 바로 이렇게 작품에 따라 현실과의 원근과 함께 시의 풍격이 큰 차이를 보이는 점은 만당 후기 칠언율시 작가들의 일반적인 특징이다. 진여강(陳如江)은 이 시의 단점을 지적하여 함련에서 복사꽃과 무관하게 '탁문군(卓文君)'과 '송옥(宋玉)'을 인용한 장식이 지나치다고 하였다.553) <허백당전모단상부운태부수식재전당(虛白堂前牡丹相傳云太傅手植在錢塘)>의 함련에서도 이와 마찬가지로 모란을 묘사하면서 "향기 따사로이 몇 번이나 원호의 부채에 나부꼈던가? 품격 높아 길이 공융의 술동이와 마주하였지[香暖幾飄袁虎扇, 格高常對孔融樽]."라고 하여 원굉(袁宏)과 공융(孔融)을 들고 있다. 구절을 화사하게 꾸미기 위해서 그다지 절실하지 않은 부분을 억지로 끌어오는 것은 역시 병폐의 하나로 보인다.

5) 한악(韓偓)

① 칠언율시 창작상황과 특징

한악의 칠언율시는 모두 151수이다. 기증시가 20여 수 정도 되는 것을 제외하면 수답시나 송별시와 같은 응수성의 제재는 극히 적고, 영회시, 영물시, 회고시, 정치시, 애정시 등 비교적 다양한 제재의 작품을 남기고 있다. 일찍이 엄우(嚴羽)가 한악의 시를 일컬어 '향렴체(香奩體)'라 한 이후로554) 만당 후기의 유미주의를 대표하는 시인으로 알려졌다. 그러나 '향렴집(香奩集)'은 과거에 합격하기 전 초기의 작품들로 엮어졌고 이후에는 그의 시풍이 많이 바뀌었으므로, 주로 화려하고 경박한 염정시를 지칭하는 '향렴체'로 그의 전체 시세계를 이해해서는 곤란할 듯하다. 특히 칠언율시 작품들은 그와 경향을 달리하는 작품들이 많다.

---

553) 陳如江, 앞의 책, p.51.
554) 嚴羽, ≪滄浪詩話·詩體≫

한악은 이모부인 이상은의 영향을 많이 받은 것으로 알려져 있다. 염정시를 위주로 했던 초기시는 물론이고, 주로 칠언율시를 중심으로 기사, 서정, 사경을 결합시켜 시사(時事)를 묘사한 후기시에서도 이상은의 영향을 가늠해 볼 수 있다. 정교한 용전(用典)이나 침울돈좌한 시풍에서도 닮은 점이 많다.555) 특히 정치적인 내용을 반영하고 있는 40여 수의 작품들은 만당 후기의 대사건들을 직접적으로 다루거나, 당의 멸망을 애도하거나, 또는 시절이 어려운 데 따른 신세에 대한 감회를 묘사하여 두보와 이상은의 전통을 계승한 것으로 평가받는다.556) 관세명(管世銘)은 "당말의 칠언율시로는 한악이 으뜸이다. 향렴체의 여러 작품들을 제외하면 대부분 군주를 사랑하고 나라를 걱정하는 데서 나온 것이며, 기세와 격조가 문득 혼성(渾成)에 가까웠다."557)고 하였고, 오개생(吳闓生)은 두보 이후로 칠언율시에 능했던 시인 일곱 사람 가운데 하나로 한악을 꼽기도 하였다.558)

② 주요 작품

먼저 '향렴체'의 면모를 일부분 보여주고 있는 작품부터 살펴보자. <중추에 대궐에서 숙직하며[中秋禁直]>를 감상해보기로 한다.

星斗疏明禁漏殘,	별들이 성기게 밝고 궁궐의 물시계 소리 잦아들 때
紫泥封後獨憑闌.	자줏빛 진흙으로 봉한 뒤에 홀로 난간에 기대어 있다
露和玉屑金盤冷,	이슬이 옥가루와 섞이니 금쟁반이 차갑고
月射珠光貝闕寒.	달이 구슬 빛을 쏘니 용궁이 춥다
天襯樓臺籠苑外,	하늘이 누대와 가까워져 동산 밖을 감싸고
風吹歌管下雲端.	바람이 노래와 피리소리를 불어 구름 끝에서 내려온다

---

555) 陳伯海, <韓偓生平及其詩作簡論>, p.53.

556) 程千帆·張宏生, 앞의 글, pp.125-126.

557) 管世銘, 《讀雪山房唐詩鈔·七律凡例》, 「唐末七言律, 韓致堯爲第一. 去其香奩諸作, 多出於愛君憂國, 而氣格頓近渾成.」

558) 吳闓生, <韓翰林集跋>(陳伯海, 앞의 글, p.53에서 재인용). 나머지 여섯 사람은 李商隱, 杜牧, 蘇軾, 黃庭堅, 陸游, 元好問이다.

長卿只爲長門賦,　　사마상여(司馬相如)는 그저 <장문부>만을 지었을 뿐
未識君臣際會難.　　임금과 신하가 만나기 어려움을 알지 못했다

　이 작품은 대략 천복(天復) 연간(901~903) 초반에 창작된 것으로 보인다.559) 앞의 여섯 구는 숙직하면서 보고들은 것들을 묘사한 것인데, 대체로 '향렴체'의 시에 자주 등장하는 화사한 시어들로 채워져 있다. 미련에 쓰인 사마상여(司馬相如)의 전고 또한 왕실의 애증을 담고 있는 것이다. 그러나 이 시가 표현하고자 한 주제는 신하된 사람으로서 군주를 알현하고 시국에 관한 의견을 개진할 기회가 적음을 한탄한 것이어서, 경박하거나 저속한 감은 주지 않는다.

　이어서 <옛 도읍[故都]>을 보자.

故都遙望草萋萋,　　옛 도읍에서 멀리 바라보아도 풀만 무성하니
上帝深疑亦自迷.　　상제가 깊이 의심해보다가 또한 스스로 미혹되겠네
塞雁已侵池籞宿,　　변방의 기러기가 이미 금원에 침입하여 잠자는데
宮鴉猶戀女牆啼.　　궁궐의 까마귀는 아직도 낮은 담이 그리워 우는구나
天涯烈士空垂涕,　　하늘 끝의 열사는 헛되이 눈물 흘리고
地下强魂必嗌臍.　　땅 아래 드센 혼백은 필시 배꼽을 깨물으리라560)
掩鼻計成終不覺,　　코를 가리게 한 계책이 성공해도 알아채지 못했으니561)

---

559) 한악은 소종 용기(龍紀) 원년(889)에 과거에 급제하여 천복(天復) 원년(901)에는 한림학사·중서사인에 제수되면서 소종의 신임을 받았다. 그러다 천복 3년(903)에 조정의 실권을 장악하고 있던 주온(朱溫 : 주전충)의 눈밖에 나 복주사마(濮州司馬)로 폄적되어 이후로 조정에 복귀하지 못하였다.

560) '배꼽을 깨문다'는 것은 후회막급이라는 뜻이다. ≪左傳·莊公六年≫,「亡鄧國者, 必此人也. 若不早圖, 後君嗌齊. 其及圖之乎! 圖之, 此爲時矣.」즉 최윤이 주온을 사전에 제거하지 못한 것을 크게 후회하고 있을 거라는 말이다.

561) ≪韓非子·內諸說下≫,「夫人知王之不以己爲妒也, 因爲新人曰 : "王甚悅愛子, 然惡子之鼻, 子見王, 常掩鼻, 則王長幸子矣." 於是新人從之, 每見王, 常掩鼻, 王謂夫人曰 : "新人見寡人常掩鼻何也?" 對曰 : "不己知也." 王强問之, 對曰 : "頃嘗言惡聞王臭." 王怒曰 : "劓之." 夫人先誡御者曰 : "王適有言, 必可從命." 御者因揄刀而劓美人.」

馮驩無路學鳴雞.　　풍환의 닭울음소리를 배울 길이 없었네

　천우(天祐) 원년(904) 주온(朱溫)은 정권을 찬탈할 목적으로 도읍을 장안에서 낙양으로 옮겼다. 이 시에서 말하는 '옛 도읍'이란 바로 장안을 가리키는 것이다. 수련은 도읍이 옮겨진 이후에 폐허가 된 장안을 보노라면 상제까지도 과연 여기가 삼백 년 도읍지였던가 의심할 정도라는 말로서, 나라의 운명에 대한 깊은 우려가 배어 있다. 함련은 '기러기'와 '까마귀'를 통해 황량해진 궁궐을 묘사한 것이다. '금원(禁苑)에 침입하여[侵池籞]'라는 말에 군주의 지위를 넘보는 주온에 대한 강한 분개가 깔려있다고 하겠다. 제5구의 '열사'는 작자와 같이 주온에게 굽히지 않았던 사람들을 가리키며, 제6구의 '혼백'은 주온에게 살해된 재상 최윤(崔胤)과 같은 희생자들을 말한다. 미련에서는 두 구에 모두 전고를 써서 시상을 마무리하였다. 제7구의 '코를 가리게 한 계책'이란 초나라 정수(鄭袖)가 군주의 총애를 되찾기 위해 썼던 술책으로, 주온의 계략을 소종(昭宗)이 눈치채지 못했다는 뜻이며, 제8구의 풍환(馮驩)은 닭울음 소리를 잘 흉내내는 장기로 맹상군(孟嘗君)의 식객(食客)으로 있다가 훗날 주인을 구해준 사람으로서, 이 구는 작자가 소종이 위기를 맞았을 때 도와주지 못했다는 자책이다. 이 시는 황폐해진 도성을 묘사하는 데 그치지 않고 천도의 정치적 음모를 파헤치면서 왕권에 도전하는 세력에 대해 저항한 '시사적(詩史的)' 의미가 있다.

　다음으로 허학이(許學夷)가 "기운(氣韻)이 또한 뛰어나다."[562]고 평했던 <등남신광사탑원(登南神光寺塔院)>, <춘진(春盡)>, <오침몽강외형제(午寢夢江外兄弟)> 등의 작품 가운데 <봄은 가고[春盡]>를 보자.

惜春連日醉昏昏,　　가는 봄 아쉬워 연일 마냥 술에 취해
醒後衣裳見酒痕.　　깨고 나면 옷자락에 여기저기 술 자국
細水浮花歸別澗,　　가는 물줄기가 꽃잎을 띄워 다른 시냇물로 흘러들고

---

562) 許學夷, ≪詩源辨體≫ 卷32, 「氣韻亦勝.」

斷雲含雨入孤村.　　　조각 구름은 비를 몰아 외로운 마을로 들어온다
　人閒易得芳時恨,　　사람이 일 없으니 꽃다운 시절의 한을 얻기가 쉽고
　地迥難招自古魂.　　사는 곳이 궁벽하니 옛 넋조차 모셔오기 어렵구나
　慚愧流鶯相厚意,　　날아든 꾀꼬리 그 두터운 뜻에 부끄러워라
　淸晨猶爲到西園.　　새벽녘 그래도 날 위해 서쪽 뜰로 날아왔네

이 시는 한악이 주온의 반대로 재상에 기용되지 못하고 오히려 복주사마
(濮州司馬)로 폄적된 뒤 가족을 이끌고 민(閩) 땅으로 들어가 민왕(閩王) 왕심지
(王審知)에게 의탁했을 때 지은 것이다. 수련은 날마다 술에 취한 모습을 묘
사하여 작자의 실의를 반영하고 있다. 함련은 제1구 '봄'의 의미를 구체적으
로 형상화한 것으로, 떨어져 시냇물에 흘러가는 '꽃'은 좋은 시절이 다 가고
있음을 상징하고, 몰려오는 '비'는 암담한 미래를 상징한다. 작자의 처량한
신세가 경물과 잘 어울리고 있다. 경련에 보이는 '꽃다운 시절의 한[芳時恨]'
은 이 작품의 주제라고 할 수 있다. 여기에는 대략 세 가지가 함축되어 있다
고 하겠는데, 첫째는 어지러운 세상을 만나 폄적된 슬픔이요, 둘째는 하는
일 없이 남에게 얹혀 있음이요, 셋째는 꽃피는 좋은 시절을 그냥 보내는 것
이다.563) 미련은 꾀꼬리만이 날아와 실의에 빠진 작자를 위로하는 모습이다.
황숙란(黃叔燦)이 이 시를 평하여 "당의 운명이 이미 다한 것으로 인하여 봄
이 다한 것을 빌어 그것을 표출한 것이다."564)라고 하였듯이 당의 멸망을 눈
앞에 둔 애상적인 정조가 없지 않지만, 청려(淸麗)한 시어로 '정경교융'의 묘
를 잘 살린 작품이라고 하겠다.

끝으로 <빈곤을 편안히 여김[安貧]>을 감상하기로 한다.

手風慵展八行書,　　손에 중풍이 들어 편지를 쓰는 것도 게을러지고565)

---

563) 尙作恩, 외 3인, 앞의 책, p.248.
564) 黃叔燦, ≪唐詩箋注≫, 「此詩因唐祚已盡, 借春盡以發之.」
565) 馬融, <與寶伯向書>, 「孟陵奴來, 賜書, 見手迹, 歡喜無量, 次於面也. 書雖兩
　　紙, 紙八行, 行七字.」

眼暗休尋九局圖.   눈이 어두워져 바둑을 두는 것도 그만두었네566)

窗裏日光飛野馬,   창에는 햇빛에 먼지가 날아오르고567)

案頭筠管長蒲廬.   책상맡 필통에는 허리가는벌이 자라네

謀身拙爲安蛇足,   생계를 도모함이 졸렬하여 뱀에 다리를 그린 꼴이었고

報國危曾捋虎鬚.   나라에 보답함이 위태로워 범 수염을 꼬는 식이었네568)

擧世可能無默識,   온 세상에 어찌 마음속으로 아는 이 없으랴만

未知誰擬試齊竽.   누가 제나라의 피리를 시험할 지 모르겠네569)

이 시는 한악이 만년에 복건성의 남안(南安)에 살 때 지은 것이다. 수련과 함련은 모두 늙고 병들어 모든 일에 의욕을 잃은 모습을 묘사하였다. 경련은 작자가 '빈곤한[貧]' 원인이다. 작자 스스로 일생을 회고해보건대 생계를 도모한 일들은 '화사첨족(畵蛇添足)'에 다름 아니었고, 나라에 보답한다고 했던 일은 삼국시대 오나라의 주환(朱桓)이 손권(孫權)의 수염을 꼬았듯이 실권자의 비위를 건드려 위태롭기 짝이 없었다는 것이다. 미련은 세상에는 충신과 간신을 구분할 수 있는 사람이 없지 않겠지만, 제 민왕(湣王)이 한 사람씩 피리를 불어보게 하였듯이 참된 능력을 시험해보고 나라에 필요한 인재를 기용하는 경우가 드물다는 말이다.570) 완약한 시어와 정교한 대장, 그리고 뜻을 펴지 못하는 데 대한 고민과 불만이 잘 어우러진 작품으로, 기윤(紀昀)은 "한악의 시 중에서 가장 '침착'한 작품"571)이라 평한 바 있다.

---

566) ≪吳叢談記≫,「唐王積薪夢靑龍吐棋經九部, 授己, 其藝頓精.」

567) ≪莊子·逍遙遊≫,「野馬也, 塵埃也, 生物之以息相吹也.」成玄英疏,「此言靑春之時, 陽氣發動, 遙望藪澤之中, 猶如奔馬, 故謂之野馬也.」

568) ≪莊子·盜拓≫,「孔子曰：“疾走料虎頭, 編虎須, 幾不免虎口哉!”」；≪三國志·吳志·朱桓傳≫裴松之注引晉張勃≪吳錄≫曰：「桓奉觴曰：“臣當遠去, 願一捋陛下鬚, 無所復恨.” 權馮几前席, 桓進前捋鬚曰：“臣今日眞可謂捋虎鬚也.” 權大笑.」

569) ≪韓非子·內儲說上≫,「齊宣王使人吹竽, 必三百人, 南郭處士請爲王吹竽, 宣王說之, 廩食以數百人. 宣王死, 湣王立, 好一一聽之, 處士逃.」

570) 張宗原, ≪唐詩淺說≫, p.272.

571) 紀昀, ≪瀛奎律髓刊誤≫,「此爲致堯最沈着之作.」

6) 두순학(杜荀鶴)

① 칠언율시 창작상황과 특징

모두 141수의 칠언율시를 남기고 있는 두순학은 '현실파'에 속하는 시인으로 분류된다. 전체 시의 작품성을 따지자면 피일휴나 위장(韋莊)에 못 미친다고 볼 수도 있으나, 칠언율시 방면에서는 그만의 독특한 시도를 하였으니, 바로 악부의 정신을 율체에 접목시켜 평이하고 통속적인 언어로 민생의 질고를 핍진하게 묘사한 칠언율시를 창작하였던 것이다. 원진과 백거이는 고풍과 악부체의 시를 통해 사회의 현실을 담았지만, 칠언율시에서는 창화(唱和)에 큰 관심을 가졌고, '원백(元白)'을 계승했다고 평가받는 만당의 피일휴와 육구몽 역시 그들이 남긴 칠언율시의 절반 가량이 두 사람이 주고받은 창화시일 정도였다.572) 그런데 두순학은 '원백' 신악부의 사회비판적 특성과 이들 칠언율시의 통속성을 결합시켜 만당 후기 칠언율시에 새로움을 선사하였다. 이는 만당 전기로부터 형성된 이상은 계통의 몽롱한 시풍에 반발하여, 가급적 수식을 가하지 않고 질박한 언어와 자연스런 음절을 강조하면서 백거이가 <기당생(奇唐生)>에서 "문자의 기이함에 힘쓰지 않고, 오로지 백성들의 아픔을 노래한다[不務文字奇, 惟歌生民病]."고 노래했던 현실비판적 정신을 칠언율시에서 계승하고자 한 것으로 생각된다.573)

---

572) 피일휴와 육구몽의 칠언율시 창작상황은 다음의 표와 같다. 두 사람이 남긴 칠언율시는 모두 278수인데, 이 가운데 응수 제재가 190수로 대단히 많은 양을 차지하고 있으며, 두 사람이 주고받은 작품만 따져도 143수에 이른다.

	칠언율시 총수	응수 제재						송별	소계	백분비
		기 증			수 답					
		전체	피↔육	백분비	전체	피↔육	백분비			
피일휴	140	34	15	44.1	33	32	97.0	10	76	54.3
육구몽	138	32	22	68.8	76	74	97.4	6	114	82.6
소 계	278	66	37	56.1	109	106	97.2	16	190	68.3

② 주요 작품

먼저 원(元) 방회(方回)가 "세상의 난리를 겪어보지 않으면 이 시의 절실함을 알 수 없다."[574]고 했던, <여행 중에 군중의 반란을 만나 친구들에게 보임[旅泊遇郡中叛亂示同志]>부터 살펴보기로 한다.

握手相看誰敢言,	손을 움켜쥐고 서로 바라보지만 누가 말을 꺼내랴
軍家刀劍在腰邊.	군인들의 크고 작은 칼이 허리춤에 있는데
遍搜寶貨無藏處,	두루 금은보화를 뒤지니 숨겨둘 곳이 없고
亂殺平人不怕天.	마구 평민을 죽이고도 하늘을 겁내지 않는다
古寺拆爲修寨木,	옛 사찰은 부서져 울타리를 보수하는 목재가 되었고
荒墳開作甃城磚.	황폐한 무덤이 파헤쳐져 성에 까는 벽돌이 되었다
郡侯逐出渾閑事,	군수가 쫓겨나는 것은 늘 있는 일
正是鑾輿幸蜀年.	바로 천자의 수레가 촉(蜀)으로 행차한 해라네

중화(中和) 원년(881)에 황소(黃巢)가 난을 일으켜 장안을 점령하자 희종(僖宗)은 서쪽으로 달아나 버렸고, 각지의 군벌들은 닥치는 대로 재물을 약탈하고 무고한 백성들을 죽였다. 이 당시 두순학은 지주(池州 : 지금의 안휘성 貴池縣)에 머물면서 병란(兵亂)을 목도하고 이 시를 써 친구들에게 보냈다. 수련은 반란이 일어난 뒤에 극도의 공포분위기가 조성되어, 사람들이 반란군의 악행에 분개하면서도 자칫 해를 입을까 숨죽이는 모습을 묘사하였다. 함련을 보면 반란군은 약탈과 살인을 일삼으면서 하늘도 겁내지 않으니, 군주의 권위나 나라의 법이 땅에 떨어졌음은 말할 것도 없다.[575] 경련은 난리 통에 사찰과 무덤까지 부서지고 파헤쳐졌다는 것을 묘사하여 파괴의 정도가 어떤지를 여실히 보여주고 있다. 미련에서는 이러한 반란군에 의해 군수가 쫓겨나는 일이 다반사이며, 이 해가 바로 황소의 난으로 희종이 달아난 해라고 말하고

---

573) 趙謙, 앞의 책, p.349.
574) 方回, ≪瀛奎律髓≫ 卷32, 「不經世亂, 不知此詩之切.」
575) 周嘯天 主編, ≪唐詩鑑賞辭典補編≫, p.720.

있다. 사신행(査愼行)은 이 시를 평하여 "끝 구에서 연도를 기록하고 있으니 장법이 훌륭하다. 시편 전체의 시어는 지나치게 직설적이고 솔직하여 취할 바가 못 된다."[576]고 하였으니, 지주(池州)의 난리로부터 나라 전체의 위기를 언급하고 있는 미언대의(微言大義)의 수법과 평이하고 통속적인 시어의 특징을 아울러 지적한 것이다.

두순학의 작품 가운데 가장 널리 알려진 것은 <시세행(時世行)> 열 수로서 이 가운데 두 수만 전해지고 있다. <산 속의 과부[山中寡婦]>부터 감상해 보자.

夫因兵死守蓬茅,	남편은 전쟁통에 죽고 띠집을 지키며
麻苧衣衫鬢髮焦.	거친 베옷을 입고 머리는 산발하였네
桑柘廢來猶納稅,	뽕나무가 쓰러졌어도 여전히 세금을 내야하고
田園荒後尙徵苗.	전원이 황폐해져도 아직 양식세를 거둔다네
時挑野菜和根煮,	때때로 들나물을 캐 뿌리와 섞어 삶고
旋斫生柴當葉燒.	막 베낸 날 섶을 잎과 함께 태우네
任是深山更深處,	아무리 깊은 산 더 깊은 곳이라도
也應無計避征徭.	역시 징세와 요역을 피할 길은 없다네

이 시에서 작자는 지극히 빈곤한 산촌의 과부를 형상화하여 당대 말기의 전화(戰禍)가 백성들에게 가져온 끝없는 고통을 집중적으로 폭로하였다. 수련은 이 시의 묘사대상인 산촌의 과부를 말한 것으로서, 그녀는 전쟁통에 남편을 잃고 띠집에서 어렵게 생활하고 있다. 함련은 남편의 전사로 농사를 지을 노동력이 부족해 농사를 모두 망쳐 수확할 것이 없는데도 어김없이 세금을 내야 하는 고통을 말한 것이다.[577] 경련은 들나물을 뿌리째 먹고 막 베어낸 나무의 물기가 마르기도 전에 땔감으로 쓰는 광경을 통해 열악한 생존환경

---

576) 査愼行, 《初白庵詩評》, 「末句紀年, 章法好. 通篇語太直率, 不足取.」
577) 본래 당대의 세법에는 과부들에게는 세금을 면제해주는 단서조항이 있었는데, 난리 통에 그와 같은 인도주의적 정신이 모두 사라진 것이다.

을 생생하게 보여주고 있다. 미련은 이 시의 주지로서 백성들의 고통은 아랑 곳하지 않는 관리들의 가렴주구를 비판한 것이다. 이 시는 가행을 칠언율시에 담아 어구가 평이하고, 인물, 사건, 이야기 등 서사시의 요소까지 제대로 갖추고 있다.578) 육차운(陸次雲)은 이 시를 평하여 "(두보의) <우정오랑(又呈吳郎)>과 대단히 흡사하니 본래 두씨(杜氏) 집안의 시법이다."579)라고 하였고, ≪영규율수회평(瀛奎律髓滙評)≫에서는 "이 시는 두보와 기맥이 서로 통하니, 어찌 두목의 현명한 아들이 아니겠는가!"580)라고 하여 두보에서 두목으로 이어진 현실주의적 정신을 잘 계승한 것으로 보고 있다.

다음 수인 <난리 뒤에 마을 노인을 만나[亂後逢村叟]>를 보자.

經亂衰翁居破村,	난리를 겪은 쇠약한 노인이 부서진 마을에 사는데
村中何事不傷魂.	마을에 어떤 일인들 마음을 아프게 하지 않으랴
因供寨木無桑柘,	울타리 만들 목재를 바치느라 뽕나무가 사라졌고
爲點鄉兵絶子孫.	마을의 병사를 징발하느라 자손이 끊겼네
還似平寧徵賦稅,	아직도 태평한 시절처럼 세금을 거두니
未嘗州縣略安存.	주현에는 조금도 편히 있을 곳이 없구나
至今雞犬皆星散,	지금은 닭과 개조차 모두 이리저리 흩어져
日落前山獨倚門.	앞산으로 해질 녘 홀로 문에 기대어 있다

이 시는 노인의 입장에서 난리를 겪으면서 부서지고 피폐해진 농촌의 처량하고 비참한 실상을 묘사하고 있다. 이 노인은 나이가 많아 전쟁터로 끌려가지는 않았지만, 함련에서 보듯이 자식과 손자들이 모두 징용되어 대가

---

578) 楊福生, 앞의 책, p.384.

579) 陸次雲, ≪五朝詩善鳴集≫, 「大似'東隣撲棗'之詩, 自是君家詩法.」

580) ≪瀛奎律髓滙評≫, 「詩與少陵氣脈相通, 豈非小杜賢子耶!」 두순학이 두목의 아들이라는 얘기는 원 신문방(辛文房)의 ≪당재자전(唐才子傳)≫ 권9에 보인다. "두목이 회창 연간 말에 황주자사(黃州刺史)에서 지주자사(池州刺史)로 옮길 때 첩이 임신을 하였는데, 장림현의 향정 두균에게 시집보내니 두순학을 낳았다(牧會昌末自齊安移守秋浦時, 妾有妊, 出嫁長林鄉正杜筠, 生荀鶴)." 그러나 얼마만큼 신빙성이 있는지는 의문이다.

끊어졌고, 군수물자를 대느라 생활의 기반을 잃었다. 그런데도 관리들은 예전대로 세금을 거두기에 몰두하고 있으니 생활의 어려움은 더 가중될 수밖에 없다. 미련은 노인이 저녁에 쓸쓸히 문에 기대어 있는 장면을 포착하여, 사람은 물론이고 닭과 개 등의 가축들도 사라진 적막한 농촌의 모습을 함축적으로 전달하고 있다. 근인 유영제(劉永濟)는 "이와 같은 시편을 핍박하는 자들이 본다면 어찌 그를 죽이려들지 않겠는가?"581)라 하였으니, 백성들에게 위해를 가하는 자들을 겨냥한 이 작품의 특성을 잘 나타낸 말이라 할 것이다.

---

581) 劉永濟, ≪唐人絶句精華≫, 「如此詩篇, 剝削者見之, 安得不欲殺之耶?」

V. 당대 칠언율시가 후대에 미친 영향

    당대에 비약적으로 발전한 칠언율시는 근체시를 대표하는 시체로 확고히 자리를 잡으면서 송대 이후의 시인들에게도 많은 영향을 주었다. 본서에서는 당대와 시대적으로 가까워 비교적 직접적인 영향을 받았던 송원대와, 주로 복고론을 이론적 토대로 삼아 당시를 배우려 했던 명청대로 나누어 당대의 칠언율시가 후대에 어떤 영향을 미쳤는지 알아보기로 하겠다.

1. 송원대(宋元代)

(1) 서곤파(西昆派)

1) 송초 시단의 3대 유파

    구양수(歐陽修 : 1007~1072), 왕안석(王安石 : 1021~1086), 소식(蘇軾 : 1037~1101), 황정견(黃庭堅 : 1045~1105) 등 송시를 대표할 만한 시인들이 나오기 이전 북송 초기의 시단에는 '백체(白體)', '만당체(晚唐體)', '서곤체(西昆體)'의 3대 유파가 정립하고 있었으며, 이들은 각각 백거이(白居易), 가도(賈島), 이상은(李商隱)의 시세계를 계승하고자 하였다. 이방(李昉 : 925~996)과 왕우칭(王禹偁 : 954~

1001)을 대표적인 시인으로 꼽을 수 있는 '백체'는 군신(君臣)간의 창화를 위한 평이한 응수시나 백성들의 질곡에 관심을 두는 사회시가 주류를 이루었으며, 송대의 평담한 시풍이 형성되는 데도 일정 정도 기여하였다.[1] 구준(寇準 : 961~1023), 임포(林逋 : 967~1028), 반랑(潘閬) 등의 시인들이 중심이 되었던 '만당체'는 자구의 조탁에 힘쓰면서 고요하고 메마른 풍격을 선호하였다.[2] 양억(楊億 : 974~1020), 유균(劉筠 : 971~1031), 전유연(錢惟演 : 977~1034) 등의 '서곤체'는 '백체'의 천박함과 '만당체'의 협소함을 극복하고자 한 노력의 일환에서 나온 것으로 고도의 함축성을 추구하였다.

위의 세 가지 유파 가운데 당대 칠언율시의 영향을 논하자면 단연 '서곤체'를 꼽아야 할 것이다. '백체'는 칠언율시가 중심을 이루는 창화응수시를 표방했다는 점에서, '만당체'는 근체시를 위주로 창작했다는 점에서 칠언율시와 전혀 무관하지는 않다. 그러나 응수 칠언율시는 작가의 개성이 그다지 뚜렷이 드러나지 않는 것이 보통이어서 시대별 특징이나 영향관계를 논하기 어렵고, '만당체'는 칠언율시보다는 오언율시를 창작하는 데 힘을 쏟았기 때문이다. 이에 비해 '서곤체'가 모방하고자 했던 이상은은 당대 칠언율시의 대가일 뿐만 아니라 '서곤체' 작가들의 작품도 칠언율시에 중점이 맞추어져 있다.

2) 서곤파의 칠언율시

서곤파라는 이름의 유래는 진종(眞宗) 경덕(景德) 2년(1005)에 한림학사로 있던 양억, 유균, 전유연 등이 왕명을 받아 비각(秘閣)에서 ≪책부원구(冊府元龜)≫를 편찬하면서 17인이 창화한 시 248수를 모아 ≪서곤수창집(西昆酬唱集)≫이라고 한 데서 비롯되었다.[3] 여기에 시를 남기고 있는 시인들 가운데

---

1) 木齋, ≪宋詩流變≫, p.41.
2) 楊鎌·薛天緯 主編, ≪詩歌通典≫, p.324.
3) 이 가운데 칠언율시는 모두 44제 145수로서 권1에 21제 87수, 권2에 23제 58수가 수록되어 있다.

양억이 75수, 유균이 73수, 전유연이 54수로 대부분을 차지하기 때문에 흔히 이들 세 사람을 서곤파의 대표적 시인으로 칭한다. 이들은 함축적인 시어와 다양한 전고를 통해 품위 있는 시를 짓고자 하였고, 만당의 이상은은 그들이 추구한 풍격을 가장 이상적으로 보여준 시인이었다. 송 강소우(江少虞)의 ≪송조사실유원(宋朝事實類苑)≫에는 서곤파의 영수라 할 수 있는 양억이 이상은의 시에 심취하게 된 과정을 자술한 내용이 실려있다.

> 지도(至道) 연간(995~997)에 우연히 이상은의 시 백여 편을 얻고는 그것을 매우 좋아하게 되었으나, 아직 그 깊은 정취는 얻지 못했다. 함평(咸平), 경덕(景德) 연간(998~1007)에 왕명을 기초(起草)하는 틈틈이 전대 유명한 시인의 시집을 널리 찾아보다 재주가 풍부하고 전아한 아름다움까지 겸했으며, 함축적이고 치밀하며 서술에 막힘이 없어 맛이 무궁한데 구운 고기가 더욱 나오고 뚫을수록 견고해져 술이 바닥나지 않으며, 다양한 모습의 변화를 곡진하게 하고 말하기 어려운 요체를 정밀하게 찾아서 배우는 사람들에게 그 일부분을 엿보게 하면 대략 그 남은 빛을 얻어 내장을 세척하고 뼈를 바꾸는 것 같은 것을 보게 되었다. 이로부터 열심히 찾아 나서 오칠언 절구와 율시, 가행, 잡언 582수를 얻었다.[4]

양억이 이상은의 시 백여 편을 얻었다는 지도 연간보다 10년쯤 뒤에야 ≪서곤수창집≫이 나왔으므로, 서곤파의 시풍을 형성하는 데에는 진사에 급제(992년)한 뒤부터 꾸준히 이상은의 시에 관심을 가지고 탐구한 양억의 역할이 가장 컸다고 하겠다. 양억은 이상은 시에서 배울 만한 점으로 그의 시가 '함축적이고 치밀한[包蘊密致]' 것을 꼽고 있는데, 이러한 특징은 이상은 시 중에서도 칠언율시에 가장 잘 발휘되었음은 두말할 나위가 없다. 양억의 칠

---

4) 江少虞, ≪宋朝事實類苑≫ 卷34 <玉溪生>條, 「至道中, 偶得玉溪生詩百餘篇, 意甚愛之, 而未得其深趣. 咸平、景德間, 因演綸之暇, 遍尋前代名公詩集, 觀富於才調, 兼極雅麗, 包蘊密致, 演繹平暢, 味無窮而炙愈出, 鑽彌堅而酌不竭, 曲盡萬態之變, 精索難言之要, 使學者稍窺其一斑, 略得其餘光, 若滌腸而換骨矣. 由是孜孜求訪, 凡得五七言長短韻歌行雜言共五百八十二首.」(顧易生・蔣凡・劉明今, ≪宋金元文學批評史≫, p.49에서 재인용)

언율시 작품인 <한무제[漢武]>를 감상해보자.

> 蓬萊銀闕浪漫漫,　　봉래산(蓬萊山)의 은빛 궁궐은 물결 아득히 멀고
> 弱水回風欲到難.　　약수와 회오리바람에 도달하기 어렵다네5)
> 光照竹宮勞夜拜,　　빛이 대나무 궁전에 비쳐들면 야간 예배에 애쓰고
> 露溥金掌費朝餐.　　이슬이 황금손바닥에 내리면 아침 식사로 먹는다네
> 力通靑海求龍種,　　힘써 청해 지역과 교통(交通)하여 천리마를 구하고
> 死諱文成食馬肝.　　문성장군을 죽이고는 말의 간을 먹어서라고 말했지6)
> 待詔先生齒編貝,　　대조선생은 이가 조개를 나란히 엮어놓은 듯하였는데
> 那敎索米向長安.　　어찌 쌀을 구하러 장안으로 향하도록 했던가?7)

　　송 대중상부(大中祥符) 원년(1008)에 진종이 천서(天書)를 위조하여 천하정주(天下正主)로 자처하면서 거액의 돈을 들여 구선(求仙) 활동을 펼치려 하자, 양억은 이 시를 지어 그 일을 풍자하였다. 앞의 6구는 모두 한 무제가 구선했던 사실을 묘사한 것이고, 뒤의 2구는 그로 인해 동방삭(東方朔)과 같은 쓸 만한 인재들이 버려지는 현실을 개탄한 것이다. 이 시는 이상은이 한 무제를

---

5) ≪史記·封禪書≫,「自威、宣、燕昭使人入海求蓬萊、方丈、瀛洲. 此三神山者, 其傳在勃海中, 去人不遠；患且至, 則船風引而去. 蓋嘗有至者, 諸仙人及不死之藥皆在焉. 其物禽獸盡白, 而黃金銀爲宮闕. 未至, 望之如雲；及到, 三神山反居水下. 臨之, 風輒引去, 終莫能至云.」

6) ≪史記·封禪書≫,「齊人少翁以鬼神方見上. 上有所幸王夫人, 夫人卒, 少翁以方蓋夜致王夫人及竈鬼之貌云, 天子自帷中望見焉. 於是乃拜少翁爲文成將軍, …居歲餘, 其方益衰, 神不至. 乃爲帛書以飯牛, 詳不知, 言曰此牛腹中有奇. 殺視得書, 書言甚怪. 天子識其手書, 問其人, 果是僞書, 於是誅文成將軍, 隱之. …(欒)大言曰：“臣常往來海中, 見安期、羨門之屬. …然臣恐效文成, 則方士皆奄口, 惡敢言方哉!”上曰：“文成食馬肝死耳. 子誠能脩其方, 我何愛乎!”」

7) ≪漢書·東方朔傳≫,「朔文辭不遜, 高自稱譽, 上偉之, 令待詔公車, 奉祿薄, 未得省見. …(朔)曰：“臣朔年二十二, 長九尺三寸, 目若懸珠, 齒若編貝. …朱儒長三尺餘, 奉一囊粟, 錢二百四十. 臣朔長九尺餘, 亦奉一囊粟, 錢二百四十. 朱儒飽欲死, 臣朔飢欲死. 臣言可用, 幸異其禮；不可用, 罷之, 無令但索長安米.”」

빌어 당 무종을 풍자했던 <무릉(茂陵)>과 유사한 느낌을 주는 작품으로서, 간결하면서도 힘이 느껴지는 경련을 비롯하여 매구에 전고를 쓰고 있다는 점도 이상은 칠언율시의 영향을 충분히 짐작케 한다.8)

이제 전유연의 <무제 세 수[無題三首]> 가운데 첫째 수를 감상해보기로 한다.

誤語成疑意已傷,	잘못된 말로 의심을 사 마음 이미 상했으니
春山低斂翠眉長.	봄 산 같은 길고 푸른 눈썹을 낮게 찌푸렸네
鄂君繡被朝猶掩,	악군의 수놓은 이불을 아침에도 덮고 있고9)
荀令薰爐冷自香.	순욱(荀彧)의 향로는 식어도 절로 향기롭다10)
有恨豈因燕鳳去,	한이 있는 것 어찌 연적봉이 떠나갔기 때문이리요11)
無言寧爲息侯亡.	말이 없는 것 어찌 식의 제후가 죽었기 때문이리오12)
合歡不驗丁香結,	합환은 효험이 없고 정향 열매도 맺혀있어
祇得凄凉對燭房.	처량히 빈 방의 촛불만 마주하고 있네

이상은의 무제 칠언율시가 대개 그렇듯이 이 시도 남녀간의 애정을 소재로 삼고 있다. 송용준(宋龍準)은 이 시의 내용을 이렇게 풀이한 바 있다.

---

8) 고보영(高步瀛)은 ≪당송시거요(唐宋詩擧要)≫ 권6에서 기윤(紀昀)의 말을 인용하여 「(이 시의) 후반부는 이상은과 핍진하다(後半逼眞義山).」고 하였다.

9) ≪說苑·善說≫, 「鄂君子皙泛舟於新波之中也, 乘青翰之舟, 張翠蓋而檢犀尾. 會鐘鼓之音畢, 榜枻越人擁楫而歌曰 : "今夕何夕兮? 搴洲中流 ; 今日何日兮? 得與王子同舟. 蒙羞被好兮, 不訾詬恥. 心幾煩而不絶兮, 得知王子. 山有木兮木有枝, 心悅君兮君不知!" 於是鄂君乃揄修袂, 行而擁之, 擧繡被而覆之.」

10) 習鑿齒, ≪襄陽記≫, 「劉季和曰 : "荀令君至人家, 坐處三日香."」

11) 伶玄, ≪趙飛燕外傳≫, 「后(飛燕)所通宮奴燕赤鳳者, 雄捷能超觀閣, 兼通昭儀.」

12) ≪左傳·莊公14年≫, 「蔡哀侯爲莘故, 繩息嬀以語楚子. 楚子如息, 以食入享, 遂滅息. 以息嬀歸, 生堵敖及成王焉. 未言. 楚子問之. 對曰 : "吾一婦人, 而事二夫, 縱弗能死?其又奚言?" 楚子以蔡侯滅息, 遂伐蔡. 秋七月, 楚入蔡. 君子曰 : "商書所謂'惡之易也, 如火之燎于原, 不可鄉邇, 其猶可撲滅' 者, 其如蔡哀侯乎!"」

　　수련에서 작자는 본의 아니게 말을 실수한 것이 상대방을 노하게 하여 그로
인해 수심에 잠기게 된 아름다운 여인의 모습을 묘사하였고, 함련에서는 악군(鄂
君) 자석(子晳)의 고사와 동한 순욱(荀彧)의 고사를 빌어 자신을 정성껏 사랑해주
던 사람이 노여움 때문에 훌쩍 떠나갔지만 도처에 그 사람의 향기가 배어 있어
잊으려야 잊을 수 없음을 묘사하였고, 경련에서는 두 사람 사이에 있었던 오해의
원인을 밝히면서 자신에겐 결코 딴 뜻이 있었던 것이 아님을 해명하였고, 미련에
서는 상대방의 화가 풀리지 않아 마음속엔 슬픔만 쌓이는데 쓸쓸히 빈방에서 눈
물 흘리는 듯한 촛불만 마주하고 있는 여인의 심적 상태를 묘사하였다.[13]

　　이처럼 이 시에서 남녀간의 애정을 두고 갖가지 전고를 동원해가면서 몽
롱하게 표현하는 방식은 이상은의 애정류 칠언율시를 방불케 한다. 풍격뿐
만 아니라 구체적인 표현방식 또한 이상은의 시에서 따온 것을 찾아볼 수
있으니, 이 시의 함련은 각각 이상은의 칠언율시인 <모란(牡丹)>의 제2구와
제6구를 모방하고 있으며, 제5구도 이상은의 <가탄(可嘆)> 한 구절을 연상케
한다.[14]

　　끝으로 유균의 <관각의 새 매미[館中新蟬]>를 보자.

庭中嘉樹發華滋,	뜰 가운데 나무 위에 꽃이 활짝 피었는데
可要螳螂共此時.	어찌 사마귀가 이 시절을 함께 하랴[15]
翼薄乍舒宮女鬢,	엷은 날개가 궁녀의 살쩍머리인 양 조금씩 펼쳐지고

---

13) 宋龍準, <北宋初期 西崑體詩 研究>, pp.64-65.

14) 李商隱, <牡丹>, 「수놓은 이불에 아직 누워있는 越鄂君인가[繡被猶堆越鄂
　　君].」(제2구) ;「荀彧의 향로에서 어찌 향이 피어나기를 기다리랴[荀令香爐可
　　待熏].」(제6구) ; <可嘆>, 「趙飛燕의 누각으로는 赤鳳이 왔지[趙后樓中赤鳳
　　來].」

15) ≪說苑·正諫≫, 「吳王欲伐荊, 告其左右曰：“敢有諫者, 死!” 舍人有少孺子者,
　　欲諫不敢, 則懷丸操彈, 遊於後園, 露沾其衣, 如是者三旦, 吳王曰：“子來何苦
　　沾衣如此?” 對曰：“園中有樹, 其上有蟬, 蟬高居悲鳴飲露, 不知螳螂在其後也!
　　螳螂委身曲附, 欲取蟬而不顧知黃雀在其傍也! 黃雀延頸欲啄螳螂而不知彈丸
　　在其下也! 此三者皆務欲得其前利而不顧其後之有患也.” 吳王曰：“善哉!” 乃
　　罷其兵.」

蛻輕全解羽人尸.　　가벼운 허물을 신선이 남긴 껍질처럼 완전히 벗었네

風來玉宇烏先轉,　　바람이 옥집에 불면 까마귀가 먼저 돌고

露下金莖鶴未知.　　이슬이 금경에 내려도 학은 미처 알지를 못하는구나

日永聲長兼夜思,　　한낮에는 내내 소리 길다가도 밤에는 사색에 잠기니

肯容潘岳到秋悲.　　어찌 반악처럼 이 가을을 슬퍼만 하리요

이 시는 관각(館閣)에서 매미를 보고 노래한 영물시다. 수련에서는 "이슬을 먹는 매미를 노렸던 사마귀"를 빌어 우회적으로 시제의 '매미'를 끌어냈고, 함련에서는 '매미의 살쩍머리[蟬鬢]'라 불렀던 궁녀의 머리모양[16]에 빗대 날개를 언급하였으며, '허물벗은 매미[蛻蟬]'는 곧 '해탈하여 신선이 된다'는 뜻이니 매미와 관련된 여러 전고를 나열하는 데 치중하고 있음을 알 수 있다. 경련은 까마귀와 학을 빌어 매미의 고결한 성품을 말한 것이다. 이 연은 대장이 매우 공정한데, '바람[風]'과 '이슬[露]', '옥[玉]'과 '금[金]'은 물론이고 '까마귀[烏]'와 '학[鶴]'으로 대장을 이루면서 이 새들의 털 색깔로 이면에 '흑백'의 대조를 이루기도 하였다. 미련은 밤이 되어 매미의 울음소리가 그친 것을 묘사한 것이다. 반악(潘岳)이 <추흥부(秋興賦)>에서 「매미가 가냘픈 소리로 애처롭게 우는구나[蟬嘒嘒而寒吟兮]」라 했던 것을 전고로 사용하고 있다. 이 시는 용전(用典)에 힘을 쏟으면서 시어와 대장을 다듬어 매미를 묘사하는 데 그친 작품이라 할 것인데, 양억과 전유연 외에도 장영(張詠), 이종악(李宗諤), 유척(劉隲) 등 다수의 시인이 이 시에 창화하고 있는 것으로 보아 당시에는 호평을 받았던 듯하다.

3) 서곤파 칠언율시의 의의와 한계

이상에서 우리는 서곤파를 대표하는 작가인 양억, 전유연, 유균의 작품 한 수씩을 감상하였다. 양억의 <한무(漢武)>는 영사시이고, 전유연의 <무제(無

---

16) 崔豹, ≪古今注·雜注≫, 「魏文帝絶所寵者有莫瓊樹, …日夕在側, 瓊樹乃製蟬鬢. 縹眇如蟬翼, 故曰蟬鬢.」

題)>는 애정시이며, 유균의 <관중신선(館中新蟬)>은 영물시이니, 이상은 칠
언율시의 주요 제재를 모두 다룬 셈이다. 이처럼 서곤파의 칠언율시는 이상
은의 영향 하에서 시어를 세련되게 조탁하고, 정교한 대장을 운용하는 등 주
로 형식적인 측면에서 칠언율시를 단련하여 송초의 시단을 풍미하였다. 또
제4장에서 고찰했던 바와 같이, 이상은의 칠언율시는 두보의 칠언율시와 맥
락이 닿은 부분이 적지 않아, 결국 서곤파의 칠언율시는 두시의 풍격을 지향
했던 강서시파의 칠언율시에도 영향을 주었다고 할 수 있다.17)

이제 위에서 감상한 작품들을 토대로 서곤파 칠언율시의 한계를 짚어보
자. 먼저 <한무(漢武)>는 송 진종의 애정행각을 은근히 꼬집으면서 당 현종
을 묘사한 <명황(明皇)>, 육조의 흥망을 담은 <남조(南朝)> 등과 함께 역사
를 통한 비감(悲感)의 표출과 현실에 대한 비판이라는 이상은 영사 칠언율시
의 본질에 근접하는 작품으로 평가된다. 다만, 서곤파의 작가들은 이상은과
시대와 처지가 다르기에, 이상은이 해 저물녘 길 잃은 나그네의 심정으로 감
개를 표출하고 불평을 쏟아낸 것에는 미칠 수 없었다.18) ≪서곤수창집≫에
는 '무제'를 표방한 애정시로 양억과 유균의 작품이 각각 6수, 전유연의 작
품이 3수 전해지고 있다. 이 시들은 이상은의 무제 칠언율시를 모방하는 데
그쳤다고 하겠다. 왜냐하면 이상은의 애정 칠언율시에서 볼 수 있는 애증의

---

17) 섭몽득(葉夢得)의 ≪석림시화(石林詩話)≫에는 "이상은의 시를 짓지 못하면서
   두보의 시를 지을 수 있는 사람은 없었다(未有不能爲商隱而能爲老杜者)."고
   한 왕안석(王安石)의 말이 인용되어 있으며, 주변(朱弁)의 ≪풍월당시화(風月堂
   詩話)≫에는 "이상은은 …그러나 두보의 침함왕양(沈涵汪洋)하고 필력이 넘치
   는 것만 같지 못하였다. 이상은 역시 (그러한 점을) 스스로 느꼈기 때문에 달
   리 문호를 세워 일가를 이루었다. 후인들이 그 여파를 붙들어 '서곤체'라 불렀
   으나 구율이 지나치게 엄격하여 자연스런 맛이 없었다. 황정견은 그 점을 깊
   이 깨닫고 홀로 서곤체의 조예를 발휘하여 두보의 혼성한 경지로 나아갔던 것
   이다(李義山, …然未似老杜沈涵汪洋, 筆力有餘也. 義山亦自覺, 故別立門戶成
   一家. 後人挹其餘波, 號西昆體, 句律太嚴, 無自然態度. 黃魯直直悟此理, 乃獨
   用崑體工夫, 而造老杜渾成之地)."라는 대목이 보인다.
18) 顧易生・蔣凡・劉明今, 앞의 책, p.53.

교차나 희망과 절망의 요동이 없어 오히려 한악(韓偓)의 '향렴체(香奩體)'에 가깝기 때문이다. 이 밖에 <관중신선(館中新蟬)>과 같은 영물 칠언율시는 용전과 대장은 정교하나, 사물을 묘사하는 가운데 작자의 감개를 기탁하는 영물시의 본질을 제대로 살리지 못한 것으로 생각된다. 게다가 서곤파의 주요 작가 세 사람이 두 수씩 모두 여섯 수를 창작한 <누(淚)>는 매구에 전고를 썼던 이상은 시 <누(淚)>의 수법을 무의미하게 답습했다고 하겠다. 청 교억(喬億)은 "양억과 유균의 창화시를 보지 않고서는 이상은의 필력이 높아 미칠 수 없음을 모른다."[19]고 말한 바 있다. 이 말은 서곤파 칠언율시가 이상은 칠언율시의 영향을 받아 비슷하게 흉내를 내긴 했지만 진실된 감정이 부족했던 한계를 지적한 것으로 보인다.[20] 여기에 덧붙여 서곤파의 시인들이 이상은의 칠언율시가 두보의 칠언율시가 이룩한 성과를 밑바탕으로 삼고 있었다는 사실을 홀시한 것도 문제점으로 지적된다. 예컨대 양억은 두보를 '촌뜨기[村夫子]'라고 쏘아붙이기도 했는데, 서곤파가 화려하면서도 중후한 맛이 있는 이상은의 칠언율시를 제대로 계승할 수 없었던 이유도 여기에 있다고 할 것이다.[21]

(2) 강서시파(江西詩派)

1) 송시의 확립과 칠언율시 창작양상

청 왕사정(王士禎)이 "송초와 서곤파는 당에 오히려 가까웠으나, 구양수, 소식, 황정견은 당에서 오히려 멀어졌다."[22]고 했듯이, 송시는 구양수가 매요신(梅堯臣 : 1002~1060), 소순흠(蘇舜欽 : 1008~1048) 등과 더불어 시문혁신운동

---

19) 喬億, ≪劍谿說詩≫ 卷下, 「不觀楊劉唱和詩, 不知義山筆力高不可及.」
20) 宋龍準, 앞의 글, p.66.
21) 白敦仁, <宋初詩壇及三體>, p.102 참고.
22) 王士禎, ≪師友詩傳錄≫, 「宋初, 西昆, 於唐却近 ; 歐, 蘇, 豫章, 於唐却遠.」

을 전개하면서 당시와는 다른 면모를 보여주기 시작했다. 그 주요 내용을 살펴보면 첫째로, 아름다운 형태나 기이한 표현 또는 뛰어난 수사기교보다 사대부적인 교양과 품격, 기세 등이 중시되었다. 둘째로, 정서적 측면의 표현과 함께 사건에 대한 서술, 철학적 차원의 이론이나 이치, 세상사에 대한 차분한 분석적 견해 등이 자주 나타나는 양상을 보였다. 셋째로, 전통적으로 시적 소재로서 적합하지 않은 것으로 여겨져 온 관념이나 사물들을 시의 소재로서 다루는 예가 흔해졌다. 요컨대 송시는 학문적 소양과 사상적 판단에 기초하여 사대부적인 풍모와 풍류, 보편적이고 객관적인 감흥과 정서를 추구했다고 할 것이다.[23]

중당 이후로 창작량이 급격히 증가하기 시작한 칠언율시는 만당에 이르러 절정에 이르렀다가, 송대에는 다시 중당의 수준으로 떨어졌다. 다음은 송대 주요 시인의 작품에서 칠언율시가 차지하는 비중을 알아본 것이다.[24]

시 인	전체작품수	칠언율시수	백분비
歐陽修	870	221	25.4
梅堯臣	2,907	260	8.9
王安石	1,621	397	24.5
蘇 軾	2,683	597	22.3
黃庭堅	1,967	311	15.8
陳師道	671	144	21.5

위 시인들의 전체 작품수에서 칠언율시는 10~20% 남짓으로 중당의 통속파 시인들과 거의 비슷한 양상을 보이고 있다. 소식의 경우 전체 작품수나

---

23) 金學主·李東鄕·金榮九, ≪中國文學史Ⅱ≫, p.33.
24) 통계수치의 출처는 다음과 같다. 權鎬鐘, ≪歐陽修詩研究≫, p.10 ; 禹在鎬, ≪梅堯臣詩研究≫, p.17 ; 柳塋杓, ≪王安石 詩歌文學 研究≫, p.5 ; 淸 王文誥 輯注·孔凡禮 點校本, ≪蘇軾詩集≫ ; 吳台錫, ≪黃庭堅詩研究≫, p.248 ; 崔琴玉, ≪陳師道詩研究≫, p.6. ≪蘇軾詩集≫에는 총 2,793수의 시가 수록되어 있으나, 王文誥의 고증에 따르면 이 가운데 110수는 다른 사람의 시가 잘못 끼여든 것이라고 한다.

칠언율시 수에서 중당의 백거이와 매우 흡사한데, 작품수뿐만 아니라 칠언
율시 작품의 특징에 있어서도 많은 공통성을 보인다. 예컨대 응수성의 제재
를 많이 쓰고 있다든지, 긴 제목이나 서문을 통해 시의 배경을 자세히 설명
한다던가 하는 것들이다. 이외에도 소식은 전체 칠언율시의 3분의 1에 해당
하는 200수 가량을 다른 사람의 시에 차운(次韻)하여 짓는 등25) 그다지 진지
하지 않은 태도로 칠언율시 창작에 임했던 중당 통속파 시인들과 궤를 같이
했으며, 구양수와 왕안석 등의 칠언율시도 두드러진 특징을 보이지는 못했
다. 아래에 매요신과 소식의 칠언율시를 감상하면서 송대 칠언율시의 일반
적인 흐름을 짚어보자. 먼저 살펴볼 작품은 매요신의 <동계[東溪]>이다.

行到東溪看水時,	동계에 가서 물을 바라보는 때
坐臨孤嶼發船遲.	외로운 섬에 앉아 있노라니 떠나는 배 더디다
野鳧眠岸有閑意,	들오리는 언덕에 잠들어 한가로운 정취가 있고
老樹着花無醜枝.	늙은 나무는 꽃을 피워 추한 가지가 없네
短短蒲茸齊似剪,	짧은 부들 꽃은 잘라놓은 듯 가지런하고
平平沙石淨於篩.	둥글둥글한 모랫벌의 돌은 체로 거른 것보다 깨끗하네
情雖不厭住不得,	마음으로는 싫증나지 않지만 머물러 있을 수만은 없어
薄暮歸來車馬疲.	해 저물 녘 돌아오니 수레 끄는 말 노곤하네

　　제목의 동계(東溪)는 작자의 고향인 선성현(宣城縣)의 완계(宛溪)로서, 이 시

---

25) 동일한 운자로 여러 수를 지은 연작 칠언율시도 15제 32수에 이른다. 금 왕약
　　허王若虛)는 ≪호남유로집(瀟南遺老集)≫에서 이를 비판하여 "차운은 실로 시
　　를 짓는 데 있어서 큰 병폐다. 시의 도가 송대 사람들에 이르러 이미 쇠퇴하
　　고 피폐해졌는데, 또 전적으로 이런 것을 서로 숭상하였는 바, 재주와 학식이
　　소식과 같아도 영향을 받아 그대로 좇음을 면치 못하고 시집에 차운한 것이
　　거의 3분의 1이다. 비록 기교를 다하여 한때를 흔들었지만 자연스러움에 해를
　　끼친 것이 많다(次韻實作詩之大病也. 詩道至宋人已自衰弊, 而又專以此相尙,
　　才識如東坡亦不免波蕩而從之, 集中次韻者幾三之一, 雖窮極技巧, 傾動一時,
　　而害於天全者多矣)."고 하였다. 참고로 ≪서곤수창집(西崑酬唱集)≫은 창화시
　　를 모아놓은 것이지만, 차운시는 한 수도 실려있지 않다.

380 | 당대 칠언율시 연구

는 지화(至和) 2년(1055) 매요신이 고향에 머물면서 지은 것이다. 역대로 명구라 일컬어졌던 함련의 두 구를 보면, 출구는 두보 <절구만흥구수(絶句漫興九首)> 일곱째 수의 "모랫벌의 오리새끼 어미 옆에서 잠든다[沙上鳧雛傍母眠.]"는 구와 흡사하지만, 대구는 '늙은[老]' 것까지 아름다움으로 여기는 새로운 이미지다.26) 경련에 쓰인 '잘라놓은 듯 가지런하고', '체로 거른 것보다 깨끗하다'는 평이하고 일상적인 비유도 당시에서는 찾아보기 어렵다. 이 시에서처럼 백거이의 한적시와 유사한 느낌을 주면서도 자연경물과 일상생활을 접목시키고자 하고, 외형의 묘사에 치우치는 대신 주관적인 감상을 반영하고자 한 것은 송시 나름의 특징이라 하겠다.

다음으로 소식의 칠언율시를 살펴보기로 하자. 소식은 구양수, 매요신, 소순흠에게서 시작된 송시의 변화와 발전을 완성한 시인으로 평가된다.27) 청 장경성(張景星) 등이 펴낸 ≪송시백일초(宋詩百一鈔)≫의 칠언율시 부분에는 모두 76인의 204수가 실려 있는데, 이 가운데 소식의 작품이 20수로서 가장 많이 선록된 것에서 알 수 있듯이, 칠언율시 방면에서도 소식은 송대를 대표하는 시인으로 손꼽힌다.28) <8월 7일 처음 감주에 들어서서 황공탄을 지나다[八月七日初入贛過惶恐灘]>를 감상해보자.

七千里外二毛人,　　칠 천리 밖 반백(斑白)의 노인
十八灘頭一葉身.　　열여덟개의 여울에 한 조각 나뭇잎 같은 몸
山憶喜歡勞遠夢,　　산은 희환(喜歡)을 떠올려 먼 꿈에 고달프게 하고29)
地名惶恐泣孤臣.　　땅은 황공이란 이름으로 외로운 신하를 눈물짓게 한다
長風送客添帆腹,　　멀리 부는 바람이 나그네를 전송하며 돛의 배를 불리고
積雨浮舟減石鱗.　　장마비가 배를 띄워 바위의 파문을 줄인다

---

26) 木齋, 앞의 책, p.98.

27) 柳種睦, ≪蘇軾詞硏究≫, p.374.

28) 張景星·姚培謙·王永琪, ≪宋詩百一鈔≫ 卷5·6. 여기에서는 육유가 14수, 진여의가 10수, 왕안석과 양만리가 9수로 그 뒤를 이었다.

29) 자주(自注)에 「蜀道有錯喜歡鋪, 在大散關上.」이라 하였다. 소식의 고향이 촉땅(眉州 眉山縣)이므로 '喜歡'은 고향의 산수를 대칭한 말이다.

便合與官充水手,　　　바로 관가(官家)에 사공으로 충당되어야 마땅하리니
此生何止略知津.　　　이 내 인생이 어찌 나루터를 알고 있을 뿐이랴!

　이 시는 소성(紹聖) 원년(1094) 신법당(新法黨)이 재차 득세하면서 혜주(惠州)로 쫓겨가게 된 소식이 도중에 황공탄(惶恐灘)을 지나다 쓴 작품이다. 앞의 네 구는 바로 60세의 노구를 이끌고 머나먼 광동(廣東)으로 가면서 감주(贛州)의 열 여덟 여울을 지나는 모습이다. 고향을 떠올리게 만드는 산세와 황공탄이라는 이름의 가장 물살이 급하다는 여울은 나그네를 더욱 고달프게 한다.30) 여러 개의 숫자를 거침없이 써 내려간 수련과 '희환(喜歡)'과 '황공(惶恐)'이 정교한 대장을 이룬 함련은 백거이의 칠언율시와 흡사하다.31) 뒤의 네 구에서는 소식 특유의 달관이 잘 드러난다. 작자는 벌써 많은 여울을 무사히 지나와 뱃길은 누구보다도 잘 안다며 뱃사공을 자처하는데, 풍랑을 숱하게 겪은 시인의 험한 인생에 대한 푸념으로 이해할 수 있을 것이다. 이러한 결말은 상당히 직설적이어서 당대 칠언율시에서 흔히 비유적으로 말한 것과는 차이를 느끼게 된다.
　이어서 <소철의 '민지에서 옛 일을 떠올리고'에 화답하여[和子由澠池懷舊]>를 보기로 하자.

人生到處知何似?　　　사람의 한 평생이 무엇과 같은가?
應似飛鴻踏雪泥.　　　응당 날던 기러기가 눈의 진흙을 밟은 것과 같다 하리라
泥上偶然留指爪,　　　진흙 위에 우연히 발자국 남긴 것이니
鴻飛那復計東西.　　　기러기가 날아가면서 어찌 다시 동서를 헤아렸으랴
老僧已死成新塔,　　　노승은 이미 죽어 새로운 사리탑이 세워졌고
壞壁無由見舊題.　　　무너진 담벼락 지난날의 제시(題詩)는 볼 길이 없네
往日崎嶇還記否,　　　지난날 기구했던 일 아직 기억하느냐?
路長人困蹇驢嘶.　　　길은 먼데 사람은 지치고 절룩이는 노새 히힝댔었지

---

30) 馬世一, 앞의 책, p.230.
31) 백거이는 칠언율시에서 유달리 숫자를 즐겨 썼으며, <答夢得秋庭獨坐見贈> 경련에서는 '惆悵'과 '喜歡'으로 대장을 맞춘 적이 있다.

이 시는 가우(嘉祐) 6년(1061) 겨울 아우인 소철(蘇轍)이 정주(鄭州)까지 소식을 전송하고 경사로 되돌아가 부친 시에 화답한 것이다. 앞의 네 구에서는 하늘을 날던 기러기가 우연히 눈밭에 내려와 발자국을 남기고 간 것에 착안하여 인생의 철리를 설파하였고, 뒤의 네 구에서는 지난날 민지(澠池)에서 소철과 함께 겪은 일을 회상하며 수련에서 언급한 철리를 재차 확인한 것이다. 당대에도 두보나 한유처럼 의론을 위주로 한 작품이 없지 않았으나, 극히 소수에 불과했다. 그런데 송대에는 이처럼 경물을 묘사하면서도 쉽게 사변적인 방향으로 흐르는 양상을 보였고, 칠언율시도 이에 따라 당대의 것과는 풍격이 달라지게 되었던 것이다.[32]

2) 강서시파의 칠언율시

시가혁신운동을 통해 시단이 새로운 방향으로 접어드는 가운데, 중당의 칠언율시 창작양상과 유사하게 응수에 치중하면서 뚜렷한 개성을 보이지 못하고 침체에 빠졌던 북송 칠언율시에 활력을 불어넣은 것은 황정견을 필두로 한 강서시파였다. 이들은 두시(杜詩)를 학습의 요체로 삼았던 까닭에 칠언율시를 창작하는 데서도 두보 칠언율시의 영향을 많이 받았다. 여기서는 강서시파의 '삼종(三宗)'이라 일컬어지는 황정견, 진사도(陳師道 : 1053~1101), 진여의(陳與義 : 1090~1138)의 몇몇 칠언율시 작품을 감상하면서 두보의 칠언율시가 이들에 미친 영향을 살펴보기로 하겠다.

먼저 황정견의 칠언율시를 보자. 황정견이 의식적으로 두보를 배우고자 한 것은 사실이지만, 그의 칠언율시가 모든 면에서 두보의 영향을 받은 것은 아니었다. <과평여회이자선(過平輿懷李子先)> 등은 생활의 단면으로부터 인

---

32) 趙翼, ≪甌北詩話≫ 卷12, <七言律>, 「소식이 나와 다시 의론을 섞고 자유자재로 변화하니 따라잡을 수 없었다. 이는 또 남송대 시인에게 문호를 열어주었으나 가락이나 풍격에 있어서는 당대에서 날로 멀어지게 되었다(東坡出, 又參以議論, 縱橫變化, 不可捉摸. 此又開南宋人法門, 然聲調風格, 則去唐日遠也).」

생의 체험을 설파한 작품이고, <지구풍우류삼일(池口風雨留三日)>, <청명(淸明)> 등은 익숙한 전고에 변화를 가하여 심층적인 사고를 표현한 작품이며, <제호일로치허암(題胡逸老致虛庵)> 등은 전통적인 감정과 경물에 이치를 가미한 작품이다.33) 이러한 것들은 모두 당시와는 차별되는 송시 나름의 면모에 해당한다. 그러나 황정견의 칠언율시 311수 중에서 거의 절반에 해당하는 153수의 요체(拗體) 칠언율시는 두보 칠언율시의 영향을 받은 것이 분명하다.34) 요체 칠언율시로 가장 널리 알려진 <낙성사에 제함[題落星寺]>을 감상하기로 한다.

落星開士深結屋,	낙성사의 스님이 깊은 곳에 절을 지으니
龍門老翁來賦詩.	용문의 노인이 와서 시를 짓는다
小雨藏山客坐久,	산을 감춘 보슬비 속에 나그네는 오래도록 앉아 있고
長江接天帆到遲.	하늘에 닿은 장강에 돛단배는 더디 도착한다
宴寢淸香與世隔,	휴식하는 방의 맑은 향기에 세상과 격절되었고
畫圖妙絶無人知.	그림 솜씨 절묘하건만 알아주는 이 없다
蜂房却自開戶窓,	벌집 같은 방들은 오히려 제각기 창문을 열어두고
處處芬煮藤一枝.	곳곳에서 차를 끓이는 중에 등나무 한 가지

---

33) 梅俊道, <黃庭堅七律的新變>, pp.46-47.

34) ≪왕직방시화(王直方詩話)≫의 <山谷佳句>조에는 다음과 같은 기록이 보인다. 「황정견이 (외조카인) 홍붕(洪朋)에게 말하기를 "너는 외삼촌의 시 가운데 어떤 것을 가장 좋아하느냐?"고 하였다. 홍붕은 '벌집은 방마다 들 창문 열어놓고, 개미굴은 더러 후왕(侯王) 자리를 꿈꾸네.'라는 구절과 '누런 물줄기도 밝은 달을 흩뜨리진 못하고, 짙푸른 나무는 나를 위해 서늘한 가을을 만들어 주네.'라는 구절을 들며 두보와 매우 흡사하다고 여겼다. 황정견은 "요점을 얻었다."고 하였다(山谷謂洪龜父云 : '甥最愛老舅詩中何等篇?' 龜父擧'蜂房各自開戶牖, 蟻穴或夢封侯王' 及'黃流不解浣明月, 碧樹爲我生凉秋', 以爲絶類工部. 山谷云 : '得之矣').」 여기서 홍붕이 예거한 두 구절은 모두 칠언율시의 요구(拗句)이니, 황정견 자신이 두보의 요체 칠언율시를 배운 성과에 자못 득의하고 있음을 감지할 수 있다.

384 | 당대 칠언율시 연구

이 시는 원풍(元豊) 3년(1080)에 지은 것으로, 낙성사(落星寺)는 강서성 남강(南康)에 있는 절이다. 수련은 낙성사의 유래를 말한 것이고, 함련은 산사를 중심으로 한 물가의 경치를 묘사한 것이며, 경련은 방과 탱화로 더욱 시야를 좁힌 것이다. 미련에서는 승방(僧房)을 벌집에 비유하면서 차 끓이는 냄새와 등나무 한 그루로서 여운을 살리고 있다. 기윤(紀昀)이 ≪영규율수간오(瀛奎律髓刊誤)≫에서 "의경이 기이하고 분방하니 이런 것은 황정견의 독창적인 점이다."[35]라 했듯이, 경련의 세심한 관찰과 미련의 참신한 비유는 당대 칠언율시와는 다른 맛을 느끼게 해준다. 그러나 이 시의 가장 큰 특징은 아무래도 격률에 있다. 이 시의 평측과 일반적인 평기측수식(平起仄收式) 칠언율시의 평측을 비교해보면 다음과 같다.

落星開士深結屋,	×○○×○××	○○××○○×
龍門老翁來賦詩.	○××○○×○	××○○××○
小雨藏山客坐久,	××○○×××	××○○○××
長江接天帆到遲.	○○×○○×○	○○×××○○
宴寢清香與世隔,	××○○×××	○○××○○×
畫圖妙絶無人知.	×○××○○○	××○○××○
蜂房却自開戶窓,	○○××○××	××○○○××
處處芬煮藤一枝.	×××○○×○	○○×××○○

이 시는 함련과 경련에서 실점(失黏)을 범하였고, 경련의 두 구는 나란히 하삼련(下三連)을 이루고 있다. 황정견은 "차라리 성률이 화해롭지 못할지언정 구절을 나약하게 하지는 않겠다."[36]고 말한 바 있는데, 고의적으로 상률(常律)을 깨서 비일상적 신선함과 강한 필세를 전달코자 한 그의 노력이 이 시에 잘 반영되어 있다.[37] 이렇게 파격적 운율미를 추구하는 기본 정신을 볼

<hr>

35) 紀昀, ≪瀛奎律髓刊誤≫ 卷25, 「意境奇恣, 此種是山谷獨辟.」
36) ≪豫章黃先生文集≫ 卷26, <題意可詩後>, 「寧律不諧, 不使句弱.」
37) 송 오가(吳可)는 ≪장해시화(藏海詩話)≫에서 황정견이 요체 칠언율시를 창작한 배경을 두고 「칠언율시는 짓기가 대단히 어렵고 대개는 속되기 쉽기 때문

때, 두보와 황정견 사이에는 중요한 차이점이 발견된다. 즉 두보는 고시와 같은 자연율(自然律)로의 회귀를 중시했다 하겠는데, 두보의 영향을 받은 황정견의 작품들에는 당시적(唐詩的) 세계의 극복과 신기(新奇)의 추구라는 개인적 창신(創新)의 욕구가 크게 작용한 것으로 보인다.38)

황정견이 두보 칠언율시의 여러 특징 가운데 요체라는 형식적인 면에 치중한 반면, 진사도와 진여의는 두보 칠언율시의 풍격을 배우고자 하였다.39) 먼저 진사도의 <이절추의 '중양절에 남산에 올라'에 차운하여[次韻李節推九日登南山]>를 감상해보자.

平林廣野騎臺荒,	평평한 숲과 너른 들에 희마대(戲馬臺) 황량한데40)
山寺鍾鳴報夕陽.	산사의 종소리가 석양을 알려온다
人事自生今日意,	사람 일이란 오늘의 의미가 절로 생기는 법이지만
寒花只作去年香.	국화는 그저 작년의 향기를 내는도다
巾欹更覺霜侵鬢,	두건 기울어지니 문득 서리가 귀밑머리에 스며들었음을 느끼고
語妙何妨石作腸.	시어가 교묘하니 장이 돌 같은 들 어떠리41)
落木無邊江不盡,	잎새 떨어지는 나무는 끝이 없고 강은 다함이 없으니

에 황정견이 별도로 하나의 체식을 만든 것이다(七言律詩極難做, 蓋易得俗, 所以山谷別爲一體).」라고 말하고 있다.

38) 吳台錫, 앞의 책, p.323.

39) 호응린(胡應麟)은 《詩藪·外篇》 권5에서 「송대에 두보를 배운 자로는 두 진씨보다 나은 자가 없었다. 진사도는 두보의 뼈를 얻었고 진여의는 두보의 살을 얻었으며, 진사도는 메마르면서 단단하고 진여의는 화려하면서 웅장하며, 진사도는 두보의 허자를 많이 썼고, 진여의는 두보의 실자를 많이 썼다(宋之學杜者, 無出二陳. 師道得杜骨, 與義得杜肉 ; 無己瘦而勁, 去非瞻而雄 ; 後山多用杜虛字, 簡齋多用杜實字).」고 하였다.

40) 《齊書》, 「宋武帝初爲宋公, 在彭城, 九日出項羽戲馬臺, 至今相承, 以爲舊準.」

41) 皮日休, <梅花賦序>, 「宋廣平(璟)爲相, 貞姿勁質, 剛態毅狀, 疑其鐵腸與石心, 不解吐婉媚辭, 然觀其文有<梅花賦>, 清便富麗, 得南朝徐庾體, 殊不類其爲人.」

    此身此日更須忙.   이 몸은 이 날에 다시금 바빠야 하리라

  이 시는 중양절에 남산에 오른 감회를 표출한 작품으로 원우(元祐) 4년 (1089)에 지어졌다. 수련에서는 계절과 장소, 시간 등의 배경을 묘사하면서 '한아(閑雅)'하게 시상을 열었다. 함련은 명절을 맞을 때마다 사람들은 새로운 감회를 느끼지만 국화는 예와 다름없는 향기를 내뿜는다는 자연의 규율을 말한 것이다. 경련에는 중양절에 높은 곳에 올라 시를 지으며 노니는 모습을 담았다. 두건이 바람에 날리면 흰 귀밑머리가 드러나지만 가을의 정취에 젖다보면 마음이 굳센 사람에게서도 아름다운 시구가 절로 나온다는 것이다.[42) 미련의 출구는 두보 <등고(登高)>의 함련 "끝없이 펼쳐져 있는 나무의 낙엽은 우수수 지고, 다함 없는 긴 장강은 출렁출렁 흘러온다[無邊落木蕭蕭下, 不盡長江滾滾來]."는 구절을 축약시켜 저녁 무렵에 내려다본 원근의 경치를 묘사하였다. 김계화(金啓華)는 진사도가 황정견과 함께 <곡강대주(曲江對酒)>, <곡강대우(曲江對雨)>, <광부(狂夫)>, <등루(登樓)> 등 두보의 초중기 칠언 율시의 영향을 많이 받았다고 지적했는데,[43) 이 시에서 느낄 수 있는 담박하면서도 고아한 정취는 두보의 초기 칠언율시인 <구일남전최씨장(九日藍田崔氏莊)>을 연상케 한다.

  다음으로 진여의의 칠언율시를 살펴보기로 한다. 그의 칠언율시는 시사 (時事)에 대한 감개를 담은 두보 만년의 작품으로부터 많은 영향을 받았다는 평가를 받고 있다. 여기에는 다분히 북송의 멸망이라는 시대적 원인이 작용했던 듯하다.[44) <악양루에 올라 지은 두 수[登岳陽樓二首]> 중 첫째 수를 보자.

    洞庭之東江水西,   동정호의 동쪽이자 장강의 서쪽
    簾旌不動夕陽遲.   발끝의 천은 미동도 없이 석양은 뉘엿뉘엿

---

42) ≪宋詩鑑賞辭典≫, p.652.
43) 金啓華, <杜詩影響論>, p.30.
44) 木齋, 앞의 책, p.349.

登臨吳蜀橫分地,　　오나라와 촉나라를 가로 나눈 땅에 올라
徙倚湖山欲暮時.　　호수와 산을 배회하니 날 저무려 하네
萬里來遊還望遠,　　만리로부터 와서 노닐며 다시금 먼 곳을 바라보고
三年多難更憑危.　　삼 년간 많은 고난에 재차 높은 곳에 올랐네
白頭弔古風霜裏,　　센머리로 바람과 서리속에 옛날을 조상하니
老木蒼波無限悲.　·　늙은 나무가 푸른 파도에 가없이 서글프다

　진여의는 정강(靖康) 원년(1126) 난리를 피해 계속 남쪽으로 내려오다 고종(高宗) 건염(建炎) 2년(1128)에는 등주(鄧州)를 떠나 그 해 8월에 악주(岳州)에 도착하였는데, 이 시는 바로 이 때 지어진 것이다. 수련은 동정호(洞庭湖)와 장강(長江)을 등지고 서있는 악양루(岳陽樓)를 묘사한 것으로 처량하고 적막한 분위기를 연출하였다. 함련은 악양루 주위를 배회하며 시국을 걱정하는 모습이며, 경련은 높은 곳에 올라 더욱 짙어지는 수심을 표출한 것이다. 미련에서는 '바람과 서리[風霜]'로서 어지러운 나라의 형세를 암시하고, '늙은 나무[老木]'에 39세의 많지 않은 나이에 백발이 성성해진 자신의 초췌한 모습을 투영하여 예술적 효과를 거두고 있다. 이 시는 의경과 풍격 면에서 두보 만년의 명작인 <등고(登高)>에 상당히 접근한 것으로 평가된다.[45] 이 밖에도 요체(拗體)로 쓰여진 <재등악양루감개부시(再登岳陽樓感慨賦詩)>, 허자의 운용이 교묘한 <득석대광서인이시아지(得席大光書因以詩迓之)>, 비장한 우국의 감정을 담은 <우중대주정하해당경우불사(雨中對酒庭下海棠經雨不謝)>와 <차운윤잠감회(次韻尹潛感懷)>, <상춘(傷春)> 등은 모두 두보 칠언율시의 영향을 많이 받은 작품들이다. 전종서(錢鍾書)는 ≪송시선주(宋詩選注)≫에서 "황정견과 진사도는 두보를 배우면서 크게 울리면서도 침착한 두보 율시의 성조와 음절을 소홀히 한 반면, 진여의는 오히려 이 점에 주의를 기울였다."[46]고 하였다. 이러한 점을 두고 본다면, 송대에서 두보 칠언율시의 진정한 계승자는 진여의라 해야 할 것이다.[47]

---

45) 郭松林·胡主佑, ≪宋詩三百首≫, p.224.
46) 錢鍾書, ≪宋詩選注≫, p.146.

3) 강서시파 칠언율시의 의의와 한계

'일조삼종(一祖三宗)'설을 내세웠던 방회(方回)는 당대 오언율시의 경지에 오른 송대 시인은 셀 수 없이 많지만, 칠언율시만큼은 강서시파를 따라올 수 없었다고 하였다.[48) 이 말에는 조금 과장된 점이 없지 않으나, 황정견을 비롯한 강서시파는 당대 칠언율시의 완성자라 할 두보를 학습하면서 그의 요체와 같은 특수한 형식과 침울돈좌한 풍격 등에 영향을 받아, 응수에 치우쳐 지극히 평범하거나 사변적인 면을 강조해 자칫 메말라지기 쉬운 송대 칠언율시에 자양분을 공급했다고 평가된다. 또 진여의와 같이 금(金)의 침입으로 인한 전란을 목도한 시인들은 안사의 난 이후에 더욱 원숙해졌던 두보 칠언율시의 풍격을 재현해 보였고,[49) 이후에 <성도서사(成都書事)>, <서분(書憤)>, <감분(感憤)>, <촌거초하(村居初夏)>, <여년사십육입협홀복이십삼년회감부장구(余年四十六入峽忽復二十三年懷感賦長句)> 등의 작품을 통해 두보 칠언율시의 정신을 계승했던 육유(陸游 : 1125~1210)가 그 맥을 이어갔다.[50) 그

---

47) 최금옥은 <≪영규율수휘평≫을 통해 본 陳與義 시의 풍격>이라는 논문에서 "황정견과 진사도가 두보 시의 골미(骨味)를 본받으려 애썼다면 진여의는 그 바탕 위에다 두보 시의 육미(肉味)를 덧보태어 보다 온전하게 두시를 본받았다. 이와 같은 두시의 계승은 남송 시를 더 이상 전고로 가득 차고 험수생경(險瘦生硬)한 것으로 몰고가지 않고 웅활(雄闊)하고 혼후(渾厚)한 맛이 있게 한 선도적 역할을 하였다."고 결론짓고 있다(≪醇齋金時俊敎授頌壽論文集≫, p.389).

48) 方回, ≪瀛奎律髓≫ 卷1, 「두보의 시는 당시의 으뜸이고, 황정견과 진사도의 시는 송시의 으뜸이다. 황정견과 진사도를 계승하여 비장함을 확대시킨 것은 진여의이고, 자유롭고 생기 있는 것은 여본중(呂本中)이며, 맑고 힘이 있으며 깨끗하고 단아한 것은 증기(曾幾)다. 칠언율시에서는 다른 사람들이 모두 감히 이 여섯 분을 바라볼 수 없었다. 오언율시라면 당대 시인의 공교함을 갖춘 이가 무수하다(老杜詩爲唐詩之冠 ; 黃、陳詩爲宋詩之冠. 嗣黃、陳而恢張悲壯者, 陳簡齋也 ; 流動圓活者, 呂居仁也 ; 淸勁潔雅者, 曾茶山也. 七言律, 他人皆不敢望此六公矣. 若五言律詩, 則唐人之工者無數).」

49) 양만리(楊萬里)는 <발진간재주장(跋陳簡齋奏章)>에서 "(진여의)시의 풍격은 홀로 두보의 단에 올랐다(詩風獨上少陵壇)."고 평한 바 있다.

의 칠언율시 가운데 <비분을 느껴[感憤]>를 감상해보기로 하자.

今皇神武是周宣,　　지금 황제의 신명과 용맹함은 주나라 선왕의 그것인데
誰賦南征北伐篇.　　누가 <남정>과 <북벌>시를 노래해주려나?
四海一家天曆數,　　천하가 하나되는 것은 하늘의 운명이고
兩河百郡宋山川.　　황하 남북의 여러 고을은 宋나라의 산천이다
諸公尙守和親策,　　여러 대신들은 아직도 화친정책을 고수하고 있어
志士虛捐少壯年.　　뜻있는 선비들이 젊은 시절을 헛되이 보내는구나
京洛雪消春又動,　　변경과 낙양에 눈이 녹아 봄기운이 다시 꿈틀대니
永昌陵上草芊芊.　　태조(太祖)의 영창릉(永昌陵) 위에는 풀이 무성하다

이 시는 순희(淳熙) 10년(1183) 산음(山陰)에서 지은 것으로, 남송의 집권층이 금나라의 계속되는 침입에 타협으로 일관하면서 무기력한 태도를 보이는 데 대한 비판을 담아 일찍이 두보가 장수들의 분발을 촉구했던 <제장(諸將)>을 연상케 한다. 수련의 '지금 황제[今皇]'는 효종(孝宗)을 가리키는데, 이 시에서는 그를 주나라 왕실을 부흥시킨 선왕(宣王)에 비유하면서 누군가 ≪시경(詩經)·소아(小雅)≫에 보이는 <채기(采芑)>와 <유월(六月)>[51]처럼 주변 이민족을 평정한 내용의 노래를 불러주기를 희망하고 있다. 함련에서는 반드시 실지(失地)를 회복해야 하는 당위성을 제시했다. 경련은 조정의 대신들이 화친정책만을 고집하고 있어 작자와 같이 이민족의 외침에 대항하고자 하는 사람들이 뜻을 펼치지 못하는 데 대한 개탄을 담았으며, 미련에서 송나라를 건국한 태조 조광윤(趙光胤)이 잠들어 있는 낙양(洛陽)의 영창릉(永昌陵)으로 시선을 옮겨 여운을 살렸다. 육유의 시작(詩作) 역정을 초기, 중기, 만기의 세 시기로 구분해볼 수 있다고 할 때,[52] 이 시는 육유가 정련된 언어로 침울한 비

---

50) 金啓華, 앞의 글, p.33.
51) <小雅·南有嘉魚之什·采芑>, 「采芑, 宣王南征也.」; <小雅·南有嘉魚之什·六月>, 「六月, 宣王北伐也.」
52) 육유시의 분기에 대해서는 주기평의 ≪육유시연구≫ 제2장 제2절 <시의 연원>을 참고.

개(悲慨)를 그려내면서 특히 칠언율시의 창작에 힘을 쏟았던 중기(1170~1189)의 작품으로,[53] 청 반덕여(潘德輿)는 육유 칠언율시의 근본으로 삼을 만한 작품의 하나로 꼽았으며,[54] 시보화(施補華)는 첫 구를 두고 성당의 풍격에 가깝다고도 평했다.[55]

그러나 강서시파는 두보의 칠언율시를 배우면서 적잖은 허점을 보였으며, 그것의 대부분은 두보 칠언율시의 정신과 풍격보다는 형식과 기법에 치중한 데 기인한다. 예컨대, 요체 칠언율시는 평범한 율격을 피하여 기이함을 추구하는 것에 치우쳐 '비틀기'를 통해 내심의 분만(憤懣)을 표출하고자 했던 두보의 의도와는 상당한 거리가 있다. 또 '당구대(當句對)'와 같이 어쩌다 나올 만한 구법을 모범으로 삼아 자주 사용하기도 하였으며,[56] 위에서 감상한 진사도의 시구 "잎새 떨어지는 나무는 끝이 없고 강은 다함이 없으니[落木無邊江不盡]"처럼 표절의 혐의가 짙은 '점철성금(點鐵成金)'의 시도가 자주 눈에 띈다는 점이 지적된다.

(3) 원호문(元好問)

남송 중후기부터는 영가사령(永嘉四靈)과 강호시파(江湖詩派)가 나와 중만

---

53) 이치수, <陸游詩와 江西詩派>, p.176.
54) 潘德輿, 《養一齋詩話》 卷5, 「今皇神武是周宣, 誰賦南征北伐篇. …論放翁七律者, 必以此爲根本.」
55) 施補華, 《峴傭說詩》, 「放翁七律極有佳者. …<感憤>之'今皇神武是周宣', 皆偪近盛唐.」
56) 청 풍반(馮班)은 《영규율수휘평(瀛奎律髓彙評)》 권25에서 당구대가 쓰인 두보의 <題省中院壁> 함련 "떨어진 꽃잎 흔들리는 거미줄에 흰 해는 고요하고, 우는 비둘기 어린 제비에 푸른 봄이 깊어간다[落花游絲白日靜, 鳴鳩乳燕青春深]."를 평하면서 "두보는 이것을 우연히 지었을 뿐인데, 황정견과 진사도는 이러한 것을 배우는 데 치우쳤다(老杜偶爲之耳, 黃、陳偏學此等處)."고 하였다. 《瀛奎律髓彙評》 권25 <題省中院壁>조에는 황정견, 진사도, 진여의의 당구대가 11개 인용되어 있다.

당의 가도(賈島)와 요합(姚合)을 내세우면서 의론을 중시하고 단련에 열중한 강서시파를 비판하였다. 가도와 요합은 칠언율시보다는 오언율시에 관심을 가졌던 까닭에, 이들의 시를 배우고자 했던 영가사령과 강호시파의 시인들도 칠언율시 방면에서는 별반 성과가 없었다. 이민족인 여진족과 몽고족이 세운 나라인 금과 원에서는 속문학의 발달로 인해 시를 위시한 전통문학은 그 위세가 크게 약화되었다. 금의 조병문(趙秉文 : 1159~1232), 왕약허(王若虛 : 1174~1243), 원호문(元好問 : 1190~1257) 등과 원의 조맹부(趙孟頫 : 1254~1322), 우집(虞集 : 1272~1348)을 위시한 '연우사대가(延祐四大家)',57) 살도랄(薩都剌 : 1272~?), 왕면(王冕 : ? ~1359) 등을 이 시기의 대표적인 시인으로 꼽을 수 있겠는데, 시의 성취도나 당대 칠언율시와의 관련성을 염두에 두었을 때는 아무래도 원호문을 중심으로 고찰해야 할 것이다.58) 원호문은 그와 동시에 활약한 남송의 엄우(嚴羽)와 함께 강서시파 말류의 폐단을 비판하는 데 앞장섰다. 그의 유명한 <시를 논한 절구[論詩絶句]> 중에서 제 28수를 보자.

---

57) 원 연우(延祐) 연간(1314~1320)에 활약한 우집(虞集), 양재(楊載 : 1271~13 23), 범형(范梈 : 1272~1330), 게혜사(揭傒斯 : 1274~1344) 등을 가리킨다.

58) 청 이중화(李重華)는 《정일재시설(貞一齋詩說)》에서 이렇게 말하고 있다. 「금 원의 시체는 대개 같은데 가장 뛰어난 사람은 원호문, 우집, 살도랄, 조맹부 등의 제가이다. 원호문이 가장 빼어난 인물로서 그가 두보에 바탕을 두었으나 소식에 미치지 못하는 이유는 공교로움을 너무 내세웠기 때문이다(金元詩體略同, 最著者爲元遺山, 虞伯生, 薩天錫, 趙子昂諸家. 遺山自是傑出, 其祖述子美未及蘇長公者, 尙巧處略多故也).」 원호문은 당대 칠언율시 선집인 《당시고취(唐詩鼓吹)》 10권을 편찬한 것으로도 잘 알려져 있다. 여기에는 96가 596수의 작품이 수록되어 있는데, 중만당의 시인이 대부분이라는 점이 이채롭다. 방회(方回)의 《영규율수(瀛奎律髓)》도 비슷한 시기에 나온 것으로 보아 이 무렵의 시단에서는 율시에 많은 관심을 가지고 있었던 것으로 짐작된다. 《당시고취》의 편찬은 후대에도 영향을 미쳐 명대에는 송대 이후의 칠언율시를 선록한 주소(朱紹)·주적(朱積) 형제의 《고취속편(鼓吹續編)》 9권과 명대의 칠언율시만을 수록한 왕악(王諤)의 《명주옥(明珠玉)》 8권이 잇달아 나오기도 하였다.

古雅難將子美親,　　고아한 점에서는 두보와 가깝다고 하기 어렵고
精純全失義山眞.　　정순한 점에서는 이상은의 진실함을 완전히 잃었네
論詩寧下涪翁拜,　　시를 논함에 차라리 황정견을 스승으로 모실지언정
未作江西社裏人.　　강서시사의 사람 노릇은 하지 않으리

강서시파는 황정견을 좌장으로 받들면서 두보의 시를 작시상의 모범으로 삼는 것을 내세웠다. 원호문은 이들이 기법을 배우는 데 치우쳐 두보 시의 '고아혼후(古雅渾厚)'한 면을 시에 살려내지 못했고, 또 이상은이 두보의 시풍을 계승하여 자신의 시에 발휘한 정순(精純)한 면도 제대로 살피지 못했다고 지적하고 있다.[59] 물론, 위에서의 지적은 그 대상을 칠언율시만으로 한정한 것이 아니나, 지금까지 우리가 고찰해온 칠언율시 발전의 맥락, 즉 두보가 집대성하고 이상은이 최고조로 끌어올리고 황정견이 요체 위주의 창작으로 변화를 모색한 일련의 과정을 정확히 짚고 있다고 해도 틀린 말은 아닐 것이다. 원호문은 두보를 제대로 배우려면 지엽적인 기교보다는 현실성이 충만한 사상과 중후한 풍격을 배워야 한다고 생각했고, 청 시보화(施補華)가 "두보의 칠율은 …원호문이 배워 창울(蒼鬱)함을 얻었다."[60]고 했듯이 칠언율시를 창작하는 데 있어서도 두보로부터 적잖은 영향을 받았다. 그는 전체 시작 1381수 가운데 24.1%에 해당하는 333수의 칠언율시를 남기고 있다.[61] 여기서 <비온 뒤 단봉문에 올라 바라봄[雨後丹鳳門登眺]>을 감상해보자.

絳闕遙天霽景開,　　붉은 누대 멀리 하늘에는 비갠 뒤의 경치가 펼쳐지고
金明高樹晚風回.　　금명지(金明池)의 키 큰 나무에는 저녁바람이 감돈다
長虹下飮海欲竭,　　긴 무지개가 내려와 마시니 바다라도 물이 마르겠고[62]
老雁叫群秋更哀.　　늙은 기러기가 무리를 부르니 가을은 더욱 슬프다
劫火有時歸變滅,　　큰 불이 때때로 변멸(變滅)로 돌아가니

---

59) 車柱環, ≪中國詩論≫, p.230.
60) 施補華, ≪峴傭說詩≫, 「少陵七律, …遺山學之, 得其蒼鬱.」
61) 賀新輝, ≪元好問詩詞集≫의 정리를 참고하였다.
62) ≪太平廣記≫ 卷396, 「東晉義熙初, 晉陵薛願, 有虹飮其釜扃, 嗡響便竭.」

神嵩何計得飛來?　　숭산(嵩山)을 어떤 계책으로 날아오게 할까?
窮途自覺無多淚,　　막힌 길이라 눈물도 많지 않음을 스스로 아나니
莫傍殘陽望吹臺.　　석양 속에서 취대(吹臺)를 바라보지 말아라

　　이 시는 천흥(天興) 원년(1232)에 몽고군이 변경(汴京)을 포위하고 있던 중 금 애종(哀宗)이 사신을 보내 화의를 청하자 일시 포위를 풀었던 때 지은 것이다.63) 원호문은 몽고의 침입으로 풍전등화와 같은 나라의 운명을 생각하며, 변경 궁성의 북문인 단봉문(丹鳳門)에 올라 침통한 감회를 표출하였다. 수련은 단봉문과 금명지(金明池) 주변의 경물을 묘사한 것이다. 함련에서는 '무지개'와 '기러기'의 이미지를 통해 비가 갠 뒤의 가을 풍경을 구체적으로 형상화하면서 '긴 무지개[長虹]'로써 금을 정벌하려는 몽고군의 집요한 공격을 암시하고, '늙은 기러기[老雁]'로써 이 해에 딸 아수(阿秀)를 병으로 잃은 아버지의 애달픈 심정을 토로하였다. 경련에 보이는 '큰 불[劫火]'은 불가에서 말하는 온 세상을 잿더미로 만드는 불이다. 이를 막으려면 '숭산'이라도 날아와야 한다고 하였으니, 몽고의 침입을 당해낼 길 없는 암담함의 발로라 하겠다. 미련은 궁지에 몰린 현실을 인정함으로써 마음의 평정을 찾아보려는 것이다. 청 오여륜(吳汝綸)은 이 시를 평하여 "이와 같은 시에서의 침통함은 뼈에 스며드니, 이는 원호문이 홀로 뛰어났던 바로서 바로 두보에게서 얻어온 것이다."64)라고 하였는데, 난리를 슬퍼하는 내용이나 침울한 풍격에 있어서 모두 두보 칠언율시를 재현해 보이고 있다.

　　위 시 말고도 <낙양(洛陽)>, <기양삼수(岐陽三首)>, <임진십이월거가동수후즉사오수(壬辰十二月車駕東狩後卽事五首)> 등의 칠언율시에서 두보 칠언율시의 영향을 족히 가늠해보게 된다. 그런 까닭에 청 조익(趙翼)은 ≪구북시화(甌北詩話)≫에서 "칠언율시는 침지비량(沈摯悲凉)하여 스스로 가락을 이루었으니 당대 이후로 율시에서 노래할 수 있고 울 수 있는 작품은 두보의 십여

---

63) 羅斯寧, ≪遼金元詩三百首≫, p.105.
64) 高步瀛. ≪唐宋詩擧要≫ 卷6, 「此等處沈痛入骨, 是遺山獨絶處, 乃從杜公得來.」

수 외에 전혀 계승한 작품이 없었는데, 원호문에게는 종종 그런 작품이 있었다."[65]며 원호문의 칠언율시를 높이 평가했던 것이다.

원호문 외에 여타 금원대의 작가들도 칠언율시를 창작함에 있어서 대체로 두보의 영향을 많이 받았던 것으로 보인다. 예컨대 조맹부의 <화요자경추회오수(和姚子敬秋懷五首)>는 두보의 연작시 <추흥팔수>를 모델로 삼아 다섯 수에서 각각 관점을 달리하여 고풍스런 전고와 심원한 기탁으로 남송의 멸망을 애도하였고, 우집의 <송원백장호종상경(送袁伯長扈從上京)>과 게혜사(揭傒斯)의 <송장천사귀룡호산(送張天師歸龍虎山)> 등의 작품들도 두보 칠언율시의 격률을 잘 살리고 있다는 평가를 받았다.[66] 그밖에는 이상은의 칠언율시를 모방한 작품을 다수 창작한 조병문(趙秉文)과 한악(韓偓)의 향렴체(香奩體) 칠언율시를 곧잘 지었던 양유정(楊維楨 : 1296~1370) 등에서 당대 칠언율시의 영향을 가늠해볼 수 있다.[67]

2. 명청대(明淸代)

(1) 명대

명대 초기의 시는 새로운 왕조가 성립되었을 때 통상 그러하듯이 강한 역사의식과 시대의식을 반영하는 특징을 보였다. 특히 명이 이민족인 몽고를 축출하고 세워진 왕조였던 까닭에 사대부들이 중심이 되어 한족의 전통을 되살리려는 욕구가 강하게 대두되었다. 초기의 대표적인 시인인 송렴(宋濂 : 1310~1381), 유기(劉基 : 1311~1375), 고계(高啓 : 1336~1375) 등의 작품은 대부분

---

65) 趙翼, ≪甌北詩話≫ 卷8, 「七言律則沈摯悲凉, 自成聲調, 唐以來律詩之可歌可泣者, 少陵十數聯外, 絶無嗣響, 遺山則往往有之」

66) 上海古籍出版社編, ≪元明淸詩鑑賞≫, pp.13-35 참고.

67) 吉川幸次郎, 鄭淸茂譯, ≪元明詩槪說≫, p.25, p.110.

이러한 추세를 반영하여 역사에 대한 성찰과 개혁에 대한 의지가 담겨있다.[68] 증계(曾棨 : 1372~1432)의 <양주에서 옛 일을 떠올림[維揚懷古]>을 감상해보자.

廣陵城裏昔繁華,	광릉성은 예전에 번화하여
煬帝行宮接紫霞.	수 양제의 행궁이 자주빛 노을과 맞닿았지
玉樹歌殘猶有曲,	<옥수후정화>는 끝났어도 아직 곡조는 남아있고
錦帆歸去已無家.	비단 돛배 돌아가려니 이미 집이 사라졌지
樓臺處處迷芳草,	누대는 곳곳에서 향기로운 풀에 모습을 감추고
風雨年年怨落花.	비바람 해마다 몰아쳐 떨어지는 꽃이 원망하게 한다
最是多情汴堤柳,	가장 정이 많은 것은 변하 제방의 버들
春來依舊帶棲鴉.	봄이 오니 예전처럼 깃든 까마귀를 감싸주네

이 시는 작자가 양주(揚州)에 이르러 양제(煬帝)의 사치와 향락으로 멸망한 수나라를 돌아본 것이다. 수련은 번화했던 양주의 옛 모습이고, 함련은 사치스러웠던 양제의 생활이다. 경련에서는 풀숲에 가려진 누대와 꽃을 떨어뜨리는 비바람을 빌어 현재의 황폐해진 광경을 형상화하였고, 미련에서는 버드나무에 안식처를 구한 까마귀를 통해 시대가 달라져도 바뀌지 않는 것은 자연물밖에 없음을 상기시키면서 역사의 냉엄함과 인생무상의 주제를 드러냈다. 이 시는 여러 면에서 영사 칠언율시에 능했던 이상은의 작품 <수궁(隋宮)>의 영향을 엿볼 수 있다. 두 작품이 공히 하평성 '마(麻)'운을 써서 '하(霞)', '가(家)', '화(花)', '아(鴉)' 등의 운각이 같을 뿐만 아니라, 함련에서의 '옥(玉)'과 '금(錦)'의 대장과 경련에서의 '유(有)'와 '무(無)'의 대장이 일치한다. 또 이 시 미련의 시상도 <수궁>의 제6구 "세월이 흘러 수양버들엔 저녁 까마귀가 있다[終古垂楊有暮鴉]."와 흡사하다.

명 왕조가 강력한 중앙집권체제를 완비하면서 안정기에 접어들자, 시단에서도 '대각체(臺閣體)'라 하여 왕조의 정당성을 옹호하고 태평성대를 찬양하

---

68) 金學主·李東鄕·金榮九, 앞의 책, p.142.

는 내용을 위주로 하는 고위 관료들의 창화시가 유행했다. 그러나 이러한 시들은 개성적인 맛을 찾아보기 어려운 한계를 지니고 있었기 때문에 곧 시들해지고 고전적 소양과 학술적 지식을 바탕으로 한 복고적 시풍이 크게 대두되었으니, 시문 창작에 심혈을 기울이며 많은 문인들을 길러낸 이동양(李東陽 : 1447~1516)은 그 대표적 인물이라 하겠다. 이와 같은 복고적 움직임은 주로 16세기 초반의 이몽양(李夢陽 : 1473~1530), 하경명(何景明 : 1483~1521) 등 일곱 사람과 16세기 중반의 이반룡(李攀龍 : 1514~1570), 왕세정(王世貞 : 1526~1590) 등의 일곱 사람이 중심이 되어 이론적으로 체계화하였는데, 문학사에서는 이들을 '전후칠자(前後七子)'라 칭한다.

전칠자(前七子)의 한 사람인 이몽양은 "시는 반드시 성당의 것이어야 한다[詩必盛唐]."는 말로 뚜렷하게 의고(擬古)를 내세우면서 전대의 시를 학습함에 있어 그 대상을 기본적으로 성당 이전으로 한정하였고, 이에 따라 칠언율시 방면에서도 당대의 각 시기를 두루 섭렵하지 못했다. 다음의 표에서 이반룡이 엮은 《당시선(唐詩選)》의 권5에 실린 당대 칠언율시의 작가와 작품수를 살펴보자.

시기	작가	작품수	시기	작가	작품수	작가	작품수	시기	작가	작품수
초 당	沈佺期	6	성 당	崔 顥	2	萬 楚	1	중 당	錢 起	2
	韋元旦	1		李 白	1	張 謂	1		韋應物	1
	蘇 頲	3		賈 至	1	高 適	2		郎士元	1
	張 說	2		王 維	8	岑 參	6		盧 綸	1
	賈 曾	1		李 憕	1	王昌齡	1		張南史	1
	李 邕	1		李 頎	7				李 益	1
				祖 詠	1				柳宗元	1
				崔 曙	1	杜 甫	19		韓 愈	1
계		14	계				33(52)	계		9

《당시선》에 실린 29인의 칠언율시 75수 중에서 초성당의 작품이 19인 47수, 중당의 작품이 8인 9수, 두 시기에 걸쳐있는 두보의 작품이 19수를 차지하고 있으니, 중당 이후의 칠언율시는 거의 제외되었음을 알 수 있다. 시

인별로는 독보적인 위치를 점한 두보 외에 초당의 심전기와 성당의 왕유, 이기, 잠참 등의 칠언율시가 많이 선록되어 역시 성당에 치중하는 편향성을 보였다. 특히 이기의 현전하는 칠언율시 7수를 모두 선록하고 있어 이채롭다. 이와 같은 선록기준으로부터 당대의 칠언율시가 전후칠자의 칠언율시 창작에 미친 영향을 어느 정도 가늠해볼 수 있겠는데, 실제로 전후칠자의 칠언율시에서는 두보 칠언율시의 풍격을 배운 흔적이 자주 보이는 가운데 여타 성당 시인들의 영향도 발견된다. 전후칠자 중에서 칠언율시에 능했던 사람으로는 전칠자의 이몽양과 하경명, 후칠자의 이반룡, 왕세정, 사진(謝榛) 등이 꼽히는데,[69] 먼저 이몽양의 <주선진[朱仙鎭]>을 예로 들어 살펴보기로 한다.

水廟飛沙白月陰,　　물가의 사당 날리는 모래에 하얀 달 어스름해지고
古墩殘樹濁河深.　　옛 무덤 시든 나무에 흐린 황하 깊다
金牌痛哭班師地,　　금패에 통곡하며 군대를 이동시켰던 곳이요
鐵馬驅馳報主心.　　철마를 내달리며 군주에 보답하려던 마음이다
入夜松杉雙鷺宿,　　밤이 드니 소나무와 삼나무에 쌍쌍이 해오라기 잠들고
有時風雨一龍吟.　　때때로 비바람에 한 마리 용이 울부짖는다
經行墨客還詞賦,　　지나가던 묵객이 다시 사부를 짓나니
南北凄凉自古今.　　남쪽과 북쪽의 사당이 처량함은 예로부터 그러했다

이 시는 주선진(朱仙鎭 : 지금의 하남성 개봉시 서남쪽)에 있는 악비(岳飛)의 사당을 지나다 그를 추모하는 마음을 담아 지은 것이다.[70] 수련은 악비 사당

---

69) 명말에 진자룡(陳子龍) 등이 펴낸 ≪황명시선(皇明詩選)≫에는 전후칠자의 작품을 중심으로 총 760수의 명시(明詩)가 실려있다. 그 가운데 칠언율시는 171수인데, 이반룡(42수), 하경명(29수), 왕세정(27수), 사진(23수), 이몽양(15수) 등의 칠언율시 작품이 많이 수록되었다.

70) 남송 소흥(紹興) 10년(1140) 악비는 언성(郾城)에서 금군을 대파하고 주선진에 진주하여 바로 황룡부(黃龍府)로 진격할 예정이었으나, 진회와 모의한 고종은 금패를 내려 악비의 군대를 임안(臨安)으로 이동시킨 뒤 누명을 씌워 악비를 잡아 가두었다가 죽이고 말았다(朱安群, ≪明詩三百首詳注≫, p.188).

주변의 황량한 경관을 묘사한 것으로, 아무도 돌봐주지 않아 황폐해진 사당을 부각시켜 처량한 정조를 이끌어내고 있다. 함련에서는 역사의 한 장면으로 되돌아가, 고종(高宗)의 철수명령으로 인해 승승장구하던 악비가 운명의 갈림길에 들어섰던 것을 회상하였다. 경련은 과거에서 다시 현재로 돌아와 비바람 치는 밤을 배경으로 악비의 불행에 대한 작자의 씁쓸한 심경을 형상화하였다. 미련은 사당을 언급하여 수미의 호응을 이루는 동시에, 한 걸음 나아가 '남쪽과 북쪽' 즉 항주(杭州)와 주선진 두 곳에 있는 사당이 모두 황폐해졌음을 말하여 비감을 더욱 증폭시켰다. 청 반덕여(潘德興)는 ≪양일재시화(養一齋詩話)≫에서 "(이몽양의) 칠언고시와 칠언율시는 두보를 배웠는데, 정말 두보와 흡사하다."71)고 말한 바 있다. 이 시를 두보의 칠언율시 <촉상(蜀相)>과 비교해보면 역사적 인물에 대한 평가를 경물묘사와 결합시켜 침울한 풍격으로 다듬어낸 점에서 상당히 근접해있다고 여겨진다.

위의 시 외에 <추망(秋望)>과 같은 작품도 성당 칠언율시의 영향을 많이 받은 것이다. 반지항(潘之恒)은 "기세와 격조가 높고 예스러워 왕유의 <출새작(出塞作)>과 충분히 자웅을 겨룰만하다."72)고 하였고, 진서록(陳書錄)은 "웅혼하면서도 유려하여 두보시의 정수를 깊이 체득하고 있다."고 평했다.73)

다음으로 후칠자에 속하는 이반룡의 <개주로 가는 황보별가를 전송하며[送皇甫別駕往開州]>를 보기로 하자.

銜杯昨夜夏雲過,	술을 마신 어제 밤에는 여름 구름이 지나갔고
愁向燕山送玉珂.	근심 속에 연산부를 향하는 옥굴레한 말을 전송했다
吳下詩名諸弟少,	오하(吳下)에서 시로 이름난 여러 아우들 어리고74)
天涯宦迹左遷多.	하늘 끝에서 벼슬살이하니 좌천이 많아서다

---

71) 潘德興, ≪養一齋詩話≫ 卷6, 「七古七律學老杜, 眞似老杜也.」
72) ≪空同集≫ 卷45, 「氣調高古, 足與王摩詰出塞作爭雄.」
73) 陳書錄, ≪明代詩文的演變≫, p.215.
74) 王世貞, <皇甫百泉雙州集序>, 「嘉靖中諸公能詩者, 獨皇甫氏最 ; 皇甫氏昆季四人, 獨子循先生(皇甫汸)最.」

人家夜雨黎陽樹,　　　인가에는 밤비 맞는 여양현(黎陽縣)의 나무
客渡秋風瓠子河.　　　나그네의 나루에는 가을바람 부는 호자하(瓠子河)
自有呂虔刀可贈,　　　본디 그에게 줄만한 여건(呂虔)의 칼이 있으니75)
開州別駕豈蹉跎.　　　개주별가로서 어찌 허송세월 하랴

　제목에　보이는　황보별가(皇甫別駕)는　이부사훈원외랑(吏部司勳員外郎)으로 있다가 개주부(開州府 : 지금의 하남성 濮陽縣)의 동지(同知)로 폄적된 황보방(皇甫 汸)으로서, 이 시는 대략 가정(嘉靖) 24년(1545)에서 31년(1552) 사이에 지어진 것이다. 수련에서는 송별의 뜻을 제시하면서 두 사람의 돈독한 우의를 말했 다. 함련은 시로 이름이 높았던 4형제 중에서도 가장 뛰어났던 황보방이 관 도(官途)에서는 자주 불운을 겪은 것을 대비시켜, 그를 떠나보내는 작자의 안 타까운 마음을 표현한 것이다. 경련은 황보방이 개주로 가면서 거치게 될 지 역과 그곳에서 맞이할 쓸쓸한 가을을 형상화한 것으로, 경물묘사에 진한 감 정을 불어넣었다. 미련은 그에게 '여건의 칼[呂虔刀]'을 받을 만한 관리로서 의 능력과 덕망이 있어 곧 중앙 정계로 복귀할 것이란 말로 위로한 것이다. 주이준(朱彝尊)이 ≪정지거시화(靜志居詩話)≫에서 "(이반룡의) 칠언율시는 사람 들이 모두 추앙하였는데, 마음으로 흠모하고 손으로 좇은 사람은 왕유와 이 기였다."76)고 말하고 있듯이, 이 시는 성당 송별 칠언율시의 묘미를 느끼게 해준다. 특히 함련과 경련 두 연의 묘사는 왕유와 이기의 신운(神韻)을 보여

---

75) ≪晉書≫ 卷33, <王覽列傳>, 「呂虔有佩刀, 工相之, 以爲必登三公, 可服此刀. 虔謂(王)祥曰 : "苟非其人, 刀或爲害. 卿有公輔之量, 故以相與." 祥固辭, 强之 乃受. 祥臨薨, 以刀授(王)覽, 曰 : "汝後必興, 足稱此刀."」
76) 朱彝尊, ≪靜志居詩話≫, 「七律, 人所共推, 心慕手追者, 王維、李頎也.」 심덕 잠(沈德潛)도 ≪명시별재(明詩別裁)≫ 권8에서 이 시를 평하여 "이반룡이 칠언 율시를 논하여 말하기를 '왕유와 이기가 자못 그 묘미를 다하였다.'고 하였다. 이 시와 같은 몇 편을 읽어보니 힘을 얻게 된 내원이 있음을 알겠다(濟南論七 律云 : 王維、李頎頗臻其妙. 讀此數篇, 知得力有由)."고 하였다. 그런데 이반룡 은 두보의 칠언율시에 대해서는 '마음이 어지러워 스스로 방종해졌다'고 깎아 내렸다(毛先舒, ≪詩辯坻≫ 卷3, 「于鱗貶子美七言律憒焉自放」).

주고 있다는 평가를 받고 있다.[77)]

전후칠자는 두보를 비롯한 성당 시인들의 칠언율시를 표방하면서 대단히 많은 작품을 남겨, 왕세정(王世貞) 같은 이는 무려 1,558수에 달하는 칠언율시를 창작하기도 하였다.[78)] 이들은 성당 칠언율시의 영향을 받아 더러 좋은 작품을 선보였으나, 지나친 의고주의로 말미암아 개성을 찾아보기 어려운 것들이 더 많았다. 청 시보화는 "명대 전후칠자가 두보의 칠언율시를 배워 뛰어난 이는 '고량웅기(高亮雄奇)'함을 얻고, 변변치 않은 이는 빈 외곽만을 얻었다."[79)]고 했다. 많은 작품수에 비해 특징적인 작품이 적었던 것은 전후칠자 칠언율시의 최대 약점으로 지적된다.[80)]

끝으로 살펴볼 시인은 명말 운간파(雲間派)의 영수 역할을 했던 진자룡(陳子龍 : 1608~1647)이다. 먼저 청 이중화(李重華)의 말을 들어보기로 하자.

명말의 칠언율시에는 두 개의 유파가 있었으니 하나는 진자룡이고, 하나는 정가수(程嘉燧)다. 진자룡은 멀리로는 이기와 왕유를 종주로 삼고 가까이로는 하경명을 배웠으며, 정가수는 유장경, 한굉을 배우고 또 때때로 육유에 근접하였으니, 이것이 그 대략이다.[81)]

이중화는 명말의 대표적인 칠언율시 작가로 진자룡과 정가수를 들고 있는데, 시작에 있어서 더 높은 성취를 거둔 것은 진자룡이었다. 그의 초기 작품

---

77) 羊春秋·何嚴, ≪明詩精華二百首≫, p.246.
78) 許學夷, ≪詩源辯體後集纂要≫ 卷2, 「元美七言律凡一千五百五十八首.」
79) 施補華, ≪峴傭說詩≫, 「少陵七律, …明七子學之, 佳者得其高亮雄奇, 劣者得其空廓.」
80) 청 섭교연(葉矯然)은 ≪용성당시화속집(龍性堂詩話續集)≫에서 이렇게 말하고 있다. 「이반룡의 칠언율시는 삼백여 수에 이를 정도로 많지만, 단지 하나의 격조여서 자주 보면 신선하지 않다(于鱗七言律多至三百餘首, 只一格調, 數見不鮮耳).」
81) 李重華, ≪貞一齋詩說≫, 「明末七言律詩, 有兩派 : 一爲陳大樽 ; 一爲程松圓. 大樽遠宗李東川、王右丞, 近學大復 ; 松圓學劉文房、韓君平, 又時時染指陸務觀, 此其大略也.」

은 후칠자인 왕세정의 영향을 받아 성당의 격조를 배우고자 하였으나,[82] 후기에 가서는 전후칠자가 배척했던 중만당의 화려한 색채에도 관심을 가졌다. 그의 칠언율시 중에서 <양주[揚州]>를 감상해보자.

淮海名都極望遙,	회해의 이름난 도시에서 아득히 멀리 바라보니
江天隱見隔南朝.	강에 비친 하늘로 저 멀리 남조가 어렴풋이 보이네
青山半映瓜洲樹,	푸른 산은 과주의 나무에 반쯤 비치고
芳草斜連揚子橋.	향기로운 풀은 양자교에 비스듬히 이어졌네
隋苑樓臺迷曉霧,	수원의 누대는 새벽 안개에 어슴푸레하고
吳宮花月送春潮.	오궁의 꽃과 달은 봄날의 조수를 전송하네
汴河盡是新栽柳,	변하는 온통 새로 심은 버드나무[83]
依舊東風恨未消.	예와 같은 동풍에 한이 아직 삭지 않았네

이 시는 양주의 자연환경을 관조하는 가운데 흥망성쇠의 지난 역사를 돌이켜본 것이다. 제재인 양주와 부근에 있는 남조의 고도 남경, 역대로 묵객들이 줄을 이었던 과주, 장강을 지키는 요충지인 양자교 등이 수련과 함련에 걸쳐 파노라마처럼 전개되었고, 경련에서는 수 양제가 만든 수원(隋苑)과 춘추시대 소주(蘇州)에 도읍했던 오나라의 궁궐을 통해 이 지역에서 흥망했던 옛 왕조를 '새벽 안개[曉霧]', '봄날의 조수[春潮]'와 결합시켜 무상감(無常感)을 자아내고 있다. 미련은 양제(煬帝)가 식수를 권장했다는 버드나무에 남아있는 '한'을 상기시키며 명나라의 운이 다해 가는 것을 느낀 작자의 심정을 토로했다. 깔끔한 경물묘사에서 이백(李白)과 왕유의 운미(韻味)를 엿볼 수 있는 한편, 애잔한 정조는 만당의 칠언율시와도 흡사해 전후칠자와는 다소 풍격을 달리한 것으로 평가된다.

---

82) 朱則杰, ≪清詩史≫, p.12.

83) ≪開河記≫, 「(隋煬帝)詔民間有柳一株賞一縑, 百姓爭獻之. 又令親種, 帝自種一株, 君臣次第種, 栽畢, 帝御筆寫賜垂楊柳姓楊, 曰楊柳也.」

(2) 청대

　청대의 시단은 명대에 전후칠자가 나와 시단을 주도한 것과는 달리 여러 시인들이 제각각 당시 또는 송시를 배울 것을 주창하였다. 당시를 모범으로 삼고자 했던 시인들 내부에서도 시기별로 초성당과 중만당의 구분이 있었고, 시인별로 저마다 왕유·맹호연, 두보, 한유 등을 내세우는 등 분파가 여럿 되었다. 송시를 애호하여 소식, 황정견, 육유를 내세운 이들이라 하더라도 일률적으로 당시를 배척하지는 않았던 까닭에 명확히 어느 종파로 분류하기 어려운 경우도 많았다. 이렇게 청대의 시단은 복잡다단한 양상을 보여 전대와의 영향관계를 파악하기가 쉽지 않으며, 칠언율시에 한정하여 다루기란 더욱 곤란하다. 따라서 본서에서는 특정 종파나 시인에 한정하지 않고 청대의 대표적인 칠언율시 작품 중에서 당대 칠언율시의 영향이 뚜렷이 관찰되는 몇 수만을 논하기로 한다.

　먼저 오위업(吳偉業 : 1609~1672)과 함께 청초의 시단을 이끈 전겸익(錢謙益 : 1582~1664)의 <금릉 가을의 감흥 여덟 수 − 두보의 운을 따라 기해년 7월 초하루에 지음[金陵秋興八首次草堂韻己亥七月初一作]>을 보자.

龍虎新軍舊羽林,	새로운 용호군(龍虎軍)은 예전의 우림군(羽林軍)
八公草木氣森森.	팔공산(八公山)의 초목도 기세가 삼엄하다[84]
樓船蕩日三江涌,	다락배가 해를 뒤흔드니 장강이 출렁대고
石馬嘶風九域陰.	석마가 바람에 우니 구주(九州)가 음산하다
掃穴金陵還地肺,	금릉의 소굴을 소탕해 대지의 중심으로 되돌리고
埋胡紫塞慰天心.	변방의 오랑캐를 파묻어 하늘의 마음을 위로했네
長干女唱平遼曲,	장간의 여인은 요(遼)를 평정한 노래를 부르고
萬戶秋聲息搗砧.	모든 집은 가을 소리에 다듬잇돌 두드리기 멈추었네

---

84) 《晉書》 卷114, <載記·苻堅>,「堅與苻融登城而望王師, 見部陣齊整, 將士精銳, 又北望八公山上草木, 皆類人形, 顧謂融曰 : "此亦勍敵也, 何謂少乎!"」

이 시는 두보의 <추흥팔수>를 모방하여 차운(次韻)으로 지은 연작시의 첫째 수로서 순치(順治) 16년(1659) 7월, 작자의 문하생인 정성공(鄭成功)이 수군을 이끌고 장강에서 거둔 승리를 묘사하고 있다.[85] 수련의 '용호군(龍虎軍)'과 함련의 '다락배[樓船]'는 모두 정성공의 수군을 가리키며, 경련은 그가 청군(淸軍)을 무찌른 내용이다. 미련에서는 두보가 <추흥팔수> 첫째 수에서 "겨울옷 짓느라 곳곳마다 가위와 자를 재촉하니, 백제성 높이 저녁 다듬잇돌 소리 급하다[寒衣處處催刀尺, 白帝城高急暮砧]."고 했던 것을 반용(反用)하여 전승을 노래했다. 진인각(陳寅恪)은 ≪유여시별전(柳如是別傳)≫에서 전겸익의 시를 이렇게 평하고 있다.

> ≪투필집(投筆集)≫의 여러 시들은 두보를 모방한 것으로 당오(堂奧)에 들었음은 말할 나위도 없다. 게다가 이 시집에 실린 전겸익의 시들은 몸소 겪은 것이 자못 많아 두보의 시가 멀리서 소문으로 듣거나 고향에서의 평소 생활을 추억한 것과는 다른 점이 있다. 따라서 이 점을 가지고 논한다면 ≪투필집≫은 실로 명청의 시사(詩史)이니 두보에 비해서도 한 수 위이고 삼백 년 동안의 절대적인 저작이다.[86]

≪투필집≫의 작품들이 두보의 <추흥팔수>를 능가하는지의 여부와 관계없이 두보의 <추흥팔수>가 이 시에 절대적인 영향을 주었음은 두 말할 나위가 없다고 하겠다.

전겸익 외에 두보 칠언율시의 영향을 받은 청대 시인으로는 '종당파(宗唐派)'의 비조인 오위업과 17세기 후반의 시단을 이끌었던 주이준(朱彝尊 : 1629~1709)이 꼽히며,[87] 명대의 유신인 고염무(顧炎武 : 1613~1682), 두보의 시를

---

85) 흔히 <후추흥(後秋興)>이라 부르며 칠언율시만을 모은 ≪투필집(投筆集)≫에 실려있다. 모두 13첩 104수로 이루어져 있고, 말미에 자제4수(自題四首)가 덧붙여져 있다. 대체적인 내용은 명군이 승리를 거둔 것을 노래한 개선가와 영력제(永歷帝)가 청군에게 붙잡혀 고초를 당하는 것을 슬퍼한 것이다.

86) 朱則杰, 앞의 책, p.48에서 재인용.

87) 喬客, ≪三家詩論≫, 「七律亦以少陵諸將五首爲極則, …本朝唯梅村, 竹垞間有

풀이하여 ≪창경당두시해(唱經堂杜詩解)≫를 펴낸 김인서(金人瑞 : ?~1661), 굴대균(屈大均), 양패란(梁佩蘭)과 함께 '영남삼가(嶺南三家)'로 성가를 올린 진공윤(陳恭尹 : 1630~1700)과 모기령(毛奇齡 : 1623~1716) 등이 간혹 두보의 칠언율시를 모방한 작품들을 선보였다. 여기서 진공윤의 <애문산의 삼충사를 참배하고[崖門謁三忠祠]>를 보도록 하자.

山水蕭蕭風更吹,	산과 물에 씽씽 바람 더욱 불어오니
兩崖波浪至今悲.	양쪽 언덕의 파도는 지금까지 슬퍼한다
一聲望帝啼荒殿,	한 가락 소리의 두견새는 황폐해진 궁전에서 울고
十載愁人拜古祠.	십 년동안 시름겨운 사람은 옛 사당을 참배한다
海水有門分上下,	바닷물에도 위아래를 나누는 문이 있건만[88]
江山無地限華夷.	산하엔 화하(華夏)와 오랑캐가 구분된 땅이 없다
停舟我亦艱難日,	배를 멈춘 나 또한 힘든 나날이라
畏向蒼苔讀舊碑.	푸른 이끼에서 옛 비석을 읽기 겁난다

이 시는 순치(順治) 11년(1654)에 지은 것이다. 애문산(崖門山)은 지금의 광동성 신회현(新會縣)에 있으며 남송 말 원나라에 항거한 마지막 거점이었다. 삼충사(三忠祠)는 남송의 애국지사인 문천상(文天祥), 육수부(陸秀夫), 장세걸(張世杰) 세 사람을 모신 사당이다. 남명(南明)의 유신이었던 진공윤은 삼충사를 참배하면서 청의 침입으로 패망한 명을 다시금 애달파하고 있다. 수련은 스산한 풍경을 통해 암시적으로 명의 최후를 되짚어본 것이며, 함련은 명이 멸망한 지 10년이 지난 시점에 찾은 옛 사당에서 두견새 소리를 들으며 망국의 아픔을 곱씹는 모습이다. 경련은 바다에도 상문(上門)과 하문(下門)의 구별이 있는데, 국토는 모두 오랑캐인 청에 점령당했다는 말이다. 작자가 강한(江漢) 일대에서 남명의 영력제(永歷帝)를 보필하다가 실패하고 광동으로 돌아온 무렵이라 미련에서는 남송의 애국지사인 세 충신의 사적에 부끄럽다는 말로

少陵風格.」
88) 장강이 바다로 흘러드는 곳을 해문이라 부르며, 상해문과 하해문이 있다.

시를 매듭지었다. 장유병(張維屛)은 ≪청송려시화(聽松廬詩話)≫에서 이 시를 두고 "칠언율시가 이러한 경지에 이르렀으니 이른바 한 대에 몇 사람 되지 않고 한 시인에게 몇 편 되지 않는 작품이다."[89]라고 호평한 바 있다.

신운설(神韻說)을 제창하여 당시의 시단에 막대한 영향력을 행사했던 왕사정(王士禎 : 1634~1711)은 "구양수, 소식, 황정견과 같은 삼대가는 …칠언율시에 있어서는 결코 배워서는 안 된다."[90]며 칠언율시 학습의 대상을 당시만으로 한정했는데, 그가 펴낸 ≪당현삼매집(唐賢三昧集)≫에는 왕유, 맹호연, 고적 등의 탈속적인 시가 주류를 이루는 가운데 두보의 시는 수록되어 있지 않다. 이런 취향에 따라 그의 칠언율시 작품도 '침울'한 풍격을 위주로 하는 두보 칠언율시보다는 그 외 성당 작가들의 '청신'함이 엿보인다. <새벽비 내릴 때 다시 연자기 절정에 올라[曉雨復登燕子磯絕頂]>를 감상해보자.

岷濤萬里望中收,	만리 민강(岷江)의 파도가 시계(視界)로 들어오니
振策危磯最上頭.	지팡이 짚고 높은 연자기의 제일 위쪽에 올랐네
吳楚靑蒼分極浦,	오와 초는 푸릇푸릇 저 멀리 개펄에서 나뉘었고
江山平遠入新秋.	강과 산은 넓게 멀리 새로운 가을에 접어들었다
永嘉南渡人皆盡,	영가 때 남쪽으로 건너온 이들 모두 사라졌는데
建業西風水自流.	건업의 서풍에 강물은 절로 흐른다
灑酒重悲天塹險,	술을 뿌리며 거듭 천연의 참호를 슬퍼하니
浴鳧飛鷺滿汀洲.	먹감는 오리와 나는 해오라기가 모래톱에 가득하다

이 시는 왕사정이 양주추관(揚州推官)으로 있던 순치 17년(1660)의 작품이다. 수련은 도치의 수법을 써서 먼저 눈에 들어오는 광경을 묘사한 다음 절정에 오른 것을 말했다. 함련에는 높은 곳에서 내려다보이는 가을의 산수를 그림처럼 그려냈다. 연자기(燕子磯)는 남경(南京)의 명승지이다. 남경은 육조의 고도(古都)였으므로 작자는 경련에서 자연스럽게 천여 년 전의 과거로 거슬러

---

89) 張維屛, ≪聽松廬詩話≫, 「七律到此地步, 所謂代無數人, 人無數篇者也.」
90) 何世璂, ≪然鐙記聞≫, 「若歐、蘇、黃三大家, …至於七律必不可學.」

올라가 오호(五胡)의 침입으로 인해 강남으로 내려왔던 진(晉)나라(영가는 진 회제(懷帝)의 연호)와 도읍인 건업(建業 : 지금의 남경)을 언급하였는데, 그 이면에는 천연의 요새인 장강을 믿고 방심하다가 멸망한 남명 복왕(福王)에 대한 탄식이 깔려 있다. 미련에서는 역사의 흥망과 무관하게 마음껏 노니는 오리와 해오라기를 묘사하여 무거운 분위기를 반전시켰다.

다음으로 최호(崔顥)와 이백(李白)의 고풍식 칠언율시의 영향을 찾아볼 수 있는 송상(宋湘 : 1756~1826)의 <동정호에 들어서서[入洞庭]>를 보기로 한다.

<table>
<tr><td>客自長江入洞庭,</td><td>나그네는 장강에서 동정호로 들어섰는데</td></tr>
<tr><td>長江回首已冥冥.</td><td>장강으로 고개를 돌려보니 이미 아득해졌네</td></tr>
<tr><td>湖中之水大何許?</td><td>호수의 물은 크기가 얼마쯤일까?</td></tr>
<tr><td>湖上君山終古靑.</td><td>호수 위의 군산은 예로부터 푸르다</td></tr>
<tr><td>深夜有人觴正則,</td><td>깊은 밤 굴원(屈原)에게 제사술을 올리는 사람이 있는데</td></tr>
<tr><td>孤舟無酒酹湘靈.</td><td>외로운 배에는 상수(湘水)의 신에게 부어줄 술이 없구나</td></tr>
<tr><td>燈前欲續悲秋賦,</td><td>등불 앞에서 가을을 슬퍼한 부(賦)를 이어나가려 하니</td></tr>
<tr><td>又恐魚龍跋浪聽.</td><td>다시 어룡이 물결을 타고 들을까 두렵다</td></tr>
</table>

송상은 18세기 후반에 여간(黎簡 : 1748~1799)과 쌍벽을 이루었던 시인으로, 여간이 이하(李賀), 이상은(李商隱) 등의 시에서 많은 영향을 받은 반면, 송상은 그 스스로 "노래가 이백만 못하면 꼭 시를 짓지 않아도 된다."[91]고 할 만큼 이백의 자연생동하는 풍격을 좋아하였다. 위 시를 보더라도 거의 산문에 가까운 구법이나 시어의 중복, 투박한 대장 등에서 모두 격률의 속박을 달가워하지 않았던 이백 칠언율시의 특징이 느껴진다.

끝으로 이상은 칠언율시의 영향을 받은 작품을 살펴보자. 청대에 이상은 칠언율시의 영향을 감지할 수 있는 작품으로는 대성(臺城)을 빌어 명의 남도(南渡)를 읊은 굴대균의 <대성(臺城)>,[92] 전고를 능숙하게 구사하여 서곤

---

91) 宋湘, <楚舟曳吟>,「歌不能如靑蓮, 皆可不必作詩.」
92) 延君壽, 《老生常談》,「(屈大均)七律絶有才氣, 得力於劉夢得, 李義山兩家爲

체 영물시의 풍격을 보여준 장사전(蔣士銓 : 1725~1785)의 <낙엽이수(落葉二首)>,[93] 이상은의 애정 칠언율시를 계승한 황경인(黃景仁 : 1749~1783)의 <기회십육수(綺懷十六首)>, 이상은의 시제를 빌어 아편전쟁을 묘사한 노일동(魯一同 : 1804~1865)의 <중유감(重有感)> 등을 들 수 있다.[94] 이 가운데 노일동의 <거듭 감회가 있어[重有感]>를 보자.

披髮何人訴上蒼,	머리를 풀어헤치고 누가 하늘에 호소하는가?
孤舟百戰久低昻.	외로운 배는 숱한 싸움에 오래도록 오르내렸다
前軍力盡宵泅水,	선봉부대는 힘이 다하여 밤에 물 위를 헤엄쳐 가도
幕府謀深坐裹糧.	막부에서는 도모함이 깊어 양식을 싸서 앉아있었다[95]
握節魂歸雲冉冉,	부절을 쥔 혼이 돌아오는데 구름은 피어나고
揚灰風疾海茫茫.	재를 날리는 바람 급한데 바다는 아득하다
神光金甲分明見,	신비스런 빛과 쇠갑옷이 분명히 보이노니
嘔血銜鬚下大荒	피를 쏟으며 수염을 물고 저 세상으로 내려가는구나[96]

아편전쟁 때 중국의 광동수사제독(廣東水師提督)이었던 관천배(關天培)는 도광(道光) 21년(1841) 영국군이 진격해오자 400여 명의 관군을 이끌고 호문(虎門)의 포대(砲臺)에서 맞서 싸웠으나, 수적으로 우세한 영국군을 당해내지 못하고 휘하 장병들과 함께 전사했다. 이 시는 아편전쟁에서 고군분투하다 장렬한 최후를 맞은 관천배를 애도한 작품이다. 수련은 관천배가 포신(砲身)이 터지고 비가 내려 화약이 젖는 악조건 속에서 영국군과 전투를 벌인 것을 형상화하였고, 함련은 그의 수군이 더 버티지 못할 상황이었는데도 협상파인 직예총독(直隷總督) 기선(琦善)이 원군을 보내주지 않아 결국 모두 전사했던

多.」；沈德潛, ≪淸詩別裁≫, <臺城>에 대한 評, 「此借臺城詠南渡事. 若出義山手, 猶隱躍言之.」

93) 上海古籍出版社編, ≪元明淸詩鑑賞≫, p.380.

94) 錢仲聯·錢學增, ≪淸詩三百首≫, p.288을 참고.

95) ≪左傳·文公12年≫, 「(趙穿)反, 怒曰, "裹糧坐甲, 固敵是求. 敵至不擊, 將何俟焉?"」

96) ≪後漢書·溫序傳≫, 「序受劍, 銜鬚於口曰, "爲賊所追殺, 無令鬚汚血."」

것을 묘사했다. 경련과 미련은 작자가 상상 속에서 관천배의 혼을 그려보면서 굳건히 외세에 저항했던 그의 비참한 최후를 안타까워한 것이다. 이 시는 현실과 가상을 넘나들며 시사에 대한 감개를 표출하고 있는 점에서 이상은 이「감로지변(甘露之變)」으로 희생된 사람들의 넋을 기린 <중유감(重有感)>과 맥락이 통한다고 하겠다.

청말에 칠언율시 위주의 창작활동을 펼치면서 이상은으로 자처했던 이희성(李希聖 : 1864~1905)도 주목된다. 그의 작품인 <서원[西苑]>을 감상해보자.

芙蓉別殿鎖瀛臺,	연꽃 별전의 영대를 닫아두니
落葉鳴蟬盡日哀.	떨어지는 잎새에 우는 매미는 하루 내내 슬프다[97]
寶帳尙留瓊島藥,	보배로운 휘장엔 아직 경도의 약이 남아있고
金釭空照玉階苔.	등잔은 부질없이 옥 섬돌의 이끼를 비춘다
神仙已遣靑鸞去,	신선은 이미 푸른 난새를 떠나보냈는데
瀚海仍聞白雁來.	넓은 바다에선 여전히 흰기러기 오는 소리 들린다
莫問禁垣芳草地,	황궁의 향기로운 풀 자라는 곳을 묻지 말아라
篋中秋扇已成灰.	상자 속 가을 부채는 벌써 재가 되었으니[98]

이 시는 광서(光緒) 26년(1900)에 지어진 것이다. 당시 의화단(義和團)의 난을 빌미로 영국, 러시아 등 8국연합군이 북경으로 진입하자 광서제(光緒帝)와 서태후(西太后)는 서안(西安)으로 달아났고, 왕실의 금원(禁苑)이었던 서원(西苑)도 그에 따라 황폐해지고 말았다. 수련에 보이는 영대(瀛臺)는 서태후가 무술정변(戊戌政變 : 1898) 직후 광서제를 유폐시켰던 곳으로, 함련은 여기서 병을 얻었던 광서제의 쓸쓸함을 묘사하고 있다. 서안으로 달아나기 직전 황후인 진비(珍妃)가 광서제에게 북경에 남아 민심을 안정시킬 것을 간청하자 서태후는 대노하여 진비에게 자진할 것을 명하였고, 태감(太監) 최옥귀(崔玉貴)는 그

---

97) 王嘉, ≪拾遺記≫ 卷5,「漢武帝思懷往者李夫人, 不可復得. 時始穿昆靈之池, 泛翔禽之舟. 帝自造歌曲, 使女伶歌之, 因賦<落葉哀蟬之曲>.」

98) 班婕妤, <怨歌行>,「新裂齊紈素, 鮮潔如霜雪, 裁爲合歡扇, 團團似明月. 出入君懷袖, 動搖微風發. 常恐秋節至, 涼飆奪炎熱, 棄捐篋笥中, 恩情中道絶.」

말이 떨어지기가 무섭게 곧장 진비를 포박하여 영수궁(寧壽宮) 밖 우물에 빠뜨려 죽였으니,[99] 경련의 출구는 광서제를 '신선'에, 진비를 '난새'에 비유하여 그러한 비극을 암시한 것이다. 대구는 남송을 멸망시키고 공종(恭宗)과 왕후를 연경(燕京)으로 압송해간 원나라의 장수 백안(伯顔)[100]을 빌어 8국 연합군의 침략을 역시 암시적인 수법으로 처리하고 있다. 미련에서는 다시 '재가 된 가을 부채'라는 이미지를 써서 진비의 죽음을 비유했다. 이 시는 농려하면서 암시성이 강한 시어와 정교한 대장, 다양한 전고와 몽롱한 풍격 등 여러 가지 면에서 이상은 칠언율시의 영향을 극명하게 보여주는 작품이라 하겠다.

---

99) 李玲九·李顯深, ≪中國歷代皇帝≫, p.572.
100) 시구 중의 '白雁'과 諧音이다.

VI. 당대 칠언율시에 대한 논쟁

역대로 많은 평자들이 당대 칠언율시의 작가와 작품에 대한 논평을 남겼다. 개별 작품에 대한 평가는 제4장에서 기회가 있을 때마다 소개하였으므로, 여기서는 비교적 다수의 평자들이 참여하여 저마다의 의견을 개진한 두 가지 문제를 심도 있게 고찰하고자 한다. 사실, 어떤 작품을 어떻게 평가할 것이냐 하는 것은 개인적인 취향에 따라 충분히 달라질 수 있으나, 여기서 논의하고자 하는 논쟁은 개별 작품에 대한 평가라는 측면 외에 당대 칠언율시 고유의 특성, 기원, 그리고 발전과정 등과 연관되는 것이어서, 당대 칠언율시를 종합적으로 고찰하는 데 도움이 될 것으로 판단된다.

1. 〈조조(早朝)〉 창화시 우열론

(1) 작품 개관

숙종(肅宗) 건원(乾元) 원년(758)에 중서사인(中書舍人)으로 있던 가지(賈至)가 대명궁(大明宮)에서 조회하는 장엄한 광경을 <조조대명궁정량성요우(早朝大明宮呈兩省僚友)>라는 칠언율시에 담아 중서성(中書省)과 문하성(門下省)의 동료들에게 보냈다. 건원 원년은 중서성에 중서사인 왕유와 우보궐(右補闕) 잠참,

문하성에 좌습유(左拾遺) 두보 등 당대의 대시인들이 일시에 중앙 정계로 진출했던 때였고, 이들 세 사람은 모두 가지의 시에 화답시를 지었다. 이른바 <조조> 창화시란 가지의 원창(原唱)과 세 시인의 화답시 등 네 수를 말하는 것으로서, 응제시를 제외하고는 이렇게 여러 사람이 시를 주고받은 예가 드물기도 하거니와, 여기에 당대의 대표적인 시인들이 참여했다는 점에서 후대 평자들의 눈길을 끌기에 충분했다. 평자들은 주로 네 작품의 우열을 두고 논쟁을 벌였는데, 본서에서는 이러한 우열론을 통해 <조조> 창화시가 당대 칠언율시사에서 어떤 의의를 가지고 있는지 고찰해보고자 한다.

그럼 가지의 원창부터 네 작품을 차례로 감상해보자.

銀燭朝天紫陌長,	은 초 밝히고 조회할 때 경사의 큰 길 뻗어 있고
禁城春色曉蒼蒼.	궁성의 봄빛은 새벽이라 푸르디푸르구나
千條弱柳垂靑瑣,	천 가닥 부드러운 버들 청쇄문에 늘어졌고
百囀流鶯繞建章.	백 마리 우는 꾀꼬리 건장궁을 맴돈다
劍佩聲隨玉墀步,	칼과 패옥 소리가 섬돌을 오르는 발걸음을 따르고
衣冠身惹御爐香.	의관 갖춘 몸에는 어전 향로의 향이 배어난다
共沐恩波鳳池裏,	봉황지에서 은혜의 물결로 함께 목욕하며
朝朝染翰侍君王.	아침마다 붓을 적셔 임금님을 모신다

가지, <아침에 대명궁에서 조회하며 ─ 중서성과 문하성의 벗들에게 드림 [早朝大明宮呈兩省僚友]>

앞의 여섯 구에서는 제목 가운데 '아침에 대명궁에서 조회하는' 광경을 묘사했고, 뒤의 두 구에는 '중서성과 문하성의 벗들에게 드린다'는 내용을 담았다. 천자를 상징하는 '은 초[銀燭]'[1]로부터 시상의 실마리를 풀어 함련까지는 조회가 열리는 대명궁 주변의 이모저모를 묘사하였는데, 특히 '버들'과 '꾀꼬리'를 통해 약동하는 봄의 기운을 전달함으로써 전란이 끝난 뒤에 중흥을 갈망하는 심정을 잘 표현했다. 경련에서는 대전(大殿)에 있는 '섬돌[玉墀]'

---

1) 《穆天子傳》 卷1, 「天子之寶, 玉果、璿珠、燭銀、黃金之膏.」

과 '어전 향로[御爐]'로 함련을 이어받으면서 조회에 참가한 문무백관의 모습을 서술하여 장중한 분위기를 연출하였다. 미련의 '봉황지[鳳池]'는 금원(禁苑)의 연못가에 있던 중서성을 지칭하는 말로 '함께 목욕한다[共沐]'는 비유적인 표현을 써서 더불어 군주를 보필하는 동료들에게 시를 전하는 뜻을 밝힌 것이다.

다음으로 왕유의 화작시를 보도록 하자.

絳幘雞人送曉籌,	붉은 두건 쓴 계인(雞人)이 새벽 시간을 알리니
尙衣方進翠雲裘.	상의는 비취 깃으로 만든 구름무늬 갖옷을 내간다
九天閶闔開宮殿,	구중궁궐 문이 열려 궁전이 개방되자
萬國衣冠拜冕旒.	온 나라의 관료들이 임금님을 배알한다
日色才臨仙掌動,	햇빛이 막 장선(掌扇)에 비쳐 요동치자
香煙欲傍袞龍浮.	향의 연기가 벌써 곤룡포 주위에서 피어오른다
朝罷須裁五色詔,	조회를 마치고 나면 오색 종이에 조서를 초잡으려
佩聲歸向鳳池頭.	패옥 소리 울리며 봉황지로 돌아간다

왕유, <가사인의 '아침에 대명궁에서 조회하며'에 화답하여

[和賈舍人早朝大明宮之作]> ✿

이 시는 앞의 여섯 구에서 아침에 조회하는 광경을 묘사하고, 뒤의 두 구에서 가지를 찬미하였는데, 조회를 묘사한 앞 세 연의 시상이 철저하게 군주를 중심으로 전개된 것을 특색으로 꼽을 수 있다. 수련은 날이 밝자 군주의 옷을 담당하는 직책인 상의(尙衣)가 갖옷을 내가는 모습이고, 함련은 궁궐의 문이 열리면서 관료들이 군주를 배알하고자 모여드는 모습이며, 경련은 장선(掌扇)에 비쳐 반사되는 햇빛으로 군주의 성덕을 암시하면서 옥좌의 주변에서 피어오르는 향의 연기를 통해 조회의 엄숙함을 나타낸 것이다. 미련은 조회를 마치고 중서성으로 돌아가는 가지를 말한 것으로 조서(詔書)를 작성하는 '오색 종이', 정5품 이상 관리의 장식물인 '패옥'2)과 중서성을 뜻하는

---

2) 中書舍人은 正五品上에 해당한다.

‘봉황지’ 등의 시어가 원창자인 가지의 직책과 임무를 잘 보여주고 있다.
이어서 잠참의 화작시를 감상하기로 한다.

雞鳴紫陌曙光寒,　　　닭 우는 경사의 큰 길에는 새벽빛이 차갑고
鶯囀皇州春色闌.　　　꾀꼬리 지저귀는 경성에는 봄빛이 저물었다
金闕曉鍾開萬戶,　　　궁궐의 새벽 종 소리에 많은 문이 열리니
玉階仙仗擁千官.　　　옥 섬돌의 의장대는 많은 관리 호위한다
花迎劍佩星初落,　　　꽃이 칼과 패옥을 맞이할 때 별이 갓 떨어지고
柳拂旌旗露未乾.　　　버들이 깃발에 스칠 때 이슬은 아직 마르지 않았다
獨有鳳凰池上客,　　　유독 봉황지 가에 사객(詞客)이 계시니
陽春一曲和皆難.　　　그의 <양춘곡>은 우리 모두 화답하기 어렵구나

잠참, <중서사인 가지의 ‘아침에 대명궁에서 조회하며’에 받들어
화답하여 [奉和中書舍人賈至早朝大明宮]>

이 시 역시 앞의 여섯 구는 아침에 조회하는 광경을, 뒤의 두 구는 가지를
말하고 있다. 제1구의 ‘새벽 빛[曙光]’과 제3구의 ‘새벽 종[曉鐘]’, 경련의 ‘별
이 갓 떨어지고[星初落]’와 ‘이슬은 아직 마르지 않았다[露未乾]’ 등을 통해
‘아침[早]’을 드러내고, 제3구의 ‘궁궐[金闕]’과 제4구의 ‘옥 섬돌의 의장대[玉
階仙仗]’, 제5구의 ‘깃발[旌旗]’ 등으로 ‘조회[朝]’를 드러낸 것은 시제를 충분
히 살리고자 그와 관련된 시어를 집중적으로 배치한 수법이다. 미련에서도
가지의 원창을 화창자가 드물었다는 고대의 노래인 <양춘곡(陽春曲)>에 비
유하여 높이 평가함으로써 화작시의 정례를 보여주고 있다.
　끝으로 두보의 화작시를 보자.

五夜漏聲催曉箭,　　　오야(五夜)의 물시계 소리가 새벽을 재촉하고
九重春色醉仙桃.　　　구중궁궐 봄빛은 신선의 복숭아를 취하게 할 것 같다
旌旆日暖龍蛇動,　　　깃발에서는 날이 따뜻해지자 용과 뱀이 움직이고
宮殿風微燕雀高.　　　궁전에는 바람이 산들 불어 제비와 참새 높이 난다
朝罷香煙攜滿袖,　　　조회가 파한 후면 향의 연기가 소매에 가득하시고

<table>
<tr><td>詩成珠玉在揮毫.</td><td>시를 지으실 때면 구슬이 붓에 있는 듯</td></tr>
<tr><td>欲知世掌絲綸美.</td><td>대대로 조칙을 담당한 훌륭한 집안을 알고 싶다면</td></tr>
<tr><td>池上于今有鳳毛.</td><td>연못에 지금 봉황 우모 가진 분이 있다네</td></tr>
</table>

두보, <가지 사인의 '아침에 대명궁에서 조회하며'에 받들어 화답하여

[奉和賈至舍人早朝大明宮]> ❀

이 시는 앞의 두 화작시와 달리 앞의 네 구에서만 조회의 모습을 묘사하고, 뒤의 네 구는 모두 가지를 찬미하는 내용으로 일관했다. 수련은 새벽에 봄빛이 완연한 대명궁의 광경이고, 함련은 조회를 직접적으로 묘사하는 대신 용과 뱀이 그려진 깃발과 제비와 참새가 나는 궁궐을 통해 엄숙함과 평화로움을 동시에 전달한 것이다. 경련에서는 바로 시상을 전환하여 조회가 끝난 뒤에 시를 짓는 가지를 찬미하였고, 미련에서는 개원 연간 초기에 중서사인을 지내며 현종의 책문(冊文)을 지었던 가증(賈曾)에 이어 숙종 때 다시 그의 아들인 가지가 중서사인에 제수된 훌륭한 가문[3]임을 칭송하는 것으로 화답의 뜻을 표했다.

(2) 우열론의 전개

<조조> 창화시는 왕유, 잠참, 두보 등 당대의 시단을 대표할 만큼 개성이 뚜렷하고 시작의 성취도가 월등히 높았던 대시인들이 동시에 같은 제재를 놓고 시를 지었다는 점에서 시단의 가화(佳話)로 일컬어진다. 후대의 평자들은 이 작품들에 많은 관심을 표명했고, 저마다의 기준을 내세워 각 작품의 좋고 나쁜 점들을 지적했다. 논의의 중점은 대체로 창화시의 시발점이 되었던 가지의 원창보다는 다른 세 시인의 화작시에 맞추어졌는데, 이는 당대 시

---

3) ≪舊唐書 · 文苑傳≫, 「至, 天寶末爲中書舍人. 祿山之亂, 從上皇幸蜀. 時肅宗卽位於靈武, 上皇遣至爲傳位冊文, 上皇覽之, 歎曰 : '昔先帝遜位於朕, 冊文則卿之先父所爲.'」

단에서 가지가 차지하는 비중이 상대적으로 낮은데다 원창과 화작시는 창작
방법에서 성격을 달리하기 때문이다.[4]

1) 작품별 우위론 고찰

<조조> 창화시에 대한 제가의 평을 일별해보면 대체로 잠참과 왕유의
작품이 호평을 받는 가운데, 당대 칠언율시의 최고봉으로 일컬어지는 두보
의 작품에 대해서는 흠을 지적하는 평이 많았다는 점이 눈에 띈다. 그러면
먼저 잠참의 화작시에 우위를 두었던 평자 가운데 주경(周敬)의 말을 들어
보자.

> '별'과 '이슬' 두 개의 시어는 실로 시안(詩眼)이다. 전편의 심사가 영민하고
> 맥락이 융화되고 시어가 빼어나며, 낭묘(廊廟)의 예스런 의관과 기물들을 마련해
> 놓아 사람들이 이를 대하면 영혼이 숙연해지고 정신이 수렴된다. 비단 <조조>
> 창화시 여러 편에서 이 시가 으뜸일 뿐만 아니라, 당대 칠언율시 전체를 들어 압
> 권으로 꼽는다 해도 어찌 양보할 수 있겠는가?[5]

잠참의 시를 으뜸으로 꼽은 사람들로는 송의 양만리(楊萬里), 명의 육시옹
(陸時雍)과 청의 시윤장(施閏章), 주용(周容), 방동수(方東樹), 조전성(趙殿成), 고보
영(高步瀛) 등이 있는데, 이들은 한결같이 잠참의 화작시가 원창의 부연과 그
에 대한 화답을 조화롭게 배치하고 조회의 광경을 장중하게 형상화한 점을

---

4) 네 작품을 동시에 비교하면서 가지의 원창을 우위에 둔 평자도 없지는 않다. 일
   례로 청 모선서(毛先舒)는 ≪시변지(詩辯坻)≫ 권3에서 「<조조> 창화시에서는
   가지의 작품이 침완농려(沈婉穠麗)하고 기상이 충일(沖逸)하여 절로 으뜸으로
   꼽힌다. …네 수의 시는 서로 장단점이 있는데, 나라면 가지, 왕유, 잠참, 두보로
   순위를 매기겠다(早朝倡和, 舍人作沈婉穠麗, 氣象沖逸, 自應推首. …四詩互有
   軒輊, 予必賈、王、岑、杜爲次也).」고 하였다.
5) 仇兆鰲의 ≪杜詩詳注≫ 卷5에 인용된 평어. 「星露二字, 實詩眼. 通篇心靈脈融
   語秀, 作廊廟古衣冠法物, 令人對之, 魂肅神斂. 不特<早朝>諸篇, 此爲首唱, 卽
   擧唐七律, 取爲壓卷何讓.」

높이 평가하였다.6)

왕유의 화작시가 가장 뛰어나다고 말한 이로는 명 호진형(胡震亨)이 있으나, 그는 뚜렷한 이유를 제시하지 않았다.7) 이보다는 왕유의 화작시를 잠참과 동렬에 두고 두 작품의 장단점과 함께 풍격의 차이를 설명한 예가 자주보인다. 그 가운데 명 호응린(胡應麟)의 말을 들어보기로 하자.

왕유와 잠참의 두 작품은 모두 신묘하여 그 사이에 우열을 가리기가 쉽지 않다. 옛 사람들은 왕유의 시에 복색(服色)이 너무 많다고 했는데, 나는 다른 구절은 그래도 괜찮지만 '면류관'과 '곤룡포'가 (중복을) 범한 데 이르러서는 결코 시어가 될 수 없다고 생각한다. 잠참의 작품은 비교적 공밀(工密)한 듯하나, '새벽

---

6) 楊萬里, ≪誠齋詩話≫, 「두보와 가지 등 여러 사람이 창화한 <조조대명궁>은 전아하고 중후하다. 여기에 화답한 시로 잠참이 '꽃이 칼과 패옥을 맞이할 때 별이 갓 떨어지고, 버들이 깃발에 스칠 때 이슬은 아직 마르지 않았다.'고 한 것이 가장 뛰어나다(少陵、賈至諸人倡和<早朝大明宮>, 乃爲典雅重大. 和此詩者, 岑參云 : '花迎劍佩星初落, 柳拂旌旗露未乾.' 最佳).」; 陸時雍, ≪詩鏡總論≫, 「당인의 <조조>시에서는 오직 잠참의 한 수가 가장 올바르고 타당하며, 또한 시어마다 모두 제격이나, 다만 품격과 박력이 다소 평이할 뿐이다(唐人早朝, 惟岑參一首最爲正當, 亦語語悉稱, 但格力稍平耳).」; 施閏章, ≪蠖齋詩話≫, 「가지의 <조조>시에 화답한 시로는 …잠참의 작품을 독보적이라 추천하겠다(和賈至<早朝>, …推岑作獨步矣).」; 周容, ≪春酒堂詩話≫, 「<조조>시 네 수는 …잠참의 시는 구절마다 '조조'에 화답하였으나, 왕유와 두보는 아직 조회를 하지 않을 때와 조회가 끝났을 때까지 끌어들여 언급한 폐단을 면치 못했다(早朝四詩, …岑詩句句和早朝, 王、杜未免扯及未朝罷朝時矣).」; 方東樹, ≪昭昧詹言≫ 卷16, 「원창과 왕유, 두보의 시는 이(잠참의 시)를 능가하지 못했다(原唱及摩詰、子美, 無以過之).」; 趙殿成, ≪王右丞集箋注≫ 卷10, 「<조조>시 네 수를 …만약 전편을 평가, 비교하여 우열을 정한다면 잠참이 위고, 왕유가 다음이고, 두보와 가지는 아래다(<早朝>四作, …若評較全篇, 定其軒輊, 則岑爲上, 王次之, 杜、賈爲下).」; 高步瀛, ≪唐宋詩擧要≫ 卷5, 「장엄하고 단아하며 곱고 아름다우니 당인의 율시는 이(잠참의 시)를 정격으로 한다(莊雅穠麗, 唐人律詩此爲正格).」
7) 胡震亨, ≪唐音癸籤≫ 卷10, 「<早朝>四詩, 名手滙此一題, 覺右丞擅場, 嘉州稱亞, 獨老杜滯鈍無色.」

빛'과 '새벽 종'에서는 역시 조금 치우쳤다는 생각이 들고, 또 '춘(春)'자가 작품
에 두 번 보인다. 그러므로 두 사람의 작품은 아무래도 흠이 없는 옥은 아니라
하겠다. …그러나 상관소용(上官昭容)으로 하여금 곤명전(昆明殿)에 앉아 세월이
다 가도록 비교하게 해도 그 가운데 하나를 떨어뜨리기는 쉽지 않을 것이다. …
대체로 두 시는 역량이 서로 비슷한데, 잠참의 시는 품격에서 낫고 왕유의 시는
음조에서 나으며, 잠참의 시는 편(篇)에서 낫고 왕유의 시는 구(句)에서 나으며,
잠참의 시가 지극히 엄정하고 주도면밀하다면 왕유의 시는 비교적 여유가 있고
은은하다.[8]

여기서 호응린은 왕유와 잠참의 화작시 둘 중의 어느 하나에 절대적인 우
위를 두지 않은 채 각각의 특성을 부각시키는 데 초점을 맞추고 있다. 호응
린과 같은 입장을 취한 이로는 청의 심덕잠(沈德潛)과 당여순(唐汝詢)을 들 수
있다.[9]

잠참과 왕유의 화작시에 대한 평가와 달리 두보의 화작시를 두고는 단점
을 지적하는 쪽과 그러한 지적이 부당함을 변호하는 쪽이 팽팽하게 대립하
였다. 먼저 두보 화작시의 문제점을 꼬집고 있는 청 모춘영(冒春榮)의 평을
살펴보기로 한다.

---

8) 胡應麟, ≪詩藪・內篇≫ 卷5, 「王、岑二作俱神妙, 間未易優劣. 昔人謂王服色太
多, 余以它句猶可, 至冕旒龍袞之犯, 斷不能爲詞. 嘉州較似工密, 洒曙光曉鐘,
亦覺微纇, 又春字兩見篇中. 則二君之作, 尙匪絶瑕之璧也. …然令上官昭容坐昆
明殿, 窮歲月較之, 未易墜其一也. …大槪二詩力量相等, 岑以格勝, 王以調勝,
岑以篇勝, 王以句勝, 岑極精嚴縝匝, 王較寬裕悠揚.」

9) 沈德潛, ≪唐詩別裁≫ 卷13, 「<조조> 창화시에서 왕유의 것은 바르고 크며, 잠
참의 것은 맑고 빼어나니 백중지간이다(<早朝>倡和詩, 右丞正大, 嘉州明秀,
有魯衛之目).」; 唐汝詢, ≪唐詩解≫ 卷43, 「같은 시기에 창화하여 그 시가 모두
선록되었는데, 잠참과 왕유의 것이 특히 빼어나 우열을 가리기 어렵다. …대개
한 자로도 짧을 때가 있고, 한 마디로도 남을 때가 있으니 한 수 시로서 우열
을 논해서는 안 된다(同時唱和, 其詩並入選, 然岑王矯矯不上下, …蓋尺有所短,
寸有所長, 不當以一詩議優劣也).」

　시윤장(施閏章)은 왕유, 잠참, 두보와 가지의 <조조>시에서 오직 두보만이 법식이 없음을 논했다. '아침의 조회'라 제목을 붙였던지라 '닭 울음', '새벽 종', '의관', '궁궐문'이라 하였으니, 율법이란 이와 같은 것이다. 왕유가 잠참에 비해 부족한 것이라곤 잠참이 '꽃이 맞이하고', '버들가지가 스치고', '양춘곡 한 가락'으로써 가지의 원창에서 '봄 빛'이라는 두 자를 보충했는데, 왕유는 조금 줄어들었다는 것 뿐으로 그밖에는 같지 않은 것이 없다. 어째서인가? 율법인 까닭이다. 두보는 그렇지 않았다. 서왕모(西王母)의 '신선의 복숭아'라 했으니 조회하는 날이 아니다. 건물이 완성된 때에야 제비와 참새가 축하한다고 하는 것이니, 조회할 때의 모습이 아니다. '오야(五夜)'에서 바로 '해가 따뜻'해지는가? 어그러진 것이다. 게다가 '해가 따뜻한' 것은 아침 무렵이 아니다. 저 '깃발'에서 '요동치고', '궁전'에서 '높다'한 것은 아직 조회에 참여하지 않은 상태인데도 '조회가 끝났다'고 했으니 어지러운 것이다. '시를 짓는' 것과 아침 조회가 절반씩 네 구이니 주객이 부족하다.[10]

　모춘영의 비판은 주로 두보의 화작시가 가지의 원창이 담고 있는 내용을 충분히 소화하지 못하여 '아침[早]'을 묘사하는 데 치우치고, '조회[朝]'에 어울리지 않는 시어들을 남발했다는 것을 지적하고 있다.[11] 또 앞의 여섯 구를 통해 조회의 광경을 묘사한 잠참과 왕유의 시와 달리 두보의 시에서 그것을 네 구로 줄인 것은 적절치 못한 장법이라고 하였다. 시어의 사용에 대한 옳고 그름에 대해서는 조전성(趙殿成) 등이 그 중의 일부에 반박론을 내놓기도

---

10)　冒春榮, ≪葚原詩說≫ 卷2, 「施愚山閏章論王維、岑參、杜甫和賈至早朝詩, 惟杜甫無法. 旣題早朝, 則'鷄鳴'、'曉鐘'、'衣冠'、'闓闔', 律法如是矣. 王維歉於岑參者, 岑能以'花迎'、'柳拂'、'陽春一曲', 補舍人原唱'春色'二字, 則王稍減耳, 其他無不同者. 何則? 律故也. 杜卽不然. 王母'仙桃', 非朝日也. 堂成而燕雀賀, 非朝時境也. '五夜'便'日暖'耶? 舛也. 且'日暖'非早時也. 若夫'旌旗'之'動', '宮殿'之'高', 未嘗朝者也. 曰'朝罷', 亂也. '詩成'與早朝半四句, 乏主客也.」

11)　진여강(陳如江)도 <제목의 뜻에서 멀리 벗어남[遠離題意]>이라는 표제의 글에서 두보의 화작시를 예로 들어 "'早'자만을 지었을 뿐, '朝'자는 정위(正位)에 두지 않음으로써 주제를 잃어버렸으니, 이는 분명히 세 사람에 미치지 못하는 부분이다."라고 지적하였다(≪古詩指瑕≫, p.199).

했으며,12) 특히 전반부와 후반부에 주객13)을 균등하게 배치한 장법을 두고 청의 주한(朱瀚)과 황생(黃生) 등은 오히려 이러한 장법이 제대로 된 화작시의 격률을 보여준 것이라고 평하였다.14) 근자에 이영주가 <두시장법연구(杜詩章法研究)>라는 논문을 통해 이 점을 새롭게 부각시킨 바 있어 아래에 인용해 본다.

---

12) 趙殿成, 《王右丞集箋注》 卷10, 「그러나 '서왕모(西王母)의 선도(仙桃)는 조회할 때의 일이 아니다'라거나 '제비와 참새가 축하하는 것은 조회할 때의 광경이 아니다'라는 두 마디는 아무래도 타당치 못한 점이 있다. 선도는 바로 궁전의 뜰에 심은 복숭아로서 궁궐에서 자라고 있기 때문에 선도라고 말한 것이다. 아침을 맞아 봄빛이 무르익어 천연스럽게 취한 듯 한 것이니 서왕모의 선도와는 전혀 관계가 없다. 제비와 참새는 매양 하늘빛이 환하게 비치고 나면 높이 날며 사방으로 흩어지니 이 구절은 '早'자를 훌륭히 읊은 것이다. 그러나 궁전의 한가한 경치를 묘사하였으니 황량함을 면치 못하고 있기는 하다. 요컨대 건물을 지으면 제비와 참새가 축하한다는 말과는 전혀 상관이 없다. 이런 것으로 흠을 잡는 것은 지나치게 가혹함을 면키 어려우나, 그 나머지에서 논박한 것은 어찌 타당함이 없겠는가?(但謂'王母仙桃非朝時之事', '燕雀相賀非朝時之境', 二語猶有未當處. 仙桃卽殿廷所植之桃, 以其託根禁地, 故曰仙桃. 迎晨而春色濃酣, 天然如醉, 與王母仙桃迥焉無涉. 燕雀每於天光煥發之後, 高飛四散, 此句詠早字甚得. 然寫作宮殿閒景致, 未免荒凉耳. 要之於堂成而燕雀賀之說, 杳不相干也. 以此見訾, 未免過苦, 若其餘之所論駁, 豈爲無當.)」
13) 원창의 내용이 객이고, 원창자에 대한 찬미는 주가 된다.
14) 仇兆鰲, 《杜詩詳注》 卷5에 인용된 朱瀚의 평, 「시를 지음에는 모름지기 손님과 주인을 알아야 하기에 전반부에서는 손님의 뜻을 요약하고 후반부에서는 주인의 뜻을 중점적으로 밝혀 비로소 그 정신을 보였다. 왕유와 잠참의 시는 손님이 너무 자세하고 주인이 너무 소략한데, 잠참의 시는 끝부분에서 여전히 힘이 있으나 왕유의 시는 에두르고 느슨하여 진작시키지 못했다(作詩須知賓主, 前半撮略賓意, 後半重發主意, 始見精神. 王岑賓太詳, 主太略, 岑掉尾猶有力, 王則迂緩不振矣).」; 黃生의 평, 「왕유와 잠참의 시는 미련에서 모두 찬미의 뜻을 가지에게 귀착시켰는데, 두보만이 후반 전부를 쏟아 부었다. 이것이 바로 두시의 격률이 심후하고 노성한 면인데, 도리어 이를 병폐로 여겨서야 되겠는가?(王岑二首, 結並歸美於賈, 少陵後半特全注之, 此正公律格深老處, 可反以此爲病哉.)」

두보의 화작시는 전체적으로 보아 전반 4구는 조회 모습을 묘사하고, 후반 4구는 화작의 뜻을 드러내고 있다. 다시 후반을 보면 경련은 가지가 퇴조한 후에 시를 지은 일을 언급하여 그의 재주를 기렸고, 미련은 가지 부자가 두 대에 걸쳐서 조칙을 담당한 사실을 지적하여 그의 직분을 기렸다. 이에 비하여 왕유와 잠참의 시는 제6구까지 모두 대명궁의 조회를 묘사하는 데에 사용하여 가지에 대한 송찬은 미련 2구에만 그쳤다. 따라서 왕유는 가지의 직책만 언급하고 잠참은 시만 언급할 수밖에 없었다. 수창자가 대명궁의 조회를 내용으로 하는 시를 지었으니 화작시는 이에 대한 언급이 결여될 수 없다. 이 점에서는 3수 모두가 문제될 것이 없다. 또 수창자가 황제의 근신 신분으로서 동료에게 시를 지어 보냈으니, 그의 직책과 보내온 시 둘을 모두 찬양해야만 화작의 목적을 원만하게 달성할 수 있다. 이 점에서는 오직 두보의 시만 성공을 거두고 있다.[15]

이영주는 가지의 원창이 '중서성과 문하성의 동료[兩省僚友]'에게 보낸 것이었으므로, 대명궁에서의 조회 광경은 물론이고 중서사인이라는 그의 직책과 보내온 시까지 화작시에서 모두 다루어주어야 타당하다는 전제 아래 두보의 화작시만이 후반부 네 구를 이에 할애함으로써 다른 두 작품이 반쪽만을 언급한 것에 비해 여러 방면을 충분히 안배한 장법이 돋보인다고 본 것이다.

2) 종합적 검토

본서에서 <조조> 창화시를 두고 벌어진 우열론을 검토하는 목적이 평자들의 견해에 대해 옳고 그름을 따져 보다 객관적인 평가를 내려보자는 데 있는 것은 아니다. 시작(詩作)에 대한 평가란 보는 각도에 따라 얼마든지 달라질 수 있는 상대적인 것이기 때문이다. 그보다는 각각의 주장을 면밀히 고찰하는 가운데 거기에 담긴 의미를 파악해 당대 칠언율시에 대한 이해의 폭을 넓혀보자는 것이다. 각 작품의 대체적인 특징은 앞서 살펴본 작품개관과 우위론을 통해 어느 정도 밝혀졌으므로, 여기서는 보충설명이 필요한 부분

---

15) 李永朱, <杜詩章法硏究>, p.123.

과 추가적으로 언급할 부분을 다룰 것이다.

먼저 세 수의 화작시에 쓰인 시어를 중복 여부에 초점을 두고 분석한 다음의 표를 보자.

중복 사용	王維·岑參·杜甫	王維·岑參	王維·杜甫	岑參·杜甫
	曉, 仙, 鳳(池)	鷄(人, 鳴), 佩	日, 朝, 香, 宮殿	春色, 旌旗
단독 사용	王維		岑參	杜甫
	絳幘, 翠雲裘, 衣冠 冕旒, 袞龍, 五色詔		紫陌, 曙光, 玉階, 鶯 花, 星, 柳, 露, 陽春曲	桃, 龍蛇, 燕雀, 風, 詩 珠玉, 絲綸美, (鳳)毛

화작시는 원창에서 묘사한 내용을 재구성하는 부분이 필요하므로 동일한 시어가 쓰일 가능성이 많다. <조조> 창화시에서도 위 표에서 보는 바와 같이 세 수 전부 또는 두 수에서 중복되어 쓰인 시어가 여럿 있는데, 이들은 대개 '아침[早]', '조회[朝]', '대명궁', '중서성' 등 제목을 나타내는 데 꼭 필요한 것들이다. 반면, 단독으로 사용된 시어들에서는 각 작품의 차이점을 볼 수 있다. 왕유의 화작시에서는 평자들의 지적대로 의복과 관련된 시어가 대부분을 차지하고 있고, 두보의 것에서는 '복숭아[桃]', '제비와 참새[燕雀]', '바람[風]' 등 '아침의 조회'를 대변하기에는 격이 맞지 않는 듯한 이미지들이 눈에 띈다. 이에 비해 잠참의 화작시에 쓰인 시어들에는 비교적 여러 요소가 고루 안배되어 안정된 느낌을 받게 되며, 이 점이 평자들에게 후한 점수를 얻은 주요 요인이었다. 다만, 잠참의 화작시에는 가지의 원창에 보이는 시어(밑줄 친 것)와 동일한 것이 많아 독창성이 부족한 것이 흠으로 지적된다.

다음으로 각 작품의 격률 면을 살펴보기로 하자. 가지의 원창은 세 군데에서 실점(失黏)을 범하고, 두 군데에서 실대(失對)를 범하였으며, 요구(拗句)도 두 개가 있어 격률 면에서 가장 뒤처진다. 왕유의 화작시는 실대는 없으나 세 군데에서 실점을 범하였고, 제7구는 하삼측(下三仄)이다. 잠참의 것은 실점, 실대를 범하지는 않았으나, 제2구의 평측 격식이 「평측평평평측평」으로서 요(拗)에 해당한다. 마지막으로 두보의 것은 실점, 실대와 요구가 전혀 없는 완벽한 격률을 보여주었다. 이러한 결과를 놓고 볼 때 두보를 제외한 나머지 세 시인의 작품이 안정되지 못했던 성당 칠언율시의 격률을 답습하고 있던 반면 두보의 화작시는 이와 달리 완성된 격률을 갖추었다고 할 것인데, 이러한 점이 제가의 우열론에서는 소홀히 다루어진 감이 있다.

이어서 <조조> 창화시가 나오기 이전 세 시인의 칠언율시 창작 경험을 아래의 표를 통해 살펴보자.16)

	칠언율시 전체 작품수	<조조> 창화시 이전 칠언율시	칠언율시 창작역정상 <조조> 창화시의 위치
王　維	20	15	--------------- ● -----
岑　參	10	4	--------- ● ----------
杜　甫	151	8	- ● ---------------

건원 원년 이전에 칠언율시를 많이 창작했던 사람은 단연 왕유다. 그는 개원 연간에 <칙차기왕구성궁피서응교(敕借岐王九成宮避暑應敎)>를 비롯한 3수, 천보 연간에 <중수원낭중(重酬苑郎中)>을 비롯한 12수 등 모두 15수의 칠언율시를 지었다. 그 다음으로는 두보로서 <증헌납사기거전사인징(贈獻納使起居田舍人澄)> 등 8수를 지은 바 있고, 잠참은 <봉화상공발익창(奉和相公發益昌)> 등 4수를 지었다. 이 무렵까지는 칠언율시가 왕성하게 창작되지 않았으므로 이 정도만 하더라도 적은 수는 아니라 할 것이다. 다시 이를 세 시인의 전체 칠언율시에서 차지하는 비율과 연관지어보면, 왕유의 화작시는 칠언율시 창작의 말기에, 잠참의 것은 중기에, 두보의 것은 초기에 해당하므로, <조조> 창화시가 이들 세 시인의 칠언율시 창작 역정에서 차지하는 위치는 각기 다르다. 두보의 화작시가 호평을 받지 못한 원인의 하나는 이처럼 그의 작품이 다른 시인과 달리 초기의 작품이어서 아직 두보 칠언율시 고유의 특성과 장점이 잘 발현되지 않았다는 데서도 찾아볼 수 있을 것이다.17)

---

16) 가지는 원창인 <早朝大明宮呈兩省僚友>가 그가 남긴 유일한 칠언율시 작품이다.

17) 청 황자운(黃子雲)은 ≪야홍시적(野鴻詩的)≫에서 「두보의 초기 작품들에는 하자가 적지 않다. …<조조>시에서 이르기를 '시를 지으실 때면 구슬이 붓에

끝으로 화작시 각각의 구성을 살펴보자. 잠참의 것이 원창의 묘사내용과 화답의 뜻을 균형 있게 담아 비교적 짜임새가 있는 데 비해, 왕유의 것은 묘사가 군주에 집중되면서 화답의 뜻이 약화되었으며, 두보의 것은 조회 광경에 대한 묘사가 간략하고 가지에 대한 송찬(頌讚)이 두드러진 특징을 발견하게 된다. 그래서 앞서 소개한 바와 같이 많은 평자들이 이 점을 두고 각각의 장단점을 논하였으나, 주로 결과만을 가지고 따졌을 뿐, 그러한 구성에 담긴 창작의 배경이나 취지에 대해서는 자세히 언급하지 않았다. 필자는 건원 원년을 중심으로 하여 각 시인의 개인적인 이력, 특히 왕유와 두보의 그것이 화작시에 반영된 면을 검토해봄으로써 그 실마리를 찾아보고자 한다.

우선 왕유의 이력을 살펴보자. 그는 안사의 난이 일어났던 지덕 원년(756) 급사중(給事中)으로 장안에 있다 미처 피난하지 못하고 반군에게 붙들려 약 1년 동안 안록산(安祿山) 밑에서 위직(僞職)을 맡게 되었다. 지덕 2년에 장안이 수복되면서 그해 12월에는 함적관(陷賊官)에 대한 단죄가 있었으나, 왕유는 형부시랑(刑部侍郞)으로 있었던 동생 왕진(王縉)의 간청으로 사면되어 이듬해인 건원 원년 봄에는 태자중윤(太子中允)으로 복직되었고, 얼마 후 중서사인(中書舍人)으로 옮겨 가지의 시를 접했다.18) 왕유로서는 반군의 조정에서 위직을 맡은 죄를 사면 받고 복직하여 맞는 조회에 대한 감회가 새로울 수밖에 없었고, 같은 직책에 있던 가지의 원창에 대한 화작시를 빌어 은총을 베풀어 준 숙종(肅宗)의 성덕을 한껏 찬미했던 것이다. 또한 왕유가 원창자인 가지와 같은 중서사인의 직책에 있었다는 사실은 미련에서 가지를 추켜세우

있는 듯'이라 하였는데, 억지로 모은 듯한 감을 지울 수 없다. '대대로 조칙을 담당한 훌륭한 집안을 알고 싶다면, 연못에 지금 봉황 우모 가진 분이 있다네.'라 한 것은 응수하는 상투적인 말이다(少陵早年所作, 瑕疵亦不少, …早朝云 : 「詩成珠玉在揮毫」, 湊泊不堪. 「欲知世掌絲綸美, 池上于今有鳳毛」, 乃應酬套語).라 하였는데, 그의 지적이 전적으로 옳다고 하기는 어렵지만 적어도 두보의 초기 칠언율시 작품이 후기의 것에 미치지 못한다고 본 것은 평자들의 공통된 견해라 할 것이다.

18) 陳鐵民, 앞의 책, pp.1364-1366을 참고.

는 대신 「봉황지로 돌아간다[歸向鳳池頭]」는 말로 가지와 자신을 아우르는 듯
한 표현을 쓴 이유를 짐작하게 해준다.

다음으로 두보의 이력을 보기로 한다. 두보는 지덕 2년 장안에 억류되어
있다가 탈출하여 봉상(鳳翔)의 행재소(行在所)에 있던 숙종을 알현하고 이 해
5월에 좌습유(左拾遺)에 제수되었다. 적극적으로 간관(諫官)의 직책을 수행하
던 그는 방관(房琯)의 일을 변호하다 숙종의 노여움을 사 삼사(三司)의 추문을
받았으나 장호(張鎬) 등의 구명으로 풀려났다.[19] 8월에는 가족들을 보기 위해
부주(鄜州)에 갔다가 11월에 되돌아 와 12월부터는 다시 좌습유의 직책을 수
행했다. 이 무렵의 두보는 방관의 사건을 거치면서 숙종에 대한 기대가 많이
사그라져 있었다. 그래서 그의 화작시에서는 왕유의 것과는 판이하게 군주
에 대한 언급이 전혀 보이지 않고, 성대한 조회의 광경도 상세히 묘사되지
않았던 것으로 여겨진다. 천보 말년부터 중서사인으로 있던 가지는 안사의
난이 일어나자 촉으로 달아난 현종을 따라갔고, 영무(靈武)에서 즉위한 숙종
에게 제위를 전하는 책문(冊文)이 그의 붓끝에서 나왔다.[20] 원 신문방(辛文房)
은 현종이 가지가 지은 책문을 보고 감탄한 말을 이렇게 기록하고 있다.

> 선천 연간의 고명(誥命)은 그대의 부친이 지었는데, 오늘 이 중대한 책문을 그
> 대가 다시 지었도다. 두 조대의 성전(盛典)이 그대 부자의 손에서 나왔으니 가히
> 아름다움을 이어나갔다 하겠노라.[21]

'선천 연간의 고명'이란 선천 원년(712) 예종(睿宗)이 현종에게 제위를 전할
때 가지의 아버지인 가증(賈曾)이 지은 책문을 가리킨다. 두보의 화작시에서
경련을 통해 가지의 시를 칭송한 데 이어, 미련에서 재차 현종의 등극과 양
위시에 나란히 책문을 지었던 가지 부자를 언급한 것은 가지의 직책과 가문

---

19) 金星坤, <杜甫爲官時期詩硏究(一)>, pp.180-183.
20) 傅璇琮, <賈至考>, pp.177-178.
21) 辛文房, ≪唐才子傳≫ 卷3, 「先天誥命, 乃父所爲 ; 今玆大冊, 爾又爲之. 兩朝
    盛典出卿家父子, 可謂繼美矣.」

을 추켜세우기 위한 목적 외에도 숙종이 현종의 구신(舊臣)인 방관을 축출한데 대한 두보의 불만이 담겨져 있다고 보아야 할 것이다. 지덕 원년 현종이 방관을 재상에 임명할 때 가지가 그 제사(制詞)를 지었다는 사실도 두보의 화작시를 이해하는 데 도움이 된다.[22]

(3) 〈조조〉 창화시의 칠언율시사적 의의

청 기윤(紀昀)은 <조조> 창화시를 평가하면서 "이러한 제목에는 이렇다할 성정(性情)이나 풍격, 취향이 없으니 여전히 초당 응제시의 체식이다."[23]라고 하여 천편일률적이던 초당 응제 칠언율시와 동렬에 두었다. 이와 같은 지적은 <조조> 창화시가 창작된 배경이나 작품의 실제를 볼 때 지나친 감이 없지 않다. 가지가 <조조>시를 지어 동료들에게 보낸 시점인 건원 원년 봄에는 장안과 낙양이 이미 수복되어 현종과 숙종이 장안으로 돌아오고, 반란군의 주장(主將)인 사사명(史思明)이 8만의 군사를 이끌고 투항한 상태에서 아버지인 안록산을 죽이고 지휘권을 잡은 안경서(安慶緒)가 패전을 거듭하고 있던 시점이어서, 당 조정에는 중흥의 희망이 피어오르고 있었다. 이 때 가지가 군주의 조서를 맡은 중서사인의 신분으로 정세의 변화에 기민하게 반응하여 조회의 장면을 장엄하고 당당하게 묘사한 칠언율시 한 수를 지어 중서성과 문하성의 동료들에게 보내 군주를 보필하는 일에 매진할 것을 제창한 것이다.[24] 따라서 다분히 오락에 치중한 초당 말기 응제시와는 창작 배경의 격이 다르다고 할 것이다. 또한 작품성 면에서도 좋은 평가를 얻어 잠참과 왕유의 창화시는 《당시삼백수》에 나란히 실리기도 하였다. 이 역시 상투적인 칭송으로 일관해 큰 성과를 올리지 못했던 초당 말기 응제시와는 다른 점이다.

---

22) 《全唐文》 卷367, 賈至, <授房琯文部尙書同平章事制>
23) 《瀛奎律髓刊誤》 卷2, 「此種題目無性情風旨之可言, 仍是初唐應制之體.」
24) 周建國, 《煌煌唐韻》, p.84.

이처럼 당대의 저명한 시인들이 칠언율시를 주고받은 것은 초당 말기에 수문관(修文館)의 학사들이 모여 응제 칠언율시를 지은 이래 50년만의 성황이다. 현재로서는 네 시인 외에 창화시를 남겼던 '양성(兩省)의 동료'가 더 있었는지 확인할 길이 없으나, 청 담종(譚宗)이 "<조조> 칠언율시는 한 때의 절창으로서 조정의 선비를 움직였고, 조정의 선비들은 다투어 일어나 이에 화답하였다."25)고 말하고 있듯이 그 여파는 결코 작지 않았던 것으로 추정되며, 이후로 칠언율시의 창작이 활발해지는 데도 많은 영향을 주었을 것으로 판단된다. 초당의 수문관 학사들, 중당의 대력십재자와 백거이를 비롯한 통속파 시인 등 칠언율시의 창작을 선도한 집단의 예를 보면 언제나 응수창화시가 많은 비중을 차지하고 있는데, 이는 칠언율시라는 체재를 지탱해주는 근본적인 힘이 '강한 응수성'에 있다는 방증이며, <조조> 창화시도 이러한 맥락의 일부라 할 것이다.

일찍이 원 양재(楊載)는 <조조> 창화시의 특징을 다음과 같이 정리한 바 있다.

> 왕유, 가지 등 여러 시인의 <조조>시는 기세와 격조가 혼후하고 깊으며, 구절의 뜻이 엄정하여 마치 궁조(宮調)와 상조(商調)를 번갈아 연주하여 음운이 장중하게 울리는 가운데 정말로 기린이 영소(靈沼)에서 뛰놀고 봉황이 조양(朝陽)에서 우는 듯하다. 배우는 사람들이 이를 익히면 빈한(貧寒)하고 고루한 것을 일거에 씻을 수 있을 것이다.26)

양재는 주로 <조조> 창화시의 장중하고 화려한 면에 주목하여 후인이 배울 만한 점으로 제시한 것으로 보인다. 그런데 장중하고 화려함만을 가지고 본다면, 초당의 응제 칠언율시도 여기에서 크게 벗어나지 않는다고 할 것이다. <조조> 창화시의 칠언율시사적 의의는 이보다 천편일률이었던 초당

---

25) 譚宗, 《近體秋陽》, 「早朝七言, 一時絶唱, 傾動朝士, 朝士爭起而和之.」
26) 楊載, 《詩法家數》, 「王維、賈至諸公早朝之作, 氣格渾深, 句意嚴整, 如宮商迭奏, 音韻鏗鏘, 眞麟遊靈沼, 鳳鳴朝陽也. 學者熟之, 可以一洗寒陋.」

의 응제 칠언율시와 달리 각 작품에서 개성적인 면모를 찾아볼 수 있다는 데 있다. 명 사진(謝榛)은 문객들과 <조조> 창화시의 우열에 대한 견해를 논하는 자리에서 이렇게 말하고 있다.

> 아름다운 옥이 앞에 늘어서 있으니 그 색깔은 빨갛고 노랗고 희고 검어 찬란하게 서로 빛을 발한다. 색깔은 비록 다르지만 온윤(溫潤)한 점에서는 똑같다. 내 옥공이 아니니 어찌 그 우열을 품평할 수 있겠는가!27)

사진은 <조조> 창화시의 우열에 대한 평가를 유보하면서, 그 이유로 네 작품이 옥의 질감처럼 '온윤(溫潤)'한 면을 공통적으로 가지고 있으나 옥의 색깔이 서로 다르듯 외관에서는 저마다의 특징을 가지고 있다는 점을 들었다. <조조> 창화시에서 느낄 수 있는 '온윤(溫潤)'한 면이 제재가 장중하고 엄숙한 궁정의 조회라는 데서 비롯된 특징이라면, 서로 다른 색깔은 각 작품에 서로 다른 시인들의 창작 배경과 수법이 충분히 발현되었기 때문에 느낄 수 있는 개성적인 면모일 것이다. 같은 제목의 작품을 창작하면서도 왕유는 군주를 중심으로 시상을 이끌어나갔고, 잠참은 원창의 분위기를 최대한 살리는 데 주력했으며, 두보는 원창자인 가지의 시와 직책을 후반 네 구에서 충분히 다루는 장법을 통해 방관의 사건을 겪고 난 자신의 심사를 간접적으로 표출했던 것이다. <조조> 창화시의 칠언율시사적 의의는 이처럼 초당 말기의 응제시에서 보여주었던 한계, 즉 개성이 매몰되기 쉬운 응수창화시에서도 서서히 시인 나름의 특성이 발현되기 시작했다는 데서 찾아볼 수 있으며, 이는 대력 연간으로 접어들면서 칠언율시가 크게 발전하는 밑거름이 되었던 것으로 평가된다.

---

27) 謝榛, ≪四溟詩話≫ 卷3, 「有美玉羅於前, 其色赤黃白黑, 爛然相輝. 色雖異而溫潤則同, 予非玉工, 焉能品其次第哉!」

2. 당대 칠언율시 압권론

(1) 작품 개관

칠언율시는 당대에 비약적으로 발전하여 중국 고전시가의 대표적인 시체로 자리매김하였고, 송대 이후의 시인들도 꾸준히 칠언율시를 창작하였다. 송대 이후로 시화류(詩話類)의 저작이 유행하면서 당대 칠언율시 가운데 어떤 것이 가장 뛰어난 작품이냐를 두고 여러 저작에서 활발하게 의견이 개진되기 시작했는데, 다른 시체에 비해 유독 당대 칠언율시를 대표할만한 작품을 추천하는 논급이 많은 것은 그만큼 당시에서 칠언율시가 차지하는 비중이 크다는 것을 반증한다고 하겠다. 역대로 평자들이 거론한 모범적인 작품은 다음과 같으며, 그 가운데 몇 작품을 감상해보기로 한다. 다소 번거롭지만 앞서 제4장을 통해 살펴보았던 작품이라도 재차 인용할 것이다.

- 沈佺期：<古意呈補闕喬知之>, <龍池篇>
- 崔　顥：<黃鶴樓>, <雁門胡人歌>[28]
- 崔　曙：<九日登望仙臺呈劉明府>
- 岑　參：<奉和中書舍人賈至早朝大明宮>
- 王　維：<積雨輞川莊作>
- 杜　甫：<登高>, <秋興八首>, <諸將五首>,[29] <聞官軍收河南河北>,
　　　　　　<九日藍田崔氏莊>

위에서 거론된 작품들의 대략적인 특징은 크게 두 가지로 요약할 수 있다. 첫째는 초성당의 작품에 국한되었다는 것이다. 중만당에도 유우석, 두목, 이상은 등에 의해 우수한 칠언율시 작품이 나왔는데도, 여기에 한 수도 거론되

---

28) 許學夷, 《詩源辯體》 卷17, 「崔顥七言律<雁門胡人歌>, 聲韻較<黃鶴>尤爲合
　　律. …崔詩<黃鶴>首四句誠爲歌行語, 而<雁門胡人>實當爲唐人七言律第一.」
29) 尙鎔, 《三家詩話・三家餘論》, 「七律亦以少陵<諸將五首>爲極則.」

지 않은 것은 후대의 평자들이 중만당의 시를 곱지 않은 시선으로 바라보았
던 경향을 반영하는 것이라 하겠다. 둘째는 두보의 작품이 가장 많이 보인다
는 것이다. 두보의 칠언율시는 당대에는 크게 인정받지 못하고 이상은 등에
의해 일부 계승되는 데 그쳤으나, 송대 이후로는 강서시파와 같은 적극적인
추종자가 나오면서 당대 칠언율시의 최고봉으로 인정받았던 것이다.

　그러면 먼저 심전기(沈佺期)의 <옛 뜻을 담아 보궐인 교지지에게 드림[古意
呈補闕喬知之]>부터 보도록 하자.

盧家少婦鬱金堂,	노씨네 젊은 아낙 울금으로 바른 집에 있는데
海燕雙栖玳瑁梁.	제비는 쌍쌍이 대모로 장식한 대들보에 깃들인다
九月寒砧催木葉,	구월의 차가운 다듬잇돌 소리 나뭇잎 떨어지길 재촉하고
十年征戍憶遼陽.	십 년 동안 수자리 나가있는 요양이 떠오른다
白狼河北音書斷,	백랑하 북쪽에선 소식 끊기었고
丹鳳城南秋夜長.	단봉성 남쪽에선 가을밤이 길다
誰爲含愁獨不見,	홀로 보지 못하는 누구 때문에 근심을 품고 있나?
更敎明月照流黃.	다시금 밝은 달이 노란 명주를 비추는데

　송 곽무천(郭茂倩)의 ≪악부시집(樂府詩集)≫ 권75에는 이 시가 <독불견(獨
不見)>이라는 제목의 잡곡가사(雜曲歌辭)로 실려 있으며, 같이 수록된 동제(同
題)의 시 7수[30] 중에서 심전기와 호증(胡曾)의 것만 칠언 8구체고, 나머지는
모두 오언이다. 비흥(比興)의 수법이 사용된 수련과 꾸밈없는 대장이 눈에 띄
는 함련, 그리고 '독불견(獨不見)'을 시어로 쓴 제7구 등에 악부시의 정취가
담겨 있다. 그러나 격률 면에서는 제7구의 '독불견(獨不見)'이 하삼측(下三仄)
으로 정격에서 벗어난 것을 제외하면 점대(黏對)의 규칙을 완벽하게 지키고
있고, 경련에서는 상당히 공정한 대장을 구사하고 있기도 하다. 그래서 마치
악부시가 칠언율시와 교묘하게 융화된 인상을 받게 된다. 명 육시옹(陸時雍)

---

30) 梁 柳惲, 唐 沈佺期, 王訓, 楊巨源, 李白, 戴叔倫, 胡曾 등이 同題의 樂府詩를
　　전하고 있다.

이 먼저 역시 심전기의 작품인 <용지편(龍池篇)>과 함께 이 시를 "당인 율시 가운데 제일"31)이라 높이 평가하였고, 청 요내(姚鼐)는 "당음(唐音)을 높이 진작시키면서 멀리 예스런 운치까지 포괄하였으니 이는 신묘한 경지에 이른 작품으로서 마땅히 당대의 으뜸으로 취할 만하다."32)며 뒤를 이었다.

　다음으로 최호(崔顥)의 <황학루(黃鶴樓)>를 보자.

昔人已乘白雲去,	옛 선인 이미 흰 구름 타고 가버리고
此地空餘黃鶴樓.	이 땅에는 그저 황학루만 남아있다
黃鶴一去不復返,	황학은 한 번 떠난 후로 다시 오지 아니하고
白雲千載空悠悠.	흰 구름만 천 년토록 여전히 떠 있다
晴川歷歷漢陽樹,	맑은 날 강에 뚜렷한 한양의 나무들
芳草萋萋鸚鵡洲.	향기로운 풀 무성한 앵무주
日暮鄉關何處是,	해는 저무는데 고향은 어디메뇨?
煙波江上使人愁.	강 위의 안개가 사람을 시름겹게 하노라

　이 시는 당대 최고의 시인의 하나인 이백(李白)이 극찬했다고 해서 더욱 유명해진 작품으로, 심전기의 <용지편>을 모방하여 전반 네 구는 고시의 구법을 쓰고 후반 네 구는 율시의 구법을 쓴 '반고반율(半古半律)'이 가장 큰 형식상의 특징으로 지적된다. 황학루에 올라 눈앞의 경물을 격률에 구애됨이 없이 신비로우면서도 자연스럽게 펼쳐놓고, 풍경에 대한 묘사로부터 향수의 감정으로 귀착시킨 연결이 매끄러워 운미(韻美)가 돋보인다. 이 시를 가장 먼저 주목한 것은 송 엄우(嚴羽)로서, 그가 ≪창랑시화(滄浪詩話)·시평(詩評)≫을 통해 "당인의 칠언율시에서는 마땅히 최호의 <황학루>를 제일로 보아야 한다."33)고 주장한 이후로 각종 당시선집에 이 시가 빠지지 않고 수록되어 많은 사랑을 받았다.

---

31) 明 陸時雍, ≪唐詩鏡≫, 「此與<古意>二首, 當是唐人律詩第一.」
32) 高步瀛, ≪唐宋詩擧要≫ 卷5에 인용된 姚鼐의 평, 「高振唐音, 遠包古韻, 此是神到之作, 當取冠一朝矣.」
33) 嚴羽, ≪滄浪詩話·詩評≫, 「唐人七言律詩, 當以崔灝<黃鶴樓>第一.」

이렇게 최호의 <황학루>처럼 고풍스런 율시를 좋아하는 취향에 제동을 걸고 나선 이는 명의 호응린(胡應麟)과 호진형(胡震亨)이었다. 호응린은 "최호의 <황학루>는 짧은 가행체 작품일 뿐이다. 이백은 평생 가지런히 늘어놓은 것을 좋아하지 않았는데, 최호의 시가 마침 그에 부합했던 것이다."[34]라고 하였고, 호진형 역시 "지금 최호의 시를 보면 본래 짧은 가행체 작품으로서 율체가 아직 성숙되지 않은 것인데, 어찌 이백이 그것을 본받았다고 해서 마침내 압권으로 꼽을 수 있겠는가?"[35]라 반문했다. 그런가 하면, 청 황생(黃生)은 최서(崔曙)의 <구일등망선대정유명부(九日登望仙臺呈劉明府)>를 내세우면서 "고인들이 칠언율시의 압권을 꼽으면서 혹자는 심전기의 <독불견>을 들고, 혹자는 최호의 <황학루>를 들었다. 그러나 심전기의 시는 가운데 두 연의 말뜻이 약간 중복되고, 최호의 시는 처음 네 구가 율시의 정격이 아니다. 꼭 '진선(盡善)'한 것을 구하고자 한다면 아마도 이 작품을 넘어서는 것이 없을 것이다."[36]라고 하였다.

이제 두보의 작품으로 넘어가 먼저 <높은 곳에 올라[登高]>를 보자.

風急天高猿嘯哀,	바람이 빠르고 하늘이 높고 원숭이 울음소리 슬픈데
渚淸沙白鳥飛廻.	물가는 맑고 모래는 희고 새는 날며 선회한다
無邊落木蕭蕭下,	끝없이 펼쳐져 있는 나무의 낙엽은 우수수 지고
不盡長江滾滾來.	다함 없는 긴 장강은 출렁출렁 흘러온다
萬里悲秋常作客,	만리 밖에서 가을을 서러워하며 언제나 나그네 되어
百年多病獨登臺.	백년 동안 많은 병을 안고 홀로 누대에 오른다
艱難苦恨繁霜鬢,	고생과 괴로움에 서리 같은 살적 많은데
潦倒新停濁酒杯.	쇠약한 몸이라 탁주잔 드는 일도 새로 그만두었네

---

34) 胡應麟, ≪詩藪≫, 「崔顥黃鶴, 歌行短章耳. 太白生平不喜俳偶, 崔詩適與契合.」

35) 胡震亨, ≪唐音癸籤≫ 卷10, 「今觀崔詩自是歌行短章, 律體之未成者, 安得以太白嘗效之, 遂取壓卷?」

36) 黃生, ≪唐詩摘抄≫, 「昔人取七言律壓卷者, 或以沈佺期<獨不見>, 或以崔顥<黃鶴樓>. 然沈中二聯語意微重, 崔起四句非律詩正格. 必求盡善, 恐無過此篇也.」

이 시는 두보 만년의 작품으로 칠언율시에서 발휘할 수 있는 여러 가지 기법이 총동원된 듯한 느낌을 준다. 전편에 대장을 써서 리듬을 급박하게 이끄는 가운데 수련에서는 '바람', '하늘', '원숭이', '물가', '모래', '새' 등 여섯 개의 이미지를 통해 쓸쓸한 가을의 분위기를 한껏 고조시켰다. 함련과 미련에서는 '낙목(落木)'과 '장강(長江)', '간난(艱難)'과 '요도(潦倒)'의 첩운, '소소(蕭蕭)'와 '곤곤(滾滾)'의 첩자 등을 써서 음악미를 강화했고, 경련에서는 함련에 쓰인 '끝없이[無邊]'와 '다함 없는[不盡]'에 이어 '만리'와 '백년'이라는 시어를 통해 광활한 시공간을 설정했다. 명 호응린은 이 작품을 가장 높이 평가하여 "마땅히 고금 칠언율시 가운데 제일이니, 꼭 당인 칠언율시 가운데 제일이랄 것도 없다."37)고까지 하였으며, 후에 청 반덕여(潘德興)도 이러한 주장에 동조하였다.38)

그런데 여기에 반론을 제기한 평자들이 없지 않았고, 특히 칠언율시에서는 용례가 흔치 않은 수련과 미련의 대장이 곧잘 지적되었다. 예컨대 호진형은 수련에서 출구의 '원숭이 울음소리 슬픈데[猿嘯哀]'와 대장을 맞추기 위해 쓰인 대구의 '새는 날며 선회한다[鳥飛廻]'가 억지스럽다고 하였다.39) 또 수련과 미련에 많은 이미지들이 나열된 점에 대해서도 비판이 이어졌으니, 명 왕신중(王愼中)은 "수련과 미련이 모두 육중하고 꽉 막혀 리듬이 급박하고 감흥이 짧다."40)고 하였고, 청 오창기(吳昌祺) 역시 "이 시의 수련은 지나치게 가득 차 있고, 미련 역시 유창하지 못하다."41)며 넉넉한 여유가 없음을 꼬집

---

37) 胡應麟, ≪詩藪·內編≫ 卷5, 「此詩自當爲古今七言律第一, 不必爲唐人七言律第一也.」

38) 潘德興, ≪養一齋詩話≫ 卷8, 「심전기의 시는 순전히 악부이고, 최호의 시는 다만 고조(古調)를 섞은 것이어서 모두 율시의 정체가 아니다. 꼭 압권을 꼽자면 오직 두보의 <登高> 한 수일 터이니, 기세와 풍격이 웅혼하고 제재의 취사선택이 노련하고 적절하여 이 시가 으뜸임은 의심할 나위가 없다(沈詩純是樂府, 崔詩特參古調, 皆非律詩之正. 必取壓卷, 惟老杜'風急天高'一篇, 氣體渾雄, 翦裁老到, 此爲弁冕無疑耳).」

39) 胡震亨, ≪唐音癸籤≫, 「起處'鳥飛回'三字, 亦勉强屬對, 無意味.」

40) 王愼中, ≪五色批本杜工部集≫, 「起結皆臃腫逗滯, 節促而興短.」

었다.

　두보의 <구일남전최씨장(九日藍田崔氏莊)>과 <문관군수하남하북(聞官軍收河南河北)>을 당대 최고의 칠언율시로 꼽는 평자들은 다분히 심전기의 <독불견>과 최호의 <황학루>를 의식했던 것이 역력하다. 먼저 두 작품을 이어서 보기로 하자.

老去悲秋强自寬,　　늙어가면서 가을을 슬퍼하며 억지로 자위하였는데
興來今日盡君歡.　　흥이 일어난 오늘은 그대와 즐거움을 다해야겠네
羞將短髮還吹帽,　　부끄럽게도 짧은 머리카락에 다시 모자 날릴 새라
笑倩旁人爲正冠.　　웃으며 옆사람 시켜 관을 바로 씌워 달랬네
藍水遠從千澗落,　　남수는 멀리 천 개의 골짜기에서 떨어져 흘러오고
玉山高幷兩峰寒.　　옥산은 높이 두 봉우리와 함께 차갑다
明年此會知誰健?　　내년 이 모임에 누가 건강할 줄 알겠는가?
醉把茱萸仔細看.　　취하여 수유 붙잡고 자세히 바라본다

<중양절 남전의 최씨 별장에서[九日藍田崔氏莊]> ❀

劍外忽傳收薊北,　　검각(劍閣) 밖으로 홀연 계북을 수복했다 전해오니
初聞涕淚滿衣裳.　　처음 듣고 눈물 흘려 옷에 가득하다
卻看妻子愁何在,　　처자를 돌아보니 근심이 어디 있나?
漫卷詩書喜欲狂.　　시서를 대충 말며 기뻐 미칠 듯하네
白日放歌須縱酒,　　한낮에 노래하며 마음껏 술마시고
靑春作伴好還鄕.　　푸른 봄 짝하여 고향으로 돌아가기 좋다
卽從巴峽穿巫峽,　　곧 파협으로부터 무협을 뚫고
便下襄陽向洛陽.　　바로 양양을 내려가 낙양으로 향하리라

<관군이 하남과 하북을 수복했다는 소식을 듣고[聞官軍收河南河北]> ❀

<구일남전최씨장>은 건원 원년(758)의 작품이고, <문관군수하남하북>은 광덕 원년(763)의 작품이므로 모두 두보 칠언율시의 초중기에 나온 것이다.

---

41) 吳昌祺, ≪刪訂唐詩解≫, 「此詩起太實, 結亦滯.」

이 무렵의 작품은 만년의 것에 비해 유창하고 자연스러운 특징을 보인다. 앞서 감상한 <등고(登高)>와 비교해보면 <구일남전최씨장>은 시어와 대장의 졸박함이 두드러지고, <문관군수하남하북>은 허사(虛辭)를 많이 쓰고 글자의 중복도 마다하지 않은 유창함이 눈에 띈다. <구일남전최씨장>에 대해서는 청의 모기령(毛奇齡) 등이 "전인들이 또한 이 시를 당대 제일로 꼽았는데, 요컨대 <황학루>, <고의정보궐교지지>와 같은 오묘함이니 신품(神品)에는 우열이 없는 것이다."[42]라 했고, <문관군수하남하북>에 대해서는 청 이인독(李因篤)이 "이 시는 칠언율시의 절정에 이른 작품이다. 율시는 중간에 마땅히 예스런 뜻을 띠어야 신묘한 경지에 이르게 된다. 그러나 최호의 <황학루>는 산체(散體)로서 옛 것을 삼았지만 두보는 이 시에서 정체(整體)로서 옛 것을 삼았으니 최호의 작품과 비교할 때 더 어려운 것이다."[43]라고 하였다. 이들은 위의 두 작품을 당대 칠언율시의 압권으로 꼽으면서 두보 칠언율시 고유의 특성을 제시하기보다는 심전기나 최호의 시에 기준을 두어 그들의 작품과 동렬이거나 조금 낮다는 입장을 보였던 것이다.

(2) 압권론의 의미와 한계

율시의 '율(律)'이 엄정한 '격률(格律)'과 조화로운 '음률(音律)'을 포괄하는 뜻을 가진다고 할 때, 심전기와 최호의 여러 작품들이 당대 칠언율시의 압권으로 거론되는 현상은 선뜻 납득이 가지 않는다. 이들 작품은 당대 칠언율시 초창기의 작품으로서 아직 성숙한 '율'을 보여주지는 못했기 때문이다. <고의정보궐교지지>와 <안문호인가(雁門胡人歌)>에는 악부시의 여향(餘響)이 잔존해 있고, <용지편>과 <황학루>는 시의 전반부에 가행체의 구법을 쓴

---

42) 毛奇齡·王錫, 《唐七律選》, 「前人亦以此擬三唐第一, 要如<黃鶴樓>、<盧家少婦>同妙, 神品無優劣也.」
43) 李因篤, 《唐詩集評》, 「此爲七律絶頂之篇. 律詩中當帶古意, 乃致神境. 然崔顥<黃鶴樓>以散爲古, 公此篇以整爲古, 較崔作更難.」

‘절반의 칠언율시’다. 비단 구법에서의 특징뿐만 아니라 첩자의 활용이나 대장의 배치와 같은 세밀한 부분도 덜 다듬어진 감이 있다. 일례로 <황학루>와 <등고>의 한 연을 비교해보자.

晴川歷歷漢陽樹,　　맑은 날 강에 뚜렷한 한양의 나무들
芳草萋萋鸚鵡洲.　　향기로운 풀 무성한 앵무주

최호, <황학루> ✻

無邊落木蕭蕭下,　　끝없이 펼쳐져 있는 나무의 낙엽은 우수수 지고
不盡長江滾滾來.　　다함 없는 긴 장강은 출렁출렁 흘러온다

두보, <등고> ✻

위는 <황학루>의 경련이고 아래는 <등고>의 함련으로서 모두 첩자를 포함한 구절로 대장을 이룬 공통점이 있다. 그런데 <황학루>의 경련은 제4구에 이미 ‘유유(悠悠)’라는 첩자가 쓰여 중복감을 준다는 점에서 다소 정밀함이 부족하고, 대장의 구성에 있어서도 <등고>의 함련이 보여주는 율시 대장의 정석과는 다른 양상을 보여준다. 일례로 출구 제2자인 ‘천(川)’과 대구 제7자인 ‘주(洲)’, 출구 제7자인 ‘수(樹)’와 대구 제2자인 ‘초(草)’가 각각 같은 부류에 속하는 시어로서 ‘X’자로 대장을 이루는 이른바 ‘의각대(犄角對)’[44]인데, 이는 상당한 변격에 속하는 것이다.

그런데도 이와 같은 작품들이 당대 칠언율시의 압권으로 평자들의 입에 오르내린 데에는 몇 가지 이유가 있다. 첫째로 유난히 시초(始初)에 집착하는 중국의 전통적 관념을 지적할 수 있다. ≪시경(詩經)≫이 중국 고전시가의 모태로 존중되는 것처럼 초성당의 칠언율시는 작품의 성취도에 비해 특별한

---

44) 의각대(犄角對)는 교고대(交股對), 착종대(錯綜對), 차대(差對) 등으로도 불린다. 율시의 평측법을 지키기 위한 방편으로 이용되며, 의각대가 쓰인 구절은 대구와 산구의 특성을 절반씩 가지고 있어서 흔히 수련에 쓰인다(汪涌豪・駱玉明 主編, ≪中國詩學≫ 제4권, pp.253-254).

대우를 받았다. 특히, 심전기의 <고의정보궐교지지>와 같은 작품은 객관적으로 볼 때 그의 응제 칠언율시보다 서정성이 짙은 정도인데도 그것이 당대 칠언율시의 압권으로 올라선 것은 그가 당대 칠언율시의 시발점에 있었다는 점이 과대평가의 요인으로 작용했던 것 같다.

둘째로 칠언율시가 육조의 악부시로부터 발전해왔다는 사실을 꼽을 수 있다. 칠언율시의 형성과정에 이정표가 되었던 작품인 포조(鮑照)의 <의행로난(擬行路難)>, 간문제(簡文帝)와 유신(庾信)의 <오야제(烏夜啼)>, 수(隋) 양제(煬帝)의 <강도궁락가(江都宮樂歌)> 등이 모두 악부시였다.[45] 이 점을 중시하는 평자들은 악부시와 맥을 같이 하고 있는 심전기의 <고의정보궐교지지>, 최호의 <안문호인가> 등을 당대 칠언율시의 으뜸으로 꼽았으니, 청 관세명(管世銘)이 "칠언율시는 악부에서 나왔기 때문에 심전기의 <용지>, <고의정보궐교지지>를 으뜸으로 꼽는 것이다."[46]라고 한 것이 바로 그러한 예다. 그러나 악부시가 칠언율시의 출발점이라고 하지만 궁극적인 지향점이나 귀착점은 아니므로 이러한 주장은 무리라고 할 것이다.

셋째로 칠언율시가 가진 약점을 보완하고자 하는 측면을 생각해볼 수 있다. 칠언율시가 정제미(整齊美)와 해화미(諧和美)를 살리기에 유용한 시체임에 틀림없지만, 반면에 일정한 구법과 장법에 얽매이다 보면 독창성이 떨어지고 여운이 부족해질 우려가 있다. 청 손도(孫濤)는 "당인은 비록 율시를 짓더라도 여전히 운치가 뛰어났고, 죽 늘어놓는 것을 공교롭다 여기지 않았다."[47]고 했는데, 사실 당대 칠언율시에는 경물이나 사실의 나열에 급급한 작품도 적잖이 발견된다. 그런 까닭에 일각에서 최호의 <황학루>와 같이 자유분방한 필치가 돋보이는 작품을 내세워 칠언율시가 가질 수 있는 병폐를 경계한 것이라고 하겠다. 청 장겸의(張謙宜)가 "칠언율시는 …대체로 고체

---

45) 鮑照의 <擬行路難>은 郭茂倩의 ≪樂府詩集≫ 卷70 雜曲歌辭에, 簡文帝와 庾信의 <烏夜啼>는 卷47 淸商曲辭에, 隋 煬帝의 <江都宮樂歌>는 卷79 近代曲辭에 각각 실려있다.
46) 管世銘, ≪讀雪山房唐詩序例≫, 「七言律詩出於樂府, 故以沈雲卿龍池, 古意冠篇.」
47) 孫濤, ≪全唐詩話續編≫ 卷上, 「唐人雖爲律詩, 猶以韻勝, 不以餖飣爲工.」

(古體)를 율체(律體)로 삼아야 저속하고 요염한 데서 비로소 벗어나게 된다."[48]고 한 것도 같은 맥락에서 나온 말이라 할 텐데, 두보의 요체 칠언율시가 정격의 다른 작품들에 비해 큰 성과를 거두지 못한 것을 보면 칠언율시에 고시의 구법을 쓰는 것이 능사는 아닐 것이다.

어떤 하나의 체재로서 시에서 발현할 수 있는 모든 장점을 아우를 수 있다면 그보다 이상적인 경우는 없을 것이다. 그럼에도 불구하고 고시와 율시, 오언시와 칠언시 등 여러 체재가 병존하는 것은 이들 체재가 서로 배치되면서 각기 비교우위에 있는 무언가가 있기 때문이다. 그런데 위에서 '당대 칠언율시의 압권'을 논한 평자들은 대체로 칠언율시이면서 칠언율시 이외의 체재의 특성까지 겸비하여 칠언율시의 단점을 보완할 수 있는 작품을 찾는 것에 골몰하여, 정작 '칠언율시다운 칠언율시'를 탐색하는 데는 소홀했던 듯하다. 그렇다면 어떤 작품이 '칠언율시다운 칠언율시'라 할 수 있을까? 필자로서도 이 점에 대해서는 자신 있게 말하기 어려우나, 관세명이 ≪독설산방당시서례(讀雪山房唐詩序例)≫에서 "칠언율시는 종소리니 진동하듯 크게 울려 마치 포뢰(蒲牢)가 갑자기 울부짖는 것 같다."[49]고 했던 말을 음미해보면 어떨까 한다. 즉, 칠언율시의 묘미가 가장 잘 살려진 '압권'의 작품에서는 무엇보다도 대종(大鐘)의 거대한 울림을 느낄 수 있으리라는 것이다.

---

48) 張謙宜, ≪繭齋詩談≫ 卷2, 「七言律, …大約以古爲律, 俗艶方得脫落.」
49) 管世銘, ≪讀雪山房唐詩序例≫, 「七言律詩, 鐘聲也, 震越渾鍠, 似蒲牢之乍吼」
　　그는 또 오언고시는 금소리(琴聲), 칠언가행은 북소리(鼓聲), 오언율시는 생황소리(笙聲), 오언절구는 경쇠소리(磬聲), 칠언절구는 피리소리(笛聲)라고 하였다.

Ⅶ. 결 론 :

    모든 문학작품은 내용과 형식의 두 가지 요소로 이루어진다고 할 수 있다. 내용은 작가가 서술하거나 묘사하는 생활과 여기에 대한 감정 또는 평가로 이루어지며, 형식은 작품의 내재적인 구성방식과 외형적인 표현양식으로서 체재, 구성, 언어 등의 요소를 갖게 된다. 대개 내용은 형식을 결정하고, 형식은 내용을 구현함으로써 서로 의존하는 관계를 형성하는데, 새로운 문학형식이 형성되면 상대적인 독립성과 안정성을 가지면서 내용에 적극적인 반작용을 미치기도 한다.[1] 우리가 지금까지 논의한 칠언율시도 형식의 한 요소인 체재에 속하는 것으로서, 그것은 중국 고전시의 대표적인 형태로 그 명맥을 계속 유지하면서 수많은 내용들을 담아냈다. 그런데 당대는 이 칠언율시라는 체재가 처음 형성되고 발전한 시기인 동시에, 후대의 작품들이 넘보지 못하는 성과도 이루었던 시기다. 본서에서는 문학사적인 관점을 기조로 이러한 당대 칠언율시와 관련된 제반 문제를 다양한 각도에서 논의하였다. 이제 논의한 결과를 간략하게 정리해보기로 하자.

    칠언율시의 가장 단순한 정의는 "격률에 맞는 칠언시"일 것인데, 이를 거꾸로 말하면 칠언시가 격률화를 거쳐 칠언율시가 된 것이라고 할 수 있다. 이것은 결국 칠언율시의 문학사적 맥락을 이해하기 위해서는 칠언시의 격률화 과정에 대한 고찰이 반드시 선행되어야 한다는 것을 뜻한다. 이런 맥락에서 본서는 논의의 출발점을 칠언시가 본격적으로 창작되기 시작한 한대에

---

1) 侯健·劉鶴齡·許自强, 임춘성譯, 《문학이론학습》, pp.253-254.

두고 칠언율시의 맹아가 나타난 당대 초기까지 칠언시의 일각에서 꾸준히 진행된 격률화의 문제를 탐구했다. 장형(張衡)의 <사수시(四愁詩)>로 대표되는 한대의 칠언시는 구중(句中)에 '혜(兮)'자가 쓰인 데서 아직 초사(楚辭)의 형태로부터 완전히 벗어나지 못했음을 알 수 있었다. 뒤이어 나온 조비(曹丕)의 <연가행(燕歌行)>에서도 내용과 표현수법 등에서 또한 초사의 영향을 짐작해볼 수 있는데, 다만 형태상으로는 완정한 칠언시의 면모를 보여주었다. 이 두 작품은 매구에 압운했으며, 이것이 칠언시 압운법의 정형으로 자리잡게 되었다. 육조 시기 전체에 걸쳐 칠언시의 창작이 부진했던 가운데, 유송(劉宋)의 포조(鮑照)는 다수의 칠언시를 창작하면서 격구(隔句) 압운을 시도하여 압운법의 변화를 주도하였고, 양(梁)의 소자현(蕭子顯), 진후주(陳後主) 등은 평성운으로 격구 압운한 칠언 6구체의 비교적 칠언율시에 가까워진 작품을 남겼다. 유신(庾信)과 수양제(隋煬帝)의 칠언 8구체는 칠언율시의 초보적 형태로 거론될 만한 작품으로서 여덟 구로 편장형식(篇章形式)이 정제되었으며, 당대 초기 진자량(陳子良)의 <어새북춘일사귀(於塞北春日思歸)>와 태종(太宗)의 <전중서시랑내제(餞中書侍郎來濟)>에 이르러서는 전편이 모두 율구로 이루어진 작품이 나오게 되었다. 점대(黏對)의 격률까지 완성되어 본격적인 칠언율시가 나온 것은 무후(武后) 집권기인 690년 무렵으로서 두심언(杜審言)의 <대포(大酺)>가 그 시발점으로 여겨지며, 심전기(沈佺期)는 16수에 달하는 칠언율시를 창작하면서 14수에서 정격을 지켜 칠언율시의 격률을 완성단계에 올려놓았다.

현재 통용되는 칠언율시 격률론은 대개 송대 이후에 당대 칠언율시의 용례를 중심으로 하여 귀납적으로 정리된 것이라 할 수 있다. 칠언율시의 격률로는 보통 압운과 평측격식, 구식과 장법, 대장 등이 거론되며, 본서에서는 가급적 많은 용례를 조사하여 당대 칠언율시의 실제를 최대한 명확히 규명하고자 하였다. 이러한 원칙에 따라 7,339수의 작품을 대상으로 압운을 고찰하면서 일반적인 용운의 상황과 시대에 따른 변화 등을 살폈고, 특히 칠언율시와 상관관계가 높은 수구용운(首句用韻)과 차운(借韻)의 문제를 자세히 논했다. 그 결과 단순히 '정격'이라고만 알려진 수구용운이 당대 칠언율시에서 86%의 비율을 차지함을 알 수 있었고, 차운의 유형과 빈도에 대해서도 구체적인 자료를 얻을 수 있었다. 또 평측 격식에 대한 분석을 통해서는 평기식(平起式)이 측기식(仄起式)에 비해 약간 우위를 보이는 가운데 거의 대등하게 창작되었다는 사실도 알 수 있었다. 이 밖에 압운과 평측 격식에 따른 각종 변체도 상세히 소개하였다. 구식과 장법에 대한 분석을 통해서 칠언율시가 장중(莊重)한 풍격을 소화하고 수식을 가미하거나 전고를 활용하는 데 유리한 면을 살펴보았으며, ≪당시별재(唐詩別裁)≫에 수록된 오언율시에서 대장으로 사용된 시어를 정리한 자료와의 비교를 통해 칠언율시에서는 그보다 더 다양한 대장이 운용되었음을 확인했다.

　당대의 칠언율시는 중종(中宗) 경룡(景龍) 연간(707~710)에 본격적으로 나오기 시작하여 주전충(朱全忠)에 의해 당이 멸망한 시점 즉, 애종(哀宗) 천우(天祐) 4년(907)까지 약 200년 동안 창작된 작품을 가리킨다. 이 기간의 칠언율시는 시간이 지날수록 창작량이 비약적으로 증가하여, 초당에 오언율시의 10분의 1에도 미치지 못하던 것이 만당에 이르러서는 거의 대등한 수준에 이르렀다.[2] 이런 현상은 당대에 들어와 완성된 체재인 율시 중에서 오언율시가 초기부터 시인들에게 애호된 반면, 칠언율시는 당 건국(618) 후 100년 가까이 지난 시점에서야 주목을 끌기 시작했기 때문에 나타난 것이며, 좀 더 근본적으로 이것은 한대 이후 오언시와 칠언시의 불균형한 발전과정에 기인한다고 할 것이다. 당대 이전까지 오언시는 수많은 작품이 창작되어 오언율시의 직접적 모태가 되는 오언 8구시만 하더라도 천 수 가까이 나왔으나, 칠언시는 초사나 통속적인 민가에 기원을 둔 까닭에 문인들이 크게 관심을 가지지 않았고, 따라서 칠언시에 대한 창작경험도 거의 축적되지 않았다. 이로

---

2) ≪全唐詩≫에 1권 이상의 시를 남긴 작가의 작품수를 기준으로 초당에는 오언율시가 823수, 칠언율시가 72수 창작되었고, 만당에는 오언율시가 3,864수, 칠언율시가 3683수 창작되었다. 오언율시의 창작량이 5배 증가하는 데 그친 반면, 칠언율시의 창작량은 무려 50배가 증가한 것이다.

인해 당대 초기에는 칠언율시뿐만 아니라 칠언절구, 칠언고시 등 칠언시 전반의 창작이 모두 저조했다. 그러나 이후 여러 시인들에 의해 표현력의 증대, 수식어구의 구사, 전고와 대장 사용의 용이함 등 칠언율시의 장점들이 발현되기 시작하면서 이전의 상황은 급변의 물살을 타기 시작했던 것이다.

본서에서는 시의 체재가 변화·발전하는 과정에는 시대상황과 맞물려 있는 문학적 환경이 중요한 요소로 작용한다고 보고, 이 점에 대해 자세히 논의하였다.

먼저 초당은 칠언율시가 맹아를 보인 시기인데, 당시 군주의 지위에 있었던 무후와 중종은 학사(學士)라는 문학시신(文學侍臣)들과 더불어 자주 유람을 다니면서 작시경연을 펼침으로써 결과적으로 칠언율시가 자리잡는 데 결정적으로 기여했다. 물론 이러한 연회에서 나온 몇 편 안 되는 칠언율시 작품들은 주로 학사들이 시재(詩才)를 발휘하여 군주에게 여흥을 제공하려는 목적으로 창작된 것들이었지만, 군주 자신이 칠언율시를 짓는 등 궁정을 중심으로 칠언율시가 창작되기 시작한 것은 그 창작환경을 황무지에서 온실로 옮겨놓은 것과 다름이 없었다. 이 무렵에 칠언율시가 부각된 이유는 이 체재가 강한 응수성과 수식성을 띠고 있어서, 일정한 소재를 품위 있게 꾸며 적당한 분량으로 늘어놓는 궁정의 응제시에 적합했기 때문이었다. 당시의 응제시는 도입부, 중간부, 결말부로 이루어지는 '삼부식(三部式)'의 작법이 흔히 쓰였는데, 도입부나 결말부에서 군주가 행차하는 장소나 연회의 배경을 화려하게 묘사하고, 중간부에서 대장을 써서 재치를 보이는 형식상의 특성에 따라 칠언율시가 이에 부응하는 체재로 부각되었던 것이다. 초당 말기에 향락을 일삼았던 무후와 중종이 권좌에서 물러난 뒤로는 대규모의 유람과 작시경연도 사라져, 실제로 학사들이 응제 칠언율시를 창작한 기간은 10여 년에 지나지 않았다. 그러나 그 이후로도 칠언율시가 일시에 쇠퇴하지 않고 계속 발전해나갈 수 있었던 것은 앞서 언급한 바와 같이, 일단 새롭게 형성된 문학형식은 상대적인 독립성과 안정성을 유지하려는 속성이 있기 때문이다. 이 시기에 나온 130여 수의 작품들은 칠언율시라는 새로운 체재에 대한 이

해를 축적시켜주었고, 격률 면에서 조금 뒤쳐졌지만 '응제'를 표방하지 않았던 몇몇 선구적인 작품들은 다방면의 소재를 수용할 수 있는 여지와 가능성을 제공했던 것이다.

극도의 번영과 안정, 그리고 전란으로 인한 파국을 동시에 겪었던 성당 시기에는 왕유(王維), 맹호연(孟浩然), 이백(李白), 두보(杜甫), 잠참(岑參), 고적(高適) 등의 대시인들이 크게 활약하여, 흔히 중국 고전시는 당시가 대표하고 당시는 다시 성당의 시가 대표한다는 말이 나오기도 하였다.[3] 그러나 칠언율시는 이처럼 시작이 왕성했던 성당에서 두보를 제외한 여타의 시인들로부터 크게 환영받지 못하였다. 이는 성당에 들어와 현종이 잦은 행차로 흥청거리던 왕실을 정비하고 정치개혁과 예악(禮樂)의 전파를 내세우면서 초당 말기에 궁정시인으로 활동하던 사람들이 일시에 퇴조한 데다, 이 시기에 새로이 부각된 산수자연, 변새와 같은 제재가 칠언율시라는 형식으로 소화하기에는 그다지 알맞지 않은 내용이었기 때문이다. 또한 무엇보다도 장쾌하여 힘이 있는 기세와 자구의 조탁에 매달리지 않는 자연스러운 풍모를 중시한 '성당기상(盛唐氣象)'이 강한 수식성과 응수성에 기반을 두었던 칠언율시와 배치되었다는 점에 주목해야 한다. 성당의 여러 시인 중에서도 복고적인 성향이 강해 고시를 즐겨 지으면서 얽매임이 없는 자유분방한 시풍을 보여주었던 이백은 엄정한 격률과 자구의 조탁을 중시하는 칠언율시에 대해 흥미를 느끼지 못한 대표적인 예라 할 수 있다. 다른 시인들도 정도는 다르지만 대개 이백과 비슷한 입장에 있었으며, 초당 전체에 창작된 칠언율시보다도 많은 151수의 작품을 남긴 두보는 극히 예외적인 경우에 불과했다. 다만, 이기(李頎)와 고적을 비롯한 몇몇 성당 시인들이 선보인 송별 칠언율시는 초당 응제 칠언율시의 상투적인 묘사를 어느 정도 계승하면서도 응제시에서는 찾아보기 어려웠던 작자의 진실한 정감을 담아내, 향후로 칠언율시가 더 발전될 수 있는 길을 열어주었던 것으로 평가된다.

중당은 안사(安史)의 난이 수습된 뒤 차츰 안정을 되찾았던 시기다. 성당의

---

3) 金學主, 앞의 책, p.252.

시인들이 강렬하고 앙양된 시대적 정서를 바탕으로 저마다 특출한 개성을 가지고 있었던 것과는 달리, 이 시기의 시인들은 전란을 거치면서 현실에 쉽게 안주하고자 하는 경향을 보였다. 그리고 취향에 따라 몇 개의 유파로 통합되는 양상을 보였으며, 이들이 칠언율시의 창작에 임했던 상황도 유파에 따라 일정한 경향성을 띠고 있었다. 특히 중당 후기의 시단을 이끈 기험파(崎險派)와 통속파(通俗派)는 시작에서 상반된 기호를 극명하게 드러냈고, 이것은 칠언율시의 창작에도 그대로 반영되었다. 칠언율시의 발전과정에서 눈여겨 보아야 할 시인들로서는 전기의 대력십재자(大曆十才子)와 후기의 통속파(通俗派) 시인들이 있었다. 대력십재자는 장안과 낙양을 중심으로 곽애(郭曖), 원재(元載), 왕진(王縉), 이희열(李希烈) 등 당시의 권세가들에 의지하면서 시를 주고받았던 사람들이다. 그들은 대규모 연회석에서 군주를 중심으로 작시경연을 벌였던 초당 말기의 축소판을 형성하였으며, 이들이 창작한 칠언율시가 197수에 달할 정도로 중당 전기의 칠언율시 창작을 주도하였다. 백거이(白居易)를 중심으로 한 후기의 통속파 시인들은 상투적인 표현을 즐겨 쓰는 칠언율시의 통속적 측면에 주안점을 두고 창화시(唱和詩)를 다수 창작하였다. 한편, 이들과 시적 취향이 달랐던 위응물(韋應物) 등의 청려파(淸麗派)나 한유(韓愈) 등의 기험파(崎險派)는 칠언율시를 거의 짓지 않아 좋은 대조를 이루었는데, 이것은 칠언율시가 청려함이나 기험함보다는 통속성을 발휘하기에 편리한 체재라는 사실을 반영하는 것이다. 결과적으로 대력십재자와 통속파 시인들이 주도하면서 중당의 칠언율시는 기증(寄贈), 화답(和答), 송별(送別) 등 응수성의 제재가 전체 작품의 70%를 웃도는 편향성을 띠게 되었다. 이것은 전대의 두보에서 이러한 제재의 작품들을 잘 찾아볼 수 없었던 것을 상기해볼 때 바람직한 방향이라고 평가하기 어렵다.

만당은 근체시가 압도적으로 우세했던 시기로서 칠언율시 또한 만개하는 양상을 보였다. 환관의 전횡과 당쟁, 번진(藩鎭)의 득세 등 심한 사회적 혼란 속에서 이 시기의 시인들은 새로운 시 세계를 개척하기보다는 전대의 다양한 성과를 계승하는 데 치중하였고, 자유분방한 고시보다는 정련된 근체시에서 형식적 기교를 발휘하고자 했다. 이 때문에 만당 후기에 가서는 전체 시작의 절반 정도를 칠언율시에 담아내는 전무후무한 상황에 이르렀으며, 칠언율시를 100수 이상 남긴 시인만도 15인을 헤아리는 등 양적으로 크게 팽창되었다. 이렇게 칠언율시가 보편적으로 애용되는 체제가 되면서 각종 정치적 사건과 전쟁을 소상하게 다루는 가운데 사회현실을 통렬하게 비판한 정치시, 인생무상의 세기말적 사상이 유행하면서 많은 작품이 나왔던 영사회고시, 어지러운 세상을 피해 산림에 은둔한 시인들에 의해 창작된 산수시, 개인적인 남녀관계를 다룬 애정시, 사물에 대한 정교한 묘사 속에 작자의 감정을 기탁해보고자 한 영물시 등 이전까지 칠언율시의 제재에서 벗어나 있던 것까지도 모두 칠언율시에 담겨지게 되었다. 이러한 만당의 칠언율시는 중당에 비해서 제재가 확대되었을 뿐만 아니라, 격률도 엄격해졌으며, 창작 태도 또한 훨씬 진지했던 것으로 평가된다. 그러나 창작된 양에 비해서 수작으로 꼽히는 작품이 많지 않은 것은 내용보다는 형식에 치우쳤던 시대적 한계를 그대로 반영한 것이라 하겠다.

본서에서는 당대 칠언율시사에서 빼놓을 수 없는 개별 작가의 작품과 성취에 대해서도 비교적 상세히 언급하였다.

초당에서는 문장사우(文章四友), 심전기(沈佺期)·송지문(宋之問), 소정(蘇頲)·장열(張說) 등의 칠언율시를 살펴보았다. 문장사우의 일원인 두심언(杜審言)은 칠언율시가 궁정에서 성행하기 10여 년 전에 이미 완전히 격률에 부합하는 작품 <대포(大酺)>를 남겼고, 재상의 지위까지 올랐던 이교(李嶠)도 응제 칠언율시 네 수를 창작하면서 칠언율시 창작에 활력을 불어넣었다. 이 시기에서는 가장 많은 16수의 칠언율시를 창작하면서 격률을 완성시켜나갔던 심전기의 공헌에도 주목하였다. 그는 다수의 응제시뿐만 아니라 악부의 정취를 한껏 살린 <고의정보궐교지지(古意呈補闕喬知之)>를 남겨 후대 칠언율시의 발전에 상당한 영향을 주었다. 소정과 장열은 초당과 성당 두 시기에 걸쳐 활약했던 시인으로 초당에 응제시인으로서 칠언율시를 창작했던 경험을 성당에 전수한 것으로 평가된다.

성당에서는 왕유(王維), 이기(李頎), 고적(高適), 잠참(岑參) 등의 4가를 중심으로 작품을 감상했다. 왕유는 응제시 7수를 비롯하여 <수곽급사(酬郭給事)>와 같은 기증시, <적우망천장작(積雨輞川莊作)>과 같은 사경시, <출새작(出塞作)>과 같은 변새시 등 비교적 다양한 제재의 칠언율시를 창작하여 초당과 성당 칠언율시의 교량역할을 했다. 왕유와 함께 명대의 시인들로부터 호평을 받았던 이기(李頎)는 <제선공산지(題璿公山池)>, <송위만지경(送魏萬之京)> 등의 작품에서 응제시에서 완전히 벗어난 청신(清新)한 풍격을 선보이면서 안정된 격률을 갖추었다. 그리고 고적과 잠참은 송별시에서 서정의 가능성을 열어준 성과가 있음을 알아보았다. 이 밖에 최호(崔顥)의 <황학루(黃鶴樓)>, 이백(李白)의 <등금릉봉황대(登金陵鳳凰臺)>, 최서(崔曙)의 <구일등망선대정유명부(九日登望仙臺呈劉明府)>, 조영(祖詠)의 <망계문(望薊門)> 등은 자구(字句)에 집착하기보다는 기상(氣象)을 중시했던 성당 칠언율시의 특징을 보여주는 작품들이었다.

중당에서는 전기의 유장경(劉長卿)과 대력십재자(大曆十才子), 후기의 백거이(白居易)와 유우석(劉禹錫)의 칠언율시를 고찰하였다. 근체시 창작에 열중했던 유장경은 <장사과가의택(長沙過賈誼宅)>, <헌회녕군절도이상공(獻淮寧軍節度李相公)> 등 57수의 칠언율시를 창작하면서 왕유와 이기로 대표되는 성당 칠언율시의 맥을 이어나갔고, 전기(錢起), 노륜(盧綸), 한굉(韓翃), 이단(李端) 등이 주축을 이루는 대력십재자는 주로 응수적인 제재의 칠언율시를 주고받으며 기교를 다듬는 데 일조하였다. 백거이는 600여 수나 되는 작품을 창작하면서 칠언율시의 통속성을 여실히 보여주었다. 긴 제목을 쓰거나 일상적인 소재를 작품에 담았고, 시어의 중복도 개의치 않는 등의 특징들은 때로 가볍다는 비판을 받기도 하였으나, <전당호춘행(錢塘湖春行)>, <서호만귀회망고산사증제객(西湖晚歸回望孤山寺贈諸客)>과 같은 작품들은 칠언율시에서 산수 방면의 제재를 개척한 공로가 있다고 할 것이다. 184수의 작품을 남긴 유우석은 응수성의 작품이 지나치게 많은 단점이 있었으나, 유창하면서도 함축적인 작품을 다수 내놓은 것으로 평가된다. 대표작이라 할 <서새산회고(西塞

山懷古)>는 중당의 작품으로는 드물게 보이는 비장(悲壯)한 풍격을 띠고 있고, <수낙천양주초봉석상견증(酬樂天揚州初逢席上見贈)>는 화답시(和答詩)의 기교를 여실히 보여준 작품이다.

만당에서는 전기의 허혼(許渾), 두목(杜牧)과 온정균(溫庭筠), 후기의 나은(羅隱), 한악(韓偓), 두순학(杜荀鶴)의 성과를 논의했다. 흔히 만당시는 유미주의가 풍미했다고 해서 평가절하 되는 경향이 있으나, 이들의 칠언율시는 영사회고시, 정치시, 영물시, 애정시 등에서 적잖은 성과를 거두었던 것이 사실이다. 허혼은 엄정한 태도로 칠언율시의 창작에 임하여 세밀한 격률을 보여주었고, 두목은 <구일제산등고(九日齊山登高)>와 같은 작품에서 호방한 기풍을 드러냈으며, 온정균은 <이주남도(利州南渡)> 등에서 청신한 풍격을 선보였다. 나은은 273수에 달하는 많은 작품을 창작하는 가운데 나약하다는 일부의 평가도 있으나 때로 강한 현실비판이 담긴 작품도 내놓았고, 한악 역시 두보와 이상은을 연상시키는 '침울돈좌(沈鬱頓挫)'한 작품을 다수 창작하였다. 두순학은 고풍과 악부를 칠언율시에 접목시켜 질박한 언어로 세태를 비판하는 특징을 보였다.

당시사(唐詩史)에서 초당사걸(初唐四傑), 맹호연(孟浩然), 이백(李白), 위응물(韋應物), 한유(韓愈), 유종원(柳宗元), 맹교(孟郊), 이하(李賀) 등을 논의의 대상에서 제외한다는 것은 생각할 수 없는 일임에 틀림없다. 그런데 본서에서는 이들 시인을 아주 소략하게 언급하거나 심지어 전혀 다루지 않기도 하였다. 이것은 본서의 편폭이 제한되어 있기 때문이기도 하지만, 그보다 당대 칠언율시사에서 이들의 위상이 그다지 높지 않다는 데 더 큰 원인이 있다. 당대 시인 가운데 더러는 칠언율시를 배척하였으며, 더러는 칠언율시에서 그만의 특징적인 시풍을 발휘하지 못하고 평범한 작품을 창작하는 데 그치기도 하였다. 섭가영(葉嘉瑩)은 육조의 칠언시를 논하면서 "이성과 감성을 두루 갖춘 천재라야만 칠언시의 발전을 이끌고 추진할 수 있었는데, 왜냐하면 이러한 천재만이 감성적으로 칠언시의 특징을 장악하고 이성을 통해 장절구법(章節句法)을 적당히 안배할 수 있었기 때문이다."[4]라고 말한 바 있다. 이 말에 전적으로 동의하기 어렵지만 당대 칠언율시를 개관해보면 어느 정도 일리가 있다고 생각한다.5) 칠언율시는 여러 가지 제약이 많은 형식이어서 명(明) 호진형(胡震亨)은 "근체시의 어려움으로는 칠언율시 만한 것이 없다."6)고도 했다. 그러한 제약을 넘어서서 훌륭한 작품을 창조해내기 위해서는 칠언율시라는 체재를 소화해내는 능력이 탁월한 작가가 필요했던 것이다. 이런 의미에서 볼 때, 위에서 개괄한 바와 같이 사당(四唐)의 여러 시인들이 이룬 성과도 무시할 수 없겠지만, 근인 초국경(初國卿)이 "칠언율시발전사에 있어서 첫 번째 이정표가 두보라면 두 번째 이정표는 이상은이다."7)라고 단언했던 것처럼 당대 칠언율시의 성과는 두보와 이상은이라는 '천재적인' 칠언율시 작가에 크게 의존하고 있다는 점을 부인하기 어렵다.

초당 말기에 심전기, 송지문 등과 함께 직학사(直學士)로 활동하며 응제 칠언율시를 포함하여 세 수의 작품을 남겼던 두심언의 손자이기도 한 두보는 당대의 칠언율시가 아직 제자리를 잡지 못하고 있을 때 무려 151수에 달하는 작품을 쏟아내 칠언율시의 지위를 확고히 하는 데 크게 기여하였다. 두보 칠언율시는 세 시기로 창작역정을 나누어볼 수 있다. 첫째는 건원(乾元) 2년(759)까지의 입촉(入蜀) 전 20년으로 이 시기에 나온 작품으로는 <성서피범주(城西陂泛舟)>, <자신전퇴조구호(紫宸殿退朝口號)>와 같이 초당의 응제시와 유사한 것이 있는가 하면, <증전구판관랑구(贈田九判官梁九)>와 <정부마택연동중(鄭駙馬宅宴洞中)>처럼 심・송(沈・宋)의 작품을 모방한 흔적이 발견되기도 하여 창작의 모색기로 볼 수 있다. 둘째는 가족과 함께 성도(成都)에 도착하여 영태(永泰) 원년(765)까지 머물던 시기로 두보는 엄무(嚴武)의

---

4) 葉嘉瑩, ≪漢魏六朝詩講錄≫, p.191.
5) 이성과 감성이 꼭 칠언시 창작에만 해당하는 시인의 덕목이라고는 할 수 없을 것이다. 섭가영의 말은 육조에 칠언시가 많이 창작되지 않던 상황에서 포조와 같은 일부 작가들이 칠언시에 특출한 재능을 보였던 것을 가리키는 것으로 이해하면 좋을 듯하다.
6) 胡震亨, ≪唐音癸籤≫, 「近體之難, 莫難於七言律.」
7) 初國卿, ≪唐詩賞論≫, p.363.

경제적 후원을 받아 비교적 안정된 생활을 영위하면서 54수의 칠언율시를 창작하였다. 촉(蜀) 지방의 아름다운 자연환경을 배경으로 <강촌(江村)>과 같은 운치 있는 작품과 함께 <촉상(蜀相)>, <한별(恨別)>, <문관군수하남하북(聞官軍收河南河北)>, <등루(登樓)> 등 시국을 걱정하는 여러 작품을 남기면서 칠언율시의 예술적 수준을 한 단계 끌어올렸다. 셋째는 대력(大曆) 원년(766) 기주(夔州)에 도착하여 유랑을 거듭하다가 악양(岳陽)으로 가던 배에서 생을 마친 대력 5년(770)까지로 73수에 달하는 많은 칠언율시를 창작하였다. 이 중에는 <추흥팔수(秋興八首)> 등의 연작시와 <백제성최고루(白帝城最高樓)> 등의 요체시(拗體詩)처럼 두보의 실험정신이 한껏 발휘된 작품이 있고, <각야(閣夜)>, <등고(登高)> 등에서는 두보 특유의 '침울돈좌'한 풍격을 잘 보여주었다.

두보의 칠언율시는 어느 한쪽에 치우침이 없이 제재와 풍격이 다양하여 초·성당에 다소 창작이 부진했던 칠언율시를 유력한 체재로 부각시켰으며, 창작의 후기로 갈수록 정밀한 시율을 바탕으로 그의 시작 전체에서도 대표작으로 꼽히는 걸작들을 내놓으면서 후대에 절대적인 영향을 주었다. 특히 연작시에서는 일정한 시상의 흐름이 이어지는 여러 수의 작품을 통해 단편과 장편의 장점을 겸비하는 특징을 보였고, 요체시에서는 일부러 정격을 깨뜨리는 수법으로 평정되지 않은 심사를 더욱 두드러지게 하고자 하였다. 기술적인 측면에서도 첩자와 구어를 다양하게 구사하고, '사성체용(四聲遞用)' 등을 통해 음악미를 추구하고, 유연한 대장(對仗)을 적극 활용하여 칠언율시의 표현력을 증대시켰다. 두보가 칠언율시에서 이룩한 정경(情景)의 조화로운 배치는 이 방면에서 칠언율시가 다른 체재에 비해 상대적인 우위를 확보할 수 있었던 요인이었다고 할 것이다. 송대 이후의 칠언율시 작가 중에서 두보의 영향을 받지 않은 이가 드물 정도로 그의 작품들은 후대에 칠언율시 창작의 모범으로 인식되었다.

이상은은 중당 이후로 칠언율시가 다양한 제재를 포괄하지 못하고 응수성이 강한 기증(寄贈), 화답(和答), 송별(送別) 등의 방면에서 머물고 있을 때,

두보 칠언율시의 '침울'한 풍격을 계승하여 만당의 어지러운 시대에 대한 감개와 개인적인 고난에 대한 비애를 표출하면서 새로운 전기를 마련하였다. 이를테면 <중유감(重有感)>, <곡강(曲江)>, <곡유분(哭劉蕡)> 등은 직접적으로 시국에 대해 관심을 보인 작품이고, <수사동(隨師東)>, <마외(馬嵬)> 등은 역사를 빌어 어지러운 현실을 풍자한 작품이다. 그러나 그의 칠언율시가 두보를 모방한 '아류'로만 평가되지 않는 것은 칠언율시의 구조적 변화를 꾀하여 새로운 지평을 제시하였기 때문이다. <무제(無題)>, <금슬(錦瑟)> 등에서와 같이 독자의 상상력을 자극하는 함축성 높은 시어와 다양한 배경을 가지고 있는 전고(典故)를 십분 활용하여 행간에서 더 많은 뜻을 전달하는 내적 구조의 변화와 함께 <숙진창정문경금(宿晉昌亭聞驚禽)>, <누(淚)> 등에서와 같이 기존의 장법에 얽매이지 않고 자유롭게 시의(詩意)를 이끌어가는 외적 구조의 변화는 '몽롱함'을 특징으로 하는 이상은 칠언율시만의 독특한 풍격이 형성된 요인이었다. 이 밖에도 <무제>를 중심으로 하는 애정시, <무릉(茂陵)>, <마외(馬嵬)> 등의 영사시(詠史詩), <유앵(流鶯)>, <모란(牡丹)> 등의 영물시 또한 당대 칠언율시에서 최고 수준을 보인 것으로 평가되며, <증사훈두십삼원외(贈司勳杜十三員外)>처럼 독특한 풍격의 기증시(寄贈詩), <약전(藥轉)>처럼 특이한 제재를 다룬 작품이 다채롭게 전개되었다. 다만, 이상은의 칠언율시는 편벽된 시어를 자주 구사하여 난해하다는 느낌을 주는 작품도 없지 않았다. 이런 까닭에 당대 이후로 두보의 칠언율시를 추종한 사람들이 많았던 것에 비해, 송대 서곤파(西崑派) 시인들이 주로 형식적인 면을 모방한 일부 작품들을 내놓은 것을 제외하고는 이렇다 할 계승자가 나타나지 않았다.

당대에 칠언율시가 시간이 지날수록 창작량이 폭발적으로 증가해 "마침내는 위아래로 통용되는 도구가 되어 매일 음식을 먹듯 뗄래야 뗄 수 없는"[8] 상황에까지 도달한 것은 그만큼 칠언율시가 다양한 내용을 무난히 담을 수 있는 형식으로 시인들에게 인정받았다는 것을 뜻한다. 이택후(李澤厚)는 칠언

---

8) 趙翼, ≪甌北詩話≫ 卷12, 「七律逐爲高下通行之具, 如日用飲食之不可離矣.」

율시가 애용된 원인을 이렇게 분석한다.

> 칠언율시가 사람들에게 애용된 것은 바로 그것이 규범이 있으면서도 자유롭
> 고, 법도를 중시하면서도 여전히 탄력성이 있으며, 엄정한 대장으로 심미적 요소
> 를 증가시키고, 확정된 구형으로 여러 가지 풍격의 발전과 변화를 포함할 수 있
> 었기 때문이다.9)

위와 같은 칠언율시의 장점은 저절로 형성된 것이 아니라 한대 이래 몇
백년에 걸친 칠언시의 창작역정과 그 형식의 정립에 때로는 유리하게 때로
는 불리하게 작용했던 시대적 배경, 그리고 창작의 주체인 당대 시인들의 적
극적인 참여가 어우러진 숱한 곡절 속에서 단계적으로 이루어졌다.

당대 칠언율시가 후대에 미친 영향은 지대하다고 할 수 있다. 본서에서는
이를 비교적 직접적인 영향을 받았던 송원대와, 주로 복고론을 이론적 토대
로 삼아 당시를 배우려 했던 명청대로 나누어 살펴보았다. 먼저 송원대에는
양억(楊億), 유균(劉筠), 전유연(錢惟演) 등의 서곤파(西昆派)가 함축적인 시어를
구사하고 다양한 전고를 활용하여, 이상은 칠언율시의 풍격을 모방하고자
하였다. 이들은 주로 형식적인 측면에서 칠언율시를 단련하여 송초의 시단
을 풍미하였으나, 진실한 감정이 묻어나지 않는 폐단이 있었다. 황정견(黃庭
堅), 진사도(陳師道), 진여의(陳與義) 등의 강서시파(江西詩派)는 의식적으로 두보
를 배우고자 하여, 두보의 칠언율시가 크게 각광받는 계기가 되었다. 이들의
노력은 남송대 칠언율시의 대가인 육유(陸游)에까지 이어져 시사(時事)를 반영
한 중후한 작품들이 다수 창작되었다. 다만, 황정견처럼 요체시만을 배우려
했다든지 '점철성금(點鐵成金)'을 표방하면서 두보의 독창적인 표현을 답습한
강서시파 일각의 창작태도는 칠언율시의 발전에 크게 기여하지 못한 것으로
평가된다. 금의 원호문(元好問)은 강서시파가 대체로 형식적인 면에 치중하여

---

9) 李澤厚, ≪美的歷程≫, p.142, 「七律這種形式所以爲人們所愛用, 也正在於它有
   規範而又自由, 重法度却仍靈活, 嚴整的對仗增加了審美因素, 確定的句形可包
   含多種風格的發展變化.」

두보의 칠언율시를 배웠던 데서 벗어나, 침울한 풍격을 계승한 작품을 여럿 창작하였다. 명대의 전후칠자(前後七子)는 '시필성당(詩必盛唐)'을 내세우면서 두보를 위시하여 심전기, 왕유, 이기, 잠참 등 초·성당의 칠언율시를 배우고자 하였다. 이몽양(李夢陽)의 <주선진(朱仙鎭)>, 이반룡(李攀龍)의 <송황보별가왕개주(送皇甫別駕往開州)>, 진자룡(陳子龍)의 <양주(揚州)> 등은 당대 칠언율시의 영향을 확인해볼 수 있는 대표적인 작품인데, 전후칠자는 지나친 의고주의(擬古主義)로 인해 참신한 작품을 내놓지는 못했다. 청대의 칠언율시 작품에서 당대 칠언율시의 영향이 관찰되는 대표적인 것으로는 전겸익(錢謙益)의 <금릉추흥팔수차초당운기해칠월초일작(金陵秋興八首次草堂韻己亥七月初一作)>, 진공윤(陳恭尹)의 <애문알삼충사(崖門謁三忠祠)>, 왕사정(王士禎)의 <효우부등연자기절정(曉雨復登燕子磯絶頂)>, 송상(宋湘)의 <입동정(入洞庭)>, 노일동(魯一同)의 <중유감(重有感)>, 이희성(李希聖)의 <서원(西苑)> 등이 있다.

본서에서는 당대 칠언율시에 대한 논의의 마지막으로 칠언율시 고유의 특성, 기원 그리고 발전과정 등을 이해하는 데 도움을 줄 만한 두 가지 쟁점을 고찰하였다. 첫째는 숙종(肅宗) 건원(乾元) 원년(758)에 가지(賈至), 왕유, 잠참, 두보 등이 주고받은 <조조(早朝)> 창화시(唱和詩)를 둘러싼 '우열론'이다. 이 우열론은 대체로 잠참과 왕유의 작품이 호평을 받는 가운데, 두보의 작품에 대해서는 흠을 지적하는 목소리가 높았다는 점에서 이채롭다. <조조> 창화시는 초당 말기 수문관(修文館)의 학사들이 모여 응제 칠언율시를 창작한 이래 저명한 시인들이 칠언율시를 주고받은 것으로는 50년만의 성황으로서 개별적인 작품의 우열을 떠나 칠언율시사적 의의가 크며, 초당의 응제시와는 달리 창작의도가 시어의 선택이나 장법 등에서 명확히 돌출되는 등 작자의 개성이 두드러지게 표현되었다는 점에서 칠언율시가 발전해나가는 데 적잖이 기여했다. 둘째는 당대 칠언율시 가운데 어떤 것이 가장 뛰어난 작품이냐를 두고 벌어진 '압권론'으로서, 대표적으로 최호의 <황학루>와 두보의 <등고>가 거론된 것에서 알 수 있듯이, 지극히 자유로운 풍격과 엄정한 풍격의 작품이 대립하는 양상을 보였다. 이것은 초기의 작품을 선호하고, 악부로부터 발전해온 칠언시의 기원을 중시하며, 운치를 강조하는 평론가들의 일반적 경향을 칠언율시 작품의 좋고 나쁨을 객관적으로 평가하는 데 얼마나 반영할 것인가의 문제로 귀결되는데, '칠언율시다운 칠언율시'는 이런 기준보다는 작품에 정제미와 중후한 풍격이 갖추어져 '큰 울림'이 있는지 여부에 대한 고찰이 우선되어야 한다고 생각된다.

그간 개별 시인의 성과에 대한 탐색에 비해 중국 고전시의 체재에 대한 연구는 활발하게 이루어지지 못했다. 필자는 본서가 이 분야에 대한 관심을 촉발하는 계기가 되기를 바라며, 당대 칠언율시에 대한 개관이 당시사 이해의 폭을 넓히는 데 일조했으면 한다. 필자가 과문한 탓에, 본서에서는 미처 고찰하지 못한 것들이 몇 가지 있다. 우선 당대의 칠언율시 작가 가운데 칠언율시사의 완정을 기하는 차원에서 추가적으로 고찰해야 할 사람들이 아직 많이 남아있다. 이를테면, 중당의 시인인 이가우(李嘉祐), 대숙륜(戴叔倫), 황보염(皇甫冉), 권덕여(權德與), 무원형(武元衡), 양거원(楊巨源), 원진(元稹), 장적(張籍), 왕건(王建), 가도(賈島) 등과 만당의 시인인 요합(姚合), 조하(趙嘏), 설봉(薛逢), 유창(劉滄), 당언겸(唐彦謙), 정곡(鄭谷), 피일휴(皮日休), 육구몽(陸龜蒙), 서인(徐夤), 오융(吳融), 위장(韋莊) 등이 그들인데, 이들의 칠언율시 작품을 보다 세세히 검토하여 당대 칠언율시의 발전과정에서 어떠한 위치에 있으며, 어떤 특징을 보이고 있는지 알아보아야 할 것으로 생각된다. 여기에 덧붙여 '주마간산'격으로 훑어본 송대 이후의 칠언율시에 대해서도 심층적인 연구를 통해 보완해야 할 점이 적지 않다. 다음으로, 본서에서 논의의 중점을 당대 칠언율시의 형성과 발전에 두어 상대적으로 칠언율시의 미학적 특징에 대해서는 자세하게 다루지 못한 아쉬움이 있다. 칠언율시의 전반적인 특성을 알기 위해서는 후속 연구가 있어야 할 부분이라 하겠다. 끝으로, 오언율시나 칠언절구, 칠언고시 등 계통상 연관성이 있는 다른 체재와의 비교연구가 미흡했던 것으로 여겨진다. 체재를 중심으로 한 당시사의 정립이라는 보다 큰 영역으로 발전해나가려면 이들 체재에 대한 연구가 반드시 요망된다. 이렇게 미진한 부분은 차후의 과제로 남겨, 기회가 닿는 대로 보완할 수 있기를 기대해본다.

❀ 참고문헌 ❀

1 原典・注釋書・辭書類

≪淸詩話≫, 上海：上海古籍出版社, 1999
≪淸詩話續編≫, 富壽蓀 校點, 上海：上海古籍出版社, 1999
宋 郭茂倩, ≪樂府詩集≫, 聶世美・倉陽卿 校點, 上海：上海古籍出版社, 1998
明 高棅, ≪唐詩品彙≫, 上海：上海古籍出版社, 1982
明 許學夷, ≪詩源辯體≫, 杜維沫 校點, 北京；人民文學出版社, 1998
淸 彭定求 外, ≪全唐詩≫, 鄭州：中州古籍出版社, 1996
淸 何文煥, ≪歷代詩話≫, 北京：中華書局, 1997
淸 王夫之, ≪唐詩評選≫, 王學太 校點, 北京：文化藝術出版社, 1997
淸 沈德潛, ≪唐詩別裁≫, 李克和等 校點, 長沙：岳麓書社, 1998
________, ≪淸詩別裁≫, 李克和等 校點, 長沙：岳麓書社, 1998
淸 丁仲祜, ≪全漢三國晉南北朝詩≫, 臺北：藝文印書館, 1975
陳尙君, ≪全唐詩補編≫, 北京：中華書局, 1992
淸 仇兆鰲, ≪杜詩詳注≫, 北京：中華書局, 1995
淸 錢謙益・何焯, ≪唐詩鼓吹評注≫, 韓成武等 校點, 保定：河北大學出版社,
　　　2000
淸 王堯衢, ≪唐詩合解箋注≫, 單小靑・詹福瑞 點校, 保定：河北大學出版社,
　　　2000
淸 金聖歎, ≪貫華堂選批唐才子詩≫, 陳德芳 校點, 成都：四川文藝出版社, 1999
淸 馮浩, ≪玉溪生詩集箋注≫, 蔣凡 校點, 上海：上海古籍出版社, 1998
淸 王琦, ≪李太白全集≫, 臺北：華正書局, 1991
淸 王文誥 輯注・孔凡禮 點校本, ≪蘇軾詩集≫
淸 馮集梧, ≪樊川詩集注≫, 臺北：漢京文化事業有限公司, 1983
陶 敏・王友勝, ≪韋應物集校注≫, 上海：上海古籍出版社, 1998
傅承洲・慈山等 注, ≪玉臺新詠≫, 北京：華夏出版社, 1999

孫欽善, ≪高適集校注≫, 上海：上海古籍出版社, 1984
葉葱奇, ≪李商隱詩集疏注≫, 北京：人民文學出版社, 1998
王國安, ≪柳宗元詩箋釋≫, 上海：上海古籍出版社, 1998
劉開揚, ≪岑參詩集編年箋注≫, 成都：巴蜀書社, 1995
劉學鍇·余恕誠, ≪李商隱詩歌集解≫, 北京：中華書局, 1992
蔣維崧外 3人, ≪劉禹錫詩集編年箋注≫, 濟南：山東大學出版社, 1997
張震澤, ≪張衡詩文集校注≫, 上海：上海古籍出版社, 1986
儲仲君, ≪劉長卿詩編年箋注≫, 北京：中華書局, 1997
錢仲聯, ≪韓昌黎詩繫年集釋≫, 上海：上海古籍出版社, 1998
朱金城, ≪白居易集箋校≫, 上海：上海古籍出版社, 1988
曾 益·顧予咸·顧嗣立, ≪溫飛卿詩集箋注≫, 上海：上海古籍出版社, 1998
陳伯海 主編, ≪唐詩彙評≫, 杭州：浙江教育出版社, 1996
陳鐵民, ≪王維集校注≫, 北京：中華書局, 1997
賀新輝, ≪元好問詩詞集≫, 北京：中國展望出版社, 1987
≪宋詩鑑賞辭典≫, 上海：上海辭書出版社, 1999
≪漢魏六朝詩鑑賞辭典≫, 上海：上海辭書出版社, 1996
江藍生·曹廣順, ≪唐五代語言詞典≫, 上海：上海教育出版社, 1997
羅竹風 主編, ≪漢語大詞典≫, 上海：漢語大詞典出版社, 1992
馬東田 主編, ≪唐詩分類大辭典≫, 成都：四川辭書出版社, 1992
宋緒連外 2人, ≪唐詩藝術技巧分類辭典≫, 北京：中國人民大學出版社, 1996
宋緒連·初旭 主編, ≪三李詩鑑賞辭典≫, 長春：吉林文史出版社, 1992
呂晴飛 主編, ≪漢魏六朝詩歌鑑賞辭典≫, 北京：和平出版社, 1990
周嘯天 主編, ≪唐詩鑑賞辭典補編≫, 成都：四川文藝出版社, 1991

2 단행본

金 澤, ≪唐詩新評≫, 서울：도서출판 善, 1996
金容稷, ≪現代詩原論≫, 서울：학연사, 1989
金學主, ≪中國文學槪論≫, 서울：新雅社, 1988
______, ≪中國文學史≫, 서울：新雅社, 1991
金學主·李東鄕·金榮九, ≪中國文學史Ⅱ≫, 서울：한국방송대학교출판부,
  2000

柳種睦, ≪蘇軾詞研究≫, 대구 : 중문출판사, 1993

吳台錫, ≪黃庭堅詩研究≫, 大邱 : 慶北大學校出版部, 1991

李炳漢·李永朱 譯解, ≪唐詩選≫, 서울 : 서울대학교출판부, 1998

李炳漢외 22인, ≪中國詩와 詩人≫, 서울 : 사람과 책, 1998

李春植·辛勝夏, ≪中國通史≫, 서울 : 韓國放送通信大學出版部, 1988

이형기, ≪시란 무엇인가≫, 서울 : 한국문연, 1993

朱光潛, 鄭相泓역, ≪詩論≫, 서울 : 동문선, 1991

車柱環, ≪中國詩論≫, 서울 : 서울대학교출판부, 1990

許世旭, ≪中國古代文學史≫, 서울 : 法文社, 1989

侯健·劉鶴齡·許自強, 임춘성譯, ≪문학이론학습≫, 서울 : 제3문학사, 1990

葛曉音, ≪山水田園詩派研究≫, 瀋陽 : 遼寧大學出版社, 1993

______, ≪詩國高潮與盛唐文化≫, 北京 : 北京大學出版社, 1998

經本植, ≪中國古典詩歌寫作學≫, 北京 : 語文出版社, 1999

高光復, ≪高適岑參詩譯釋≫, 哈爾濱 : 黑龍江人民出版社, 1997

顧易生·蔣凡·劉明今, ≪宋金元文學批評史≫, 上海 : 上海古籍出版社, 1996

高友工·梅祖麟, 李世耀譯, ≪唐詩的魅力≫, 上海 : 上海古籍出版社, 1990

高志忠, ≪劉禹錫詩詞譯釋≫, 哈爾濱 : 黑龍江人民出版社, 1997

郭松林·胡主佑, ≪宋詩三百首≫, 長沙 : 岳麓書社, 1996

郭有明, ≪論唐詩繁榮與淸詩演變≫, 北京 : 中國社會科學出版社, 1997

喬象鍾·陳鐵民, ≪唐代文學史≫, 北京 : 人民文學出版社, 1995

邱燮友, ≪新譯唐詩三百首≫, 臺北 : 三民書局, 1988

金啓華, ≪杜甫詩論叢≫, 上海 : 上海古籍出版社, 1985

羅斯寧, ≪遼金元詩三百首≫, 長沙 : 岳麓書社, 1996

羅宗强, ≪隋唐五代文學思想史≫, 上海 : 上海古籍出版社, 1986

駱玉明·張宗原, ≪南北朝文學≫, 合肥 : 安徽教育出版社, 1991

盧淸靑, ≪齊梁詩探微≫, 臺北 : 文史哲出版社, 1984

譚優學, ≪唐詩人行年考≫, 成都 : 巴蜀書局, 1987

董乃斌, ≪李商隱的心靈世界≫, 上海 : 上海古籍出版社, 1992

杜曉勤, ≪初盛唐詩歌的文化闡釋≫, 北京 : 東方出版社, 1997

鄧中龍, ≪李商隱詩譯註≫, 長沙 : 岳麓書社, 2000

劉學錯, ≪李商隱詩選≫, 北京 : 人民文學出版社, 1997

______, ≪李商隱詩歌研究≫, 合肥 : 安徽大學出版社, 1998

馬茂元, ≪馬茂元說唐詩≫, 上海 : 上海古籍出版社, 1999

莫礪鋒, ≪杜甫評傳≫, 南京 : 南京大學出版社, 1998

孟二冬, ≪中唐詩歌之開拓與新變≫, 北京：北京大學出版社, 1998

木　齋, ≪中國古代詩歌流變≫, 北京：京華出版社, 1998

______, ≪宋詩流變≫, 北京：京華出版社, 1999

方　瑜, ≪唐詩形成的研究≫, 臺北：牧童出版社, 1975

房日晰, ≪唐詩比較論≫, 西安：三秦出版社, 1998

卞孝萱·吳汝煜, ≪劉禹錫≫, 上海：上海古籍出版社, 1983

傅璇琮, ≪唐代詩人叢考≫, 北京：中華書局, 1996

尙　定, ≪走向盛唐≫, 北京：中國社會科學出版社, 2000

尙作恩·李孝堂·吳紹禮·郭淸津 編, ≪晚唐詩譯釋≫, 合爾濱：黑龍江人民出版
　　　　社, 1997

上海古籍出版社編, ≪元明淸詩鑑賞≫, 上海：上海古籍出版社, 1998

孫琴安, ≪唐七律詩正品≫, 上海：上海社會科學出版社, 1996

孫明君, ≪三曹與中國詩史≫, 北京：淸華大學出版社, 1999

宋恪震, ≪唐詩名篇精賞≫, 鄭州：中州古籍出版社, 1991

沈祥源, ≪文藝音韻學≫, 武漢：武漢大學出版社, 1998

安徽師範大學中文系, ≪李商隱詩選≫, 北京：人民文學出版社, 1981

梁啓超, ≪中國之美文及其歷史≫, 北京：東方出版社, 1996

楊　鎌·薛天緯 主編, ≪詩歌通典≫, 北京：解放軍文藝出版社, 1999

楊世明, ≪唐詩史≫, 重慶：重慶出版社, 1996

羊春秋·何嚴, ≪明詩精華二百首≫, 西安：陝西人民出版社, 1998

余恕誠, ≪唐詩風貌≫, 合肥：安徽大學出版社, 1997

葉嘉瑩, ≪杜甫秋興八首集說≫, 石家莊：河北敎育出版社, 1997

______, ≪迦陵論詩叢稿(修訂本)≫, 石家莊：河北敎育出版社, 1998

______, ≪漢魏六朝詩講錄≫, 石家莊：河北敎育出版社, 1998

葉慶炳, ≪中國文學講話≫魏晉南北朝卷, 臺北：巨流圖書公司, 1985

吳小平, ≪中古五言詩研究≫, 南京：江蘇古籍出版社, 1998

王達津, ≪唐詩雜考≫, 上海：上海古籍出版社, 1986

王　力, ≪漢語詩律學≫, 上海敎育出版社, 1978

王夢鷗, ≪初唐詩學著述考≫, 臺北：臺灣商務印書館, 1977

王西平·高雲光, ≪杜牧詩美探索≫, 西安：陝西人民出版社, 1993

王　鍈·曾明德, ≪詩詞曲語詞集釋≫, 北京：語文出版社, 1991

王永義, ≪格律詩寫作技巧≫, 靑島：靑島出版社, 1998

汪涌豪·駱玉明 主編, ≪中國詩學≫, 上海：東方出版中心, 1999

劉大杰, ≪中國文學發展史≫, 上海：上海古籍出版社, 1983

李玲九・李顯深, ≪中國歷代皇帝≫, 濟南：濟南出版社, 1994

李澤厚, ≪美的歷程≫, 北京：文物出版社, 1982

張敬文, ≪中國詩歌史≫, 臺北：幼獅文化事業公司, 1970

張福慶, ≪唐詩美學探索≫, 北京：華文出版社, 1999

張松如, ≪隋唐五代詩歌史論≫, 長春：吉林教育出版社, 1995

張亞新, ≪漢魏六朝詩≫, 桂林：廣西師範大學出版社, 1999

張宗原, ≪唐詩淺說≫, 上海：東方出版中心, 1999

錢鍾書, ≪宋詩選注≫, 北京：人民文學出版社, 1989

錢仲聯・錢學增, ≪清詩三百首≫, 長沙：岳麓書社, 1996

趙　謙, ≪唐七律藝術史≫, 臺北：文津出版社, 1992

趙建莉, ≪初唐詩歌賞析≫, 南寧：廣西敎育出版社, 1990

趙光勇, ≪漢魏六朝樂府觀止≫, 西安：陝西人民敎育出版社, 1998

趙克勤, ≪古代漢語詞彙學≫, 北京：商務印書館, 1994

曹道衡・沈玉成, ≪南北朝文學史≫, 北京：人民文學出版社, 1991

鍾　濤, ≪六朝駢文形式及其文化意蘊≫, 北京：東方出版社, 1997

鍾來茵, ≪李商隱愛情詩解≫, 上海：學林出版社, 1997

鍾優民, ≪中國詩歌史≫, 魏晉南北朝卷, 長春：吉林大學出版社, 1989

周建國, ≪煌煌唐韻≫, 北京：中華書局, 1997

朱承平, ≪詩詞格律敎程≫, 廣州：暨南大學出版社, 2000

朱安群, ≪明詩三百首詳注≫, 南昌：百花洲文藝出版社, 1997

周振甫, ≪李商隱詩歌賞析集≫, 成都：巴蜀書社, 1996

______, ≪李商隱選集≫, 上海：上海古籍出版社, 1999

朱則杰, ≪淸詩史≫, 江蘇古籍出版社, 1992

中國社會科學院 文學硏究所 編, ≪唐詩選≫, 北京：人民文學出版社, 1998

陳書錄, ≪明代詩文的演變≫, 南京：江蘇教育出版社, 1996

陳如江, ≪古詩指瑕≫, 上海書店出版社, 1998

陳永正, ≪李商隱詩選≫, 香港：三聯書店, 1982

初國卿, ≪唐詩賞論≫, 潯陽：遼寧人民出版社, 1991

焦文彬・張登第・魯安澍, ≪大曆十才子詩選≫, 西安：陝西人民出版社, 1988

肖占鵬, ≪韓孟詩派硏究≫, 天津：南開大學出版社, 1999

彭慶生・張仁健, ≪唐詩精品≫, 北京：燕山出版社, 1992

許　總, ≪唐詩史≫, 南京：江蘇教育出版社, 1995

胡可先, ≪杜牧硏究叢考≫, 北京：人民文學出版社, 1993

黃國彬, ≪中國三大詩人新論≫, 臺北：源流文化事業有限公司, 1983

今關天彭・辛島驍, ≪宋詩選≫, 東京 : 集英社, 1983
吉川幸次郎, 鄭淸茂譯, ≪元明詩槪說≫, 臺北 : 幼獅文化事業公司, 1986
星川淸孝, ≪古詩源≫(漢詩大系 第5卷), 東京 : 集英社, 1984
小林太市郎・原田憲雄, ≪王維≫, 東京 : 集英社, 1984
松浦友久, ≪中國詩歌原論≫, 東京 : 大修館書店, 1986
Eva Shan Chou, *Reconsidering Tu Fu : Literary greatness and cultur-
        al context*, New York : Cambridge Univ. Press, 1995
Fusheng Wu, *The Poetics of Decadence*, New York : State University
        of New York Press, 1998
Monica Motsch, *Mit Bambusrohr Und Ahle-Von Qian Zhongshus
        Guanzhuibian zu einer Neubetrachtung Du Fus*, Europaeischer
        Verlagder Wissenschaft, Frankfurt am Main, 1994, (馬樹德譯,
        ≪管錐編與杜甫新解≫, 河北敎育出版社, 1998)
Stephen Owen, *The Poetry of the Early T'ang*, New Haven and Lon-
        don : Yale University Press, 1977
Yang Ye, *Chinese Poetic Closure*, NewYork : Peter Lang Publishing,
        Inc., 1996

3 학위논문 ■■■

金賢珠, ≪韋應物의 擬古詩 研究≫, 서울대학교 석사학위 논문, 1987
拙　稿, ≪李商隱 詠史詩 研究≫, 서울대학교 석사학위논문, 1996
朱基平, ≪陸游詩研究≫, 서울대학교 석사학위논문, 1996
吳梅芬, ≪杜甫晚年七律作品語言風格研究≫, 成功大學 碩士學位論文, 1994
張經宏, ≪杜甫七律與李商隱七律之比較研究≫, 國立臺灣大學校 碩士學位論文,
        1996
黃素娥, ≪論杜甫入夔以後的七律≫, 中國文化大學 碩士學位論文, 1986
姜昌求, ≪沈佺期詩研究≫, 전남대학교 박사학위논문, 1994
權赫錫, ≪玉臺新詠研究≫, 서울대학교 박사학위논문, 1996
權鎬鐘, ≪歐陽修詩研究≫, 서울대학교 박사학위논문, 1992
柳晟杓, ≪王安石 詩歌文學 研究≫, 서울대학교 박사학위논문, 1992
宋永程, ≪鮑照詩研究≫, 서울대학교 박사학위논문, 1994

安炳國, ≪初唐四傑研究≫, 서울대학교 박사학위논문, 1992
禹在鎬, ≪梅堯臣詩研究≫, 서울대학교 석사학위논문, 1985
유성준, ≪劉禹錫詩研究≫, 한국외국어대학교 박사학위논문, 1994
이남종, ≪孟浩然詩研究≫, 서울대학교 박사학위논문, 1998
崔琴玉, ≪陳師道詩研究≫, 서울대학교 박사학위논문, 1993
杜婷琦, ≪杜甫詩歌的語言藝術≫, 北京語言文化大學 博士學位論文, 1999
Pauline Chen, "*Du fu, Li Ho, and Li Shangyin : The Development a Fictive Voice In Late Tang Lyric Poetry*", Princeton Univ. Ph.D. Dissertation, 1995

4 일반논문 ■■■

姜聲尉, 〈拗와 拗救 - ≪唐詩三百首≫를 중심으로〉, 韓國中國語文學會, ≪中國文學≫ 제23집, 1995
姜昌求, 〈宋之問 詩 研究〉, 嶺南中國語文學會, ≪中國語文學≫ 제31집, 1998
高八美, 〈韓愈詩의 變과 그 影響 연구〉, 부산경남중국어문학회, ≪中國語文論集≫ 제12집, 1997
權鎬鐘, 〈歐陽修詩의 散文化傾向 研究〉, 韓國中國語文學會, ≪中國文學≫ 제33집, 2000
金庠澔, 〈古代 中國詩歌의 창작 과정에 관한 연구〉, 韓國中國語文學會, ≪中國文學≫ 제29집, 1998
金星坤, 〈杜甫爲官時期詩研究(一)〉, 韓國放送通信大學校, ≪論文集≫ 제29집, 2000
金成文, 〈杜牧詩에 나타난 憂國性 考察〉, 韓國中語中文學會, ≪中語中文學≫ 제14집, 1992
宋永程, 〈七言律詩의 형성과 포조〉, ≪中國詩와 詩論≫, 서울 : 현암사, 1993
宋龍準, 〈北宋初期 西崑體詩 研究〉, 嶺南中國語文學會, ≪中國語文學≫ 제26집
柳晟俊, 〈初唐 李巨山 詩論攷〉, 한국외국어대학교 중국문제연구소, ≪中國研究≫ 통권7호
李永朱, 〈杜詩에 보이는 杜甫의 空間觀과 時間觀, 그리고 그것들과 杜詩 風格의 相關性에 대한 고찰〉, 東亞文化研究所, ≪東亞文化≫ 제32집, 1994
______, 〈杜甫 五言絶句 研究〉, 韓國中國語文學會, ≪中國文學≫ 第26輯, 1996

______, 〈杜詩 對仗法 硏究〉, 韓國中國語文學會, ≪中國文學≫ 第32輯, 1999

______, 〈杜詩章法硏究〉, 韓國中國語文學會, ≪中國文學≫ 第33輯, 2000

이치수, 〈陸游詩와 江西詩派〉, 韓國中語中文學會, ≪中語中文學≫ 제6집, 1984

陳甲坤, 〈杜甫律詩의 形式硏究Ⅰ〉, 慶北語文學會, ≪語文論叢≫ 31호, 1997

崔琴玉, 〈≪영규율수휘평≫을 통해 본 陳與義 시의 풍격〉, ≪醇齋金時俊敎授頌
　　　　壽論文集≫, 서울 : 현암사, 1995

河運淸, 〈李義山의 영물시에 관한 小考〉, 서울대학교 東亞文化硏究所, ≪東亞文
　　　　化≫ 제20집, 1982

拙　稿, 〈李商隱 七言律詩 章法特性 試論〉, 韓國中國語文學會, ≪中國文學≫ 第
　　　　33輯, 2000

鄺健行, 〈七言詩的淵源和發展〉, ≪中國詩歌論稿≫, 香港 : 新亞硏究所, 1984

______, 〈論吳體和拗體的貼合程度〉, ≪詩賦與律調≫, 北京 : 中華書局, 1994

寇養厚, 〈杜牧七言律詩的藝術風格及其成因〉, ≪中國古代近代文學硏究≫ 1985년
　　　　제3기

羅根澤, 〈七言詩之起源及其成熟〉, ≪羅根澤古典文學論文集≫, 上海古籍出版社,
　　　　1985

鄧仕梁, 〈劉長卿對唐代七律發展的地位〉, ≪唐代文學硏究≫ 제5집, 廣西師範大
　　　　學出版社, 1994

逯欽立, 〈明體第二〉, ≪漢魏六朝文學論集≫, 陝西人民出版社, 1984

劉岸挺, 〈我國第一首完整的七言詩辨〉, ≪中國古代近代文學硏究≫ 1987년 제4기

劉知漸·熊篤, 〈如何理解杜甫的詩律〉, ≪草堂≫ 1983년 제1기

馬承五, 〈試論杜甫七律組詩的連章法〉, ≪草堂≫ 1985년 제2기

莫礪鋒, 〈論杜甫晚期今體詩的特點及其對宋詩的影響〉, ≪中國古代近代文學硏究≫
　　　　1989년 제5기

梅俊道, 〈黃庭堅七律的新變〉, ≪江西社會科學≫ 1995년 제11기

裴　斐, 〈杜律擧隅〉, ≪草堂≫ 1983년 제2기

______, 〈杜詩八期論〉, ≪文學遺産≫ 1992년 제4기

白敦仁, 〈宋初詩壇及三體〉, ≪中國古代近代文學硏究≫ 1986년 제7기

傅璇琮·倪其心, 〈天寶詩風的演變〉, ≪唐代文學論叢≫ 제8집, 西安 : 陝西人民
　　　　出版社, 1986

徐定祥, 〈李嶠與初盛唐詩歌的革新〉, 孫以昭 주편, ≪中國文化與古典文學≫, 合
　　　　肥 : 安徽大學出版社, 1997

蕭　艾, 〈試論李商隱的七言律詩〉, ≪唐詩硏究論文集≫, 北京 : 人民文學出版社,
　　　　1959

孫琴安, 〈簡論李頎在唐七律詩中的地位〉, 西安：陝西人民出版社, ≪당대文學論叢≫ 제7집, 1986

余冠英, 〈七言詩起源新論〉, ≪漢魏六朝詩論叢≫, 臺北：鼎文出版社, 1977

余恕誠, 〈詩歌：從韓愈到李商隱〉, ≪文學遺産≫ 1999년 제4기

王　蒙, 〈混沌的心靈場 - 談李商隱無題詩的結構〉, 王蒙·劉學鍇 主編, ≪李商隱研究論集≫, 桂林：廣西師範大學出版社, 1998

王運熙·楊明, 〈寒山子詩歌的創作年代〉, ≪中華文史論叢≫ 제16집, 上海：上海古籍出版社, 1980

李嘉言, 〈與余冠英先生論七言詩起源書〉, ≪李嘉言古典文學論文集≫, 上海古籍出版社, 1987

蔣長棟, 〈李商隱及晚唐緣情詩派〉, ≪中國古代近代文學研究≫, 1999년 제8기

張傳峰, 〈論王維的七律〉, ≪中國古代近代文學研究≫ 1995년 제4기

張志烈, 〈秋興八首蒙拾〉, ≪草堂≫ 1984년 제2기

張振華, 〈淺析唐玄宗與盛唐詩歌崛起之關係〉, ≪中國古代近代文學研究≫ 1985년 제11기

張學松·劉九偉·趙賀, 〈論大曆十才子詩派的形成及創作〉, ≪大曆十才子詩傳≫, 長春：吉林人民出版社, 2000

程千帆·張宏生, 〈七言律詩中的政治內涵 - 從杜甫到李商隱、韓偓〉, ≪中國古代近代文學研究≫ 1988년 제6기

朱振琪, 〈李商隱朦朧抒情詩辨析兼論詩人〉, ≪武漢敎育學院學報≫ 1996년 제2기

支菊生, 〈古代詩體演變的基本傾向 - 格律化〉, ≪中國古代近代文學研究≫ 1988년 제8기

陳伯海, 〈略論李商隱的政治詩〉, ≪文學評論≫編輯部, ≪文學評論叢刊≫ 第1輯, 中國社會科學出版社, 1978

＿＿＿＿, 〈韓偓生平及其詩作簡論〉, ≪中國古代近代文學研究≫ 1982년 제14기

韓成武, 〈試論七律的定型與成熟〉, ≪中國古代近代文學研究≫ 1997년 제6기

許世榮, 〈杜甫與七言律詩〉, ≪杜甫研究學刊≫ 1994년 제3기

胡大浚·蘭甲雲, 〈唐代詠物詩發展之輪廓與軌迹〉, ≪中國古代近代文學研究≫ 1995년 제8기

大野實之助, 〈唐代詩壇における張說, Ⅰ·Ⅱ〉, 早稻田大學 中國古典研究所, ≪中國古典研究≫ 14·15호, 1966·1967

安東俊六, 〈初唐詩の作者·作品に關する異說について〉, 福岡：九州大學中國文學會, ≪中國文學論集≫ 제2호, 1971

下定雅弘, 〈試論韓詩的詩體變化〉, ≪韓愈研究≫ 第2輯, 廣東高等敎育出版社,

1998

Kao yu-kung·Mei tsu-lin, "Syntax, Diction, and Imagery in T′ang Poetry", *Harvard Journal of Asiatic Studies(HJAS)*, Vol.31, Cambridge : Harvard-Yenching Institute, 1971

______, "Meaning, Meaphor, and Allusion", HJAS, Vol.38, Cambridge : Harvard-Yenching Institute, 1978

❀ 작품 찾아보기 ❀

■ 저자 김준연 서울대학교 인문대학 중어중문학과 졸업
서울대학교 중어중문학과 대학원 석사, 박사
현, 인제대학교 국제어문학부 중어중문 전공 조교수

저서 『전통시대의 지혜와 향기』(공저)
논문 「北宋 婉約詞의 晚唐詩 인용양상 고찰」
「李商隱 七言律詩 章法特性 試論」
「冬郎과 相公 : 韓偓詩의 두 작자」
「胡應麟 唐代 近體詩論 硏究」
「沈淪과 孤獨 : 李商隱 五言絶句論」
「唐代 送別七律 常用詩語 硏究」 등

당대 칠언율시 연구 ■ ■ ■

인 쇄 2004년 7월 5일
발 행 2004년 7월 9일

저 자 김 준 연
펴낸이 이 대 현
편 집 권 분 옥
펴낸곳 도서출판 역락
서울 성동구 성수2가 3동 301-80 (주)지시코 별관 3층
전 화 : 3409-2058, 3409-2060 FAX : 3409-2059
이메일 : youkrack@hanmail.net
등 록 1999년 4월 19일 제2-2803호

정 가 23,000원
ISBN 89-5556-288-8-93820

■ 잘못된 책은 교환해 드립니다.